CHRISTOPHER BROOKMYRE

WER ANDERN EINE BOMBE BAUT

CHRISTOPHER BROOKMYRE

WER ANDERN EINE BOMBE BAUT

THRILLER

AUS DEM SCHOTTISCHEN ENGLISCH
VON HANNES MEYER

Galiani
Berlin

1. Auflage 2018

Titel der Originalausgabe A Big Boy Did It And Ran Away

Aus dem schottischen Englisch von Hannes Meyer
Verlag Galiani Berlin

Umschlaggestaltung Barbara Thoben, Köln
Umschlagmotiv © klesign – Fotolia.com; © snaptitude – Fotolia.com
Autorenfoto © Chris Close
Lektorat Florian Ringwald
Gesetzt aus der Stone Serif ITC Pro
Satz Wilhelm Vornehm, München
Druck und Bindung CPI books GmbH, Leck
ISBN 978-3-86971-163-8

Weitere Informationen zu unserem Programm finden Sie unter
www.galiani.de

Für Jack

Danke: Marisa, Id Software, Greg Dulli, POTZW.
Die sind alle mit schuld.

Auch die hier ist wahr.
Auch die hier ist wahr.
Auch die hier ist wahr.
Auch die hier ist wahr.
Auch die hier ist wahr.

Du selbst sein heißt: dich selbst ertöten.

– Henrik Ibsen

G PROLOG PROLOG PROLOG
OG PROLOG PROLOG PROL
PROLOG PROLOG PROLOG P
G PROLOG PROLOG PROLOG
OG PROLOG PROLOG PROL
PROLOG PROLOG PROLOG P
G PROLOG PROLOG PROLOG
OG PROLOG PROLOG PROL

PROLOG

PROLOG

PROLOG P

G PROLOG PROLOG PROLOG
OG PROLOG PROLOG PROL
PROLOG PROLOG PROLOG P
G PROLOG PROLOG PROLOG
OG PROLOG PROLOG PROL
PROLOG PROLOG PROLOG P
G PROLOG PROLOG PROLOG
OG PROLOG PROLOG PROL
PROLOG PROLOG PROLOG P
G PROLOG PROLOG PROLOG
OG PROLOG PROLOG PROL
PROLOG PROLOG PROLOG P

Tonight, tonight I say goodbye
To everyone who loves me
Stick it to my enemies tonight
Then I disappear
Bathe my path in shining light
Set the dials to thrill me
Every secret has its price
This one's set to kill

Too loose, too tight, too dark, too bright
A lie, the truth, which one should I use?
If the lie succeeds
Then you'll know what I mean
When I tell you I have secrets
To attend

Do you think I'm beautiful?
Or do you think I'm evil?

– Greg Dulli, *Crime Scene Part One*
Vom Album *Black Love*, The Afghan Whigs

ALS TOTER IN STAVANGER

Armselige Vorstadtsklaven. Notschlachten wäre noch zu nett gewesen.

Im Ernst.

Diese Ratten sollten ruhig ewig leben. Die AVS in ihren ewig gleichen Pseudofachwerk-Strafkolonien. Die Insassen hatten sich einreden lassen, dass sie freiwillig dort waren, also brauchte das Gefängnis keine Mauern. Und in dieser Inhaftierung durch Ambition pflanzten sie sich auch noch treudoof fort und gaben ihre Diener-DNA an die nächste Generation stumpfäugiger Gefangener weiter.

Und jeden Tag standen sie wieder auf und beteten, die Befreiung möge niemals kommen: »Lieber Gott, bewahre uns vor der Einzigartigkeit. Gib uns ewige Anpassung und erlöse uns von jeder Besonderheit. Amen.«

Gerade hing ihm so einer auf der Stoßstange, ließ die Lichthupe seines MX3 aufblitzen, riss dazu die Augen auf und schnaubte. Was für ein Pfosten! Riskierte sein Leben bei einem Überholmanöver kurz vor dem Ende der Kriechspur, damit er eine Stelle – *eine Stelle* – weiter vorne an der Ampel stand. Was sagte einem das über das Leben, das er da gerade riskierte?

Ganz genau.

Armselige Vorstadtsklaven. So kam es überhaupt erst zu Stress und Gewalt im Straßenverkehr. Die gingen nicht etwa auf die immer schlimmere Staulage zurück (wobei die Autoeinzelbelegung natürlich mit beiden zu tun hatte), sondern vor allem darauf, dass die AVS hier ihre einzige Chance für ein bisschen Kühnheit sahen, einen letzten, geisterhaften Rest des Willens zur eigenen Identität. Nur noch hier konnten sie ansatzweise Individualität zeigen, wenn sie allein hinter dem Lenkrad saßen und mit den anderen Gesichtslosen um die Platzierung kämpften. Wenn man den Typen im größeren, neueren, schickeren Auto überholte, vergaß man, auf wie viele andere, bedeutendere Weisen er einen abgehängt hatte. Wenn einem einer in die Quere kommt, einen aufhält, projiziert man all seine Frustrationen auf ihn, weil er einen daran erinnert, wie viele Hindernisse zwischen hier liegen und dort, wo man hinwill. Der Wagen vor einem ist das mangelnde Selbstvertrauen, das Vermächtnis der überbehütenden Mutter. Der Wagen vor einem ist die Konfrontationsangst, das Erbe des geknechteten, gebrochenen Vaters. Der Wagen vor einem ist die Uni, auf die man nicht gegangen ist, der Golfclub, dem man nicht beigetreten ist, die Bruderschaft, zu der man nicht gehört. Der Wagen vor einem sind die Frau und die Kinder und die Risiken, die man nicht eingehen kann, weil man Verantwortung trägt.

Aber das eigentlich Tragische ist, dass man das Auto vor sich, das Hindernis braucht, weil es einem die Konfrontation mit der Tatsache erspart, dass *man nicht weiß*, wohin man will. Außerhalb der Strafkolonie würde man sich nicht zurechtfinden. Es ist gruselig da draußen.

Das wäre nichts für einen.

Und deshalb wurden jedes Jahr Milliarden ins Marketing quasiidentischer Karren als Zeichen persönlichen Geschmacks und Urteilsvermögens investiert. Toyota, Nissan, Honda, Ford, Vauxhall, Rover, jeder mit einem Kombi, einem Coupé, einer Limousine, jedes Modell bis auf das Markenzeichen kaum von seinen Konkurrenten zu unterscheiden. In den Werbespots waren Muskelprotze mit breitem Unterkiefer zu sehen, die Kinder retteten, mit Haien kämpften und es trieben wie die Hengste, Hauptsache, niemand achtete allzu sehr auf das Auto. »Der neue Vauxhall: Mit geringfügig anders geformten Scheinwerfern. Weil *Sie* geringfügig anders sind.« Zieht nicht so recht, was?

Aber da gab es ja noch die Allrad- und Sportkarossen. Mit dem Geländewagen zur verdammten Videothek; offroad war die Karre höchstens mal auf der Auffahrt des »Traumhauses« aus Rigips und Spanplatten und natürlich in der Werkstatt, nachdem man eine Kurve mit über sechzig genommen und plötzlich gemerkt hatte, dass pure Masse ohne jede Aerodynamik auch nicht alles war. Manchmal gab es noch einen Görenvan für die Frau oder auch nur irgendeinen Standardviertürer, je nach Gehalt. Also sparte und rackerte und schleimte man, damit man sich den MR2 oder CRX oder GTI leisten konnte, um sich an die erbärmliche Fantasie seiner Restvirilität zu klammern. Man hatte vielleicht die Frau, den Hauskredit, die Kinder und jeden Sonntag die Schwiegereltern zum Abendessen da, aber ein Teil von einem würde sich *niemals* zähmen lassen. Noch jemand eine Scheibe Viennetta?

Da konnte das Benzin noch so teuer werden, da konnten noch so viele Subventionen in die Park-and-Ride-Angebote gebuttert werden, die Staulage der Großstädte würde sich niemals bessern. Denn auf dem Arbeitsweg, der halben Stunde morgens und abends, in der man seinen röhrenden Straßenkoloss lenkte (und zwar genauso schnell wie die Ente vor einem), konnte man noch einen armseligen kleinen Traum von sich selbst leben.

Fahrgemeinschaft? Niemals! Der Vorstadtsklave stand lieber jeden Tag im Stau und wartete auf den kurzen Augenblick, in dem er aufs Gas treten und so tun konnte, als hätte er etwas Wichtiges zu tun, als müsste er unbedingt dorthin, und zwar schnell. Sich vom Motor in den Sitz drücken lassen, das Lenkrad in der Hand und Bryan Adams auf den Boxen. In dem Augenblick war er cool wie sonst was: ein Geheimagent, ein Superbulle, ein Auftragskiller, ein Terrorist. Und kein Versicherungssachverständiger.

Wobei ihm natürlich nicht klar war, dass ein echter Geheimagent, wenn es ihn denn gäbe, ein echter Superbulle, Auftragskiller oder Terrorist irgendeine 08/15-Vorstadtsklavengurke fahren würde, damit er nicht auffiel. An seinem freien Tag saß er dann vielleicht in etwas Coolerem, aber ganz bestimmt nicht in einem verdammten Mazda. Und er träumte beim Rumheizen garantiert nicht von einem Leben als Familienvater und Lohnsklave.

Die Träume des AVS sind einheitlich und vorhersagbar, weil er keine Fantasie hat. Ohne Werbung kann er sich nichts vorstellen. Deshalb glaubt er frei von jeglicher unabhängiger Meinung oder sachkundiger Urteilsfähigkeit, dass Denise Richards sexy ist, dass Sony hochwertige Hi-Fi-Ausrüstung herstellt und dass er mit einer Flasche Beck's in der Hand cooler ist als der Typ neben ihm mit einem Pint Heavy. Deshalb glaubt er, er sehe am Steuer des Familiensechssitzers anders aus als an dem seiner überteuerten (aber aus irgendeinem Grund jeden Penny werten) Egokarosse. Er glaubt, Auftragskiller und Terroristen gurken in Sportwagen herum, und würde man ihn fragen, was für ein Auto der Tod fährt (und ihm schnell erklären, dass ein Leichenwagen zu offensichtlich wäre), würde er wohl den Wagen seiner tollkühnsten Träume beschreiben, natürlich in Schwarz. Einen Lamborghini oder Ferrari oder am besten gleich ein Batmobil; eine schnittige, starke, dunkle und unvergleichlich machomäßige Maschine.

Und da läge er falsch. Meilenweit.

Der Tod würde einen Espace fahren.

Er würde eine Sklavenfamilienkarre fahren, um zu unterstreichen, dass das Leben, das er nahm, sowieso nicht lebenswert gewesen war; und hinten war genug Platz für die nächste Generation, wenn sie an der Reihe war.

Jetzt war er auf der Hauptstraße, von hier waren es an jedem anderen Wochentag fünf Minuten bis zum Flughafen, aber heute, am Montagmorgen, zehn. Hätte es einen besseren Zeitpunkt für einen Neuanfang geben können als den Beginn der Arbeitswoche, den Tag, der für alle anderen die 104-Stunden-Messe einläutete, bei der sie für die Erlösung des Freitagabends beteten?

Aber jeder Neuanfang war immer auch ein Ende, jede Wiedergeburt brauchte vorher einen Tod. Es wäre doch respektvoll, ja anständig (und natürlich witzig), wenn er noch einmal das Leben betrachtete, das er bald zurücklassen würde, das nur noch ein paar Stunden auf der Uhr hatte. Bei dem Gedanken nahm er die Kassette aus dem Radio und drückte auf den Sendertasten herum, bis er den örtlichen privaten hatte. Den richtigen trostlosen Soundtrack. Ein düsteres Grinsen kroch ihm über die Lippen, als er den Song erkannte, den neuen Chart-Topper von EGF. Eine ordentliche Portion Euro-Dance-Einheitsbrei, eine Kelle voll von dem Dünnschiss, mit dem die Benelux-Länder die Teenagerkopulationskolonien am Mittelmeer und ganz Europa überschwemmten.

EGF. Die Eindhoven Groove Factory. Kein Witz. Vor gar nicht so langer Zeit hatte man seine festlandeuropäische Herkunft gefälligst geheim gehalten, wenn man es im Musikgeschäft zu etwas bringen wollte und einem nicht sowieso alles egal war wie zum Beispiel den Einstürzenden Neubauten. Das war kommerzieller wie credibility-technischer Selbstmord. Man konnte einfach nicht vom europäischen Festland sein und erwarten, in Großbritannien oder den USA Alben zu verkaufen, den beiden größten Musikmärkten der Welt.

Die Skandinavier wurden aus irgendeinem Grund toleriert, der vielleicht weniger mit der Geographie zu tun hatte und mehr mit dem Reichtum an drallen Blondinen. Von Abba über die Cardigans und Roxette bis Ace of Base hatte es den Albumverkäufen nie geschadet, wenn die Frontfrau blond mit Beinen bis zum Arsch war. Das musste man den Skandinaviern schon lassen: Sie hatten das einzige erfolgsträchtige Exportrezept genau erkannt. Doch anscheinend hatte man nirgendwo südlich dieser Gegend kapiert, dass der eigene Sub-Eurovision-Rotz auf der Insel als reinster internationaler Aggressionsakt gedeutet werden würde. Deshalb schaffte es auch kaum etwas in Dover durch die Quarantäne. Gelegentlich wurde mal ein Exemplar als zoologisches Kuriosum importiert, um uns unsere musikalische Überlegenheit zu bestätigen, wie *Rock Me Amadeus* oder *The Final Countdown*.

Manche glaubten, der dritte Antichrist der Prophezeiungen des Nostradamus habe sich in Form der EU manifestiert, und tatsächlich war um die Zeit des Vertrags von Maastricht Anfang der Neunziger etwas Satanisches entfesselt worden. Wie sonst war die Tatsache zu erklären, dass die britische Öffentlichkeit auf einmal Musik aus derselben gottverlassenen Gegend kaufte, die *Live is Life* und den Katalog an Grausamkeiten der Scorpions zu verantworten hatte? Wie konnte es sonst sein, dass Bands heute nicht mehr aus vier trinkfesten Kerlen bestanden, sondern aus zwei, drei pickligen Evian-Schlürfern, die bei ihrer Mama in der Garage irgendwo im Benelux-Flachland Synthesizer quälten?

Die neueste (und wohl auch schlimmste) Seuche war EGF mit ihrem unerklärlich allgegenwärtigen (in den Clubs total angesagt!) »Song« *Ibiza Devil Groove*.

Die Arbeit eines Grüppchens dieser hirnlosen Wichser war eigentlich nie von der eines anderen zu unterscheiden, aber EGF hatte doch das Unmögliche vollbracht und sich in seinen Augen und Ohren von der Masse abgehoben. Nämlich zeichneten sie sich durch ihre Wahl des obligatorischen Retro-Hits aus, dessen Samples sie durch den Fleischwolf drehten (statt sich mal zwei Minuten hinzusetzen und sich eine Hookline oder womöglich einen Textfetzen selbst auszudenken). Kein Andy-Summers-Riff oder Topper-Headon-Beat für diese Jungs; die Söhne Eindhovens hatten den Smash-Hit des Sommers um den Refrain von Cliff Richards *Devil Woman* gebastelt.

Rock and fucking Roll.

Er drehte das Radio voll auf. Das hatte etwas vom letzten Schultag vor den Sommerferien in einer der seltenen Stunden, als der Lehrer nicht fünfe gerade sein ließ: Man ging perverserweise in der Langeweile einer Mathe-Doppelstunde auf und genoss in vollen Zügen, was man morgen *nicht* würde tun müssen.

Andererseits wollte er sich auch nichts vormachen: Vor dem *Ibiza Devil Groove* gab es kein Entrinnen. Da hätte er sich auch erschießen können – keine Chance; die guten alten Sparks mit *The No. 1 Song in Heaven* fielen ihm spontan ein, und dass in der Hölle auf Platz eins EGF stand, war ja wohl klar. Andererseits konnte er dann einer Sache doch endlich entkommen, nämlich …

»… Silver City FM mit einem kleinen Gruß von den Balearen, ha ha ha, von der großartigen EGF. Wir haben gleich acht Uhr neunundvierzig am sechsundzwanzigsten Mai, und hier in der Ölhauptstadt Europas haben wir elfeinhalb Grad …«

Ölhauptstadt Europas. Jetzt mal ehrlich. Als er das zum ersten Mal gehört hatte, hatte er es für einen selbstironischen Scherz gehalten. Aber mit der Zeit hatte er erfahren, dass es in Aberdeen keine Selbstironie gab, schon gar nicht, wenn es um die vollkommen unbegründete Selbstverliebtheit dieser Stadt ging. Sie war ein Provinzfischereihafen, der einfach das Schweineglück gehabt hatte, dass in der Nordsee Öl gefunden worden war, mit dem gleichen Ergebnis wie bei einem Bauerntölpel, der im Lotto gewinnt, abzüglich des blöden Grinsens und der ungläubigen Dankbarkeit. In der Stadt herrschte die Illusion vor, sie sei nicht bloß zur rechten Zeit am rechten Ort gewesen, sondern habe sich ihr unfassbares Glück irgendwie verdient, das eigentlich schon viel früher habe kommen müssen. Und trotz aller Milliarden, die in die Wirtschaft der Gegend gepumpt wurden, wurde gern und laut gequengelt, wenn irgendwo mal ein Penny an schottischem Staatsgeld südlich der Raststätte Stracathro ausgegeben wurde.

Er ging nicht davon aus, dass die Leute dort erst mal beim Rest der europäischen Ölindustrie nachgefragt hatten, bevor sie ihrer Heimatstadt diese Würde verliehen hatten, aber als alter Hase in der Marketingbranche wusste er, wie wichtig irreführende Werbung in Anbetracht der weniger glamourösen Wahrheit war. »Die viertgrößte Stadt Schottlands« riss einen nicht gerade vom Hocker, zumal es nach Platz eins und zwei steil abwärtsging und man dann immer noch hinter dem gottverlassenen Dreckloch namens Dundee lag.

Der ebenfalls selbstverliehene Spitzname »Silver City« war noch so ein übereifriger Versuch, aus Scheiße Gold zu machen. Die Stadt war grau. Alles war grau. Da ging kein Weg dran vorbei. Die Häuser waren alle – *alle* – aus Granit, und am Himmel hing eine dicke Dauerwolkenschicht. Es. War. Grau. Wenn Aberdeen silbern war, war Scheiße nicht braun, sondern kupferfarben. Die Stadt war grau und langweilig und trist und hatte ein schweres Farbhandicap. Sie war grau, grau, grau. Grauer als die Stadt waren nur noch die verdammten Eingeborenen. Zwei Zitate zur Illustration:

»Ein Aberdeener würde einen Shilling mit den Zähnen aus einem Kackhaufen ziehen.« Paul Theroux.

»Kein Volk der Welt kann besser sein als das von Don und Dee.« Lewis Grassic Gibbon.

So treffend das erste war, war das zweite doch lehrreicher, wenn auch auf andere Art und Weise, als der Autor beabsichtigt hatte. Zuerst einmal musste man raten, aus welcher Ecke der Welt Grassic Gibbon wohl stammte. Wenn man sich die Antwort vom Äther hatte einflüstern lassen, entwickelte man vielleicht langsam ein Bild von diesen Menschen, die entweder nicht viel herumgekommen waren oder sich unterwegs absichtlich vor neuen Eindrücken verschlossen hatten. Wie sonst konnten sie sich ihre Unkenntnis grundlegendster fremder Bräuche wie etwa des Lächelns bewahren?

Während seiner Zeit in Aberdeen hatte er den Unterschied zwischen dem Provinziellen und dem wahrhaft Insularen gelernt. Das Provinzielle definierte sich durch eine naive, ja unschuldige Unwissenheit über die Welt jenseits der eigenen Grenzen. Das wirklich insulare Element wusste sehr wohl, dass es noch eine Welt da draußen gab, *mochte sie aber einfach nicht* und *konnte sie auch einfach nicht gebrauchen, verdammte Axt!*

In Aberdeen hatte er auch verstanden, dass man nur ein Leben hatte, das viel zu kostbar war, um es in Aberdeen zu verschwenden. Diese unausweichliche Wahrheit war ihm erst richtig bewusst geworden, als er gemerkt hatte, wie ausweglos sein Leben inzwischen war. Man ging doch überhaupt nur nach Aberdeen, weil man glaubte, dass man nicht lange bleiben würde; man saß eben geduldig seine Strafe ab und kehrte bei der ersten Gelegenheit in die Zivilisation zurück. Dabei übersah man aber die Möglichkeit, dass diese Gelegenheit vielleicht niemals kommen würde und sich beim Warten die Umstände um einen wickelten wie eine Würgeschlange.

Was sollte man also mit seinem einen, einzigen Leben machen, wenn man dazu verdammt war, es hier zu verbringen? Aufgeben und einer der AVS werden? Von wegen! Sich ein Kompensationslaster suchen, sich an den freien Gleitzeittagen unter der Woche durch die örtliche Hausfrauenschaft vögeln? Hatte er ausprobiert. Das war vor allem deshalb schnell nervig geworden, weil die Damen zu der Art postkoitalem Smalltalk neigten, die ihm langsam das Gehirn weichkochte. Als wäre irgendein pawlowscher Mechanismus am Werk, schnatterten sie fünf Minuten nach dem Orgasmus alle über ihre Kinder los. Wenn sie einen da nicht schon aus dem Bett geworfen hatten, weil sie die kleinen Scheißer aus dem Kindergarten oder sonst woher abholen mussten. Man konnte sich eine Zeit lang einreden, dass einem so etwas guttat, aber eigentlich hätte man auch genauso gut mit dem Golfen anfangen können. Es war eben eine der Freizeitoptionen auf dem Gefängnishof.

Was blieb noch? Lotto spielen und sich unter die Jünger dieser traurigsten neuen Religion Großbritanniens mischen? Sie war auch die größte, kein Wunder, im Gegensatz zu allen anderen versprach sie einem ja schon in diesem Leben eine zweite Chance. Und ja, rein theoretisch gab es sie. Wirklich unumstößlich war im Leben nur der eine Grundsatz, der verlangte, dass man das Beste daraus machte, und einen am Steuer seines Espace auslachte, wenn man es wirklich versuchte.

Aber diese wertvolle zweite Chance kam verdammt selten, noch viel seltener als die Vierzehn-Millionen-zu-eins-Lottogewinner, die größtenteils viel zu dröge waren, um mit ihren neuen Ressourcen etwas ansatzweise Interessantes anzustellen. Wenn sie von der obligatorischen Karibikkreuzfahrt zurück waren und sich den Ferrari, die Motoryacht und die neue Bude in dem Stadtteil gekauft hatten, wo die Nachbarn sie wie den letzten Dreck behandeln würden, was dann? Konsumnirvana? Na ja, irgendwann hatte man eben den aktuellen Technikspielzeugkatalog rauf und runter gekauft. Sicher konnte man für zwanzig Millionen ein neues Leben bekommen, man musste nur wissen, wo. Sonst kaufte man sich doch nur eine größere Zelle. Wenn man wirklich etwas daraus machen wollte, musste man schon mehr tun, als sich von irgendeinem B-Promi plus Bikinitrulla einen Riesenscheck überreichen zu lassen.

Dabei brauchte man selbst hier im Pseudofachwerkgulag nicht mal im Lotto zu gewinnen, um seine zweite Chance zu bekommen, wie er jetzt wusste. Man brauchte nur den Willen, loszulassen. Nicht jammern, nicht zicken, einfach gehen.

Abhauen. Nicht mehr und nicht weniger.

Alles zurücklassen.

Diese Einsicht, diese Entscheidung war das Schwere. Hinterher kam einem alles lachhaft einfach vor.

Den Partner verlassen. Kein Problem. Schon geschehen. Die Menschen, die sie beide mal gewesen waren, gab es schon lange nicht mehr. Oder eher: Der, der er mal gewesen war, war beim Umzug in die Silver City verloren gegangen. Wie ging der Song noch? If you love somebody, set them free? Er liebte Alison zwar nicht, aber das schuldete er ihr dann doch. Er würde nicht nur sich selbst eine zweite Chance geben.

Den Job aufgeben. Soll das ein Witz sein? Welchen Anreiz hatte er – hatte er jemals gehabt –, ihn zu behalten? Ach ja, natürlich: die Sicherheit. Wie in »Hochsicherheitstrakt«.

Diese Ketten halten einen nur, solange man sich an ihnen festkrallt.

Der Automat spuckte einen Parkschein aus und öffnete die Schranke, als er ihn herauszog. Er warf ihn auf den Beifahrersitz und fuhr langsam vor, ordnete sich in die vierrädrigen Satelliten ein, deren Umlaufbahn immer weiter wurde, als sie mit jeder Umrundung ein Stück weiter weg vom Terminal nach einem Platz suchten. Sie kurvten mindestens fünf Minuten herum, um ihren Fußweg vielleicht zwanzig Sekunden zu verkürzen. Die meisten von ihnen hatten immerhin eine ganze Aktentasche zu schleppen. Oder vielleicht glaubten sie, sie liefen Gefahr, von Raubtieren gerissen zu werden, wenn sie die Herde verließen.

Als er den Motor ausschaltete, fiel ihm als Erstes der Parkschein auf. »Nicht im Auto lassen«, stand da. Das war nur eine der vielen Anweisungen, die für ihn nicht mehr galten. Er steckte ihn trotzdem in die Tasche. Es gab keinen Spielraum für dekadente Gesten. Dieses Leben musste so normal und nach all seinen dummen, kleinen Regeln weitergelebt werden, bis sein Anschlussflug in Stavanger abhob. Als einziges Zugeständnis trug er einen Rollkragenpullover statt Hemd und Kragen, um die andere Garnitur zu verbergen, die er darunter anhatte. Niemand sollte ihn gehen sehen, also würde er dann schon jemand anders sein.

Das obligatorische Jackett mit passender Hose trug er natürlich noch, allerdings eins, das zum Rollkragen passte und den »So lässig wie möglich gekleideter Geschäftsreisender, der aber trotzdem allen zeigen will, dass er Geschäftsreisender ist«-Look vollendete. Es war doch wohl einer der großen Punkte, mit der die Männerseite gegen das ewige Feministengequengel anstinken konnte, dass die Frauen die freie Auswahl aus einer Vielfalt von Businessklamotten hatten, während es bei den Männern bestenfalls kleinste Variationen des Monochromthemas »grauer Anzug« gab. Lachhaft, was da für ein Geschiss um Label, Stil und Schnitt gemacht wurde, auch wenn es vielleicht verständlich war, dass man sich auch hier am kleinsten bisschen Individualität aufgeilte. Wahrscheinlich gab es auch Anglerfische, die von ihren Artgenossen als besonders unattraktiv betrachtet wurden, dabei sah die ganze Spezies aus wie Pete Doherty nach einer durchzechten Nacht.

Und am schlimmsten: Anscheinend war er mit seiner kleidertechnischen Frustration allein auf weiter Flur. Für die AVS war der Anzug wie ein Schnuffeltuch. Ohne fühlten sie sich nackt und verwundbar, und Mann, was sahen sie *gut* aus, glaubten sie. Der Schlips um den Hals schränkte einen zwar etwas beim Atmen ein, was aber gleichzeitig ein beruhigendes Gefühl war wie der Druck einer väterlichen Hand, die einem versicherte, dass der eigene Status anerkannt und sichtbar war: Man war Anzugträger, man hatte eine Anzugträgerkarriere in einer Anzugträgerbranche, und niemand, *niemand* würde einen für einen gesichtslosen Niemand halten, ganz bestimmt nicht.

Von überall auf dem Parkplatz marschierten sie auf das Terminal zu, als würde es sie magisch anziehen, alle im Anzug mit dazugehöriger Aktentasche. Reiste man hochoffiziell geschäftlich, war der Anzug vorgeschrieben, aber bei diesen Deppen kam der Drang von innen. Er überwog alle anderen Überlegungen, wie die der Zweckmäßigkeit. Ein Anzug war auf einer Flugreise einfach nicht bequem, wo die Sitzgröße, die Beinfreiheit und der Sicherheitsgurt ihr Schindluder mit dem Stoff trieben, ganz zu schweigen von der ewigen Angst, das Essen, der Tee oder Kaffee (Sir?) könnte bei einem auf dem Schoß landen. Aber immer noch hielt sich die Fehlvorstellung, man müsste sich für den Flieger schick machen, was wohl noch von früher kam, als ihn sich nur die Reichen leisten konnten. Er erinnerte sich noch an Familien-Pauschalreisen als Kind Anfang der Siebziger, als er von Abbotsinch nach Palma oder Málaga geflogen war. Sein Vater hatte ihm gezeigt, dass man die kleinen Jungs aus Glasgow auf ihrem ersten Flug immer daran erkannte, dass sie aussahen, als wären sie auf dem Weg zum Gericht. Auf dem Rückflug hatten sie es dann kapiert, trugen lustige Riesensombreros und hatten Schwerstsonnenbrand auf jedem Fleckchen nackter Haut.

Mit der Zeit, Erfahrung und den Generationswechseln hatte sich der Privatreiselook gewandelt, aber schmeichelhaft war er auch nicht geworden. Er hatte immer mal recherchieren wollen, ob Easyjet einen vielleicht am Gate abwies, wenn nicht die ganze Familie aufeinander abgestimmte Jogginganzüge trug und gemeinsam die 500-Kilo-Marke knackte.

Er hörte immer öfter, die Billigflieger verstopften den Himmel und eine rapide Zunahme an Katastrophen stehe bevor. Sicher war da oben immer mehr los, aber seiner Meinung nach durfte man die Schuld nicht der Moppelfraktion vor die bereebokten Füße werfen; deren Reisen hatten immerhin einen Zweck, auch wenn der nur in der Aufnahme gesättigter Fette in wärmerem Klima bestand. Der wahre Grund für all die Beinahe-Zusammenstöße und zwanzigminütigen Warteschleifen war überall zu sehen: sinnlose, unnötige Geschäftsreisen.

Wir waren doch mitten im Kommunikationszeitalter, der Ära der Videokonferenzen, virtuellen Produktshowcases, E-Mails, Webkataloge, und doch drängten jeden Tag an jedem Flughafen haufenweise AVS an Bord der Flieger, die sie zu Meetings beförderten, bei denen nichts erreicht werden würde, was nicht genauso gut per Telefon oder sogar per Brief hätte erreicht werden können. Es hieß, es gehe um den persönlichen Touch oder den Wert des direkten Gesprächs, was natürlich teilweise stimmte, aber hauptsächlich ging es darum, den AVS-Drohnen vorzugaukeln, sie seien geschätzte und wichtige Kollegen. Das war auf jeden Fall billiger als eine Gehaltserhöhung, und zu den absetzbaren Blockbuchungen gab es bestimmt als Zugabe den einen oder anderen Erste-Klasse-Langstreckenflug für den Chef und die Sekretärin, die er zurzeit vögelte.

Es unterbrach die Monotonie, wenn man sie alle paar Wochen über Nacht sonst wohin jagte; dann hatten sie das Gefühl, sie seien auf einer geheimen Mission, die die Firma ihnen ganz persönlich anvertraut hatte. Dann waren sie nicht mehr bloß Anzugträger, sondern plötzlich so wichtige Anzugträger, dass sie irgendwohin jetten mussten. Kein Herumgekurve durchs Vertriebsgebiet im Ford Mondeo mehr. In den allermeisten Fällen kam dabei aber praktisch nichts raus als eine zusätzliche Verstopfung der Flughäfen.

Der Check-in-Bereich war überfüllt und chaotisch wie an einem Montagmorgen zu erwarten, und eine Horde Jugendlicher, die mit der ganz speziellen Hirnlosigkeit postpubertärer Festländer herumhampelte, ließ zusätzliche Freude aufkommen. Es stank nach Clearasil und feuchten Rucksäcken. Er hörte besorgt zu und betete, dass sie nicht Norwegisch quasselten. Sie hörten sich aber eher italienisch an, vielleicht spanisch. Schwer zu sagen, an welchem Schalter das Gewusel eigentlich anstand, aber bald wurde klar, dass sich heute British Airways damit herumschlagen musste und nicht er.

Am ScanAir-Schalter zeigte er sein Ticket vor und bekam dafür ein Lächeln von dem Mädchen hinter dem Tresen. Auf dem Namensschild stand Inger, was das Aberdeen-untypische Zähneblecken erklärte. Hatte sich wahrscheinlich in der Kabinencrew abgerackert und sich dann an den Boden versetzen lassen, als sie sich einen betuchten Ölmanager geangelt hatte.

Sie erledigten die üblichen Platzzuweisungs- und Flirtformalitäten, bevor sie zu den obligatorischen Sicherheitsfragen kam: Haben Sie Ihr Gepäck selbst gepackt, haben Sie es aus dem Blick gelassen, hat Sie jemand gebeten, etwas für ihn mitzunehmen, ist das eine Boden-Luft-Rakete in Ihrer Hosentasche, oder freuen Sie sich nur, mich zu sehen? Der Zweck dieses Spiels erschloss sich ihm nicht. Wer ihr wegen der paar höflichen Fragen plötzlich das Herz ausschüttete, musste in der Terroristenschule bestimmt nachsitzen. Vielleicht sollte damit nur dem Passagier versichert werden, dass alle Sicherheitsvorschriften befolgt wurden; wenn das alles war, was sie an Antiterror-Expertise zu bieten hatten, konnte man richtig Panik bekommen. Was machten sie denn, wenn wirklich mal einer mit einer Waffe durchkam? Ihn freundlich auffordern, sie doch vielleicht abzulegen, bitte?

Eine fortgeschrittene Version des gleichen sinnlosen Theaters wartete an der Sicherheitskontrolle, wo man Schlange stand, um sich das Handgepäck verstrahlen und sich selbst sanft tätscheln zu lassen, wenn man vergessen hatte, das Schlüsselbund in die Schale zu werfen. Er war schon intimer berührt worden, als sein Schneider für einen Anzug maßgenommen hatte. So zaghaft, wie sie sich anstellten, machten sie die ganze Sache angemessen lächerlich: Sie wollten nicht zu fest rangehen, damit man nicht sauer wurde und ihnen unter die Nase rieb, was sowieso alle wussten: Dass noch nie jemand mit einer Waffe in der Unterhose in diesem Legolandflughafen erwischt worden war und es wohl auch nie werden würde. Und sollte diese astronomische Unwahrscheinlichkeit doch einmal eintreten, meinten die, der Bewaffnete würde sich einfach brav zur Seite bitten und abtasten lassen, warten, bis er aufgeflogen war, um dann verlegen zu grinsen und zu sagen: »Tja, ich wollt's eben mal probieren.« Außer natürlich, hinter der beleuchteten Reklame vom

Scottish Tourist Board versteckte sich rund um die Uhr ein Trupp bis an die Zähne bewaffneter Bullen, denen vor Langeweile schon der Abzugsfinger juckte.

»Dürfen wir mal eben in Ihre Aktentasche schauen, Sir?«

»Klar, sicher doch.«

Auch nach all den Flügen im Laufe der Jahre hatte er immer noch keine Ahnung, nach welchen Kriterien ausgewählt wurde, wessen Handgepäck geöffnet wurde. Manchmal hielten sie ihn an, manchmal nicht, ohne jegliche Korrelation bezüglich seines Aussehens, seines Ziels, ob er allein oder mit anderen reiste und so weiter. Hatte der Drecksack mit dem glasigen Blick und dem verstopfungsverdächtigen Gesichtsausdruck, der chronisch genervt den Röntgenmonitor anstarrte, etwas Ungewöhnliches gesehen? Wurde nach dem Zufallsprinzip vorgegangen, um irgendeine Quote zu erfüllen? Hatten sie einfach gerade mehr Lust, einem in den sauberen, schimmernden Aktenkoffer zu schauen, als in die schmuddelige Reisetasche des schweißtriefenden Fleischbergs vor einem, der nur mit einem Schubs durch den Metalldetektorbogen gekommen war? Oder schnüffelten sie eben gerne manchmal ein bisschen herum? Wenn nicht, hätten sie seinen Respekt verloren.

Der bärtige Sicherheitsmann bedeutete ihm, er solle den Koffer selbst öffnen. Hinter dieser vorgeblichen Höflichkeit steckte doch nur die Angst, er würde sich beim Gefummel am neuesten unnötig komplexen Verschlusssystem zum Deppen machen. Er drückte gleichzeitig die Knöpfe auf beiden Seiten wie bei einem Flipper, bei dem die Kugel gerade träge durch die Mitte runterläuft. Er drehte den Koffer geschickt um hundertachtzig Grad und ließ den Deckel los, der sich dank des Alu-Teleskop-Gestänges beeindruckend sanft hob, das bestimmt noch mal zwanzig Prozent auf den Preis draufgeschlagen hatte.

Viel war nicht zu sehen. Zwei Mappen, eine Zeitschrift, eine Zeitung, ein Handy, ein Handventilator, ein Walkman, ein

King-Size-Mars und zwei Saftpäckchen. Unwahrscheinlich, dass irgendetwas davon auf dem Röntgenbild unheimlich verdächtig ausgesehen hatte. Aber der Sicherheitskerl hatte ihn nun schon rausgewinkt, also musste er jetzt auch ein bisschen Theater machen. Bartgesicht fing mit dem Handy an, hob und senkte es auf der Handfläche, um das Gewicht zu betonen, und reichte es ihm.

»Würden Sie das bitte einmal einschalten?«

»Klar, kein Problem.«

Er drückte auf den Knopf, und Bartgesicht linste kurz auf das LCD-Display, bevor er es wieder annahm.

»Alles klar. Ein ziemliches Monster, was?«

»Das können Sie laut sagen. Deshalb habe ich es ja im Koffer. Mein Neues ist kaputt, deshalb muss ich das hier herumschleppen. Ist wohl gerade so noch als Handgepäck durchgegangen. Musste ja kurz vor der Reise passieren.«

»Dumm gelaufen.«

Bartgesicht widmete sich als Nächstes dem Walkman und holte die genickte Erlaubnis ein, selbst auf Play zu drücken. Die Kassette spulte zu seiner Zufriedenheit ab, wobei er natürlich nicht darauf achtete, ob der Fluggast vielleicht ganz präzise seinen Lieblings-Startsong eingestellt hatte. Dann hielt er einen Kopfhörer hoch. Ein kurzes, blechernes Aufscheppern reichte, das Gezische hörte sich jedes Mal an wie Speed Garage, das wohl einzige Musikgenre, bei dem es egal ist, ob man die Kopfhörer aufhat oder nicht.

Ungeachtet der Tatsache, dass es eigentlich nichts mehr zu überprüfen gab, setzte Bartgesicht seine Überprüfung fort. Er ließ den Ventilator einmal wirbeln; nahm die Mappen, die Zeitschrift und die Zeitung jeweils in die Hand und blätterte kurz etwas; entweder aus bewundernswerter Sorgfalt oder leichter Gehässigkeit prüfte er dann auch noch den Mars und schließlich die Saftpäckchen. Um bei diesen noch ein letztes Mal seine Autorität auszuspielen, starrte er jedes einmal durchdringend an, bevor er es misstrauisch schüttelte, was wohl der endgültige Beweis der absoluten Sinnlosigkeit des ganzen Sicherheitstheaters war. Hätte er wirklich vermutet, die beiden Ribena-Päckchen seien voller Nitroglycerin gewesen, hätte die jeweilige Vorschrift ihm dann tatsächlich zu einer so ruckartigen Kontrollmethode geraten?

»In Ordnung, vielen Dank, Sir. Einen angenehmen Flug!«

Erst als er an Bord des Flugzeugs war und die hartnäckig sinnlosen Ansagen über sich hatte ergehen lassen, was zu tun war, wenn das vollgetankte Flugzeug senkrecht vom Himmel fiel, wurde ihm klar, was diese zweidimensionalen Sicherheitsvorkehrungen eigentlich bedeuteten. Wenn dieses Flugzeug nämlich sabotiert wäre und abstürzen würde, bevor er heute Stavanger erreichte, wäre er ein stinksaurer Toter. Ganz zu schweigen von der kolossalen Ironie.

Ach, na ja. Hauptsache, er saß im Jenseits nicht bis in alle Ewigkeit in der Hölle Aberdeens fest.

* * *

Das Flugzeug landete um 11:20 Uhr Ortszeit. Sonnig, klarer Himmel, Außentemperatur achtzehn Grad.

Stavanger. Ein angemessen nichtssagender Übergangsort für seinen großen Plan. Hier gab es keine neuen Anfänge, nur Transitlounges, Fluginformationen und einen Laden, der Plüschgnome und Räucherlachs verkaufte. Meistens war er nur hierhergekommen, um mit einem anderen Flugzeug weiterzufliegen; anderswohin, wo er auch nicht unbedingt hatte sein wollen. Andere mussten geschäftlich nach Barcelona, Mailand, Athen oder Paris. Sein Job hatte ihn in jede karge, hypermaskuline Industriefestung Skandinaviens geführt, darunter – aber häufiger via – Stavanger. Endlich würde ihn einmal ein Flieger von hier an einen Ort bringen, an den er wirklich wollte, aber wie immer musste er noch einmal in ein Flugzeug ein- und wieder daraus aussteigen, bis seine Reise vorbei war und eine andere wirklich begonnen hatte.

Als er von der Toilette zurückkam, setzte er sich im Abflugbereich auf eine Bank am Fenster. Das Flugzeug stand Meter vor ihm auf dem Rollfeld, die Farben waren in der Sonne verfälscht, aber der Name auf dem Rumpf war lesbar: Freebird. Er grinste. Er hätte es nicht besser taufen können.

Die Uhr zeigte 11:55. Eine Viertelstunde bis zum Boarding. Das war der schwerste Teil: Nicht mehr lange zu warten, aber sonst gab es nichts zu tun. Warten und nachdenken. Ersteres war unumgänglich, Letzteres hätte er gerne vermieden. Wie er den Jet so vor sich sah, drängte sich ihm die Bedeutung dessen auf, was so kurz vor ihm lag, aber er musste sie ausblenden. In diesen letzten Minuten würde ein Rückzieher allzu verlockend wirken. Er würde die Behaglichkeit der alten Ketten spüren.

Es war die längste Viertelstunde seines Lebens, die ihn mit jeder zähen Minute dem Augenblick näher brachte, in dem die selbst gewählte Qual enden würde. Wenn er seinen Boarding Pass gezeigt hatte und über die Gangway lief, gab es kein Zurück mehr. Zumindest nicht ohne ein paar sehr peinliche Erklärungen.

Irgendwie gewannen dann doch die Gesetze der Zeit, und die Uhr gab sich geschlagen.

Um 12:12 Uhr wurde zum Boarding aufgerufen.

Um 12:15 Uhr stieg er ein.

Um 12:37 Uhr hob das Flugzeug ab.

Um 12:39 und achtzehn Sekunden, als das Flugzeug genau dreitausend Fuß erreicht hatte, explodierte eine Bombe hinten in der Kabine. Der Sprengsatz war nicht allzu groß, musste er aber auch nicht sein, da er kaum einen Meter von den Treibstofftanks entfernt war. Das Heck wurde vollständig abgetrennt, sodass der Rest des Flugzeugs einen Bogen beschrieb und dann ins Trudeln geriet, als es auf den Fjord zustürzte.

Das war der absolute Wendepunkt, an dem das Leben, was auch immer es vorher bedeutet hatte, plötzlich bedingungslos wertvoll wurde.

Der Job, das tägliche Gependel, der knechtende Kredit, der gesichtslose Vorort, die qualvolle Beziehung, die Streits, die Rechnungen, die verworfenen Pläne, die kastrierenden Kompromisse: In einem Augenblick wurde aus dieser ausweglosen Hölle ein verlorenes Paradies.

Und dieser Wandel vollzog sich mit knapp zehn Metern pro Sekunde im Quadrat.

Um 12:40 Uhr schlug der vordere Rumpf auf dem Wasser auf und zerbrach wiederum in zwei Teile, wobei alle bisher Überlebenden an Bord starben.

EIN DENKZETTEL FÜR DIE OBRIGKEIT

So aufgeregt war er noch nie gewesen. Es war ganz anders als vor einem Spiel; das war ja eher Ungeduld, eine Unruhe, die sich beim ersten Ballkontakt ausglich, beim ersten Pass, beim ersten Zweikampf. Der Rest war dann vertraut, egal, wie stark der Gegner war. Aber, Gott sei Dank, war es nicht mehr so schlimm wie am Donnerstag, als er auf ihre Pause gewartet und es so abgepasst hatte, dass es natürlich wirkte und sie nicht merkte, dass er extra geblieben war, als er sich Sorgen gemacht hatte, ihr Zeitplan habe sich vielleicht geändert und er habe sie schon verpasst; und all das, *bevor* er sie überhaupt angesprochen hatte. Er hatte Angst gehabt, seine Stimme würde versagen oder sie könnte seine Gedanken lesen, während er mit ihr plauderte und scherzte. Als er sie schließlich fragte, waren ihm die Worte im Hals weich und zittrig geworden, die Lippen taub, als hätte er eine Art Lähmung, und er mimte ganz bestimmt nicht den harten Typen, mit dem er seine Chancen aufgebessert hätte.

Sie hieß Maria. Er kannte sie schon seit Jahren, sie hatten manchmal in der Schule im gleichen Kurs gesessen, aber mit ihr gesprochen hatte er erst vor Kurzem. In der Schule redeten die

Jungs eben nicht mit den Mädchen, wenn sie nicht mit Witzen und Sprüchen bombardiert werden wollten. Selbst untereinander gab keiner zu, auf welche er stand, außer natürlich bei Models und Filmstars. Als wäre das ein Zeichen von Schwäche gewesen, etwas, was die anderen gegen einen verwenden konnten. Oder noch schlimmer, sie hätten es ihr erzählen können, und dann konnte man sich ja gleich umbringen.

Maria jobbte während der Sommerferien in einem der großen Kaufhäuser, und Montag war er ihr wirklich zufällig in ihrer Pause über den Weg gelaufen. Es hatte ihn überrascht, wie locker sie sich hatten unterhalten können, aber noch weniger hatte er erwartet, wie es ihm hinterher ging. Er konnte an nichts und niemand anderes mehr denken. Sie war nicht mehr nur eine, die er flüchtig kannte, sondern die Einzige, die er kennenlernen wollte.

Am nächsten Tag ging er wieder hin, einfach nur, um sie zu sehen, wobei sie ihn nicht sehen sollte (was hätte sie sich dann gedacht?), aber da war ihr freier Tag. Am Mittag musste er seinem Vater im Garten mulchen helfen, und der Lieferant war spät dran, also waren sie erst spätnachmittags fertig. Er wäre vielleicht noch in die Stadt gegangen, um sie nach ihrer Schicht abzupassen, aber als er nach dem Duschen wieder runterkam, stand Jo-Jo in der Küche und wollte mit ihm im Park bolzen gehen. Dann würde er morgen gehen, hatte er sich gesagt, und nicht nur gucken, sondern sie ansprechen. Er würde sie ins Kino einladen.

Sie sagte nicht Ja. Stattdessen nickte und lächelte sie schon, bevor er mit seinem Gestammel überhaupt fertig war, also hatte sie *doch* seine Gedanken gelesen, gewusst, was kam, und auch, was sie antworten würde. Es war großartig.

Sie wollten sich draußen treffen. Zu seiner Überraschung hatte sie sich den amerikanischen Film *Close Action 2* gewünscht, den Tony nicht gerade als ideales Date-Material eingestuft hatte, und beinahe hätte er ihre Beziehung schon kaputt gemacht, bevor sie überhaupt angefangen hatte, als er andeutete, sie stehe wohl auf den Star Mike MacAvoy. Maria sah sich nicht als »Tussi«. Sie hörte The Offspring und Nine Inch Nails, während ihre Mitschülerinnen den letzten Popteenidolen hinterherschwärmten, und während die anderen über Soaps tratschten, war sie selbst eher Expertin für *Akte X* und die *Sopranos*.

Sie war spät dran. Nicht besonders spät, nicht so spät, dass er sich ernsthaft Sorgen machte, sie hätte ihn versetzt, noch nicht. Die letzten sechsunddreißig Stunden über hatte er Vorfreude in verschiedenen Schweregraden verspürt, aber dieses Gefühl jetzt gerade war etwas ganz Neues. Er war angenehm aufgeregt. Er versuchte, sich zu erinnern, wie sie roch, malte sich aus, was sie wohl trug, wie sie ging, wie sie lächelte, und konnte kaum fassen, wie viel Wunderbares und Spannendes an so einem kleinen Menschen sein konnte. Es kribbelte ihm im Bauch und bebte ihm in der Brust. Es war, als würde er fast das Atmen vergessen.

Und dann sah er sie, als sie plötzlich hinter zwei alten Frauen in Witwenschwarz hervortrat. Sie trug ein kornblumenfarbenes Sommerkleid, mit dem sie aussah, als müsste sie eigentlich gerade barfuß durch kniehohes Gras spazieren. Letzten Monat hatte er in der Nachspielzeit einen direkten Freistoß verwandelt und seiner Mannschaft den Aufstieg gesichert.

Aber das hier war *viel* besser.

Es war ein ungemütlicher Abend, der Regen prasselte auf den Asphalt, schwallte über die Windschutzscheibe und verwandelte die Autos vor ihm in ein rotes Rücklichtgeschmiere. Aber nur ungemütlich für alle anderen. Nicholas bereitete das schlimme Wetter eine seltsame Freude. Selbst die Autofahrt darin beruhigte ihn irgendwie, da er danach die Haustür würde hinter sich zuziehen und sich zu seiner Frau an den Esstisch setzen können.

Stürmische Winterabende hatte er schon als Kind toll gefunden, als er ewig in der Wohnung am Fenster gestanden und sich die regennassen Straßen oder die Schlieren auf der Scheibe angesehen hatte. Das machte es drinnen nur noch gemütlicher und sicherer, die Nähe seiner Mutter noch wärmer. Als er mit Janine zusammengezogen war, hatte er zu seiner Freude gemerkt, dass sich das Gefühl bis ins Erwachsenenleben erhalten hatte. Sie hatten immer gerne hinter sich die Tür zugemacht und waren nur noch füreinander da gewesen, und das wirkte umso stärker, wenn der Wind die Bäume schüttelte und den Regen an die Fenster prasseln ließ.

Es war ihr zweiter Hochzeitstag und der erste, den sie gemeinsam verbrachten, nachdem Nicholas im letzten Jahr geschäftlich unterwegs gewesen war. Es war auch der letzte, den sie in absehbarer Zeit für sich alleine hatten, da Janines Stichtag für den nächsten Monat angesetzt war. An Abenden wie diesem wusste man, wofür man gearbeitet hatte, und Wind und Regen machten aus der kleinen, aber doppeltverglasten Wohnung einen Palast.

Trotz des Regens war der Verkehr nicht so schlimm, bloß an den üblichen Kurven und Steigungen etwas langsamer. Vielleicht war sogar weniger los, weil viele sich früher abgemeldet hatten, als sie durchs Bürofenster die Sintflut gesehen hatten. Nicholas sah auf die LED-Uhr auf dem Armaturenbrett. Er würde wohl in vierzig Minuten zu Hause sein. Janine würde ihn mit einem Kuss und einem Glas Merlot begrüßen, und er würde sich mit dem neuen Kleid revanchieren, das er ihr gekauft hatte. Sie würde es nicht sofort anziehen können, aber er wusste noch, wie seine Schwester sich über so ein Geschenk gefreut hatte, als sie hochschwanger gewesen war. Es hatte sie daran erinnert, dass sie nicht immer schon in diesen Umständen gewesen war, auch wenn es ihr manchmal so vorkam, und ihr einen Ansporn gegeben, um hinterher wieder in Form zu kommen.

Er fragte sich, was es heute wohl gab. Beim Gedanken an ein Cassoulet musste er breit grinsen. Letzte Woche hatte sie mal eins gekocht, aber als er zu Hause angekommen war, hatte sie gemerkt, dass sie den Ofen noch gar nicht angeschaltet hatte, also hatten sie die Wartezeit notgedrungen gemeinsam in der Badewanne und im Bett überbrückt. Sie waren im Moment wie die Teenager und trieben es bei jeder Gelegenheit. Vielleicht lag das an Janines Hormonen, vielleicht an dem natürlichen Drang, näher zusammenzurücken, weil sie jetzt eine Familie wurden. Aber wen interessierte schon der Grund?

Er drückte zur nächsten CD weiter, *OK Computer*. Auf den ersten Blick nicht die romantischste Wahl, aber das Album war herausgekommen, als Janine und er zusammengezogen waren, und es erinnerte ihn immer an die Zeit damals. Als er über die Kuppe und am Zementwerk vorbei war, floss der Verkehr wieder zügiger. Wahrscheinlich würde er doch nur eine halbe Stunde brauchen.

Tanya wünschte sich so langsam, sie wäre in der Zukunft geboren, wenn die Teleportation die anderen Verkehrsmittel abgelöst hatte, aber zur Not hätte auch eine Zeit gereicht, in der persönliche Hygiene von der Staatsgewalt durchgesetzt wurde und die Bahnen nicht mehr aussahen wie irgendein kommunistisches Sozialexperiment auf Schienen. Der Waggon war wie immer absolut überfüllt, und gemäß dem ersten Gesetz des öffentlichen Nahverkehrs war das Verhältnis von genetischen Unterspezies und Verhaltensauffälligen zu normalen Menschen zehnmal so hoch wie im Bevölkerungsdurchschnitt. Sie hatte sich einen Fensterplatz sichern können, sodass sie zwar die eisige Zugluft aushalten musste, dafür aber nur auf *einer* Seite ein Mitglied der seifenallergischen Unterklasse neben sich hatte. In diesem Fall war es eine alte Schachtel, die nach Kohl roch und deren ledrige Haut und Krächzstimme vermuten ließen, dass sie mehr qualmte als ein Laborbeagle. Im Moment riss sie sich zum Glück zusammen, wahrscheinlich wegen des kleinen Jungen auf ihrem Schoß, der einen Bonbon weniger lutschte als vielmehr in seine molekularen Bestandteile auflöste, um ihn so weit wie möglich über seinen kleinen Körper zu verteilen. Seine glänzenden Hände kamen ihrem guten Mantel alle paar Sekunden gefährlich nah, und wenn Tanya sich noch enger an die Wand presste, machte die Alte sich einfach noch breiter und brachte den eingekleisterten Kleinen wieder in Reichweite.

Ihr gegenüber saß ein Knutschpärchen, das wohl gerade versuchte, sich ineinanderzustülpen, um im überfüllten Waggon möglichst wenig Platz einzunehmen. Wenn Tanya die Augen schloss, hätte sie das Geschlabber für das Blubbern eines vulkanischen Schlammlochs halten können, wobei das Kind allein immer noch mehr Speichel produzierte als die beiden zusammen. Sie waren wie ein waberndes Zauberwesen, aus dem immer mal wieder eine andere Extremität hervorstieß, was umso grotesker wirkte, da der Kerl die ganze Zeit mit mindestens einem Arm bei seiner Freundin in der Bluse steckte. Auf der einen Seite ihrer Brust wanderten drei Knöchelgnubbel umher, wo eigentlich nur eine Brustwarze hätte sein sollen. Die alte Schachtel zischte und grummelte gelegentlich, aber die beiden wären wohl nur mit einem Eimer Eiswasser zu trennen gewesen.

Neben ihnen saß der obligatorische Murmler, ein Brillenträger mittleren Alters, der wohl von Kindheit an schon Tics sammelte. Sein Blick sprang verstohlen, aber chaotisch durch den Waggon, während die Finger herumzappelten und aus dem inkontinenten Mund ein Strom zusammenhangloser Wörter und Geräusche hervorsprudelte.

Ein Fluch über ihre Eltern, die ihr kein Geld für ein Flugticket gegeben hatten. Sie hätten ihr schon genug Geld für das nächste Semester geschickt, das müsse sie sich selbst einteilen, aber meine Güte, sie wussten doch, wie sehr sie die Bahn hasste. Wollten sie etwa, dass sie die Hälfte schon während der Weihnachtsferien ausgab? Es lag an ihren Klausurergebnissen letztes Semester. Sie hatten nichts gesagt – machten sie nie, sondern schmollten nur herum, und man durfte ihre Gedanken lesen –, aber Tanya wusste, dass es darum ging. Nicht, dass es ihre Schuld gewesen wäre. Das Arbeiterkind, von dem sie sich die Hausarbeiten hatte schreiben lassen, hatte sich als Niete herausgestellt, und Tanya hatte überall Durchschnittsnoten bekommen. Typisch ihr Glück: Alle taten es, aber sie musste ausgerechnet aufs lahme Pferd setzen. Sie wischte die beschlagene Scheibe mit einem Taschentuch sauber, weil sie sie nicht direkt anfassen wollte. Es war das letzte in der Packung, sie hatte überlegt, es dem kleinen Scheißer anzubieten, damit er sich die Flossen abwischen konnte, aber sie wollte sich lieber mit dem Ausblick ablenken. Es lohnte sich natürlich nicht. Nichts als Schnee. Sie konnte ein paar Soldaten sehen, also kamen sie, Gott sei Dank, bald an der Kaserne vorbei. Dann musste sie nur noch eine Dreiviertelstunde überstehen.

Bei Peters Weihnachtsfeier waren auch ein paar Soldaten gewesen, ein alter Schulfreund von ihm mit drei Kameraden. Was hatten die saufen können! Vom Gedanken allein dröhnte ihr der Schädel. Es war noch wilder zugegangen als üblich, und natürlich hatte Helena sich selbst übertreffen müssen. Mitten im Zimmer hatte sie zweien der Soldaten einen geblasen, und alle hatten sie angefeuert. Das war doch wohl etwas übertrieben. Sie musste unbedingt mal den Unterschied zwischen Dekadenz und Dummheit lernen. Es sollte einem zwar egal sein, was alle anderen von einem hielten, aber deshalb musste man noch lange nicht jede Selbstachtung über Bord werfen. Das hätte für sie eigentlich das gesellschaftliche Ende sein müssen, aber aus offensichtlichen Gründen würden die Jungs sie weiterhin einladen.

Draußen rasten verschwommen die Pfosten und Drähte des Kasernenzauns vorbei. Sie starrte hindurch in den Schnee, während das Pärchen schmatzte, der Murmler brummelte und der Kleine schließlich die Spannung brach und die Hand an Tanyas Oberschenkel abwischte. Sie schaute runter, um den Schaden abzuschätzen, wurde aber sofort in den Sitz zurückgeworfen, als wäre die Bahn wie eine Peitsche geschwungen worden. Der

Waggon war plötzlich zur Seite geruckt, und es wummerte durch den Stahl, kreischte und grollte von unten. Das Pärchen und der Murmler waren zwischen die Sitze geworfen worden, und wer auf dem Gang gestanden hatte, lag jetzt auf dem Boden oder auf anderen Fahrgästen.

Um sie herum keuchten und schrien die Leute, während es weiter grollte, als die entgleiste Bahn mit schrecklicher Wucht weiterraste. Der Waggon bebte und sprang, und alle versuchten, sich irgendwie festzuhalten. Das Mädchen am Boden hatte sie am Unterarm gefasst, während die Alte sich um den Kleinen krümmte, der jetzt schrie. In allen Gesichtern stand die Angst, die Augen aufgerissen, den Atem angehalten. Mit jedem neuen Ruck wurden die Körper gegeneinandergeworfen, und Stimmen schrien vor Schmerz. Das Mädchen fiel nach vorne, als es sich aufrichten wollte, und rammte Tanya den Ellenbogen in den Oberschenkel wie einen Stachel. Ihr Freund lag auf der Seite, und Blut lief ihm aus der Nase, wo der Kopf des Murmlers ihn erwischt hatte, der wiederum an den Knien der Alten zusammengesackt war wie eine Marionette.

Es bebte stärker, der Waggon wurde schneller und schneller nach links und rechts geworfen, während die Bahn immer weiterrauschte, bis es von vorne krachte und donnerte. Tanya krümmte sich instinktiv zusammen, zog die Beine an und rollte sich zwischen Rückenlehne und Wand zu einer Kugel zusammen.

Die Entgleisung selbst war nur der Anfang gewesen; jetzt fing die Sinfonie der Zerstörung erst richtig an. Der Waggon schleuderte horizontal herum, fiel auf die Seite und rollte volle dreihundertsechzig Grad, während er weiter durch den Schnee und Kies rutschte, bis er schließlich ein Kasernengebäude rammte, halb einriss und zum Stehen kam.

Drinnen war es wie in einem Mixer.

Tanya wusste nur, dass der Waggon sich nicht mehr bewegte, weil das Grollen aufgehört hatte. Um sie herum fielen und rollten immer noch Menschen, wer bei Bewusstsein war, versuchte, sich aus dem Gewirr zu befreien; die anderen hingen hilflos der Schwerkraft ausgeliefert da.

Sie lebte noch, denn sie hörte Schreie und spürte Schmerzen. Ihr linker Knöchel war weggeknickt wie ein Hühnerknochen, aber sie konnte ihn nicht sehen, weil sie hüftabwärts unter dem Mädchen und der Alten eingeklemmt lag, die wohl beide tot waren. Das Mädchen lag mit dem Gesicht nach oben, der Kopf in einem unmöglichen Winkel, Genick gebrochen, die Augen offen. Die Alte lag reglos auf dem Bauch, und unter ihr bildete sich eine Blutlache.

Die Schreie waren überall, wirkten deshalb aber fast wieder stumm; oder vielleicht verlor sie auch gerade das Bewusstsein. Aus dem Lärm hörte sie einen etwas anderen Schrei heraus, höher, drängend, jünger. Der Kleine. Tanya sah sich um. Sie fand ihn unter einem Sitz, der auf unerklärliche Weise standgehalten hatte. Sein Gesicht war vom Weinen knallrot, Angst und Verwirrung standen ihm im Gesicht. Von irgendwoher nahm sie die Kraft, sich an der Rückenlehne hochzuziehen, um sich möglichst von den beiden Leichen zu befreien. Beim winzigsten Versuch einer Bewegung schoss ihr der Schmerz durchs Bein, aber die Alte rutschte schon zur Seite weg. Nun konnte Tanya auch das Mädchen von sich rollen und sich nah genug rüberdrücken, dass sie die Hand nach dem Kleinen ausstrecken konnte. Er reagierte erst gar nicht und war wohl noch so sehr in seiner Verzweiflung gefangen, dass er sie gar nicht wahrnahm. Als er es dann doch tat, wich er zurück.

»Komm schon«, wollte sie sagen, aber ihr raues Flüstern ging im Lärm unter.

Sie berührte ihn am Fuß, dann nahm er vorsichtig ihren Finger und krabbelte schließlich aus seinem Versteck hervor.

Durch das kaputte Fenster hörte sie jemanden rufen. Ein Soldat schaute zu ihr herunter und streckte ihr die Hand entgegen. Ihre Stimme versagte, und sie zeigte nach unten, bis der Mann das Kind sah. Der Soldat beugte sich nach drinnen, legte die Arme um Tanyas Rumpf und hob sie nach draußen, während sie weiter heiser auf den Kleinen am Boden hinwies.

»Ich weiß, ich weiß«, erwiderte der Soldat leise, als er sie sanft auf den Boden setzte und sich dann wieder ins Waggoninnere hangelte. Der Wagen steckte mit einem Ende im Gebäude, und entlang der Seite halfen überall Soldaten, so gut sie konnten. In der anderen Richtung sah sie die restlichen Waggons, die alle mit auf das Kasernengelände gestürzt waren. Aus allen Gebäuden strömten Soldaten auf die zerstörten Fahrzeuge zu.

Ihr Retter kam mit dem verstummten Kleinen unter einem Arm nach draußen. Er reichte ihn ihr und stieg zurück in das Abteilwrack. Das Kind fing wieder an zu schluchzen, warf ihr die kleinen Arme um den Hals und vergrub das Gesicht in ihrem Mantel. Sie schloss die Augen und drückte ihm die Wange ins Haar; der Schmerz in ihrem Bein wirkte etwas ferner.

Dann hörte sie den Knall.

Tanya schaute hoch und sah den vordersten Waggon und die Lok in einem Feuerball verschwinden. Der Boden bebte, als die Explosion sich immer schneller ausdehnte, immer weiter, unaufhaltsam, unausweichlich. In einem Sekundenbruchteil sah sie das Feuer Soldaten, Waggons und Gebäude verschlingen und wie eine flammende Flutwelle vorwärtsbranden.

Sie drückte das Kind an sich und schloss die Augen.

Ein grelles Licht strahlte plötzlich durch die regenschwarze Nacht. Die Scheibenwischer kämpften weiter gegen die Fluten an, und Nicholas ging von einem Blitz aus. Einen Sekundenbruchteil später erschütterte der Donner den Himmel, den Boden und das Auto, Letzteres vor allem, weil Nicholas sich so sehr über die unerwartete Lautstärke erschrak. Er konzentrierte sich wieder auf die Autos vor sich, deren Bremslichter aufstrahlten, als der Scheibenwischer ihm wieder eine Millisekunde freie Sicht schenkte. Die Überführung vor ihm stürzte ein, die Pfeiler rissen und brachen, und die Straßenbrücke krachte in Riesenbrocken mitten auf den Verkehr.

Er trat die Bremse durch, aber der Audi schlitterte bei vollem Aquaplaning mit neunzig Sachen auf den Vordermann zu, der selbst noch weiterraste, die Bremslichter nicht mehr als ein panischer Wunsch. Gleichzeitig hörte Nicholas es wieder mehrmals knallen, als würden seine Mitverurteilten einer nach dem anderen exekutiert, während er auf seine eigene Kugel wartete. Er hob die Arme vors Gesicht, als der Audi den Vordermann rammte, der Airbag herausschoss und ihn umfasste, bevor er durch den nächsten Aufprall von hinten hin- und hergeworfen wurde.

Er hyperventilierte, aber immerhin lebte er noch. Hinter sich hörte er noch weitere Zusammenstöße; vor sich sah er nur den Airbag. Seine Arme waren darin eingefangen, aber er konnte sie ein bisschen bewegen, und auch seine Beine waren glücklicherweise noch in Ordnung. Er versuchte, langsamer zu atmen und sich zu sammeln. Er war okay. Erschüttert, und wahrscheinlich standen ihm monatelange Rückenschmerzen bevor, aber er lebte. *Überleben durch Technik*.

Vorne knallte es wieder, lauter als die Zusammenstöße, dann noch mal und noch mal, immer schneller. Oben auf der Windschutzscheibe sah er rotes und gelbes Licht in den Regentropfen tanzen.

Feuer.

Nicholas zerrte am Airbag, um seiner nun lebensgefährlichen Umarmung zu entkommen. Er griff nach dem Hebel unter dem Sitz, rutschte zurück und hatte nun ein paar wertvolle Zentimeter Bewegungsfreiheit.

Als er den Gurt löste, explodierte der Wagen vor ihm.

Er schloss die Augen.

»Janine.«

Als Tony die Augen öffnete, sah er zuerst seine Faust direkt vor dem Gesicht. Sie hielt immer noch den Geldschein, den er am Popcornschalter gezückt hatte, um Marias Eis zu bezahlen, das Einzige, wozu sie sich hatte einladen lassen. Dahinter waberten Rauch und Staub, so viel Staub. Er wallte um ihn herum, verschleierte alles außer seiner allernächsten Umgebung und gab nur kurz die Sicht auf etwas frei, was etwas weiter weg lag: ein kornblumenfarbenes Kleid, eine Gestalt mit dem Gesicht nach unten, die zuckte und sich krümmte.

Er atmete nicht richtig. Er saugte die Luft ein und zischte sie zu schnell, zu unregelmäßig wieder heraus. Alles war kalt.

Zwischen sich und dem kornblumenfarbenen Sommerkleid sah er zwei Beine in den Trümmern liegen. Ein Fuß fehlte, der andere hing noch an fransigen Fleischfetzen. Der Schuh sah aus wie seiner. Genau solche hatte er auch, aber heute hatte er sie nicht angezogen. Heute nicht. Heute hatte er andere an, die alten.

Bitte.

Tony streckte den rechten Arm danach aus.

Er wollte nach seiner Mutter rufen, aber der Hals lief ihm voll. Blut floss ihm übers Gesicht, über die Augen, und er sah nichts mehr.

TEMBER MONTAG, ERSTER
AG, ERSTER SEPTEMBER MO
ER SEPTEMBER MONTAG, E
EMBER MONTAG, ERSTER S
G, ERSTER SEPTEMBER MON
R SEPTEMBER MONTAG, ER
EMBER MONTAG, ERSTER S
G, ERSTER SEPTEMBER MON
R SEPTEMBER MONTAG, ER
EMBER **MONTAG,** ERSTER S
G, **ERSTER SEPTEMBER** MON
R SEPTEMBER MONTAG, ER
EMBER MONTAG, ERSTER S
G, ERSTER SEPTEMBER MON
R SEPTEMBER MONTAG, ER
EMBER MONTAG, ERSTER S
G, ERSTER SEPTEMBER MON
R SEPTEMBER MONTAG, ER
EMBER MONTAG, ERSTER S
G, ERSTER SEPTEMBER MON
R SEPTEMBER MONTAG, ER
EMBER MONTAG, ERSTER S
G, ERSTER SEPTEMBER MON

FEINDKONTAKT

Der Briefing Room hatte etwas von einem *3D-Kabinett der Unterkiefer*, Reihe um Reihe kantiger Schädel auf steifen Schultern. Zum letzten Mal hatte sie in der Schuldisco so viele Kerle hart und cool tun sehen. Nahe der Tür hätte es noch freie Plätze gegeben, aber sie ging lieber vor dem Podium vorbei, um zu sehen, wie alle reagierten. Jeder Kopf drehte sich, jedes Auge folgte ihr, aber sie machte sich keine Illusionen, warum. Es ging nicht unbedingt darum, dass sie die einzige Frau im Raum war, sondern vor allem darum, dass überhaupt eine Frau da war. Das schwache Geschlecht war zwar in der Special Branch durchaus hin und wieder vertreten, aber nicht jede Region hätte eine Frau zu so einem Weitpisswettbewerb geschickt. Das lag aber weniger am vorwärtsgewandten Liberalismus der Polizei von Strathclyde, sondern vielmehr an deren Einschätzung, wie wenig die aktuelle Warnung ihre Gegend betraf. Und das stimmte wohl auch. Im internationalen Terroristenatlas war Großbritannien als nierenförmige Insel eingezeichnet, die von etwas namens »M25« begrenzt wurde.

Sie erwiderte beim Gehen ein paar Blicke, konfrontierte die

Zweifler und lächelte geziert, um ihnen zu zeigen, dass sie ihre Gedanken lesen konnte.

»Was will die denn hier? Eindeutige Quotenfrau. Außerdem bisschen kurz geraten. Auf die soll man sich im Einsatz verlassen können? Kleine Karrieristin, bestimmt. Tausend Qualifikationen, im Feld nichts vorzuweisen. Schrecklich schlau, aber keinen Arsch in der Hose.«

Vielleicht dachten sie das alles auch gar nicht, aber sie hatte es alles schon mal gehört.

Ein paar bekannte Gesichter nickten ihr zu, aber nur eins lächelte, John Millburn, der auch als Einziger Disziplinarmaßnahmen riskierte, weil er es mit der Uniformvorschrift gerade nicht so genau nahm. Er winkte ihr zu, dass in seiner Reihe noch ein Platz frei sei, und stupste den Glatzenkandidaten neben sich an, damit er rutschte und sie bei ihm sitzen konnte.

»Angel X. Wie läuft's, Kleine?«

»Ganz gut, Kleiner«, erwiderte sie und musste gähnen. »Sorry. Mein Flieger ging um halb sieben. Schön, dass alle die Ernste-Miene-Anweisung gekriegt haben. Hier sieht's ja aus, als hätte die Regierung gerade eine Freimaurer-Steuer angekündigt.«

»Oh, vorsichtig, junge Frau! Irgendwer muss sich doch um die Witwensöhne kümmern. Oder, Brian?«

Der Polizist mit dem Glatzenansatz schaute böse und schüttelte den Kopf. Warum musste ausgerechnet er neben dem Klassenkasper sitzen? Und würde er einen Klassenbucheintrag bekommen, wenn er beim Kichern erwischt wurde?

»Worum geht's heute eigentlich? Weißt du da was? Also außer …«

Millburn zuckte die Schultern. »Ich weiß auch nicht mehr als du. Eigentlich nur, dass die, die mehr wissen als wir, sich große Sorgen machen.«

Sie schaute sich um. Das Getuschel wurde lauter, als um die fünfzig Leute das gleiche Gespräch führten.

»Tja, bei uns passiert da ja sowieso nichts, was?«, bemerkte sie. »Uns haben sie doch nur aus Höflichkeit eingeladen.«

»Dich vielleicht. Ich arbeite doch jetzt selber hier unten im guten, alten London. Seit einem Monat.«

»Echt? Glückwunsch! Oder so. Ist Newcastle ohne dich nicht schon längst in der Anarchie versunken?«

»Klar, bloß nennen wir das in Tyneside nicht Anarchie, sondern Samstagabend.«

Links vom Podium öffnete sich eine Tür, und heraus kam Tom Lexington, der Chef der Anti-Terrorist Task Force. Der Saal verstummte, als hätte er eine Taste auf der Fernbedienung gedrückt. Das war eine Instinktreaktion aus Respekt vor dem Mann, aber vor allem davor, was seine Gegenwart bedeutete. Er blieb an der Tür stehen und hielt sie auf. Neben dem Rednerpult standen drei Stühle.

Als Erstes folgte ein blasskränklicher Kinderschändertyp mit Brille. MI5, vermutete sie. Wenn man den durchschnitt, zog sich das als Muster quer durch seinen Körper wie bei einer Zuckerstange. Er trug eine schwarze Hose, die eigentlich nur voller Essensreste und mit einem Gürtel aus Paketschnur hochgehalten sein konnte. Geheimdienst-Analytiker, heute auf Freigang von seinem Keller in Millbank. Hatte wahrscheinlich den ganzen Weg hierher die Augen vor der Sonne zugekniffen.

Danach kam ein Exemplar konzentrierter Mannhaftigkeit in grauem Feldanzug, das auch den stolzesten Machokiefer im Saal in die Flucht schlagen konnte. Die gelassene Körpersprache, die Haltung, der neutrale, fast müde Gesichtsausdruck. Der hatte niemandem etwas zu beweisen, von niemandem etwas zu fürchten. Muskulös, aber leichtfüßig. Neben Lexington sah er recht klein aus, aber das war bei fast jedem so. Ein kleiner Rasierunfall am ansonsten glatten Kinn sorgte an seinem anderweitig makellosen Äußeren für Abwechslung.

Die beiden Neuankömmlinge setzten sich, als Lexington ans Pult trat und ein paar Papiere drauflegte.

»Guten Morgen«, sagte er, auch wenn die Umstände eindeutig nahelegten, dass das ganz und gar nicht stimmte. Er hatte eine Stimme wie ein Nachrichtensprecher bei Radio Four. Sanft, aber bei jeder Lautstärke voller Autorität, ein gemessener Ton, der gleichzeitig beruhigte und mitriss. »Als Erstes möchte ich Ihnen allen danken, dass Sie heute Morgen gekommen sind, und mich für den Mangel an Informationen darüber entschuldigen, warum Ihre Anwesenheit nötig war. Ich weiß nur zu gut, dass wir Bullen nichts schlechter ertragen, als wenn jemand anders alle Geheimnisse kennt. Das werde ich aber gleich ändern.«

Er räusperte sich, blätterte eine Seite um und dann wieder zurück.

»Ich weiß nicht, wie sehr Sie alle sich in der letzten Zeit mit auswärtigen Angelegenheiten befasst haben, also bitte ich um Geduld, während ich die Sache für alle in den gleichen Kontext setze. Am zehnten März dieses Jahres kehrte General Aristide Mopoza nach zwei Jahren im Untergrund zurück und führte einen erfolgreichen Putsch in der ehemaligen britischen Kolonie Sonzola an. Der General war zuvor nach der fehlgeschlagenen Annektierung des Nachbarstaates Buluwe als Diktator abgesetzt worden. Wie Sie sich sicher erinnern, spielten britische Kräfte in diesem Konflikt wie auch bei dem darauffolgenden Sturz des Generals und der Einrichtung einer Präsidialdemokratie eine entscheidende Rolle. Das stieß bei Teilen des sonzolanischen Militärs selbstredend auf wenig Gegenliebe, die Mopoza insgeheim treu blieben. Sie haben Großbritannien die Beteiligung am Konflikt mit Buluwe sehr verübelt, den sie ihrer Meinung nach ansonsten gewonnen hätten. Um das Bild weiter auszufüllen: Im Laufe der letzten zehn Jahre hat Sonzola ähnlich viele Regierungswechsel durchgemacht wie Italien und sich in einem nahezu dauerhaften Bürgerkrieg befunden, während die demokratisch geneigten Rebellen stets Zuflucht in und Unterstützung durch Buluwe fanden.«

Verwunderte Blicke wurden ausgetauscht. Lexington hielt inne, um zu zeigen, dass er sie bemerkte und dass sie zügig aufhören sollten. Das taten sie auch.

»General Mopozas Kräfte schlugen zu, als das Land das zweite Jubiläum seines Sturzes feierte. Wie allen Historikern liegen ihm geschichtsträchtige Daten sehr am Herzen. Mopoza selbst studierte in Cambridge und beschrieb sich einmal als anglophil, aber in Anbetracht der Lage sollten wir nicht vergessen, was nach Oscar Wilde jeder Mann mit dem tut, was er liebt. In den Sechzigern kämpfte er für die Unabhängigkeit seines Landes, mit dessen Schicksal er sich für immer verbunden sieht – ein Schicksal, das für das Land seiner Alma Mater nichts als Rache vorsieht.

In einem Staat wie Sonzola ist allerdings die einzige Gewissheit, dass einem über kurz oder lang jemand einen Dolch in den Rücken rammt. Gestern früh um null Uhr fünfzehn führte Captain Adrian Shephard vom Special Air Service Ihrer Majestät eine Operation an, bei der General Philip Thaba außer Landes geschafft werden sollte, ein Mitglied von Mopozas engstem Kreis, das uns den Wunsch zum Überlaufen mitgeteilt hatte. Captain Shephard wird das Briefing nun persönlich weiterführen.«

SAS. Na klar.

Shephard stand auf und wirkte vor versammelter Mannschaft nicht mehr ganz so lässig und selbstsicher. Der Feind war wohl weniger furchteinflößend als ein mittelgroßes Publikum.

»Guten Morgen«, fing er an, klang aber skeptisch. »Die ... äh, Gründe für General Thabas Desertion wurden nie bekannt. Vielleicht fand er nicht, dass er für seine Loyalität beim Putsch genug vom Kuchen abbekommen hatte; oder möglicherweise war er in seiner Machtposition ein Kandidat für eine kurzfristige Hinrichtung, sobald Mopoza unruhig geworden wäre. Das wissen wir aber nicht mit Sicherheit. Wir wissen nur, dass er angab, im Besitz von Informationen über eine Terrorbedrohung des britischen Staates zu sein, und dass er uns diese im Austausch für sicheres Geleit und gewisse andere, äh, Zusicherungen anbot.

Aus diesem Grund sollte es eine absolut vertrauliche Übergabe werden. Meine Einheit wurde eingesetzt, um General Thaba von einem Punkt zwanzig Meilen außerhalb Freeports über die nahe Grenze nach Buluwe zu eskortieren. Er wurde zum Übergabeort von einem kleinen Wachtrupp loyaler Soldaten begleitet. Wie Commander Lexington schon sagte, überquerte meine Einheit um null Uhr fünfzehn die Grenze. Um circa ein Uhr befanden wir uns in Sichtweite des Übergabeorts, als General Thabas Konvoi von Kampfhelikoptern unter Feuer genommen wurde. Der Panzerwagen des Generals erlitt einen indirekten Treffer und wurde außer Gefecht gesetzt. Unser Radar hatte bis dahin einen freien Luftraum gemeldet, also gehen wir davon aus, dass die Helikopter aus dem Hinterhalt in unmittelbarer Nähe des Übergabeortes abhoben. Sofort danach griffen auch Bodentruppen an, und es kam zu einem Feuergefecht. General Thabas Truppen erlitten schwere Verluste, verlegten ihn aber erfolgreich in ein funktionsfähiges Fahrzeug und übergaben ihn an uns.

Zwischenzeitlich hatte der General allerdings ernste – schließlich tödliche – Verwundungen erlitten und blieb nur noch Minuten bei Bewusstsein. Ich forderte ihn auf, mir zu sagen, was er wisse, aber er gab wenig Zusammenhängendes von sich, und wenn doch, verlangte er Morphium und forderte uns auf, schneller zu fahren. Ich ordnete unserem Sanitäter an, dem General kein Morphium zu verabreichen, bevor er uns nicht seine Informationen gegeben hatte. Unser Sanitäter verweigerte den Gehorsam. Als Thaba die Injektion bekommen hatte, verlor er langsam das Bewusstsein, wobei ich ihn noch ein letztes Mal fragte, was er wisse.«

Shephard war rot geworden. Vielleicht lag das an der Wärme, vielleicht war er öffentliches Reden nicht gewohnt, aber sie nahm an, dass ihm peinlich war, wie wenig er vorzuweisen hatte.

»General Thaba war nicht mehr ... ganz bei Verstand. Er sagte nur: ›Der Black Spirit. Auge um Auge.‹ Als ich eine Erklärung forderte, wiederholte er das Gleiche noch zweimal. Das waren seine letzten Worte.«

Es schnaufte und seufzte aus allen Ecken des Saals. Für die meisten hörte sich das an wie eine Menge Lärm um nichts. Hier und da hielt aber jemand den Atem an, der mal bis über die Sportseiten weitergeblättert und vom Black Spirit gelesen hatte.

»Ganz sicher, dass er nicht ›Rosebud‹ gesagt hat?«, witzelte einer aus der letzten Reihe und bekam seine Lacher.

»Oder vielleicht ›Es gibt noch einen Skywalker‹«, sagte ein anderer, der sich vielleicht als Erster nicht getraut hätte.

Shephard lächelte verlegen. Er war Männergeplänkel wohl gewohnt und wusste, wann er mal einstecken musste. Lexington wirkte weniger nachsichtig, und der Saal verstummte, als er aufstand.

»Mir persönlich gefällt ja am besten Robert Burns' ›Lass nicht den Deppentrupp über mich schießen‹«, sagte Lexington, der zwar nicht allzu streng klang, dessen Autorität aber jeder spürte. »Und das habe ich heute auch nicht vor.«

»Aber mal im Ernst, Sir, das ist doch nun wirklich etwas kryptisch«, protestierte Rosebud.

»Ach, das finden Sie schon kryptisch, Willetts? Tja, ich kann Ihnen versichern, dass das noch der einfache Teil war. Captain?«

Shephard sah sich wieder im Publikum um, anscheinend noch verlegener als vorher, weil er wohl normalerweise nicht auf die Hilfe anderer angewiesen war.

»Da hat der Commander wohl leider recht. Die Art des Überfalls legt nahe, dass General Mopoza schon lange im Vorhinein wusste, dass Thaba überlaufen wollte. Da stellt sich die Frage, wie viel er sonst noch wusste und seit wann. Wusste Mopoza auch, dass Thaba uns Informationen über einen geplanten Terroranschlag zuspielen wollte? Hatte er womöglich selbst Thaba diese Geschichte untergejubelt, weil er mit dessen Verrat rechnete? Wollte Thaba fliehen, weil er nicht mehr über Wichtiges informiert wurde, und hatte deshalb so wenig zu sagen? Wie immer in Sonzola jagt eine Intrige die andere.

Von der militärischen Analyse her erscheint mir General Thabas Rettung aus dem Hinterhalt nahezu unmöglich, also besteht die Möglichkeit, dass Mopoza ihn absichtlich davonkommen ließ, ob er ahnte, dass er tödlich verletzt war, oder nicht. Kurz gesagt wissen wir nicht, ob Thabas Informationen korrekt sind, ob Mopoza weiß, was wir wissen, oder ob Thaba sich sogar alles ausgedacht hat, um sich sein Ticket in die Freiheit zu kaufen.«

»Bei allem Respekt, Sir, was hat das alles denn mit uns zu tun«, hakte Rosebud nach.

Shephard drehte sich nach Lexington um, der ihn mit einem höflichen Nicken entließ und leise »Danke« sagte, als der Soldat sich setzte.

»Diese Frage kann uns wohl am besten Mr. Eric Wells vom Security Service Ihrer Majestät beantworten, Superintendent.«

Kinderschänder sprang diensteifrig auf. Er sah aus, als müsste er vor dem Publikum deutlich unruhiger sein als Shephard, aber anscheinend fehlte ihm die Selbstwahrnehmung dazu. Das war vor diesem Publikum aber vielleicht auch besser. Nach der enttäuschenden Vorband musste der Headliner jetzt etwas Großes liefern.

»Auf die von Captain Shephard aufgeworfenen Fragen kenne ich auch keine Antworten«, sagte er leise, woraufhin sofort aus allen Ecken die Forderung schallte, er solle lauter sprechen. Angelique kannte schon ein paar von dieser Art – konnte einem die spannendsten Information liefern, musste aber nur selten vor mehr als drei Leuten gleichzeitig reden.

Wells räusperte sich und fuhr etwas lauter fort, ohne dass seine Stimme allzu gut zu verstehen gewesen wäre. Sie schätzte, dass er vielleicht dreißig Sekunden hatte, sein Publikum zu packen, bevor ihn das ungeduldige Gemurmel übertönen würde. Aber wenn sie sein Fachgebiet richtig geraten hatte, dürften dreißig Sekunden mehr als genug sein.

»Es ist natürlich möglich, dass General Thabas Informationen ebenso wertlos wie vage waren, in welchem Fall ich Sie alle gerade grundlos langweile. Ich hoffe inständig, dass es so ist.«

Bei diesem Nachsatz verstummte ein gutes Dutzend sarkastischer Nörgeleien. Wells war dramaturgisch bewanderter, als sie geglaubt hatte, aber er hatte ja auch dankbares Material.

»Vielleicht fantasierte General Thaba, vielleicht lag er im Sterben, vielleicht log er sogar, aber er hat doch den Black Spirit erwähnt. *Das* hat die Sache mit Ihnen zu tun, Officer, und deshalb sind Sie heute Morgen alle hier. Wir müssen uns mit der Möglichkeit auseinandersetzen, dass einer der gefährlichsten und skrupellosesten Terroristen der Welt seinen ersten Anschlag auf britischem Boden plant.«

Aus vereinzelten höhnischen Grummeleien wurde allgemeines unzufriedenes Gemurmel. Lexington blieb sitzen, da der schmale Geheimdienstler seine Hilfe wohl weniger nötig hatte als der Muskelmann vom SAS. Dieses Detail fiel im Publikum aber kaum jemandem auf.

»Das ist doch nun wirklich noch kein Grund für eine nationale Alarmbereitschaft!«, sagte ein kleiner Dicker, den sie von einem Einsatz in London im Jahr davor kannte. Hart hieß er, und wie viele in der großen Stadt war er greifbarere Terrorbedrohungen mit genauen Zeiten, Orten und Codewörten gewohnt, nicht so einen versponnenen Hokuspokus.

»Noch nicht«, erwiderte Wells trocken. »Aber wenn es so weit kommt, werden Sie noch froh sein, dass Sie dem Typ mit der Brille vom MI5 zugehört haben. Denn hier geht es nicht um irgendeinen wild gewordenen Fanatiker mit einem Schuppen voll Semtex. Der Black Spirit ist etwas ganz Neues. Er ist ein Auftragsterrorist: Man gibt ihm Geld, und er bringt Menschen um, so einfach ist das. Er hat keine Ideologie, keine Forderungen, keinen Anführer, keinen Sponsor, und er hat erst recht kein Gewissen. Er arbeitet einzig und allein fürs Geld, und seine Dienste sind gefragt, weil er sein Handwerk beherrscht, das können Sie mir glauben.«

Wells kam jetzt richtig in Fahrt und haute sein Wissen mit offener Begeisterung raus. Die anfänglichen Störungen hatten ihn unerwartet wenig tangiert, was vielleicht daran lag, dass er wie alle Besessenen einfach davon ausging, dass seine Zuhörer sich spätestens dann mitreißen lassen würden, wenn er zum spannenden Teil kam.

»Vor knapp drei Jahren tauchte er zum ersten Mal auf unserem Radar auf, als er die amerikanische Botschaft in Madrid hochjagte. Wie Sie sich vielleicht erinnern, hatten damals islamistische Extremisten die Verantwortung übernommen. In Wahrheit hatten die den Anschlag aber nur bezahlt. Ausgeführt hat ihn der Black Spirit. Der Anschlag war in seiner Dreistigkeit als Vorspiel gemeint, urteilen die Analytiker, und das Thema hoher ziviler Opferzahlen zieht sich durch die ganze Sinfonie. Der Explosion fiel nämlich nicht nur die Botschaft der selbst erklärten ›mächtigsten Nation der Welt‹ zum Opfer, sondern auch das Kino im Nachbargebäude, in dem achtundvierzig Menschen starben. Sie schauten sich gerade den Film *Close Action 2* an, in dem es – für alle Glücklichen, die ihn nie gesehen haben – um eine amerikanische Elite-Antiterroreinheit geht. Man geht davon aus, dass dieses Timing kein Zufall war.«

Wells hätte jetzt wieder zu den anfänglichen leiseren Tönen zurückkehren können, wenn er gewollt hätte. Er hätte sogar flüstern können. Das stand aber nicht an – dazu genoss er seinen Auftritt zu sehr.

»Seitdem hat er seinem Lebenslauf unter anderem die Versenkung des Schwarzmeer-Kreuzfahrtschiffs *Twilight Queen* hinzugefügt, bei der zu den einundachtzig Todesopfern der Vizepremier von Georgien zählte; außerdem den Giftgasangriff in Dresden letztes Jahr mit fünfundfünfzig Toten und den Anschlag diesen Januar in Sankt Petersburg, bei dem er einen Personenzug in eine fahrende Bombe verwandelte, die er entgleisen und in eine Kaserne der russischen Streitkräfte rasen ließ. Hier lag die Zahl der Opfer im dreistelligen Bereich. Und das sind nur die Anschläge, von denen ich Ihnen erzählen darf. Er ist auch für andere verantwortlich, bei denen seine Täterschaft aber noch als Verschlusssache behandelt wird.«

In der Stille hob sich eine Hand. Sie gehörte Willetts, dem Kollegen mit dem Rosebud-Spruch. Er wirkte jetzt nicht mehr ganz so vorlaut.

»Woher wissen Sie, dass das alles der Gleiche war?«

»Ach, das lässt er uns wissen. Er hinterlässt ein Markenzeichen, äh, eine Visitenkarte, könnte man sagen. Wie die meisten Terroristen ist er sehr stolz auf sein Werk. Große Anhaltspunkte gibt er uns allerdings nicht, er ist ja nicht blöd. Er sagt uns eben, welche wir ihm zuschreiben *sollen*. Wir gehen davon aus, dass er auch andere Anschläge anonym ausgeführt hat, und wenn wir ihn mit denen in Verbindung bringen könnten, würde das wohl ein klareres Bild von seiner Identität zeichnen. Leider gibt es weltweit im Schnitt sechzig Terroranschläge im Monat.«

»Und wie sieht sein Markenzeichen aus?«

»Auch das ist leider Verschlusssache.«

Ein Ächzen ging durch den Raum. Lexington hatte recht: Bullen hassen Geheimnisse. Diesmal hatten sie aber nichts verpasst; sie hatte die kleine Hinterlassenschaft des Black Spirit gesehen, und daran war nun gar nichts Mysteriöses. Geheim war sie nur, damit sie sich sicher sein konnten, wann sie wirklich seine Arbeit vor sich hatten, damit sie eventuell ein Muster erkennen konnten; auch wenn es nur ein Muster war, das er ihnen absichtlich zeigte, wie Wells zugegeben hatte. Würde sein Markenzeichen sich herumsprechen, könnte jeder dahergelaufene Bombenwerfer es sich abschauen und das Bild verwischen, wenn er den großen Mann markierte.

»Warum heißt er denn Black Spirit?«, fragte Hart und kam der Antwort auf Willetts Frage unwissentlich sehr nahe. »Können Sie uns das denn wenigstens sagen?«

»Das ist nur ein Name«, log Wells.

Der Grund spielte keine große Rolle, aber Wells wollte seine Zuhörer nicht weiter vor den Kopf stoßen und ihnen sagen, dass das auch wieder geheim war. Der Name bezog sich nämlich auf das ebenfalls geheime Markenzeichen des Black Spirit: einen groben, fast formlosen schwarzen Klecks mit einem Gesicht aus zwei weißen Augenkreisen und einem länglichen Zahngitter. Dazu hatten sich auch andere, ähnliche Spitznamen gefunden – Dark Phantom, Grinning Ghost, Black Ghoul –, aber der »Black Spirit« hatte sich bei Interpol durchgesetzt. Wells hatte gestockt, als er es eine Visitenkarte genannt hatte, weil er nicht zu viel verraten wollte. Denn genau das hinterließ der freche Drecksack: Er druckte das Bild auf Dutzende weißer Visitenkarten, die hinterher zwischen Schutt und Leichen herumwehten.

»Nein, eigentlich ist es mehr als nur ein Name«, korrigierte Wells sich. »Auf jeden Fall ist mehr daraus geworden, und das war von Anfang an sein Plan. Diese Person ist innerhalb von drei Jahren vom Unbekannten zu einem der meistgesuchten Terroristen seit Carlos dem Schakal aufgestiegen. Und der Grund für diesen kometenhaften Aufstieg liegt nicht etwa darin, dass er der Beste, der Böseste oder Fleißigste wäre, auch wenn jeder dieser Titel sicher in seiner Reichweite läge. Nein, er liegt darin, dass er Eigenmarketing betreibt. Er gehört nicht nur zu einer neuen Art, weil er für Geld tötet. Das hier ist nicht mehr bloß Auftragsterrorismus, sondern Designerterrorismus. Er hinterlässt sein Markenzeichen bei seinen aufmerksamkeitsträchtigsten Taten, um noch berüchtigter zu werden. Also bekommt man für vier Millionen Dollar, oder wie viel er auch immer verlangt, nicht bloß einen Terroranschlag, sondern einen mit Black-Spirit-Label. Und je berüchtigter er wird, desto höher der Wert dieses Labels. Die Bösen wissen, dass er solide Arbeit liefert, und die Guten scheißen sich in die Hose, wenn sie bloß seinen Namen hören.«

Oder ihnen geht einer ab, was bei Wells scheinbar kurz bevorstand.

»Normalerweise hat so eine Berühmtheit auch Nachteile. Wenn man einen auf dicke Hose macht, erhöht sich natürlich auch die Gefahr, dass man geschnappt wird. Nicht bei ihm. Er ist seit drei Jahren aktiv, und wir wissen so gut wie gar nichts über ihn. Wir wissen nicht, wie er aussieht, wir kennen seine Nationalität nicht. Wir wissen nicht, wie alt er ist. Wir wissen nicht, mit wem er zusammenarbeitet. Wir kennen keine Mittelsmänner, keine Decknamen, wir wissen rein *gar nichts*, was uns bei seiner Identifikation helfen könnte, wenn er einfach ins Flugzeug steigt und in Heathrow durch die Passkontrolle marschiert.«

Das Gegrummel fing wieder an, hatte jetzt aber einen anderen Ton. Aus einer Ungeduld, weil sie glaubten, sie würden nicht gebraucht, war ein Unbehagen geworden, weil sie sich keine großen Chancen ausrechneten, überhaupt irgendwie helfen zu können.

Millburn hob die Hand, und alle Augen richteten sich auf ihn, weil wohl viele hofften, seine Frage würde die von Wells konstruierte Bedrohung zusammenstürzen lassen wie ein Kartenhaus.

»Woher wissen Sie, dass der Black Spirit eine Einzelperson ist? Wenn Sie keine Beschreibung haben, könnte es sich doch auch um eine Gruppe, eine Bande handeln, oder?«

Jetzt wurde Wells ungeduldig. Er hatte zwar eine Antwort, störte sich aber ganz klar an der Frage. Es gefiel ihm nicht, dass die Kinder nicht mehr an den Weihnachtsmann glauben wollten.

»Diese Möglichkeit wurde eine Weile erwogen, ja. Zweifellos arbeitet er nicht allein, aber in der Branche geht es nur selten demokratisch zu. So eingeschworen die Gruppe auch sein mag, muss doch einer das Sagen haben, und die Taten des Black Spirit waren nichts, wenn nicht egozentrisch. Weiterhin haben wir ... *gewisse* Informationen: Berichte aus zweiter und dritter Hand von fragwürdigem Wahrheitsgehalt, um es vorsichtig auszudrücken. Leute, die sagen, sie hätten dieses gehört oder jenen getroffen, der ein Gespräch zwischen anderen mitbekommen haben soll ... Sie wissen schon. Bei Terroristen und ihren Gehilfen ist es wie bei allen Verbrechern: Sie erzählen einem entweder gar nichts oder eben Lügengeschichten, aber hier und da rutscht zwischen dem ganzen Müll auch mal ein brauchbarer Informationsfetzen mit durch. Auf jeden Fall stimmen die Berichte in genügend Punkten überein, dass sie sich höchstwahrscheinlich auf eine Einzelperson beziehen. Leider hat noch niemand behauptet, diese Einzelperson jemals kennengelernt oder auch nur gesehen zu haben.

In den meisten Terrorgruppen finden so viele interne Machtkämpfe zwischen einzelnen Fraktionen statt, dass mit der Zeit immer ein paar Aussteiger ihre ehemaligen Mitstreiter ausliefern. Davon gibt es beim Black Spirit bisher leider keinerlei Anzeichen. Ideologische Spannungen bilden sich nicht, weil es erst gar keine Ideologie gibt. Aber Anekdoten zufolge gibt es zwei deutlich wichtigere Gründe, warum die Seinen dem Black Spirit die Treue halten. Zum einen werden seine Mitarbeiter fürstlich belohnt, zum anderen hat er ein gutes Gedächtnis, und niemand bei Verstand will sich mit dem Drecksack anlegen.«

Nein, natürlich nicht. Alle Fanatiker, Psychopathen und Mörder auf der ganzen Welt halten die Luft an, wenn sie seinen Namen hören. Er frisst Waffen und scheißt Kugeln. Er badet in

Blut und grillt sich Leichenteile zum Frühstück. Oh ja, Baby, erzähl mir mehr, ooh, Baby, ja! Er ist der Böseste der Bösen. Er ist eine Killermaschine. Ooh ja, das hört sich so gut an, so schlimm, ooh, ooh, ooh, ooooooh ...

Ach, leck mich doch!

Lexington hatte Wells wahrscheinlich gebeten, alles etwas aufzubauschen, um den Versammelten einzuheizen, aber das war wohl nicht nötig gewesen. Wäre der Black Spirit in dem Augenblick zur Tür reingekommen, wäre der MI5-Schleimscheißer doch sofort vor ihm auf die Knie gefallen und hätte jeden Zentimeter gierig verschlungen.

Er gehört zu einer ganz neuen Art. Er ist kühn. Er ist gerissen. Er ist genial. Er ist cool. Er ist böse. Er ist gefährlich. Er hat den Längsten.

Ja, klar.

Ein Wichser ist er, sonst gar nichts.

Alle Terroristen waren Wichser. Egal, in welche Flagge sie sich wickelten, welcher Religion, welcher Geschichte oder welchem Mythos sie ihren Kreuzzug aufdrückten, sie waren bis zum letzten Mann nichts als Wichser. Sie sagten sich und jedem, der nicht vor Langeweile einschlief, dass sie für die ruhmreiche Sache kämpften oder für ihr »Volk« (auch wenn Letzteres selten vorher gefragt wurde), aber in Wirklichkeit waren sie doch nur dabei, weil sie gerne Menschen töteten. Bis zum letzten Wichser.

Bei Wells' Lobrede auf dieses Arschloch wurde sie ganz kribbelig. Ihre Wirbelsäule wurde steif, und die Fäuste ballten und öffneten sich unwillkürlich. »Designerterrorismus.« Hörst du eigentlich, was du da gerade verzapfst, du Vollpfosten? Ach ja, Massenmord, aber Massenmord mit *Stil*. Die Opfer sollten sich verdammt noch mal geehrt fühlen, dass sie von so einer schillernden Persönlichkeit umgebracht worden waren. Es war doch lächerlich, dass Wells sich daran aufgeilte, wie einfallsreich, wie gekonnt, wie *gut* der Terror des Black Spirit war. Man musste als Terrorist nicht »gut« sein, sondern einfach nur, wie sollte man es anders sagen: ein Wichser. Man musste einfach nur zu Schreckenstaten bereit sein; die Ausführung erforderte kein Genie. Man konnte sich von hinten an Captain Shephard ranschleichen, wenn er irgendwo im Restaurant saß, und ihn mit einer Whiskyflasche bewusstlos schlagen – das hieß aber nicht, dass er in einem fairen Kampf nicht Kleinholz aus einem gemacht hätte. Das war ja gerade der Witz beim Terrorismus: Jedes dahergelaufene Arschloch konnte mitmachen. Daher kam ja der Terror – daher, dass die Gesellschaft sich nicht vor einer Bedrohung schützen konnte, die überall lauern und jedes beliebige Ziel treffen konnte. Er richtete sich eben gegen die Arglosen und Ungeschützten.

Hinterher konnte man sich darauf verlassen, dass Polizisten und Politiker jeden Terroranschlag im Fernsehen als »feige« verurteilten. Die Täter grinsten sicher über so eine poplige Beleidigung oder rechtfertigten ihr Vorgehen als legitime Taktik gegen einen weit stärkeren Feind. Aber es war nun mal wirklich feige. An unbewachten Orten Bomben legen erforderte nicht das kleinste bisschen Mut.

Welchen Aufwand hatten der Black Spirit und seine Mitwichser schon betreiben müssen, als sie den Zug in Sankt Petersburg in die Luft gejagt hatten? An einem Flughafen kam man mit einem Koffer voll C4 vielleicht nicht weit, aber an einem Bahnhof stieg man einfach ein, schob die Ladung auf die Gepäckablage und stieg wieder aus, was sie wohl genau so gemacht hatten. Keine Kontrollen, keine Durchleuchtungen, keine Spürhunde und keine überlebenden Zeugen im Waggon.

In Madrid hatten sie sich vielleicht ein bisschen mehr Gedanken machen müssen, aber Wells beschrieb den Anschlag doch wohl nur als »kühn«, weil er ihn durch die rosarote Brille sah. Das bessere Wort wäre »hinterhältig« gewesen. Der Kinderschänder hatte absichtlich gesagt, die Explosion habe »auch« das Kino dahinter zerstört, aber das war irreführend. Die Bombe war im Kino selbst gelegt worden, dessen gemeinsame Wand mit der Botschaft den verwundbarsten Punkt dieses schwer bewachten Ziels darstellte. Die Geheimdienste hatten sich den Kopf zerbrochen, was es wohl für eine politische Bedeutung hatte, dass ausgerechnet die amerikanische Botschaft in Spanien ausgewählt worden war, bevor sie sich hatten eingestehen müssen, dass es keine gab. Sie grenzte an ein öffentliches Gebäude, und andere US-Botschaften nicht, das war alles. Das Land spielte keine Rolle.

Natürlich war das Kino nicht vollkommen ungesichert. Es gab nur wenige Hauptstädte auf der Welt, in denen man sich einen Film ansehen konnte, ohne dass einem vorher jemand die Handtasche durchwühlte, und in Anbetracht der fortdauernden Blutrünstigkeit der ETA gehörte Madrid nicht zu ihnen. Aber so sicherheitsbewusst die Belegschaft auch ausgebildet war, ließen sich im Europa von heute alle am besten durch Bürokratie in Sicherheit wiegen. Wenn sich etwas zu gut anhört, um wahr zu sein, werden die Leute misstrauisch, aber wenn es sich nach dem nervigsten Mist überhaupt anhört, dann muss es ja wahr sein. Die Handlanger des Black Spirit hatten sich als städtische Sicherheitsinspektoren ausgegeben, Ausweise und Papierkram vorgezeigt und die Alarmanlage, die Feuerlöscher, Rauchmelder und die Sprinkleranlage prüfen wollen. Sie hatten alle Feuerlöscher als veraltet einkassiert und durch neue ausgetauscht. Der Sterbebett-Aussage des Kinoleiters zufolge ließen sie ihn sogar eine Quittung unterschreiben und sagten, die Rechnung werde bald folgen. Das tat sie dann auch.

Kühn?

Als sie neun war, hatte jemand vor ihrer Haustür einen Hundehaufen in Zeitungspapier angezündet, geklingelt und war abgehauen. Ihr Vater hatte geöffnet, das brennende Paket sofort ausgestampft und die Hausschuhe voller Scheiße gehabt. Genauso kühn waren die Anschläge des Black Spirit. Keiner der Täter hatte den Arsch in der Hose, seinen Opfern ins Gesicht zu schauen.

Und das war nicht die einzige Gemeinsamkeit. Sie waren beide feige Fieslinge. Sie machten ihr wehrloses Opfer fertig und rannten weg.

Auf der ganzen Welt predigten die Lehrer treuherzig, dass es feige war, auf Schwächeren herumzuhacken. In der Schule hatten die fiesen Typen gegrinst, wie wohl auch die Terroristen grinsten. Blablabla, sagten sie sich. Sie waren doch nicht feige; Feiglinge hatten Schiss, dabei hatten *sie* doch wohl vor niemandem Schiss. Sie waren die härtesten Typen – und Mädchen – der Schule und brauchten vor keiner Prügelei den Schwanz einzuziehen. Komisch nur, dass sie sich nie mit den anderen Harten anlegten. Wenn sie stark wirken wollten, wäre das doch vielleicht sinnvoll gewesen, oder?

Ach, Blödsinn.

Wenn sich in der Menschheitsgeschichte einer hatte groß aufspielen wollen, hatte er sich doch immer schon an den Kleinen vergriffen. Ein zu kurz geratener Größenwahnsinniger hatte sich die Juden ausgesucht. Ein gewisser Tory-Stümper alleinerziehende Mütter. Ein vor Ehrgeiz verblendeter Kardinal die Schwulen. Ein aufgeblasener ugandischer Diktator die Asiaten. Und ein dumpfer Vollpfosten nach dem anderen in Leeside hatte sich die kleine Dunkle mit dem komischen Namen rausgepickt.

Also machte die ganze Mobbingscheiße sie ernsthaft sauer. Und die ganze Rassistenscheiße auch, und erst recht die ganze Sexistenscheiße, obwohl die alle natürlich nur Teil eines größeren Ganzen waren. Ihre Eltern und ihr Bruder hatten die ganzen Erniedrigungen besser weggesteckt. Nachdem ihr Vater und ihre hochschwangere Mutter samt zweijährigem Sohn von Idi Amin des Landes verwiesen worden waren, hatten sie wohl eine breitere Perspektive auf die Sache. Natürlich war eine Sozialwohnung in Renfrewshire ein Rückschritt gegenüber dem Lebensstandard, den sie sich vorher aufgebaut hatten, aber unter den Umständen war es ein Zufluchtsort, und wenn manche der

Eingeborenen sie beschimpften und Hundescheiße-Bomben auf ihrer Türschwelle hinterließen, waren das immer noch weitaus harmlosere rassistische Angriffe als die, die sie schon durchgemacht hatten.

Ihr Bruder James hatte immer schon ein dickes Fell gehabt und war fast schon anstrengend gelassen. Er bekam auch so einiges zu hören und zu spüren, wahrscheinlich mehr als sie, weil er als der Ältere vor ihr in die jeweilige Bildungsschlangengrube geworfen worden war. Aber er ließ es nie an sich heran, wenigstens wirkte es von außen so. Vielleicht steckte er es deshalb alles ganz gut weg, zumal er einfach viel zu umgänglich war, um sich viele Feinde zu machen. Außerdem war er ein guter Fußballer, womit er sich einen gewissen Respekt und den Schutz seiner Schulmannschaftskameraden verdiente. Ab dem Highschool-Alter kam noch dazu, dass er jeden zweiten Samstag nach Parkhead durfte, wodurch er wohl selbst für die harten Typen einfacher zu akzeptieren wurde. Vielleicht besonders für die harten Typen.

Sie hatte sich nie vergleichbarer Vorteile erfreuen können, da sie viel zu klein für die Netball-Mannschaft war, den einzigen Sport, den die St Mary's Primary School den Mädchen anbot. An der Sacred Heart Secondary School schaffte sie es zwar in die Hockeymannschaft, aber bei den Mädchen brachte einem sportliches Können allein noch nicht unbedingt Respekt ein. Cliquenpolitik und Beliebtheitsmachtkämpfe spielten eine viel größere Rolle. Ein Sport zählte nur etwas, wenn eine von den Coolen gut darin war; deshalb war der Hundert-Meter-Sprint im ersten und zweiten Jahr eine große Sache, als Maggie Hanley ihn gewann. Im dritten Jahr gewann die kleine Dunkle mit dem komischen Namen natürlich nur, weil Maggie sich nicht mehr für solchen »Kleine-Mädchen-Kram« interessierte (obwohl die kleine Dunkle mit dem komischen Namen sich noch gut daran erinnerte, wie interessiert Maggie gewirkt hatte, als sie sie zehn Meter vor dem Ziel überholte).

Da war sie mittlerweile lange genug Außenseiterin gewesen, dass sie mit der falschen Verschwisterung dieses unbeständigen Grüppchenhickhacks nichts zu tun haben wollte. Da die jeweiligen Mitglieder sich sowieso nicht wegen irgendwelcher Gemeinsamkeiten zusammengefunden hatten, einte die Cliquen eigentlich immer nur, wen sie nicht mochten. Das beruhte zwischen den Lagern in der Regel auf Gegenseitigkeit, aber meistens war auch für sie noch Platz auf der Liste. Und zwar, weil »sie es sich selbst nicht leicht machte«, was wohl heißen sollte, dass sie nicht sofort vor Dankbarkeit auf die Knie fiel, sobald eine dieser Zicken sich doch mal zu ein paar Minuten respektvollem Umgang mit ihr herabließ. Außerdem bedeutete es wohl, sie müsse eben mit einem gewissen Maß an rassistischer Schikane rechnen und dürfe sich nicht so anstellen; einfacher gesagt, sollte sie wissen, wo ihr Platz war. Und um ganz klar zu zeigen, wie weit verbreitet diese Sichtweise war, durfte natürlich nicht verschwiegen werden, dass das Zitat von der stellvertretenden Direktorin stammte.

Auch der Anlass war bedeutsam. Nachdem die Lehrerschaft jahrelang ihre Hände in Unschuld gewaschen hatte, wenn sie gemeldet hatte, dass sie geschlagen, getreten, bespuckt oder beleidigt worden war, war es plötzlich eine hochdramatische Angelegenheit, als die Übeltäterin mal den Kürzeren zog. Sie habe »überreagiert«, sei »dünnhäutig«, geradezu »jähzornig« gewesen. Okay, kann sein. Womöglich litt sie am Kleine-Schwester-Syndrom und war deshalb besonders forsch, ehrgeizig, wollte immer ein Zeichen setzen oder das letzte Wort haben. Oder vielleicht lag es doch daran, dass sie, seit sie fünf war, dieser ganzen Scheiße in Klassenzimmern und auf Pausenhöfen von Schulen ausgeliefert war, an denen es außer ihr und James an ethnischen Minderheiten vielleicht noch die Byrne-Zwillinge aus Dublin gab.

»Schokodrops« lautete ihr ungewollter Spitzname seit der zweiten Klasse, weil sie klein und braun war, verstehste? Schokolade war der Aufhänger für alle möglichen Sprüche zum Kaputtlachen, die nur noch besser wurden, je öfter sie sie hörte. Als Protestantin wäre sie eine Chocolate Orange gewesen. Nein, nein, bitte, ich mach mir in die Hose. Klar war es nicht das Schlimmste, was sie je zu hören bekam (»Wennse Dünnschiss hat, meint sie, sie schmilzt – ha ha ha ha«), aber das spielte keine Rolle. Denn sie hörte es jeden Tag, und jedes Mal sollte es sie daran erinnern, dass sie anders war und nicht dazugehörte.

Und deshalb hatte sie bei einem Hockeyspiel gegen St Stephen's in der zehnten Klasse »überreagiert« und »Schande über die Schule gebracht«. Dabei hatte ihre Gegnerin »bloß« jedes Mal, wenn sie in Hörweite kam, den Refrain des Deacon-Blue-Songs *Chocolate Girl* gesungen. Sie habe es nicht böse gemeint, sagte die andere hinterher (oder eher »mmf mmf mm-m m-mm«). Sie habe den Song am Mittag im Radio gehört und nicht mehr aus dem Kopf bekommen.

Klar. Die Sacred-Heart-Stürmerin hatte sie ja auch nicht treffen wollen. Ihr war ja nur aus Versehen der Schläger ausgerutscht und bei dem armen Mädchen mitten im Gesicht gelandet. Zweimal.

Hatte das das Problem gelöst? Nein. Hatte es die andere dazu gebracht, ihre rassistische Einstellung zu überdenken? Wohl nicht. War sie dadurch plötzlich bei ihren Mitschülerinnen beliebt und respektiert? Ach, Quatsch!

Aber tat es ihr gut?

Scheiße, und wie!

Es war eine Offenbarung.

Wie eine Wiedergeburt. Es wäre zwar stark vereinfacht zu sagen, sie hätte in dieser Katharsis der Gewalt ihre Berufung gefunden, aber sie war doch eins der ersten Anzeichen. In diesem Augenblick waren aus all den Mündern, die sie Schoko- dies oder Dunkel- jenes genannt hatten, ein einziger Mund geworden: einer, der Zähne und Blut spuckte und sich sehnlichst wünschte, er wäre zugeblieben.

Ihre Eltern waren nicht gerade begeistert gewesen, als sie sagte, sie wolle zur Polizei. Nach allen Erfahrungen, die die beiden mit uniformierten Autoritätsträgern gemacht hatten, sahen sie sie natürlich nicht als geeignete Vorbilder für ihre Kinder (obwohl es sie natürlich sehr beruhigt hatte, wenn die örtlichen Bullentrottel ihnen nach jedem neuen Fall von Belästigung, Sachbeschädigung oder brennender Hundescheiße versprachen, dass sie sich »darum kümmerten«). Also tat sie ihren Eltern den Gefallen und ging erst mal zur Uni, wo sie sich diesen unschönen Berufswunsch wohl aus dem Kopf schlagen sollte. Tat sie aber nicht. Zwar flirtete sie täglich mit neuen Plänen – dazu ist die Uni schließlich da –, aber mehr wurde nie daraus: Die Polizei und sie waren einander versprochen.

Oft führten die Freizeitangebote auf dem Campus die Studenten auf unerwartete Wege, aber in ihrem Fall konnte sie keine langfristig einträglichen Perspektiven in den Bereichen Taekwondo, Shorinji Kempo oder Pistolenschießen sehen. Aber es gab da so einen Beruf, bei dem ihr diese Sachen nützlich sein könnten.

Auch der Abschluss zahlte sich aus, nicht zuletzt die Sprachen, die ihr zugutekamen, als sie sich für den Interpol-Verbindungsposten bewarb. Ihre Mutter war gebürtige Belgierin, also hatten sie und James eine solide Grundlage an Französisch aufgeschnappt, als sie ihre Eltern belauschten. Dazu kamen an der Uni Spanisch und Niederländisch, wobei Letzteres ihren Vorgesetzten am wertvollsten erschien, weil so viele Ermittlungswege nach Amsterdam führten, wo sie Kontakte zu Interpol pflegte. Die wiederum führten zu einer dreimonatigen Abordnung nach Brüssel und schließlich zu ihrem Verbindungsposten bei der Polizei von Strathclyde. Diese Rolle würde sie zwar niemals auslasten und war eher eine Aufgabe, die sie eben erfüllte, wenn etwas anfiel, aber dort knüpfte sie Kontakte und konnte ihr Gesicht zeigen, was ihr schließlich so einige Türen öffnete.

In Brüssel hatte sie auch ihre Insider-Informationen zum Black Spirit bekommen. Sie war zur Zeit seines Anschlags in Straßburg dort gewesen, einer der »geheimen« Gräueltaten, von denen Wells gesprochen hatte. Er hatte mitten in der Rushhour eine stillgelegte Straßenbrücke über der Autoroute zusammenstürzen lassen, wobei sieben Menschen sofort starben und achtundzwanzig weitere in der darauffolgenden Massenkarambolage.

Die »offizielle« Untersuchung nannte als Grund Materialermüdung, beschleunigt durch die Vibrationen des Lastverkehrs. Es war nie bekannt gegeben worden, dass es nicht bloß ein Unglück gewesen war, geschweige denn, wer dahintergesteckt hatte. Es gab keinen Zahlmeister, keine Wirrkopftruppe, die sich hinterher lauthals damit gebrüstet hätte, also hatten sie die Wahrheit unter Verschluss halten können. Der Anschlag war eine Privatsache des Black Spirit gewesen, sein persönliches »Fuck You« an das Europaparlament, das gerade neue internationale Protokolle für die schnellere Auslieferung gesuchter Terroristen beschlossen hatte. Ihrem Architekten zufolge sollten die Protokolle »ein Autobahnnetz zwischen den Gerichten aller Nationen bauen«. Eigentlich brauchte der Black Spirit sich keine große Sorgen um eine Auslieferung zu machen, wenn er nicht vorhatte, sich in naher Zukunft festnehmen zu lassen. Es war nichts als Säbelgerassel, ein Denkzettel für die Mächtigen, dass er immer noch den Längsten hatte.

Hinterher ging jedes kleine Interpol-Büro auf Gefechtsstation, weshalb sie Zugriff auf Akten und Personen bekam, an die man sie sonst niemals rangelassen hätte. Interpol war wie das Internet: weniger eine eigene Organisation als vielmehr ein Netzwerk zwischen unabhängigen Einheiten. Es war um eine Anzahl von Knotenpunkten organisiert, die von vollbesetzten Büros bis zu einzelnen Verbindungspolizisten wie ihr selbst reichten.

Im großen Brüsseler Büro lernte sie eine Reihe nachrichtendienstlicher Terrorismusexperten kennen, die die »Karriere« des Black Spirit von Anfang an beobachtet hatten. Sie wussten einen Haufen mehr als Wells und standen dem Black Spirit weit weniger ehrfürchtig gegenüber, weil sie die Leichen selbst gesehen hatten. Die Männer und Frauen, die vor Ort die Visitenkarten des Black Spirit aufgesammelt hatten, ließen ihre Wut zwar nicht überkochen, aber leise weitersimmern, um sie im Kampf voranzutreiben, so aussichtslos er auch wirkte.

Enrique Sallas war schon seit Madrid dabei, und er wusste mit am besten, wie aussichtslos es wirken konnte. Er war seit dreißig Jahren Polizist und hatte ihr erzählt, ihm sei noch nie etwas untergekommen, was ihm solche Angst mache.

»Dem hier ist einfach alles scheißegal, nicht bloß die Opfer, die ja sowieso. Er interessiert sich nicht mal für die Organisationen, die er unterstützt. Meiner Meinung nach ist ihm sogar das Geld egal. Er macht es nur ... *weil er kann*. Weil es ihm Spaß bringt. Mit dem können wir nicht verhandeln, wir können ihm ja nichts bieten. Auch durch politische Umwälzungen kann er nicht ins Abseits manövriert werden. Wenn sich ein Konflikt auflöst, bietet er seine Dienste eben jemand anderem an. Viele nennen ihn wegen dem Bild auf der Karte den Black Spirit. Für mich heißt er so, weil ich Angst habe, dass er uns in irgendeiner Form für immer erhalten bleibt. Er ist Blutdurst, er ist Mord, und er wird sich wandeln und neu manifestieren, wo immer man Hass findet.«

So leidenschaftlich Enrique auch wurde, verstand er trotzdem die Ironie, dass der Black Spirit auf einen geheimnisvollen Zauber pochte, den gerade sie ihm mit verliehen hatten. Das traf nicht nur auf Wells zu, der von dieser düsteren Gestalt so unheimlich fasziniert war, und wenn auch nur, weil sie so viele Fragen aufwarf. Auch sie selbst war da schuldig, was sie natürlich darauf schieben konnte, dass ausländischer Terrorismus einfach exotischer war als der heimische. In Großbritannien ging es doch immer nur um Nordirland, ein endloser Kreislauf der Gewalt, in dem nur der Schrecken größer war als die Langeweile. Aber wenn sie sich für irgendwelche Volltrottel interessierte, die sich auf anglo-irische Geschichte einen runterholten, konnte sie sich auch einfach zum Dienst bei Rangers-gegen-Celtic-Spielen einteilen lassen.

Andererseits veranschaulichten vielleicht gerade die Secondhand-Adrenalinjunkies in Ibrox und Parkhead mit ihren dämlichen Requisiten besonders gut den perversen Reiz des Terrorismus. Sie erinnerte sich noch, wie mal ein paar von James' halbgaren Kumpels von einem Banner erzählt hatten, das sie im Stadion gesehen hatten. Darauf waren die irische Trikolore und die palästinensische Flagge abgebildet gewesen und dazu der Spruch: »IRA – PLO. Two peoples, one struggle.« Das hatten sie »echt cool« gefunden. Was genau an Nagelbomben und toten Kindern so cool sein sollte, hatten sie nicht weiter ausgeführt, aber es war nicht zu bestreiten, dass der romantische Klang solcher Bewegungen auf junge, einfache Geister durchaus anziehend wirkte. Für die Freiheit kämpfen, sich gegen die Unterdrücker auflehnen, den Todesstern in die Luft jagen! Die Frage war doch, ob »der Kampf«, egal welcher, immer noch so spannend wäre, wenn keine Waffen und Bomben im Spiel wären? Auf jeden Fall hatte in Ibrox oder Parkhead noch nie jemand stolz die Regenbogenfahne geschwenkt oder ein »Free Tibet«-Banner in die Höhe gereckt. Es ging doch wieder nur um Jungs und ihre Spielsachen. Ohne Waffen war das ganze nicht cool.

Andererseits waren auch die weniger Jungen und Einfachen fasziniert, also ging das Phänomen vielleicht doch etwas tiefer und möglicherweise auf etwas Ursprüngliches zurück. Fanden wir in der ungewissen, stets im Wandel begriffenen Welt der Erwachsenen einen paradoxen Trost in dem Glauben, dort draußen wüte irgendwo eine manifeste Verkörperung des Bösen? Waren wir wie die Jungs in *Herr der Fliegen*, die sich »das Monster« ausdachten, weil die Vorstellung eines boshaften Wesens weniger furchteinflößend war als das Chaos des wirklich Unbekannten? Vielleicht war der Black Spirit eine Bündelung unserer Ängste und Unsicherheiten in Sachen Verbrechen, Gewalt und Tod: Wir konnten sie alle zu einem Totem vereinen und das fürchten, damit sie uns nicht mehr in zahlloser Vielfalt im Kopf herumwuselten wie schlüpfende Insekten.

Für was auch immer er stand, in Wirklichkeit konnte der Black Spirit nicht all das sein, wofür sie, Wells, Sallas und Interpol ihn hielten. Sicher war nur, dass er existierte, dass er wirklich da draußen war und Lexington zufolge auf dem Weg hierher war. Wells hatte mittlerweile sein Sperma aufgewischt und sich gesetzt, und der große Boss stand wieder am Rednerpult.

»Ich weiß, was Sie alle denken, also lassen Sie mich ganz klar sagen, dass Sie sich diesen Gedanken nicht leisten können. General Thabas Aussagen waren zwar kryptisch und zeugten nicht mehr von klarem Verstand, aber vergessen Sie nicht, dass er uns von Anfang an spezifische Informationen über eine terroristische Bedrohung des britischen Staates geboten hat. Das waren seine präzisen Worte. ›Eine terroristische Bedrohung des britischen Staates‹. Schließlich hat er nur noch vom ›Black Spirit‹ gesprochen, dessen Bedeutung Ihnen nun allzu klar sein sollte, und von ›Auge um Auge‹. Ungeachtet des religiösen Ursprungs dieses Ausspruchs, ist er der Kampfschrei aller, die nach Rache dürsten. Zu diesen dürfte beispielsweise General Mopoza gehören.

Wie bereits erwähnt hat Mopoza eine erwiesene Schwäche für historisch bedeutsame Daten. Wäre General Thaba noch bei klarerem Verstand gewesen, hätte er möglicherweise erwähnt, dass Sonzola jedes Jahr am sechsten September seine Unabhängigkeit vom britischen Staat feiert. Das wäre diesen Samstag, meine Damen und Herren.«

»Hört sich für mich trotzdem alles wie Blödsinn an.«

Die Band war von der Bühne gegangen, niemand rief nach einer Zugabe, und nur die Stuhlbeine quietschten über den Boden, als sich die Versammlung langsam auflöste. Wells hatte

Briefing-Unterlagen herumgehen lassen, deren Fakten und Zahlen mit spekulativer Analyse und einem allzu ehrgeizigen psychologischen Profil aufgefüllt waren, das sie schon kannte.

Wie die Eskimos ein breites Schneevokabular zur Verfügung hatten, hätte es eine Palette an Ausdrücken geben müssen, um die subtilen, aber bedeutsamen Ton- und Rhythmusnuancen des Gemurmels nach einem Polizeibriefing zu beschreiben. Mit der Zeit waren ihr immer mehr Unterschiede aufgefallen. Diesmal war es eine ungewöhnliche Mischung aus »das betrifft uns doch gar nicht« mit leichten Kontrastnoten von »die verarschen uns doch« und »die Hälfte verschweigen sie uns«.

»Ich sag ja nicht, dass ich es locker nehmen würde, wenn dieses Black-Spirit-Schwein bei mir in der Gegend auftauchen würde, aber womit können wir hier denn bitte arbeiten? Dieser Thaba wollte eben raus und musste uns was anbieten, also hat er gleich einen Namen rausgehauen, bei dem die Pferde scheu werden.«

»Warum nehmen die das so ernst? Entweder hat dieser Wells Lexington ins Gehirn geschissen, oder die sagen uns nicht alles, was sie wissen.«

»Das ist doch purer Aktionismus.«

»Die reinste Verarsche.«

»Da hat bloß einer ne Gruselgeschichte erzählt, und jetzt springen die im Dreieck.«

»Verständliche Sicherheitsmaßnahme eigentlich. Augen und Ohren offen halten, man weiß ja nie.«

»Was sollen wir denn machen, wenn wir überhaupt nichts wissen?«

Millburn hielt ihr die Tür auf, als sie raus in die Lobby ging.

»Du hältst dich ja ganz schön bedeckt, X. Oder bist du vor Langeweile eingeschlafen?«

»Hälfte, Hälfte.«

»Du weißt doch bestimmt mehr über dieses Arschloch als der Schrat vom MI5, oder?«

»Das ist Verschlusssache.«

Millburn grinste.

»Bei euch da oben habt ihr ja wohl sowieso eure Ruhe vor dem. Da sind Terroristen und Touristen gleich. Erster Halt London, jedes Mal wieder.«

»Du hast dich doch freiwillig in die große Stadt abgesetzt.«

»Klar, aber doch nicht aus beruflichen Gründen. In Newcastle kann man sich auf den Kopf stellen und kriegt keine United-Karten, aber in London gibt's gleich fünf Erstliga-Vereine. Das heißt fünf Auswärtsspiele, junge Frau.«

Millburn lebte in dem Fehlglauben (den sie nie korrigiert hatte, weil sie auf keinen Fall als einer der Jungs durchgehen wollte), dass sie sich nicht für Fußball interessiere, weshalb er das Thema auf Biegen und Brechen in jedem ihrer Gespräche unterbringen musste. Sie schnaufte, verdrehte die Augen und schob ihn gespielt aus dem Weg.

Er war einer von den Anständigen und ein verdammt kluger Bulle, aber gerade hatte er keinen guten Riecher für das wahrscheinlichste Anschlagsziel des Black Spirit. Deshalb waren an diesem Morgen auch Polizisten aus allen Winkeln des Landes da gewesen. London war der letzte Ort, an dem er zuschlagen würde. An jeder Ecke bewaffnete Bullen und öffentliche Plätze, die sofort evakuiert wurden, wenn auch nur jemand eine McDonald's-Tüte liegen ließ. Keine Chance. Dem ging es zuallererst um Verwundbarkeit. Nehmen wir Straßburg. Da hatte er nicht etwa das Parlament selbst angegriffen – hatte er auch gar nicht müssen, um sich verständlich zu machen. Er griff Orte an, die noch niemand jemals hatte angreifen wollen und die deshalb auch niemand besonders schützte. Selbst in Sankt Petersburg, wo er das klassischere Terrorziel einer Armeekaserne angriff, hatte er es mithilfe eines Personenzuges getan.

Das Schlimmste war doch, dass sie nicht mal wussten, wovor genau sie Angst haben sollten. Er konnte überall und mit allen erdenklichen Mitteln zuschlagen. Es würde keine verschlüsselten Warnungen geben, keine »legitimen Ziele«. Niemand wusste, wer er war oder wie er aussah. Aber bei einem war sie sich sicher, das hatte sie sich schon in Brüssel geschworen, und jetzt war es ihr sogar noch wichtiger:

Wenn der Black Spirit sich in ihr Revier wagte, würde Angelique de Xavia ihn hinter Schloss und Riegel bringen.

MBER MITTWOCH, DRITTE

, DRITTER SEPTEMBER MIT

ER SEPTEMBER MITTWOCH,

MBER MITTWOCH, DRITTE

, DRITTER SEPTEMBER MIT

ER SEPTEMBER MITTWOCH,

MBER MITTWOCH, DRITTE

, DRITTER SEPTEMBER MIT

ER SEPTEMBER MITTWOCH,

MBER **MITTWOCH,** DRITTE

, **DRITTER SEPTEMBER** MIT

ER SEPTEMBER MITTWOCH,

MBER MITTWOCH, DRITTE

, DRITTER SEPTEMBER MIT

ER SEPTEMBER MITTWOCH,

MBER MITTWOCH, DRITTE

, DRITTER SEPTEMBER MIT

ER SEPTEMBER MITTWOCH,

MBER MITTWOCH, DRITTE

, DRITTER SEPTEMBER MIT

ER SEPTEMBER MITTWOCH,

MBER MITTWOCH, DRITTE

DRITTER SEPTEMBER MIT

DAS WAHRE LEBEN™

Was willst du mal werden, wenn du groß bist?

Die Antwort war Ray schon immer schwergefallen, selbst damals, als es noch zu jedem seiner möglichen Wunschberufe eine Fisher-Price-Spielfigur gegeben hatte: Feuerwehrmann, Polizist, Arzt, Soldat, Lokführer, Busfahrer, Müllmann, Seemann, Pilot, Astronaut. Im Nachhinein fiel ihm bei diesen kleinen Plastikvorbildern ein gewisser Hang zum öffentlichen Sektor auf, der aber sicher weniger mit einer etwaigen sozialistischen Arbeitsideologie des Herstellers zu tun hatte als vielmehr mit den größeren Marketingmöglichkeiten bei Berufen, zu denen ein bestimmtes (gesondert verkauftes) Fahrzeug gehörte. Aber irgendwo musste das doch einen unterbewussten Effekt haben; genau genommen war ja selbst der Astronaut beim Staat angestellt, und die Spielzeuge stammten aus einer Zeit lange vor der Liberalisierung des Busverkehrs.

Ray nahm an, dass viele dieser Fisher-Price-Produktlinien mittlerweile dem großen Schrecken der Spielzeugbranche anheimgefallen waren – dem unumkehrlichen Anachronismus –, aber vielleicht war das immer noch besser als eine Neuauflage mit IT-Spezialisten, Callcenter-Sklaven und Burgerwendern. Das Zubehör würde da auch niemanden umhauen.

»Lieber Weihnachtsmann, ich war das ganze Jahr brav, außer als ich einmal den Hamster in die Waschmaschine gesteckt hab, aber Mum sagt, das war okay, ich wollt ja bloß das Kaugummi aus dem Fell kriegen, aber dann war sie sauer, weil ich kein Kaugummi kauen soll, weil man dran ersticken kann und damit aussieht wie ein Prolet. Krieg ich bitte nen Fisher-Price-Unternehmensberater, und wenn's geht, bitte noch ein Flipchart mit Team-Building-Kit dazu, bitte.«

Rays erster Wunschberuf war Schweißer, soweit er sich erinnerte. Damals war er in der dritten Klasse und hatten keinen Schimmer, was ein Schweißer so machte, aber das spielte auch keine große Rolle. Es war lange Mittagspause (Lehrerzahltag, letzter Donnerstag im Monat), und sie spielten Colditz. Ray wollte endlich auch mal bei den Guten sein, aber deren Anführer Tommy Dunn – die siebenjährige Coolness in Person – hatte vorgeschrieben, dass man nur auf seiner Seite sein durfte, wenn man mal Schweißer werden wollte. Wenn Ray sich richtig erinnerte, war Tommys Vater entweder Kieferchirurg oder vielleicht doch Schweißer gewesen.

»Wir spielen«, hatte das Kommando gelautet, das die Welt des Pausenhofs formte.

»Wir spielen, ich hab nen Tunnel in die Kanalisation gegraben, und der Ausgang ist hinter den Küchenmülltonnen«, hatte Tommy verkündet und dann seine Mitgefangenen gewarnt: »Und außerdem muss ich alleine vorgehen, und ihr dürft euch nix anmerken lassen, bis ich wieder da bin und sag, dass die Luft rein ist.«

In der folgenden Abwesenheit des Schweißerevangelisten ergab sich eine Diskussion zwischen Kriegsgefangenen und Nazis, was sie denn *echt* mal werden wollten, wobei Ray siedend heiß einfiel, dass er noch nie drüber nachgedacht hatte. Was für eine Vorstellung, eine Herausforderung, bei der einem fast schwindlig wurde vor Aufregung und Einschüchterung. Man konnte ja werden, was man wollte: Man musste es sich nur aussuchen. Auf einmal waren die Möglichkeiten unendlich, bloß die Zeit zum Überlegen war begrenzt. Er fühlte sich mit seinen sieben Jahren zu einer Antwort genötigt und hoffte sofort, dass sie nicht verbindlich war. Sechsundzwanzig Jahre später hatte sich nicht viel geändert.

»Ich will Astronaut werden«, sagte er. Sci-Fi-Sachen hatte er seit den *Clangers* schon immer toll gefunden. Wenn die Berufe angeboten wurden wie die Wachsmaler aus dem Karton der Lehrerin, warum sollte er sich dann nicht gleich den strahlendsten schnappen? Auf einmal reichte seine Zukunft weiter als bis zum nächsten Weihnachten oder Geburtstag und bestand wie noch nie zuvor aus Raumschiffen, Teleportern, Luftschleusen und Mondbasen.

»Astronauten sind dauernd in Lebensgefahr, ey«, warnte Brian Lawrence, vormals zukünftiger Polizist, aber kürzlich an die Schweißerinnung verloren. »Da kannst du draufgehn. In einer von den Raketen in Amerika war n Feuer, und dann war da noch eine, wo die Luft alle war, und die sind auch fast draufgegangen. Sind sie dann aber nicht, aber fast, aber kannst mal sehen.«

»Äh, okay, dann will ich doch kein Astronaut mehr sein«, korrigierte Ray sich. In dem Alter kostete ein sofortiges Nachgeben noch keine Egopunkte; die ersten schamvollen Ausflüchte unter Verwendung der Worte »nicht unbedingt« waren noch mindestens zehn Jahre entfernt.

Er musste auch keine Alternative anbieten, denn Tommy Dunn war mit der Nachricht zurückgekehrt, die Luft sei rein, und die Nazis hatten sich seinem Fluchtszenario gefügt (»Wir spielen, ich hab ne Knarre mitgebracht, und wir nehmen einen von den Nazis als Geisel mit, also können die uns nix, bis wir auf der anderen Seite wieder draußen sind, okay?«).

Wie sich herausstellte, kam Tommys Tunnel nun nicht mehr hinter den Küchenmülltonnen heraus, sondern führte (nach wie vor durch die Kanalisation) in ein Höhlensystem, auch bekannt als »die Hütten«. Die Hütten waren Spielplatz-Unterstände aus der viktorianischen Zeit, die die Erst- und Zweitklässler von den Größeren trennten und sich wunderbar in die Fantasie der Kinder einfügten. Möglicherweise lieferten die Bodenverhältnisse und die ewig feuchten Wände ihre eigenen unterbewussten Suggestionen.

»Wir spielen, durch die Höhlen geht ein Fluss, und wir waten durch, bis es zu tief wird, und dann müssen wir tauchen und die Luft anhalten und durchs Dunkle schwimmen, und dann tauchen wir auf und sind plötzlich in nem großen See, aber immer noch in ner Höhle, okay?«

Ray erinnerte sich noch daran, als wäre es wahr gewesen, als hätte die lange Mittagspause sich weit über die eineinviertel Stunden hinaus erstreckt, während ihr Höhlenabenteuer sich nicht daran störte, dass die Mädchen Bälle gegen die Wände warfen und die anderen Jungs die Stützpfeiler als Torpfosten benutzten. Vor allem erinnerte er sich an den seltsam warmen, unerklärlich behaglichen Geruch von nassem Stein; vielleicht hatte ihm gerade dieser Geruch die Erinnerung so lebhaft erhalten.

»Jetzt spielen wir, ich hab euch eingeholt und mich unter Wasser an euch rangeschlichen«, sagte Mick Hetherston, der bei den Hütten angekommen und über den Stand des Spiels unterrichtet worden war.

»Du hättest uns doch längst nicht einholen können – wir sind doch schon ne ganze Nacht hier in den Höhlen. Du kannst in den Hütten bleiben, aber du bist erst da vorne, noch ewig hinter uns. Du musst erst noch durch den Fluss und aus dem See raus, muss er doch, oder, Raymie?«

»Genau.«

»Dann können wir ja spielen, ich bin in echt ein britischer

Geheimagent und spiel nur nen Nazi, und ich hab euch in echt die ganze Zeit bei der Flucht geholfen, und deshalb konntet ihr hinten beim Schloss auch Bobby als Geisel nehmen.«

»Ooah, geil«, waren sich alle einig.

»Und wir spielen, ich war in echt auch ein britischer Geheimagent«, forderte Bobby, der nachgerechnet und einen bedenklichen Schluss gezogen hatte.

»Nee, dann gäb's ja keine Nazis mehr. Wir spielen, du bist uns abgehauen, und wir müssen dich jagen.«

»Ich will aber kein Nazi mehr sein.«

»Das ist mein Spiel, also musst du.«

»Das ist doch Scheiße!«

Nein, Bobby, das ist das Leben. Manche Trottel steckten eben in ihrer Rolle fest. Die Frage lautete nur, waren sie besser dran als die, die gar keine finden konnten? Innerhalb einer halben Stunde war Ray zu einem dritten Wunschberuf übergegangen, obwohl er immerhin seiner Seite im Krieg treu geblieben war.

»Ich glaub, ich will Pilot werden.«

Die Entscheidung war nicht unter Druck entstanden. Als er ein bisschen Zeit gehabt hatte, sich an die Idee zu gewöhnen, wurde ihm klar, dass diese Vorstellung ihm schon lange durch den Kopf gegangen war. Er flog gerne. Schon sechsmal hatte er im Flugzeug gesessen: nach Spanien und zurück und dann noch zweimal nach Bulgarien und zurück. Der Rückflug war natürlich nicht mehr ganz so toll. Der Start war zwar immer noch aufregend, aber danach ging es ja nur noch nach Hause, und der Urlaub war vorbei. Auf dem Hinflug war der Start das Tollste auf der Welt. Als Pilot dürfte er dann jeden Tag fliegen, das tolle Gefühl beim Start jedes Mal wieder erleben.

Den Flughafen fand er auch toll. Den Check-in, die Transportbänder, den Abflugbereich und natürlich die Flugzeuge. Im Flughafen war alles so modern, alles glänzte, war aus Kunststoff, Metall und Glas; ganz anders als in der Schule, wo alles alt, öde und aus Holz war. Wenn sie auf der Autobahn daran vorbeifuhren, stellte er sich manchmal vor, seine Eltern würden gleich auf den Parkplatz abfahren und sagen, sie hätten heimlich die Koffer gepackt und würden mit ihm für vierzehn Tage wegfliegen. Wenn er mal Kinder hatte, wollte er sie genau so überraschen, hatte er sich immer gesagt.

Manchmal fuhren sie auch am Flughafen Verwandte abholen, was aufregend war, weil er sich die Flugzeuge angucken konnte, aber er war doch immer ein bisschen enttäuscht. Es sah so spannend, so Sci-Fi-mäßig wie immer aus, aber die Magie fehlte, wenn man wusste, dass man nicht weiter kommen würde als in die Ankunftshalle. Das war, wie wenn man sich bei jemand anderem auf der Geburtstagsfeier die tollen neuen Spielzeuge anschaute. Je spannender sie aussahen, desto größer war die Enttäuschung.

Auch als er älter wurde, hatten die Flughäfen nicht ihre Wirkung auf ihn verloren. Sie waren Orte neuer Anfänge. Sie hatten immer etwas Verheißungsvolles; sie erzählten von Abenteuern auf den schimmernden Gängen, von Hightech-Portalen an schönere Orte. In der Kindheit hatte hier der Urlaub angefangen, der Flughafen war das Papier um ein größeres, besseres Geschenk, als man es jemals zu Weihnachten bekam, aber dennoch eins, was einem nur die Eltern schenken konnten, und wie Weihnachten nur einmal im Jahr. Im Erwachsenenleben, wenn man seins denn so nennen wollte, boten Flughäfen einem eine konstante, autonome Fluchtmöglichkeit, wann immer man wollte und was immer es bedeuten sollte: von einer spontanen, billigen Winterwoche in Hammamet bis zu, tja …

Bis zu was, Raymond Ash? Sprich es aus.

Bis zu einem Ticket raus aus dem eigenen Leben.

Genau deshalb war er doch gerade am Flughafen, oder? Er wollte sich verlocken lassen, die Möglichkeiten an dem Ort betrachten, wo sie wild wucherten und nicht wie auf der Arbeit oder zu Hause eingingen und starben. Oder glaubte er etwa wirklich seinen Vorwand, dass er sich dort seine PC-Zeitschrift kaufen wollte, weil der Flughafen auf dem Heimweg lag und man dort auch nicht teurer parkte als an der New Street? Die Zeitschrift hatte er sich vor einer halben Stunde geholt, und die Parkuhr tickte in Zwanzig-Minuten-Schritten, also warum war er noch nicht wieder unterwegs?

Ray saß auf einer Bank in der oberen Halle, beobachtete die Bildschirme, die Ziele, die *Möglichkeiten*. Er sah den Fluggästen hinterher und wünschte, er wäre einer von ihnen, wusste, dass diese Verwandlung nur eine Kreditkartenbuchung weit weg war. Wir spielen, dass ich in den Flieger nach New York steige. Wir spielen, ich nehme den da nach Toronto. Wir spielen, ich bin kein frisch angestellter Englischlehrer, den Frau und drei Monate alter Sohn an den aussichtslosen Job fesseln. Wir spielen, ich muss heute nicht zu denen nach Hause und ihre Verzweiflungstränen sehen und ihn schreien hören, weil die Schmerzen nicht aufhören. Wir spielen, dass ich mich morgen nicht wieder vor einer Bande kleiner Psychopathen zum Deppen machen muss.

Was willst du mal werden, wenn du groß bist?

Ray war dreiunddreißig und wusste es immer noch nicht. Vater? Lehrer? Beides hatte sich mal ganz gut angehört, aber das hatten Astronaut und Pilot auch. Astronauten riskierten ihr Leben. Piloten brauchten ein bisschen mehr berufliche Hingabe, als er erwartet hatte: Sie flogen zwar regelmäßig an exotische Orte, durften dort aber nicht gleich zwei Wochen Urlaub machen. Auch bei seinem aktuellen Job hatte er nicht alle Nachteile vorhergesehen, hatte aber weitergemacht, weil er sich mit zwei widersprüchlichen Vorstellungen Mut machte: a. Er würde jede Schwierigkeit überwinden, um für seine Familie zu sorgen; und b. Wenn es ihm nicht gefiel, konnte er ja immer noch etwas anderes machen.

Das nannte man auch Realitätsverweigerung. Seelenfrieden auf Pump, für den man früher oder später mit Zinsen die Rechnung bekam.

Hier war er nun also, Vater und Lehrer. Beides gefiel ihm nicht, aber er konnte nichts anderes machen, nicht mehr. Deshalb war er doch am Flughafen, oder?

Die Möglichkeiten.

```
/Neues Spiel starten.
Das aktuelle Spiel wird abgebrochen.
  Sind Sie sicher? Ja/Nein.
```

Nein, sicher war er sich nicht, aber er dachte sorgfältig darüber nach. Das aktuelle Spiel sah nicht gut aus. Die Gesundheit war niedrig, Energie noch niedriger, die Moral blinkte rot, und der Kampf wurde nur noch schwerer. Er war über den Schwierigkeitsgrad falsch informiert worden.

Bis auf Sex wurde wohl über keine Facette der menschlichen Existenz so viel gelogen wie über die Elternschaft. Es war eine gigantische, weltweite, multikulturelle, ökumenische, generationenübergreifende Lügenverschwörung, die die Warren Commission in den Schatten stellte, ohne die die Spezies aber möglicherweise schon ausgestorben wäre. Und die Leute logen einem nicht nur ins Gesicht; die Regale jedes Buchladens und jeder Bücherei quollen über von dicken Schinken mit theoretischen wie auch angeblich erlebten Informationen, Anleitungen und Ratschlägen, die keinerlei Ähnlichkeit mit der Realität hatten, die er und Kate erlebten – im Schnitt zwanzig Stunden pro Tag.

Schon seit drei Monaten bewegte sich ihr Leben in einem qualvoll langsamen, tranceartigen Nebel zwischen Schlaf- und Wachzustand, während sie sich mit der winzigen Kreatur abmühten, die nicht allzu glücklich darüber wirkte, dass sie auf die Welt hatte kommen müssen. Die Schwangerschaft war geplant gewesen, aber innerhalb von zwei Wochen hatten sie verstanden, dass sie vielleicht ein Kind gewollt hatten, aber ganz bestimmt kein Baby; und erst recht keins wie das arme, kleine Bündel hier.

Kolik, Schrecken aller Eltern.

Nachmittags gegen drei fing es an, manchmal früher, und hörte gegen drei Uhr morgens auf, manchmal später. Höchstens zehn Minuten nach dem Stillen zog Martin die kleinen Beinchen vor den Bauch, krümmte den Rücken und fing an zu heulen, hatte Tränen auf den Schläfen und Schmerzen und Verwirrung im Gesicht. Ray hatte endlich verstanden, was das Wort »untröstlich« eigentlich bedeutete. Er konnte nichts tun, um das Leid seines Sohnes zu lindern, außer mit ihm auf dem Arm Furchen in den Teppich zu laufen, ihn zu streicheln, für ihn zu singen, ihn zu tätscheln, was doch immer alles nichts half.

Besonders die Abende waren großartig. Sie wechselten sich beim fruchtlosen Trostversuch des kleinen Munch-Modells ab, während der andere sich schnell in der ersehnten Oase der Ruhe, zu der die Küche geworden war, etwas reinstopfte. Es war sicher ein Symptom des Reizentzugs, dass er oft hoffte, er würde ewig an einer Mikrowellencannelloni von Tesco sitzen, denn sobald er fertig war, musste er sich wieder dem Feind stellen.

Die meiste Zeit hatten sie den Fernseher laufen, was sie ein bisschen ablenken und ihnen ein Zeitgefühl verschaffen sollte, aber wenn Martin nicht gerade an der Brust angedockt war, mussten sie sich auf ihre Lieblingszahl – 888 – für die Videotext-Untertitel verlassen. Das schränkte wiederum das Genre besonders ein, das sie am nötigsten hatten (wer dort die Untertitel so programmierte, dass Witzeinleitung und Pointe gleichzeitig eingeblendet wurden, hatte von Timing wohl noch nie gehört), lockerte dafür aber Live-Nachrichten und Sendungen zum Zeitgeschehen ungewollt auf. Das arme Schwein, das da unermüdlich mittippen musste, konnte oft nicht mithalten, erst recht nicht bei Interviews, also bekam man meistens noch die Abschlussbemerkung von einem Segment zu sehen, während eigentlich schon das nächste angefangen hatte. Als die Gameshow-Moderatorin Carol Vorderman versehentlich als »Krebsgeschwür unserer Gesellschaft, dem wir scheinbar nichts entgegenzusetzen haben« ausgewiesen wurde, war das ein unschätzbar wertvoller Lichtblick während andernfalls dunkler Stunden, dem höchstens ein anderer Fall gleichkam, als die Baroness Young David Frost scheinbar berichtete, wie sehr sie bereue, sich oben ohne für die FHM ablichten lassen zu haben.

Zu dem Belagerungseffekt trug auch bei, dass Ray sich anders als die meisten jungen Väter nicht tagsüber auf die Arbeit flüchten konnte, da seine Stelle erst zehn Wochen nach der Geburt anfing. Erst hatte er das als Glücksfall gesehen, so würde er mit seiner kleinen Familie eine natürliche Nestperiode verbringen können, in der sie sich gemeinsam erholen, zueinanderfinden und sich die glückliche Zukunft wie im Mothercare-Katalog ausmalen konnten.

Früher hatte Ray sich gefragt, wie Folterknechte ihre Gräueltaten ausführen konnten, schließlich mussten die Schmerzensschreie der Opfer für jeden mit einem letzten Fünkchen Menschlichkeit unerträglich sein. Jetzt ging er davon aus, dass man dafür einfach nur Vater sein musste, denn wie konnte man sich besser gegen Schreie abstumpfen, als sie Stunde um Stunde jeden Tag der Woche zu hören.

Dazu kamen noch viel dunklere Gedanken, die man sich nicht eingestehen, die man niemandem anvertrauen konnte und zu denen es ganz bestimmt keine Seite im Elternratgeber gab. Das lag natürlich daran, dass er der erste Vater war, der sie jemals dachte, wie Kate auch die erste Mutter war, zu deren Ängsten, das Neugeborene könnte im Schlaf sterben, auch die heimliche Frage kam, ob dann die Trauer oder die Erleichterung größer wäre.

Das war die große Lüge, die die Wahrheiten verschleierte, über die niemand sprach. Jetzt sollte man die ganze Zeit fürs Foto aus dem Schlabberpullover zum kleinen, seligen Menschlein runtergrinsen, dessen Gegenwart allein einem das Herz vor

Wonne und den Kopf vor Stolz übergehen ließ. Sicher bedeutete das Elterndasein harte Arbeit, aber die war es doch doppelt und dreifach wert, denn es hüllte jede Minute der neuen Weichzeichnerexistenz in einen Zauber der Liebe, Freude und Erfüllung.

Oder etwa nicht?

Wenn er zu Martin runterschaute, fühlte er sich vor allem müde, und statt sich das strahlende Abenteuer ihrer gemeinsamen Zukunft auszumalen, fragte er sich meistens, wie er sein altes Leben zurückbekommen könne. Er hatte oft über das gleiche Verzweiflungsszenario nachgedacht wie Kate und wie sie immer gewusst, dass das nur ein Symptom des Stresses war. Deshalb sprang er auch immer, wenn das Baby in der Nacht mal längere Zeit still war, sofort auf und sah nach, ob der Kleine nicht spontan den Löffel abgegeben hatte. An einem Nachmittag war er sogar mal unter hilflosem Schluchzen auf dem Wohnzimmerboden zusammengebrochen, während Kate oben schlief, nachdem ihm ein anderer Ausweg eingefallen war: Was, wenn sie ihn zur Adoption freigaben? Sie waren eindeutig nicht die Richtigen für den Kleinen, da musste man sich nur mal den Zustand von ihnen beiden ansehen. Jemand anders könnte das doch garantiert viel besser, könnte die Schmerzen des Kleinen lindern, dass er nicht mehr weinen musste. Wäre das nicht besser für sie alle drei? Dann hatte er sich Martin angeschaut, der gerade wach und ungewohnt ruhig war. Er sah ihn zwei, drei Jahre älter in einem Raum mit anderen Kindern, anderen Erwachsenen stehen, etwas nervös und verwirrt, weil er nicht wusste, wer der Mann war, der sich vor ihm hingehockt hatte und ihn begrüßte. Das war zu viel für Ray gewesen. Schließlich ging er wie immer mit Martin an der Schulter im Wohnzimmer im Kreis, bloß dass Ash senior diesmal das Heulen übernahm.

Trotzdem verschwand die Frage nicht einfach, ob er nun eine gute Antwort wusste oder nicht. Er wollte sein altes Leben zurück, bei wem wäre das anders? Das hier war doch kein Leben, sie dämmerten ja nur noch so vor sich hin. Und klar, er wusste – sie beide wussten –, dass es viel schlimmer sein könnte, dass sie dankbar sein sollten. Bis auf die Koliken war Martin ein fittes, gesundes Baby ohne auch nur einen der vielen Defekte, über die sich alle werdenden Eltern Sorgen machen, nicht mal rote Haare hatte er. Wunderbar, toll, großartig. Kann ich jetzt ins Bett? Kann ich ein bisschen Ruhe haben? Und kann mir bitte jemand erklären, wer ich mal war?

Es wird leichter, erzählten ihm alle. Er wollte es ja glauben, wusste sogar, dass es wohl stimmte, aber wie konnte er darauf vertrauen, wenn rein gar nichts danach aussah? Sie hatten Wochen, Monate davon durchgemacht, und nachgelassen hatten eigentlich nur Kates Schmerzen beim Stillen, und auch die nur, weil sie ihrer Aussage nach in der Gegend einfach gar nichts mehr spürte. Ray machte sich Sorgen, dass es bei ihm emotional genauso sein würde, so platt und ausgehöhlt fühlte er sich. In der letzten Zeit kam er sich kaum noch wie ein Individuum vor, geschweige denn wie das Individuum, das er ein paar Monate vorher gewesen war. Stattdessen war er nur noch ein versklavtes Anhängsel, das allein dem unbewusst tyrannischen Säugling diente. Er konnte sich ernsthaft vorstellen, dass die Erfahrung aus Kate und ihm elende, verbitterte Gestalten machen würde, die nichts mehr mit den beiden Menschen gemeinsam hatten, die damals hatten Eltern werden wollen. Es wird leichter. Ja, okay, aber was, wenn *er* sich nicht erholte?

Das war doch die eigentliche Angst. Nicht, dass er sein altes Leben nicht wiederbekommen würde, sondern dass sein altes Ich verloren war. Sein »altes Leben« war doch so vage, dass er gar nicht wusste, nach welchem Teil genau er sich sehnte. Für die meiste Zeit von Kates Schwangerschaft war er doch nichts als ein besserer Student gewesen, mit über dreißig, verdammt noch mal! Vielleicht nicht seine größten Tage, das musste er zugeben, aber es hatte ein echter Optimismus geherrscht und ein Gefühl verspäteter Reifung. Baby unterwegs, Verantwortung voraus, also höchste Zeit, »abzutun, was kindlich war«, um Paulus zu zitieren, von Rays Hitliste ungeliebter Aussprüche, was hier aber unangenehm passend war, da er von Computerspielen gelebt hatte, bevor er sich für die Lehrerausbildung entschieden hatte. Damals hatte er es nicht bereut, aber wenn es im Leben eins gab, was Ray wirklich konnte, dann ein aktuelles Projekt abblasen und woanders neu anfangen.

```
Aktuelles Spiel vor dem Verlassen
  speichern? Ja/Nein.
Nein.
```

Seit er in grauer Vorzeit die Uni abgeschlossen hatte, zeugte sein Lebenslauf von seiner Vielseitigkeit und seinem brennenden Eifer für neue Herausforderungen, um es im Bewerbungsjargon auszudrücken. Man konnte auch sagen, er hatte die Aufmerksamkeitsspanne eines hyperaktiven Wellensittichs und die Hartnäckigkeit eines Schmetterlings. Die Wahrheit lag wohl irgendwo dazwischen, und er überließ es der individuellen Interpretation, wie man die Liste seiner bisherigen Tätigkeiten deutete, zu denen in beliebiger Reihenfolge gehörten: Barkeeper, Kellner, Videothekspersonal, Lokalradioredakteur, gelegentlicher Lokalradiosprecher (unbezahlt, in der Regel als Wiedergutmachung, wenn er als Redakteur Mist gebaut und ein Loch im Zeitplan verursacht hatte, wo ein Gast hätte sein sollen), Gemeinderatsschreibtischtäter, Callcenter-Sklave, Computerzusammenbauarbeiter, Computerrelokationstechniker (und nein, das war kein Euphemismus für Dieb), Bogenschießlehrer, Taxifahrer, Schriftsetzer, PC-Gaming-Unternehmer, Comiczeichner und Rockstar.

Der letzte Punkt tauchte nicht auf dem Lebenslauf auf, auch wenn er stimmte, wie man sich schließlich auch als Profifußballer bezeichnen konnte, wenn man für East Stirlingshire spielte. Einfach nur »Schlagzeuger« wäre wohl genauer gewesen, weshalb er den Eintrag kurzerhand ganz aus der offiziellen Version gestrichen hatte. Vorstrafen musste man zwar angeben, aber zum Glück gab es immer noch Stigmata, zu deren Enthüllung einen das Gesetz nicht zwingen konnte.

Die schwerste Veränderung in seinem unsteten Arbeitsleben war die letzte gewesen, als er die Dark Zone verkauft und sich zur Lehrerausbildung angemeldet hatte; er hatte ein Projekt aufgegeben, in das er Zeit, Geld, Energie und Hoffnung investiert hatte, und zwar für einen Beruf, der Verpflichtungen mit sich brachte (ooh, gruselig). Das war ihm zu dem Zeitpunkt aber richtig vorgekommen; richtiger, definierender als jede andere Entscheidung, die er je getroffen hatte. Sein Laden war nur das – ein Laden, ein anderes Projekt, das er aufgeben konnte (was er sicher auch sonst irgendwann getan hätte). Wirklich wichtig waren ihm schon immer Kate und er gewesen. Sie hatten irgendwann angefangen, ernsthaft über Kinder zu reden, und auch wenn sie es nicht ausgesprochen hatte, hatte er gewusst, dass sie es nicht in Angriff nehmen würde, während er noch seine verlängerte Teenie-Zeit auslebte. Selbst als der Laden Geld abwarf, hätte er sich nie eingeredet, dass er deshalb langfristig haltbar wäre. Vielleicht hätte er ihn noch ein paar Jahre halten können (vielleicht hätte die Bank ihn aber auch schon einen Monat später zugemacht), aber was Kate und er planten, rückte den Zeitmaßstab in eine andere Perspektive. Zusätzlich tendierte die Dark Zone gerade ziemlich in die roten Zahlen, als die Gemeinde ihm das Kaufangebot machte, also erkannte er den Fingerzeig des Schicksals und wählte die erwachsene Option.

Fehler.

Nach einer Woche im neuen Job sah er immer noch die Hand des Schicksals, aber jetzt zeigte sie ihm einen anderen Finger.

```
/set Schwierigkeitsgrad Albtraum.
/set Gegner_num 30
WARTE AUF SERVER
LADE REAL LIFE(tm) ENGINE.
LADE MOD: 'ENGLISCHLEHRER'
LADE SOUNDS
LADE MAP: BURNBRAE ACADEMY [burnb.bsp]
LADE SPIELMEDIEN
LADE BLEISTIFT
LADE RADIERGUMMI
LADE LINEAL
LADE SCHREIBHEFT
LADE TAFEL
LADE OTHELLO
LADE HERR DER FLIEGEN
LADE ROBERT BURNS - AUSGEWÄHLTE GEDICHTE
LADE WAFFEN: STRAFAUFGABE
LADE WAFFEN: HAUSAUFGABE
LADE GEFAHREN: FENSTERHAKEN
LADE GEFAHREN: FEUERALARM
LADE GEFAHREN: BÖSWILLIGER FURZVORWURF
LADE GEGNER
WARTE AUF SERVER . . .
RAYMOND ASH HAT DEN SERVER BETRETEN
```

Was willst du mal werden, wenn du groß bist?

Nicht das hier.

```
/Neues Spiel starten.
Aktuelles Spiel wird abgebrochen. Sind
  Sie sicher? Ja/Nein.
```

Nicht so eine leichte Entscheidung, wenn man nicht am PC sitzt. In der virtuellen Welt konnte man tausend Leben leben, beliebig viele Identitäten annehmen und musste nichts bereuen, weil man einfach einen alten Spielstand neu laden konnte, an die Stelle zurückgehen konnte, an der man Mist gebaut hatte, oder einfach aufgeben und wieder ganz von vorne anfangen. Selbst online im Deathmatch zahlte man keinen großen Preis für seine Fehler: Wenn man starb, respawnte man einfach woanders auf der Map und stürzte sich gleich wieder ins Getümmel.

Genau das hatte er doch all die Jahre getan. Er hatte aufgegeben und wieder neu angefangen, wenn es nicht ganz nach Plan lief. Sich in dem Bewusstsein in einem neuen Job respawnen lassen, dass es nicht weiter schlimm war, wenn auch aus dem nichts wurde. Deshalb war er hier am Flughafen, wo er sich ein Ticket nach irgendwo kaufen und einfach verschwinden konnte. Ray starrte den Programm-verlassen-Bildschirm an, weil er sich versichern musste, dass es ihn gab. Er erwog das Undenkbare aber nicht ernsthaft, sondern stellte sich nur an die Kante, um zu sehen, ob er dann lieber springen oder zurücklaufen wollte.

Ray schaute auf die Uhr auf der Abflugtafel und fragte sich, wo Kate und Martin wohl gerade waren. Vielleicht gingen sie mit dem Kinderwagen spazieren, und Passanten, die das Geheule aus hundert Metern Entfernung gehört hatten, gaben ihren Senf dazu.

»Ganz schönes Organ, was?« Jedes Mal. Jeder Einzelne von ihnen.

Oder wahrscheinlich lief sie eher auf dem Teppich im Kreis, die Musik laut aufgedreht, um den Kleinen zu besänftigen und das Geschrei zu übertönen. Er musste wohl nach Hause. Wo er gleich an der Tür Martin in die Hand gedrückt kriegen würde, damit Kate sich für eine Stunde Ruhe ins Schlafzimmer, Bad oder in die Küche zurückziehen konnte.

Ach, nur noch fünf Minuten. Bitte, nur noch fünf Minuten

den Kitzel genießen, in Reichweite dessen sitzen, was sein könnte. Er schaute sich die Zeitschrift an, den albernen Vorwand, warum er hier war, umso dümmer, weil er sie sowieso nie würde lesen können, geschweige denn die Spiele spielen, die darin gezeigt wurden.

Als er wieder aufschaute, sah er einen Geist.

Nur ein Gesicht in der Menge, eins von Dutzenden, die sich durch die Ankunftshalle schoben, direkt vom Flieger aus Heathrow. Das Ganze dauerte höchstens zwei Sekunden, vielleicht vier stolze Schritte durch die Massen, aber Ray erstarrte und blieb wie eingefroren auf der Bank sitzen, während die Menschen um ihn herumwuselten wie in einem Grafikbenchmarkprogramm.

Wenn man einen beliebigen Korridor - in einem Flughafen oder Bahnhof - lange genug anschaut, sieht man irgendwann ein Gesicht, das einem bekannt vorkommt, denn das Gehirn hat die Angewohnheit, Leerstellen mit ihm verfügbaren Ressourcen zu füllen. Ray konnte keine rückbeleuchtete Blumengardine anschauen, ohne darauf Augen, Kinnlinien und Profile zu sehen; Wolken vor dem blauen Himmel eines stratospherischen Zeichenblocks. Aber das hier war ein bisschen mehr als ein kurzer Blick, und der Typ schaute zurück. Starrte zurück, was aber vielleicht nur daran lag, dass Ray ihn anglotzte und er sich vielleicht fragte, ob er den neugierigen Kerl kennen sollte.

Dann war er wieder genauso plötzlich verschwunden, als wäre er im Menschenstrom untergegangen, und Ray blieb blass und mit offenem Mund zurück. Er hatte den Typen angesehen, bevor ihm klar wurde, dass er das Gesicht kannte, es angestarrt, bevor er einen Namen dazu hatte; und dann verschwand das Gesicht wieder genau in dem Moment, als ihm klar geworden war, dass es gar nicht da sein konnte.

Die Haare waren anders; so anders, dass der ganze Kopf nicht mehr passte. In Rays Erinnerung rahmte das Gesicht immer eine wallende, zurückgekämmte blonde Mähne, weshalb er wohl etwas länger gebraucht hatte, es unter dem militärischen Kurzhaarschnitt wiederzuerkennen. Vielleicht hätte er die Verbindung gar nicht ziehen können, wäre die Frau daneben nicht kurz langsamer geworden, als sie auf dem Handy eine Nummer wählte, sodass Ray einen winzigen Augenblick lang den unverwechselbaren Gang sehen konnte. Der Typ ging, als trüge er einen Umhang, oder, wie sein Kumpel Div es mal ausgedrückt hatte, »als würde er meinen, links und rechts der Tür stehen zwei Trompetenheinis und blasen ne Fanfare«.

Simon Darcourt.

Sechzehn Jahre vorher war er mit genau diesem königlichen Gang in Rays Leben stolziert, einem raumgreifenden Schreiten, das gleichzeitig zu mühelos wirkte, um ganz affektiert zu sein, und zu selbstverliebt, um ganz natürlich zu sein. Seine Gegenwart war pures Theater, eine Präsenz, die jeden Raum vereinnahmte, den er betrat, und sofort zu seiner Bühne machte. Allein, wie er rauchte, war wie Ballett. Ray sah ihn dabei nie im Stehen, an der Bushaltestelle oder beim Gehen. Es war immer eine Sitzperformance im geschlossenen Raum: ein erhabenes Zusammenspiel von Kopf, Beinen und Armen, wie er die Mähne zurückwarf, wenn er die erste Rauchfontäne im Fünfundvierzig-Grad-Winkel ausblies, den rechten Knöchel auf dem linken Oberschenkel, das linke Bein straff und gerade bis zur Hacke, den kippenhaltenden Arm lässig über die Armlehne drapiert. Ray hatte sich beim Zuschauen immer gefragt, ob Simon, wie der fallende Baum im verlassenen Wald, auch rauchte, wenn niemand dabei war. Falls ja, was für eine Verschwendung, als würde Neil Young vor einem leeren Saal spielen.

Er war groß gewesen, damals, in den fernen Studententagen. Wie ein Komet, der im Vorbeiflug alles überstrahlte, immer den Hofstaat hinter sich, der hilflos seiner Aura folgte und in seinem gedankenlosen Sog herumgewirbelt wurde. Sie waren einmal alle seinem Bann verfallen gewesen, hatten sich alle in seinem Licht gesonnt, auch wenn manche später zu stolz oder verletzt waren, um es zuzugeben. Ray war länger geblieben und näher an die Sonne geflogen als die meisten anderen und hatte sich deshalb auch am stärksten verbrannt. Den anderen waren bald die Wachsflügel geschmolzen, und sie waren von ihm abgefallen. Bis auf eine, und auch die hatte ihre Versengungen davongetragen.

Niemand konnte Simon Darcourt jemals vergessen. Ray hatte ihn keine vier Jahre gekannt, aber seitdem war er ihm frisch und lebhaft in Erinnerung geblieben wie nach der ersten Geographieübung damals oder nach dem letzten, bitteren Gespräch. Selbst in den Menschenmengen des Flughafens hätte Ray das Gesicht als eins der ersten aus dem Gedächtnis abrufen können, hätten nicht zwei Dinge kurzzeitig sein Urteilsvermögen eingeschränkt. Eins war der Kurzhaarschnitt. Das andere war die Tatsache, dass Simon Darcourt seit drei Jahren tot war.

Ray war sogar zur Beerdigung nach Aberdeen hochgefahren, zugegeben teils aus Neugier, ob Divs Prophezeiung sich bewahrheiten würde, dass nur Freunde von Simon kommen würden, die er höchstens einen Monat vorher kennengelernt hatte, weil er alle anderen systematisch vergrault hatte. Das Begräbnis war dann doch ziemlich gut besucht, obwohl schwer zu sagen war, wer den Verstorbenen alles tatsächlich gekannt hatte. Eine große Abordnung von der Firma war da, bei der Simon gearbeitet hatte, wie auch eine beträchtliche Delegation örtlicher Würdenträger, darunter mehrere lokale Parlamentsabgeordnete, sogar der damalige First Minister Schottlands. Das war eine höfliche Geste, vielleicht eine Entschuldigung des Staates für die, die er nicht hatte beschützen können, wie auch eine ehrbare (wenn auch zwecklose) Geste des würdevollen Widerstands gegen die Mörder.

Ray hatte gewartet, bis die Trauergesellschaft, die staatliche Delegation, deren Personenschützer und schließlich auch der alte Alki in Dufflecoat und Kapuze (eine Institution jedes schottischen Friedhofs) weg waren, und war dann zum Grabstein gegangen, um den Namen und die Daten zu lesen, weil er immer noch nicht so recht fassen konnte, dass es wirklich um den Richtigen ging.

Armes Schwein. So hatte es doch nicht laufen sollen. Simon hatte das enorme Charisma von jemandem, der zu Großem geboren ist; wenn auch begleitet von der abstoßenden Arroganz von einem, der es weiß. Was auch immer sie nun von ihm hielten, auf jeden Fall hatte er ihr Leben interessanter gemacht, und auch als er nicht mehr Teil von Rays Leben war, erwartete er immer noch, dass Simon eines Tages irgendwo im Kreise erlauchtester Prominenz wieder auftauchen würde. Heutzutage kaufte Ray nicht mehr den *NME*, aber wenn er das Cover am Zeitungskiosk sah, rechnete er doch fast damit, dass diese durchdringenden grauen Augen ihn von dort anstarren würden. Klar, manche Sterne leuchten im geschlossenen Raum – Schule, Uni – besonders hell, verblassen dann aber vor dem großen, weiten Himmel, aber Ray hatte nie jemand anderen gekannt, der so sehr das Zeug zum Star hatte. Es war doch nicht richtig, dass er einfach so ausgelöscht worden war, zur Fußnote irgendeines fremden Konflikts gemacht, eine Kerbe am Gewehrkolben irgendeines kindisch gekränkten kleinen Terroristenwichsers.

»Tut mir leid, Alter«, hatte Ray dort am Grabstein gesagt. »Wir hätten uns noch mal auf ein Bier treffen müssen. Noch mal alles bereden. Werd dich vermissen, Mann. Hab ich doch eigentlich immer.«

Das war nicht bloß die Sentimentalität gewesen; Ray hatte immer mal wieder überlegt, sich zu melden, mit Simon das Bier zu trinken, aber aufschieben war immer zu einfach gewesen. Sie hatten doch noch ein Leben lang Zeit. Irgendwann würden sich ihre Wege schon noch mal kreuzen.

Im Wahren Leben™ ohne Gespeicherten-Spielstand-laden-Funktion bereut man vor allem das, was man nicht tut, vor allem dann, wenn die letzte Chance vorbei ist. Simons Tod war eine so wertvolle Lektion in *carpe diem* gewesen, dass Ray kurz darauf Kate einen Antrag machte, nachdem sie schon seit Jahren zusammengelebt hatten. Und vielleicht war das hier auch so etwas, bloß als Illusion, die ihm sein müder, gestresster Kopf vorgaukelte. Das konnte nicht Simon gewesen sein, höchstens ein ähnliches Gesicht, das sein Gehirn etwas verzerrt hatte. Der Typ hatte auch nicht reagiert, kein Anzeichen, dass er Ray erkannt hätte, bevor er wieder weggeschaut hatte. Selbst der eigentümliche Gang konnte nur Einbildung gewesen sein; wie viele Nanosekunden hatte er ihn denn schon in der Totalen gesehen?

So ermahnte ihn sein Unterbewusstsein eben, sich endlich zusammenzureißen, nach Hause zu fahren und sich seinen Pflichten zu stellen. Es erinnerte ihn in seiner Kontemplation der luftgetragenen Flucht daran, dass Flugzeuge einen nicht immer an bessere Orte brachten. Dann hatte er es als junger Vater und Lehrer eben schwer. Buhuhu. Im Online-Deathmatch war er anfangs auch scheiße gewesen, schon vergessen? Respawnen und wieder ins Getümmel stürzen!

Es wird einfacher. Alles wird einfacher.

Ray verzog wie immer das Gesicht, als er den Schlüssel ins Schloss steckte, und bereitete sich auf das vor, was ihn drinnen erwartete. Er hatte sich auch ein paar Lügen zurechtgelegt, um zu erklären, warum er so spät kam. Stau auf der M8. Hätte er ja wissen müssen, selber schuld, dass er eine Abkürzung hatte ausprobieren wollen.

Kate kam mit Martin auf dem Arm aus dem Wohnzimmer. Sie lächelte, und der Kleine auch.

»Guck dir das mal an«, sagte sie.

»Was?«

»Er ist ganz ruhig«, erklärte sie und gluckste. »Heute Abend keine Kolik. Erkennst du ihn wieder?«

»Gerade so.«

»Geht's dir gut? Du siehst ja aus, als hättest du einen Geist gesehen.«

Lieber nicht. Dann müsste er ja auch erklären, wo.

»Soll dich mal jemand in den Arm nehmen?«, fragte sie und meinte das Baby.

»Ja«, sagte Ray und meinte es ernst. Er nahm Martin und drückte sich sein warmes, winziges Gesicht an die Wange. Der kleine Kerl kotzte ihm auf die Schulter.

Ray lachte und Kate mit ihm.

»Und, wie war's heute?«, fragte sie.

»Ach, ganz okay.«

Es gab nur wenig, was er seiner Frau nicht anvertraute, aber in Anbetracht der Umstände war es wohl nicht angebracht, ihr zu erzählen, dass er seinen neuen Job hasste. Natürlich wusste er, dass seine Zurückhaltung ihr verriet, dass die Schule für ihn kein belebendes Selbstverwirklichungsabenteuer war, aber sie wusste auch, dass sie lieber nicht nachbohren sollte, wenn er gerade nicht darüber reden wollte.

»Und bei dir?«

»Ganz gut. Heute geht's ihm ein bisschen besser. Ach, und Lisa vom Geburtsvorbereitungskurs ist mit ihrer kleinen Rachel vorbeigekommen, und wir haben uns ein bisschen unterhalten. Ich hab aber wieder kein Essen hingekriegt, tut mir leid.«

Wenn sie beide zu Hause waren, schlugen sie sich darum, wer kochen durfte, weil man dabei alleine mit einem Glas Wein und Musik in der Küche war, während der andere das Kind bändigte. Wenn man mit dem Kleinen allein war, konnte man sich freuen, wenn man vielleicht eine Dose Bohnen aufbekam.

»Ich kann uns ja eben was machen, während er trinkt.«

»Hast du da wirklich gerade Nerven für?«, fragte Kate. »Wollen wir uns nicht was holen? Ich hätte mal wieder Lust auf Indisch.«

Das hörte sich toll an. Sie hatten sich schon seit Monaten nichts mehr geholt, weil es ihnen verschwenderisch vorkam, wenn sie nicht mal zusammen essen konnten. Aber selbst wenn sie gleich in Schichten aßen, würde es ihnen wirklich guttun. Außerdem verhalf es Ray zu einem Spaziergang, den er an dem Abend wirklich gut gebrauchen konnte.

Als er loskam, war es fast neun, weil er Kate in Ruhe hatte baden lassen, während er selbst Martin gebadet hatte, wobei er nach wie vor zwecklos gehofft hatte, der Kleine würde davon schläfrig werden. Es nieselte. Nichts im Vergleich zu dem erbärmlichen Juli, den sie durchgestanden hatten, einem Monat voller gnadenloser Wolkenbrüche, die jeden Spaziergang im Keim erstickt hatten, bis sie fast Lagerkoller bekommen hatten. Der August war zwar ein bisschen besser gelaufen, aber alles in allem war der Sommer ein völliger Reinfall gewesen.

An diesem Abend hätte der Regen ihn sowieso nicht weiter gestört. Er musste in Ruhe nachdenken, was auch vor dem Nachwuchs am besten draußen gegangen war. Was er gesehen hatte – oder was sein Gehirn ihm gezeigt hatte –, hatte ihn erschüttert, und das betraf nicht bloß den ersten Schrecken. Es war eine schallende psychologische Ohrfeige gewesen, die ihn aus seinem depressiven Tunnelblick gerissen hatte, sodass er wieder richtig sehen konnte, was wirklich vor ihm lag.

Nicht aufgeben. Respawnen und wieder ins Getümmel stürzen. Mal ein paar Kills machen, Mann, das Spiel fängt doch gerade erst an.

Auch das Spiel mit dem Baby fing gerade erst an. Er war da immer sehr skeptisch gewesen, aber viele hatten ihm erzählt, dass die Koliken irgendwann so plötzlich aufhören würden, wie sie angefangen hatten. Nach drei Monaten, sagten die einen, nach dreizehn Wochen, die anderen. Am Abend vorher war Martin nicht ganz so schlimm gewesen, und heute war er so zufrieden, dass man ihn kaum wiedererkannte. Es würde einfacher werden, besser. Wie von der Hebamme vorhergesagt, hatte der Kleine sogar angefangen zu lächeln. Vielleicht würde Ray das auch selbst irgendwann tun.

Er ging ihre Straße entlang, die Kintore Road, eine kleine Enklave aus bescheidenen Sechzigerjahre-Doppelhäusern inmitten der Sandsteinpracht der Kaufmannsalleen von Newlands aus dem neunzehnten Jahrhundert. Am Ende führte eine Fußgängerbrücke über den Cart, der zu dieser Jahreszeit normalerweise nur ein kleines Rinnsal war, doch nach den letzten Regengüssen zu Winterausmaßen angeschwollen. Auf der anderen Seite waren die Mietshausstraßen von Langside, durch das Wasser von der wohlhabenderen Nachbarschaft getrennt. Meistens roch man indisches Essen, sobald man über die Brücke war, der Duft stammte aber von privaten Küchen. Das Restaurant war noch ein paar Hundert Meter weiter.

Als er auf dem Fußweg war, hörte er, wie sich hinter ihm in der Sackgasse eine Autotür öffnete. Er sah sich um. Es war ein Minivan, und ein Typ mit Sweatshirt und Jogginghose stand vor der Beifahrertür und erklärte wohl dem Fahrer, der ihn abgesetzt hatte, den weiteren Weg. Der Wagen wendete und fuhr zurück Richtung Cathcart Road. Ray ging langsamer, weil er den Jogger vor der Brücke überholen lassen wollte, aber der Typ mit dem Sweatshirt ging auch nicht schneller. Vielleicht kam er gerade irgendwo vom Bolzen.

Ray blieb auf der Brücke stehen und hoffte, der Typ würde endlich überholen. Er wollte sich nicht hetzen lassen, ging aber nur sehr ungern allzu nah bei anderen Leuten.

Der Fluss wurde der Bezeichnung endlich einmal gerecht, und das Wasser reichte sogar bis über die Einkaufswagen und Fahrradleichen. Ray schaute zur Seite, wo der Sweatshirt-Kerl sich gerade die Schuhe zuband. Er wusste, dass ihn das eigentlich nicht nervös machen dürfte. Wenn der Drecksack ihn überfallen wollte, warum hampelte er dann so herum? Vorspiel? Oder wollte er abwarten, bis Ray das Essen abgeholt hatte, und das dann klauen?

Blödsinn.

Blödsinn, aber trotzdem. Der Tag war schon verrückt genug

gewesen. Er ging wieder weiter und hoffte, der Kerl würde hinter der Brücke in eine andere Richtung gehen.

Gleichzeitig setzte sich auch der Nichtjogger wieder in Bewegung, was bei Ray einen ernsthaften inneren Monolog zum Thema Würde und Sicherheit des Davonrennens auslöste. Er ging stattdessen einfach schneller und schwor sich, sich nicht mehr umzuschauen. Die turnschuhweichen Schritte waren nach wie vor hinter ihm, aber er wusste nicht, ob sie sich näherten. Sein Schwur hielt ganze vier Sekunden vor, er sah sich um, bereit zum Sprint, wenn nötig. Der Typ schaute aber nicht ihn an, sondern an ihm vorbei. Ray wandte den Blick wieder nach vorne und erkannte, was der andere gesehen hatte.

Der Minivan kam auf die Brücke zugerast, nachdem er wohl über den Langside Drive hierhergekommen war. Ray drehte sich nach dem Nichtjogger um, der das Sweatshirt hochzog und eine an den Bauch geklebte Pistole griff. Er riss das Klebeband ab und schraubte einen silbergrauen Schalldämpfer auf den Lauf. Vorne hielt der Minivan mit quietschenden Reifen quer über die Cartside Street an, und der Fahrer sprang ebenfalls mit einer Pistole mit Schalldämpfer heraus.

Ray kniff kurz fest die Augen zusammen. Chronisch übermüdet und gestresst wie nie zuvor, hatte er heute schon mal Sachen gesehen, die es gar nicht gab. Einen Toten im Flughafen und jetzt auch noch ein Killerpärchen auf der Southside. Okay, Letztere kamen heutzutage schon mal vor, aber die kümmerten sich normalerweise um Schalldämpfer genauso wenig wie um Englischlehrer. Als Ray wieder hinsah, war der Fahrer am Ende der Brücke und hatte unzweifelhaft immer noch die Pistole in der Hand. Er stellte sich schulterbreit hin und hob die Waffe mit beiden Händen. Fünf Meter hinter Ray tat der Nichtjogger das Gleiche.

Das konnte doch nicht sein. Das war doch gar nicht vorstellbar. Dann erinnerte Ray sich an die Geschichte von einem Studenten in Dennistoun, der an die Tür ging und spontan je eine

Kugel in beide Knie bekam, wobei die Täter es eigentlich auf den Kerl aus der Wohnung drüber abgesehen hatten, einen Haschdealer, der zufällig den gleichen Nachnamen wie der arme Student hatte.

Ray warf die Hände in die Höhe wie ein Bankangestellter in einem Western.

»Ich bin der Falsche«, schrie er. »Scheiße, Mann, nicht schießen, ihr wollt wen anders!«

»Raymond Ash?«, fragte der Nichtjogger deutlich und langsam in dem abgehackten, präzisen Englisch eines erfahrenen Nichtmuttersprachlers.

Ray drehte sich um.

»Oh Gott!«

»Nein, Raymond Ash, glaube ich.«

Ray wollte schlucken, aber sein Hals hatte sich zugezogen. Er hätte wohl hundert Fragen haben sollen, konnte aber nur an Martin und Kate denken. Der Nichtjogger zog den Schlitten seiner Pistole zurück und lud durch. Das Gleiche hörte Ray auch hinter sich.

Martin.

Kate.

Die Namen, die Gesichter gaben seinem Instinkt einen Arschtritt. Er hechtete übers Geländer und erwartete schon die tödlichen Treffer, als er die ersten dumpfen Schüsse hörte. Aus irgendeinem Grund kamen die Einschläge nicht, aber der nächste war garantiert. Er tauchte ins Wasser ein, bevor er auch nur an all den Müll denken konnte, auf dem er sich wahrscheinlich aufspießen würde, und wurde sofort zum ersten Glasgower, der für den Sommerregen dankbar war.

Der Überlebensinstinkt hatte ihn aus der Schusslinie gerissen, brachte ihn aber gleich wieder hinein, als er automatisch hochkam, nach Luft schnappte und sich orientieren wollte. Die beiden Schützen lehnten übers Geländer und suchten die undurchsichtige, regentropfengesprenkelte Oberfläche ab. Sie eröffneten sofort das Feuer, als sie ihn sahen.

Ray duckte sich wieder und hörte, wie die Kugeln um ihn herum durchs Wasser rasten. Seine Füße fanden den Boden. Der Fluss war nur gut anderthalb Meter tief, aber solange er unten blieb, war er unsichtbar. Die Zischgeräusche hörten auf, die Killer warteten ab und teilten sich die Munition ein. Ray spürte die Strömung an den Klamotten reißen. Er hatte sich ziemlich sicher in die Hose gepisst, aber das spielte jetzt auch keine Rolle mehr. Zwanzig, dreißig Meter strömungsabwärts bog der Fluss beim Cricketplatz unter den Bäumen scharf ab. Dummerweise wurde er dort auch breiter und flacher, aber es war seine einzige Chance. Er fasste sich mit den Händen an den Knöcheln, rollte sich zusammen, hob die Füße vom Boden und ließ sich in kleinen Hopsern mit der Strömung treiben.

Als er nach dem letzten Sprung auf Grund lief, hatte er keine Luft mehr. Das Wasser war gerade noch so tief, um ihn zu bedecken, aber nicht, um sich treiben zu lassen. Er schnappte nach Luft und schaute sich um. Die Brücke war nicht mehr zu sehen, aber durch Lücken zwischen den Büschen konnte er noch die geparkten Autos an der Cartside Street erkennen. Irgendwo dort mussten die Schützen jetzt sein.

Er kroch ans Ufer und legte sich flach zwischen die Bäume, wo er abwartete und horchte, aber seine nassen Ohren hörten nur sein eigenes Keuchen und seinen Puls durch den Schädel wummern.

TOTER WICHSER

Simon war kaum einmal durchs Zimmer gegangen und hatte seine Jacke aufgehängt, als es schon klopfte. Ganz schön zackiger Service: Es hatte der britischen Hotelbranche verdammt gutgetan, dass sie größtenteils von den Amis und Franzosen aufgekauft worden war und die Einheimischen kaum noch etwas zu sagen hatten. Manche jammerten bestimmt über angeblichen Kulturimperialismus, aber es war doch wohl kein großer Verlust für die Nationalidentität, wenn das Servicepersonal gefälligst endlich mal tat, wofür zum Teufel es bezahlt wurde, ohne dabei eine Fresse zu ziehen, als würde es gerade anal vergewaltigt werden.

Der Page trug seinen Koffer rein, legte ihn auf die Ablage und rasselte dann die Zimmerdetails herunter, was wohl vor allem für die Besucher praktisch war, die noch nicht wussten, wozu der Lichtschalter da war, oder sonst womöglich versucht hätten, sich mit dem Telefon die Haare zu föhnen. Vordergründig war das nur höflich gemeint und gab dem Gast die Möglichkeit, etwaige Fragen zu stellen; aber in Wahrheit war es doch nur ein Vorwand, so lange herumzulungern, bis man sein Portemonnaie gefunden hatte. Simon drückte ihm zwei Pfund in die

Hand, wie immer ein solides, aber nicht übertriebenes Trinkgeld. War man zu geizig oder großzügig, erinnerten sie sich eher an sein Gesicht.

Wie üblich war der Fernseher eingeschaltet und zeigte das Menü mit der Willkommensnachricht des Hotels zu einem Vivaldi-Soundtrack, der Berieselungsmusik des Konzernzeitalters. Er schaute den Namen an, mit dem der Bildschirm sich an ihn richtete, es war in fast jedem Hotel ein anderer. Auf dieser Reise war er Gordon Freeman. Als Vornamen hatte er einen unauffällig schottischen gewählt, und der Nachname war ein kleiner Spaß, ja, ein Ausdruck der Freude. Er war natürlich vorher schon einmal wieder hier gewesen, aber noch nie geschäftlich, und das war das Besondere. Das in der Crunchie-Werbung besungene Friday Feeling, und dabei war erst Mittwoch.

Als er unten kurz mit der Rezeptionistin gesprochen hatte, hatte er zu seiner Überraschung sofort wieder in seinen alten Akzent zurückgefunden. Normalerweise sprach er eigentlich kaum noch Englisch, und wenn es unvermeidbar war, hielt er es so euroneutral, wie es nur ging. Keiner der Leute, mit denen er zusammenarbeitete, kannte jemals seine Nationalität (oder ehemalige Nationalität), und er bestand darauf, dass sie sich auch über ihre jeweils eigene untereinander weder austauschten noch darüber spekulierten. Sie sprachen Französisch – die internationale Sprache ihrer Branche –, außer die Umstände erforderten eine Ausnahme wie in diesem Fall. Bei dieser Operation – Deckname »Mission Deliver Kindness« – hatte jegliche Kommunikation über alle Ebenen und verschiedenen Medien auf Englisch stattzufinden. Er hatte sie sogar verdonnert, auf Englisch zu denken, vor allem die mit eigenen »Sprechrollen«, die seit zwei Monaten auf einer strikten Satellitendiät spezieller britischer Seifenopern waren: Einige auf *Coronation Street*, einige auf *Brookside* und der Rest auf *EastEnders*, die armen Schweine. Das sollte ihnen die allzu perfekte Aussprache etwas anrauen und ihnen die regionale Umgangssprache näherbringen, damit sie nicht wirkten wie ein homogener Haufen Festlandwichser. Anscheinend hatte es tatsächlich funktioniert, und sogar ohne die befürchteten Nebenwirkungen. Soweit er beobachtet hatte, hatten Deacons gelegentliche Estuary-English-Einschläge keinen Totalverlust an Kleidungsstil mit sich gebracht, während Taylor auch *vor* seiner Bekanntschaft mit der anachronistischen und genetisch benachteiligten Welt Weatherfields schon potthässlich gewesen war. May, der Sprengstoffexperte, hatte sich in der unhaltbar explosiven Umgebung der Brookside Close sicher sofort heimisch gefühlt, obwohl Simon natürlich nicht wusste, ob er auch vor dem Eintauchen ins Scouser-Elend schon zu depressiven Krisen geneigt hatte.

Er selbst hatte den anderen erzählt, er habe seinen Akzent für die Operation von einer Serie namens *Taggart* gelernt. Nach all den Jahren des Französischsprechens befürchtete er, dass er sich so sehr nach Glasgow anhörte wie frittierte Foie gras, also musste er eine angemessen unauthentische Quelle vorschützen, falls jemand so neugierig war, sie zu überprüfen.

Simon schaltete den Fernseher aus und sah sich wohl zum letzten Mal als »Freeman« angesprochen. Für die Dauer der Operation MDK war er »Mercury«. Niemand im Team erfuhr jemals den echten Namen eines Kameraden, eine unerlässliche Vorsichtsmaßnahme in einer Welt, wo Loyalität nur bis zum Ende des Auftrags und zur Bezahlung reichte. Sie durften sich auch keine eigenen Decknamen geben, da niemand garantieren konnte, dass keine Elemente ihrer Namen zurückverfolgbar sein würden. Simon teilte die Namen zu und griff immer auf große Rockstars zurück: leicht zu merken und so international, dass sie nicht irgendeinen verräterisch provinziellen Bezug preisgeben würden. Das würde Shub sicher gefallen, der ja ein Meister der Selbstverschleierung war.

Hotelzimmer wie dieses waren ein Vergnügen, das auch mit der Zeit nicht nachließ. Sie waren größtenteils nicht zu unterscheiden, und ohne die Logos hätte man leicht vergessen können, bei welcher Kette man diesmal eingecheckt hatte, aber das Ganze hatte schon etwas ehrlich Beruhigendes. Sicher waren es alles die gleichen Details, aber es waren Details, die ihm gefielen, und die Wirkung auf ihn war weniger die einer zweiten Heimat, sondern eher ein Grund zur Freude, dass er unterwegs war. Zwei Doppelbetten, eine gut bestückte Minibar, eine Roomservice-Karte, ein Schreibtisch in der Ecke, Bademäntel im Kleiderschrank, Marmor im Bad. Wenn sein Zeitplan es zuließ, genoss er das entspannende Ritual des Auspackens und Ausziehens, bevor er sich einen Drink einschenkte und sich gemütlich in die Wanne legte, wonach Stress und Sorgen des Massenmordgeschäfts einfach mit dem Schaum im Abfluss verschwanden.

Heute Abend würde das Ritual aber warten müssen. Es gab Dringendes zu erledigen, nachdem eine unvorhergesehene Komplikation in den Plänen berücksichtigt werden musste. Er stellte den Laptop auf den Tisch, fuhr ihn hoch und doppelklickte auf ein Icon namens Assembly.bat. Das Programm führte eine Reihe Dateien aus, die die drei Kommandorang-Mitglieder seines Teams informierten und sich dann mit einem passwortgeschützten Relay Chat Server verbanden, dessen Adresse sowieso nur sie vier kannten. Im Überwachungszeitalter gab es zwar keine garantierte Privatsphäre mehr, aber das hier kam ihr schon recht nahe. Der Server und alle ihrer jeweiligen Endgeräte waren doppelt und dreifach Firewall-gesichert, also konnten die Daten unterwegs bestenfalls als hochverschlüsselter Matsch abgefangen werden. Die einzige Schwäche bestand darin, dass einer der Teilnehmer die Chatsession womöglich mitloggen und das Ergebnis den Bullen zuspielen konnte, aber auch das nur, wenn er gerne wissen wollte, wie sich eine Bohrmaschine im Unterleib anfühlte.

Von Deacon kam sofort eine automatische Nachricht, was bedeutete, dass er noch in der Luft und damit nicht verfügbar war. Taylor tauchte als Erster im Chat auf, wozu er wohl mit quietschenden Reifen auf einem Parkplatz haltgemacht hatte, weil er endlich eine Ausrede hatte, sein neues Funkmodem einzuweihen. Sie hatten alle das gleiche, aber aus Sicherheitsgründen hatte Simon ihre Verwendung auf diese gesicherten Unterhaltungen und den Zugriff auf pornowhack.com begrenzt. May loggte sich kurz darauf von ihrem zeitweiligen Hauptquartier aus ein.

Eine halbe Stunde später war der abgeänderte Zeitplan im Gang. Deacon würde informiert werden, wenn er sich meldete, aber er wurde nicht gebraucht. May hatte die Sache im Griff und schickte Joe Strummer und Mick Jones sich um den Little Drummer Boy kümmern, wenn er das nächste Mal sein Haus verließ, dessen Adresse freundlicherweise im Telefonbuch stand.

Simon schloss die Chatsession, griff sich zwei Bourbon-Miniaturen aus der Minibar und drehte die Wasserhähne der Badewanne auf. Jetzt, wo die etwaigen Konsequenzen unter Kontrolle waren, hatte er die Muße, darüber nachzudenken, was im Flughafen passiert war. Ehrlich gesagt fiel es ihm sogar schwer, an etwas anderes zu denken.

Wie hatten da denn bitte die Chancen gestanden? Im Ernst, wie wahrscheinlich war so etwas schon? Ha! Wahrscheinlicher, als man oft glaubte.

Auf dem Flug hatte neben ihm eine Frau mit einem sabbernden Kleinkind gesessen; die relative Anonymität der Economy Class ging immer auf Kosten von Komfort, Würde und olfaktorischer Unversehrtheit. Die Frau hatte dem mopsigen kleinen Gnom von Gott erzählt, weil sie über den Wolken waren und er erwartungsgemäß blöde Fragen gestellt hatte. »Gott ist überall«, hatte die Mutter mit so einer zuckersüßen Stimme erklärt, dass dem Kleinen jeder letzte Milchzahn aus dem Speckgesicht hätte gammeln müssen. Wenn das stimmte, war Gott wohl Glasgower, die waren verdammt noch mal auch überall. Egal welchen entlegenen Winkel des Planeten man gerade erkundete, wenn man dort war, stolperte man garantiert über jemanden,

den man zuletzt auf der Byres Road oder am Taxistand der Central Station gesehen hatte.

Und wenn man tatsächlich mal in die Stadt kam, war ein spontanes Treffen mit *irgendwem* quasi garantiert, selbst wenn man nur kurz im Flughafen war. Vor allem, wenn man nur kurz im Flughafen war. Als er jünger war, hatte er geglaubt, dass es eben daran lag, dass alle gleichzeitig in den Urlaub flogen. Später im Leben hatte er aber herausgefunden, dass weder Jahres- noch Tageszeit eine Rolle spielten: Wenn man in Abbotsinch abflog oder ankam, sah man eigentlich immer jemanden, den man kannte. Der Trichtereffekt verzerrte die Wahrscheinlichkeit, weil alle Flugreisenden der Stadt durch einen kleinen Ort geschleust wurden. So etwas durfte man in dieser Branche nicht vergessen. Es war leichtsinnig, wenn man sich nur auf die Statistik verließ, so gut man sie auch vermeintlich kannte: Dass man eben Pech gehabt hatte, war auch kein großer Trost mehr, wenn man sich den Lauf der eigenen Pistole zwischen die Zähne schob.

Das letzte Mal, als er in Glasgow gelandet war, hatte er Lucy Klesk gesehen, eine seiner studentischen Eroberungen aus der »Zehn Pints intus und sonst niemand da«-Gewichtsklasse. Sie saß in einem der Cafés des Abflugbereichs und widmete sich der Zeitschrift *Hello!* und einem King-Size-Mars. Die Jahre und Kalorien hatten ihr nicht gutgetan, und unter der dicken Zusatzschicht blassen Fleisches hatte er sie nicht sofort erkannt. Sie war zu tief in ihren Kampf gegen die Unterernährung versunken, um ihn zu bemerken, aber selbst wenn sie aufgeschaut hätte, war Augenkontakt ein Luxus, den er sich leisten konnte, solange er ihn kurzhielt.

Es war aber Gewöhnungssache, er hatte sich erst selbst überzeugen müssen. Wenn man sich Gollums Ring überzog, der einen angeblich unsichtbar machte, rannte man ja auch nicht sofort in die Frauenumkleide der örtlichen Schwimmhalle, ohne zu prüfen, ob er wirklich funktionierte. Und Simon hatte außerdem das Problem, dass er es sich nicht einfach von jemand Unabhängigem bestätigen lassen konnte. Als er zum ersten Mal wieder dort gewesen war, hatte er wohl wie der letzte Vollpfosten ausgesehen, als er drinnen mit Sonnenbrille und Hut oder Kapuze herumgehampelt war – und nur, um ein Gesicht zu tarnen, das sowieso schon hinter der besten Verkleidung der Welt versteckt war.

Den endgültigen Beweis bekam er dann wieder im Ausland, wo er solche absurden Sicherheitsvorkehrungen nicht getroffen hatte. Er war gerade in Schiphol auf dem Weg zu seinem Anschlussflug nach Hause nach Nizza, als ihm auf dem Rollsteig gegenüber Rob Hossman entgegenkam. Rob hatte bei Sintek Energy vier Jahre lang zwei Tische von ihm entfernt gesessen; er war sogar mal auf einer haarsträubenden Dinner Party bei ihm zu Besuch gewesen, eine dieser verzweifelten vorstädtischen Fegefeuer-mit-Salat-Geschichten, bei denen die Männer so taten, als würden sie den Gesprächen zuhören, während sie im Kopf schon lange die Frauen der anderen durchvögelten. Sie hatten sich auf den Fluren tausendmal gegrüßt, den anderen gesehen, aber etikettengemäß ignoriert, bis er in die wichtige Drei-Meter-Abstandszone kam. In Schiphol hatten sie beide gerade gleichzeitig rübergeschaut, und Rob war nur noch eine halbe Sekunde von seinem komischen Zucknicken entfernt gewesen, als der magische Ring seine Wirkung zeigte.

Hossmans Gesichtsausdruck in dem Moment würde Simon im Laufe der Jahre immer wieder sehen, so wie zuletzt bei Larry, dem Little Drummer Boy, am gleichen Abend. Er fing mit zusammengekniffenen Augen an, der Funke-des-Wiedererkennens-Phase. Dann machte die Stirn das Akkordeon, während der Betreffende die Speicherbänke durchforstete, woher er die Visage nur kannte. Und wenn danach normalerweise der große Heureka-Moment angestanden hätte, klatschten sie gegen die Wand. Dann kam ein völlig verwirrter Gesichtsausdruck – Passbildautomat beim ersten Blitz – und dann meistens ein angedeutetes Kopfschütteln oder noch mehr Stirnrunzeln, aber da war er schon wieder weg.

Wäre das Gehirn dieser Leute ein Computer gewesen, hätte es einen manuellen Kaltstart gebraucht. Eine simple Datenzeile brachte das Programm jedes Mal zum Absturz. Wie sagte Sherlock Holmes noch? Hat man das Unmögliche ausgeschlossen, bleibt nur noch die Wahrheit übrig, so unwahrscheinlich sie auch sein mag. Allerdings *war* in diesem Fall das Unmögliche die Wahrheit, deshalb blieb diesen Leuten am Ende nur noch die Verwirrung.

Holmes hatte aber trotzdem recht. Die Leute kannten eben nicht alle relevanten Informationen. Was sie für unmöglich hielten, war es gar nicht. Auch was sie für die Wahrheit hielten, war falsch. Es war vielleicht nicht weithin bekannt, aber Simon Darcourts Leiche war nie gefunden worden. Der Untersuchung zufolge war es offiziell »unmöglich«, dass er auf seinem Platz die Explosion überlebt hatte, ganz zu schweigen vom Absturz in den eisigen Fjord. Auch das war nur so, weil die Behörden nicht über alle relevanten Informationen verfügten.

Das konnte man ihnen kaum vorwerfen. Die Katastrophe von Stavanger hatte einen gewaltigen Ermittlungsaufwand gefordert, da die Trümmerteile im tiefen Wasser in einem Bereich des Fjords verstreut lagen, der nur per Boot oder Wasserflugzeug zugänglich war. Die Taucherteams und Bergungsmannschaften brauchten fast einen Monat, bis sie ihre Arbeiten abgeschlossen hatten, und auch wenn sie schließlich alle Teile des Flugzeugs hoben, war doch die ganze Zeit unerträglich klar, dass die Strömung und die Sandmassen am Grund ihnen Tag für Tag weitere Beweisstücke entrissen. Seine Leiche war nicht die einzige, die nie gefunden wurde, also konnte zur Ermittlung der Opferzahl nur die Passagierliste herhalten. Die Spuren des Bombenlegers waren nicht nur verwischt, sondern davongeschwemmt worden. Wer auch immer ScanAir Flug 941 hochgejagt hatte, hatte sein Handwerk verstanden, schlossen die Ermittler.

Na ja, mehr oder weniger. Aber wie selbst der ginbenebeltste assistentinnengrabschendste Bühnenzauberer bestätigen kann, liegt das Geheimnis eines guten Verschwindetricks in der Ablenkung des Publikums: Man gibt den Zuschauern einen lauten Knall und einen grellen Blitz, damit sie den diskreten Abgang nicht mitbekommen, und räumt natürlich auch alle Requisiten weg, bevor sie draufkommen, wie man es gemacht hat.

Selbstverständlich hatte er nicht einfach ein Passagierflugzeug hochgejagt, nur um seinen eigenen Tod vorzutäuschen; das wäre schließlich eine schreckliche Verschwendung von Menschenleben gewesen. Dann wäre er auch nicht dafür bezahlt worden und hätte die nötigen Hilfsmittel nicht in die Finger bekommen. Es war nicht mal seine Idee gewesen. Okay, das mit dem Nicht-Sterben schon – eine seiner Meinung nach sinnvolle Modifikation der traditionellen Herangehensweise der Selbstmordattentäter –, aber der Angriff selbst ging auf jemand anderen zurück.

Finnland hatte den geflüchteten urkobaidschanischen Guerillaführer »Artro« an Moskau ausgeliefert, wo er wegen einer Bombenserie im Rahmen des Unabhängigkeitskampfes (gähn) der Region gesucht wurde. Artros Spezialität waren Marktplätze gewesen: wenig Sicherheit, keine Überwachung, gut besucht, öffentlich. Da Simon mittlerweile selbst einige russische Marktplätze gesehen hatte, war wohl der einzige Nachteil, ob überhaupt jemand den Unterschied merkte, wenn die Bombe hochgegangen war. Der Gestank konnte schon mal nicht schlimmer sein.

Artros geopolitisches Wissen ging nicht weit darüber hinaus, dass Russland der Große Satan war und die USA auch, und man munkelte, er sei in dem verhängnisvollen Glauben nach Finnland geflohen, Skandinavien sei ein völlig autonomer Kontinent ohne jegliche politische Verbindung mit Europa. Dieser Fehler allein hätte aber noch nicht zwingend zu seiner Festnahme geführt, wenn er sich nur an die erste Regel des Untertauchens gehalten hätte, die da lautete: Tauche unter! Oder in seinem Fall präziser: Pfeife dir nicht drei Flaschen Finlandia rein und ziehe vor allem nicht mitten in Helsinki russischen Seemännern das Leergut über die Rübe!

Artros Milizenkumpane schworen den Finnen Rache; ihre Meinung zu den Russen hatten sie ja schon zur Genüge kundgetan. Nun hatten sie aber das Problem, dass Artro mehr oder weniger Herz und Hirn der Organisation gewesen war – wobei Letzteres nicht viel bedeutete –, und bei ihrem Schwur tickte die Glaubwürdigkeitsuhr. Da ihr Anführer jetzt hinter Gittern saß, wurde die Schlagkraft der ganzen Bewegung infrage gestellt; in der Welt des Terrorismus ist Wahrnehmung alles, und wenn niemand vor einem Angst hat, existiert man quasi nicht mehr. Sie mussten etwas Großes tun, und zwar bald.

Natürlich wandten sie sich an Shub. Das tut früher oder später jeder.

Und wenn man sehr, sehr brav war (oder auch gerade nicht, je nach ethischem Blickwinkel), kommt Shub auch mal zu einem.

Shaloub »Shub« N'gurath. Wahrscheinlich der gefährlichste Mann der Welt, wenn die Welt denn nur von ihm wüsste. Das war natürlich nicht sein echter Name, so hatte er sich nur Simon gegenüber genannt, und es hieß, er gebe nie zwei Leuten den gleichen Namen. »Ich habe es nicht gern, wenn man über mich redet«, sagte er, und das meinte er ernst.

Wie konnte man ihn beschreiben? Der Bill Gates des internationalen Terrorismus? Der Anti-Kofi-Annan?

Bill Gates passte wahrscheinlich besser, denn egal, was man vorhatte, wofür man sich einsetzte, gegen wen man kämpfte und mit welchen Methoden, konnte man sich doch sicher sein, dass er ein Stück vom Kuchen abbekam. Ein anderer passender Vergleich wäre wohl der mit dem Zauberer von Oz, da man diesen glatzköpfigen kleinen Mann mit Schmerbauch und Brille nur schwer mit seinem Ruf und seiner Macht übereinbringen konnte. Die Aura des Geheimnisvollen war Teil seines Sicherheitskonzepts. Zwar sprachen sich Gerüchte herum, aber sie waren kaum greifbar, weil sich zwei Gesprächspartner nie ganz sicher sein konnten, von wem sie sprachen, zumal das auch nie jemand zweifellos klarstellen wollte, schließlich hätte Shub ja Wind davon bekommen können.

Trotzdem hatte Simon so einige Geschichten gehört. Manche hörten sich wie Lagerfeuerstorys an, andere wie Gruselphantasien, die Shub persönlich in die Welt gesetzt hatte, aber recht glaubwürdig fand Simon die, dass Shub im Aufsichtsrat mehrerer führender Waffenhersteller der Welt saß. Hätte es ihn nicht gegeben, hätten sie ihn erfinden müssen (auch wenn sie natürlich alle – und ihre Aktionäre – tief im Herzen wünschten, ihre Produkte würden nicht gebraucht und wir könnten eine glücklichere, friedlichere Welt haben). Seine weitreichenden Bemühungen schürten die bewaffneten Konflikte rund um den Globus, die einen extrem reichen Mann aus ihm gemacht hatten. Als Shub ihm sein Geschäft erklärte, hatte er sich auf den Bereich Terrorismus konzentriert, denn das sollte ja Simons Einsatzgebiet werden, aber das war offensichtlich nur ein Stück des sehr großen, sehr blutigen Kuchens.

»Der Terrorismus ist nur der Reizstoff«, hatte Shub erklärt. »Er löst die Reizung aus, den Ausschlag, und die Regierungen sind gezwungen zu kratzen. Aber davon wird es nur noch schlimmer, wie jedes Kind weiß. Mehr Soldaten, mehr Waffen, mehr Ausbildungen, mehr Unruhen, mehr Unterdrückung, mehr Auflehnung, mehr Terrorismus, mehr Reizung, und für mich, für meine Freunde, für dich, für uns alle: ka-ching, ka-ching, ka-ching.« Er hatte gelächelt und in der international geläufigen Geste die Daumenspitze am Zeigefinger gerieben.

»Blutgeld«, sagten die Politiker dann immer wieder mit ernster Miene, was besser passte, als sie wohl selbst wussten. Der Terrorismus pumpte das Geld um den Globus wie ein Herz: Waffenkäufe, Waffenschmuggel, Ausbildungslager, Auftragsmorde, Entführungen, Drogenschmuggel, Spenden, Schutzgelderpressung, Geldwäsche, Sicherheitssysteme, Überwachungstechnologie, Rüstungsaufträge ... ba-bumm, ba-bumm, peng-peng, peng-peng, ka-ching, ka-ching. Und wenn der Terrorismus das Herz war, war Shub sein Schrittmacher. Weltfrieden wäre eine Riesenpleite, also wurde unermüdlich dafür gearbeitet, dass es niemals dazu kommen würde.

Der Terrorismus bewegte aber nicht nur das Geld – er generierte es sogar. In den ärmsten Gegenden der Welt gab es vielleicht kein Geld fürs Essen, aber wenn man ethnische Spannungen oder irgendeinen Unabhängigkeitskampf dazugab, füllte sich die Kriegskasse auf geradezu magische Art und Weise. Für die meisten Leute bedeutete Urkobaidschan nichts als Channel-Four-Bilder trauriger Flüchtlinge, die alle ihre Habseligkeiten auf Holzkarren durch den Schlamm zerrten, aber das hieß noch lange nicht, dass Artros Kumpane nicht noch dreihunderttausend Dollar im Marketingetat hätten, um der Welt zu zeigen, dass sie es immer noch ernst meinten.

Die IRA hatte ihre verblendeten Sugardaddys, die in Bostoner Plastik-Irish-Pubs Guinness schlürften, aber die waren nicht einzigartig. Jeder kleine schwelende Konflikt auf dem Planeten hatte seinen Fanclub in Übersee, Expats oder Romantiker der zweiten Generation, die sich ein Stück Restethnizität kaufen wollten, während sich die Welt um sie herum immer mehr homogenisierte. Außerdem zeigten sich auch gerne Drittparteien großzügig, die die Antipathie gegenüber der Zielnation oder ihren Verbündeten teilten, ebenfalls eins von Shubs Spezialgebieten.

Gaddafi hatte Libyen berüchtigterweise zu einem internationalen Terrorzentrum gemacht. Er hatte Leute aus vielen Nationen und Konflikten zusammengebracht, sie finanziert und ihnen beim Teilen von Ressourcen, Kontakten und Netzwerken geholfen; er hatte ihnen Ausbildungslager angeboten, Unterkünfte, Swimmingpools, Roomservice und Konferenzräume (na ja, fast). Diese Gastfreundschaft galt aber nur denen, die sich ideologisch links der Mitte verorteten. Terrorismus als Staatsindustrie. Shub N'gurath dagegen stand für den Ansatz des freien Marktes und würde sich niemals ein Geschäft von so etwas Vulgärem wie Politik verderben lassen.

Der ScanAir-Anschlag war ein sehr gutes Beispiel für Shubs Fähigkeit, die Bedürfnisse und Ressourcen der Menschen zusammenzuführen. In Brazno, Urkobaidschan, hatten Artros Kumpane das Geld und das Motiv, aber nicht die Mittel und erst recht nicht die Zeit. In Bridge of Don, Schottland, hatte Simon das Können, aber nicht die Ausrüstung. In Gent, Belgien, hatte ein Mann namens Michel Bruant die Ausrüstung, aber keine Möglichkeit, sie außer Landes zu schaffen. Und in Le Havre, Frankreich, hatte ein Frachtunternehmen ein inoffizielles Nebengeschäft mit dem achtfachen deklarierten Umsatz der Haupttätigkeit. Shub führte sie alle zusammen und nahm bei jedem Schritt mindestens vierzig Prozent.

Win-win-win.

Außerdem hatte Shub nicht nur das Talent, den richtigen Mann für den Job zu erkennen, sondern manchmal auch den richtigen Job für den Mann. Bruants Päckchen war als Selbstmordbombe konstruiert, aber Artros Brigade gefiel die Vorstellung der urkobaidschanischen Unabhängigkeit so sehr, dass sie alle gerne noch persönlich dabei sein wollten, wenn es so weit war. Nichtsdestoweniger würde Shub ihnen für den richtigen Preis problemlos einen Freiwilligen finden; das hatte er vorher auch schon geschafft.

Nichts drückte die Größe des eigenen Glaubens, Muts, der Entschlossenheit und des Fanatismus um jeden Preis so schön aus wie ein Selbstmordattentat, und Shub zufolge fanden diese seltenen Qualitäten sich vor allem bei denen, »die ihrem Gott am nächsten stehen«. Damit meinte er natürlich weniger die zutiefst Religiösen als vielmehr die tödlich Kranken, die sich in ihrer kurzen verbleibenden Zeit eigentlich nur noch um das Auskommen ihrer Familien sorgten. »Sterbehilfe« nannte er das, wobei die Hilfe hauptsächlich finanzieller Natur war – andererseits brachte es natürlich auch etwas Schwung in die Sache, wenn man sich zehn Kilo C4 vor die Brust schnürte und sie an einem öffentlichen Ort hochgehen ließ. Kurz und schmerzlos war es auch.

Shub hatte schon viele solcher Deals vermittelt, und bis auf zwei Faktoren wäre es wohl einfach wieder so einer geworden. Faktor eins war die Forderung der Urkobaidschaner, das Ziel müsse ein Passagierflugzeug sein, womit sie sich in die Elite des Terrorismus katapultieren wollten: den Mile-High-Club. In der Vergangenheit hatte er nur jemanden gebraucht, der gerade so von der Onkologiestation zur örtlichen Polizeiwache oder einem anderen Regierungsgebäude hatte schlurfen können, aber um es durch die europäischen Flughafensicherheitskontrollen zu schaffen, bedurfte es eines wacheren Geistes und fitteren Körpers.

Auch so ein geeigneter Kandidat hätte sich sicher noch gefunden, wäre da nicht Faktor zwei gewesen, dass Shub auf jemanden aufmerksam gemacht worden war, der genug auf dem Kasten hatte, die Sache durchzuziehen, ohne sich das Feuerwerk selbst aus nächster Nähe mitanzusehen; jemand, der großes Potential gezeigt hatte und vielleicht so weit war, es mal ohne Stützräder zu versuchen; jemand, der die Sache nach gutem Zureden weniger als Auftrag sehen würde als vielmehr als größte Chance seines Lebens.

Simon bekam über hundertfünfzigtausend Dollar für den Anschlag auf Flug 941, was unheimlich großzügig war, nachdem Shub wohl erkannt hatte, dass er es aufgrund der günstigen Nebeneffekte auch kostenlos getan hätte. Es war aber in gewisser Weise auch eine Investition oder vielleicht eine Art Erziehungsmaßnahme. Die Leute, mit denen Shub Geschäfte machte, ließen sich in zwei Gruppen einteilen: Kunden und Dienstleister. Wer von irgendwelchen nichtfinanziellen Faktoren motiviert war, war ein Kunde, einer der politisierten Trottel, die nur darauf warteten, um ihr Geld gebracht zu werden. Die, denen es ums Geld ging, respektierte er, mit ihnen konnte er sich identifizieren. Simon dagegen war zu dem Zeitpunkt vor allem deshalb in der Branche aktiv, weil es ihm Spaß brachte, weshalb es Shub zum beiderseitigen Vorteil erschien, wenn er ihm zeigte, dass das Geld durchaus auch Spaß bringen konnte.

Vor Flug 941, vor Shub N'gurath, war es nur ein Hobby gewesen, so gut er darin auch wurde; ein Freizeit-Nervenkitzel. Trotz allem, was er schon erreicht hatte, trotz allem, was er daran verdient hatte, war der Umstieg auf die Vollzeit-Profikarriere alles andere als einfach. Er konnte ja nicht einfach eines Abends Alison beiseitenehmen und sagen: »Schatz, ich will mich meinen Träumen widmen, bevor es zu spät ist. Bist du an Bord?«

Er konnte sich ja einreden, dass der seriöse Job und die Vorortexistenz einfach nur ein nützlicher Deckmantel seien, aber seine immer größere Frustration lieferte überzeugende Gegenargumente. Die Fassade funktionierte vielleicht, bloß konnte er immer nur für kurze Zeitabschnitte dahinter hervorkommen: kurze Blicke auf ein Leben in Freiheit, das er immer wieder aufgeben musste. Er verdiente schon deutlich mehr an seinem »Hobby« als an seinem offiziellen Beruf, aber er kam nicht an das Geld ran. Wenn er auf einmal mit einem Porsche Boxster vorfuhr, hätte Alison sofort schwierige Fragen gestellt, und auch die Steuerbehörde wäre neugierig geworden. Er tat es ja gar nicht fürs Geld und wollte auch gar nicht unbedingt einen Porsche Boxster, aber dieses Beispiel veranschaulichte sein Problem. Er wollte ein Leben, das zum Greifen nah schien, für das er geboren war, wie er nun wusste, für das er aber erst mal sein altes zurücklassen musste.

Dabei war das Gehen allein kein Problem. Schwierig war, dafür zu sorgen, dass ihm niemand folgte. Wenn er einfach verschwand, eines morgens fuhr und nicht wieder von der Arbeit nach Hause kam, würde es zwar keine großen staatlichen Ermittlungen geben, aber ein paar Leute würden ewig jedes

Detail umdrehen und nach einer Spur schnüffeln. Alison würde sicher nicht den Rest ihres Lebens oder auch nur der Woche nach dem Warum suchen, und sie würde bestimmt keinen Detektiv brauchen, um die größten Antworten zu finden, aber wenn etwas offenbleibt, bleibt auch die Neugier. Und wenn das Ganze etwas Geheimnisvolles hat, ist es zehnmal so schlimm. Auch nach all den Jahren behaupteten immer noch Leute, sie hätten jemanden gesehen, der echt Richey Manic hätte sein können: Sie führten den Kreislauf fort und stärkten das Mysterium. Natürlich würden weit weniger Leute in einer fremden Menge plötzlich Simons Gesicht erkennen, aber das Prinzip war dasselbe. Irgendwer würde immer irgendwo nach ihm Ausschau halten, auch wenn er nicht mal wusste, dass er jemanden umgebracht hatte.

Shub N'gurath wurde seine gute Fee, der A&R-Mann von einem großen Label, der ihn beim Jammen mit der Band im Pub gesehen und gesagt hatte: »Du kannst was, Kleiner. Willst du ein Star werden?«

Der Zeitplan war eng – nur knapp über vierzehn Tage –, denn die Urkobaidschaner wollten noch vor Monatsende zurück in die Schlagzeilen. Das war Simon nur recht gewesen. Den Plan hatte er innerhalb von Minuten entworfen, nachdem Shub ihm die Eckdaten genannt hatte, und da Bruant die handgemachte Ausrüstung stellte, musste er selbst nur noch ein paar Kleinigkeiten besorgen und noch einmal die Strecke fliegen, um sein Gedächtnis aufzufrischen. Das Letzte, was er da gebraucht hätte, wären ein paar Wochen extra gewesen, in denen er sich den Kopf darüber zerbrochen hätte, was alles schieflaufen konnte, und sich außerdem zu Hause und auf der Arbeit normal hätte geben müssen. Die größte Herausforderung der ganzen Unternehmung war die gewesen, die letzten zwei Wochen bei Sintek Energy nicht jede Sekunde breit zu grinsen.

Wie immer buchte er die Flüge über Slipgate.com, die erste Reise privat, die zweite zahlte Sintek. Bei Slipgate konnte er sich nämlich den Platz im Flugzeug aussuchen und, genauso wichtig, den Flugzeugtyp prüfen. Die Stavanger-nach-Helsinki-Strecke war er geschäftlich bestimmt schon ein halbes Dutzend mal geflogen, meistens an Bord einer Avionique 300, aber einmal war es auch eine Aerospace 146 gewesen (vielleicht war das aber auch eine andere Airline), und er musste sich sicher sein können. Slipgate bestätigte ihm die 300er für Flug 941 sowohl für seine Erkundungsreise als auch für die Hauptvorstellung sechs Tage später.

Die erste Tour legte er auf den Dienstag vorher, den er sich als Ersatz für eine kürzliche Geschäftsreise nach Oslo freigenommen hatte, die bis ins Wochenende gegangen war. Das Datum des Zielflugs war schon auf Montag, den sechsundzwanzigsten, festgelegt worden, und dabei hatte das Schicksal der Passagiere nicht er besiegelt, nicht die Urkobaidschaner, sondern Harald Johansen aus der Sintek-Niederlassung in Helsinki. Simon brauchte einen offiziellen Anlass für die Reise, und in der Woche hatte Harald nur am Montag Zeit für eine Besprechung. Das hatte eine befriedigende Ironie: Nachdem er Tausende von Meilen an sinnlosen Geschäftsreisen angesammelt hatte, würde er sich bei einem Flug zu einem letzten völlig unnötigen Meeting verabschieden.

Die Vorbereitungsreise diente aber mehr als nur der Gedächtnisauffrischung. Er brauchte einen Sicherheitsausweis vom Flughafen Stavanger, und den gab es nun mal nicht überall. Vor Ort hätte es natürlich verschiedene Möglichkeiten gegeben, aber nachdem er dort schon oft die Zeit hatte totschlagen müssen, wusste er, welche die einfachste war. Im Andenkenladen arbeitete ein Trollweibchen, das immer ihr Jackett über die Stuhllehne hängte, wahrscheinlich damit keinem der Transitpassagiere der Anblick und Duft ihrer dauernassen Achselhöhlen vorenthalten wurde. Sie trampelte regelmäßig im Laden herum und ließ ihr laminiertes Kärtchen unbeaufsichtigt hinter der Kasse zurück, in deren Nähe sich natürlich das Herumlungeralibi namens Postkartenständer befand. Als Simon ankam, war sie leider nirgends zu sehen, und an ihrer Stelle befand sich eine nagetiergesichtige Jugendliche, die die Kunden mit einem misstrauischen Blick beobachtete, der sich wohl nach nichts mehr sehnte als einem Tobleronedieb. Selbstverständlich hatte sie das Jackett fest zugeknöpft und führte ihren Clip-Ausweis, als stünde darauf: »ICH BIN DAS GESETZ«.

Das erforderte eine andernfalls höchst unratsame Vorgehensweise: den Gang zum Kaffeestand ein Stück weiter in der Halle. Er wartete, bis die Schlange sich aufgelöst hatte (haha), bestellte einen großen Cappuccino, was wohl niemand zweimal tat, und kramte auffällig ungeschickt nach den passenden norwegischen Münzen. Dadurch bekam der sichtlich gelangweilte Festlandtrottel hinter dem Tresen den Eindruck, Simon wäre irgendein verplanter Naivling, was sich dann noch verstärkte, als er den Styroporbecher vom Tresen fegte und den Cappuccino auf dem Boden ausschüttete. Mit resigniertem Blick griff der Junge nach seinem Lappen; das war nicht zum ersten Mal passiert, aber normalerweise probierten die Gäste den Kaffee wohl vorher. Simon entschuldigte sich wortreich und hampelte um den Jungen herum, als er sich bückte und das Unglück aufwischte. Er war so sehr darauf konzentriert, seine Ärmel nicht in die Brühe zu tunken, dass er nicht merkte, wie ihm der Clip-Ausweis vorsichtig von der Brust gelöst wurde. Simon steckte ihn ein und tat so, als hätte er keine lokale Währung mehr, als er gefragt wurde, ob er einen neuen Kaffee wolle. Der Trottel war verständlicherweise nicht in der Laune, einen kostenlosen Ersatz anzubieten, aber Simon wollte sich nicht beschweren. Er war schon großzügig genug gewesen.

Danach ging er rüber zum Gate von Flug 941 und sah zu, wie die Caterer ihre eingeschweißte Gastroenteritis verluden. Wie in seiner Erinnerung trugen sie eine himmelblaue Kombination: Hose und Hemd mit Firmenlogo auf der Brusttasche. Er besorgte sich später in der Woche ein ähnliches Outfit in einem

Arbeitskleidungsgeschäft an der George Street, scannte das Logo von einer Serviette aus dem Flugzeug ein und übertrug es mithilfe eines T-Shirt-Aufbügelsets von Toys R Us.

Hightech-Terrorismus *ou quoi*?

Das Päckchen aus Gent kam am Freitag an wie vorgesehen, aber bei den letzten Details ließ Shub ihn schwitzen: Sein neuer Pass, das Ticket für den Weiterflug und die Blanko-Amex-Schecks kamen erst spät am Sonntagnachmittag. Vorher war er fast verrückt geworden, weil er sich Sorgen machte, die ganze Operation müsse wegen dieses einen Problems abgebrochen werden. Es war aber eine wertvolle Erfahrung, denn von da an gab es bei jedem Auftrag immer noch ein Detail, das sich erst kurz vor knapp löste. Die Lektion lautete, man durfte sich nicht aus der Ruhe bringen lassen, damit man keinen Tunnelblick auf diese eine Sache bekam, weil man dann womöglich größere Probleme anderswo übersah. Diesmal dachte er erst nach dem Besuch des Kuriers daran, alle Batterien zu überprüfen, und merkte, dass die, die Bruant in den Walkman gelegt hatte, fast leer waren, vermutlich weil er die Konstruktion allzu ausgiebig getestet hatte.

Bruants Gerät musste im Handgepäck mit in die Kabine gebracht werden und basierte deshalb auf Gegenständen, die man plausiblerweise mit an Bord eines Flugzeugs nahm. Die Komponenten steckten in einem modifizierten Aktenkoffer mit Geheimfächern unter dem Deckel und über der Basis. Diese Fächer würden bei der Gepäckdurchleuchtung aus dem einfachen Grund unbemerkt bleiben, dass sie leer waren. Was sie später enthalten sollten, lag nämlich offen zur Inspektion durch die Sicherheitskräfte bereit: im Hauptfach zwei Fruchtsaftkartons. Jeder davon enthielt einen Anteil eines Zwei-Komponenten-Flüssigsprengstoffs, der unvermischt völlig harmlos war (außer natürlich, man rammte einen Strohhalm hinein und trank das Zeug).

Das Teleskopgestänge des Aktenkoffers war abnehmbar, und

wenn man den untersten Teil ein paarmal schraubte, kamen spitz zulaufende Kunststoffinjektoren zum Vorschein, die man in die Kartons steckte, sobald man durch die Security war. Den Pumpmechanismus lieferte ein modifizierter Walkman, der an ein abgedichtetes Verbindungsstück in der Innenrückwand des Koffers angeschlossen wurde, aber zur Belustigung des Sicherheitspersonals drehten die fleißigen, kleinen Rädchen auch eine Kassette. So wurden die Flüssigkeiten in die Geheimfächer oben und unten gepumpt, wo sie sich zur Detonationsbereitschaft vermischten. Vermischung und Detonation wurden von einem zwangsweise dicken Handy kontrolliert, einem anachronistischen Knochen von einem Ericsson, in dem sich der Detonator und der digitale Höhenmesser verbargen, dessen LCD-Display aber brav die erwarteten Grafiken anzeigte, wenn man auf den Tasten herumdrückte. Man konnte die Vermischung und Detonation auf einer bestimmten Flughöhe auslösen lassen. Simon stellte die dreitausend Fuß ein, die bei seiner Erkundungstour auf der Kabinenanzeige gestanden hatten, als sie mitten über dem Boknafjord gewesen waren.

Alldem hatte er einen eigenen Gegenstand hinzugefügt, einen kleinen Batterieventilator, wie er in der Reiseausrüstungsabteilung jedes Flughafens verkauft wurde. Dieser hatte ein paar Modifikationen, darunter die, dass er jetzt über seinen Funkautoschlüssel ferngesteuert werden konnte. Der Inhalt des Koffers wurde vervollständigt von ein paar Sintek-Arbeitsmappen in einem versiegelbaren PVC-Ordner sowie einer Zeitung, einer Zeitschrift und einem King-Size-Mars vom Presseladen am Flughafen.

Er musste nur einmal durch die Sicherheitskontrolle, nämlich in Aberdeen, das er als schwachen Angriffspunkt einschätzte. Die Stadt war einfach zu unbedeutend, um über mehr als die popligste Wald-und-Wiesen-Security zu verfügen. Hier wurde doch nie etwas Gefährlicheres gefunden als die geschmuggelten Hartstoff-Buddeln der Nordsee-Bohrcrews. Wenn er da einmal durch war, wurde er nicht noch einmal überprüft, da er in Stavanger einfach im Abflugbereich bleiben konnte.

Als er dort ankam, stattete er als Erstes dem nun wieder trollüberwachten Geschenkelädchen einen Besuch ab, wo er eine sehr angemessene Flasche Champagner kaufte, eine Jeans und ein weißes T-Shirt. Dann ging er zur Herrentoilette, schloss sich in einer Kabine ein und setzte vorsichtig Bruants Gerät zusammen, bevor er auch seine eigene Vorrichtung vorbereitete. Er zwirbelte den Drahtkäfig vom Champagner und löste den Korken ein bisschen, bevor er den Draht wieder ansetzte und mit dem Kopf des Miniventilators verband. Er schüttelte die Flasche kräftig und legte sie samt Anhängsel in die Duty-free-Plastiktüte. Schließlich stopfte er Jeans und T-Shirt in den PVC-Ordner, versiegelte ihn und ließ ihn vorsichtig in den Spülkasten gleiten.

Er hatte einen Gangsitz in der letzten Reihe und unmittelbarer Nähe der Toilette und der Treibstofftanks gebucht. An Bord der 300 ging man über eine Treppe hinten und eine vorne, und trotz seines Platzes stieg er vorne ein. Er holte sich sein Inklusivlächeln von der Stewardess an der Tür ab, die die Passagiere zählte, und reihte sich in den üblichen Stau von Leuten ein, die ihr Bordgepäck verstauten, aufstanden, um jemanden durchrutschen zu lassen, oder das obligatorische schreiende Baby herumreichten. In diesem Gewusel fiel es niemandem auf, dass er seine Duty-free-Tüte oben im Gepäckfach verstaute und gleich weiter nach hinten durchging.

Die Hintertreppe wurde von einer anderen Stewardess beaufsichtigt. Er grinste sie verlegen an und zuckte die Schultern, als er aus der falschen Richtung ankam und wartete, bis ihre Sicht von einem anderen Fluggast verdeckt war, bevor er an seinen Platz ging, damit sie nicht sofort wusste, wo er war. Er stopfte sein Jackett – mit Portemonnaie, Pass und Rückflugtickets – ins Gepäckfach und setzte sich.

Wie erwartet war nicht viel los, deshalb hatte er auch den Mittagsflug ausgewählt, nicht den am frühen Morgen oder späten Nachmittag. Es war besser, wenn er alleine saß, was in der letzten Reihe auch deshalb wahrscheinlich war, weil diese vom System als letzte aufgefüllt wurde. Ein anderer Fluggast in seiner direkten Umgebung wäre auch kein Weltuntergang gewesen – sooft er schon Leute vor dem Start den Platz hatte wechseln sehen, hatte dafür noch nie jemand die Erlaubnis der Crew eingeholt – aber es war gut, mögliche Komplikationen zu minimieren. Den Aktenkoffer behielt er erst mal bei sich – idealerweise würde er ihn unter den Sitz schieben, aber wenn sich doch noch jemand zu ihm setzte, würde er ihn im Gepäckfach verstauen – aus den Augen, aus dem Sinn.

Nach ein paar Minuten war der Gang frei bis auf einen abgerissenen Skifanatiker, der noch einmal versuchte, seinen Michelin-Männchen-Mantel zu verstauen. Die Saftschubsen tauschten Blicke aus. Es war fast Zeit. Er schob den Koffer unter den Nebensitz und tat so, als würde er seine Zeitschrift lesen. Eine blaue Gestalt huschte an ihm vorbei – die Heckstewardess ging nach vorne zu ihrer Chefin, um die Zahlen zusammenzurechnen. Nun war nur noch eine hinter ihm, die bei ihren Catering-Vorbereitungen Blechschubladen auf- und zuschob und mit Schranktüren klapperte.

Vorne bekam die Chefsaftschubse von einem grinsenden ScanAir-Heini einen Ausdruck der finalen Passagierliste in die Hand gedrückt, und die beiden flirteten ein bisschen. Ihre Bestätigung der Zahl hieß, dass die Türen sich sehr bald schließen würden, aber erst nach einem letzten Durchzählen, zu dem die Heckstewardess jetzt ansetzte. Sie marschierte zügig durch die Kabine, und da der Flieger nur spärlich besetzt war, würde sie schon lange fertig gezählt haben, bevor sie ganz hinten ankam.

Simon schob die Zeitschrift in die Sitztasche und nahm seinen Autoschlüssel in die Hand. Er hielt den Kopf gesenkt, damit es nicht zum Blickkontakt kam, beobachtete ihre Beine und wartete auf die Drehung, die das Ende der Zählung bestätigte. Sie kam. Er hob den Kopf und konzentrierte sich wieder auf die Geschehnisse weiter vorne. Die Bugstewardess hatte ihre Bestätigung bekommen und ging zu ihrer Tür; die Kollegin im Heck ebenso. Auf Gefechtsstation!

Er drückte auf dem Funkschlüssel auf Öffnen. Sechs Reihen vom Bug fing sein Miniventilator an sich zu drehen, spulte den Draht von der geschüttelten Champagnerflasche und befreite den Korken. Es gab einen dumpfen Knall aus dem Gepäckfach, und plötzlich ergoss sich ein Wasserfall auf den Kopf des Fluggastes darunter. Die Heckstewardess drehte sich um, als der wütende Mann wegen der Taittinger-Taufe schon aufsprang. Einen Sekundenbruchteil, bevor die Stewardess ihn daran hindern konnte, riss er das Fach auf und bekam noch mal einen vollen Schwall ab. Davon wurde seine Laune auch nicht besser. Man brauchte des Norwegischen nicht mächtig zu sein, um zu verstehen, dass er die anderen Fluggäste in seiner Nähe sehr direkt fragte, wem die Flasche gehöre (als ob das jemals einer zugegeben hätte). Die Chefstewardess hatte die vordere Tür schon geschlossen und sprang ihrer Kollegin zu Hilfe, die wiederum der dritten hinten beim Catering zuwinkte, sie solle einen Lappen bringen.

Das war sein Zeichen. Simon wartete ab, bis Schubse Nummer drei geschäftig vorbeigehuscht war, und ging in die Toilette, wo die Erniedrigung des Slipper-Tragens sich in Form von ein paar gesparten Sekunden auszahlte. Er streifte schnell den Rollkragenpullover und die Hose ab, unter denen er die himmelblauen Sachen trug, stopfte die alten Klamotten in den Abfallschacht und trat zurück in die Kabine.

Er hatte sich einen Satz zurechtgelegt, falls ihm jetzt ein Crewmitglied begegnete – *»Trist jeg måtte bruke toalettet«*, aber das Ablenkungsmanöver funktionierte besser als gedacht. Er hatte den Jackpot abgeräumt, als er den Champagner zufällig über einem entfernten Verwandten Thors verstaut hatte, dessen

Flug auch nicht besser werden würde. Er schloss die Toilettentür leise hinter sich, stieg lässig die hintere Treppe runter und ging zügig, aber nicht eilig über das Rollfeld zurück zum Terminal.

Dort ging er wieder zur Herrentoilette, wo er seinen versiegelten Ordner aus dem Versteck fischte, die neuen Klamotten anzog und den Ersatzpass, das Ticket und die Reiseschecks aus den alten Sachen nahm. Die blauen Klamotten und den Clip-Ausweis steckte er in den Ordner und ging damit raus in die Abflughalle, wo er Flug 941 noch losrollen und abheben sah. Als der Flieger explodierte, checkte Simon schon für seinen Flug nach CDG ein.

Wenn man die Sache amateurhaft nannte, war das noch viel zu nett, selbst wenn man berücksichtigte, dass seine Standards natürlich mit der Zeit gestiegen waren. Es war ein grober, schludriger, Pi-mal-Daumen-Plan gewesen, der nur durch unheimliches Glück geklappt hatte. Es hieß, jeder sei seines eigenen Glückes Schmied, den Mutigen gehöre die Welt und so weiter, aber er ließ sich nicht von solchen rückblickenden Parolen nachlässiger Glückspilze verführen. Selbst nach all den Jahren zog sich ihm der Magen zusammen, wenn er plötzlich vor Augen hatte, was damals alles hätte schiefgehen können, wie viele Einzelfaktoren ihm die Show hätten versauen können, wenn nur ein einziger von ihnen damals nicht genau nach Plan verlaufen wäre.

In der Branche durfte man sich nicht auf sein Glück verlassen, und nach jeder Operation musste er sich eingestehen und analysieren, was diesmal wieder alles dem Zufall überlassen worden war. Das galt aber für beide Seiten, denn er identifizierte so nicht nur die Fehler seines Plans, sondern auch alle unvorhergesehenen Schwächen in der Verteidigung, die er unbewusst ausgenutzt hatte. Im Fall von Flug 941 hatte er vielleicht das Schicksal auf seiner Seite gehabt, aber er hatte auch eine wichtige Lektion über das größte und unstopfbarste Loch der weltweiten Terrorabwehr gelernt: Man rechnete einfach nicht damit, selbst angegriffen zu werden.

Die besagten Saftschubsen hatten sicher Dutzende von Briefings, Fortbildungen und Übungsszenarien absitzen müssen, die ihr Bewusstsein für potentielle terroristische Bedrohungen schärfen und sie auf die richtigen Reaktionen konditionieren sollten. Vielleicht waren sie sogar in »erhöhter Alarmbereitschaft« gewesen (was auch immer das sein sollte), nachdem Artros Kumpane aus Wut über seine Festnahme ihren Teddy aus dem Kinderwagen geschmissen hatten. Das bedeutete im Alltag natürlich überhaupt nichts, weil der aus vier Flügen am Tag, fünfhundert im Jahr bestand, auf denen die größte Bedrohung der Kater des Piloten war und sie sich hauptsächlich davor in Acht nehmen mussten, dass angeduselte Geschäftsmänner in der ersten Klasse ihnen nicht beim Gin-Tonic-Nachschenken an die Möpse grabschten. Die Abläufe vor dem Start von Flug 941 zielten darauf ab, dass niemand seinen Flug verpasste und dass sie keinen mitnahmen, der kein Ticket bezahlt hatte. Sie waren viel zu sehr mit ihrem Job beschäftigt, um sich Sorgen um Terrorismus zu machen. Bei wem war das denn anders? Der Durchschnittsmensch wachte nun mal nicht morgens auf und fragte sich, ob heute jemand versuchen würde, seinen Pendlerzug in die Luft zu jagen. Er hatte sogar schon Leute zugeben hören, dass sie sich nach IRA-Bombendrohungen – und Explosionen – in Londoner Bahnhöfen bloß sagten: »Ach, dann nehme ich heute wohl lieber die District Line.«

Die Leute dachten nicht nur nicht darüber nach, sie *wollten* es auch gar nicht, und wer konnte ihnen das schon vorwerfen? Das rechnete sich von den Chancen her doch gar nicht. Im Alltag hatte man eben nur begrenzte Zeit für Sorgen, irrationale eingeschlossen. Wenn man abends nach Hause fuhr, hatte man vielleicht Angst, der Zug könnte entgleisen oder man könnte an der einen Stelle überfallen werden, wo die Straßenlaterne kaputt war; nicht, die Sporttasche auf der Gepäckablage gegenüber könnte voller Saringas sein oder der nächste geparkte Wagen, an dem man vorbeiging, könnte plötzlich explodieren. Sonst hätte man ja gar nicht mehr aus dem Haus gehen können.

Klar hatte er Glück gehabt, klar war er Risiken eingegangen, die er nie wieder auf sich nehmen würde, aber entkommen war er, weil die Welt trotz aller globaler Terrorabwehr und immer ausgeklügelterer Überwachungssysteme immer noch die oft beklagte war, in der niemand seine Haustür abschloss. Natürlich hatte ihm jemand eine ausgeklügelte Bombe gebastelt, die sich quasi selbst durch die Sicherheitsüberprüfung schmuggelte, aber das änderte doch nichts an der Tatsache, dass ein Marketingleiter aus der Vorstadt mithilfe von ein paar Arbeitsklamotten, einem geklauten Ausweisclip, einem Batterieventilator und einer Flasche Schampus ein Passagierflugzeug hatte in die Luft jagen können.

Als er dann später einigermaßen einen Plan hatte, was er überhaupt machte, waren die Möglichkeiten grenzenlos, zumal er offiziell nicht mehr existierte. Sein altes Leben, sein alter Name, Simon Darcourts gesamte Identität waren bei dem Absturz vernichtet worden, und seitdem war er spurlos verschwunden, unsichtbar, ein Geist auf Erden. Er hatte keinen Namen, keine Akten, keine Einträge, keine Vergangenheit, und nur ein anderer Mensch wusste, dass er mal jemand anders gewesen war. Leute, die ihn früher gekannt hatten, konnten ihm ins Gesicht schauen und abstreiten, was ihre Augen ihnen mitteilten. Selbst Larry, der Little Drummer Boy, hatte gesehen, aber nicht verstanden.

Das hieß aber nicht, dass der Vorfall einfach ignoriert werden durfte. Simon glaubte nicht ans Schicksal – das überließ er den verblendeten Wichtigtuertrotteln, die seine Rechnungen bezahlten –, aber er wusste, dass man Omen respektieren musste. Nicht im übernatürlichen Sinne wie bei David Warner und der Glasscheibe im gleichnamigen Film, sondern als kleine Post-it-Zettel des Bewusstseins: Ereignisse und Bilder, die einen daran erinnern, wach und aufmerksam zu bleiben. Er hatte es in den letzten drei Jahren so weit gebracht, war nun wieder in Schottland, um sein größtes Projekt überhaupt zu realisieren, und Minuten nach der Landung hatte er jemanden gesehen, der möglicherweise alles zunichtemachen konnte. Dazu war es nur deshalb nicht gekommen, weil der Little Drummer Boy einfach nicht fassen konnte, dass er einen Toten vor sich hatte. Aber von da war es nicht mehr weit zu der Einsicht, dass der Mann, den er vor sich hatte, nicht tot war. Nicht mehr weit, auf keinen Fall weit genug, dass Simon danach noch ruhig schlafen hätte können.

Da Mopoza nicht wusste, wie viel Thaba ausgeplaudert hatte, war in dieser Produktion noch eine Rolle offen: die des todgeweihten, tragischen Narren; und dadurch, dass er da gewesen war, dass er Simon in die Augen gesehen hatte, hatte der Little Drummer Boy erfolgreich für den Part vorgesprochen. Im Nachhinein war es vielleicht eine Ironie des Schicksals, dass eigentlich Simon Darcourt einen Toten vor sich gehabt hatte. Raymond Ash wusste es nur noch nicht. Und als Rache für alles, was zwischen ihnen vorgefallen war, würde es Simon ein Vergnügen sein, ihm die Nachricht zu überbringen.

, ZWEITER SEPTEMBER DON
R SEPTEMBER DONNERSTAG
MBER DONNERSTAG, ZWEIT
, ZWEITER SEPTEMBER DON
R SEPTEMBER DONNERSTAG
MBER DONNERSTAG, ZWEIT
, ZWEITER SEPTEMBER DON
R SEPTEMBER DONNERSTAG

MBER **DONNERSTAG, ZWEITER SEPTEMBER** DON

DONNERSTAG, ZWEITER SEPTEMBER

R SEPTEMBER DONNERSTAG
MBER DONNERSTAG, ZWEIT
, ZWEITER SEPTEMBER DON
R SEPTEMBER DONNERSTAG
MBER DONNERSTAG, ZWEIT
, ZWEITER SEPTEMBER DON
R SEPTEMBER DONNERSTAG
MBER DONNERSTAG, ZWEIT
, ZWEITER SEPTEMBER DON
R SEPTEMBER DONNERSTAG
MBER DONNERSTAG, ZWEIT
ZWEITER SEPTEMBER DON

WARNUNG VOR VERNÜNFTIGEN ENTSCHEIDUNGEN

Der Fahrer patrouillierte über ihm auf der Brücke und zielte abwechselnd auf alle möglichen Fluchtwege. Ray konnte den Nichtjogger nicht finden, der möglicherweise mittlerweile selbst im Wasser war. Solange er unter der Brücke blieb, konnte der Fahrer ihn nicht sehen, aber bald würde er losmüssen, denn der andere Schütze konnte jeden Moment hinter ihm auftauchen. Vor ihm war der vertraute Anblick der rostigen Leiter, die von der Mitte der Brücke ins trübe Wasser hing. Er holte Luft, hechtete den letzten Meter und kletterte hoch. Sein Magen zog sich zusammen, weil er jetzt besonders verwundbar war. Auf einer Leiter war man ein leichtes Ziel: Man bewegte sich langsam und in gerader Linie, und jeder wusste genau, wo man hinwollte.

Er kam unversehrt oben an, und seine Position war durch die Säule in der Mitte vor dem Fahrer verborgen. Das eine Ende der Brücke war eine Sackgasse und führte direkt zum Feind. Das andere war sein einziger Fluchtweg, auf dem er aber kurz zu sehen sein würde. Der Fahrer würde nur Zeit für einen Schuss haben, aber wenn er mit der Waffe umgehen konnte, reichte das.

Ray rannte los, achtete genau darauf, wohin er trat, und sah sich lieber nicht um. Der Pfad bog am Ende der Brücke hart rechts ab und würde ihn zeitweilig aus der Schusslinie führen, wenn er es bis dort schaffte. Er rannte so schnell er konnte, aber wie es schien nicht schnell genug, als würde er durch Suppe waten oder hätte ein Bungeeseil am Gürtel eingehakt. Er schaute nach vorne. Der Nichtjogger kam um die Ecke und zielte. Hinter ihm sprang der Fahrer vom oberen Weg.

Als die beiden feuerten, hechtete Ray über die Seite und verschwand im gefluteten runden Becken. Unter Wasser hörte sich alles dumpf an, aber er erkannte trotzdem das Geräusch, als einer von ihnen das Quad-Damage-Power-up einsammelte, wodurch seine Waffe die vierfache Wirkung bekam. Dann hörte er, wie sie beide hinter ihm ins Wasser eintauchten, aber da schwamm er schon durch den Tunnel. Q2DM5: The Pits. Ray kannte jeden Zentimeter, jeden Pixel. Er hatte genug Vorsprung, dass er es auf den Aufzug schaffte und die beiden unten im Armour-Raum gefangen waren, während er entkam, wenn sie nicht mit einem Granaten-Abpraller oder einem spekulativen Raketenwerfer-Schuss Glück hatten.

Er hörte ein hohes, pulsierendes Kreischen, das sich näherte, lauter wurde, und plötzlich traf ihn etwas in den Rücken. Um ihn herum flackerte das Licht, und der Raum drehte sich wie wild. Ein Quad-Damage-Treffer, aber irgendwie hatte er überlebt. Das Geräusch wurde immer noch lauter, pulsierte nun weniger und war konstanter. Wieder erwischte ihn etwas im Rücken.

»Ray.«

»Hä?«

Er fuhr hoch, riss die Augen auf und sah im Bettchen am Fußende ein Gezappel in blauem Fleece, wo Martin sein unverkennbares Geheul rausbrüllte. Kate saß neben Ray, hatte ihre Nachttischlampe angeschaltet, und der Wecker daneben zeigte vier Uhr einundvierzig.

»Ich glaube, er hat die Windel voll. Kannst du dich bitte darum kümmern, während ich mich zum Stillen fertig mache?«

»Äh, was? Ach, ja. Klar.«

Ray stieg wacklig und nicht ganz wach aus dem Bett, er hing noch in der Zwischenwelt fest, wo Traum und Wirklichkeit noch nicht ganz voneinander zu unterscheiden waren. Martin tat lautstark das Seine, um die Trennung voranzutreiben, aber Ray war verwirrt darüber, welche seiner jüngsten Erinnerungen dem Traum entstammten und welche dem Abend davor. Er wusste noch, dass er am Flughafen gewesen war. Und dann war da ... nein. Das hatte er wohl geträumt. Der war doch tot. Ray träumte immer noch manchmal von ihm, was bedeutete, dass er selbst Jahre nach seinem Tod noch in Rays Unterbewusstsein herumspukte. Mal versöhnten sie sich und erzählten einander, wie es ihnen seit damals ergangen war; manchmal war es damals, und sie stritten sich wieder über die gleichen Sachen. Selbst in seinen eigenen Träumen zog Ray immer den Kürzeren.

Ray holte Martin aus dem Bettchen, legte ihn sich über die Schulter, und der wohlbekannte Kotz- und Flüssigschissgeruch hüllte ihn ein wie eine unwillkommene Aura. Nach dem Flughafen war doch ... nein. Das hatte er auch geträumt. Sie waren doch auf einmal auf einer Quake-2-Map gewesen, verdammt noch mal. Vielleicht konnte er sie sich mit Pistolen besser vorstellen als mit Railguns, aber das war doch genauso absurd. Vor allem die Tatsache, dass sie ihn beide verfehlt hatten.

Er hielt Martin in einem Arm und knipste mit der freien Hand das Badezimmerlicht an, kniete sich hin und rubbelte über die Wickelmatte, damit sie nicht mehr so kühl war. Er legte den Kleinen vorsichtig aufs PVC und griff nach den Feuchttüchern, als er das immer noch triefnasse Hosenbein aus der Wäschetonne hängen sah.

»Oooh, Scheiße!«

Jetzt spulten sich die wahren Ereignisse des Abends in seinem Kopf ab.

Ein Highlight war schwer auszuwählen, aber die Bullen hatten den Killern und dem eingebildeten toten Mitbewohner wohl knapp den Rang abgelaufen. Sie konnten scheinbar mühelos alles noch viel schlimmer wirken lassen und einem obendrauf noch zuverlässig einreden, dass man selber schuld war.

Schon Sekunden nach Beginn der Vernehmung wünschte er, er hätte die Sache für sich behalten. Kate hatte er schon angelogen und behauptet, er sei bei einem versuchten Überfall von der Brücke geworfen worden. Warum hatte er ihr nicht einfach erzählt, er wäre reingefallen, als er einen Hundewelpen vor dem Ertrinken hatte retten wollen? Dann hätte er auch keinen Vorwand gehabt, zu den Bullen zu gehen, und nur ein Mensch hätte ihn angeglotzt, als wäre er ein armer, verträumter Wichtigtuer. Sie hatte vorgeschlagen, er solle die Polizei anrufen und darum bitten, dass jemand vorbeikam, aber er wollte sie nicht dabeihaben, wenn er aussagte. Normalerweise verheimlichte er seiner Frau nichts, aber sie hatte doch schon genug um die Ohren, ohne dass sie sich Sorgen machte, weil ihr Mann von Killern gejagt oder möglicherweise gerade verrückt wurde.

Rays Erfahrung nach trieb einen der Kontakt mit der Polizei vor allem deshalb in den Wahnsinn, weil man jedes Mal wieder von irgendeinem Volltrottel von oben herab behandelt wurde. Natürlich wurde es auch nicht besser, als er den Flughafen erwähnte. Das war keine Absicht gewesen; er hätte das Thema wohl gezielt ausgeklammert, wenn er die Kontrolle darüber behalten hätte, was er sagte. Aber als er dann erst mal mit dem Reden angefangen hatte, war es einfach herausgekommen wie alles andere auch, als hätten die halbinteressierten Nachfragen des Polizisten bei ihm die erzählerischen Schleusen geöffnet.

»Sie sagen, Sie waren gerade von der Arbeit nach Hause gekommen. Haben Sie gemerkt, ob Ihnen von dort jemand gefolgt war?«

»Nein, ich bin aber nicht auf direktem Weg nach Hause gefahren. Ich war erst noch am Flughafen, und danach war ich ehrlich gesagt ein bisschen durch den Wind, also habe ich nicht richtig ... Also, wenn mir jemand gefolgt wäre, hätte ich es nicht gemerkt.«

»Was haben Sie am Flughafen gemacht? Jemanden hingefahren? Jemanden abgeholt?«

»Ich wollte mir nur eine Zeitschrift kaufen. Aber ich habe da wen gesehen, also, ich dachte, ich hätte jemanden erkannt, das kann aber nicht sein, also habe ich ihn wohl doch nicht gesehen.«

»Nun mal langsam, Sie sagen, Sie sind zum Flughafen gefahren, um sich eine Zeitschrift zu kaufen?«

»Tja, das ist mehr oder weniger auf dem Weg, und parken ist da auch nicht teurer als in der Stadt, und um die Uhrzeit kommt man von da auch recht zügig auf die M8.«

»Und noch einmal: Haben Sie dort nun jemanden gesehen, den Sie kennen, oder nicht?«

»Nein. Dachte ich kurz, aber das kann nicht sein. Ist nicht so wichtig.«

»Sie sagen, Sie waren nach Ihrem Besuch des Flughafens ›ein bisschen durch den Wind‹. Aus welchem Grund?«

»Das wollte ich ja sagen: Ich dachte, ich hätte da jemanden gesehen – aber das kann nicht sein, weil er tot ist. Bei einem Flugzeugunglück umgekommen.«

»Und Sie sagen, den haben Sie gesehen?«

»Nein, das *dachte* ich nur kurz.«

»In Ordnung. Wie war der Name dieser Person?«

»Ist doch egal.«

»Es ist am besten, wenn wir möglichst vollständige Angaben haben, Mr. Ash.«

»Gehört zu diesen vollständigen Angaben denn unbedingt

der Name eines Mannes, den ich heute Abend ganz sicher nicht gesehen habe? Was ist denn mit den anderen? Denen mit den Pistolen?«

»Wir kümmern uns darum, Mr. Ash, aber wir brauchen eine vollständige Aussage von Ihnen, zumal Sie derzeit wohl der einzige Zeuge des Vorfalls sind.«

»Derzeit? Das ist doch keine zwei Stunden her.«

»PC Mackay war zu dem Zeitpunkt in der Nähe und befragt gerade die Inhaber der Wohnungen mit Blick auf die Brücke über den Cart. Sie haben natürlich recht, es ist noch früh, aber bisher haben wir noch keine Meldungen, dass jemand etwas Auffälliges gesehen oder womöglich Schüsse gehört hätte.«

»Ich habe Ihnen doch gesagt, dass die Schalldämpfer benutzt haben.«

»Richtig, das haben Sie. Und während des ganzen Vorfalls befand sich niemand anders in der Umgebung der Brücke oder des Fußwegs?«

»Nein. Abends ist da nie viel los.«

»Natürlich.«

Und so weiter, bis:

»Kleines Baby zu Hause, sagen Sie?«

»Ja. Drei Monate.«

»Hab selbst zwei. Sind jetzt natürlich schon größer. Neun und sechs. Bekommen Sie genug Schlaf?«

»Nicht so recht.«

»Stressige Zeit, was? Vor allem beim ersten. Man ist sich nie ganz sicher, dass man damit fertigwird. Und dann noch ein neuer Job. Wie lange sind Sie da schon?«

»Zwei Wochen.«

»Das ist sicher auch nicht einfach. Großer Druck, viel Stress, wenig Schlaf. Schwierige Kombination.«

Ach, leck mich doch! Woher willst du das denn wissen?

»Da kann man schon mal … Manche Leute wollen dann irgendwie um Hilfe rufen, wissen aber nicht so recht, wie.«

»Meinen Sie etwa, ich hätte mir das alles bloß ausgedacht?«

»Ich meine gar nichts, Mr. Ash, ich wäge nur die Möglichkeiten ab. Unter Stress geht man nicht immer den vernünftigsten Weg. Ich kann nicht sagen, dass Sie diese Männer nicht gesehen haben; irgendetwas haben Sie sicher gesehen, aber vielleicht nicht das, wofür Sie es gehalten haben, wie Sie auch am Flughafen nur *gedacht* haben, Sie hätten etwas gesehen.«

»Hören Sie mal, ich springe doch nicht einfach zum Spaß in den Fluss, wenn ich Essen holen gehe. Ich bin heute Abend von zwei Männern beschossen worden, die sich vorher meinen Namen haben bestätigen lassen, und Sie wollen hier den Küchenpsychologen spielen? Nehmen Sie die Sache jetzt vielleicht mal ernst, oder kann ich gleich nach Hause gehen?«

»Nun beruhigen Sie sich bitte, Mr. Ash. Wir werden der Sache sorgfältig nachgehen, aber ich muss Sie trotzdem daran erinnern, dass Falschaussagen gegenüber der Polizei strafbar sind. In der Zwischenzeit würde ich vorschlagen, Sie gehen jetzt wieder nach Hause zu Ihrer Frau und Ihrem Baby und schlafen sich mal in Ruhe aus.«

Für das ohnehin großzügig mit dezentem Sarkasmus gespickte Gespräch war dieser Schuss vor den Bug zum Abschluss die Krönung. Als Ray wieder am Auto war, kehrte die allabendliche Erschöpfung zurück, diesmal verstärkt durch die Anstrengungen des Abends und die Nachwirkungen des Adrenalins. Verbunden mit den Erniedrigungen durch Sergeant Dumpfbacke löste sich sein Selbstbewusstsein so weit auf, dass er schon selbst fast am Wahrheitsgehalt seiner Schilderung zweifelte. Die Männer waren auf jeden Fall da gewesen, aber hatte er wie bei Simon am Flughafen etwas dazugesponnen, die Lücken so gefüllt, wie es seinem gestressten, paranoiden Hirn eben sinnvoll erschien? Etwas Ähnliches war früher manchmal passiert, als er viel zu viel *Duke Nukem* gespielt hatte, in der Zeit, als man noch glaubte, die Build-Engine würde eine realistische 3D-Perspektive herstellen. Immer, wenn er ein Lüftungsgitter oder einen Feuerlöscher sah, dachte er sofort »zur Pistole wechseln«, weil er eine Verbindung zum Nachbarraum durchbrechen wollte. Dann fiel ihm wieder ein, dass er eigentlich gerade in der Lebensmittelabteilung bei Marks & Spencer stand und in seinem Inventar bestenfalls eine Packung Light-Hummus hatte, aber bestimmt keine Pistole. Aber auch nach all den Jahren, die er jeden einzelnen 3D-Shooter samt Fortsetzung und allen Mission-Packs gespielt hatte, hätte er niemals damit gerechnet, auf einmal könnten wirklich Menschen mit echten Waffen vor ihm stehen. Und es gab auch keine Erklärung, woher sie seinen Namen gekannt hatten.

Und wenn sie seinen Namen gekannt hatten, wussten sie doch bestimmt auch, wo er wohnte, also warum waren sie dann nicht direkt an die Haustür gekommen? Warum mussten sie ihn auf der Brücke überfallen? Und nachdem das gescheitert war, warum hatten sie ihm nicht aufgelauert, als er durchnässt zu Hause angekommen war? Diese Fragen hatten ihn trotz seiner Erschöpfung wach gehalten, und nach seinem deprimierend kurzen Ausflug ins Land der Träume stellten sie sich nun wieder.

Und vielleicht noch schlimmer als das hartnäckige Fehlen plausibler Antworten und der Schatten tödlicher Bedrohung war die bittere Erkenntnis, dass er trotzdem zur Arbeit musste. Es gab keine Wahl, keine Option, keinen Aufschub. Geld wollte verdient und die Nachkommenschaft versorgt werden, ob er nun von Mördern gejagt wurde, wahnsinnig wurde oder was auch immer. Oder sollte er sich etwa eine Entschuldigung schreiben lassen? »Bitte entschuldigen Sie Raymonds Fehlen heute, er hat einen kribbelnden Defekt, krippalen Affekt … wird von Auftragskillern gejagt.«

Vielleicht hatte Sergeant Dumpfbacke ja recht. Vielleicht war es wirklich ein Hilferuf, eine verdeckte Botschaft aus seinem Verantwortungsgefängnis, vom Zwangsmarsch durch den Langzeitberufsgulag auf Befehl eines winzigen Despoten. Noch schlimmer machte es die Gewissheit, dass ihn seine eigenen Entscheidungen gefangen hielten, sein freier Wille ihn einengte und die Straße zu seiner Privathölle mit den besten Vorsätzen gepflastert war. Er hatte die Dark Zone freiwillig aufgegeben und hätte selbst die entwicklungstechnische Bedeutung der Tatsache kaum übersehen können, dass er sich aufs Vaterleben vorbereitet hatte, indem er ein Projekt aufgab, bei dem er sich mit Spielen seinen Lebensunterhalt hatte verdienen wollen. Und dass er sich stattdessen für den Lehrerberuf entschieden hatte – als Mentor echter Kinder –, verdeutlichte doch nur seine unterbewussten Absichten.

Die Dark Zone war doch sowieso nie ein echter Karriereschritt gewesen. Eher Pubgefasel, das aus dem Ruder gelaufen war, eine Schnapsidee, die im kalten Tageslicht aus irgendeinem Grund immer noch nicht dämlich ausgesehen hatte. Die Drecksäcke von id Software, die waren schuld. Paulus hätte niemals so neunmalkluge Sprüche übers Abtun kindischer Dinge geschrieben, wenn er *Doom* gespielt hätte. Das hatte alles verändert, oder zumindest hatte es den Anfang der großen Veränderung gemacht; den Übergang der Computerspiele vom Zeitvertreib zum Lifestyle, zu einer Subkultur und sogar, hatte er sich damals gedacht, einem Beruf.

Am 24. Februar 1996 wurde ein gierig erwartetes kleines Programm namens qtest von id Software im Internet hochgeladen. Da Div keine Frau oder Freundin hatte, die mal hätte telefonieren müssen, hatte er am 25. Februar gegen zwei Uhr sonntagmorgens den kompletten Download geschafft. Um halb drei war Ray mit Computer und seriellem Kabel bei ihm gewesen.

Nach den üblichen Kinderkrankheiten und etwas Gebastel zockten Ray und Div neun Stunden durch, nur unterbrochen durch Klo- und Kaffeekochpausen. Es war eine frühe Testveröffentlichung mit wenigen Maps und vielen Bugs, aber es reichte als Demonstration, dass die Computerspiele vor einer Revolution standen. Es sah nicht nur 3D aus, mit so detaillierten Texturen, dass man praktisch den Schleim an den Wänden riechen konnte, sondern man bewegte sich auch in 3D, ob man nun Treppen hochlief, mit dem Aufzug fuhr, durchs Wasser schwamm oder von Wehrgängen stürzte.

Das war alles noch nie da gewesen, aber eins veränderte die Welt der Computerspiele für immer und drohte außerdem, Rays Leben zu übernehmen: *Quake* Deathmatch. Bis dahin hatte der Reiz der Computerspiele in einer interaktiven Erfahrung bestanden, die trotzdem narrativ war und in vieler Hinsicht dem Kino oder Fernsehen ähnelte. Multiplayer-*Quake* dagegen mit seiner handfesten Physik und einer so realistischen 3D-Engine, dass sie Bewegungsübelkeit auslösen konnte, bot eine Erfahrung, die eher etwas von Sport hatte.

Ein neuer Rock 'n' Roll war das zwar nicht, das hätte auch Ray nicht gesagt, aber er hätte es durchaus mit der Punkkultur und ihrem DIY-Ethos und dem Gefühl verglichen, dass sie allen Teilnehmern gehörte. Jeden Tag kamen neue Maps heraus, neue Spielermodels und ganz neue Spielmodi von »Capture the Flag« bis »Catch the Chicken«. Die Spieler gründeten »Clans«, aus denen wiederum Ligen hervorgingen wie auch Tausende über Tausende Websites, die fotokopierten Fanzines ihrer Zeit. Freund- und Feindschaften wurden geschlossen und natürlich Beziehungen und sogar Ehen. (Scheidungen gab es sicher auch, aber wohl hauptsächlich in Haushalten, bei denen nur einer der Partner Quaker war.) Auf den Servern und in den Chaträumen tummelte sich das Leben in all seiner Vielfalt, aber meistens ließ sich schon am Clan-Tag ablesen, wes Geistes Kind jemand war. Wer zum Beispiel für das Anorak Death Squad [ADS] spielte, für die Hash Bandits UK [HB-UK] oder die Cows with Fluff [CwF], bekam wahrscheinlich nicht sofort einen Schreikrampf, wenn er oder sie gefraggt wurde; Namen wie Elite Alliance [EA] dagegen oder auch die krampfhaften Akronymdrechsler der Extremely Violent Intelligent Lollipops [EVIL] legten dagegen einen egozentrischeren Ansatz nahe.

Jeder spielt mal mit dem Gedanken, sein Hobby zum Beruf zu machen, obwohl die Möglichkeit für Leute offensichtlicher (wenn auch nicht unbedingt einfacher) war, die sich in der Freizeit dem Golf oder Fußball widmeten. Das Hobby, in virtueller Umgebung mit absurd durchschlagskräftigen Waffen andere zu zerfetzen, hatte noch nicht seinen Tiger Woods gehabt. Dafür hatte es eine stetig wachsende Anzahl an Teilnehmern, wobei die Begeisterung von den frustrierenden Versuchen ausgebremst wurde, über unberechenbare, instabile Internetverbindungen zu spielen. Ein wirklich fairer Wettstreit kam nur zustande, wenn man die PCs direkt miteinander vernetzte, sodass jeder die gleiche vernachlässigbare Entfernung zum Server hatte. Genau das hatten er und ein paar Freunde gelegentlich an Winterwochenenden gemacht, und als an so einem Sonntagabend alle Rechner wieder eingepackt waren und sie hinterher im Pub saßen, kam es ausnahmsweise mal nicht nur zum Streit darüber, in wessen Wohnung sich diese Spätentwickler-Selbsthilfegruppe nächstes Mal treffen würde.

Damals hatte er in Divs Firma Network Transplant gearbeitet. Sie demontierten, transportierten und reinstallierten bei Büroumzügen die PC-Netzwerke und sorgten dafür, dass alle Rechner es von A nach B schafften und am besten auch genau dasselbe taten wie vorher, wenn jemand auf den An-Knopf drückte. Divs Beziehungen zu IT-Leitern in ganz Schottland hatten Ray eine wertvolle Quelle für Gebrauchthardware eröffnet, denn der Wertverfall in der Computerbranche ließ einen neuen Ford Focus wie eine kluge langfristige Investition aussehen.

Er fand günstige Räumlichkeiten nahe der Victoria Road, da es sonst nur wenige Firmen gab, für die ein Mangel an natürlichem Licht ein Standortvorteil war, und minimierte die innenarchitektonischen Ausgaben, indem er vom Boden bis zur Decke alles schwarz strich. Etwas thematische Deko gab es in Form von Promo-Postern, die die Händler gerne dazugaben, wenn man jedes Spiel immer gleich im Dutzend kaufte, und dann musste er nur noch draußen sein handgemaltes Schild aufhängen, ein bisschen Sonic Mayhem auf die Anlage geben, und er war bereit fürs Geschäft.

Er hatte den Laden eigentlich The Level Playing Field nennen wollen, aber Kates Marketinggespür setzte sich durch, als sie urteilte, das höre sich wie ein Sportgeschäft an und habe nicht den nötigen futuristischen Hauch, oder wörtlich, »das ist einfach nicht geeky genug«. Er hatte sich dann für The Dark Zone entschieden, was hohe Geek-Identifikationswerte erzielte (mit dem Wort »Zone« lag man eigentlich nie falsch, wenn man die Sci-Fi/Fantasy-Klientel ansprechen wollte). Dass der Laden etwas von einer Versuchsumgebung zum Auslösen einer Winterdepression hatte, war möglicherweise ein weiterer unterbewusster Faktor.

Er heuerte zwei Teilzeitaushilfen an und eröffnete im September mit einem kostenlosen Schnupperabend, nachdem er die Sci-Fi-Buchläden, Hobbyläden, Studentenkneipen, Metal-/Indiepubs und Spielehändler der Gegend mit Handzetteln gepflastert hatte. Die Wintermonate liefen richtig gut, nachdem die Mundpropaganda den Herbst über ihren Lauf genommen hatte. Im Dezember kamen sogar Firmenfeiern vorbei, die mal etwas anderes ausprobieren wollten als den traditionellen Truthahnschmaus mit anschließendem gegenseitigen Arschkopieren. Als einmal eine businessmäßig rausgeputzte Frau Mitte vierzig ihrem Kollegen die geballte Faust entgegenreckte und brüllte: »Wie gefällt dir das, Loser?«, glaubte Ray fast schon, seine Arbeit auf Erden sei getan.

Als die Abende aber wieder heller wurden, verebbte der Besucherstrom rapide. Selbst der Glasgower Möchtegernsommer lockte einen Großteil seiner Klientel nach draußen, wo er sich an Spielen der Real Life™ Engine versuchte, hauptsächlich an Teamplay-Mods wie Fußball oder Cricket oder dem Zwei-Spieler-Dauerbrenner, der im Marketingsprech als Dating, Abschleppen oder Rummachen beworben wurde. Ende August stand Ray schließlich tief in den Miesen und musste schlimmerweise sogar Kunden abweisen, die neue Spiele zocken wollten, für die er nicht das Geld hatte, geschweige denn für die neuen Grafikkarten, die er dazu gebraucht hätte.

Zu seiner Erleichterung wie auch der seines Bankberaters war die Fluktuation nur saisonal, und das Geschäft kam wieder ins Rollen, als die Nächte länger wurden, aber der Großteil des Geldes floss gleich wieder in Hardware-Upgrades, um mit den neuesten Modeerscheinungen Schritt zu halten. So langsam musste er sich die Schwächen seiner bierseligen Vision vom Hobby als Beruf eingestehen. Jeden Monat erschienen Dutzende neuer Titel, und auch wenn nur eine spezielle Auswahl das Interesse des berüchtigt anspruchsvollen Mehrspielermarkts erwecken würde, war auch diese immer noch so groß, dass Ray nicht für jedes einzelne Spiel große Begeisterung hätte aufbringen können, geschweige denn Geld. Wenn er ganz ehrlich war, hatte er die Dark Zone als digitale Arena für Hardcore-First-Person-Shooter ausgelegt – *Quake, Unreal, Half-Life, Duke* – und den Rest nur aus kommerzieller Notwendigkeit bedient. Als mehr und mehr Kunden zu ihm an den Tisch kamen und nach Spielen fragten, die er selbst noch nie gespielt hatte, befürchtete er, er würde bald einen Laden führen, den er selbst kaum noch verstand, wie ein Metal-Plattenladen-Besitzer, der um den letzten »heißen Euro-Trance-Track« gebeten wurde.

Trotzdem brachten immer noch die First-Person-Shooter den Großteil des Geldes ein, und gerade Rays Kenntnisse über diese spezielle Subkultur ließ ihn um die Zukunftsaussichten der Dark Zone fürchten. Einfach gesagt wurde das Internet so langsam eine stabilere Computerspiel-Umgebung. Wenn jemand in die Dark Zone kam, konnte er gegen alle spielen, die eben gerade da waren, mal waren das zehn andere, mal nur Ray selbst. Im Internet konnte man einfach eine Serversuche laufen lassen und sich unter Tausenden von Gegnern aus ganz Nordeuropa austoben – bekannten wie unbekannten – und musste dazu an einem nassen Januarabend nicht mal vor die Haustür. Ray wusste das besser als die meisten anderen: Obwohl er sein eigenes, extra zum Spielen eingerichtetes Netzwerk direkt vor der Nase hatte, zockte er regelmäßig auf Hunderte Kilometer entfernten Barrysworld-Servern, wenn im Laden wenig los war.

Die Branche war im Umbruch, und sein Antrieb mitzuhalten ließ schon etwas nach, als zu Hause die Babyfrage auf der Liste ganz nach oben kam. Die langen Arbeitstage und kargen Sommermonate schreckten ihn ab, also fiel ihm die Entscheidung nicht schwer, als die Stadtteilvertretung ihm ein Angebot machte. Sie wollten ein öffentliches Internetcafé einrichten, wo Leute – hauptsächlich Schulkinder – online gehen konnten, die sonst keinen Zugriff auf einen PC hatten. Sie hatten sich die Dark Zone vorgemerkt, weil sie nicht nur über die nötige Hardware und ein funktionierendes Netzwerk verfügte, sondern auch bereits ein beliebter Treffpunkt der Jugendlichen war, die sie erreichen wollten. Sie kauften den Laden bis zum letzten Mousepad auf und übernahmen sogar den kompletten Spielekatalog, weil sie wussten, dass sie die Kinder eher auf irgendwelche Lernwebsites locken konnten, wenn sie ihnen hinterher eine fröhliche Ballerparty versprachen.

Natürlich tat der Verkauf weh, aber Ray war schlau genug zu wissen, was für ein Glück er gehabt hatte. So kam er mit einer anständigen Abfindung aus der Sache heraus statt mit einem Schuldenberg, und er sah das Geld als Startkapital für ein langfristigeres, erwachseneres Projekt. Er hatte auch schon etwas Spezielles vor Augen.

In einem Erwachsenenleben, das von einer extremen Flatterhaftigkeit in Sachen Jobtreue geprägt war, war ihm immer wieder die Idee vom Lehrerdasein gekommen. An der Uni war das ein Running Gag unter ihm und seinen geisteswissenschaftlichen Kommilitonen gewesen, wenn sie ihre ehrgeizigen Ambitionen ihren realistischen Jobaussichten gegenüberstellten. Wann immer sie die bierselige Kristallkugel rausholten und sich ausmalten, wo ihre Abschlüsse und Interessen sie hinführen würden, endete das Gespräch meistens mit: »Aber wahrscheinlich werden wir doch alle bloß Lehrer.« Bei den meisten hatte das wie ein Aberglaube geklungen, ein Kniefall vor der Vorsehung in der Hoffnung, dass sie ihnen dieses undenkbare Schicksal ersparen möge; und gleichzeitig war da sicher auch die Angst, dass daraus eine selbsterfüllende Prophezeiung werden würde.

Für Ray war diese Aussicht nie so ein Schreckensbild gewesen. In den ersten Studienjahren war die Arbeitswelt noch viel zu weit weg, um sich darüber groß Sorgen zu machen, und als dieser Abstand auf Monate zusammenschmolz, konnte er sich immer noch mit seinen Rockstarillusionen trösten. Wenn er dann ausnahmsweise mal nicht von einer Welt träumte, in der die Drummer als die wahren Genies des Rock anerkannt wurden, konnte er sich immer noch Schlimmeres vorstellen als ein Leben als Englischlehrer. Die Bezahlung war natürlich erbärmlich, und er würde wohl regelmäßig das Folterinstrument namens *Othello* schwingen müssen, aber irgendwie hatte die Vorstellung etwas, und nicht nur die langen Ferien.

Wahrscheinlich war es die latente, nicht ausgetriebene Fantasie eines wehrlosen Schuljungen, der sich unterdrückt, deprimiert oder einfach nur gelangweilt einredete, dass er alles besser machen würde, wenn er hinter dem Pult stünde. Die Schule war ihm damals endlos vorgekommen, und er war bestimmt nicht der Einzige gewesen, der sich täglich Gedanken machte, was man alles ändern müsste. Bei manchen reifte daraus irgendwann eine Vision, die sie gerne unaufgefordert mitteilten; wie sie das Land regieren würden, wenn sie Premierminister wären (und was für ein fröhliches Idyll das Land geworden wäre, wenn diese kleinen Träume wahr geworden wären –

»Morgen live aus dem Wembley Stadium: die allmonatliche Massenexekution von Leuten, die im Kreisel falsch blinken!«). Ray dagegen hatte solche Gedanken bloß in seinem »Was wäre wenn ...?«-Archiv komprimiert, aus dem sie sich alle paar Jahre wieder extrahierten.

Vielleicht hätte die Idee schon früher Früchte tragen können, aber die Umstände waren nie richtig gewesen. Schon vor dem Abschluss lebte er auf einem Flickenteppich aus Kleinanstellungen als Bogen- und Armbrustlehrer am Castleglen Hotel & Country Club, wenn er nicht gerade kellnerte oder Bier zapfte. Die lockeren Teilzeitjobs überlappten und ersetzten sich in seinen frühen Zwanzigern, als er nur die eigenen Stunden und Taschen zu füllen hatte und für die Abende und Wochenenden lebte. Damals hatte er unendlich Zeit gehabt.

Als er dann fünfundzwanzig wurde, konnte er die verdammte Frage nicht mehr so leicht ignorieren: Was willst du werden, wenn du mal groß bist?, und er konnte sich auch immer schlechter einreden, jeder neue, kleine Job wäre irgendetwas anderes als eine bezahlte Verzögerungstaktik. Wenn er an die alten »Wir werden alle Lehrer«-Gespräche zurückdachte, erschien ihm dieser Beruf als die erwachsene Entscheidung, solange im *Guardian* immer noch keine freien Stellen als Rockgott oder Proficomputerspieler inseriert wurden. Das Hindernis – oder vielleicht die Ausrede – damals war gewesen, dass er nicht glaubte, er könnte sich die Zusatzausbildung finanzieren, zumal Kate und er sich mittlerweile an einen gewissen Lebensstandard und die einigermaßen vorzeigbare Wohnung gewöhnt hatten. Vielleicht in ein paar Jahren, hatte er gedacht, schließlich war er noch jung.

Nach der Dark Zone war die Zeit abgelaufen, und er hatte keine Ausreden mehr. Ehrlich gesagt hatte er auch keine Lust mehr auf den Konsumzeitalter-Existenzialismus und das ewige Gegrübel, wenn ihn auf einer Party jemand fragte, was er denn beruflich mache. Alle anderen »waren« irgendetwas. Und er?

Die Ausbezahlung war eine Möglichkeit für einen Neustart, eine kaum verdiente zweite Chance auf das Erwachsenenleben. Vielleicht war sie auch sein Ticket dorthin, wo er sowieso immer hingewollt hatte. Wer wusste das schon? Das würde er eben erfahren, wenn er dort war, und auf der Reise war er durchaus zuversichtlich. Gegen Ende hatte er es dann sogar verdammt eilig, als er die Tage zählte, bis er einen angemessenen Vorwand hatte, vor die Haustür zu kommen, weit weg von der Familie, für die er das Geld verdiente.

Eine zuversichtliche, eilige Reise.

Dann kam er an.

DIE BESTEN TAGE DEINES LEBENS

»Was hast du gleich?«

»Doppelstunde Englisch. Mr. Ash.«

»Mr. Ash? Aaach, der ist voll der Lappen, Alter. Den hätte ich jetzt eigentlich grade. Den ham wir letztes Mal fertiggemacht, sag ich dir!«

Sie hatten die erste Doppelstunde geschwänzt. Eigentlich hatte nur Wee Murph geschwänzt, genauer, verschlafen. Lexy dagegen war zum Vorsorgetermin beim Zahnarzt gewesen und hatte eine Entschuldigung, aber das sagte er nicht. Er hatte Wee Murph auf der Hazelwood Road getroffen, und sie schauten regelmäßig auf die Uhr, damit sie nicht vor Ende der Doppelstunde an der Schule waren. Warum sollte man sich denn von irgend so einem Arsch mit nem Pikser im Mund rumpopeln lassen, wenn man hinterher trotzdem noch rechtzeitig da war, um Hausaufgaben aufzukriegen, und in Englisch waren die garantiert. Neue Lehrer brummten einem immer welche auf, weil sie nicht wie Weicheier wirken wollten, aber vor allem auch, weil sie einen während des Unterrichts nie zum Arbeiten bringen konnten.

Bei Mr. Ash hatte es das totale Gemetzel gegeben. Er bekam Lexys Klasse nicht ruhig, jeder machte, was er wollte, also hatte er auf einmal laut rumgebrüllt. Dann gab es einen Augenblick angespannter Stille, bis Johnny McGowan losprustete, und dann war wieder Chaos. Mr. Ash fragte Johnny nach seinem Namen, Johnny sagte »Andrew Lafferty«, und von da an gaben sich alle nur noch Namen von Kindern aus anderen Klassen. Dann blätterte der Trottel wild im Klassenbuch rum, weil er keinen Plan hatte, was los war.

»Als er dann irgendwann aufgegeben hat, war die Stunde schon fast rum«, erklärte Lexy. »Also hat er uns bloß noch die Bücher ausgeteilt und gesagt, wir sollen zur nächsten Stunde bis Kapitel drei gelesen haben. Optimistisch, was?«

»Aye«, stimmte Murph zu. »Vor allem, wo Cammy in der Klasse ist. Der hat den Schinken doch bestimmt schon vertickt. Ist garantiert grade in der Stadt und kuckt, ob ihm einer ne halbe Schachtel Silk Cut dafür gibt.«

Wee Murph war witzig. Er war nicht auf der gleichen Primary School gewesen wie Lexy, aber er war einer der Namen, die man dauernd hörte, als sie alle an der großen Schule angefangen hatten. Er hatte zu allem etwas zu sagen. Er kannte nicht nur jeden neuen Spruch, den alle auf Krampf in jedem Gespräch anbringen mussten, um anzugeben, sondern bei ihm flossen die richtigen Worte und Ausdrücke einfach so heraus. Manchmal musste Lexy lachen, obwohl Murph gar keinen Witz hatte reißen wollen. Wee Murph war in der 2s3, Lexy in der 2s6, aber trotzdem hatten sie in den meisten Fächern die gleichen Lehrer.

»Ich hab gehört, eine von den Fourth-Year-Klassen hat's ihm auch ziemlich gezeigt.«

»Aye«, sagte Wee Murph und strahlte. Lexy wusste schon, was passiert war, aber er wollte es noch mal von Murph hören. »Bei denen hat er n Fenster aufgemacht, und Jai McGintys großer Bruder so: ›Zu damit!‹ – und da hat der Ash sofort gespurt!«

»Jai McGintys Bruder ist hammerhart!«

»Absolute Granate. Das ist ja auch die Beklopptenklasse von den vierten. Die hätten sie keinem Neuen geben dürfen. Da kannste ja auch ne Kuh als Löwenwärter anstellen.«

»Und was habt ihr so mit ihm gemacht?«

»Ach, der hat so von Bildern oder was weiß ich geschwallt, dass die Frauen in dem Gedicht wie Schafe sein sollen. Und dann meint er, wir sollen sagen, an welches Tier uns unser Sitznachbar erinnert. Marky Innes ist als Erster dran, der sitzt neben Margaret Gebbie und sagt: An ne Kuh.«

»Geil!«

»Aye. Wir ham uns da schon alle total bepisst. Und der Ash meint: ›Und jetzt beschreib mal, inwiefern sie dich an eine Kuh erinnert.‹ Und Marky so, ›weil sie wie eine aussieht‹. Also sagt Gebbie, Marky ist ein Schwein, weil er wie eins stinkt.«

»Und neben wem hast du gesessen?«

»Charlie. Aber auf der anderen Seite ist Linda Dixon.«

»Die ist scharf!«

»Genau. Also hab ich gesagt, sie erinnert mich an ne Katze.«

»Alter!«

»Nä? Ash fragt, inwiefern? Und ich sag, weil sie auf leisen Pfoten geht und n bisschen scheu ist. Da will er schon zu Charlie weitergehen, und ich sag: ›Und außerdem kommt sie, wenn man *Muschi* ruft.‹ Charlie konnte nicht mehr, hat sich vollgeschnoddert vor Lachen. Kennst ja Charlie, der bepisst sich über den kleinsten Furz.«

»Aye.«

»Aber, Moment, das Beste kommt noch. Er hat uns dann son Dings schreiben lassen, n Gedicht übers Schwimmen, was wohl n Fehler war, die halbe Klasse hat ja noch nie ne Dusche von innen gesehen, und ne Schwimmhalle schon gar nicht. Irgendwer hat dann das Kommando rumgegeben, und dann haben wir alle nur nen Riesenpimmel gemalt und kein Wort geschrieben.«

»Mann, Alter, wie geil! Und was hat der Ash gemacht?«

»Das war der Hammer. Der musste richtig die Arschbacken zusammenkneifen, dass er nicht loslacht. Dann hat er einen auf ernst gemacht, als würd er zum Lachen in den Keller gehen. Absoluter Anfänger, Mann, null Plan.«

»Hat er Doyle geholt?«

»Nee. Wär aber auch ne schlechte Idee gewesen. Stell dir mal vor, der rennt zu Doyle ins Büro oder ins Lehrerzimmer und erzählt allen, dass seine Klasse ihm nur fette Pimmel gemalt hat, statt zu arbeiten.«

»Schon peinlich.«

»Er hat dann gemeint, wir müssen das als Hausaufgabe schreiben.«

»Und, hast du's gemacht?«

»Leck mich! Mein großer Bruder war gestern Abend unterwegs.«

»Ah, geil!«

Wee Murphs großer Bruder studierte irgendwas mit Computern an der Uni Paisley, und Wee Murph konnte an seinem PC spielen, wenn er weg war. Lexy war einmal dabei gewesen. Die Spiele auf dem Rechner waren uralte Sachen, die man in den Gebrauchtläden für vielleicht zwei Pfund für Sega oder Playstation kriegen konnte. Manche waren aber trotzdem noch witzig, wie *Grand Theft Auto*, das rausgekommen war, als Lexy vielleicht acht war und noch mit seinem Action Man gespielt hatte. Sein großer Cousin Peter hatte immer davon erzählt, aber seine Mutter hatte es ihm nicht erlaubt, weil sie in der Zeitung gelesen hatte, dass die Kinder deswegen Autos klauen und kaputt fahren wollten. Diese Sorge hielt Wee Murph für nicht besonders realistisch.

»Ach, Quatsch. Wer hier in der Gegend Autos klauen will, kommt auch ohne Computerspiele auf die Idee. Da könnte man ja auch sagen, vom *Tomb-Raider*-Spielen wachsen einem Titten.«

Sie nahmen den Umweg ums Neubaugebiet und wollten über den Lehrerparkplatz kommen, statt zwischen den Sportplätzen durch. Die First Years hatten gerade Sport, und sie wussten einfach, dass Miss Walsh ihnen Stress machen würde, wenn sie vorbeikamen, auch wenn es überhaupt nichts mit ihr zu tun hatte.

»Die blöde Kuh«, sagte Lexy.

»Als wär's unsere Schuld, dass sie so hässlich ist«, ergänzte Murph.

Um die Ecke vom Schultor stand ein großer grauer Lkw, vielleicht ein Umzugslaster.

»Kuck mal«, sagte Murph. »Frankie Fettsack kriegt sein Mittagessen angeliefert.«

»Nee, das ist bloß sein Pausenbrot.«

Wee Murph lachte, und Lexy war froh. Nichts war schlimmer als ein Witz, der sang- und klanglos verreckte.

Hinten am Lastwagen war eine Rampe auf die Straße runtergeklappt, und das Rolltor stand unten eine Handbreit offen. Murph blieb stehen und drückte es ein bisschen nach oben. Das Tor war schwergängig, bewegte sich aber etwas.

»Murph, was machst du denn?«

»Psst. Will nur mal kurz gucken.«

»Der kommt doch bestimmt gleich wieder.«

»Vorne war jedenfalls keiner drin. Steh mal eben Schmiere.«

»Mann, Scheiße! Dann mach hin!«

Murph ging auf der Rampe in die Knie und zerrte am Rolltor, bis er die Schulter darunterbekam. Lexy stand neben dem Lastwagen, schaute die Straße rauf und runter und überlegte sich, was er machen sollte, wenn jemand kam. Er würde wohl so tun, als hätte er sich nur die Schnürsenkel zugebunden, heimlich Wee Murph etwas zuzischen und lässig weitergehen. Der Verrückte konnte doch nicht einfach direkt vor der Schule in irgendeinem Laster rumklettern.

»Und wehe, du klaust was, okay?«, warnte er.

»Jetzt reiß dich mal zusammen, Mann! Ich bin doch kein Dieb.«

Murph verschwand im Inneren, und Lexy glotzte die Straße

rauf und runter, als wäre er in Wimbledon, und ab und zu ging er zu seiner Schnürsenkelbinden-Notfallübung in die Knie. Niemand kam. Die Straße führte nur zur Schule und ins Neubaugebiet; nicht gerade die Argyle Street.

»Machst du jetzt mal hin?«, zischte Lexy, auch wenn er wusste, dass es sinnlos war. Bis zur Pause war es noch eine gute Viertelstunde, und Murph hatte jetzt einen tollen Zeitvertreib gefunden.

»Boah, *Alter*«, hörte er Murph keuchen, der sich ehrlich beeindruckt anhörte, was wohl nicht hieß, dass er allzu bald rauskommen würde.

»Was?«

»Boah, leck mich! Komm mal eben hier hoch, Lexy!«

»Ich steh doch Schmiere. Was ist denn?«

»Ach, ist doch keiner da. Jetzt komm! Scheiße, das musst du sehen!«

Lexy schaute noch einmal in beide Richtungen und duckte sich schnell unter dem Tor durch. Drinnen stand nur ganz vorne eine Reihe Packkisten, und daneben in der Ecke lag ein Riesenhaufen von den grauen Decken, die die Umzugsleute einem über die Möbel werfen, damit sie nicht verkratzen. An den Wänden hingen auch solche Decken und verdeckten zum Teil den Holzrahmen, an dem man hohe Möbel festbinden konnte. Davor stand Wee Murph mit der Hand auf der Decke.

»Was ist denn in den Kisten?«, fragte Lexy.

»Nichts. Leer.«

»Und was hast du dann – boah, krass, Alter! Nee, oder?«

Murph hatte die Decke weggezogen, hinter der zwei Maschinengewehre am Rahmen hingen. Er kicherte nervös, obwohl sie beide wussten, dass der Spaß jetzt vorbei war. Sie hatten auch schon kapiert, dass sie mit mehr rechnen mussten als einer Strafarbeit oder einem Arschtritt, wenn sie erwischt wurden.

»Meinst du, die sind echt?«, fragte Lexy.

»Nee, das sind Wasserpistolen, Mann! Fühl doch mal!«

»Die fass ich nicht an!«

»Stahl. Richtig schwer.«

»Oh, Scheiße, Mann. Wir müssen hier raus, Murph.«

»Hast ja recht, Lexy.«

Wee Murph schaute sich noch einmal die schimmernden Waffen an und ließ die Decke wieder runter.

»Komm, los!«

»Nicht rennen. Ganz leise«, riet Murph.

Sie gingen wieder nach hinten, als Murph stehen blieb und Lexy die Hand auf den Arm legte.

»Was denn?«

»Psst! Hörst du das Auto?«

»Scheiße, ja!«

Sie knieten sich beide hin und schielten durch den Schlitz. Ein silberner Rover kam von hinten auf den Lastwagen zu und wurde langsamer.

»Ach, Scheiße, Mann, nee!«

Sie hörten den Motor im Leerlauf, als der Wagen hinter der Rampe angehalten hatte.

»Was machen wir denn jetzt?«

»Verstecken.«

»Scheiße, wo?«

»Hier. Schnell.«

Murph hechtete auf den Deckenhaufen, und Lexy gleich hinterher. Sie wühlten sich eine Stelle hinter dem Haufen frei, kauerten dort mit dem Rücken zur Wand und zogen sich noch schnell eine Decke über den Kopf, als das Tor hochrollte, was in dem leeren Container doppelt so laut wirkte. Dann hörten sie, wie der Wagen die Rampe hoch und ganz nach vorne zu ihnen heranrollte. Der Motor wurde abgestellt. Die Tür öffnete und schloss sich, die Zentralverriegelung schnappte zu, und die Schritte des Fahrers entfernten sich.

Lexy wollte gerade unter den Decken hervorschauen, als er

hörte, wie der Türgriff des Autos ein paarmal gerüttelt wurde und es danach mehrmals dumpf wummerte.

»Nicht bewegen«, warnte Murph leiser, als Lexy selbst bei der bösen Mrs. Stewart jemals jemanden hatte flüstern hören.

Es hörte auf zu wummern und war still. Lexy spürte Murphs Hand auf dem Unterarm, ein Zeichen, dass es immer noch zu früh war, nachzuschauen. Er hatte recht. Sie hörten noch ein Auto heranrollen und dann ein Scheppern, als es die Rampe hoch- und hereinfuhr. Diesmal öffnete und schloss sich die Tür, aber verriegelt wurde nicht. Aus dem ersten Auto rüttelte und wummerte es wieder, während der zweite Fahrer wieder nach hinten ging. Es war kurz still, dann knallte es so laut, dass die beiden sich aneinander festklammerten, als die Rampe wohl wieder hochgeklappt wurde. Das Rolltor krachte runter, und es schnappte schwer und metallisch, als es abgeschlossen wurde.

Lexy wollte sich bewegen, aber Wee Murph hielt ihn immer noch am Arm fest.

»In einem von den Autos ist einer.«

Von unten grollte es tief, als der Motor gestartet wurde, und ein paar Sekunden später setzte der Laster sich in Bewegung.

»Oh, Mann, hoffentlich sind die nicht geklaut«, flüsterte Murph bedrückt.

»Die Waffen?«

»Nee, die Autos.«

»Wieso?«

»Weil wir dann vielleicht gleich auf nem Schiff nach Moskau sind, und ich hab kein Geld fürs Abendessen dabei.«

INTERESSANTE ZEITEN

Als Angelique mit ihrem Frühstück vom Sandwichladen zurückkam, stand eine Flasche Loch Dhu auf ihrem Schreibtisch. Das war ein Kuriositätenwhisky, den sich ein Marketingmensch ausgedacht hatte und kein Brennmeister und dessen einziges Verkaufsargument darin bestand, dass er schwarz war. Wirklich schwarz. Nicht bloß dunkel torfig wie Laphroaig, sondern so schwarz, dass er nicht unbedingt aussah, als wäre er zur inneren Anwendung vorgesehen. Manche Whiskys wurden in Sherryfässern gereift, manche in Bourbonfässern; dieser hier wohl in einem Sirupfass. Hoffentlich schmeckte er nicht auch so. Es hätte aber auch schlimmer sein können. Sie hätten ihr irgendeine Plörre wie Tia Maria oder Kahlua hinstellen können, das wäre sogar billiger gewesen.

Polizisten beschwerten sich immer, wie wenig sie in Anbetracht der Arbeitszeiten, der Gefahr und der Kantinenlasagne verdienten, aber bei Streichen und blöden Witzen scheuten sie keine Kosten und Mühen. Aber die Zeiten hatten sich immerhin insoweit geändert, dass der Whisky keine Anspielung auf ihre Hautfarbe sein sollte. Ihr Geschlecht und ihre Körpergröße waren nervigerweise immer noch beliebte Ziele, aber in einer

Branche, in der der kulturelle Fortschritt im Gletschertempo stattfand, musste sie für jeden kleinen Schritt dankbar sein.

Der Weg in die Special Branch war nicht immer leicht gewesen. In ihren Uniform- und CID-Tagen war ihre Körpergröße immer ein genauso großes Problem gewesen wie ihre Hautfarbe und ihr Geschlecht, wenn regelmäßig irgendwelche Action-Man-Vorurteile herausposaunt wurden und man sich darüber beschwerte, dass mittlerweile sogar Zwerge wie sie zur Polizei durften. Das wurde ihr selten ins Gesicht gesagt, aber gerne so laut, dass sie es mitbekommen musste. Schließlich stellte sie einen von ihnen in der Kantine zur Rede, einen Kerl namens McMaster, der sofort in diesen ach-so-vernünftigen Von-oben-herab-Ton überging, den seine Bruderschaft so gut beherrschte.

»Nimm's mir nicht übel, nichts gegen dich persönlich, aber wir haben's hier mit ein paar richtig fiesen Typen zu tun. Und was soll so ein kleines Mädchen wie du denn machen, wenn ein großer Kerl wie ich auf sie losgeht?«

»Dann halte ich mich an die Vorschriften, bitte per Funk um Verstärkung, damit ein großer Kerl wie du kommt und hilft.«

»Und was, wenn ich nicht zur Verfügung stehe?«

»Soll ich es dir sagen oder zeigen?«

Wellen freudiger Erwartung auf das Spektakel waren durch den Raum gebrandet. In der Mitte war die Anspannung nur weiter gestiegen. Dann hatte ihr Chef DS Clark den Bann gebrochen, als er sie zur Ordnung rief und durch die nächste Tür eskortierte; zufälligerweise in die Küche.

»Was sollte das denn bitte werden?«

»Ich hör mir die Scheiße nicht mehr an!«

»Das war da eben, als würde ein West Highland Terrier einen Schäferhund ankläffen. Der Kerl wiegt neunzig Kilo. Meinen Sie etwa, das ganze Kung-Fu-Zeug bringt da was?«

»Tja, das finden wir jetzt wohl nicht mehr heraus, was?«

Das war das Problem. Beide hatten die Kantine im Glauben verlassen, der andere habe noch mal Glück gehabt, aber nur einer hatte Zweifel in den Augen gehabt. Klar hatte McMaster vor den vielen Kollegen viel zu verlieren und verdammt wenig zu gewinnen gehabt, aber er war zweifellos erleichterter als sie, dass die Situation entschärft worden war.

Als der Staub sich gelegt hatte, zeigte sich, dass ihr beherzter Widerstand ihr den Respekt des großen Kerls eingebracht hatte und auch die anderen Männer sie jetzt ganz anders sahen. Oder hatte sie die Herren in Verlegenheit gebracht und nur noch mehr Hass auf sich gezogen? Sie konnte sich nicht mehr so recht erinnern. Eins von beiden auf jeden Fall.

In Anbetracht ihrer Körpergröße und Qualifikationen konnten sie es einfach nicht abwarten, dass sie dahin befördert wurde, wo sie hingehörte: so weit weg von der Straße wie möglich. Am Tag nach ihrer Beförderung zum Detective wurde sie zu einem Glückwunschgespräch ins Büro des DCI gerufen und bekam dort den »perfekten« Posten angeboten: Koordinatorin der Öffentlichkeitsarbeit mit ethnischen Minderheiten. Er habe gehört, sie spreche drei Fremdsprachen. Welche es denn seien? Gujaratisch? Urdu? Hindi? Das wären wertvolle Qualifikationen bei der Zusammenarbeit mit »Ihren Leuten«.

»Katholiken, meinen Sie?«

Als der DCI merkte, dass er in der Scheiße steckte, zückte er sofort die Gerte und ritt sich immer tiefer rein.

»Sie sind ...? Also, ich ...? Ich dachte ... Aber ... Katholisch sind Sie, sagen Sie?«

»Nein. Ich bin aber so erzogen worden. Ich war auf einer katholischen Schule. Meine Mutter ist Belgierin. Die nehmen das sehr ernst.«

»Tut mir leid, das wusste ich nicht.«

Sie riss sich zusammen und merkte nicht an, dass sie es in der Glasgower Polizei wohl niemals so weit gebracht hätte, wenn irgendwer geahnt hätte, dass sie mit Rom vertrauter war als mit Südasien.

»Und Sie sprechen nicht ...?«

»Nein.«

»Aber Sie haben doch sicher enge Verbindungen zu ...?«

»Nein.«

Es folgte eine lange Stille.

»Ich habe gehört, bei der Drogenfahndung wird bald eine Stelle frei, Sir.«

»Ähem, jaaa.«

Der DCI war verunsichert, aber seine Untergebenen kochten teilweise vor Wut. Das war positive Diskriminierung, und sie spielte nicht mal mit. Sie wurde doch nur befördert, weil sie einer ethnischen Minderheit angehörte und die Polizei gerade mal ein paar braune Gesichter auf höheren Positionen brauchte. Da konnte sie sich doch ruhig mal dankbar zeigen und unter ihresgleichen arbeiten. Nur deshalb gingen Leute wie sie doch überhaupt erst zur Polizei.

Tja, nein, eigentlich nicht. Aber andererseits hatte sie auch nicht erwartet, dass der Beruf *nicht* von Arschlöchern wimmeln würde, die ihr täglich aus ihrer bloßen Gegenwart einen Strick drehen würden. Das hielt sie aber nicht weiter auf, da sie mit so etwas schon klarkommen musste, seit sie fünf war.

Um den Hals der Whiskyflasche hing eine Karte. Darauf stand: »Ich komm freiwillig mit, Wachtmeister. Erwischt ist erwischt.«

Sie drehte sich um. Plötzlich waren alle unheimlich an ihren Akten und Papierstapeln interessiert, schuldig, bis auf den letzten frechen Schuljungen.

»Ihr Rotzlöffel«, sagte sie. Maclaren und Wallace kicherten. »Und ihr meint wohl, ich geb euch was ab?«

Zwei weitere Köpfe kamen hoch – McIntosh und Rowan –, als der Witz raus und sie nicht beleidigt war. Sie schauten sie mit Hundeblick an, als sie ihre Drohung hörten.

»Okay, es läuft so: Ich mache die Sonntagabend auf, wenn ihr Spezialisten recht habt und Samstag nichts passiert. Okay?«

»Aye.«

»Klar.«

»Hört sich gut an.«

Angelique stellte die Flasche auf die Fensterbank, ohne die Alternative auszusprechen. Aber die Flasche würde aufgemacht werden, was auch immer am Wochenende passierte. Wenn der Black Spirit tatsächlich am sonzolanischen Unabhängigkeitstag zuschlug, würden sie alle einen Drink brauchen.

Wie wahrscheinlich das wirklich war, konnte sie nicht sagen. Angelique wusste zwar einiges über den Terroristen, aber Informationen darüber, ob er tatsächlich in nächster Zukunft etwas in Großbritannien plante, waren rar gesät. Sie selbst hatte jedenfalls nicht die Untergangsprophetin gespielt; mit dem Whisky machten die anderen sich hauptsächlich darüber lustig, was für eine sinnlose Aufgabe sie da gezogen hatte. Bei dem Scherz schwang also auch ein bisschen Dankbarkeit mit, oder zumindest Verständnis. Diesmal hat's eben dich erwischt, wie Millburn sagen würde.

Der Termin rückte näher, und ohne jegliche Hinweise, Spuren oder Entwicklungen fiel es ihr immer schwerer, sich Sorgen zu machen, obwohl sie irgendwie wusste, dass eigentlich das Gegenteil der Fall sein müsste. Man konnte sich viel besser auf die Suche nach der Nadel im Heuhaufen vorbereiten, wenn man wenigstens einen einigermaßen belastbaren Grund zur Annahme hatte, dass es die Nadel überhaupt gab. Dann wusste man vielleich auch, wonach man überhaupt suchte.

Die üblichen Quellen waren trocken, da der Black Spirit weder durch die politischen noch durch die materialbeschaffungstechnischen Kontakte aufgefallen war, in die sich Terrorismus und organisierte Kriminalität eigentlich immer verstrickten und die sich durch Geld, Groll oder Verrat gern zum Informationsaustausch anregen ließen. Aber da er freischaffender Terrorist war, gab es keine Splittergruppe, die ihn verkaufen konnte, keine Machtkämpfe, die ihn aus dem Gleichgewicht brachten. Also war es schließlich zu dem peinlichen Verzweiflungsakt gekommen, die Kollegen landesweit anzuhalten, der Special Branch »alle Auffälligkeiten zu melden, die nicht offensichtlich mit Drogen zu tun hatten«. Die Definition einer solchen »Auffälligkeit« lag im Ermessen des Einzelnen, aber es war wohl allen klar, dass es um eine mögliche Terrorbedrohung ging. Darüber hinaus kam es zu dem üblichen Filterprozess der jeweiligen Regionalkenntnisse, der sich am besten durch das Nachhaken eines Sergeants vom Dienst zusammenfassen ließ, ob sie »allgemein auffällig oder selbst für den Fegie Park am Samstagabend auffällig« meine.

Trotzdem wurde natürlich eine Menge wertloser Unfug weitergeleitet, »um auf Nummer sicher zu gehen«. Den Vogel hatte gestern der Diebstahl zweier Fässer Kunstdünger von einem Bauernhof in Barrhead abgeschossen; Heimwerker-Rohrbomben waren nicht unbedingt der Stil des Black Spirit, und in der Gegend klauten die Straßenlümmel vieles erst mal auf Verdacht und guckten hinterher, was es überhaupt war.

Heute fingen sie früh an. Es war noch nicht mal acht, als sie schon einer angeblichen Schießerei in Langside am letzten Abend nachging. Ein etwas verlegener Sergeant gab ihr die Meldung aus gewohnter Sorgfalt weiter. Sie hatte förmlich vor Augen, wie er am Telefon rot wurde, als er noch hinzufügte, der Anzeigenerstatter habe weiterhin erwähnt, er habe außerdem früher am Abend am Flughafen Glasgow einen Toten gesehen.

Die einzige nachrichtendienstliche Information, die in der Woche überhaupt gewisse Reaktionen auslöste, war die, dass Mopozas ältester Sohn seit Freitag nicht mehr in seinem College-Zimmer in Oxford gesehen worden sei. Das Timing des Verschwindens schien immerhin ansatzweise zu bestätigen, was General Thaba behauptet hatte, was sich aber wieder zerstreute, als der Junge Mittwochmorgen mit einem Grinsen zu seinem Altphilologieseminar auftauchte, das wohl einzig und allein seine Prahlerei untermauerte, dass er sich übers Wochenende den Schwanz wund gevögelt habe.

Auch das passte nicht zur üblichen Vorgehensweise des Black Spirit. Die Effizienz, Diskretion und Loyalität seiner Komplizen legte nahe, dass er sehr hohe Ansprüche an jeden stellte, den er rekrutierte, und es hieß, er handle stets nach der Überzeugung, dass unvoreingenommene Profis den emotional Involvierten in jeder Hinsicht überlegen waren. Er ließ keine Amateure mitspielen und tolerierte keine unnötigen Risiken.

Danach blieben nur noch die ungeschickten Spekulationen des Briefings vom Montag und zwei Möglichkeiten. Die erste war, dass diese Alarmbereitschaft nur eine von vielen anstrengenden und schließlich gegenstandslosen bleiben würde, die notwendigerweise zum Schicksal jedes Polizisten gehörten; die zweite war, dass all ihre Sicherheitsbemühungen in Kürze von einer neuen Art Feind umgangen werden würden, der sie peinlich wenig entgegenzusetzen hatten. Die Statistik und die bisherigen Erfahrungen sprachen für Ersteres. Trotzdem gab es gerade überall im Land bei jeder Regionalpolizei in der Special Branch ein armes Schwein, das seine (bzw. selten auch ihre) aktuellen Ermittlungen ein paar Tage aufschieben musste, bis die Entwarnung kam.

Dieser qualvolle Schwebezustand ließ sich nur durch Arbeit überwinden, was natürlich nicht einfach war, wenn die lokalen Spuren hauptsächlich aus dem Großen Düngerraub von Barrhead und dem mysteriösen Fall des Fantasten von Southside bestanden. Auch auf nationaler Ebene hörte man nichts als die regionalen Varianten solcher kaum nennenswerten Absurditäten, Vorfälle und Anzeigen, die jeden Tag, jede Woche und jedes Jahr vorkommen konnten. Die ganze Übung war scheinbar von vornherein zur Aussichtslosigkeit verdammt, als wäre sie mit einem Anmerkungssternchen versehen gewesen: * *u. U. nicht anwendbar*. Der einzige greifbare Faktor, zu dem sich eine Ermittlung vielleicht lohnte, war der Black Spirit selbst, also hatte Angelique sich hauptsächlich mit dem Studium der neuesten nachrichtendienstlichen Informationen beschäftigt.

Die Unterlagen aus Lexingtons Büro waren gemäß ihrer Relevanz für zwei Fragen unterteilt: »Wer ist er?« und »Wo schlägt er möglicherweise zu?« Die Hoffnung war, dass etwaige Fortschritte bei Frage eins zielgerichtetete Spekulationen zu Frage zwei ermöglichen würden, die sich bisher ausschließlich auf die Liste seiner bisherigen Ziele stützen konnten, die sich frustrierend vielfältig gestalteten.

Wie jeder andere Kunde des Black Spirit durfte Mopoza sich sein Ziel sicher nicht präzise aussuchen, da die Effizienz des Auftragsterroristen auf seiner Fähigkeit zur Planung, Anpassung und Improvisation beruhte. Andererseits stimmte es auch wieder nicht, dass er überall zuschlagen konnte. Er fand zwar stets einen verwundbaren Angriffspunkt, doch musste sein Ziel ein gewisses Prestige oder wenigstens eine besondere Bedeutsamkeit haben. Er hatte ein Kino hochgejagt, um die US-Botschaft zu zerstören, einen Zug, um eine russische Militärkaserne zu verwüsten, und als er eine Autobahnüberführung zum Einsturz brachte, war das eine verschlüsselte Nachricht an das Europaparlament. Aus Gründen des Selbstmarketings durfte er nicht einfach nur ein Comic-Anarchist sein, der eine große, schwarze Bombe mit Knisterlunte auf einen öffentlichen Platz warf, denn das konnte ja jeder dahergelaufene Trottel. Und selbst wenn er im Nachhinein betrachtet klaffende Sicherheitslücken ausgenutzt hatte, verdiente er sich wohl eine gewisse makabre Anerkennung, weil sie ihm als Erstem aufgefallen waren.

Eine Liste möglicher Ziele war zusammengestellt und mit den Wahrscheinlichkeitseinschätzungen verschiedener Experten kommentiert worden. Sie basierte auf dem Standardkatalog des Security Service von Orten, die entweder besonders verwundbar oder strategisch / ideologisch bedeutend waren. Vor dem Hintergrund von Mopozas martialischen Motiven war der Schwerpunkt auf militärische Einrichtungen gelegt worden, und die Aufzeichnungen britischer Operationen im Buluwe-

Konflikt waren nach spezifischen Vorfällen durchforstet worden, die der General für besonders rachewürdig halten könnte. Kollateralschadensfälle wurden aufgezeigt, die schon allein keine angenehme Lektüre waren und einen im Kontext einer möglichen Vergeltungsaktion umso stärker erschaudern ließen. Der im Kosovokrieg entzauberte Mythos der Präzisionsluftschläge war in den Ruinen der bevölkerungsstarken, maroden und engen Stadt Freeport endgültig begraben worden. Die Raketen hatten ihre Ziele nicht mal verfehlen müssen, um ungewollte Opfer zu fordern. In Schulen, Krankenhäusern, Kirchen, Bussen, Bars, Marktplätzen und Fabriken hatte es zahlreiche Tote gegeben, sodass jede dieser Kategorien für eine späte Rache infrage kam.

Das Dossier enthielt auch eine Karte der Londoner Innenstadt, auf der die großen Bahnlinien rot markiert waren, wo sie direkt neben und teilweise sogar unter bedeutenden Gebäuden verliefen. Angelique hatte die Vorstellung eigentlich verworfen, der Black Spirit würde in einer so sicherheitsbewussten Stadt zuschlagen, aber die Karte zeigte, dass er es nicht mal musste. Er konnte die Bombe in fünfhundert Kilometern Entfernung in den Zug legen, sie mit einem GPS-Tracker verkabeln und sie später auf ein paar Meter genau fernzünden.

Eric Wells hatte eine Anmerkung beigefügt, er glaube nicht, dass der Black Spirit die gleiche Art Anschlag wiederholen würde, »damit es nicht aussieht, als wären ihm die Ideen ausgegangen«. Lexington nahm das Argument in seinem eigenen Kommentar zur Kenntnis, warnte aber, dass es kein Grund sein dürfe, sich zweimal vom gleichen Schlag erwischen zu lassen. Aus demselben Grund waren auch die britischen Botschaften im Ausland in Alarmbereitschaft versetzt worden, mit besonderem Augenmerk auf die, die an öffentlich zugängliche Gebäude grenzten.

Die Größe der »Wo kann er zuschlagen?«-Akte verhielt sich antiproportional zu ihrem Nutzen, sie war ein fettes Beweisstück dafür, dass es viel mehr mögliche Ziele gab, als sie jemals schützen konnten. Der schmale »Wer ist er?«-Ordner dagegen sprach Bände. Wenn das aussagekräftigste Einzeldokument einer Akte das psychologische Profil ist, weiß man, dass man im Dunkeln tappt. Natürlich war es auch mal vorgekommen, dass diese Seelenklempnerprosa sich als nützlich erwies (oder wenigstens als rückwirkend betrachtet zutreffend, nachdem harte Arbeit und härtere Beweise den Verdächtigen lokalisiert hatten), aber Angeliques Erfahrung nach bestand sie in der Regel aus vagen oder hochspekulativen Theorien, die mit großzügigen Mengen an überwältigend Offensichtlichem ausstaffiert waren.

> »Es handelt sich um einen Mann, der wenig bis keine Empathie für seine Mitmenschen hat (ach, nee?); selbst seine Komplizen sieht er nur als kleine Nebenrollen im großen Drama seines Lebens. Aus diesem Grunde ist er schwer in einer anderen Rolle vorstellbar als in der des Einzelgängers oder Anführers. Seiner Überzeugung nach existieren andere, um ihm zu dienen, ihn zu beglücken oder zu loben, und wer keine dieser Funktionen erfüllt, ist irrelevant oder verhasst.
> Es hat keine kodierten Warnungen gegeben, keine Versuche, die zivilen Opfer einzuschränken, selbst wenn sein Primärziel ein militärisches war. Die Opferzahl ist Teil seines Ruhmes. Für ihn sind die Opfer keine Menschen, keine Feinde oder Trophäen, sondern nichts als Zahlen. Für ihn sind die Anschläge einzig und allein persönliche Leistungen, die ihm Anerkennung bringen. Seine Sünde ist nicht der Jähzorn, sondern der Hochmut.«

Das mochte ja alles sein, half ihnen bei der Suche aber nicht unbedingt weiter. Paradoxerweise war in dieser Hinsicht gerade der Abschnitt am vielversprechendsten, in dem es darum ging, warum sie so wenig über ihn wussten.

> »Die akribische Sorgfalt, mit der er vorgeht – und seine Identität schützt –, legt eine Angst vor einer Festnahme nahe, die weit über die Vorsicht anderer Verbrecher hinausgeht. Er will nicht auffliegen, weil er vorher noch nie der Böse war und nicht weiß, ob er das ertragen könnte. Ich bezweifle, dass sein Name jemals polizeilich in Erscheinung getreten ist oder er womöglich jemals eine Haftstrafe verbüßt hat.
> Er war höchstwahrscheinlich einmal ein ehrbarer Bürger aus normalen Verhältnissen – und ist es möglicherweise vorgeblich immer noch. Damit meine ich, dass er anders als die meisten Terroristen nicht in einem kriminellen, paramilitärischen oder konfliktgebeutelten Umfeld aufgewachsen ist, in dem ein Klima der Verrohung, Willkürherrschaft und Morde einen gewissen Fatalismus und Glauben ans Märtyrertum fördern. Gewalt berührt ihn nicht; er mordet aus der Ferne ohne Angst vor Konsequenzen. Es ist eine Gewalt durch Vorrichtungen und Fernbedienungen, bei denen er sich keinem einzigen Menschen im direkten Kampf stellen muss. In dieser Hinsicht ist er ein Tourist, weshalb wir seine Fußstapfen nicht auf den Pfaden finden konnten, die seinesgleichen üblicherweise beschreiten.
> Deshalb ist damit zu rechnen, dass es einen Anlass für seinen Abstieg in die Unterwelt gab. Vielleicht eine persönliche Tragödie, den Verlust eines geliebten Menschen oder einer respektierten Autoritätsperson;

> eines Elternteils oder Mentors, der die Rolle des Über-Ichs einnahm. Er hätte seine späteren Akte nicht ausführen können, wenn er hätte befürchten müssen, dass diese Person jemals hätte von ihnen erfahren können, und genau dieser Mensch hat ihn wahrscheinlich auch an sein früheres ehrbares, verantwortungsvolles Leben gebunden.«

Tja, und wann kommt der Teil, in dem steht, dass er ein Wichser ist?

Zwischen der ganzen Schwulstprosa und dem Psychogeschwafel traf das Profil an einer Stelle voll ins Schwarze: Der Kerl war aus dem Nichts gekommen. Seinen großen Einstand hatte er mit den blutigen Fanfaren des Anschlags von Madrid gefeiert, aber nie im Leben war er voll ausgebildet den Lenden des Zeus entsprungen. Bei Interpol war oft postuliert worden, dass sie es mit einem Mann zu tun hatten, der keine klassisch kriminelle Vorbildung hatte, aber sie wussten, dass er trotzdem irgendwo angefangen, sein Handwerk gelernt und sich in gewissen Kreisen seinen Respekt verdient haben musste, um den Madrid-Auftrag überhaupt erst zu bekommen.

Zu diesem Thema im Speziellen hatte Enrique Sallas ermittelt, weil er überzeugt war, dass die Werke aus den blutigen Lehrjahren des Black Spirit wertvolle Hinweise liefern konnten. Neben der vollständigen Akte möglicher Black-Spirit-Attentate sah selbst Lexingtons dickes Dossier aus wie Geri Halliwells Leitfaden zur Selbsterkenntnis, aber da Angelique viel Zeit und wenig Sinnvolles zu tun hatte, ließ sie sich eine Kopie per Kurier aus Brüssel kommen.

Die Akte enthielt tonnenweise Papierkram zu Dutzenden von »ungelösten« Attentaten und Morden von großem öffentlichen Interesse, die als Auftragstaten gehandelt wurden, unter denen man auch die ersten Schritte des Black Spirit in der Branche vermutete. Der Status »ungelöst« ignorierte die zugeschriebene (und häufiger lauthals beanspruchte) Verantwortung, da selten große Zweifel darüber herrschten, wer hinter den Gräueltaten steckte. Die Akte beschäftigte sich vielmehr mit Fällen, für die es keine festen Verdächtigen gab und für die neuere oder unbekanntere Gruppierungen verantwortlich gezeichnet hatten, die nicht die Ressourcen und Infrastruktur ihrer etablierteren Kollegen genossen, schließlich waren Hamas, ETA und Hisbollah nicht unbedingt dafür bekannt, dass sie Aushilfen anheuerten.

Bei der Akte lag ein brandaktuelles Anschreiben, in dem Enrique seine persönliche Analyse darlegte, aber selbst auf den Kopien war zu sehen, welche Seiten er am meisten beblättert hatte, was einen guten Einblick in seine Instinkte und Ideen lieferte. Allerdings hatte es keinen Sinn, wenn Angelique nicht methodisch vorging, also hatte sie sich die letzten beiden Tage zwischen Telefonaten, Kaffee und Imbissen durch das ganze Monstrum gearbeitet und vernichtete gerade wieder ein Croissant, was wohl bewies, dass ihr auch detaillierte Blutbadbeschreibungen nicht den Appetit verderben konnten.

Enrique hatte sich auf die größeren Attentate konzentriert und die meisten Einzelmorde außen vor gelassen, wobei ihn auch ein paar von denen interessiert hatten. Sie wollte zwar unvoreingenommen bleiben, fand seine Argumentation aber überzeugend. Viele der Attentate waren einfach zu plump, zu *offensichtlich*, was Ziel, Methode und Ausführung anging, als dass es ihr Mann hätte sein können, selbst wenn er damals noch Anfänger gewesen war. 08/15-Terrorismus: Autobomben, Mörserfeuer, Hinterhalte; Angriffe auf Polizeiwachen, Armeepatrouillen, Gerichte und Parteibüros. Das war doch wieder der Comic-Anarchist mit der großen schwarzen Bombe.

Wahrscheinlichere Kandidaten waren die, die von einer gewissen Fantasie zeugten, so krank es einen auch machte, das anzuerkennen. Zum Beispiel das Attentat auf eine Lissabonner Gartenparty des peruanischen Botschafters, bei dem zwei

Menschen umkamen und vierzehn verletzt wurden, als ein sprengstoffbeladenes ferngesteuertes Modellflugzeug seinen Mini-Kamikazeangriff flog. Oder die Kampagne zur Zerstörung der Tourismusbranche auf der französischen Pazifikinsel Anjou, die um ihre Unabhängigkeit kämpfte: Dort war ein Hotel-Swimmingpool voll Salzsäure gepumpt worden, in der die ersten beide Gäste starben, die früh am Morgen gleichzeitig hineinsprangen; in einen anderen Pool war während einer Wasseraerobicstunde eine Portugiesische Galeere gesetzt worden.

Das einzige mit aufgenommene Attentat, dem sie widersprochen hätte, war das auf Flug 941 nach Helsinki, der wenige Minuten nach dem Start in Stavanger explodiert war, und für das eine urkobaidschanische Guerillabewegung mit völlig unaussprechlichem Namen die Verantwortung übernommen hatte. Natürlich war das sowohl geographisch als auch von der Operation her etwas völlig Neues für eine Rebellenmiliz, die bisher nur Feldwege vermint und Marktplätze in die Luft gejagt hatte, aber der Black Spirit war nun auch wieder nicht der einzige Auftragsmörder auf der Welt, und ein Anschlag auf einen Passagierjet war schon eine ziemlich große Nummer für einen mutmaßlichen Anfänger. Und gleichzeitig war es für so einen frühreif-eitlen Avantgardisten doch viel zu altbacken. Enriques reichhaltige Anmerkungen verrieten allerdings sein besonderes Interesse an diesem speziellen Attentat, und sie wollte wissen, woher es rührte.

»Das hat doch einfach nicht seinen, na ja, Stil«, bemängelte Angelique, als Enrique endlich ans Telefon gegangen war.

»Stil im Sinne von Methoden oder Extravaganz?«, fragte er.

»Beides.«

»Meiner Meinung nach hat die Tat durchaus beides. Er sucht sich immer einen verwundbaren Angriffspunkt: einen Provinzflughafen in Norwegen. Wie viele Terroristen verirren sich denn überhaupt jemals nach Norwegen? Meinst du, in Stavanger patrouillieren bis an die Zähne bewaffnete Polizisten durch die Flughafenhalle?«

»Ich war zwar noch nie da, aber du hast wohl recht.«

»Und von wegen Extravaganz – hat es nicht ein gewisses Etwas, ein Flugzeug in einem Fjord zu versenken, aus dessen Tiefen wahrscheinlich niemals allzu viele Beweise an die Oberfläche zurückkehren werden? Keine Reste der Bombenvorrichtung wurden jemals gefunden, und selbst das Flugzeug konnte nicht so weit rekonstruiert werden, dass man hätte sagen können, ob sie im Laderaum, in der Kabine oder womöglich außen am Rumpf angebracht war. Keine Überlebenden, und auch am Boden hat niemand etwas Ungewöhnliches beobachtet. Die Sache kam dem perfekten Verbrechen schon ziemlich nah, und ich glaube wirklich nicht, dass sie von den dumpfen Bauerntölpeln organisiert wurde, die sich dafür gerühmt haben.«

»Das ist klar. Aber das heißt trotzdem nicht, dass es unbedingt er war. Und wenn es doch alles so fürchterlich schlau war, wie du meinst, warum hat er dann nicht seine Visitenkarte hinterlassen?«

»Vielleicht hatte der Copyshop gerade zu, als er den Stapel abholen wollte.«

»Ach komm, das ist doch eine legitime Frage.«

»Hast ja recht, aber ich weiß eben keine Antwort.«

»Okay, wie wär's dann mit dieser hier: Meinst du nicht, dass ein Passagierflugzeug für unseren Jungen zum damaligen Zeitpunkt eine Nummer zu groß war?«

»An Ehrgeiz hat es ihm noch nie gefehlt. Aber du willst wohl darauf hinaus, dass es vielleicht zu anspruchsvoll für jemanden war, der in der Branche noch etwas zu ... unerfahren war, richtig?«

»Genau.«

»Dazu kann ich etwas sagen. Erstens wissen wir nicht, wie wenig Erfahrung er damals wirklich erst hatte. Und zweitens erscheint mir die Schwierigkeit der Ausführung als vernachlässigbar. Du stellst dir die Sache vielleicht anspruchsvoll vor, aber die Taten des Black Spirit zeichnen sich eigentlich immer dadurch aus, dass er es sich sehr geschickt sehr einfach macht. Da wir nicht genau wissen, wie das Flugzeug zerstört wurde, können wir auch nicht sagen, wie schwer die Aufgabe für den Täter war.«

Angelique bebte, als sie auflegte und ihr die Bedeutung von Enriques Argumentation wie Nervengift durch die Adern floss. Er hatte recht. Sie hatte sich vorgestellt, es sei extrem schwierig, ein Flugzeug zu sprengen, denn sie hatte sich bereitwillig von den Röntgengeräten und Metalldetektoren in Sicherheit wiegen lassen. An Flughäfen gab es mehr Sicherheitsvorkehrungen als an allen anderen Punkten der Verkehrsinfrastruktur, wahrscheinlich mehr als an jedem anderen öffentlichen Ort, aber nun fragte sie sich, ob das wirklich etwas bedeutete, ob es etwas änderte. London war eine der sicherheitsbewusstesten Städte, die sie kannte, aber jetzt wusste sie, dass der Black Spirit dort zuschlagen konnte, ohne auch nur einen Fuß in die Stadt zu setzen.

Es gab Orte, die sie als gut bewacht wahrgenommen hatte, und andere, die ihr verwundbar vorgekommen waren, was ebenso sehr auf ihre Konditionierung zurückzuführen war wie auf Wissen und Erfahrung. Der Black Spirit kannte diese Wahrnehmung, wusste, wie weit sie verbreitet war und warum. Aber vor allem wusste er, wie er sie ausnutzen konnte.

Sie schaute sich die Flasche auf der Fensterbank an und malte sich aus, dass sie sich sogar über die obligatorischen blöden Witze freuen würde, falls sie sie öffneten, nachdem die ganze Woche für die Katz gewesen war. »Mögest du in interessanten Zeiten leben«, lautete ein alter chinesischer Fluch. Die Menschen, die auf den Fotos in der Akte in den Trümmern lagen, die Menschen an Bord von Flug 941, die Leute im Autobahnunglück von Straßburg wussten alle, was das bedeutete. Langeweile kam ihr gerade ziemlich verlockend vor. Paranoide Fantasten, geklauter Dünger und Bauernhöfe in Barrhead hatten doch etwas für sich.

McIntosh kam zu ihr an den Tisch und legte ihr einen Zettel hin.

»Der hier hat eben angerufen, als du an der anderen Leitung warst. Ein Sergeant Glenn von der Southside. Ich hab gesagt, du rufst ihn zurück.«

»Okay, danke.«

Glenn. Der peinlich berührte Sergeant vom Dienst mit der angeblichen Schießerei. Wollte wohl melden, dass der Typ nachgegeben hatte und sie ihn jetzt wegen Falschaussage belangen wollten. Sie fragte sich, ob das bei General Thaba posthum auch noch möglich war.

Sie wählte die Nummer.

»Aye, hallo, DI de Xavia, danke, dass Sie zurückrufen. Also, äh ... hier sind seit unserem letzten Gespräch noch ein paar Meldungen reingekommen, ein paar Leuten ist etwas aufgefallen, als sie heute früh aufgestanden sind, Sie wissen schon.«

»Was denn zum Beispiel?«, fragte sie und verkniff sich ein Gähnen.

»Äh, also, auf dem Sinclair Drive sind bei zwei Autos Scheiben zu Bruch gegangen. Bei einem Windschutzscheibe und Seitenfenster hinten links, beim anderen vorne rechts und Rückscheibe. Die Besitzer hatten nichts gehört und den Schaden erst gesehen, als sie heute Morgen zur Arbeit wollten. Wir gehen davon aus, dass es gestern Abend passiert ist. Und, äh ...«

Er seufzte wieder wie vorher schon, weil er sich wohl wünschte, dass er das Nächste nicht sagen müsste.

»Eine kleine alte Dame an der Cartvale Road, Eckhaus, eine Mrs. McDougall. Äh, gestern Abend ist wohl ihr Wellensittich explodiert.«

Angelique konnte sich nicht zurückhalten und lachte laut los. Das lag an der Anspannung nach Enriques Akte. Ach, Quatsch, das war einfach witzig.

»Ihr Wellensittich ist explodiert? Gibt es schon ein Bekennerschreiben?«

Glenn lachte mit, hörte sich dabei aber müde und etwas ungeduldig an, was ihr gar nicht gefiel. Ungeduld hieß, dass noch etwas kam.

»Nee, sie hat uns auch nicht gleich angerufen. Den Tierarzt auch nicht, wie es sich anhört. Die arme Frau hat einen Heidenschreck gekriegt. Sie ist eine Witwe, wohnt alleine. Hat ihre Tochter angerufen, die bleibt jetzt ein paar Tage bei ihr. Die hat es dann auch heute Morgen bemerkt.«

»Was bemerkt?«

»Ein Loch im Fenster auf Höhe des Käfigs. Und noch eins in der Wand dahinter.«

Angelique bekam das Gefühl, dass es jetzt doch nicht mehr so witzig war.

»Ich habe mir die Sache auf der Karte angeguckt, und man kann eine Gerade von Mrs. McDougalls Haus durch die beiden Autos ziehen. Und wissen Sie auch, wohin die dann geht?«

»Ich kann's mir vorstellen.«

»Zur Brücke an der Kintore Road, wo Raymond Ash seiner Aussage nach beschossen wurde. Der Zeitpunkt passt auch.«

»Dann rede ich wohl besser mal mit ihm.«

»Sie verstehen sicher, wenn ich ihn lieber nicht persönlich abholen möchte.«

»War gestern Abend etwa Sergeant Sarkasmus im Dienst? Geht in Ordnung, ich lasse ihn abholen.«

»Er müsste gerade an der Burnbrae Academy sein.«

»Danke«, sagte sie.

Danke, dass ich deine Stümperei ausbaden darf.

FESTNAHME

»Sir, dieser Zettel ist schon ein ziemlicher Arsch mit Ohren, oder?«
Oh Gott.

```
SPIELE: ACHTUNDZWANZIG_DREIZEHNJAEHRIGE_
  AUSSER_RAND_UND_BAND.mp3
LESE: EIN_SOMMERNACHTSTRAUM.txt
LADE SPIELMEDIEN: VERZWEIFLUNG
LADE SPIELMEDIEN: ERNIEDRIGUNG
LADE SPIELMEDIEN: ERSCHOEPFUNG
LADE POWER-UPS: KOFFEIN
LADE POWER-UPS: UNTERSCHWELLIG
  KOECHELNDE MISANTHROPIE
LADE GEGNER: PETER »PED« BROWN
WARTE AUF SERVER . . .
```

Ray glaubte schon, er hätte Glück gehabt, als er einen leeren Stuhl sah, wo Jason Murphy hätte sitzen sollen. In der Klasse gab es nicht unbedingt zu wenige Bekloppte, aber dieser Kandidat konnte die anderen besonders gut mitreißen und war ziemlich weit oben auf der Liste der Verdächtigen in Sachen Urheberschaft der Riesenpimmelverschwörung von letzter Woche, bei der die halbe Klasse anstatt der geforderten Aufgabe krakelige Kritzelschwänze abgegeben hatte. Wenn Ray an sein Grundstudium zurückdachte, hätte er es wohl ab und zu genauso machen können und von manchen der griesgrämigeren Professoren auch keine schlechteren Noten bekommen als sowieso schon.

Am schwersten war gewesen, nicht sofort loszuprusten, zumal er ein bisschen Heiterkeit wirklich gut hätte gebrauchen können. Es war doch fast schon Verschwendung, dagegen anzukämpfen, vor allem nachdem die Kleinen mit großem Aufwand so getan hatten, als würden sie fleißig an ihrem jeweiligen Beitrag arbeiten. Die Zeichnungen selbst hatten sicher nur ein paar Sekunden gebraucht, denn es handelte sich um den klassischen Comicpimmel, der gerade den obligatorischen Spermaspritzer abfeuert. Es war wohl nicht das letzte Mal, dass er bei einer Aufgabe nichts als Wichs abgegeben bekam.

Da der Lachgnom unentschuldigt abwesend war, hatte Ray vielleicht eine bessere Chance, die Klasse mit dem empfohlenen Notfallplan unter Kontrolle zu behalten, jedem eine Rolle zuzuweisen und sie Shakespeare durch die Mangel drehen zu lassen. Dann konzentrierten sie sich auf ihre nächste Zeile, statt auf die nächste Gelegenheit zu lauern, den Unterricht zu stören, obwohl die Vorstellung natürlich Quatsch war, sie würden dem Stoff so Leben einhauchen und ihn besser aufnehmen. Wie hatte Laurence Olivier gesagt? Man hat den Barden noch nicht richtig erlebt, bevor man nicht eine Horde jugendlicher Analphabeten aus Renfrewshire gesehen hat, die sich träge durch die Zeilen stottern, sich zwischendurch an den frisch gesprossenen Schamhaaren kratzen und einander mit zusammengeknüllten Rotzfahnen bewerfen.

Anfangs lief es auch ganz gut, bis Ray erkannte, dass es noch etwas Schlimmeres gab als eine Klasse voller dreizehnjähriger Ignoranten mit großer Klappe, nämlich einen Dreizehnjährigen mit großer Klappe und Halbbildung. Die »Schlauen« waren meistens eher leise, weil sie entweder genug Aktivität des zentralen Nervensystems vorweisen konnten, um hereinkommende Informationen zu verarbeiten, oder weil sie sich durch ihre Wertschätzung der eigenen Bildung zu Außenseitern gemacht hatten. Laut Rays Kollegen gab es auch noch ein paar andere, die sich aus Angst vor diesem Schicksal dumm stellten, aber niemand hatte ihn vor dem explosiven Cocktail der Widersprüche namens Ped Brown gewarnt, der gerade von der Schulfußballfahrt nach Göteborg zurück war. Er war eins von diesen Mannskindern, die während der unfair zufällig einsetzenden Wachstumsphase in der Pubertät alle seine Klassenkameraden überragte und deshalb seinen Intellekt zur Schau stellen konnte, ohne dass ihm deswegen jemand krumm gekommen wäre. Und als Kapitän der U14-Mannschaft war er zum Außenseiter so prädestiniert wie ein Schirmverkäufer an einem Tag, an dem es Scheiße regnet. Dummerweise waren sein Körper und Geist trotzdem dreizehn Jahre alt, und Ped genoss es genauso sehr wie alle anderen, wenn er den Lehrer verarschen konnte. Und da er einigermaßen was auf dem Kasten hatte, war er darin auch noch verdammt gut.

»Sorry Sir, ein ›Esel‹ meinte ich.«

»Natürlich, Peter. Dann hast du wohl schon ein gutes Stück weiter gelesen als bis zu unserer Szene.«

»Hab den Film gesehen. Die von *Ally McBeal* war drin, sollte angeblich blankziehen, aber dann gab's doch nichts zu sehen.«

»Genau«, pflichtete Ray ihm enttäuscht bei, bevor ihm wieder einfiel, wo er war. »Äh, genau, Calista Flockhart hat die Helena gespielt, richtig.«

»Aber er ist doch nun mal ein Arsch mit Ohren, darum geht's doch, oder?«

Wieder Gelächter vom Chor. Das Wort »Arsch« würde niemals seine Wirkung verfehlen, solange es Autoritätsfiguren gab, die darüber die Nase rümpften.

»Ich dachte, wir wollten ›Esel‹ sagen«, versuchte Ray sich an einer Klarstellung, um einem Urteil über Peds Ausdrucksweise auszuweichen.

»Nee, ich mein, der ist ein Trottel, ein Vollidiot. Geht allen voll auf die Titten.«

Na herrlich, weiter geht's. Der König der Witze, Arsch, ist tot. Lang lebe Titten.

»Calista Flockhart hat keine Titten«, bemerkte eins der Mädchen, das diese Verachtung wohl ausschließlich auf einen ausgesprochenen Optimismus für ihre eigene nahe Zukunft stützte. Vielleicht hatte sie eine große Schwester und wusste, was sie zu erwarten hatte.

»Da hast du absolut recht.«

»Wer? Ich oder Carol?«

»Beide, aber Peters Beobachtung hatte einen größeren Sachbezug. Zettel ist ein Trottel. Er ist voller Überschwang, aber ohne jedes Bewusstsein für seine eigenen Grenzen.«

»Wie Robbie Williams«, warf jemand aus der zweiten Reihe ein. Ray konnte sich nicht an alle Namen erinnern, aber er tippte mal auf Gary.

»Schnauze, Robbie Williams is geil!«, kam die leidenschaftliche Reaktion von der Mädchenseite in einem Ton der nahelegte, dass dieser Standpunkt zur Not auch mit Waffengewalt verteidigt werden würde.

Ray musste dazwischengehen, bevor die Fetzen flogen, was leider hieß, dass er Gary nicht zu seinem versehentlich genialen Casting-Vorschlag gratulieren konnte. Robbie Williams war der geborene Niklaus Zettel; solange er nicht sang, natürlich.

»Zettel führt sich auf wie ein Esel und wird deshalb in einen verwandelt, wie wir später sehen werden. Kylie, du warst dran.«

»Wer bin ich noch mal?«

Mann.

»Hermia.«

»Sir, wird er nicht wegen Nob und Tit in einen Esel verwandelt?«

Okay. Schlimmer konnte es jetzt wohl nicht mehr kommen, und nicht nur, weil er bald ein paar Schüler wiederbeleben musste, die vor Lachen keine Luft mehr bekamen. Der frühreife Scheißer hatte anscheinend eine Doku namens *In einem Traum, in einem Spiel* gesehen, die vor einem Monat auf Channel Four gelaufen war. Ray war dabei mit Martin auf dem Arm vor dem Fernseher hin- und hergelaufen und hatte den Untertiteln entnommen, dass es um die psychologischen und mythischen Aspekte des Stücks im Kontext verschiedener wichtiger Produktionen ging. Nob und Tit waren Spitznamen für Oberon und Titania aus einem angeblich unschuldigeren Theaterzeitalter gewesen, obwohl er die Vorstellung unglaubwürdig fand, dass es bei diesen beiden Figuren irgendeinen Aspekt geben sollte, der nicht vor sexueller Bedeutsamkeit strotzte. Und genau das würde Ped jetzt wohl ansprechen. Ray konnte sich zwar nicht sicher sein, dass er die Doku zu Ende geschaut hatte, aber wenn doch, erinnerte er sich garantiert an eine bestimmte Information.

»Man sagt doch auch, ›der hat einen wie ein Esel‹, oder? Oberon will ihn doch in einen Esel verwandeln lassen, damit Titania, Sie wissen schon …«

Herrgott noch mal, lief an dem Abend denn nicht *Buffy* oder so?

LADE POWER-UP: PLÖTZLICHER NIHILISTISCHER LEICHTSINN

»Was, Peter?«, fragte Ray freundlich. »Ihn vögelt? Möchtest du vielleicht andeuten, Shakespeare könnte gewusst haben, dass der Esel den möglicherweise steifsten Phallus des Tierreichs hat, und dass es ein schlüpfriger Streich Oberons war, Titania von seinem Helfer Puck verzaubern zu lassen, damit sie sich diese Kreatur zum Liebhaber nahm?«

Im Raum war es still bis auf das Geblätter, weil einige der Kinder aufgeregt nach der Stelle suchten, von der er redete. Ped dachte darüber nach und wägte wohl ab, wie er mit der Situation umgehen sollte, da sein Gegenspieler jetzt ja quasi schummelte.

»Äh, schon.«

»Tja, da hast du absolut recht. Das ganze Stück handelt von, genau, Sex. Schauen wir uns nur mal das Setting an: die Nacht vor einer Hochzeit, verdammte Axt, also steht Vögeln ganz oben auf dem Programm, und es ist auch nicht irgendein beliebiger Termin, sondern die Mittsommernacht, *das* heidnische Fruchtbarkeitsvögelevent überhaupt. Neben Theseus und Hippolyta haben wir noch vier spitze und verwirrte junge Liebende, die *tief* in den dunklen Wald geführt werden, der selbst eine häufige Metapher für was ist, Peter?«

»Ähm ...«

»Ach komm, jetzt zier dich nicht so, ich weiß, dass du die Sendung auch gesehen hast.«

Ped schluckte.

»Ne Muschi?«

»Sehr gut. Und dort treibt Puck sein Unwesen mit ihnen, auch bekannt als Robin Gutfreund oder im Mythos auch als der Grüne Mann des Waldes, der wiederum ein heidnisches Fruchtbarkeitssymbol ist, womit wir wieder wobei wären, Peter?«

»Beim Vögeln.«

»Da haben wir's wieder. Und der Herr und die Dame dieses Waldes sind, wie du uns schon erklärt hast, Nob und Tit, die sich gerade ein bisschen in den Haaren liegen, weil Titania all ihre Zuwendung auf ein Adoptivkind konzentriert, was zu welcher Frustration bei Oberon führt?«

Diesmal war Gary schneller als Ped.

»Sie lässt ihn nicht ran, Sir.«

»Ganz genau, Gary.«

»Charlie, Sir.«

»Charlie. Meinetwegen. Auf jeden Fall kommt er nicht zum Schuss. Und ihr könnt euch wohl vorstellen, dass Titania, die Königin der Elfen, im Bett abgeht wie sonst was, was Oberon natürlich vermisst.«

Ray ließ den Blick über die Schüler schweifen, deren Gesichtsausdrücke von verwirrt bis amüsiert ungläubig reichten. Er hatte sie tatsächlich ausmanövriert und endlich mal im Griff. Ob er noch seine Stelle hatte, wenn sie das Ganze ihren Eltern erzählt hatten und wieder auf seinem Stundenplan standen, war eine andere Frage.

Er nutzte den Augenblick und ging an die Tafel.

»Fassen wir also zusammen, bevor wir weiterlesen. Ein paar Schlüsselbegriffe. Nummer eins: Vögeln.«

Die Tafel war immer noch voller Text einer vorigen Stunde, in der ein Kollege seinen unglücklichen Schützlingen ein Exemplar aus Ted Hughes' Tierquälereisammlung angetan hatte. Ray griff nach dem Schwamm, der aber nicht auf seiner Ablage war. Stattdessen zog er mit quietschenden Rollen die andere Tafel runter. Plötzlich starrte ihn ein Ein-Meter-zwanzig-Pimmel an, dessen Spermakleckse ihm auf Kopfhöhe entgegenspritzten.

Das Gelächter brandete wie eine Wand aus Wasser über ihn und nahm ihm die Möglichkeit, sich umzudrehen.

In der Reaktion darauf zeigte sich, wer ein erfahrener Profi und wer ein ungeschickter Anfänger war. Ersterer würde wahrscheinlich wieder auf eine andere Tafel wechseln und so tun, als wäre nichts passiert; vielleicht einen Witz darüber reißen, was wohl Thema der letzten Klasse im Raum gewesen sei, jedes Gefühl der Konfrontation vertreiben. Eine eher autoritäre Lehrerpersönlichkeit würde vielleicht an die Decke gehen, einschüchtern und den Bullen spielen, mit jeder möglichen Klischee-Strafe drohen und aus der ausgelassenen Atmosphäre eine der Angst und Reue machen. Ray hatte natürlich keine

Ahnung, hielt es aber nicht unbedingt für ein gutes Zeichen für seine Zukunft in diesem Job, dass er den Vorfall witziger fand als jeder andere im Raum. Er wusste aber auch, dass er es sich nicht erlauben durfte zu lachen, weil er dann mit tränenverschmiertem Gesicht auf den Knien enden würde, was die katastrophale Nebenwirkung haben würde, dass er das Pimmelmotiv vor den Kleinen rechtfertigte. Das würde sich in der nächsten Pause herumsprechen und ihm von da an überallhin folgen: Hausaufgabenhefte, Aufsätze, Tafeln, Ordner, überall. Da konnte er sich genauso gut gleich »Mr. Pimmel« nennen.

Aber auch ein Anfänger kann mal Glück haben; eine Railgun einsammeln und jemanden aus nichts als Instinkt und Glück voll erwischen. Er kann natürlich auch einen Raketenwerfer finden und ihn mit selbstmörderischen Folgen in die nächste Wand feuern. Ray war sich keines besonderen Gedankenganges bewusst, der seine Handlungen lenkte, und schrieb auf einmal scheinbar unbeeindruckt an die Tafel, wenn auch etwas krakelig, weil er sich das Lachen verkneifen musste. Er notierte »Vögeln« über der Eichel und kreiste das Wort tropfenförmig ein, dass es wie ein Teil der Ejakulation aussah. Das Gelächter ging weiter, aber der erste Ansturm war überstanden; sie waren auf dem richtigen Wege, *mit* ihm zu lachen.

»Was haben wir noch gesagt?«, fragte er und hoffte, dass niemandem seine feuchten Augen auffielen. »Ja?«

»Nob und Tit«, sagte jemand.

»Nob und Tit.« Auch die beiden schrieb er auf und umfing sie in einem Tropfen, der in die gleiche Richtung flog wie die anderen. »Weiter.«

»Oberon wird nicht rangelassen, Sir.«

»›Nicht rangelassen‹, sehr gut.«

»Muschi, Sir.«

»Sehr richtig, der dunkle Wald.«

»Der Riesenpimmel vom Esel, Sir.«

»Aber natürlich, wie könnten wie die Bedeutung des Phallus

vergessen, den hier jemand so wunderschön illustriert hat, der augenscheinlich über ein tiefes Verständnis des Stücks verfügt. So, habt ihr das alles mitgeschrieben?«

»Ja, Sir.«

»Und habt ihr alle einen Pimmel gemalt?«

Kopfgeschüttel und verwirrtes Gekicher.

»Dann los, wir haben nicht ewig Zeit.«

Ray verschränkte ungeduldig die Arme und wartete. Irgendwann kapierten sie, dass es kein Witz war, und machten sich ans Werk.

»Alle fertig? Herzeigen, dass ich sie sehen kann.«

Achtundzwanzig Schreibhefte wurden hochgehalten, und in jedem einzelnen war die Aufgabe sorgfältig ausgeführt worden.

»Gut. So, dann können wir ja weiterlesen. Kylie, ich glaube, du warst dran.«

Kylie, ein unglückliches Kind der späten Achtziger, kramte nach dem Buch und führte den Gruppenangriff auf die wehrlosen Verse fort. Ray ging zur Tür, und der nächste Leser hielt inne.

»Macht weiter. Ich bin nur mal eben einen Moment draußen, höre aber weiter zu. Und los.«

Ray schloss die Tür hinter sich und seufzte lang und ausgiebig, während er den lispelnden Lysander nur noch gedämpft hörte. Er wartete darauf, dass er lachen musste, aber es kam nichts. Vielleicht übermannte es ihn später noch, aber fürs Erste hatte er die Fluten erfolgreich zurückgehalten. Schade eigentlich. Vielleicht war es ja so weit, wenn er Kate davon erzählte, oder vielleicht war ihm einfach alles viel witziger vorgekommen, weil er gewusst hatte, dass er nicht lachen durfte. Er erinnerte sich noch an einen ernsthaft furchteinflößenden Mathelehrer mit einschüchternder Ähnlichkeit zu Oliver Reed, in dessen Unterricht jedes noch so kindische Geflüster zum Totlachen komisch wirkte, weil man so eine Panik vor seiner vulkanischen Wut und unerreichten Gürteltechnik hatte.

Nach ein paar Minuten war Ray eigentlich bereit, wieder in die Klasse zu gehen, wo unglaublicherweise immer noch das Stück laut vorgelesen wurde. Aber er wollte lieber auf Nummer sicher gehen. Er stellte sich den Riesenkreidepimmel vor und seine Wirkung, als er plötzlich aufgetaucht war. Er grinste und wusste, dass das Gekicher ihn immer noch jeden Moment packen konnte. Vielleicht noch ein paar Sekunden.

Schnelle, zielstrebige Schritte kamen den Flur entlang. Erwachsen, männlich, mehrere Personen, nahm er an. Scheiße. Er hatte keine große Lust, einem Kollegen seine außerplanmäßige Pause zu erklären, also musste er wohl noch einmal tief Luft holen und sich wieder ins Getümmel stürzen.

Wie sich herausstellte, war das schon zu viel gewesen, und sie kamen um die Ecke, als er gerade die Klinke in der Hand hatte.

»Mr. Ash?«

Es waren tatsächlich zwei Männer, aber keine Kollegen. Er kannte zwar noch nicht alle Lehrer von Gesicht und Namen, aber er wusste, wie sie sich anzogen, und diese beiden hier waren viel zu adrett gekleidet und bestiefelt. Polizei, nahm er an, auch wenn die beiden ihm keine Dienstausweise zeigten, die allerdings lange nicht so überzeugend gewesen wären wie die obligatorischen Schnauzbärte.

»Ich bin Sergeant Boyle, und das hier ist DC Thorpe, Special Branch.« Der Akzent war Englisch, vielleicht Lancashire. Rays Magen zog sich zusammen. Das war's: Sie würden ihn wegen Falschaussagen belangen und hatten die ganz harten Kerle geschickt, um ihn möglichst stark einzuschüchtern. »Wir müssen mit Ihnen über den Vorfall gestern Abend sprechen.«

»Ich bin gerade mitten im Unterricht. In gut zehn Minuten habe ich Zeit.«

»Sie müssen sofort mit uns mitkommen, Mr. Ash. Es geht um eine sehr ernste Angelegenheit.«

»Ich hab mir das nicht ausgedacht.«

»Das wissen wir. Deshalb sind wir hier.«

Ray wusste nicht, wie er reagieren sollte. Am letzten Abend wäre die Genugtuung schön gewesen, als er dem arroganten Bullen gegenübergesessen hatte, aber jetzt erschlug ihn die Bestätigung der Gefahr wie ein Amboss.

Boyle legte ihm die Hand auf die Schulter, um ihn abzuführen.

»Was ist mit meinen Schülern?«

»Wir haben mit Ihrem Chef gesprochen, ist alles geregelt.«

»Kommt gleich eine Vertretung?«

»Ja. Kommen Sie.«

»Haben Sie etwas gefunden? Einen Zeugen?«

»Das besprechen wir am besten auf der Wache, Mr. Ash.«

Sie gingen sehr zügig aus der Schule, dieser zielstrebige Bullengang, der mit jedem Schritt Wichtigtuerei verbreitete. Thorpe bog am Eingang ab, »um dem Direktor Bescheid zu geben«, während Boyle Ray zu einem grauen Rover führte und ihn auf die Rückbank setzte, bevor er selbst hinter dem Lenkrad Platz nahm. Ein paar Minuten später kam Thorpe aus dem Gebäude und setzte sich neben Ray, woraufhin Boyle sich umdrehte und eine Pistole mit Schalldämpfer auf Rays Brust richtete.

»Ach, leck mich doch.«

»Gib ihm den Autoschlüssel, oder ich mache es«, befahl Boyle.

Thorpe – wahrscheinlich nicht sein echter Name – durchsuchte Ray schon und nahm ihm den Schlüssel und das Handy aus der Jacketttasche.

»Was wollt ihr denn von mir, verdammte Scheiße?«

»Fürs Erste nur den hier«, erwiderte Wahrscheinlich-nicht-Thorpe mit einem Hauch von Scouse-Akzent. »Welches Auto ist es? Und verarsch uns nicht, wenn du nicht wissen willst, wie sich eine Kugel in den Eiern anfühlt.«

»Schwarzer Polo«, sagte Ray, der sich hochkooperativ anhören wollte.

»Welcher?«

»Der gammlige.«

Thorpe stieg aus, und es klickte, als Boyle die Zentralverriegelung drückte. Er nahm die Pistole wieder nach vorne und legte den Gang ein.

»Das Angebot mit der Kugel in die Eier steht, okay?«

»Solange der Vorrat reicht«, murmelte Ray.

Der Wagen bog aus dem Parkplatz links ab und hielt gleich hinter einem riesigen Lastwagen, der knapp hundert Meter vom Schultor entfernt parkte und hinten eine Rampe hatte.

»Und machen Sie bitte keinen Stress, Mr. Ash«, sagte Boyle und zog den Schlüssel aus der Zündung. »Es ist am besten, wenn Sie sich die Energie sparen.«

»Welche Energie denn bitte?«, erwiderte Ray, als Boyle die Rampe hochstieg.

Er schob das Rolltor am Heck des Lastwagens hoch und fuhr den Wagen in den Container. Dann stieg er wieder aus dem Rover, verriegelte ihn und ging.

Ray zog am Türgriff, aber der wackelte nur nutzlos hin und her. Er rammte ein paarmal den Ellenbogen ins Fenster, aber es war klar, was zuerst brechen würde, und überhaupt, wenn er rauskletterte, wohin sollte er dann? Er schaute durch die Heckscheibe und rechnete damit, dass Boyle das Tor wieder schließen würde. Stattdessen rollte nun sein eigener Wagen mit Thorpe hinter dem Steuer herein.

»Ihr Schweine.«

Was wollten die denn mit seinem Auto? Was wollten sie überhaupt mit *ihm*? Bullen waren sie nicht, aber trotzdem wussten sie von gestern Abend, also gehörten sie zu denen, aber gestern Abend hatten sie ihn umbringen wollen, und jetzt entführten sie ihn; ließen ihn verschwinden.

Das Rolltor wurde geschlossen, und er saß nun auch wortwörtlich im Dunkeln. Er wusste, dass er wohl größere Angst um sein Leben hätte haben sollen, aber das Bedrohungsgefühl war diffus, weil er keine Ahnung hatte, von was oder wem die Bedrohung ausging. So unerklärlich das auch alles war, konnte er den ganzen Quatsch über unterbewusste Projektion und stressbedingte Halluzinationen getrost vergessen. Die Ereignisse des letzten Abends waren vielleicht in einem panischen Rausch aus Emotionen und Instinkt an ihm vorbeigerast, aus dem sein Gedächtnis nicht ganz schlau wurde, aber jetzt gerade war er bei Bewusstsein, gefasst und aufmerksam, und er war ganz eindeutig in einem Auto eingesperrt, das in einem Lastwagen eingeschlossen war, und war eben ganz klar mit vorgehaltener Waffe entführt worden.

Ihm fiel ein, dass er wohl auf die Abbiegungen achten und sich die Strecke merken sollte, aber die Federung des Rovers fing die Bewegungen des Lastwagens zu gut ab. Er schaute auf die Uhr, damit er wenigstens eine Vorstellung davon hatte, wie weit er gefahren war. Danach konnte er nur noch im Dunkeln sitzen und über seine Situation nachdenken, aber selbst fassungslose Grübelei brauchte Informationen, und er hatte einfach keine.

Ray durchsuchte die hintersten Ecken seines Bewusstseins nach irgendwelchen Spuren, was er vielleicht getan hatte, um in diese Situation zu geraten, fand aber nichts. Er hatte keine Feinde; zumindest nicht, dass er wüsste, und er konnte sich kaum vorstellen, dass er unbemerkt so einen Grad an Feindseligkeit auf sich gezogen hatte. Gestritten hatte er sich in letzter Zeit vielleicht mal mit irgendwelchen Online-Gegenspielern, und selbst die labileren unter ihnen rächten sich eigentlich nur mit orthographisch fragwürdigem Beleidigungsgespamme in IRC-Chatrooms oder bombardierten einem die Inbox vielleicht mit Millionen automatisch generierter E-Mails. Was blieb dann noch übrig? Irgendein *Angel-Heart*-Alter-Ego mit einem kriminellen Geheimleben? Wo sollte er das denn zwischen dem ganzen Windelwechseln und Babytragen untergebracht haben? War er ungebetener Zeuge bei irgendetwas gewesen? Natürlich war er erschöpft und hatte viel um die Ohren, aber er hätte doch wohl immer noch mitgekriegt, wenn in seinem Blickfeld ein Ereignis von tödlicher Bedeutung stattgefunden hätte.

Scheiße, na klar! Das musste es sein: Er hatte heute Morgen gar nicht geschaut, ob falsch adressierte Mikrofilme in der Post gewesen waren. Wahrscheinlich lagen gerade Atomraketen-Startcodes auf der Fußmatte und warteten darauf, dass Martin sie vollkotzte. Mann, das war doch auch nicht unwahrscheinlicher als alles andere, was gerade los war.

Er hatte sich nicht mit irgendwelchen Drogendealern angelegt, hatte sich nicht bei irgendeinem Kerl verschuldet, der mehr Narbengewebe hatte als Cher, war keinen subversiven Untergrundbewegungen beigetreten und hatte nicht mit der Frau von irgendwem geschlafen (auch nur ziemlich selten mit seiner eigenen, da er weder ein Abo der Zeitschrift *Mastitis Fetisch* noch der *Sex für Schlafentzugspatienten* hatte). Er war nicht ein einziges Mal jemandem gegenüber laut geworden, seit ...

Scheiße. Nein. Gar nicht drüber nachdenken.

Okay, doch, jetzt konnte er es sich ja eingestehen: Er hatte mal mit einer geschlafen ... sie war zwar nicht mit einem anderen verheiratet gewesen, nur dessen Freundin, aber das war doch schon über zehn Jahre her. Das wäre doch schon lange verjährt, selbst wenn der Geschädigte nicht schon tot gewesen wäre. Und in Anbetracht der Umstände damals hatte Ray sich auch nicht fürchterlich schuldig gefühlt. Und wenn doch, hätte das vielleicht erklären können, was er sich am Flughafen eingebildet hatte, aber noch lange nicht das hier alles. Manifestationen des Gewissens konnten mächtig sein, hieß es, aber er wüsste nicht, dass Banquos Geist mit einer Pistole rumgefuchtelt oder Macbeth in einen Lastwagen gezerrt hätte.

Trotzdem verlangte die Chronologie eine Verbindung. Seit er gestern Abend am Flughafen Simon Darcourt gesehen/nicht gesehen/sich eingebildet/astralprojiziert hatte, folgte Rays Welt nicht mehr den üblichen Regeln: Irgendjemand hatte die Real

Life™ Engine gehackt, und jetzt lief auf dem Server nichts mehr, wie es sollte. War es wirklich purer Zufall, dass das letzte Mal, als sein Leben ansatzweise so verrückt gespielt hatte, auch das letzte Mal gewesen war, dass er Simon über den Weg gelaufen war?

Natürlich. Aber wenn einen einer aus dem Jenseits noch fertigmachen konnte, dann der nachtragende Drecksack. Simon hatte sich immer jede Kränkung gemerkt, jeden Streit, jede »Enttäuschung«, um seine schaurige Wortwahl zu übernehmen; ganz zu schweigen von einem echten Treuebruch.

Er war aber nicht immer so gewesen. Na ja, vielleicht doch, aber es hatte mal eine Zeit gegeben, als es Ray noch nicht so bewusst gewesen war.

Simon war der Held des Schäferhundvorfalls; das musste man ihm hoch anrechnen (auch wenn es ein Opfer gegeben hatte). Hillhead, neunzehnhundertwasweißichundachtzig. Erstes Unijahr. Ray hatte die Gelegenheit, seinen Horizont durch höhere Bildung zu erweitern, genauso beim Schopfe gepackt wie die meisten braven schottischen Jungs: Er war zu Hause bei Mama geblieben und täglich zur nächsten Uni gependelt. Die westschottischen Zuhausewohnenbleiber erkannte man schon auf zehn Schritte, ohne auch nur ihren Akzent zu hören: Sie sahen nicht unterernährt aus, hatten wache Augen, weil sie gelegentlich zu normalen Uhrzeiten ins Bett kamen, und ihre Klamotten waren immer sauber und gebügelt. Der Nachteil bestand darin, dass das spontane, unkontrollierte Sozialleben – das schnelle Bier nach der letzten Vorlesung, aus dem über den Umweg zweier weiterer Pubs, der Fressmeile und der Studentendisco schließlich eine WG-Party wurde, für viele die Daseinsberechtigung der Uni überhaupt – von der logistischen Herausforderung eingeschränkt wurde, hinterher zurück an einen Ort zu kommen, der schon tagsüber nicht gerade vom öffentlichen Nahverkehr verwöhnt war, geschweige denn um drei Uhr morgens. Die Standardlösung war, wenn möglich bei irgendwem auf dem Fußboden zu pennen, vor allem, wenn man am nächsten Tag wieder zur Uni musste.

Zu dieser speziellen Gelegenheit hatte Ray die Gastfreundschaft des verstorbenen Mr. Darcourt und dessen Mitbewohners Ross genossen, nachdem aus dem schnellen Bier nach der letzten Vorlesung und so weiter und so fort. Er hatte sich vorher schon ein paarmal mit Simon unterhalten und in ein paar Kursen neben ihm gesessen, wo sie sich mit ach-so-witzigen auf ihre Blöcke gekritzelten Anmerkungen und Zeichnungen über den Dozenten abgelenkt hatten. An diesem Abend waren sie aber zum ersten Mal richtig ins Gespräch gekommen und hatten so ein jugendlich-bierseliges Zusammentreffen der Geister gehabt, bei dem man den Eindruck bekam, an der Uni wimmle es von Mit-Visionären. Sie hatten in der Bar der Queen Margaret Union gesessen, die damals nach dem obligatorischen toten Südafrikaner benannt war, und ihr Gespräch hatte jeden Lebensaspekt abgedeckt: Musik, Bücher *und* Filme. (Ray hatte es sich zur Regel gemacht, unter Geisteswissenschaftlern nie über Computerspiele zu sprechen. Da hätte man ja gleich mit einem Anthrax-T-Shirt und dem *Foundation*-Zyklus unter dem Arm ankommen können.)

Sie waren anscheinend in vieler Hinsicht einer Meinung, aber wie es bei solchen Gesprächen meistens ist, schaltete jeder Teilnehmer wohl auf Durchzug, wenn sein Gegenüber sich für etwas begeisterte, was er selbst nicht mochte oder nicht kannte, und wartete darauf, dass er wieder dran war. Das Gedächtnis bewahrte nur die Highlights auf. Zum Beispiel konnte Ray sich nicht daran erinnern, dass Simon an dem Abend Lobreden auf This Mortal Coil geschwungen hatte, was aber höchstwahrscheinlich war, weil er hinterher *It'll End In Tears* rauf und runter spielte, bis Ray Liz Frazer aufspüren und mit vorgehaltenem Messer zwingen wollte, in einer verdammt noch mal richtigen Sprache zu singen, ganz egal welcher.

Gemeinsame Vorlieben waren aber eigentlich weniger wichtig als gemeinsame Abneigungen, und nichts schmiedete eine so enge Verbindung wie ein geteilter Hass auf eine landläufige Orthodoxie. Ihr einträchtiges Sakrileg war ihre Verachtung der Smiths, eine Ketzerei, die sie als *unheimlich* individualistisch auszeichnete und sie von »all den Föhntollen-Designerjammerlappen« absetzte, »die in der QM-Bar rumeiern und hoffen, dass irgendwem der Oscar Wilde auffällt, der ihnen aus der Tasche hängt«, wie Simon es ausdrückte. Mitte der Achtziger waren die Smiths quasi der Studenten-Stadionrock. Wenn man in diesem Kontext verkündete, dass man sie hasste, war das in etwa so kühn und ikonoklastisch, wie wenn man später die Spice Girls doof fand, aber es tat trotzdem gut, sich darüber auszukotzen. Und am unterhaltsamsten kotzte Simon sich aus.

Spott war Simons wahre Sprache. Niemand beherrschte die vernichtende Schmähkritik so wie er, und es war toll, wenn er die schweren Geschütze gegen seiner Überzeugung nach legitime Ziele auffuhr. An guten Tagen war er wie Jerry Sadowitz ohne den warmen, sentimentalen Zug, und je größer das Publikum, desto besser die Show. Ray hatte selbst einen Köcher voll Spitzen, die bei Simon auf begeisterte Zustimmung trafen, aber er war beschränkt in seinen Abneigungen. Simons Verachtung dagegen kannte keine Grenzen.

»Es gibt nichts Schlimmeres, als neben einem Mädchen aufzuwachen und *Meat Is Murder* beim Plattenspieler liegen zu sehen. Bin ja selber schuld, hätte wohl fragen sollen, aber wenn die nur ein bisschen Anstand hätten, würden sie einem das doch vorher sagen. Also, bei irgendeiner anderen Krankheit würden sie das ja auch machen. Nein, eine Nummer schlimmer geht's noch: Wenn man unter *Meat Is Murder* noch ein Everything-But-The-Girl-Album findet. Dann ist alles verloren. Dann muss man sich Gejammer von der Scheidung ihrer Eltern und zwei Stunden Keinerverstehtmich anhören, bevor sie einen aus der Wohnung lässt, und das alles für einen einzigen Fick. Das ist es einfach nicht wert.«

Simon hatte Sex gehabt. Die damalige Bedeutung dieser Tatsache konnte nicht überbewertet werden. Er hatte nicht nur Sex gehabt und redete ganz lässig darüber (wobei er zu Rays Freude annahm, dass auch er schon welchen gehabt habe), nein, er hatte sogar schon *schlechten* Sex gehabt. Das war für Ray zwar kein unvorstellbares Konzept, ließ aber einen Grad an Erfahrung und Reife vermuten, den er sich selbst nicht ansatzweise anmaßen konnte. Die Vorstellung, es wirklich zu tun, war für einen recht schüchternen Siebzehnjährigen noch reine Theorie, der überhaupt nur in der QM-Bar war, weil er (wie jeder andere Siebzehnjährige dort) bei der Anmeldung für den Mitgliedsausweis ein falsches Geburtsdatum angegeben hatte. Das hieß aber nicht, dass er nicht mitreden konnte. Er war zwar erst seit anderthalb Trimestern Student, aber selbst er wusste schon, dass ein EBTG-Album, -Pin, -T-Shirt oder ein Tracey-Thorn-Risspottschnitt die natürlichen Warnzeichen waren, dass man sich mit dem betreffenden Mädchen am besten nur unterhielt, wenn man gerade einem bedenklichen Überschuss an Lebensmut entgegenwirken musste.

Auf jeden Fall bewegte Simon sich in einer Welt, wo Studentinnen in Wohnungen lebten und Gelegenheitssex hatten, selbst die verkniffenen Deprifressen, und diese Welt war von Rays weiter weg als Houston von Hillhead. Deshalb war es für ihn aufregend, wenn er sich mit Simon mehr oder weniger ebenbürtig unterhielt, mit ihm trank und lachte. Er wusste zwar, dass er deshalb trotzdem nicht kurz vor Sex mit weiblichen Smiths-Fans stand, *über den er sich dann auch noch beschweren konnte*, aber immerhin fühlte er sich jetzt nicht mehr wie ein großer Schuljunge ohne Uniform. Er sah sich jetzt im echten Studentenstatus bestätigt.

Aber er befürchtete schon, dass ihm dieser gleich wieder aberkannt werden würde, als ein paar von Simons Freunden dazustießen und »in die Disse, mal richtig die Nacht zum Tag machen« wollten. Ray spürte schon, wie sich sein The-Clash-

T-Shirt in einen Schulschlips mit Blazer verwandelte, als er sich überlegte, wie er es formulieren sollte, dass er irgendwie zu Mami und Papi und einem Kakao mit Keks vor dem Bettchengehen nach Hause kommen musste.

Er entschied sich für: »Ich glaub, heute wird das nichts bei mir, aber eine Runde bleib ich noch«, und führte es nicht weiter aus. Simon bestand aber darauf.

»Ach komm, Alter, du musst mit. Wir legen doch gerade erst los.« Währenddessen stellte er sie einander begeistert vor und beschrieb Ray seinen einschüchternd erwachsen aussehenden Freunden (Soldatenmäntel, Dreitagebärte und selbst gedrehte Zigaretten) als Seelenverwandten von exquisitem Geschmack, Intellekt und Witz. Ray bekam noch mehr Angst, als kleiner, jungfräulicher Ayrshirebewohner enttarnt zu werden, der bloß im richtigen Moment ein paar Morrissey-Witze gerissen und geblufft hatte, er hätte schon mal von Père Ubu und Frazier Chorus gehört.

»Ich hab keinen Platz zum Pennen«, sagte er und umschiffte geschickt die Frage, wo er normalerweise pennte, nämlich in einer Doppelhaushälfte draußen im Nirgendwo.

»Kein Problem, du kannst bei uns pennen, oder, Ross?«

»Klar, kein Ding.«

Und so ging Raymonds großes Abenteuer im Lande der geborgten Coolness weiter.

»Bei uns« entpuppte sich als Reihenhaus, das in sechs Studentenbuden umgewandelt worden war. »Zur richtigen Tageszeit kann man hier dasselbe Smiths-Album auf vier verschiedenen beschissenen Tapedecks hören«, behauptete Simon. »Ich glaube wenigstens, dass es dasselbe ist. Bei denen hört sich doch jeder Scheißtrack gleich an.«

Sie aßen zu dritt eine Runde Toast aus der Gemeinschaftsküche nach der anderen und spülten ihn mit wässrigem schwarzen Tee runter (natürlich gab es keine Milch, und der letzte Teebeutel opferte sich heldenhaft für volle sechs Tassen). Selbstverständlich wurde Musik gespielt, und eine Handvoll gemeinsamer Favoriten fanden sich in einem eklektischen Mix obskurer Titel, die Ray gefallen mussten, wie Simon urteilte. Wie sich herausstellte, lag seine Trefferquote ziemlich hoch. Es war eine Fortbildung für Ray, bei der er nicht nur neue Bands kennenlernte, sondern auch verstand, dass er zwar dies und das über Musik wusste, Simon sie aber als akademische Disziplin behandelte. Er gab für jeden Track einen laufenden Kommentar ab wie die Shakespeare-Anmerkungen, die auf der Seite mehr Platz einnahmen als der Text selbst. Innovation war alles: War es schon mal gemacht worden, war es wertlos, sinnlos. In anderer Gesellschaft hätte Ray vielleicht den Das-Bessere-ist-der-Feind-des-Guten-Ansatz handwerklich sauberer Songschreiberkunst vertreten oder sich für die tiefe, körperliche Wirkung eines perfekt getimten Power Chords starkgemacht, aber das wäre in dieser Situation gewesen, als hätte er sich als Zeuge Jehovas geoutet und Simon den *Wachtturm* verkaufen wollen.

Père Ubu war gar nicht mal so schlecht, aber Frazier Chorus war der letzte Mist.

Ross zog sich auf sein Zimmer zurück, als Tee und Toast ausgingen, aber Simons Ehrgeiz, Ray den musikalischen Horizont zu erweitern, war ungebrochen. Irgendwann beschloss Simon dann doch, ins Bett zu gehen, und zwar als Ray gerade unten pinkeln war. Als er ins Zimmer zurückkam, schlief Simon im einzigen Bett und war nicht mehr ansprechbar. Wenn Ray ihn antippte, bekam er nur ein tiefes, bedrohliches Knurren zu hören. Die Frage nach einer freien Decke wäre da wohl etwas zu optimistisch gewesen.

Ray schaute gerade auf die Uhr und fragte sich, wann die ersten Busse fuhren, als er die Toilettenspülung hörte. Er fing Ross auf dem Rückweg vom Bierwegbringen ab. Der hatte zum Glück einen Schlafsack da. »Den hab ich immer bereit, falls Simon Gäste hat«, erklärte er mit einem Grinsen.

Ray wachte nach fünf Stunden unruhigen Schlafes gegen

neun auf. Die Vorhänge reichten nicht bis zur Unterkante des Fensters, also schien ihm die Wintersonne mitten ins Gesicht, wo er auf dem Boden lag. Aber seine Blase hätte ihn nach fünf Pints und all dem Tee sowieso bald aufgeweckt. Simons Bett war überraschenderweise leer. Simon war ihm nicht wie jemand vorgekommen, der sofort in die Hände klatschte und aufsprang, wenn der Wecker klingelte, aber er erinnerte sich noch vage daran, dass er erzählt hatte, er wolle irgendwohin, jemandem einen Verstärker abkaufen.

Simon polterte ins Zimmer, knöpfte sich sein Hemd zu, und sein Gesicht war noch nass vom Waschen.

»Ich verpasse den Typen, wenn ich nicht sofort abhaue. Musst du auch los?«

»Hab meine erste Vorlesung verpennt. Die nächste ist erst um elf.«

»Glück gehabt. Du kommst klar hier, oder?«

»Klar. Wo ist noch mal das Bad?« Lieber auf Nummer sicher gehen, bevor er weg war; der letzte Abend war noch etwas verschwommen, und er wollte nicht aus Versehen zu irgendwem ins Zimmer latschen.

»Wir haben zwei. Eins im ersten Stock an der Treppe, das andere unten am Flur.«

»Danke. Ich pisse mir fast in die Hose.«

Ray setzte sich auf und pellte sich aus dem Schlafsack.

Wau.

»Hast du das gehört?«

»Was?«

»Das war doch ein Hund.«

Wau.

»Jetzt hab ich's gehört. Scheiße, das war drinnen.«

»Hat einer von deinen Mitbewohnern einen Hund?«

»Ach, Quatsch. Willst du mich verarschen? Der bräuchte erst mal nen Wohnberechtigungsschein, bevor der Vermieter ihn reinlässt.«

Wau.

»Das kam auf jeden Fall von drinnen«, sagten sie beide.

Simon ging zur Tür, Ray zog sich schnell die Jeans über und lief hinterher. Beim Gehen kam es ihm vor, als würde ihm einer die Blase zusammendrücken. Als er an die Treppe kam, stand auch Ross vor seinem Zimmer und lehnte sich über das Geländer. Unter ihnen waren schon zwei Mädchen im ersten Stock und starrten runter in den Erdgeschossflur. Die eine hatte einen Bademantel an und ein Handtuch in der Hand, die andere trug Jeans und ein Bunnymen-T-Shirt.

Wau.

»Da ist ein Hund im Haus«, verkündete Bunnygirl und schaute hoch. Ray erkannte sie als eine Engländerin aus seinem Seminar »Literatur in der Übersetzung«.

»Und ich dachte schon, das wär ne Antilope«, erwiderte Simon. »Wie ist der denn reingekommen?«

»Irgendwer hat wohl die Tür offen gelassen«, mutmaßte Ross.

»Jassir Arafat bestimmt mal wieder, verdammte Scheiße. Der macht die nie zu. Meint wohl, er wohnt immer noch in seinem Beduinenzelt.«

»Hör mit dem rassistischen Mist auf«, forderte die Engländerin. »Du hast es immer auf Ali abgesehen.«

»Was ist denn daran bitte rassistisch? Oder ist es etwa marokkanisches Kulturgut, Türen offen stehen zu lassen?«

»Er kommt aus Tunesien.«

»Was soll's. Er ist als Einziger nicht hier. Seine erste Vorlesung ist jeden Tag um neun. Selber schuld, wenn er unbedingt Medizin studieren muss.«

»Vielleicht war es ja auch der Postbote.«

»Spielt das eine Rolle?«, fragte Ross. »Was ist das denn für ein Hund? Hat den irgendwer gesehen?«

Wau wau wau wau knurr.

»Oh, Scheiße!«

Der Hund kam ins Blickfeld, als er nach dem Ursprung der

lauten Stimmen suchte, und rannte die Treppe hoch, als er die Gesichter sah. Die beiden Mädchen stürzten sofort ins nächste Zimmer und schlugen die Tür hinter sich zu. Der Schäferhund (es musste einer sein, denn irgendeine Regel besagte, dass jeder Hund, der ohne Besitzer an öffentlichen Plätzen Stress macht, immer eins von diesen säbelzahnigen hyperaggressiven Monstern sein muss) sprang an der Tür hoch und kratzte die Farbe runter.

Als Simon lachte, starrte der Hund ihn an und verbellte ihn. Sie hechteten alle in Ross' Zimmer, das direkt hinter ihnen war.

»Scheiße, was will das Vieh hier?«, fragte Ross.

»Jassir, das Schwein. Ab jetzt binde ich die Tür mit seinem verdammten Turban zu.«

»Ich hab um zehn Seminar«, quengelte Ross.

»Ich muss pissen.«

»Und ich soll mich in einer Viertelstunde an der Byres Road mit jemandem treffen. Wir kommen hier wohl alle nicht weg, bevor wir den Zerberus da unten nicht aus dem Haus haben.«

Ross öffnete die Tür ein bisschen und starrte durch den Spalt.

»Er bellt schon mal nicht mehr. Ich kann ihn nicht sehen. Vielleicht ist er wieder unten. Mann, wie kriegen wir den nach draußen? Ich kann die Viecher nicht haben. Mich hat mal einer gebissen, als ich klein war, das hab ich den Tölen nie verziehen.«

»Das erzählt deine Mama dir wohl: ›Du warst ja so ein süßes Kind, bevor der große Hund dich gebissen hat, Rossymaus.‹«

»Leck mich, das ist nicht witzig.«

Simon lachte. »Hast ja recht. Was soll ich dem Typen seinen Verstärker abkaufen, wenn ich hinterher nicht mehr Gitarre spielen kann, weil mir der Arm abgebissen worden ist?«

»Ich muss bei dem Seminar nen Essay abgeben. Ich hab schon ne Verlängerung gekriegt.«

»Dann hast du jetzt die große Chance. Wirf deine Zettel da runter, dann kannst du deinem Tutor ernsthaft erzählen, der Hund hat sie gefressen.«

»Noch ein Wort und ich werf dich aus dem Zimmer. Meinst du, du schaffst es nach nebenan, bevor er dich zerfetzt?«

»Sind doch keine zwei Meter.«

»Lang genug, wenn die Bestie hinter dir her ist.«

»Wie weit ist es zum Klo?«

»Das schaffst du nie, Ray. Und überhaupt hast du dich längst eingepisst, bis du da bist.«

»Stimmt. Habt ihr mal ne Flasche?«

»Wehe!«

»Im Ernst jetzt!«, bettelte Ross. »Was machen wir denn?«

»Ich weiß«, sagte Simon. »Wir rufen Gerry nebenan an. Sagen, er soll vorbeikommen, und wenn er die Tür aufmacht, kann der Hund raus. Oder wir können uns alle vorbeischleichen, während er Gerry frisst.«

»Habt ihr denn ein Telefon?«, fragte Ray, der sich nicht sicher war, ob es sich um einen von Simons Witzen oder eine echte Lösung handelte.

»Ja«, erwiderte Ross. »Ein Münztelefon. Ist aber im Erdgeschoss.«

»Scheiße.«

»Wenn ich die Treppe runterpisse, spült ihn der Schwall vielleicht zur Tür raus.«

»Ich sage, wir rennen einfach«, schlug Simon vor.

»Meinst du, du bist schneller als ein Schäferhund?«, fragte Ross.

»Egal. Ich muss ja nur schneller sein als einer von euch.«

»Na, danke!«

Simon schaute auf die Uhr.

»Mann! Der Typ hat bestimmt tausend Interessenten für den Verstärker. Lass mich raus.«

»Lässt du es drauf ankommen?«

»Will nur mal gucken.«

Simon ging nach draußen, und Ross wartete ein paar nicht ganz so tapfere Sekunden, bis er sich wieder auf den Beobachtungsposten am Treppengeländer traute. Auch Ray war nicht unbedingt furchtlos, aber die Angst, zu platzen wie eine Wasserbombe voll Pisse, trieb ihn voran. Als Ray an der Treppe war, hatte Simon es schon runter in den ersten Stock geschafft, wo die Mädchen auch wieder durch den Türspalt schauten. Der Schäferhund war nirgends zu sehen.

»Ich glaube, er ist weg.«

»Steht die Haustür offen?«

»Kann ich nicht sehen.«

Wau.

»Mann«, keuchte Ross.

Simon blieb, wo er war, und beugte sich vorsichtig über das Geländer. Winsel.

»Kannst du ihn sehen?«, fragte eins der Mädchen.

»Ja. Er hockt gerade irgendwie hinten vor der Klotür. Ich glaube, der hat mehr Angst als wir.«

»Von wegen!«, zweifelte Ross.

»Ich lass es drauf ankommen. Ich brauche den Verstärker.«

Ja, los, lauf, dachte Ray.

»Bist du wirklich bereit, für den zu sterben?«

»Ross, das ist ein Köter und kein Löwe, verdammt noch mal.«

»Ich kann nicht hingucken.«

Ross trat vom Geländer zurück, als Simon langsam die letzten Stufen nach unten ging, und Rays Blase spannte sich mit jedem Schritt straffer und dünner. Hinter Simon hielten die Mädchen die Tür auf, falls er sich retten musste. Ray ging leise am Geländer entlang, um einen besseren Blick auf den unteren Flur zu bekommen, und er sah gerade noch, wie Simon an der Haustür ankam und sie ganz ruhig aufzog. Ein brauner Blitz mit Pfotengetrappel raste vorbei, und der Hund war draußen.

»Sag Ross, ich bin als Held gestorben«, rief er die Treppe hoch.

»Ach, leck mich!«

»Gehst du jetzt auch los, Ross?«

»Ja.«

»Dann komm. Wir sind sicherer vor den wilden Tieren, wenn wir zu zweit gehen.«

Ross verdrehte die Augen, holte seinen Essay aus dem Zimmer und trottete die Treppe runter.

»Danke, Simon«, sagte das Mädchen im Bademantel.

»De rien«, rief er und hielt Ross mit einer übertriebenen Verbeugung die Tür auf.

»Dann sehen wir uns heute Abend in der Bar, okay, Ray?«

Boah, Scheiße, hau mir bloß mit Bier ab!

»Okay, klar.«

Die Haustür schloss sich, und es gab keinen Grund mehr, cool zu tun. Ray lief barfuß nach unten, aber als er erst auf halber Treppe zum ersten Stock war, huschte das Mädchen mit dem Bademantel flink ins Bad, da sie sich jetzt in Ruhe duschen konnte, ohne gefressen zu werden.

»Ach, Scheiße!«

Vom unteren Flur ging noch ein Klo ab, erinnerte Ray sich, und raste die letzte Treppe runter, als wäre der Hund hinter ihm her. Unten schwang er sich am Geländerknauf herum und starrte die dankbar offene Tür zum unbesetzten zweiten Klo an.

Und nicht den Teppich.

Er machte nicht ganz den Jesus aus Connollys Kreuzigung, sondern rutschte nur ein bisschen, strauchelte, aber stürzte nicht. Zuerst spürte er nur, dass unten irgendetwas war, was nicht zum Teppich gehörte. Es war weich, kneteartig und ungut warm. Und es war zwischen seinen Zehen.

»Aaaaach, Scheiße! Aaaaach, neee!«

Ray humpelte auf dem sauberen Fuß herum und verzerrte unkontrolliert das Gesicht, während seine Haut sich am liebsten spontan vom Körper gepellt hätte. Von echten Schmerzen mal abgesehen konnte es kaum ein unangenehmeres Gefühl geben als lauwarme Schäferhundscheiße, die einem zwischen den Zehen hochquillt. Hätte er eine Motorsäge zur Hand gehabt, wäre er versucht gewesen, den Fuß abzuschneiden, damit es aufhörte.

Er hüpfte auf einem Bein durch die Tür, damit das beschmutzte Bein nichts anderes beschmierte, schon gar keine anderen Teile seines Körpers. Drinnen entdeckte er, dass das Wort »Bad« nur im euphemistischsten Sinn zutraf, da es hier nur eine Toilette und ein winziges Handwaschbecken gab. Er stellte sich kurz die schwierige Frage, welches von beiden er zuerst benutzen würde, und beschloss dann, dass er die widerliche Klebrigkeit noch ein paar Sekunden länger aushalten konnte als die Schmerzen in der Blase.

Er stützte sich beim Pissen mit einer Hand an der Wand ab, während es floss und floss und die Schäferhundkackduftwölkchen ihn würgen ließen. Danach musste er eine gymnastische Meisterleistung ausführen, die aus irgendeinem Grund noch im olympischen Pflichtprogramm fehlte: einen Fuß in ein hohes, winziges Waschbecken zwängen, dabei mit dem anderen flach auf dem Boden bleiben und das Ganze freihändig – ohne sich an den Wänden abzustützen –, damit er gleichzeitig die Wasserhähne bedienen und ... tun konnte, was er eben tun musste.

Der Einhebelmischer war eine brillante, unschätzbar nützliche und genial einfache Innovation. Er erlaubte einem die Temperaturregelung durch Abstimmung des Durchflusses, sodass man sich weder verbrühen noch sich das Gesicht mit Eiswasser waschen musste. Dieses Zwergentaufbecken hatte natürlich keinen. Und Seife gab es auch nicht. Andererseits milderte das kalte Wasser den Geruch ein bisschen, und nach ein paar Minuten waren seine Zehen so taub, dass er kaum noch spürte, wie sich die Kacke widerwillig von seiner Haut löste.

Vielleicht hätte er die Zeichen sehen sollen. Wäre er religiös aufgewachsen, hätte er vielleicht eine Semiologie der Einzelereignisse gesucht, als wollte er den Code seines voreingestellten Lebensprogramms knacken. Aber selbst wenn er nicht an solche Zeichen glaubte, erkannte er im Nachhinein doch, dass es auf jeden Fall ein Auftakt war. Nach seinem ersten Abend mit Simon Darcourt steckte er wortwörtlich in der Scheiße.

Es gab auch andere Zeichen, handfeste Beweise und nicht nur symbolische Momente. Der eine, der ihm am deutlichsten in Erinnerung blieb, war überhaupt nicht dramatisch, sondern das erste Mal, dass seine Alarmglocken geschrillt hatten. Er hatte sie damals ignoriert und würde es in derselben Situation wohl auch wieder tun. Es brauchte schon eine spezielle Art von Soziopath, um eine Null-Toleranz-Politik für Charakterfehler seiner Freunde einzuführen.

Simon, Ray und zwei, drei andere – er wusste nicht mehr, wer – saßen im Grosvenor Café an der Ashton Lane, beliebt für einen Kaffee und günstiges, großzügiges Essen zwischen den (oder auch anstelle der) Vorlesungen. Sie unterhielten sich über die Serie *The Young Ones*, die zu dem Zeitpunkt schon die Muss-man-mögen- und dann die Darf-man-nicht-mehr-mögen-Phase durchgemacht hatte und so langsam reif für die Rehabilitation war. Es war eine von den magenstrapazierend witzigen Kaffeepausendiskussionen, die umso spannender wirkte, weil die Zeit zum nächsten Seminar ablief, das er verantwortungsbewussterweise besuchen musste. Jeder steuerte klassische Momente bei, die zu einträchtigem Gelächter des ganzen Tisches führten. In den gemeinsamen Erinnerungen waren die Szenen wieder so witzig wie beim ersten Mal, bevor ihre Wirkung nach wiederholtem Sehen abstumpfte.

»Wisst ihr noch, wie Vyvyan im Zug der Kopf abgerissen wird und er ihn am Ende an der Bahnstrecke lang vor sich herkickt?«

»›Hast dir ja ganz schön Zeit gelassen, du Drecksack!‹«

»Und als Vyvyan nach Öl gräbt und wild auf den Boden einprügelt.«

»Und dann haut er sich die Spitzhacke durch den Schädel, genau.«

»›Ganz ruhig, Neil, das musste ja passieren … früher oder später.‹ Wumms!«

Und so weiter. Man musste wohl dabei gewesen sein. Und dann hatte Simon gesagt:

»Wisst ihr noch, die Folge mit der Party? Die *beste von allen.*«

Das war Ray sofort als seltsame Aussage aufgefallen, und er war sich sicher, dass es nicht nur eine spezielle Formulierung Simons war. Er hatte keine Meinung geäußert, sondern eine Tatsache verkündet. Wie er es gesagt hatte, hatte er Zustimmung gefordert, nein, vorausgesetzt, er ließ beim Sprechen die Augen um den Tisch wandern, stellte mit jedem von ihnen Blickkontakt her und erwartete Bestätigung. Er sagte nicht, »meine Lieblingsfolge ist« oder auch »die Witzigste ist doch die«, was ein unausgesprochen abmilderndes »m. E.« implizierte. »Die *beste von allen.*« Als könnte er sich gar nicht vorstellen, dass irgendjemand vielleicht anderer Meinung war. Konnte er in Wirklichkeit natürlich. Simon wusste sehr wohl, dass es Leute gab, die andere Meinungen hatten als er. Er hatte sogar Kollektivausdrücke für sie.

Eine weniger subtile Warnung kam an einem anderen langen Abend in der QM-Bar, als sie beide richtig in Form waren und die Welt (oder wenigstens die Smiths) in Ordnung brachten. In einer seltenen Abkehr von den bequemen Gemeinsamkeiten ihrer üblichen Standardthemen erwähnte Ray ein Mädchen aus einer seiner Vorlesungen, das ihm immer noch nicht seine Mitschriften zurückgegeben hatte, die er ihr geliehen hatte. Ray wollte eigentlich nur ein bisschen Dampf ablassen, vielleicht eine von Simons unterhaltsam wüsten Auslassungen über das fragliche Mädchen hören, am besten gespickt mit Anekdoten etwaiger sexueller Verwicklungen, die er mit ihr gehabt haben könnte.

Stattdessen sagte er nur: »Ich finde Menschen so unheimlich enttäuschend, du nicht auch?« Ray hatte den Eindruck, dass er ganz schnell einer dieser Menschen werden würde, wenn er nicht sofort zustimmte. Auch hier ging es nicht darum, was er sagte, sondern wie. Selbst in dem Alter hatte Ray schon viele ermüdete, verbitterte oder auch nur vorgespielte Misanthropiebekundungen gehört, aber bei niemand anderem kamen sie mit so einer kalten Gewissheit, so einer endgültigen Verurteilung. Ray erzählte von irgendeinem verplanten Mäuschen mit einem Gedächtnis wie Schweizer Käse, und Simon war gleich bereit, die Menschheit auszulöschen.

»Äh, manchmal, ja.« Ray beließ es dabei, weil er annahm, eine capraeske Fürsprache für die menschliche Fähigkeit zu Wärme und Güte würde Simons Herz gerade nicht schmelzen können.

Menschen »enttäuschten« Simon einzeln wie allgemein, wobei ihre (manchmal unbewussten) Vergehen oft einer recht speziellen Interpretation seinerseits ausgesetzt waren. »Er/sie hat mich enttäuscht« war Rays häufiger Erfahrung nach der Satz, der ankündigte, dass jemand mit stalinistischer Sorgfalt aus den offiziellen Aufzeichnungen gelöscht wurde.

Dieser soziale Totalitarismus bestand in einer ironischen Symbiose mit einer unvergleichlichen Fähigkeit, Menschen zu mögen und sich für sie zu begeistern. Kurz gesagt: Wenn man in war, war man in, und wenn man out war, war es vorbei. Wenn Simon jemand Neues kennenlernte, konnte er ihm oder ihr das Gefühl geben, der interessanteste Mensch auf der Welt zu sein, vielleicht weil er oder sie es für Simon in dem Moment auch war (nach ihm selbst natürlich). Jedes Mal, wenn er einem über den Weg lief, vermittelte er den ehrlichen Eindruck, dass sein Tag deshalb gerade um Welten besser geworden war. Der Effekt war doppelt charmant, weil er natürlich voll und ganz auf Gegenseitigkeit beruhte. Simon war jemand, der interessante Menschen und aufregende Erlebnisse unwillkürlich anzog, und trotzdem konnte er einem das Gefühl geben, dass man *ihm* gerade das Leben versüßte.

Bis man ihn enttäuschte.

Ray spürte, wie der Lastwagen langsamer wurde. Er war schon ein paarmal stehen geblieben, wahrscheinlich an Kreuzungen, aber das letzte Mal war schon über eine Stunde her. Er hörte nichts von draußen, was normalerweise hätte bedeuten können, dass sie irgendwo im Nirgendwo waren, aber andererseits hatte er schon nichts mehr von draußen gehört, seit sie wohl auf der Autobahn aus der Stadt gerauscht waren. Er musste dringend pinkeln, die Kombination aus Koffein, Geschaukel und Angst wirkte stark harntreibend, und außerdem wusste er nicht, wann oder ob er jemals wieder ein Klo sehen würde. Zu gerne hätte er ihnen als Rache auf die Vordersitze gepieselt, aber den Geruch hätte er danach selbst ertragen müssen, und wenn die beiden sich rächen wollten, konnten sie mit Blei zurückpissen. Er beschloss, noch zehn Minuten auszuhalten, nach denen der Fahrersitz dran glauben musste.

Der Lastwagen hielt an, und der Motor wurde abgestellt. Ray genoss eine Millisekunde lang die Erleichterung, dass die Fahrt vorbei war, bevor sich seine Gedanken der Frage zuwandten, was als Nächstes passieren würde. Der Weg ist das Ziel. Selbst wenn man sich auf dem Weg vor Angst und auch sonst fast in die Hose pisst, ist das immer noch besser, als am Ziel wieder pistolenschwingenden Verrückten ausgeliefert zu sein.

Das Rolltor am Heck wurde hochgeschoben. Boyle und Thorpe, oder wer zum Teufel sie auch waren, schritten zielstrebig in den Container, und Boyle hielt etwas Schwarzes in der rechten Hand. Er öffnete die Tür und bedeutete Ray auszusteigen.

»Augen nach vorne.«

»Jawohl, Sir«, sagte Ray. Das hatte sich rebellisch anhören sollen, aber seine Stimme versagte. Eigentlich Quatsch. Warum sollte er so tun, als hätte er keine Todesangst?

Das schwarze Etwas entpuppte sich als Sack. Er wurde ihm über den Kopf gestülpt und um den Hals zugezogen. Boyle legte ihm die Hände auf die Schultern und drehte ihn um.

»Los.«

Ray ging langsam vorwärts und prüfte vorsichtig bei jedem Schritt den Boden. Eine Hand packte ihn von vorne am Hemd und zerrte ihn schneller hinterher. Er wurde die Rampe runtergeführt, dann über Gras und in ein Gebäude mit glattem Boden, Linoleum oder Fliesen. Drinnen war es kühler als draußen, und es roch modrig, als wäre Meister Proper lange nicht mehr zu Besuch gewesen. Der Geruch von Verlassenheit und Verfall, dem Ray noch Hoffnungslosigkeit, Isolation und Angst hinzufügen konnte.

Eine Tür wurde für ihn geöffnet, und er wurde hindurch auf die nackten Dielen geschoben, wo Staub und Schuttreste unter seinen Schuhen knirschten. Er wurde auf einen Stuhl gedrückt und seine Hände nach hinten gezogen, wo sie straff gefesselt wurden. Dann wurden ihm die Füße an die Stuhlbeine aus Stahl gebunden, bevor ihm endlich der Sack abgenommen wurde. Er sah eine Tapete, die Schicht für Schicht abblätterte, nackten Putz und einen Kamin. Die Decke war eine geschwürartige Oberfläche aus blasenüberzogener Farbe und bröckligem Stuck. Es gab ein kaputtes und halb verbrettertes Fenster, durch das ein schwacher Sonnenstrahl den Raum erhellte. Draußen waren nur dichte Sträucher und die Bäume dahinter zu sehen.

Boyle stand auf der einen, Thorpe auf der anderen Seite, und Thorpe zog eine Schachtel Zigaretten aus der Jackett-Innentasche. Er bot Ray eine an.

»Ich rauche nicht.«

Thorpe zuckte die Schultern und schob sich die Zigarette selbst in den Mund.

»Pech gehabt. Sonst noch einen Wunsch?«

Ray spürte, wie ihm Tränen in die Augen traten, als ihm die Bedeutung der Frage und der angebotenen Zigarette klar wurden. Er wünschte, er wüsste, was er getan hatte, wünschte, er könnte vor dem unbekannten Auftraggeber auf die Knie sinken und um Vergebung betteln und jede erdenkliche Wiedergutmachung versprechen, die in seiner Macht lag. Aber vor allem wünschte er, er könnte noch einmal Kate und Martin sehen.

Er schluckte, und die Tränen flossen, aber er konzentrierte sich, dass seine Stimme diesmal durchhielt.

»Ein letzter Wichs ist wohl nicht drin?«, sagte er, brachte aber kaum mehr als ein Flüstern heraus.

»Arschloch«, zischte Boyle. »Also los.«

Sie zogen ihre Pistolen, luden durch und richteten sie am langen Arm auf ihn. Ray schloss die Augen, und seine übervolle Blase leerte sich reflexhaft, dass es auf die Dielen prasselte. Er hörte es klicken, als beide den Hahn spannten, und durchlitt eine Ewigkeit, in der er wartete, sich vorbereitete, verkrampfte, zuckte und hyperventilierte. Irgendwann sehnte er den Schuss herbei, der aber nicht kam.

Es klickte wieder, und als er die Augen öffnete, steckten die beiden die Waffen wieder ein und grinsten einander zu. Er bekam wieder den Sack übergezogen, und dann gingen sie ohne ein weiteres Wort aus dem Raum. Aus Rays Schnaufen wurde Schluchzen, und er weinte Tränen der Erleichterung, Angst und tiefsten Erniedrigung, mit denen ihn all die Anspannung verließ, die sich aufgebaut hatte, seit die beiden vor drei Stunden und einem Leben auf dem Flur vor seinem Klassenzimmer aufgetaucht waren.

Scheinhinrichtung nannte man das. Sie sollte einem nicht bloß Angst machen, sondern einen entwürdigen und entmenschlichen, um die Machtverhältnisse zusätzlich zu unterstreichen. Ray wurde gefesselt zurückgelassen, triefte vor Urin, bekam vor Rotz und Tränen kaum Luft und wusste, dass sie jeden Augenblick zur echten Hinrichtung zurückkommen konnten.

Für Wut oder Hass war es zu früh. Er zitterte immer noch, wartete noch auf die Kugeln und trauerte um das Leben, das ihm vermeintlich genommen wurde. Er wollte wieder um zwei Uhr morgens mit Martin an der Schulter und seinen verwirrten, verstopften Schreien im Wohnzimmer auf und ab tigern. Unter dem Sack und an den Stuhl gefesselt erkannte er jetzt, was die Übermüdung und der Stress, die schlaflosen Nächte und die eiligen, einsamen Mahlzeiten verborgen hatten. Er konnte Martin ein paar Monate älter sehen, wie er lächelte, saß und krabbelte. Er sah, wie er seinen Papa erkannte und sich freute, wenn er aus der Schule nach Hause kam. Er sah Ped Brown und Jason Murphy bei der fleißigen Stillarbeit, als es keinen Spaß mehr brachte, den neuen Lehrer zu ärgern. All diese Dinge waren am Morgen oder gestern am Flughafen zum Greifen nah gewesen, aber er hatte nicht gewusst, was sie wert waren.

Jetzt schon.

```
LADE MOD: SICHERER JOB
LADE MAP: GEMUETLICHES ZUHAUSE
  [gemzhs.bsp]
LADE POWER-UP: FESTES EINKOMMEN
LADE SPIELER: LIEBEVOLLE FRAU
LADE SPIELER: GESUNDER KLEINER JUNGE
VERBINDUNG ABGEBROCHEN
DIE VERBINDUNG ZUM REAL LIFE™ SERVER
  WURDE UNERWARTET GETRENNT. MOECHTEN
  SIE NEU VERBINDEN?
JA / NEIN.
```

DEUS NIGELLUS EX MACHINA

Simon stand an der Tür und schaute hinein. Larry, der Little Drummer Boy, hing reglos zusammengesackt auf dem Stuhl, der verpackte Kopf auf die Brust gesunken. Es sah aus, als wäre er schon erledigt worden, Einzelschuss in den Nacken und eine Pfütze unter dem Stuhl. Das könnte ihm so passen, dem frechen, kleinen Wichser. Die Pfütze sah frisch aus, was nicht überraschend war. Sie hatten ihn vor dem »Verhör« gut zwei Stunden sitzen lassen, und als er irgendwann wieder musste, hatte der arme Bursche wohl beschlossen, dass er nichts mehr zu verlieren hatte. Schon mal nicht seine Würde. Simon wünschte, er hätte dabei sein können, aber das hätte in dieser Phase die Mission gefährdet. Für die Genugtuung einer Enthüllung unter vier Augen würde sich schon noch eine Gelegenheit bieten. Geduld war eine Tugend.

Er hörte hinter sich Schritte, und als er sich umdrehte, stand May am Ende des Flurs und zog eine Fresse. Simon seufzte und schloss die Tür. Man musste die Kinder eben bei Laune halten.

»Was?«, fragte er.

»Hast du gerade mal fünf Minuten?«, erwiderte May und nickte Richtung Hintertür.

Bitte keine technischen Probleme, nicht jetzt noch.

Lydon und Matlock standen draußen bei Larrys Wagen. Sie stritten sich und warfen einander vor, dem anderen das Mittagessen geklaut zu haben. Was für eine Szene. Die beiden hatten zusammen mehr Menschen umgebracht als manche harten Drogen, und hier beschimpften sie sich wegen eines gemopsten Snickers. Aber schön, dass sie es auf Englisch taten. Das war eine gute Übung und gleichzeitig ein wichtiger Selbstschutz, wenn die Gemüter hochkochten. Wenn jemand womöglich längerfristig sauer auf einen war, durfte er nichts von der eigenen Identität wissen, also wäre es fatal gewesen, vor Wut in die Muttersprache zu wechseln.

May stapfte an ihnen vorbei außer Hörweite. Also keine technischen Probleme. Irgendwelches Gequengel. In solchen Momenten hatte es sich als nützlich erwiesen, wenn Simon seinem Gegenüber mit eigenen Fragen zuvorkam und ihn in die Defensive brachte.

»Ist alles bereit?«, fragte er. Wenn die Antwort irgendetwas anderes als eine hundertprozentige Bestätigung war, konnte May sich mit seiner Beschwerde gleich verpissen.

»Gepackt, geprüft, einsatzbereit. Und du?«

»Bereit? Ja.«

»Ja? Oder willst du dir nicht doch lieber noch ein bisschen unseren Gefangenen angucken?«

Es lief Simon kalt den Rücken runter. Er sagte nichts und entschied sich stattdessen für ein hoffentlich undurchschaubares Starren. Selbst eine schlagfertige Antwort hätte jetzt etwas von einer Ausflucht haben können.

»Wer ist das?«

»Niemand.«

»Was machen wir dann mit ihm?«

»Das weißt du doch genau. Der Klient hat Grund zur Annahme, dass gewisse Informationen durchgedrungen sind. Das haben wir doch alles schon besprochen.«

»Den Teil schon.«

»Was ist denn dann dein Problem, Brian?«

»Mein Problem, *Freddie*, ist, dass wir die Sache auch einfacher hätten regeln können. Wir gehen hier gerade eine Menge unnötige Risiken ein – die alle mit diesem Ash zu tun haben –, und ich frage mich so langsam, wo du mit dem Kopf bist?«

Simon biss die Zähne zusammen. Ein Zeichen des Ärgers war jetzt weniger verdächtig, als wenn er es mit der Engelsgeduld übertrieb. »Mit meinem Kopf ist alles in Ordnung, wie sieht's mit deinem aus?«

»Meiner ist exponiert, und ich frage mich langsam, warum. Ash kann Taylor und mich identifizieren. Die Schulsekretärin auch; mit der habe ich zweimal gesprochen.«

»Du hattest doch den falschen Schnauzer und die Brille, oder? Wenn sie wirklich irgendwann mal befragt wird, gibt sie dem Phantomzeichner eine Beschreibung von Groucho Marx.«

»Und was ist mit Ash?«

»Der kommt aus der Sache nicht lebend raus, das weißt du.«

»Warum warst du dann nicht beim Verhör dabei? Warum hat er einen Sack über dem Kopf? Was soll er nicht sehen?«

»Eure beiden Gesichter musste er sehen, als ihr ihn abgeholt habt. Es wäre ein ›unnötiges Risiko‹, wenn er noch andere sehen würde, meinst du nicht?«

May schüttelte wütend den Kopf.

»Warum unbedingt er?«

»Meine Fresse, da gibt es keinen großen Grund. Er ist unbescholten, ein Lehrer. Wir konnten ja nicht einfach irgendeinen Trottel von der Straße nehmen.«

»Dünnschiss!«

»Du hast dir also die unzensierten Folgen angesehen?«

»Was?«

»*Brookside.* Vulgärsprache, Brian. Normalerweise nicht erlaubt.«

»Bleib beim Thema.«

Simon starrte ihm in die Augen. »Ich habe deine Frage beantwortet.«

»Habe ich gehört. Er ist niemand Besonderes. Wenn ich ihm jetzt eine Kugel durch den Kopf jage, können wir uns also einfach einen Ersatz holen, ja? Da hättest du nichts dagegen?«

»Natürlich hätte ich etwas dagegen, weil das unnötige Mühe und noch ein verdammt unnötiges Risiko bedeuten würde.«

»Du kennst ihn, oder?«

»Ach, jetzt spucken wir also doch noch aus, was uns die ganze Zeit auf der Seele gelegen hat. Soll ich das wirklich beantworten?«

May hielt inne und atmete durch. Er wusste, was Simon meinte, welche Konsequenzen das hätte. Persönliche Informationen waren brandgefährlich und wurden deshalb nicht mitgeteilt und auf gar keinen Fall erfragt. Was man über jemand anderen wusste, brachte einen selbst genauso in Gefahr wie ihn, wenn nicht noch mehr – so konnte man sich schnell mal eine Kugel verdienen. May hielt Simon die Handflächen entgegen.

»Wenn ich persönlich involviert wäre, würde ich das zugeben«, sagte Simon. »Das bin ich euch schuldig.«

»Nein, würdest du nicht«, erwiderte May. »*Das* bist du uns schuldig.«

Sie grinsten beide. Das gegenseitige Misstrauen bot eine gewisse Stabilität und war oft das Einzige, worauf sie sich verlassen konnten.

»Eine letzte Frage«, sagte May, als Simon schon gehen wollte. »Er hat einen Namen erwähnt. Simon Darcourt. Sagt der dir etwas?«

Simon blinzelte, um jedwede unwillkürliche Reaktionen des Auges zu verdecken, und seine Gesichtszüge verharrten im antrainierten neutralen Ausdruck. Seit dem Flughafen schwirrten wohl alle möglichen wirren Ideen durch Larrys desorientiertes kleines Hirn, und es war immer eine Möglichkeit gewesen, dass er den Namen nannte, während er nach Erklärungen suchte, aber es war trotzdem ein Schock, ihn ausgesprochen zu hören, besonders von einem Kameraden. Zuletzt hatte er ihn vor über drei Jahren gehört, als die Gedenkveranstaltung in den Nachrichten kam, die er sich in einem Hotelzimmer keine zehn Kilometer von seinem alten Zuhause ansah, nachdem er inkognito persönlich dabei gewesen war.

»Nie gehört. Was hat er denn gesagt?«

»Er hat gefragt, ob das Ganze irgendetwas mit Simon Darcourt zu tun hat.«

»Keine Ahnung. Vielleicht hat er mal seine Frau gevögelt. Was hast du ihm gesagt?«

»Nichts.«

»Hättest ruhig Ja sagen können, ihn noch ein bisschen mehr durcheinanderbringen.«

»Ich glaube, wenn wir den noch mehr durcheinanderbringen wollen, müssen wir ihn schon in den Mixer werfen.«

»Gute Idee eigentlich.«

Sie grinsten wieder. Krise abgewendet, Feinde zurückgeschlagen.

»Okay Brian, dann machen wir uns mal an den Soundcheck.«

May saß still auf dem Beifahrersitz und starrte ausdruckslos in die Landschaft wie ein Kind, das zum ersten Mal vorne sitzen darf. Wäre er ein Hund gewesen, hätte er wohl den Kopf aus dem Fenster gesteckt. Die Stille wurde anstrengend. Aus offensichtlichen Gründen gab es nie viel Smalltalk zwischen ihnen (sie konnten einander ja nicht fragen, was sie im Urlaub machten), aber diesmal ging von ihrer beiderseitigen Zurückhaltung eine gewisse Spannung aus, eine Nachwirkung ihres Gesprächs auf der Farm. Vielleicht bildete er es sich auch bloß ein, oder May war ein bisschen mit sich selbst beschäftigt, weil ihre größte Show überhaupt kurz bevorstand. Auf die hätte Simon sich auch voll konzentrieren wollen, aber stattdessen spulte er immer wieder ihr Gespräch ab, und die Worte »Simon Darcourt« in Mays aufgesetztem, aber immer besseren Scouse-Akzent hallten ihm im Kopf wider.

Er versuchte, sich an Mays Gegenreaktion zu erinnern; hatte er in Simons Augen etwas gesehen, als er den Namen genannt hatte? Er konnte es nicht mit Sicherheit beantworten, behielt es aber im Hinterkopf, zumal May ja allzu misstrauisch wegen des Little Drummer Boy war. Wenn er sich erst mal daran festgebissen hatte, dass es eine Verbindung zwischen ihnen gab, konnte er daraus alle möglichen gefährlichen Schlüsse ziehen.

Er hatte geglaubt, er könnte sich diesen Luxus leisten, aber jetzt konnte er es nicht mehr rückgängig machen. Ob May geblufft hatte, als er dem Gefangenen eine Kugel durch den Kopf jagen wollte, oder nicht – der LDB war jetzt ein zentraler Bestandteil der Lage. Nachdem May seine Anschuldigung ausgesprochen hatte, musste Simon die Sache durchziehen, denn wenn er den Kleinen jetzt noch erledigte und einen Ersatz besorgen ließ, kam das einer unterschriebenen Erklärung gleich, dass May mit seiner Spekulation hundertprozentig richtiggelegen hatte.

»Ach, leck mich!«

May wurde von Simons Ausruf aus der Trance aufgeschreckt und drehte den Kopf.

»Mmh, Scheiße«, grummelte May, als er das Problem sah.

Simon bremste den Espace und reihte sich in die lange Fahrzeugkolonne ein, die eine steile Steigung hinaufkroch. Der Stau wurde von einer Baustellenampel knapp fünfhundert Meter weiter verursacht, die an einer Engstelle jede Fahrtrichtung im Wechsel durchließ, damit zwei Schutzhelmträger in Ruhe die *Sun* lesen und sich am Sack kratzen konnten, ohne überfahren zu werden.

»Warum ist hier denn bitte ein Stau?«, fragte May. »Wir sind hier doch im Nirgendwo, verdammte Scheiße!«

Simon musste sich eine Reaktion verkneifen. Immer, wenn er in einen Stau geriet, zerrte es ihm an jedem Nerv, straffte sich jede Faser; nicht bloß aus Frustration, sondern weil es ihm Aberdeen wieder so lebhaft in Erinnerung rief. Jeden Scheißmorgen und jeden Scheißabend war er in der endlosen AVS-Prozession aus und nach Bridge of Don mitgekrochen und hatte der Kupplung Gewalt angetan, um die optimale Reisegeschwindigkeit von gut einem Kilometer pro Stunde einzuhalten.

Da es sich bei dem Ort – Entschuldigung, der »Stadt« – eigentlich um so ein popliges Provinzkaff mit allzu optimistischem Mittelmaßanspruch handelte, musste man eigentlich vor den Verkehrsplanern den Hut ziehen, dass sie immerhin einen Aspekt des Lebens in einer modernen Metropole nachgebildet hatten. Trotz einer Einwohnerzahl von unter einer Viertelmillion hatten sie Pendlerbedingungen geschaffen, die sich vor den Stauspitzenreitern der Welt nicht zu verstecken brauchten. Das hatten sie mit dem einfachen, aber genialen Trick vollbracht, die größte Pendlerschlafstadt Europas auf der anderen Seite des Flusses Don hochzuziehen als die Arbeitsstellen ihrer Bewohner. Zum Glück waren sie dann nicht so unvorsichtig gewesen, den resultierenden Effekt durch den Bau einiger moderner Brücken angemessener Größe zunichtezumachen, weshalb gut die Hälfte der arbeitenden Bevölkerung der Stadt über zwei Bauten geführt wurden, die einmal konstruiert worden waren, damit Schafe zu dritt nebeneinander den Fluss überqueren konnten. Es hatte noch eine dritte Brücke gegeben, von der Simon aber erst am Tag ihrer Schließung erfuhr, als er das Autoradio einschaltete, weil er wissen wollte, warum der Stau schon bei ihm vor der Haustür anfing und nicht erst auf der Hauptstraße wie sonst immer. Diese dritte Brücke hatte auf Privatgelände gestanden, durfte aber vom allgemeinen Verkehr genutzt werden, bis das Gelände einem Bauunternehmer verkauft wurde, dessen Angebot, sie der Stadt kostenfrei zu überlassen, abgelehnt wurde. Die offizielle Erklärung berief sich auf die Wartungskosten der Brücke, aber Simon vermutete, dass der zuständige Verkehrsdezernent einen Wettstreit mit seinem Kollegen in Mexiko-

Stadt laufen hatte und ihn mit dieser Maßnahme endgültig abhängen wollte.

Diese Stunde für die acht Kilometer jeden Morgen und Abend war noch schlimmer als die Arbeit selbst. Jedes Auto war ein Leichenwagen im langsamen Trauerzug zur eigenen Beerdigung des Fahrers. Während dieser Stunde verspotteten ihn seine Umstände am unerbittlichsten, eine perfekte Metapher für diese unausweichliche, leblose, seelenlose, freudlose Prozession. Zur Arbeit, von der Arbeit, nicht nur versklavt, sondern gefoltert von der leeren Zeit, in der man nichts tun konnte, als den wachsenden Krampf zu ertragen und das Nichts zu betrachten, auf das das eigene Leben hinauslief.

Aberdeen, beschissenes Aberdeen – er gehörte einfach nicht hierher. Er gehörte nicht in diesen Job, er sollte diese ganze Scheiße nicht ertragen müssen. Aberdeen war etwas für Bauern und Fischer und verdammte AVS ohne größere Ambitionen, als kleinere Versionen von sich in die Welt zu scheißen und in ihren banalen, bedeutungslosen Jobs gelegentlich zum Angestellten des Monats gekürt zu werden. In so eine Stadt sollte er vielleicht alle paar Jahre mal fahren, ein ausverkauftes Konzert spielen, zurück ins Hotel gehen, sich die Kante geben und die am wenigsten fette Planschkuh abschleppen, die er fand, ihn ihr ins Maul schieben, damit er ihren dämlichen Akzent nicht hören musste, sie rauswerfen, pennen gehen, wieder abfahren und die ganze Zeit dankbar sein, dass er nur zu Besuch war.

Er sollte in London leben; vielleicht auch schon in New York, Berlin, Amsterdam oder Paris, aber in London hätte er endlich die richtigen Leute für die Band zusammenkriegen sollen. Da unten hätte er Menschen gefunden, die ihre Musik ernst nahmen, und nicht irgendwelche kleinen, dummen Jungs, die bei Papa in der Garage Popstar spielten. In dieser Hinsicht war die Uni eine Riesenenttäuschung gewesen. Zu viele Bummler, zu viele Clowns, die eigentlich nur daran interessiert waren, ihre fünfzehn Minuten Ruhm abzugreifen, statt Teil von etwas Größerem zu werden. Keiner von ihnen hatte die Reife gehabt, das eigene Ego mal hintanzustellen und die wahre musikalische Vision zu erkennen, die direkt vor ihnen stand.

Vielleicht war es einfach nicht der richtige Zeitpunkt gewesen. Die Musikszene einer Stadt entwickelte sich oft durch einen fruchtbaren Austausch der Ideen, Einflüsse und Personen wie im Falle des Madchester-Phänomens der frühen Neunziger oder des Bromley-Kontingents, das ein inzestuöser Nukleus für die Banshees, die Ants, The Cure, The Creatures, Gen X, PiL und andere war. Es war eben sein beschissenes Pech gewesen, dass er Mitte der Achtziger in Glasgow nach musikalischen Seelenverwandten gesucht hatte, als der Rattenfänger seine Flöte für eine Schrummelgitarre eintauschte und die willensschwachen Massen auf den Pfad kindischer Mittelmäßigkeit führte.

Niemand kümmerte sich um musikalisches Können, Innovation, Struktur, Experimente oder Dramaturgie: Es brauchte nur drei Akkorde und eine fröhliche Melodie, und die dummen Wichser kriegten Indie-Plattenverträge. Jeder zweite beherrschte kaum sein Instrument, und selbst die anderen hatten nicht vor, irgendwelche Grenzen auszutesten, sondern blieben auf den ausgetretenen alten Pfaden und rechtfertigten das mit dem üblichen Geblöke, »Songs« und »Tunes« seien das Wichtige. Jeder Trottel konnte spielen wie die. Eine billige Gitarre vom Barras Market, ein Übungsverstärker, dazu noch *The Best of The Byrds* und drei gleichgesinnt-dumpfe Kumpels, und man konnte loslegen.

Wirklich jeder Trottel. Es gab Hunderte von ihnen, und nicht einer war so selbstkritisch zu merken, dass sie sich alle gleich anhörten und nichts auch nur ansatzweise Originelles machten. The Pastels. The Boy Hairdressers. The BMX Bandits. The Close Lobsters. The Vaselines. Primal Scream, bevor irgendwer Bobby Gillespie erzählte, dass *diesen* Monat Rock in war. The Shop Assistants. The Woodentops. His Latest Flame. Fruits of Passion. Mann, es wimmelte von denen wie von Läusen. Es war widerlich. Sie trugen alle Anoraks und sangen über Süßigkeiten und Erdbeeren und Kylie fucking Minogue.

Allein auf dem Ozean aus zuckersüß-geistlosem Trottelpop war es kein Wunder, dass er niemanden mit der musikalischen Intelligenz fand, zu verstehen, was er vorhatte. Er schrieb seine Unijahre ab, archivierte sie unter »Falsche Zeit, falscher Ort« und plante seine Londoner Zukunft. Er wollte nach Süden ziehen, irgendeinen Job annehmen, der die Miete zahlte, und recht karg leben, während er sein Handwerk perfektionierte, seine Ideen entwickelte und das richtige Personal zusammenbrachte.

Aber da hatte er nicht mit dem Tod seines Vaters ein paar Wochen vor seinen Abschlussprüfungen gerechnet, nach dem sich der wahre Zustand der Familienfinanzen offenbarte. Da es jetzt ihm allein oblag, seiner Mutter das Haus zu erhalten und sie vor einem Ende in irgendeinem Sozialbauklotz-KZ zu bewahren, musste er sich dem vorher undenkbaren Projekt widmen, seinen Abschluss auf den Arbeitsmarkt zu werfen.

Er hatte einen Bachelor in Geographie und Geowissenschaften gemacht, weil er das in der Schule immer am besten gekonnt (also auch am liebsten gemocht) hatte, aber das hatte nichts mit einem etwaigen Berufswunsch zu tun gehabt. Heutzutage zielten die Studiengänge immer mehr auf bestimmte Arbeitsfelder ab, aber damals lernte man noch »um des Lernens willen«, auch wenn das praktisch oft hieß »um der jährlichen Rückmeldung und der damit verbundenen Verlängerung des Billigsaufsaisontickets namens Student-Union-Mitgliedschaft willen«. Wie die meisten Abschlüsse qualifizierte ihn seiner für kaum etwas anderes als einen Aufbaustudiengang, was aber keine große Rolle spielte, weil er nie damit gerechnet hatte, dass sein Studium zu einem Beruf führen würde. Seine Karriere würde sich an Alben und Touren messen lassen, nicht an Aufträgen und Beförderungen. Und im Gegensatz zu den ganzen armen Trotteln, die wohl über mehr Weitsicht verfügten, als sie es zugaben, witzelte er nicht mal über ein Lehrerschicksal.

Als er sich schließlich mit den anderen eifrigen Bewerbern in die Schlangen der Campus-Jobmesse einreihte, öffneten ihm zum Glück die bedeutenden Geologie-Anteile seines Studiums so einige Türen. Dummerweise befanden die sich alle hinter den grauen Granitfronten der Gebäude in der »Ölhauptstadt Europas«.

Er hatte die gute Seite sehen wollen. Ein richtiger Job mit richtigem Gehalt bedeutete, dass er sich auch dann noch eine anständige Ausrüstung leisten konnte, wenn er einen Anteil nach Süden schickte. Vielleicht würde es da oben doch eine Überraschung geben, und er würde ein paar eifrige Musiker finden, die dankbar waren, dass mal jemand mit neuen Ideen kam, anstatt alle nur den nächsten Trend zu suchen, dem sie hinterherhecheln konnten. Und überhaupt würde er nur eine Weile dort bleiben, bis sich alles geregelt hatte.

Ja, klar.

»Nur eine Weile«: Mit dem Anmachspruch verführt einen der Tod, bevor Er einen mit einschläferndem Luxus betäubt, mit kleinen Annehmlichkeiten ablenkt und einen in langfristige Ratenverträge verwickelt. Steig »nur eine Weile« mit ins Hamsterrad. Konzentrier dich »nur eine Weile« auf die Karriere. Zieh »nur eine Weile« mit deiner Freundin zusammen. Such dir »nur für eine Weile« ein Haus draußen in der Vorstadt. Leg dich »nur eine Weile« in die Holzkiste hier.

Als sie ankamen, war es noch nicht ganz dunkel, also fuhr Simon den Espace von der Straße unter ein paar Bäume und wartete. Die Inventur schlug ein bisschen Zeit tot, auch wenn May sicher nur pro forma noch mal über alles drüberschaute. Er hätte die Farm nicht verlassen, wenn er sich nicht sicher gewesen wäre, dass alles hundert Prozent einsatzbereit war. Mit dem Aufpumpen des Minischlauchboots vergingen noch ein paar Minuten, wonach sie wieder in unangenehmer Stille dasaßen, gelegentlich unterbrochen von redundanten Fragen zu technischen und logistischen Details, die sie schon lange geregelt hatten. Die Anspannung würde verfliegen, wenn sie an die Arbeit gingen, aber bis dahin war es hart. Als die Dunkelheit sich schließlich über sie legte, war Simon fünf Minuten davor, eine Runde »Ich sehe was, was du nicht siehst« anzusagen.

Sie überquerten die Straße, zogen sich am Wasser um und warfen sich auf den Boden, sobald sich ein Scheinwerferpaar näherte. Das erste kam, als sie gerade beide in Unterhosen dastanden.

»Wenn einer anhält, tun wir so, als ob wir ficken, okay?«, erklärte Simon. May starrte ihn verwirrt und erschrocken an, bis Simon loslachte.

»Da würde ich vor Scham sterben. Dann doch lieber in den Knast«, sagte May.

»Wusste gar nicht, dass du da so verklemmt bist.«

»Bin ich nicht. Aber mit so einer Hackfresse wie dir will ich mich echt nicht erwischen lassen.«

»Von wegen! Mich könntest du im Traum nicht kriegen, Kleiner.«

Das Grinsen verging ihnen, als sie sich nass machen mussten, bevor sie die Tauchanzüge anlegten, da nordeuropäische Gewässer an einem Septemberabend nicht unbedingt einladend waren.

»Die nächste Nummer ist aber am Mittelmeer«, knurrte May.

»Klar doch.«

May stellte die Plastikkiste mit seiner Ausrüstung ins Schlauchboot, schob es vom Ufer und watete hinterher. Die Brücke war knapp zweihundert Meter weit weg auf der anderen Seite eines kleinen Bergsporns, hinter dem die Wellen verschwanden, die im Mondlicht schimmerten. Sie überspannte zwei schmale Buchten, die die Straße sonst gegen den Steilhang gezwungen hätten, der nach einem kurzen Absatz am Rand des Sees unter Wasser weiter in die Tiefe führte. Die Uferlinie war entlang weiter Teile des gewundenen, schmalen Tals zerklüftet, wo es die Narben des Gletschers trug, der es einmal geformt hatte.

Anders als die einfachen und oft uralten Bauten an solchen

entlegenen Orten war die Brücke stabil und modern, denn sie war eine von mehreren, die entlang dieser Strecke gebaut worden waren, um den ungewöhnlich großen Fahrzeugen standzuhalten, die bei der Errichtung des Ziels gebraucht worden waren. Die Brücken hatten gebaut werden müssen, damit es gebaut werden konnte. Dann war es doch nur passend, wenn sie jetzt als notwendigen Einstand eine davon sprengten.

Sie arbeiteten langsam und sorgfältig und behalfen sich mit Taschenlampen, wenn das vom Wasser reflektierte Licht des Vollmonds nicht reichte. May ließ sich Werkzeuge und Komponenten reichen, als wäre er ein Chirurg und Simon seine stolze Assistentin. Sie standen bis zur Hüfte im Wasser, das Schlauchboot trieb neben ihnen, und in der geschützten Bucht hallte das Geräusch der Wellen wider. Langsam kam der Rausch, und er tat verdammt gut. Er hatte recht gehabt. Die Anspannung war verflogen und hatte sich durch das reinigende Sakrament der Arbeit in exquisites Adrenalin verwandelt. Aufregend war es natürlich immer, aber diesmal ... diesmal war es etwas Besonderes. Es kam ihm vor wie ein Heimspiel, bei dem der Nervenkitzel ein persönliches Element hatte, das er seit seinen Amateurtagen nicht mehr so gespürt hatte.

Damals hatte er immer den Eindruck unendlicher Möglichkeiten gehabt, das Gefühl, dass er über Leben und Tod jedes Menschen verfügen konnte: von dem Wichser, der ihm gerade den Tag versaut hatte, bis zum unbekannten Gesicht in einer Zeitschrift. Und wenn er dem Impuls nachgab, begann die Begeisterung in den Zehen und endete bei den Sternen. Besser als Sex? Ach, bitte. Mancher Wichs war besser als Sex; mancher Schiss war besser als Sex. Für Leute, die nicht allzu viel davon kriegten, war es natürlich der Maßstab der »ultimativen Erfahrung«. Ach, klar konnte Sex gut sein, er konnte toll sein, konnte sogar die Gespräche wert sein, die man sich vorher antun musste; und dann war er vorbei, und man wollte nur noch woanders sein, oder genauer gesagt wollte man, dass sie woanders war. In einem seiner klareren, scharfsinnigeren Momente hatte der LDB das einmal mit dem Fluch der Sterblichkeit verglichen: Beim Sex arbeitet man (als Männchen) auf etwas hin, strebt und verzehrt sich nach etwas, was in sich schon das Ende ist. Der Tod kommt in Stößen.

Wenn er mit der E-Gitarre in der Hand auf der Bühne vor dem Mikrofon stand und einen selbst geschriebenen Song sang, war das besser als jeder Sex, den er jemals gehabt hatte – selbst wenn hinter ihm drei Stümper herumeierten und vor ihm hundert Bauerntölpel abzappelten. Warum tourten die Stones denn noch tief in den Altersschwachsinn, wo sie doch genug Geld, Macht und Prestige hatten, sich jede Stunde ihres restlichen Lebens eine andere Sechzehnjährige den Riemen rauf- und runterrutschen zu lassen? Aber nichts, gar nichts, war mit dem Gefühl zu vergleichen, das jedes Molekül seines Körpers elektrisierte, wenn er tat, was er am besten konnte, wie er jetzt wusste.

Das erste Mal war ... eben das erste Mal gewesen; besser als Sex, aber nicht ganz unähnlich. Genau wie der erste Fick damals war es in jedem Detail unvergesslich, aber ganz sicher kein Meisterstück an Stil und Technik gewesen und zu sehr von der Angst und den möglichen Konsequenzen eines Misserfolgs überschattet, als dass er es richtig hätte genießen können. In seinem Fall war es auch zu persönlich gewesen, zu emotionsgefärbt, als dass der physische Akt selbst seine tiefere Bedeutung hätte transzendieren können. Den besten Sex wie auch den besten Mord hatte man mit jemandem, der einem zwar nicht alles bedeutete, aber auch nicht nichts; im Zweifel würde er sich aber immer Letzteres aussuchen. Wenn es zu persönlich war, kam es einem schnell etwas dreckig vor; wenn man bekommen hatte, was man ein bisschen zu sehr gewollt hatte, ekelte man sich vor sich selbst. Wenn das Ganze völlig unpersönlich war, konnte man sich mehr auf den Augenblick und die eigenen Begierden konzentrieren, anstatt sich um die Gefühle des anderen zu sorgen. Aber am besten war es, wenn es gerade persönlich genug war.

Wie bei gutem Wein war es schwierig, sich einen Favoriten

auszusuchen: so viele verschiedene Geschmacksnoten, Nuancen, Erinnerungen, Assoziationen, und der launische Gaumen konnte seine Meinung bei jeder Nachfrage ändern. Manche Jahrgänge schafften es natürlich jedes Mal auf die Hitliste, wie zum Beispiel Jeremy Watson-Bellingham. Der zauberte ihm jedes Mal wieder ein Lächeln auf die Lippen. Für den Namen alleine hatte er den Tod verdient, aber es gab noch reichlich andere Gründe. Es war kein Mord gewesen, sondern eine selbstlose Geste, ein Dienst an der Allgemeinheit, für den Simon in einer zivilisierteren Gesellschaft einen Ehrentitel bekommen hätte statt lebenslänglich.

»Jeremy Watson-Bellingham. JWB. Jugend. Weisheit. Bildung. Jubelnd warme Begrüßung. Job? Wahre Begeisterung! Und zu der will ich euch heute verhelfen.«

Vollidiot.

»Ihr Name, Sir?«

»Simon. Simon Darcourt.«

»Simon Darcourt. SD. Stolz und diplomatisch. Stärke und Detailverständnis. Super dynamisch. Und Sie, Madam?«

»Helen Woods.«

»Helen Woods. HW. Heldenhaft wagemutig. Höchste Weihen. *Hoffentlich werden* wir dieses Wochenende zusammen Großes vollbringen. Los geht's!«

Vollidiot. Vollidiot. Vollidiot.

JWB. Judas. Wichser. Bastard.

Die Gelegenheit: Das alljährliche Konferenzwochenende von Sintek Energy. Der Ort: Craig Dearg Hydro Hotel, Deeside. Der Vollidiot: Ein Unternehmensberater und »Motivationsguru«, dem die Firma ihre Mitarbeiter für menschenverachtende vierundzwanzig Stunden ausgeliefert hatte, nicht ohne unmissverständlich klarzumachen, was mit einem passieren würde, wenn man nicht mit maximaler Begeisterung teilnahm.

Die Vorstellungsrunde war erst der Anfang der Tortur, seine

»Vorbereitung zum Self-Empowerment durch Nutzung nur eines winzigen Teils der Kraft des Selbst«, d.h. hektische kleine Sprüche, die sich mehr oder weniger auf die gleichen Anfangsbuchstaben verkürzen ließen wie der eigene Name. Als »Vorbereitung« war das in etwa so vielversprechend, wie wenn man von einem Kerl mit einem Sack voller Frettchen großzügig die Rosette mit Vaseline eingeschmiert bekam.

»Initialen. Anfänge. Wir fangen an. Wir initialisieren. Initialisieren das System, rüsten für die Zündung, zählen den Countdown runter. Und das System seid *ihr*.«

Der Kerl kassierte ein Vermögen dafür.

Im Laufe eines der längsten und qualvollsten Nachmittage, die jemals ein Mensch ohne Schmerzmittel durchgestanden hatte, tat er ihnen einen endlosen, audiovisuell aufgepeppten Vortrag an, der sich vor allem darum drehte, dass größere Dynamik und Effizienz vor allem durch den Einsatz neuer Verben zu erreichen waren, die bisher ein unbehelligtes Dasein als Substantive geführt hatten. Simon hatte ja schon gehört, dass neue Produkte auf einer Messe »geshowcased« wurden, aber bis zu diesem Zeitpunkt nicht geahnt, dass man auch »mehrere Purchase Orders simultan-desktoppen« (mehr Aufträge annehmen) oder »retroreferenzierte Identifier striplighten« konnte (keine Ahnung, aber der Vollidiot starrte dabei das Mädchen an, das die Anzeigen buchte).

Selbst beim Abendessen durften sie nicht verschnaufen. Bevor sie alle zum Umziehen und für einen verzweifelten Überfall auf die Minibar auf ihre Zimmer durften, zog der Vollidiot einen Koffer unter dem Tisch hervor und verteilte riesige silberfarbene Glitzerperücken. Er befahl, dass sie von jetzt bis Mitternacht als »Teambildungsübung« getragen werden mussten, führte aber nicht weiter aus, inwiefern es ein Gefühl der Kameradschaft und gemeinsamen Zielrichtung fördern sollte, dass man den Rest des Abends wie der letzte Depp aussah und dauernd Lametta aus dem Essen fischen musste.

Als sich schließlich alle gehorsam mit Perücke ans Abendessen gesetzt hatten wie die widerwillige Delegation einer Glam-Rock-Convention, fanden sie Tischkärtchen zwischen dem Besteck, deren Aufdruck bedenklich nach Songtexten aussah. Und tatsächlich ließ JWB, Jeder Wird Bloßgestellt, sie strammstehen, noch bevor sie auch nur an einem Krabbencocktail schnüffeln durften, und den »Sintek Power Chant« mitrappen, der von einem Beatbox-Rhythmus aus den Saallautsprechern unterlegt wurde.

»Okay one-two-three. Sin-tek En-er-gy!
Jeder liebt nur sie. Sin-tek En-er-gy!
Nordseeöl wie noch nie. Sin-tek En-er-gy!
Okay one-two-three. Sin-tek En-er-gy!«

Im Ernst.

Und es wurde noch schlimmer. Sie mussten ihre Platzkärtchen umdrehen und auf der Rückseite bis zum Ende des Essens einen Rap komponieren. Nach dem Kaffee wurde nämlich weitergesungen, wobei auf jeden Refrain ein persönlicher Beitrag folgte, bevor das Funkmikro weitergereicht wurde. Und falls noch jemand Zweifel gehegt haben sollte, wie abartig das alles werden würde, drehte Jazzmaster White Boy den Sound auf und gab ein Beispiel zum Besten.

»Hey, hier bin ich, ich bin der Je-re-myyy,
und ich mach euch effizient wie noch nie.
Ich hab voll den Plan, ich weiß Bescheid,
und ich zeig euch das Geheimnis der Leistungsfähigkeit.

Also macht alle mit und spürt die Kraft,
die uns durchströmt, die alles schafft.
Okay one-two-three. *Und jetzt alle!* Sin-tek En-er-gy!«

Für die volle Dröhnung musste man den fetten kleinen Glatzkopf mit der einzigen Perücke, die noch peinlicher war als die allgegenwärtigen silbernen, wohl sehen und vor allem seinen nasal-arroganten Geldadelakzent hören. Und als jemand mit garantiert sechsstelligem Einkommen hätte der Wichser sich ruhig mal ein Deo leisten können.

An Simons Tisch bettelten manche schon um eine Lebensmittelvergiftung. Eine Spitzenleistung war das Essen sowieso nicht, aber da sich ihre Gedanken nur noch um den bevorstehenden Schrecken drehten, schmeckte es nach nichts, und die abstoßende Strafaufgabe verdarb ihnen allen den Appetit.

Während der Tortur selbst kam man sich ein bisschen vor wie eine Kriegsgefangene während einer systematischen Massenvergewaltigung. Man wollte die Augen abwenden und sich die Ohren zuhalten, damit man die Erniedrigung der anderen nicht miterleben musste; man wusste ja sowieso schon, wie schwer es werden würde, einander hinterher noch in die Augen zu schauen.

Als der »Power Chant« dann wieder losging, ließ der Vollidiot sie alle klatschen – Okay one-two-three KLATSCH. Sin-tek Ener-gy KLATSCH –, dann wiederholte er seinen Rap und gab beim nächsten Refrain das Mikrofon weiter. Als Erstes war ein Schleimscheißer namens Grant Hughes aus der Personalabteilung dran, der alles noch schlimmer machte (so schwer das zu fassen war), als er begeistert herumwippte, äh, rappte und gelegentlich ein »Yeah« einstreute. Ansonsten wurden die Verse hauptsächlich in einem gedemütigten Gestammel vorgetragen, die Augen fest auf das Platzkärtchen gerichtet und ein erleichtertes Lächeln, als einem das Mikrofon wieder abgenommen wurde. Alice McGhee aus dem Vertrieb brach nach der ersten Zeile ihres Raps in Tränen aus, warf das Mikro auf den Tisch, rannte aus dem Saal und merkte vor Bestürzung nicht mal, dass sie immer noch die Silberperücke aufhatte.

Simons eigenen Beitrag hatte er sofort aus seinem Gedächtnis getilgt, aber nichts konnte die Beschämung und die kochende Wut ausradieren. Worte ließen sich leichter verbannen als Gefühle, und bis heute zog sich ihm immer noch der Magen zusammen, wenn er daran dachte, wie er dort vor allen gestanden hatte, während ihm die Glitzerlöckchen ums Gesicht tanzten und die Scheißbeatbox ihm in den Ohren wummerte. Und für alle Ewigkeit hatte sich ihm der Anblick ins Gedächtnis eingebrannt, wie Jubel-Willi-Bauernfänger neben ihm tanzte und seitlich die Faust in die Luft stieß, wie er es wohl mal auf VH1 gesehen hatte, im Hintergrund »Uuh, uuh« machte und hinter jedem Vers ein »Aw Yeah!« reinblökte.

Er musste natürlich sterben.

Simon recherchierte, wo der Vollidiot bzw. seine Firma »M Power« in den kommenden Wochen armselige Vorstadtsklaven foltern würde, und suchte sich einen Termin in Glasgow zwei Wochen später aus. Eine neue Kreditkarte unter falschem Namen hatte er schon lange, und er nahm sich ein Zimmer in dem Hotel, das dieses Verbrechen gegen die Menschlichkeit diesmal beherbergte, und zwar im Namen von ViaGen Pharmaceuticals. Mittlerweile besaß Simon auch schon eine Pistole mit Schalldämpfer, aber wo wäre denn da der Spaß geblieben? Die richtigen Werkzeuge für diese Gelegenheit kaufte er sich lieber in Tam Shepherds Scherzartikelladen an der Queen Street und bei Marks & Spencer um die Ecke.

Nach dem Einkauf checkte Simon ein und spähte kurz in der großen Konferenzsuite durch die Tür, um sich zu versichern, dass der Jecke Wabbel-Bär in da house war. Und tatsächlich leitete er gerade das »Floßspiel« an, mit dem Sintek Energy am Sonntagmorgen Bekanntschaft gemacht hatte. Dabei knieten sich alle im Quadrat hin und lenkten ein imaginäres Floß einen imaginären Fluss entlang, während JWB ihnen metaphorische Hindernisse in den Weg warf: »der Baumstamm der Unentschlossenheit«, »die Felsen der Trägheit«, »die Wasserleiche des kleinen Glatzenfettsacks«.

Simon verwöhnte sich mit einem exzellenten À-la-carte-Essen im Hotelrestaurant, dessen Reste wahrscheinlich umgehend ins Massencatering der Konferenzsuiten einflossen. Danach holte er seine Aktentasche vom Zimmer und setzte sich in eine der öffentlichen Lounges unweit der ViaGen-Veranstaltung, sodass er bald den Rap zu hören bekam. Durch den Spalt in der Flügeltür konnte er die Silberperücken mit dem Beat wippen sehen, und die Wiederholung war sogar so originalgetreu, dass kurz darauf eine verstörte Frau mit tränenverschmiertem Make-up und Riesenpuschel auf dem Kopf herausgelaufen kam.

Simon wartete, bis er den Vollidioten in der Gewissheit zum Aufzug gehen sah, dass seine Arbeit für den Abend vollbracht und das Empowerment in vollem Gange war. Wenn es auch nur ansatzweise wie vorher bei Sintek war, waren bald nach dem Abgang des nervigen kleinen Wichsers schon alle so empowered, dass sie kaum noch stehen konnten. Er wartete ein paar Minuten ab, ging dann an eins der Lobbytelefone und ließ sich zum Zimmer des Vollidioten durchstellen.

»Hallo, Mr. Watson? ... Bewington?«

»Watson-Bellingham«, erwiderte er unwirsch.

»Tut mir leid, die Schrift hier drauf ist etwas schwer zu lesen. Hier ist der Gästeservice. Wir haben gerade ein Päckchen für sie per Kurier bekommen.«

»Ach so. Dann komme ich runter und ...«

»Das ist nicht nötig, Sir. Ich schicke Ihnen gleich jemanden hoch. Sie sind in Zimmer 432, richtig?«

»Ja ... Nein. 432? Ich bin in 327.«

»327? Sind Sie sicher?«

»Ist es nun mein Zimmer oder nicht?«

»Tut mir leid, Sie haben natürlich recht. 432 blinkt hier gerade an der Anlage auf, da komme ich ganz durcheinander. Ihr Päckchen ist in zwei Minuten bei Ihnen.«

»Danke.«

»Sehr gern, Sir.«

Er nahm die wie erwartet menschenleere Treppe in den dritten Stock, um etwaige Zeugen im Aufzug zu vermeiden, vergewisserte sich, dass der Flur frei war, und klopfte an Tür 327. Der Vollidiot öffnete in Hose und Unterhemd. Simon hörte hinter ihm im Bad das Wasser laufen.

»Jeremy Watson-Bellingham?«

»Genau. JWB. Jetzt Will er ins Bad. Ahahaha. Sie haben etwas für mich?«

»Oh ja.«

Simon stopfte dem Vollidioten die Pistole ins Maul, schob ihn rückwärts ins Zimmer und trat mit der Hacke hinter sich die Tür zu.

»Ein Ton, und es war dein letzter, okay?« Der Vollidiot nickte schnell, und die Augen traten ihm vor Schreck aus den Höhlen.

»Wenn du brav bist, ist die Sache ruckzuck vorbei, ja?«

Mehr eifriges Nicken. Außerdem zeigte er auf sein Portemonnaie, das neben dem Fernseher auf dem Tisch lag.

»Ach nein, keine Sorge. Ich bin kein Dieb.«

Der arme Trottel wirkte ernsthaft erleichtert.

Simon klappte die Aktentasche auf und nahm eine Strumpfhose und einen kleinen Plastikteletubby heraus. Er zog JWB den Schalldämpfer aus dem Mund, schob stattdessen das Figürchen hinein und fixierte es mit der Strumpfhose, die er ihm um den Kopf knotete.

»Sag ›Ah‹.«

»Mmmff mmm.«

»Großartig. Jetzt zieh dich aus.«

Der Vollidiot runzelte die Stirn und überlegte wohl, ob er sich weigern sollte. Simon trat ihm in die Eier, dass er zu Boden ging, und kniete sich neben ihn.

»Du machst brav mit, ja? Das werde ich doch nicht noch mal machen müssen, oder, JWB? Jault, Weint, Blutet?«

Der Vollidiot schüttelte den Kopf, und die Tränen liefen ihm aus beiden Augen. Er stand mühevoll auf, zog sich so schnell aus, wie es seine schmerzenden Eier erlaubten, und hörte bei der Unterhose auf. Simon gestikulierte mit der Pistole, und auch der Slip war weg.

»Sehr gut. Und jetzt die hier anziehen.«

Er gab dem Vollidioten Strapse und Strümpfe, und sein Gesichtsausdruck wurde mit jeder neuen Entwicklung besser. Simon drehte die Wasserhähne im Bad ab, während der Vollidiot sich auf die Bettkante setzte und die Strümpfe anzog. Mit den Strapsen hatte das arme Kerlchen seine liebe Mühe, und sie waren um neunzig Grad verdreht.

»Die Rose nach vorne, Großer«, erklärte Simon und zeigte auf die Blumenverzierung an der Seite.

»Mmm«, erwiderte der Vollidiot, was vielleicht sogar »danke« heißen sollte.

Als die Strapse richtig saßen, ließ er ihn wieder auf dem Bett Platz nehmen und gab ihm dann ein Paar Gummititten und einen Spitzen-BH.

»Jumbo Wackel-Busen. Noch größer als deine echten.«

Mittlerweile war er so durcheinander, dass er fast vergaß, Angst zu haben. Er legte sich die Brüste an und fummelte ewig an dem BH rum, bis Simon ihn ihm schließlich einhändig schloss, wobei er ihm die Pistole in den Nacken drückte, damit er sich nicht aus der Situation rausempowerte.

»Hinreißend. Der letzte Schliff fehlt aber noch. Weißt du schon, welcher?«

Anscheinend nicht. Simon klappte den Koffer des Vollidioten auf, der neben dem Bett auf einer Faltablage lag, und nahm eins der Teambuilding-Accessoires heraus.

»Jumbo-Wuschel-Bommel!«

Der Vollidiot schloss schicksalsergeben die Augen. Wäre er nicht geknebelt gewesen, hätte er vor Erleichterung geseufzt. Jetzt wusste er, worum es ging, und er nahm wohl an, dass es sich um einen kleinen Scherz aus Rache handelte. Wahrscheinlich hielt er die Pistole auch für eine Attrappe. Er stand ungebeten auf, weil er wohl glaubte, er würde jetzt durch die ViaGen-Konferenzsuite getrieben werden. Da musste Simon ihn enttäuschen.

»Wo willst du denn hin? Hinsetzen und Gesicht zum Fenster, bis ich dir was anderes sage!«

JWB gehorchte und sank auf der Bettkante zu einem Häuflein Elend zusammen, dass sein Kinn fast auf den falschen Hupen lag.

»Erkennst du mich wieder?«

Der Vollidiot schüttelte den Kopf.

»Kein Wunder. Du machst so was wohl jede Woche. Jeden Tag.«

Der Vollidiot nickte.

»Sintek Energy?«

Er nickte wieder, diesmal eifriger.

»Simon Darcourt. Stärke und Detailverständnis. Super Dynamisch.«

Wieder Nicken, aber Simon merkte, dass er den Namen nicht wiedererkannte.

Simon holte einen langen Seidenschal aus der Aktentasche und fesselte dem Vollidioten damit die Hände auf den Rücken. Einen zweiten Schal schlang er ihm um den Hals.

»Du weißt wohl mittlerweile, was los ist, oder?«

Der Vollidiot nickte.

»Du hast mich erniedrigt, also erniedrige ich dich jetzt, okay?«

Mehr Nicken und ein angestrengt demütiger, schuldbewusster Gesichtsausdruck. Hinter dem Rücken des Vollidioten band Simon den Schal in einen Laufknoten und befestigte das freie Ende am Kopfbrett.

»Vor all den Leuten da draußen bei der Konferenz, ja?«, sagte Simon, stellte sich wieder vor den Gefangenen und nickte beim Sprechen. »Das wäre doch fair, oder?«

Der Vollidiot nickte, Simon nickte und grinste, bis auch der Vollidiot versuchte zu lächeln. Dann hörte er plötzlich auf und schüttelte den Kopf. JWB hielt inne und schaute besorgt zu ihm hoch.

»Simon Darcourt. SD. Selbst-Demütigung. Schlimmer Dress. Schändliche Darbietung.« Er packte den Vollidioten bei den Knöcheln und zog ihn vom Bett, bis der Laufknoten sich um seinen Hals zuzog. Der Vollidiot strampelte wie verrückt, wodurch sich die Schlinge nur noch enger zog, sodass Simon in Ruhe zuschauen konnte.

»Sexuelles Desaster. Sinnloses Dahinscheiden. Selbstmord? Das weiß ich nicht.«

Er musste aber nicht immer töten, um den Rausch zu spüren. Schon zu wissen, dass er es konnte, reichte manchmal, wie bei dem bereits erwähnten Gesicht in einer Zeitschrift. Er und Alison befanden sich gerade in einer vergleichsweise guten Phase ihrer Beziehung, da sie fast eine Woche durchhielt, ohne eine Regenwetterfresse zu ziehen oder »die Zukunft« anzusprechen, ihren Allzweckeuphemismus für Ehe, Hauskauf, Kinder und einen lang dahingezogenen Vorstadttod. Um diese ungewohnte Herzlichkeit etwas zu verlängern (und möglichst eine Pawlow'sche Verhaltenskonditionierung herbeizuführen), beschloss er, ihr einen Kurzausflug in ein Hotel in Speyside auszugeben. Als sie im ach-so-schrecklich-zivilisierten Drawing Room nach dem Dinner ihren Espresso schlürften, nahm Alison sich eine Zeitschrift vom Couchtisch und führte Simon in die einzigartigen Freuden eines Druckwerks namens *Country Life* ein. Genauer gesagt lenkte sie seine Aufmerksamkeit zwischen all den Immobilienanzeigen ab zehn Millionen und den Artikeln darüber, wie man für noch größere Staus auf Landstraßen sorgen konnte, auf das Äquivalent zur Seite drei dieser Zeitschrift. Ein halbes Dutzend Ausgaben lag bereit, und in jeder wurde das willige Samengefäß des Monats vorgestellt. Es gab ein ganzseitiges Foto der jeweiligen babyspeckig-fruchtbaren Aristokratentochter mit einer Unterschrift, die sie quasi zur Rassenzucht anpries (bitte keine normalsterblichen Bewerber).

»Ariadne Winston-Havers McPherson, 18, auf ihrem Lieblingshengst Biffy vor dem Familienanwesen Beinn Ardraig, Morayshire. Ariadne ist die jüngere Tochter von Sir Douglas McPherson und Lady Marjorie Winston-Havers McPherson. Sir Douglas führt die Glen Ardraig Hunt, auf der auch Ariadne stolz reitet, und die gesamte Familie unterstützt mit Hingabe die Countryside Alliance. Ariadne hat gerade die École de Mme Aimet in Lausanne abgeschlossen und reist ein Jahr, bevor sie ihr Studium in St Andrews beginnt.«

Aber nicht, wenn Simon etwas damit zu tun hatte.

Der Machtrausch war großartig, wenn er sich ausmalte, was er tun könnte, die Gegend studierte, Methoden und mögliche Termine durchspielte. Er stand unter Strom, jede Zelle in seinem Körper erwachte zu Leben, und seine Libido, *tja* …

»Was ist denn mit dir passiert?«, fragte Alison dankbar gegen zwei Uhr früh, als sie ihn nach zwei ausgedehnten schweißtriefend-animalistischen Ficks wieder hart werden spürte.

»Müssen die Austern gewesen sein.«

»Wir haben doch gar keine gegessen.«

»Keine Ahnung. Die gute Landluft.«

Nach dem Wochenende merkte er aber, dass er keine Lust mehr hatte. Logistisch viel zu aufwendig, und das Wetter war zu der Jahreszeit viel zu schlecht für einen Freiluftjob. Die Vorstellung allein war aber spannend gewesen. Wie beim Urlaub waren Planung und Vorfreude schon der halbe Spaß, wie man so sagte, und er konnte seine Pläne natürlich jederzeit verwerfen und sich einen anderen »Urlaub« suchen.

Das vermisste er an seiner Amateurzeit: nicht bloß den Nervenkitzel, einem Impuls nachzugehen, sondern vor allem das Bewusstsein, dass er es jederzeit konnte. Klar konnte er auch heute noch jemanden auf eigene Faust töten, aber er hatte fast immer zu viel mit größeren Projekten zu tun, und überhaupt verspürte er diesen spontanen Drang heutzutage nicht mehr so. Mittlerweile war es wohl einfach unter seiner Würde, und er hatte sich auch nichts mehr zu beweisen. Das war wohl ein Zeichen der Reife, und er hatte eben Wichtigeres vor. Sicher vermisste er manchmal, wie er damals gearbeitet, welchen Spaß er gehabt hatte, das war doch ganz normal, aber deshalb würde er es noch lange nicht gegen das eintauschen wollen, was er jetzt hatte.

Er hatte auch zwei größere Operationen aus eigenen Motiven durchgeführt und selbst finanziert. Die einzigen wahren Kosten waren dabei aber das unnötige persönliche Risiko und die Gewissensbisse gewesen, er übertrete dabei die Grenze zum Kunden. Das Geld fehlte ihm nicht; wäre es ihm allein darum gegangen, hätte er sich schon vor Ewigkeiten zur Ruhe setzen können, aber was dann? Der gleiche Mist wie all die dämlichen Lottomillionäre? *Das hier* war das richtige Leben, und allein deshalb war es das Risiko wert.

Straßburg war die erste dieser Operationen gewesen, ein unwiderstehlicher Konter gegen Alain Beloc nach seinem Spruch von der *»route de vitesse entre les cours de chaque nation«*, was sich in etwa übersetzen ließ mit: »Komm doch, wenn du dich traust!« Zufälligerweise war Beloc auch Simons Europaparlamentsabgeordneter, seit er nach Draguignan gezogen war, was seinen politisch gleichgültigen Augen womöglich entgangen wäre, wäre da nicht die ewige Eigenwerbung des bärtigen, kleinen Egomanen gewesen. Traurigerweise wurde der Drecksack wiedergewählt, obwohl er seine Zuständigkeit für den Bereich Verbrechensbekämpfung verlor, nachdem Simon deutlich gezeigt hatte, dass er sich sehr wohl traute.

Das hatte Simon sich als Marketingaktion rechtfertigen können, als nachdrücklich dargestellten Geschäftsgrundsatz, wenn man so wollte. So einen Milderungsgrund gab es in Dresden aber nicht. Das war rein persönlich gewesen, zu persönlich, und ihm deshalb ungut in Erinnerung geblieben.

Sie hatten es verdient. Das stand verdammt noch mal außer Frage. Nazischweine. Ein Trupp von denen hatte seinen Großvater und alle seine Mitgefangenen in irgendeinem gottverlassenen französischen Wald mit dem MG hingerichtet. Und zwei Generationen später hatte eine Horde ihrer erbärmlichen Möchtegernnachkommen Simon auf der Sauchiehall Street auf dem Weg zu einem Konzert der Chameleons vermöbelt. Zugegebenermaßen hatte er sie dadurch provoziert, dass er alleine unterwegs war, da konnten sie ja gar nicht anders, und außerdem war er geschmackvoll angezogen, also war es wohl, wie wenn man Verhungernden mit einem Filetsteak vor der Nase herumwedelt. Aber er hatte Skinheads schon immer gehasst, auch bevor sie ihn ins Krankenhaus schickten. Sie standen noch unter Ratten; Kakerlaken. Ratten waren immerhin schlau. Die ganze Bewegung war eine einzige Bestärkung Hirnloser, in der sich Exemplare ohne jegliche persönliche Kreativität zusammenrotteten, die bereitwillig jeden letzten Rest an Individualität ablegten, um die Illusion aufrechtzuerhalten, sie wären Teil von etwas.

Er stellte sich ihre Werbespots vor:

»Bist du mit der Verantwortung des unabhängigen Denkens überfordert? Hast du Angst vor der Unentschlossenheit, die dich packt, wann immer du den Kleiderschrank aufmachst? Ist es dir peinlich, dass du nicht mitreden kannst, wenn andere sich über Zeitgeschehen, Musik, Beziehungen und so weiter unterhalten? Keine Sorge, du bist nicht alleine. Deine Rettung ist nur eine Kopfrasur entfernt! Wir haben schon Tausende trauriger Verlierer davor bewahrt, sich ihrer Einsamkeit und Unzulänglichkeit zu stellen, und können auch dich retten. Wir sagen dir, was du anziehen sollst. Wir sagen dir, was du denken sollst.

Wir sagen dir, welche Musik du hören sollst. Und vor allem führen wir dich mit vielen anderen zusammen, die genauso sind wie du – das ist genau wie Freunde haben!«

Wie Kakerlaken waren sie eine extrem primitive und widerwärtige Spezies, deren Evolution schon viele Zeitalter vorher geendet, sie bis dahin aber fürs sture Überleben ausgerüstet hatte, sosehr sich die Welt und ihr kulturelles Umfeld auch geändert hatten. Wann hatte man denn das letzte Mal einen Mod, einen Punk oder auch nur einen Football Casual gesehen? Eben. Aber diese Schweine weigerten sich einfach, auszusterben. Wahrscheinlich würde nach einem Atomkrieg oder einer Kollision mit einem Asteroiden als Erstes eine Kreatur mit Springerstiefeln, Röhrenjeans und grüner Bomberjacke aus den Trümmern krabbeln.

Auf dem europäischen Festland (wo sonst?) waren sie wieder stark im Kommen, und gerade in Ostdeutschland vermehrten sie sich wie wild. Die deutsche Regierung hatte die Leugnung des Holocaust teilweise als Reaktion auf diesen Bratzenchor unter Strafe gestellt. Die Neonazis wollten nicht mehr so blöd dastehen, wenn man ihnen die Endlösung als unausweichliche Konsequenz ihrer Philosophie vorwarf, also schauten sie sich die Strategie eines Dreijährigen ab, der sich die Hände auf die Ohren drückt und laut »Lalala« brüllt, und kamen auf den genialen Konter, er habe nie stattgefunden.

Eine Skinhead-»Band« (d. h. vier Arschlöcher, drei Akkorde, zwei Gitarren und ein Verzerrer) namens Kristallnacht war gemäß dem neuen Gesetz wegen der Texte ihres Albums angeklagt worden, eines Meisterwerks, das wohl von einer neuartigen Technologie auf Vinyl gebannt worden war, die verhinderte, dass der ganze Sabber zu Kurzschlüssen in der Ausrüstung führte. Um Geld für die Kosten des bevorstehenden Verfahrens zu sammeln, organisierten sie ein Benefizkonzert in Dresden. Sie bekamen von Unterstützern kostenlos den Veranstaltungsort gestellt, die Beschallungsanlage, Freiwillige als Security und für die Bar und so weiter. Inspiriert von so viel selbstlosem Gemeinschaftssinn, kam Simon ganz von der Côte d'Azur hochgefahren, um die Band auch noch mit einer Trockeneismaschine zu versorgen. Er und Deacon (bei diesem Auftritt der Gary Moore zu seinem Phil Lynott) kamen in einem authentisch gammligen Van an und schleppten das Gerät einfach vor dem Soundcheck in die Halle. Niemand stellte irgendwelche Fragen bis auf den Gehirnspender, der für die Beleuchtung zuständig war, sich freute wie ein Kind an Weihnachten und nur wissen wollte, welchen Knopf er drücken musste, damit der Zaubernebel rauskam.

Die offizielle Opferzahl belief sich auf fünfundfünfzig Tote, darunter lustigerweise alle vier Bandmitglieder. Weniger schön war die Tatsache, dass die Presse quasi einmütig die Ironie der Durchführungsmethode übersah und damit auch die Pointe versaute. Eine einzige Schlagzeile à la »Nazis bei Holocaustleugner-Benefizkonzert vergast« war doch wohl nicht zu viel verlangt für all die Zeit, den Aufwand und das Geld. Wie er jetzt wusste, war Nervengas nicht billig. Wie die meisten Materialien der Branche war es in der Herstellung nicht allzu teuer, aber die Logistikkosten trieben den Preis in astronomische Höhen, bis man das Produkt endlich in den Händen hielt.

Bis heute war er sich unsicher, ob es das wert gewesen war, was wohl hieß, dass nein. Es war ein absoluter Luxus gewesen, und er hatte hinterher so seine Zweifel gehabt, so ähnlich wie das Sodbrennen nach zu viel Sahnetorte. Der bessere Vergleich war vielleicht das Gefühl, wenn er neben einer der Schnatterschlampen aufwachte, die er in seiner Unizeit gevögelt hatte: Das physische Vergnügen und die Kerbe im Bettpfosten wurden immer etwas von der Enttäuschung über den eigenen Mangel an Disziplin und den leichten Angsthauch gedämpft, er hätte etwas von sich preisgegeben. Die Lust schmälerte einem die Perspektive, bis man nur noch eine einzige Sache vor Augen hatte, und je mehr man darauf zuhechtete, desto weniger achtete man auf die eigene Sicherheit.

Er wusste noch, wie er damals bereut hatte, dass er die Visitenkarten in die Trockeneismaschine gesteckt hatte, weil er befürchtete, er habe den Behörden einen Tipp gegeben, als er sich zu einem Attentat bekannte, das keine Organisation für sich beanspruchen würde. Selbst als er das Gerät präparierte, hatte er schon gezweifelt, aber nicht genug, um ihn aufzuhalten. Jedes Zögern war von dem unwiderstehlichen Wunsch übermannt worden, diesem Racheakt seine Identität aufzudrücken, was natürlich nicht viel brachte, wenn der Rächer sich seinem Opfer nicht offenbaren konnte.

Eigentlich hatte er noch einmal Frank Morris töten wollen. Wie auch damals, als er seinen Spaß mit Jeremy Watson-Bellingham gehabt hatte. Aber Morris hatte nicht erfahren, wer und warum. Er hatte nicht das wohlverdiente Fegefeuer der Reue durchlebt, nicht um Vergebung betteln, sich nicht in die Hose pissen und um die Gnade winseln dürfen, die nicht kam. Und nichts konnte das ändern, wie Simon aus seiner reiferen Perspektive erkannte.

»Hast du es bald?«

May zeigte wieder seine ermüdend berechenbaren Schwierigkeiten, sich von seinem Werk zu trennen. Er fummelte jedes Mal unerklärlich lang an seiner Vorrichtung herum, wenn die Sprengladungen an ihrem Platz waren, änderte hier und da noch Kleinigkeiten oder prüfte immer und immer wieder das Zündsignal, wie in diesem Fall.

»Manchmal frage ich mich, ob du unterbewusst gerne dabei wärst, wenn deine kleinen Schätzchen hochgehen.«

May ignorierte ihn wie immer. Er ließ sich von nichts ablenken, was Simon bei Sprengstoffspezialisten immer wieder beobachtet hatte; wer andere Prioritäten hatte, genoss wahrscheinlich keine lange Karriere.

Simons erste Frage war eigentlich rhetorisch gewesen. Die Herumfummelphase signalisierte die bevorstehende (alles ist relativ) Vollendung von Mays Werk. Es war Zeit, das Signal zu geben.

Simon suchte festen Halt auf dem Grund, drehte sich um und öffnete den wasserdichten Verschluss der Tasche, in dem sein Handy steckte. Er hörte hinter sich das Wasser klatschen, als sich etwas schnell bewegte, und als er hinsah, richtete May eine Beretta Jetfire auf ihn. Der Drecksack hatte die Minipistole in seinem Tauchanzug versteckt und war zehn Grad und vier Millisekunden davor, aus nächster Nähe genau zwischen Simons Augen zu zielen.

Simon knickte ein Knie ab, ließ seinen Schwerpunkt fallen, warf den Oberkörper zur Seite und schlug gleichzeitig mit dem Unterarm nach Mays Waffe. Das Handy flog im hohen Bogen weg und landete im Wasser. May hatte sich leicht vorgelehnt und verlor das Gleichgewicht. Simon packte ihn am Handgelenk, drehte sich und trat mit dem freien Fuß nach hinten. May ließ die Pistole los und fiel rückwärts ins Wasser, wobei er Simon mit dem linken Fuß in die Brust traf. Der Tritt war nicht besonders stark, aber er bekam Wasser in die Augen, und als er geblinzelt hatte, sah er nur noch den gespiegelten Mond auf der dunklen Oberfläche.

Simon hatte Mays Beretta zunächst am kurzen Lauf erwischt, schlang jetzt die Finger um den Griff, legte die linke Hand um den Abzugsbügel, hielt die Ellenbogen leicht angewinkelt und zielte direkt nach vorne. May hätte für das entsprechende Geld den Mount Everest in die Luft jagen können, aber bei den Handfeuerwaffen wusste er vielleicht gerade mal, welches Ende nach vorne zeigte.

Simon wartete und atmete möglichst leise, während er auf Bewegungen horchte. Irgendwann musste May Luft holen, selbst wenn er schon wieder auf dem Rückweg zum Auto war. Simon suchte die Wasseroberfläche nach Wellen, Blasen, jeder Art von Unruhe ab.

Als sich schließlich etwas bewegte, kam es von hinten. Der

gerissene Drecksack war sofort hinter ihn getaucht und hatte seine Chance abgewartet. Diesmal war Simon zu langsam; May schoss hoch und hielt ihm ein Messer an die Gurgel, bevor Simon ihm die Pistole auf den Kopf richten konnte. Dafür konnte er sie ihm direkt unter dem Herz in die Rippen drücken.

May wollte reden. Ansonsten würden sie beide gerade schon sterben.

»Liegt dir etwas auf der Seele, Brian, alter Freund?«, flüsterte Simon.

»Du wolltest mich umlegen. Das liegt mir auf der Seele.«

»Wann?«

»Jetzt.«

»Tja, ich könnte da auch falschliegen, aber du bist heimlich bewaffnet hier rausgekommen. Was hast du da noch versteckt, eine verdammte Bazooka?«

»Man weiß ja nie, wann vielleicht beschlossen wird, dass man entbehrlich ist.«

»Welchen Grund hätte ich bitte, dich zu töten?«

»Wer ist Ash, Freddie?«

»Ach Gott, nicht das schon wieder.«

»Wer?«

»Was soll ich dir sagen? Soll ich dir etwas erzählen, was uns beide in Gefahr bringt? *Dann* hätte ich einen Grund, dich zu töten.«

»Meine Neugier war doch schon Grund genug. Du lügst und bist nervös.«

»*Ich* bin nervös? Ich hab doch nicht …«

»Du hast gelogen. Ich habe dir im HQ eine ehrliche Frage gestellt, und du hast dir in die Hose geschissen. Es gibt etwas, was ich nicht wissen soll. Meinetwegen. Aber ich will nicht plötzlich umgelegt werden, bloß weil du Angst hast, ich wüsste etwas.«

»Was soll das denn bitte sein. Meine Fresse, wie oft denn noch?«

»Warum hast du dann eine Pistole dabei?«, fragte May.

»Welche Pistole? Das hier ist deine.«

»Eben hattest du eine.«

»Ich ... Was, das meinst du? Ich hab das Handy rausgeholt, weil ich das Signal geben wollte.«

»Blödsinn. Zeig her!«

»Das liegt dank dir im Wasser und kommt wohl auch nicht mehr raus.«

»Dann werden wir es wohl nie erfahren.«

May erhöhte den Druck auf die Klinge. Simon reagierte mit der Beretta. Sie starrten einander an, ohne zu blinzeln.

»Kann ich dich was fragen, Brian?«

»Schieß los«, erwiderte May mit einem harten Blick, der zeigte, dass das Wortspiel beabsichtigt war.

»Meinst du, ich kenne mich genug mit Sprengstoff aus, um MDK alleine durchzuziehen?«

May dachte nach und grinste.

»Negativ.«

»Genau. Also wie wär's, wenn wir jetzt ganz langsam einen Schritt zurücktreten?«

»Wenn ich dir auch eine Frage stellen darf.«

»Klar doch. Bohr ruhig nach.«

»Wer ist Ash? Denk dir was aus, sag mir, es geht mich nichts an, aber tu nicht so, als wäre er niemand, wir wissen doch beide, dass das Blödsinn ist.«

Simon zog die Pistole weg, hob die Hände und trat vorsichtig zurück. So konnte er auch Zeit schinden. Er konnte May ja verstehen. Beide und keiner von ihnen hatte die Ash-Sache außer Kontrolle geraten lassen, aber jetzt mussten sie sie wieder beerdigen, egal wie. Wenn er ihm nur sagen würde, dass es ihn nichts anging, würde er weiter spekulieren. Eine Lüge müsste gut genug sein, vielleicht würde auch die Wahrheit als Bluff funktionieren, weil May annehmen musste, dass sie ausgedacht war.

Eine Lüge oder die Wahrheit? Er entschloss sich für eine Mischung.

»Ich bin ihm was schuldig«, sagte Simon, legte die Pistole auf das Schlauchboot und versicherte sich, dass May das Gleiche mit dem Messer tat. »Ich kenne ihn von früher, als er Student war. Nicht von hier, bevor du dir Gedanken machst. Er hat ein Auslandsjahr gemacht. Du verstehst sicher, wenn ich nicht ausführe, wo.«

»Hab ich es doch gewusst. Du spielst mit dem Feuer, und wir haben alle Dynamitstangen in der Hand. Worum geht es denn?«

»*Das* geht dich wirklich nichts an. Unter anderem um ein Mädchen, mehr musst du nicht wissen.«

»Rache gehört in die Freizeit. Die bringt man nicht mit zur Arbeit.«

»Ich habe es nicht geplant, Brian. Ich habe ihn am Flughafen gesehen, als ich letzten Monat auf Erkundungsmission hier war. Zack, da war er, direkt vor mir. Damit hatte ich nicht rechnen können. Wir hatten Blickkontakt. Ich glaube nicht, dass er mich erkannt hat, aber das können wir nicht dem Zufall überlassen. Und als es dann hieß, dass Mopoza ein Leck vermutete, habe ich mir gedacht, wenn wir ihn sowieso kaltmachen müssen ...«

»Glücklicher Zufall für dich.«

»Tja, wenn man so viele Leute umlegt wie ich, steigert das natürlich die Chancen. Und überhaupt, wenn es mir so fürchterlich wichtig gewesen wäre, meinst du, dann hätte er überhaupt noch gelebt?«

May schnaufte. So langsam hatte er endlich keine Lust mehr auf das Gespräch. »Na meinetwegen.«

»Okay. Du hast nicht zufällig noch ein Handy in deinem geheimen Waffenarsenal?«

»In der Kiste. Aber eins musst du mir noch sagen.«

»Meine Fresse.«

Simon drehte sich um und griff in die Kiste. Er wusste, was

kam, und wollte dabei keinen Blickkontakt haben, selbst im Zwielicht nicht.

»Dieser Darcourt, von dem er geredet hat ...«

»Keine Ahnung.« Simon fand Mays Telefon und rief Taylor an, während er sich umdrehte. »Aber ich kann mir gerne was ausdenken, wenn dir das hilft«, ergänzte er mit einem Grinsen.

May verdrehte die Augen und zeigte ihm die Handflächen. Genug.

Taylor ging nach viermal Klingeln dran. »Ready, Freddie?«, fragte er.

»Roger, Roger. Auftritt bestätigt. Ist der Tour Truck abfahrbereit?«

»Roger.«

»Gut. Und, Roger?«

»Ja?«

»Ist die Garderobe fertig?«

»Roger.«

»Okay. Gib dem Groupie den Backstage-Pass.«

»Roger. Ach, und Freddie?«

»Mm-hmm?«

»Fällt dir auch eine Rockband ohne einen Roger ein?«

»Klar. Dutzende.«

»Gut, das wäre doch mal eine Idee fürs nächste Mal. Roger und out.«

SCHWÄNZEN:
DIE NACHTEILE

»Mann, ich muss pissen.«

»Schon wieder?«

»Das letzte Mal ist doch schon Stunden her, Lexy.«

»Am Arsch! Das kommt dir bloß so vor, weil wir hier drinnen festsitzen.«

»Wichtig ist ja wohl nur, wie es mir in der Blase vorkommt, oder?«

»Tja, selber schuld, dass du die ganze Brause gesoffen hast.«

»Ach, lass mich doch. So langsam schmeck ich die Pisse im Hals, so hoch steht sie mir schon.«

Auch wenn Lexy die Redewendung »sich vor Angst in die Hose scheißen« schon oft verwendet hatte, hatte er sie vorher nie so recht verstanden. Jetzt wusste er, dass das daran gelegen hatte, dass er noch nie richtig Angst gehabt hatte. Bis diesen Morgen hatte Angst bedeutet, dass man zum cholerischen Mr. Fennell in den Unterricht kam und einem siedend heiß einfiel, dass man die Erdkunde-Hausaufgaben vergessen hatte; oder wenn irgendein Arsch korrekt folgerte, dass man auf ein bestimmtes Mädchen stand, und androhte, es ihr zu sagen. Da hatte es ein bisschen im Bauch gezogen oder vielleicht waschmaschinenmäßig gewirbelt. Aber heute in dem Laster hatte er den Schleudergang zu spüren bekommen, und er war dankbar, dass er vor dem Zahnarzttermin noch einmal gut geschissen hatte, denn sonst hätte der Gestank sie womöglich verraten.

Dass er dringend pissen musste, war dagegen sogar gut gewesen, weil er deshalb nicht so sehr über alles andere hatte nachdenken können. Irgendwann hatten sie sich aber beide mal entleeren müssen, damit sie sich nicht mit einer Pfütze verrieten.

Als der Lastwagen angehalten hatte und die Autos ausgeladen worden waren, hatten sie noch ewig gewartet, bevor sie unter den Decken hervorgeschaut hatten. Jedes Mal, wenn einer von ihnen es drauf ankommen lassen wollte, hatte es wieder ein Geräusch in der Nähe gegeben: Leute kamen hoch in den Container oder gingen draußen vorbei, die meisten Engländer, ein Schotte und ein paar Ausländer. Anscheinend wurde viel verladen, manchmal schleppten zwei Männer zusammen etwas herein, und so wie sie schnauften und grunzten, war es wohl ziemlich schwer. Andere Sachen kamen auf Rädern, mussten aber auch unter lautstarken Anstrengungen die Rampe hoch und an die richtige Stelle geschoben werden. Lexy stellte sich vor, sie wären an der Verladerampe eines großen Supermarkts oder so, wo Paletten und schwere Kartonstapel auf Hubwagen mit quietschenden Rädern hin- und hergeschafft wurden. Was auch immer es war, es hörte sich nach einer großen Lieferung an.

Jedes Mal, wenn jemand kam, zog sich Lexy der Magen zusammen, weil es sicher nur eine Frage der Zeit war, bis sie gefunden wurden. Männer hatten so nah bei ihrem Deckenhaufen gestanden, dass er ihren Atem hören konnte und Wee Murph und er ihren komplett verstummen lassen mussten. Zum Glück konnte er das, ohne ihn anzuhalten, was er beim Versteckenspielen im Dunkeln bei seinem Cousin William gelernt hatte. Aber so still er seinen Mund auch bekam, kam es ihm manchmal so vor, als würde sein Herz so laut schlagen, dass man es auch von außen hören konnte. Am schlimmsten war es, als einer der Männer plötzlich Decken von ihrem Haufen riss und sie über das warf, was er hereingerollt hatte. Zum Glück hörte er nach drei Stück auf, obwohl Lexy sich sicher war, dass sich im restlichen Haufen ihre Konturen abzeichnen mussten.

Irgendwann hatte die Verladung dann endlich aufgehört oder war wenigstens unterbrochen worden. Niemand lief mehr hin und her, und langsam entfernten sich die Stimmen draußen eine nach der anderen.

»Ich geh mal gucken«, flüsterte Murph.

»Warte doch noch kurz.«

»Wir haben doch schon ewig gewartet.«

»Nur noch ein bisschen.«

»Ach, Scheiße, Mann!«

»Psst!«

»Okay, jetzt geh ich.«

»Warte, ich glaub, ich hab was gehört.«

Und so weiter, bis Murph die Geduld verlor und mit einem lauten Schnaufen den Kopf hinter dem Haufen hervorsteckte.

»Alles okay«, flüsterte er. »Keiner da.«

Lexy zog sich die raue Decke langsam vor dem Gesicht weg, als könnte er sich schnell wieder verstecken, falls er gesehen wurde. Das hatte zwar bei nächtlichen Monstern ganz gut funktioniert, als er vielleicht fünf gewesen war, hätte in diesem Fall aber wohl wenig gebracht.

Der Container war voller Plastikkisten verschiedener Größen und Farben, die um die drei großen, abgedeckten Objekte in der Mitte herumstanden. Vor dem Rolltor am Heck konnten sie Bäume, hohes Gras, Autos und die Ecke eines Gebäudes sehen, wie auch noch mehr Kisten, die wohl auf ihre Verladung warteten.

Bevor sie das Rätsel lösten, wo sie waren und was überhaupt los war, mussten sie aber erst mal pissen. Die Frage lautete nur, wohin. Wee Murph ließ aber nichts anbrennen und bat Lexy,

Schmiere zu stehen, während er in eine der leeren Holzkisten schiffte, die schon ganz hinten gestanden hatten, als sie am Morgen eingestiegen waren.

»Ach, Scheiße, das sifft raus«, zischte er.

»Dann hör doch auf!«

»Ich kann nich!«

»Mann!«

Die Pisse sickerte schon unter der Kiste hervor, während Murph noch strullte wie ein Pferd. Lexy musste den Fluss mit einer Decke eindämmen und warf noch eine in die Kiste, um das aufzusaugen, was nachkam.

»Hättest eine aus Plastik nehmen müssen, du Volltrottel!«

»Ich konnte nicht mehr halten.«

»Scheiße!«

Als Murph endlich fertig war, stopfte Lexy auch die erste Decke mit in die Holzkiste, schob den Deckel wieder drauf und suchte sich einen eigenen Behälter. Wee Murph schlich durch den Container und interessierte sich mehr für die Kisten als fürs Schmierestehen. Lexy öffnete eine Plastikkiste und fand einen Stapel gefalteter Arbeitsanzüge mit der Aufschrift Highland Hydro, wie sie auch der Mann trug, der einmal im Vierteljahr den Stromzähler ablesen kam. Lexy unterzog sie einem sorgfältigen Saugfähigkeitstest und legte den Deckel wieder auf die Kiste. In der Zwischenzeit hatte Murph schon wieder eine andere geöffnet.

»Walkie-Talkies«, flüsterte er aufgeregt und hielt eins hoch.

»Leg das zurück«, befahl Lexy grund- und autoritätslos. Er fand bloß, dass einer von ihnen ja vernünftig sein musste, und da konnte er sich nun mal nicht auf Murph verlassen.

»Wieso?«

»Okay, aber rühr nichts anderes mehr an.«

Das hätte er genauso gut einem dreizehnjährigen Einbrecher in einem Spielzeugladen sagen können. Wee Murph gehörte zu den Jungs, die auf jedem Zeugnis die Anmerkung »Lässt sich leicht ablenken« stehen hatten. Lexy schob den Deckel zurück auf die geplünderte Kiste, und Murph wühlte schon wieder in einer anderen.

Murph pfiff, als er den Inhalt sah, bevor ihm einfiel, dass er eigentlich still sein musste.

»Psst!«

»Scheiße. Sorry.«

Die blaue Kiste lag voller Papierpäckchen mit der Aufschrift »SPRENGLADUNG – ÄUSSERSTE VORSICHT«. Sie sahen aus wie Butterblöcke, die wohl für zehntausend Pausenbrote gereicht hätten.

»Nein«, sagte Lexy nur. Wee Murph schüttelte den Kopf und gab keine Widerworte. Er ließ es sich aber nicht nehmen, eine andere blaue Kiste aufzumachen. Noch mehr Knallbutter, und es gab noch vier Kisten mit der gleichen Farbe.

»Oh, Scheiße, Mann, das ist ... das ...«

»Ich weiß.«

»Was machen wir denn jetzt?«

Sie starrten beide das Tor an und überlegten sich das Gleiche. Bis in die Bäume waren es gut dreißig Meter. Wenn sie rannten, hörte sie bestimmt jemand, und wenn sie leise gingen, konnte man sie länger sehen, zumal um den Laster herum eine Menge los gewesen war. Und auch aus dem Haus sah sie vielleicht jemand durchs Fenster.

»Wenn wir rennen, haben wir einen Vorsprung.«

»Und wenn sie uns sehen, wohin rennen wir dann?«

»Was weiß ich?«

»Eben.«

»Wir können die bestimmt abhängen.«

»Auch die Kugeln?«

Und damit war die Diskussion vorbei. Murph seufzte ausgiebig, bis er verstand, wie laut es war.

»Sorry.«

Seine Entmutigung hielt nur vor, bis wieder die Neugier überhandnahm, und bald schlug er eine der Decken über den Sachen in der Mitte zurück.

»Kuck mal. Was ist das denn?«

»Mann, keine Ahnung, aber hoffentlich hat mein Zahnarzt so einen nicht. Der Drecksack hat mir zwei Füllungen aufgebrummt.«

Es war die größte Bohrmaschine, die Lexy jemals gesehen hatte, ein schimmerndes, funkelndes Stahlungeheuer auf einem ausziehbaren Rahmen über einem Fahrgestell. Es war eigentlich noch gruseliger als der Sprengstoff, denn der hatte immerhin keinen Joystick und kein Tastenfeld gehabt, die Wee Murphs eifrige Pfoten magnetisch anzogen.

»Scheiße, Mann, Finger weg! Wenn du den anmachst, schieben die ihn uns gleich in den Arsch.«

Die Warnung wäre wohl wirkungslos verpufft, hätte Murph in dem Moment nicht das Einzige gesehen, was in diesem Moment noch spannender sein konnte.

»Kuck mal, was zu beißen!«

Direkt neben dem Tor lagen eine Dose Brause und zwei Snickers.

»Das hat bestimmt einer von denen hier gebunkert, damit die anderen ihm nichts abschnorren können«, beobachtete Murph mit dem erfahrenen Blick eines Fachmanns für Schulhof-Süßkram-Erhaltung. Wenn man in der Schule einen Schokoriegel aus der Tasche holte, war man sofort von einem halben Dutzend Schnorrer umringt, die einen alle um ein Stück anbettelten, als wären sie gerade frisch aus Äthiopien eingeflogen worden. Wenn man wegging, dackelten sie hinter einem her wie eine Hare-Krishna-Prozession und sangen ihr Mantra: »Gibst du mir was ab, ey, komm? Komm, nur ein Stück, okay, komm! Sei doch nicht so, gib doch mal was ab, ey, komm!« Wenn man in Ruhe etwas essen wollte, musste man es heimlich tun, und niemand durfte wissen, dass man etwas dabeihatte.

»Gefunden ist gefunden«, sagte Murph und stapfte auf den Schatz zu.

Instinktiv wollte Lexy ihm das eigentlich verbieten, aber er hielt aus dem dreifachen Grund lieber die Klappe, dass 1. der Typ seine Kumpels verdächtigen würde; 2. Wee Murph sowieso nicht auf ihn hören würde; und er 3. einen Mordshunger hatte. Sie schlangen die Riegel und die Brause innerhalb von Sekunden zusammen runter, was auch gut war, weil jemand aus dem Haus kam, als sie fertig waren.

Sie stopften die Dose und die Verpackungen zwischen zwei Kisten und krochen schnell zurück unter die Decken. Lexy fiel wieder auf, was für ein absolut beschissenes Versteck das war – weiß Gott nicht auf Profiniveau –, aber ihr großer Vorteil war, dass (bisher) noch keiner wusste, dass sie überhaupt da waren. Leider konnte man sich hier auch nicht »freiklatschen«, wenn man gesehen wurde, und »klippo« rufen war gegen Pistolen auch nicht besonders wirksam.

Wee Murph hatte aber recht. Seitdem waren nicht nur gefühlt Stunden vergangen, sondern tatsächlich. Von da an waren dauerhaft Leute in der Nähe gewesen; nicht mehr oft im Lastwagen, aber draußen, wo sie herumliefen, ins Haus gingen und wieder herauskamen, sich unterhielten, stritten oder einfach nur herumlungerten. Warteten.

Ab und zu wurde es wieder lange genug still, dass sie sich trauten zu flüstern, aber sie kamen lieber nicht aus ihrem Versteck hervor, wozu sie auch noch keinen Grund hatten. Fürs Erste waren sie sicher, wo sie waren, obwohl sie hoffen mussten, dass die Männer im Haus genug Decken hatten, wenn sie pennen gehen wollten. Gerade wusste nur ein Feind, wo sie waren: die Brause, die ihnen immer mehr die Blase spannte.

»Ich kann nich mehr lange halten, Alter«, wimmerte Murph. Sie wussten beide, dass jemand draußen war, weil sie ein Telefongespräch gehört hatten.

Sie hatten beschlossen, dass ihre Chance mit der Dunkelheit

kommen würde. Sie würden warten, bis es stockdunkel war, und dann so schnell und leise wie möglich in die Bäume verschwinden. Dummerweise war es ein heller, klarer Vollmondabend, an dem es einfach nicht Nacht werden wollte. Vorher, als es noch nicht dunkel gewesen war, hatte es ab und zu mal eine Gelegenheit gegeben, aber jetzt war irgendwie immer einer in direkter Nähe des Lastwagens.

»Kann man an ner geplatzten Blase sterben?«, fragte Murph.

»Keine Ahnung.«

»So in ein, zwei Minuten kann ich es dir sagen.«

»Psst.«

Sie hörten Schritte vor dem Heck des Lasters.

»Lydon«, rief eine Stimme. »Grünes Licht. Abfahrt!«

Es folgten mehr Schritte, mehr Stimmen. Die Rampe wurde hochgeklappt und das Rolltor runtergezogen. Ein paar Minuten später startete der Motor wieder und übertönte das Geräusch von zwei Jungs, die reichlich und selig vor Erleichterung in eine Kiste mit Neun-Millimeter-Munition pissten.

EMBER FREITAG, FÜNFTER
, FÜNFTER SEPTEMBER FRE
ER SEPTEMBER FREITAG, FÜ
EMBER FREITAG, FÜNFTER
, FÜNFTER SEPTEMBER FRE
ER SEPTEMBER FREITAG, FÜ
EMBER FREITAG, FÜNFTER
, FÜNFTER SEPTEMBER FRE
ER SEPTEMBER FREITAG, FÜ
EMBER **FREITAG,** FÜNFTER
, **FÜNFTER SEPTEMBER** FRE
ER SEPTEMBER FREITAG, FÜ
EMBER FREITAG, FÜNFTER
, FÜNFTER SEPTEMBER FRE
ER SEPTEMBER FREITAG, FÜ
EMBER FREITAG, FÜNFTER
, FÜNFTER SEPTEMBER FRE
ER SEPTEMBER FREITAG, FÜ
EMBER FREITAG, FÜNFTER
, FÜNFTER SEPTEMBER FRE
ER SEPTEMBER FREITAG, FÜ
EMBER FREITAG, FÜNFTER
FÜNFTER SEPTEMBER FRE

MUSIKALISCHE MEINUNGS-VERSCHIEDENHEITEN

Ray schaute auf sich runter, wo er gefesselt und regungslos in der Mitte des Raumes saß. Thorpe und Boyle hielten sich in der Nähe auf und liefen ab und zu auf einer Kontrollrunde bei ihm vorbei. Instinktiv drückte er mit der Linken die »N«-Taste, die verknüpft war mit dem Kommando »say_team: Hilfe! Frozen ‹LOCATION› nirgendwo, bewacht von ‹NAME› [REDTEAM]Thorpe und ‹NAME› [REDTEAM]Boyle«. Beim Freeze Tag Mod musste sich ein Teamkamerad drei Sekunden neben einen stellen und einen auftauen, bevor man Rache suchen konnte. Ray hörte es laut knallen und schaute den Korridor entlang, wo eine blaue Frauengestalt auf ihn zu strafejumpte und dabei Thorpe und Boyle unter Feuer nahm. Die popligen Pistolen der beiden hatten keine Chance gegen die Doppelläufige der Frau, und sie flohen, um sich neue Armour und Health Packs zu suchen. Sie stand über Ray und suchte alle Richtungen nach Snipern ab, während ihre Nähe den Auftauprozess auslöste, für dessen Dauer sie am verwundbarsten waren. Er sah sie nur von hinten. Er tippte auf der Tastatur auf »X«, seine Dankesnachricht, um ihren Namen zu erfahren. »Danke, ‹NAME› [BLUETEAM]??????!«

Es folgte das wohlbekannte Krachen und Klirren, als das Eis brach, und Ray wachte auf und schreckte hoch. Diesmal genoss er keinen halbklaren Schwebezustand, keine langsame Rückkehr in die bewusste Situation. Das verdammte Licht brannte noch, also sah er sofort, wie tief er in der Scheiße steckte, als er die Augen öffnete. Er schaute auf die Uhr. Es war nach vier, also war er fünf Stunden weg gewesen, was er heutzutage zu Hause kaum schaffte. Es kam ihm länger vor, zu lange. Es kam ihm vor, als hätte er verschlafen und wäre spät dran, und der Termin, den er womöglich verpassen würde, war der Rest seines Lebens.

Sie hatten ihn den ganzen Tag und bis spät in den Abend auf dem Stuhl sitzen lassen. Dort hatte es keinen Schlaf gegeben, kein gnadenvolles Vergessen. Es hatte etwas von einem Scheintod gehabt, als Stunden verschwanden und einzelne Sekunden eine unerträgliche Ewigkeit dauerten. Jeden Augenblick fragte er sich, was wohl als Nächstes passieren würde, sehnte es herbei, damit sich etwas änderte und den ungewissen Schwebezustand beendete; während er gleichzeitig natürlich schreckliche Angst davor hatte. Er versuchte vergeblich, nicht an Kate und Martin zu denken, deren Namen und Gesichter ihm Trost und Qual zugleich waren. Er erlaubte sich Wünsche und Fantasien, aber keine Hoffnungen. Er wollte die beiden wieder in die Arme schließen. Er wollte fliehen. Er wollte Antworten. Er wollte Rache. Er wollte eine Chaingun, Quad Damage und kistenvoll Munition. Aber eine trockene Hose wäre schon mal ein guter Anfang gewesen.

Sie hatten ihn verhört, was einfach nur seinen Willen hatte brechen sollen, wie schon vorher die Scheinhinrichtung. Einen anderen Zweck gab es wohl nicht, denn er hatte ihnen nicht viel zu sagen, und sie hatten nicht viel zu fragen. Ray hatte wohl mehr Fragen gestellt als die beiden, obwohl sie Kopf an Kopf lagen, was die gewonnenen Informationen anging: [REDTEAM] und [BLUETEAM] unentschieden null zu nix.

Nachdem sie ihn noch ein paar Stunden wortwörtlich im eigenen Saft hatten schmoren lassen, kamen sie zurück, aber diesmal wurde Boyle nicht von Thorpe begleitet, sondern von dem Fahrer des Minivans am Abend vorher. Eine Offenbarung war das zwar nicht gerade, aber immerhin konnte er die Unterkategorie »Ins Kreuzfeuer zwischen verfeindeten Banden geraten« von seiner Theorienliste streichen.

Sie lösten die Fesseln, zogen ihm aber die Kapuze wieder über und befahlen ihm, aufzustehen, was er auch etwas wacklig tat. Die Füße und Waden waren ihm taub geworden, und wenn er ein Bein belastete, war es zwar nicht unbedingt schmerzhaft, aber alles andere als angenehm. Die Frage, wohin er gerade ging, machte es auch nicht besser.

Ray wurde aus dem Raum und einen L-förmigen Flur entlang geführt, der nach zehn bis zwölf Schritten nach rechts abbog. Nach Linoleum oder Fliesen bestand der Boden hier wieder aus Holzdielen. Der Sack wurde ihm vom Kopf gezogen, und er stand in einer großen Küche mit tiefer Doppelspüle und einem rostigen Herd, der nach ein bisschen Schrubben und Lackieren bestimmt zweitausend Pfund wert gewesen wäre. Durch das dreckige Fenster sah er Scheinwerfer und hörte, dass der Lastwagen wieder gestartet wurde. Diesmal wurde Ray aber nicht mitgenommen.

Boyle öffnete eine Tür, hinter der es dunkel war. Er drückte draußen auf den Lichtschalter, und plötzlich waren die kahlen Regale einer altmodischen Speisekammer zu sehen.

»Ihre Suite erwartet Sie, Sir.«

Ray suchte nach einer schlagfertigen Antwort, aber die einzigen Worte, die an die Oberfläche brodelten, waren »Scheiße, Scheiße, Arschloch, Arschloch, Drecksack, Wichser, Schwein, Pissgesicht, Hackfresse«, und die behielt er lieber noch eine Weile für sich. Der andere Gangster schubste ihn hinein, bevor Boyle die Tür zuwarf und abschloss. Dann hörte Ray Ächzen und ein ohrenbetäubendes metallisches Kreischen, als sie den

Herd vor die Tür schleiften, falls Ray wusste, wie man mit Holzsplittern ein Schloss knackte. Er ließ sich auf den Boden sinken, wo eine dünne Linoleumschicht die Dielen bedeckte, die einen feuchten Geruch verströmten. Hoch über ihm hing eine nackte Glühbirne am Kabel und leuchtete hell genug, um einen strahlenkrank zu machen. Er konnte sie wahrscheinlich rausdrehen, wenn er die Regale hochkletterte, aber er hatte ja nicht vor, sich schlafen zu legen.

Aber was sein geschundener Körper vorhatte, war eine andere Frage. Er wusste noch, dass er sich mit dem Rücken an die Tür gesetzt und nicht hingelegt hatte, also war er wohl eingenickt und umgekippt. Er war in so vieler Hinsicht kaputt gewesen, dass es gereicht hatte, als er bloß vor dem grellen Licht die Augen geschlossen hatte: Sein Gehirn hatte erkannt, dass es keinen Grund mehr gab, wachzubleiben, also hatte es beschlossen, alle Systeme eine Weile runterzufahren.

Fünf Stunden. Fünf Stunden *ununterbrochen*. Trotz des fürchterlichen Lichts und der kalten Nässe in der Hose war es sein bester Schlaf gewesen, seit Martin aus dem Krankenhaus mit nach Hause gekommen war. Deshalb war er jetzt nicht mehr so resigniert und gefügig. Außerdem war er nicht nur wach, sondern energiegeladen, entschlossen, sogar dynamisch. Dummerweise war er all das in einer abgeschlossenen Speisekammer.

Er stand auf und stieg auf das unterste Regalbrett, um zu sehen, was auf den oberen war. Er fand Staub, Sägespäne, einen Kugelschreiber und die obligatorische leere Farbdose. Selbst der Kerl aus dem *A-Team* hätte damit wohl nicht ohne Weiteres einen Fluchtplan bestreiten können. Ray stieg wieder runter, die Bodendielen gaben unter seinem Gewicht etwas nach, und er verstauchte sich um ein Haar den Fuß. Wahrscheinlich morsch, dachte er, und ihm ging ein Licht auf, das das nackte an der Decke noch um einiges überstrahlte.

Er hob die Linoleumschicht an, rollte sie auf und legte die Rolle ins Regal. Die Dielen darunter sahen uralt aus: verzogen, lose, weich und rott. Ray holte sich die Farbdose, hebelte sie mit dem Kugelschreiber auf, steckte den Deckel zwischen zwei Dielen und stellte sich mit der Hacke drauf. Das eine Ende sprang sofort hoch, als die krummen, rostigen Nägel sich aus dem feuchten Balken darunter lösten. Auch die Bretter zu beiden Seiten leisteten keinen nennenswerten Widerstand, und als er auch die ins Regal gelegt hatte, schien das Licht durch das Loch nach unten. Gut einen halben Meter tiefer konnte er Erde sehen, also war gerade genug Platz. Er zog das Jackett aus, steckte sein Portemonnaie und seine Hausschlüssel in die Gesäßtasche und ließ sich mit den Händen voran ins Loch rutschen.

Hinter ihm und links waren Wände, rechts war die Unterseite der Küche. Dort wollte er hin, aber erst musste er mit dem ganzen Körper durchs Loch, was der Balken nicht erleichterte, der gute zehn Zentimeter von der Höhe des Zwischenraums wegnahm. Er drehte den Kopf zur Seite und kroch vorwärts, wobei seine Haare und sein linkes Ohr sich in den staubigen Boden gruben. Der Geruch dort unten erinnerte ihn an Gartenhacken und alte Rasenmäher. Sein Körper blockte alles Licht von hinten ab, und er sah nichts mehr. Mit dem linken Arm tastete er und zog sich voran. Irgendwie bekam er beide Füße durchs Loch, streckte die Beine hinter sich aus und bohrte die Fußspitzen in die Erde. Jetzt kam wieder Licht nach unten, und er konnte ein paar Armlängen weiter eine Wand ausmachen. Mit dem neuen Halt am Boden zog er den Kopf unter dem Balken heraus und robbte seitlich in Richtung Küche. Der Abstand zu den Brettern oben wurde größer, als der Boden immer steiler abfiel und Ray in der Dunkelheit fast ins Rutschen kam. Eine andere Wand hielt ihn auf, von wo aus er den Hang hinauf zu seinem Loch schauen konnte.

Er war in einem Kriechkeller unter dem Haus, der auf drei Seiten von Wänden und auf der vierten vom Hang begrenzt wurde. Das Licht reichte, dass er die Rohre sehen konnte, die in die Küche führten, und die Stromkabel, die sich entlang der Wände schlängelten. Aber vor allem konnte er eine quadratische Lücke in der Grundmauer sehen, die in einen Nebenraum führte. Der Spalt war gerade so breit, dass ein Erwachsener durchrutschen konnte, und war wohl für Klempner und Elektriker gedacht, die in den Kriechkeller mussten – was nahelegte, dass der andere Raum einen Zugang hatte.

Ray kroch durch die Lücke, hinter der der Hang nicht weiterging. Stattdessen war dahinter gar kein Boden mehr zu spüren. Er tastete die Wand nach unten ab, soweit es sein Gleichgewicht erlaubte, und dann noch ein bisschen weiter. Der Boden war nur ein paar Handbreit weiter entfernt, aber die kommen einem ziemlich lang vor, wenn man es nicht weiß und fällt. Er machte einen wenig eleganten Bauchklatscher auf den harten Steinboden, von wo aus er seine Rettung in Form eines gekippten Milchglasfensters sah, durch das Mondlicht schimmerte. Der Geruch nach Gartenhacken und alten Rasenmähern stammte von einer Gartenhacke und einem alten Rasenmäher, wie sich herausstellte, die zwischen einigen anderen Gartengerätschaften an den Wänden des Kellers standen.

Ray sammelte sich einen Augenblick, schüttelte sich den Staub aus den Haaren und drückte schließlich mit angehaltenem Atem die Türklinke. Sie öffnete sich unter leisem Quietschen und großer Erleichterung. Grobe Fahrlässigkeit des Eigentümers, der ganz und gar selber schuld war, falls irgendein Meisterdieb sich mit seinem Museumsmäher vom Acker machte.

Hinter der Tür befand sich eine kurze Treppe hinter das Haus, wo Unkraut und hohes Gras das normalerweise laute Kiesbett erstickt hatten. Ray stieg nach oben, bis sein Kopf auf Bodenniveau war, drückte sich flach auf die Treppe und suchte die Umgebung ab. Sein Auto stand zwanzig Meter weiter neben dem Haus. Möglicherweise steckte der Schlüssel noch, da seine Kidnapper sich wahrscheinlich keine Sorgen um Gelegenheitsdiebe machen mussten. Das galt natürlich auch für den Rover. Wenn der Schlüssel aber nicht steckte, würde ihm das Geräusch der Autotür den Vorsprung bei einer Flucht zu Fuß nehmen. Er hätte ohne Weiteres in den Bäumen verschwinden können, wogegen natürlich sprach, dass er keine Ahnung hatte, wo er war, was sich hinter den Bäumen befand und wie lange es dauerte, bis die Gangster ihn aus der Speisekammer holen wollten und merkten, dass er fehlte.

Er bewegte sich ein paar Sekunden lang nicht und horchte. Nichts. Im ganzen Hause regte sich nicht ein waffenstarrendes Pissgesicht.

Ray hielt sich nah bei der Wand, setzte jeden Fuß so geräuschlos wie möglich auf und schlich am Haus entlang. Sein eigenes Auto stand näher, also schaute er erst dort hinein, aber das Mondlicht reichte nicht, um zu sehen, ob der Schlüssel steckte. Er legte die Finger um den Türgriff und wollte gerade ziehen, als er es sich anders überlegte und wieder losließ. Die Nacht war so still und leise, dass das Geräusch weit und breit zu hören gewesen wäre. Wenn er es drauf ankommen ließ, dann doch lieber mit dem Rover. Den musste man schon mal keine zehn Minuten aufwärmen, damit er nicht abwürgte, was einer zügigen Flucht beides nicht zuträglich gewesen wäre.

Ray schlich weiter zum größeren Auto und presste das Gesicht an die Scheibe. Der Wagen stand zwar im besseren Winkel zum Mondlicht, aber er konnte drinnen trotzdem nicht mehr erkennen als die blinkende LED am Radio. Hinter dem Rover standen noch ein Minivan, wie er ihn am Abend vorher gesehen hatte, ein Lieferwagen und zwei Mondeos, die beide einen Anhänger mit Schnellboot angekuppelt hatten.

Wieder legte er die Finger um den Griff und zog, bis er einen Widerstand spürte, um dann vorsichtig weiterzuversuchen. Er spürte, wie der Mechanismus der Öffnung näher und näher kam, wusste aber, dass das Geräusch am Ende das gleiche sein würde, wie wenn er einfach schwungvoll am Griff gerissen hätte. In dem Moment hörte er drinnen jemanden husten und Schritte, und er riss die Tür auf, sprang auf den Fahrersitz, tastete mit der rechten Hand und fand den Schlüssel in der Zündung.

»Scheiße, noch mal Glück gehabt.«

Der Motor sprang sofort an, und er jagte mit einer Hand am Steuer vorwärts, während die andere nach den Scheinwerfern fummelte. Im Rückspiegel sah er die Haustür, aus der zwei Gestalten kamen und fast übereinander stolperten. Als er hochschaltete und das Gas wieder durchtrat, fand er endlich auch das Licht, das ihn gerade noch davor rettete, über die Einmündung und mitten auf ein Feld zu rasen.

Er trat auf die Bremse, riss das Steuer hart nach rechts und rutschte und schleuderte erst hin und her, bevor er den Wagen wieder unter Kontrolle hatte. Als er ein paar Sekunden später wieder in den Rückspiegel schaute, sah er seinen schwarzen Polo an derselben Einmündung, und er wusste, dass er gewonnen hatte. Der Polo hatte der Tür am nächsten gestanden und keinen Anhänger, womit er theoretisch schneller war als alle anderen vor dem Haus. Theoretisch.

Ray schaltete in den vierten Gang, vergrößerte mühelos die Distanz zwischen den Autos und erlaubte sich ein Grinsen, als er die kraftvolle Beschleunigung spürte und sich die Gesichter seiner Verfolger vorstellte, die im Polo hinterhergondelten. Zum allerersten Mal überhaupt war er Div dankbar, dass er ihm die müde Gurke verkauft hatte.

Jeder kannte jemanden wie Div, einen liebenswerten Schluffi, auf den man sich instinktiv niemals verlassen wollte, es dann schließlich doch tat und am Ende natürlich selber schuld war.

Und das war noch viel zu wenig gesagt. Die Worte »Div« und »Chaot« waren für jeden, der ihn kannte, Synonyme, aber es gab auch Widersprüchlichkeiten. Heutzutage führte er zum Beispiel ein erfolgreiches Unternehmen, das den fehlerfreien, sorgfältigen und präzisen Umzug ganzer Firmennetzwerke organisierte, aber wann immer sie eine LAN-Party organisierten, kreuzte Div mit einem halb fertigen PC auf und musste sich von allen anderen Teile ausleihen. Und während Div stets den Eindruck extremer Unzuverlässigkeit vermittelte, konnte Ray sich nicht mehr daran erinnert, dass er ihn jemals ernsthaft hängen lassen hatte (bis auf das mit dem Polo natürlich, aber selbst der hatte sich jetzt ja bezahlt gemacht).

In dieser Hinsicht war Div das absolute Gegenteil von Simon, der immer unheimlich methodisch und klinisch kontrolliert wirkte, Ray aber öfter im Stich gelassen hatte, als es gesund war, sich damit zu befassen. In letzter Zeit war Ray darauf gekommen, dass der Unterschied wohl darin bestand, dass Div so etwas nicht scheißegal war.

Auch auf andere Weise waren Div und Simon Gegensätze, was wohl erklärte, warum sie nicht gut miteinander klarkamen. Das Seltsame – aber irgendwo auch Angemessene – war, dass die Abneigung nicht vollständig auf Gegenseitigkeit beruhte. Simon, der sowieso immer eher angespannt war, ließ immer gerne seine Wut an Div aus, während Div, der so gelassen war, wie es die meisten anderen Menschen nur unter Zuhilfenahme von Opiaten wurden, kaum zurückätzte. Soweit Ray sich erinnerte, war er der Einzige von ihnen, der nicht auch nur einmal wegen Simons Verhalten an die Decke gegangen war, obwohl er mit der Zeit immer öfter zum Ziel von Simons Spott und Zorn wurde. Das lag daran, dass Div außerdem der einzige Mensch war, der sich strikt weigerte, Simon ernst zu nehmen, obwohl Simon gern sehr, sehr ernst genommen wurde. Daraus ergab sich natürlich ein hochwirksamer Teufelskreis.

Ironischerweise ließ sich an ihrer einen Gemeinsamkeit auch sehr gut illustrieren, was sie so verschieden machte. Mit einem Wort: Queen. Nicht die Parasitin, sondern die Rockband: Freddie und Brian, John und Roger, Scaramouche und Beelzebub, thunderbolts and lightning. Queen war Divs Religion und Simons peinlich gehütetes Geheimnis.

Als sie sich im dritten Unijahr eine Wohnung teilten (sie drei und Simons leidgeprüfter Kumpel Ross), war Musik meistens weniger eine gemeinsame Leidenschaft als ein Schlachtfeld. Dabei wurden aber nicht bloß die Vorzüge der jeweiligen Musikgeschmäcker und -sammlungen verglichen; vieles von dem, was über Musik gesagt wurde, drehte sich eigentlich gar nicht um Musik, sondern war nur ein Ersatzventil für die Spannungen, die natürlich entstanden, wenn vier Heranwachsende auf so engem Raum zusammenwohnten.

Ray spielte gelegentlich (und schrecklich dumm) die Friedenstaube und ermutigte alle dazu, die Meinungen der anderen zu tolerieren. Schließlich hatte jeder seine eigene Anlage im Zimmer, also war es bis auf die Lautstärke doch egal, wer was hörte. Tja, Simon war es alles andere als egal. Wann immer Div ein Queen-Album aufgelegt hatte, machte Simon ihn dafür fertig, sobald er die neutrale Zone (auch bekannt als Küche) betrat, verlangte eine Erklärung, wie er denn solchen Rotz hören könne, und regte sich immer mehr auf, weil Div nur sagte, dass die Musik ihm eben gefalle, und jede weitere Erklärung verweigerte.

Ray war mit den Werken von Queen nicht näher vertraut gewesen, bevor er mit Div in die WG zog, und hatte sie immer als schrille und geistlose Musik abgetan, die auf Ford-Sierra-Autoradios von Leuten gehört wurde, die sich vielleicht ein Album im Jahr kauften, und das bei Woolworth. Warum Simon sie nicht mochte, lag auf der Hand, aber etwas schwieriger war der übermäßige Hass zu erklären, den ihre Musik bei ihm zutage förderte. Aber damals kannte Ray noch nicht den Satz: »Die Dame, wie mich dünkt, gelobt zu viel.«

Ray begleitete Simon auf einem seiner regelmäßigen Wochenendbesuche bei seinen Eltern in Giffnock, um seine Wäsche abzuholen. Simon war nach unten gegangen, um ihnen Kaffee zu holen, und hatte Ray in seinem Kinderzimmer allein gelassen, wo er in einem alten Kleiderschrank einen Schallplattenstapel fand. Ray hockte sich davor und nahm ihn genauer unter die Lupe. Hauptsächlich bestand die Sammlung aus Sammlerstücken und Raritäten, mit denen Simon gelegentlich angegeben hatte. Dort lagen Picture Discs, bunte Twelve-Inch-Singles, Bootlegs, Limited-Edition-Gatefold-Cover – Schätze, von denen Simon Kassetten in der Wohnung hatte, deren Originale er aber verständlicherweise in Sicherheit aufbewahrte. Darunter aber lagen zwölf Queen-Alben, chronologisch gestapelt von *Queen* bis *The Works*. Er hatte sogar *Hot Space* und es ihnen offensichtlich verziehen, weil er trotzdem den Nachfolger gekauft hatte.

Die Lage war klar. Wenn Simon keine Geschwister hatte, die er aus irgendeinem Grund verschwiegen hatte, war er von früher Jugend an ein großer Fan von Freddie und den Jungs gewesen; Ray vermutete seit *Bohemian Rhapsody* um 75/76, und die früheren Sachen hatte er später nachgeholt. Irgendwann um 1984 als mittlerer bis älterer Teenager hatte dann aber eine stalinistische Säuberung stattgefunden, möglicherweise als Simon sich seine erste Bauhaus-Twelve-Inch oder seine erste Dose Haarspray gekauft hatte. Natürlich entwuchs jeder mal einer Lieblingsband, aber das hier hatte etwas von der Geschichtsumschreibung nach einem Militärputsch. Die Herren Mercury, May, Deacon und Taylor waren aus allen Fotos retuschiert und ihre Werke im Giftschrank versteckt worden.

Das erklärte nun auch endlich Simons Verfechtung bombastischer Auftritte, die nie so recht zu seiner, hüstel, *offiziellen* Plattensammlung gepasst hatten. Nicht nur bei Bands, die er hasste, wie The Smiths, verabscheute er den Minimalismus, sondern auch bei geschätzten Vertretern wie The Jesus and Mary Chain. Er ertrug das ganze müde Herumgestehe und das gelangweilte und gleichgültige Getue nicht, und die Zwanzig-Minuten-Sets sprach man am besten gar nicht erst an. Jetzt wusste Ray: Auf der Bühne wollte Simon eine Show wie von Queen sehen, nur eben nicht von Queen. Er war mit Mercurys Grundsatz aufgewachsen: »Was sich lohnt zu tun, lohnt sich zu übertreiben«, hatte nun aber das Problem bekommen, dass Mercury einfach das Gegenteil von cool war. Für Simon war cool alles. Image war alles, und er machte sich über nichts mehr Gedanken als darüber, wie seine Umgebung ihn wahrnahm.

Dabei wollte Div Simon mit seiner einfachen Erklärung nicht mal ärgern (na ja, vielleicht ein bisschen, sonst wäre er ja nicht Div). Div hörte Queen, weil er die Musik mochte. Sie liebte. Das war alles. Seine allgemeine Rock-'n'-Roll-Philosophie war genauso einfach: Wenn es laut war, gefiel es ihm. Das hatte aber nichts mit der Lautstärke zu tun. The Clash konnte man auf einem Taschenradio hören, und sie waren trotzdem laut, und Belle and Sebastian konnte man auf zehntausend Dezibel aufdrehen, und sie waren immer noch leise. Ray war schon lange nicht mehr bei Div zu Besuch gewesen, ging aber nicht davon aus, dass er B&S-Alben besaß. Natürlich war Queen nicht das Lauteste auf Divs Studentenplattenstapel, aber die Band war laut genug, und das übertrieben bombastische Auftreten zählte schon auch etwas.

Trotz allem hatten sie doch musikalisch so viel gemeinsam (was sie sogar zugaben), dass sie den kolossalen, aber ruhmreichen Fehler machten, eine Band zu gründen. Im Nachhinein erkannte Ray, dass sie wohl die unterbewusste Erkenntnis angetrieben hatte, dass sie noch nicht genug Spannung zwischen sich hatten und unbedingt noch ein Vorhaben brauchten, das ihnen garantiert den großen Knall brachte.

Es fing ganz unschuldig an einem Sonntagnachmittag an, aber dann kam Alkohol ins Spiel, und Dummheiten wurden gesagt und getan. Sie waren am Samstag in der QM-Bar beim »Battle of the Bands« gewesen, einer monatlichen Gelegenheit für Studenten mit Rockstarambitionen, vor ein paar trägen Nachmittagstrinkern zu zeigen, was man konnte. Der Kulturbeauftragte hatte diesen demokratischen Zeitblock zynisch unter seinen Wahlversprechen angepriesen und damit die Stimme jedes klampfenden Möchtegerns auf dem Campus geholt. In dieser Hinsicht war sein Sieg auch gleich seine Strafe gewesen.

Das Publikum bei diesen Veranstaltungen bestand üblicherweise aus drei Gruppen, in Reihenfolge ihrer Größe, angefangen bei der kleinsten: Freunde der Musiker, die zur moralischen Unterstützung dabei waren; Leute, die eigentlich nur in Ruhe einen trinken und ein bisschen quatschen hatten wollen und die eine handtellergroße Ankündigung des Beauftragten übersehen hatten, die in einer außer Betrieb befindlichen Herrentoilettenkabine klebte; und Schaulustige, die ihre Freude am Scheitern anderer hatten. Simon, Div, Ross und Ray hatten ursprünglich der zweiten Kategorie angehört, sich aber bald der dritten angeschlossen.

Sie unterhielten sich noch bis spät in den Samstagabend darüber, Simon lieferte einfallsreiche Verrisse, und die anderen warfen einen Spruch ein, wann immer sie es schafften. Zumindest teilweise beruhte Simons Spott auf jeden Fall auf seinem Neid, dass die ganzen Stümper sich immerhin zusammengetan hatten und auf die Bühne gestiegen waren, was er trotz seiner weitaus größeren Talente bisher noch nicht geschafft hatte. Er hatte schon ein paarmal bei Bands vorgespielt, vor Ort dann aber herausgefunden, dass die anderen Mitglieder »die letzten Arschlöcher« waren, was möglicherweise bedeutete, dass sie ihn nicht gewollt hatten. Oder vielleicht hatten sie auch gerade keinen Gitarristen/Leadsänger/alleinigen Songtexter/Choreographen/Coverdesigner/Rockvisionär gebraucht.

Die einhellige Meinung, dass sie das besser konnten, führte zu Rays unvorsichtigem Geständnis, dass er zu Hause in Houston ein Schlagzeug hatte, und zu Divs erstaunlicher Enthüllung, dass er Bass spielen konnte. In typischer Div-Art erklärte er, er habe sich für dieses Instrument entschieden, weil es weniger Saiten als eine Gitarre habe und deshalb weniger aufwendig sei. Genauso typisch Div war das irreführend selbstironischer Quark. Div beherrschte die Sechssaitige durchaus, wenn er aber mit seinen Lieblingsplatten hatte mitklampfen wollen, waren John Deacons Riffs um einiges leichter zu lernen gewesen als die von Brian May.

Ray dagegen hatte sich nie großes musikalisches Talent angemaßt, war aber mit einigermaßen guter Hand-Auge-Koordination gesegnet, nicht dass es große Zielgenauigkeit gebraucht hätte, um eine Drum zu treffen. Sein Können bei Computerspielen, Bogenschießen (das er an der Uni eigentlich nur gelernt hatte, weil es eben angeboten wurde) und sogar Comiczeichnen ging auf ein gewisses Maß an natürlicher Fingerfertigkeit zurück, die er sein Erwachsenenleben hindurch hingebungsvoll für nichts Sinnvolles eingesetzt hatte.

Simon schlug vor, dass sie sich gleich Sonntagmorgen zu einer Jamsession trafen, da es ja nun eine hauseigene Rhythm Section zum aufstrebenden Axtduo aus ihm und Ross gab. Und trotz Rays Skepsis, wie sich das Ganze wohl noch bei Tageslicht anhören würde, stand der Dark Man beim ersten Hahnenschrei um halb zwölf auf und lieh sich das Auto seiner Mutter, um Rays Ausrüstung aus Ayrshire herzukutschieren. Sie bauten sich in Simons Zimmer auf (das natürlich das größte war), Ray dämpfte das Schlagzeug mit Handtüchern und Pullovern, und sie legten los, sobald Div mit dem Bass und einem Mittagessen von seinen Eltern zurückkam.

Nachdem sie eine halbe Stunde lang *Tommy Gun* gequält hatten, hätten sie die Sache eigentlich hinschmeißen können. Dummerweise hielten sie durch und waren spätestens gegen halb elf so besoffen, dass sie glaubten, sie hörten sich doch schon ganz ordentlich an. Um Mitternacht beschlossen sie, sich »nur aus Quatsch« zum Battle of the Bands nächsten Monat anzumelden, und um zwei hatten sie schon einen Namen. Genauer gesagt hatten sie vier Namen und die Entscheidung auf die nächste Session verschoben, bei der Simon seinen Willen kriegen würde, wie sowieso schon alle wussten.

Statt Slideshow (Ross, cool und einfach), Manic Minors (Ray, nach einem ZX-Spectrum-Spiel) oder All Dead (Div, nach einem Queen-Song, natürlich) wurden sie The Bacchae. Nein, im Ernst. Das war der Name eines Dramas von Euripides, der sich auf einen Frauenkult im nackten, hedonistischen Rausch bezog, was ja alles unheimlich Rock 'n' Roll war, aber der Name selbst war trotzdem Mist. The Bacchae, meine Fresse! Div meinte, es höre sich an, als brauche man eine Creme dagegen.

Als sie sich das nächste Mal wieder trafen, fiel ihnen die kleine Dosis plangefährdender Realität ein, dass in zwei Wochen das Trimester vorbei war und das nächste Battle of the Bands noch mindestens sieben Wochen entfernt war. Also hatten sie Zeit genug – vor allem die Osterferien –, um etwas richtig Schlimmes auf die Beine zu stellen.

Wahrscheinlich wäre es besser gewesen, wenn sie richtig haarsträubend gewesen wären und nicht bloß schlecht, weil die Sache sich dann wohl aus mangelndem Eifer und allgemeiner Verlegenheit im Sande verlaufen hätte. Ray und Ross gaben sich da alle Mühe und steuerten genug Mittelmaß und Beinahe-Können bei, um die Ambitionen jeder Band zu sabotieren, die etwas auf sich hielt, aber leider enttäuschten Simon und sogar Div an dieser Front auf ganzer Linie. Als Div in Fahrt gekommen war, entpuppte er sich als weit besserer Bassist, als er zugegeben hatte, und Simon, tja, der konnte was an der Gitarre. Es gab Leute, die *konnten Gitarre,* und Leute, die *konnten was an der Gitarre,* und bei Simon war es auf jeden Fall Letzteres. Mit ihren ungleichen Talenten hatten sie die Grundlage für etwas, wofür man sie nicht mit Flaschen von der Bühne werfen würde, da waren sie sich ziemlich sicher.

Eigentlich konnte beim klassischen Four-Piece-Line-up gar nicht so viel schieflaufen, wenn man seine Grenzen kannte und realistische Ambitionen hatte. Und da war auch schon das Problem. Simon war zweifellos ein begnadeter Musiker und hatte eine große, detailliert ausgearbeitete Vision, aber er erkannte nicht, dass sie nicht dazupassten. Er hatte schon eine frustrierende Ewigkeit lang an seinen Plänen zur Eroberung der Rockwelt geschmiedet und glaubte so fest an sich, dass er einfach annahm, das Schicksal sei besiegelt, sobald er nur jeden Bandposten irgendwie besetzt hatte. Weiterhin ging er davon aus, dass der Rest von ihnen 1. das genauso sehen musste; 2. ihm Folge leisten würde; und 3. sich augenblicklich in brillante Musiker verwandeln würde.

Schon am Namen war seine Ungeduld zu sehen. Er hatte sich einfach nicht mehr zurückhalten können. *Seine* Band, die Band seiner Vision, waren The Bacchae. Na gut, jeder hatte so seine Rock-'n'-Roll-Träume. Aber die meisten warteten doch den richtigen Zeitpunkt ab, statt der erstbesten Studenten-Coverband nach gerade mal einer sogenannten Probe den großen Plan aufzuzwingen. Simon war mit den Gedanken natürlich schon Jahre weiter. Während die anderen vierzehn Tage später Optimismus über den ersten Auftritt verbreiteten, faselte er schon von seinem Hass auf die zukünftigen Fans, weil sie ihn einengen würden.

»Ich hasse diese ganze künstliche Hysterie. Es geht mir gewaltig gegen den Strich, wenn diese Proleten nach bestimmten Songs brüllen, verdammt noch mal *fordern*, was sie hören wollen. Da reißt man sich ein Bein aus, um ein Konzert auf die Beine zu stellen, und dann soll man die Playlist über den Haufen werfen, weil *die* besser wissen, was sie von *deinem* Set wollen? Am besten soll man nur noch nach Aufforderung spielen. Meinen die denn, ich bin ihre Privatnutte?«

Was natürlich alles einen ziemlich lauten Knall vorbereitete, wenn er wieder auf dem Boden der Tatsachen aufschlug.

Ray fiel es schwer, vor anderen zuzugeben, dass ihre Bessere-Jamsession-mit-Pub-Rock-Ambitionen The Bacchae hieß, während Div den Namen überhaupt niemals aussprach. Stattdessen nannte er sie bald nur noch The Arguments, was viel besser passte, weil sie tatsächlich weit mehr Zeit und Nerven für ihre Streitigkeiten aufwendeten als fürs Proben.

Es gab nur wenig, worüber sie nicht alle verschiedener Meinung waren, aber als Simon sie auf eigene Faust beim nächsten BOTB angemeldet hatte, mussten sie sich überlegen, woraus ihr Set bestehen sollte, und ein Streit brach los, der ihr bisheriges

Bandbestehen wie ein Goldenes Zeitalter der Harmonie und Einmütigkeit wirken ließ. Während die anderen drei Vorschläge machten, die sie für mehrheitsfähig hielten, schwebte Simon wie immer in anderen Sphären und teilte kopierte Songtexte aus; seine Vorstellung von Gleichberechtigung bestand darin, dass die anderen mitbestimmen durften, aus welchen seiner Kompositionen sich die Playlist zusammenstellen würde. Als zwei, drei Stunden später wieder ein ziviler Umgangston möglich war, wurde Simon erklärt, dass sie bessere Chancen hatten, nicht anzukommen wie ein Glas kalter Kotze, wenn sie sich hauptsächlich an Songs hielten, die die Leute kannten, und vielleicht *einen* eigenen Song ins Set schmuggelten, wenn sie gerade noch nicht allzu sehr mit Wurfgeschossen beharkt wurden.

Da hatte selbst Simon ein Einsehen, und der Streit wechselte von der Frage, welchen von Simons Songs sie spielen sollten, zu der, welche von Simons Covervorschlägen sie spielen sollten. Schließlich siegte die Demokratie, wobei das Ergebnis ein gutes Argument für den Faschismus abgab. Nachdem jedes Augenmaß und Urteilsvermögen auf dem Altar der Kompromissbereitschaft geopfert worden waren, machten sie nicht nur aus, dass jeder sich einen Song aussuchen durfte, sondern auch, dass in Ermangelung einer übereinstimmenden Leadsängerwahl auch jeder mal singen durfte.

Alle vier von ihnen. Auch Ray. In einem Zwanzig-Minuten-Set.

Der Kulturbeauftragte stellte ein einfaches Verstärkerset und ein Schlagzeug, weil er keine Lust darauf hatte, dass vier verschiedene Bands ihre Ausrüstung die winzige Bühne der Bar hoch- und runterwuchteten. Trotz Simons Widerworten hatten sie das hingenommen, bis einer der Verstärker während der haarsträubend überzogenen Abschlussnummer der ersten Band rückkopplungsbedingt abrauchte. Während Simon mit finsterem Blick daran erinnerte, dass er es ja gesagt hatte, und der Kulturbeauftragte sie ermahnte, wenn sie nicht zur zugewiesenen

Zeit auf die Bühne gingen, würde ihr Auftritt gestrichen, mussten sie ein paar schnelle Entscheidungen treffen, was vor dem Hintergrund ihrer bisherigen Entscheidungsfindungsrekordzeit von zwei Tagen durchaus eine Herausforderung war.

Schließlich bot Ross vermeintlich selbstlos an, als zweite Gitarre in den sauren Apfel zu beißen. Und erst, als die anderen schon ihre geheuchelten »Bist du sicher?«s und »Du hast was gut«s murmelten, wurde klar, dass er sich gar nicht bereiterklärte, ganz auf seinen Auftritt zu verzichten, sondern nur, seine E-Gitarre auf der Bühne in den toten Verstärker einzustöpseln. Er litt am gleichen musikalischen Größenwahn wie Raymond der singende Drummer und wollte seinen Augenblick im Rampenlicht nicht verpassen.

Trotz allem eröffneten sie ganz anständig mit Div als Sänger und *Boys Don't Cry* von The Cure, einem unverhohlenen Crowdpleaser, den man ohne große Verrenkungen eigentlich nicht versauen konnte. Div hatte demokratisch gleichberechtigt eigentlich *Funny How Love Is* ausgewählt, das aber von Simons todernster Veto-Drohung abgeschossen wurde, er werde eher die Gruppe auflösen, bevor er sich mit jemandem auf die Bühne stellte, der etwas von Queen sang. Danach kam mit Ross der Anfang vom Ende, als er vor Aufregung den Text zum zweiten Vers von *A Song From Under the Floorboards* vergaß und gerade noch von einem improvisierten Gitarrensolo Simons gerettet wurde, das fast so nahtlos einsetzte, dass es gewollt wirkte.

Die drei folgenden Minuten würden Ray für immer am Selbstwertgefühl nagen. Über die Toms konnte er verwirrte und amüsierte Gesichter sehen, als die bereits gitarrendezimierten Bacchae eine Version von *Lost in the Supermarket* spielten, die selbst Mick Jones nicht erkannt hätte, der den Song geschrieben hatte. Nämlich rutschte das auf Backing-Vocal-Level eingestellte Drum-Mic langsam am altersschwachen Ständer runter, sodass Rays Stimme, der es auch nicht guttat, als er sich verrenkte, um den Mund unter dem Scheißteil zu halten, bald vom Schlagzeug übertönt wurde. Je tiefer das Mikrofon sank, desto mehr nahm es die Snaredrum auf. Gegen Ende des ersten Refrains war schon kein Gesang mehr zu hören, und die verstärkte Snare überdröhnte auch noch die Gitarre und den Bass. An der Bar hielten die Leute sich die Ohren zu und verzerrten bei jedem Beat das Gesicht. Simon sah aus, als wollte er Ray mit seiner Les Paul erschlagen.

Der sarkastische Applaus danach war die lauteste Publikumsreaktion des ganzen Nachmittags – bis Simon ans Mikro trat. Er konnte auch nicht besser oder schlechter singen als die anderen, und sein Können an der Gitarre war wie gesagt die große Stärke der Band. Dummerweise konnte er nicht beides gleichzeitig.

Das hatte er während der Proben irgendwie verbergen können, wahrscheinlich hatte er sich hinter Ross' Rhythmus und Divs Bass versteckt und während der Stellen ohne Gesang seine Akkorde und Solos gespielt. Wenn er es auch vor sich selbst versteckt hatte, war das durchaus Verblendung auf Profiniveau. Vielleicht stimmte aber auch beides nicht, und er hatte während der Proben spielen können, vor Publikum aber Panik bekommen (was nach den vorangegangenen Ereignissen nur verständlich gewesen wäre). Auf jeden Fall stand Simon wegen Ross' Unplugged-Geschrummel so schutzlos da, dass er genauso gut nackt hätte sein können. Zunächst spielte er gar nichts, und der spartanische Drums-Bass-und-Vocals-Effekt hätte vielleicht gewollt wirken können, hätte Ross nicht wie der letzte Trottel neben ihm gestanden und still vor sich hin geklampft. Und dass Simon zwischendurch seine Akkorde und Solos einwarf, machte das Ganze auch nicht unauffälliger. Aber selbst das hätte Simon noch irgendwie rocken können, hätte er nicht versucht, die Situation zu retten, indem er plötzlich Ross' Part spielte. Die Akkorde selbst waren richtig, aber er konnte sie einfach nicht in einem anderen Rhythmus als die Lyrics spielen; dieser Flummieffekt wäre wahrscheinlich verdammt witzig gewesen, wenn er irgendwelchen anderen vier armen Schweinen passiert wäre.

Das Trimester nach Ostern war immer das kürzeste und endete schon nach sechs Wochen in der Klausurphase zum Jahresabschluss. Das war eine Gnade, denn das Leben in der Wohnung war nach dem »DeBacchel«, wie Div es nannte, noch unangenehmer als vorher. Die anderen legten es eigentlich nicht auf eine Drei-gegen-einen-Dynamik an, aber Simons Verhalten schweißte sie bald gegen den gemeinsamen und immer aggressiveren Feind zusammen. Von Anfang an war klar, dass seine Wut nichts zum Lachen war, und Simon schob die Verantwortung für das Fiasko jedem zu, nur nicht sich selbst, von seinen Bandkollegen über den Kulturbeauftragten bis zu dem langhaarigen Spinner, der den Verstärker zerschossen hatte, als er einen auf Jim Reid gemacht hatte.

Theatralisch beleidigt zog Simon im Vorfeld der Klausuren zurück zu seinen Eltern, und keiner von ihnen war so tapfer, die rhetorische Frage zu stellen, ob er ihnen seinen Miet- und Nebenkostenanteil für den letzten Monat ihres Vertrags dalassen würde. Sie waren sich aber einig, dass es das wohl wert war.

Ray hatte angenommen, das DeBacchel sei der Tod seines wilden Rock-'n'-Roll-Abenteuers, aber auf dem Weg zur Beerdigung geschah noch etwas Unerwartetes. Ohne jede Chance, für den letzten Rest des Studienjahres noch einen vierten Mieter zu finden, hatten sie sich schon damit abgefunden, die Kosten unter sich aufzuteilen, als Div ein Licht aufging. Sein kleiner Bruder Carl war gerade mit der Schule fertig und kam im Sommer an die Uni, also überzeugte Div seine Eltern, ihm die Monatsmiete auszugeben, um dem Jungen einen Vorgeschmack aufs Studentenleben zu bieten.

Ray war schon aufgefallen, dass kleine Geschwister oft Eigenschaften der großen in konzentrierter Form aufwiesen. Vom Gesicht her ähnelte Carl Div zwar nicht besonders, aber an der Umgänglichkeit war die Verwandtschaft leicht zu erkennen; und als der Junge eine Gitarre in die Hand nahm, erkannte man nicht nur Divs Talent wieder, sondern auch die Tendenz, sein

Licht unter den Scheffel zu stellen. Die konzentrierte Eigenschaft des Jüngeren war in diesem Fall pures musikalisches Naturtalent.

Als die Klausuren endeten und die letzten Reste der Stipendiengelder ausgingen, fingen sie trotz ihrer traumatischen Erfahrung bald wieder an zu jammen, um die Tage rumzukriegen. Selbst wenn sie noch Geld zum Verpulvern gehabt hätten, wären sie wohl nicht in die QM-Bar gegangen, um Simon nicht über den Weg zu laufen, obwohl Ray im Nachhinein klar wurde, dass der Dark Man so seine eigenen Gründe hatte, sich dort nicht mehr zu zeigen.

Sofort stellte sich eine atmosphärische wie musikalische Harmonie ein. Divs Stimme war ein perfektes Gegenstück zu der von Carl, aber diesmal stellte sich die Frage gar nicht erst, wer der Leadsänger werden sollte, zumal dieser Gitarrengott auch noch gleichzeitig singen und spielen konnte.

Die Wochenenden verbrachte Carl im Strawberry Club, der sich gerade zum Epizentrum der Glasgower Klimpergitarren-und-Anoraks-Szene der mittleren Achtziger mauserte. Er befand sich in einem Raum unterhalb der Haupttanzfläche vom Rooftops an der Sauchiehall Street und bezeichnete sich selbst damals noch als »discotheque«. Eigentlich war es nicht so der richtige Laden für Div, Ross und Ray, denn selbst ironisch gezierte, zuckersüße Musik war immer noch geziert und zuckersüß, aber sie gingen ab und zu mal mit, weil die QM-Disco den Sommer über geschlossen war und die Mainstream-Clubs voller Bekloppter waren, die zwischen Bierflaschenprügeleien zu beschissener Musik tanzten. Derartige Gefahren lauerten im Strawberry Club nicht, wo lächelnde Höflichkeit ein affektierter Teil der Szene war. Die Leute brachten Süßigkeiten mit und ließen sie herumgehen, und alle äußerten sich in einer übertrieben formellen Aussprache, als kämen sie gerade direkt vom Schauspielunterricht. Es war so abstoßend, wie es sich anhörte.

Wie sich herausstellte, ging Carl dort aber nicht nur hin, um zu tanzen und Mädchen abzuschleppen, so gerne er beides auch tat. Er war immer auch ein fleißiger kleiner Netzwerker und organisierte eine »Showcase Night«, die der Strawberry Club oben im Hauptsaal veranstalten würde. Bei diesem großen Jangle-Pop-Event würde eine Reihe bisher nicht unter Vertrag stehender Bands neben einigen lokal bekannteren Namen vor einem Publikum auftreten, in dem sich mehrere geladene Vertreter von Indie-Labels befanden. Und dabei sein sollte natürlich Carls bis dato namenlose Band.

Das Trauma des DeBacchels war zu diesem Zeitpunkt noch nicht ganz überwunden, also mussten Ross und Ray erst noch überzeugt werden, was Carl schließlich mit der Versicherung gelang, er habe schon ein paar Demos der anderen gehört, und sie seien »nie im Leben die beschissenste Band da«. Außerdem hatten sie sechs Wochen Vorbereitungszeit, was fast der gesamten Lebensdauer der Bacchae von der Empfängnis bis zum Abort entsprach. Auch der Name fand sich bald. Div verkündete mit einem Grinsen: »Wir können doch nur die Arguments sein«, und unter einhelligem Gelächter gab es keinen Widerspruch.

Außerdem fehlte ihnen noch eigenes Material. Das glaubten sie zumindest, bis Carl im richtigen Moment »ein paar Sachen, an denen ich gearbeitet habe« zeigte. Nach Simons haarsträubend überambitionierten Kompositionen war Ray durchaus skeptisch, bis Carl seine Twelve-String in die Hand nahm. Die einzige vergleichbare Erfahrung war für Ray, wenn er später ein Teenage-Fanclub-Album hörte: Die Songs waren alle so spontan sympathisch, dass man schwören konnte, man hätte sie schon mal irgendwo gehört. Sie waren einfach, melodisch und erinnerten faszinierenderweise an zehn andere Bands gleichzeitig. Man musste dazu sagen, dass Carls Texte grauenhaft waren, aber man konnte eben nicht alles haben.

Trotz allem musikalischen Eklektizismus hatte Carl eins mit seinem bacchantischen Vorgänger gemeinsam: Queen wurde nicht geduldet. Queen war alt, pompös und bombastisch, und am allerschlimmsten: Sein Bruder stand auf Queen. Deshalb konnte Div nicht der Versuchung widerstehen, ihn auszutricksen. Als sie eines Sonntags bei den beiden zu Hause in der Garage probten, nahm Div die Twelve-String in die Hand und spielte die euphorisch klimperigen Eröffnungsakkorde von *Funny How Love Is*. Als Ray sie erkannte und Divs verschmitzten Blick sah, setzte er mit einem Stampfen auf die Bass Drum ein und ließ die Toms krachen. Carl, der natürlich glaubte, sie würden einfach jammen, spielte einen Riff auf der E-Gitarre und nickte und lächelte den beiden zu, wie sie es immer taten, wenn der allgemeinen Stimmung nach »etwas passierte«. Dann trat Div ans Mikro und sang im Vertrauen, dass sein kleiner Bruder keine Ahnung haben würde, woher der Song stammte. Wie sie den Song spielten, hätte er von irgendeiner psychedelischen Spätsechziger-Truppe sein können, und die Lyrics über »coming home for tea« und so weiter waren von Scaramouche und Beelzebub auch Welten entfernt.

»Alter, das war ja genial«, sagte Carl. »Das müssen wir noch mal machen.« Und sie schafften es noch zweimal durch den Song, bis er die offensichtliche Frage stellte.

Und so begab es sich, dass die Strawberry Suckers (© Div 198x) den Arguments begeistert bei einem Song von der Band zujubelten, die genau für das Gegenteil ihres Indie-Jangle-Pop stand.

Nur der Kulturbeauftragte der Queen Margaret Union, der eingeladen worden war, falls er eine der Bands buchen wollte, erkannte als wohl Einziger anderer dort den Song. Er beurteilte ihren Beitrag mit »Verdammt geil, Mann ... Queen, Alter – ihr habt mal nen Arsch in der Hose« und bot ihnen an, beim bevorstehenden Konzert von Lloyd Cole and the Commotions als Vorband aufzutreten. Er vertraute ihnen auch an, er »kriege von der ganzen Scheißszene hier Kopfschmerzen. Wenn jetzt noch eine von den süßlichen Schmusecombos auf die Bühne kommt, dreh ich durch.«

Ein schlechter Augenblick für einen der versammelten Anoraktträger, der ihnen ein weißes Papiertütchen hinhielt und sagte: »Hi, ich bin Adrian. Wollt ihr was Süßes?« Der Kulturbeauftragte schickte ihn mit einem sauberen rechten Haken zu Boden, bevor er von mehreren Türstehern weggeschleift wurde. Rooftops mit seinem guten Dutzend Treppenabsätzen war so ziemlich der schlechteste Club der Stadt, wenn man sich rauswerfen lassen wollte, aber so weit hatte er wohl nicht gedacht, als der rote Nebel aufwallte.

Unter den Massen (na ja, mindestens zweihundert), denen die musikalische Bildung fehlte, um die Hand Freddie Mercurys zu erkennen, war auch ein gewisser Jim Collins, der in Edinburgh ein kleines Indie-Label namens Starjet führte. Er trug eine Brille mit Kassengestell, die ihn sicher trotzdem ein Vermögen gekostet hatte, redete wie ein Pferderennen-Kommentator auf zu viel Koffein und rasselte eine endlose Liste musikalischer Vergleiche und spekulativer Einflüsse runter. Seine Trefferrate war so beeindruckend, dass Ray fast vermutete, er wäre kurz vorher bei ihnen in der Wohnung eingebrochen, obwohl ein entscheidender Name witzigerweise fehlte. Collins versprach ihnen ein Tonstudio und die Veröffentlichung einer Single, solange es »der letzte Song da eben war, *Funny* hieß der doch, oder?«.

Er bekam natürlich ein bisschen Panik, als er es schließlich erfuhr, aber da waren der Song und die Two-Track-B-Side schon in der Dose und die Tinte auf dem Vertrag lange trocken.

Der Singles-Rezensent des *NME* nannte den Song »ein Werk dreiminütiger Alchemie, das aus erbärmlichem Ausgangsmaterial etwas ganz Besonderes gemacht hat«. Div wollte dem Kerl an die Gurgel, aber dank der Rezension (und wohl auch der unermüdlichen Sammler von allem, was mit Queen zu tun hatte) schafften sie es in die Indie-Charts bis auf Platz elf. Eine Nummer höher, und sie wären auch noch auf ITV in der *Chart Show* erwähnt worden, aber da sie sowieso kein Video hatten, spielte das keine große Rolle. Für so etwas hätte Jim sicher kein Geld lockergemacht, nachdem er nicht mal einen Fotografen für die Hülle bezahlt hatte.

Ein Kumpel von Carl hatte das Bandfoto aufgenommen, ein großer Schlaks namens Steff. Ray wusste nicht, ob er einen Beruf daraus gemacht hatte, die Arguments schafften es auf jeden Fall nicht. Sie hatten ein paar tolle Monate, wie sie neue Bands damals oft hatten, als die Platten noch länger als eine Nanosekunde in den Charts blieben. Sie gaben viele Konzerte in der Gegend und kamen noch ein paarmal in die Zeitung, der größte Beitrag war eine Story/ein Interview über eine halbe Spalte im *Melody Maker* mit berechenbar spitzem Ton, nachdem die Single im *NME* so gut weggekommen war. Es war toll, es war aufregend, und es war eine zwischenzeitliche Ablenkung von der unabweislichen Wahrheit, dass sie keine echte Band waren: sie waren zwei Stümper, ein Könner und Carl. Das konnte jeder sehen und sie selbst natürlich auch.

Die Auflösung war freundschaftlich, wenn auch traurig. Es war ja nicht so, als wären sie dem großen Ruhm zum Greifen nah gewesen, aber sie hatten eine Weile ihre Schuljungenträume leben dürfen und wussten, wie sehr sie sie vermissen würden. Sie sahen aber ein, dass sie ihre Viertelstunde nur durch pures Glück und das Talent von jemand anderem bekommen hatten und die Chancen einer Wiederholung gegen null strebten.

Allzu viel Zeit für Selbstmitleid blieb auch nicht, da das Ende des Weihnachtstrimesters bevorstand und der Auflösungszeitpunkt der Arguments ihnen noch gerade so eine Chance ließ, ihre Abschlüsse zu retten. Carl dagegen rettete nicht mal sein erstes Studienjahr. Wenige Wochen nach der Trennung arbeitete er schon mit Kenny Redford zusammen, mit dem er bald die Gliders gründete und später auch die hochgelobten Famous Blue Raincoats.

Ray war nach wie vor stolz auf seinen kleinen Platz in der Familiengeschichte der Gliders und FBRs und freute sich schon auf den Tag, an dem er Martin die ganze Geschichte erzählen würde, auch wenn der wahrscheinlich kein Wort verstehen würde. Ungeachtet kleinerer Momente der Wehmut und Eifersucht war Ray eigentlich immer glücklich für Carl gewesen, mit der einen Einschränkung, dass der sich immer noch die ganze Zeit viel zu fröhlich anhörte. Ray hätte ihn gerne nur ein einziges Mal über schlimme Trennungen, Selbstmord und Tod singen hören. Schließlich hatten selbst die Beach Boys *Pet Sounds* gemacht, verdammt noch mal.

Als Ray das erste Ortsschild sah, das auf mehr als eine Farm hinwies, kam die Sonne schon langsam über den Horizont. Er war sicher noch nicht so lange gefahren, wie es ihm vorkam, wahrscheinlich nicht mal eine Stunde, aber alles auf irgendeiner kleinen Landstraße, die nur von Feldwegen gekreuzt wurde. Sein alter und verlässlich klappriger Polo war nicht mehr im Rückspiegel aufgetaucht, nachdem er ihn einmal abgehängt hatte, aber weil er nicht wusste, wo er war, konnte er sich immer noch vorstellen, irgendwo abgefangen zu werden. Bei jedem Scheinwerferpaar, das ihm entgegenkam, machte er sich zum Ausweichen bereit, weil er Angst hatte, der andere Wagen würde ihm den Weg versperren.

Der Sonnenaufgang und der Anblick einer Fernstraße erleichterten ihn so weit, dass er sich keine großen Sorgen mehr über etwaige Verfolger machte und ihm einfiel, dass Kate wahrscheinlich vor Angst ganz krank war. Oh Gott, die Arme. Den Schildern nach näherte er sich Crieff, also konnte er in etwa einer Stunde zu Hause sein, aber wenn die Rollen vertauscht wären, würde er die Zeit kaum ertragen. Er griff instinktiv in die Tasche, erinnerte sich dann aber wieder daran, dass sein Handy geklaut worden war und er sein Kleingeld im Jackett gehabt hatte, das er in der Speisekammer zurückgelassen hatte. Seine Brieftasche hatte er aber noch in der Hose. Er wollte bei einer 24-h-Tankstelle halten, um an Wechselgeld oder eine Telefonkarte zu kommen, wenn sie welche hatten.

Als er sein versifftes Hemd abklopfte, fiel ihm wieder ein, in welchem Zustand er war, und jetzt im Tageslicht sah sein Gesicht im Spiegel der Sonnenblende aus wie das eines Bergmanns nach der Schicht. Seine Klamotten waren verkrustet, seine Haut schwarz, und er war immer noch pissnass. Er sah aus und roch wie ein kaputter Alki, der irgendwo in einem Hauseingang übernachtet hatte.

Er fand schließlich eine Tankstelle, die außerdem noch einen angeschlossenen 24-h-Supermarkt hatte. Zu Hause in Newlands gab es auch einen, den er die letzten Monate über ausgiebig genutzt hatte. Außer müden Eltern, Schichtarbeitern und hungrigen Kiffern stolperten dort noch alle möglichen Nachtgestalten durch die Drehtür, also war so ein Laden vielleicht der einzige Ort, an dem er sich in seinem Zustand zeigen konnte, ohne allzu schief angeguckt zu werden.

Er überlegte, ob er sich als Erstes auf dem Klo das Gesicht waschen sollte, aber dann fiel ihm ein, dass er zum Umziehen sowieso noch dorthin musste, und ging direkt in die Klamottenabteilung. Er nahm sich ein T-Shirt, billige Jeans, eine Unterhose, Socken, einen Mars und eine Dose Lucozade und stellte sich mit großzügigem Abstand zum Vordermann an die Kassenschlange. An der Seite gab es einen Zeitungsaufsteller, auf dem über den Kochzeitschriften (Gourmandpornos, wie Kate sie nannte) die Morgenausgaben lagen. Ray überflog die Schlagzeilen und staunte, wie wenig die Welt draußen sich verändert hatte, seit seine eigene auf den Kopf gestellt worden war. Die Nachwirkungen der Politik-Storys von gestern in den Qualitätsblättern und die Scheidung eines Soap-Sternchens in der englischen Regenbogenpresse, und für Ray hätten sie alle schon Pommestüten sein können, so alt kamen ihm die Geschichten vor. Der *Daily Recorder* dagegen hatte etwas Neues in der linken Spalte:

ZWEI JUNGEN
VERSCHWUNDEN,
PERVERSER
LEHRER GESUCHT

Ray wollte schon über die gewohnte Sensationsgier schnaufen und fragte sich, welche Nebensache schon wieder den Zusatz »perverser« gerechtfertigt hatte. Dann erkannte er die halbspaltigen Schulfoto-Porträts über der Schlagzeile und fand die Bestätigung in der Bildunterschrift: »VERSCHWUNDEN: Jason Murphy und Alexander Sinclair«.

Oh, Scheiße!

Er suchte den Text panisch ab und kam mit dem Lesen nicht schnell genug mit. Halbsätze sprangen ihn an wie Auftragskiller.

»... machten sich Sorgen, als die beiden am Mittag nicht von der Schule nach Hause kamen, aber Schule und Mitschüler bestätigten, dass sie dort morgens gar nicht angekommen waren ...«

»... verließ die Schule, nachdem er die Kontrolle über seine Klasse verloren hatte. Ash war erst seit drei Wochen im Dienst ...«

»... stand nach Angaben der Polizei unter extremem Stress. Schüler berichten, er sei kürzlich von Murphy verhöhnt worden ...«

»... verführte die Schüler zu einem kranken Unterrichtsgespräch, das selbst vor dem Thema Sodomie mit Tieren keinen Halt machte ...«

»... zwang die Kinder zum Zeichnen pornographischer Bilder des männlichen Geschlechtsorgans ...«

Die Story wurde innen fortgesetzt, wo auch ein weiteres Bild abgedruckt war, nämlich das Reh-im-Scheinwerferlicht-Foto, das die Schule für seinen Dienstausweis genommen hatte.

»... bei Redaktionsschluss keine Neuigkeiten ...«

»... die Polizei warnt davor, voreilige Schlüsse zu ziehen, aber ...«

Das Foto sah ihm nicht besonders ähnlich, und Al Jolson an Kasse zwölf fiel auch nichts auf, aber Ray fühlte sich plötzlich sehr verwundbar. Nach allem, was er bisher durchgemacht hatte, hätte diese Bedrohung im Vergleich wohl vernachlässigbar wirken müssen, aber das Problem war, dass er jetzt nicht mehr nach Hause konnte. Die Polizei würde ihm seine Geschichte noch weniger abkaufen, wenn sie ihm die Entführung von zwei Jungen anhängen wollte. Und in Burnbrae zimmerten sie ihm wahrscheinlich schon einen Galgen.

Er hatte alles darangesetzt, von der Psychofarm abzuhauen. Jetzt wusste er nicht mehr, wohin er fliehen sollte.

AUFSTAND DER BEKLOPPTEN

»Oh, guck mal, ein Menschenauflauf«, trällerte McIntosh.

»Das hat mir gerade noch gefehlt, Tosh, du als Kampfoptimist.«

»Ach komm, Angelique, es gibt dem Morgen doch etwas Farbe, wenn wir das Lokalvolk mal in Hochstimmung erleben.«

»Schluss jetzt, oder ich bring dich um, okay?«

»Jawohl, Chef.«

Sie hielten kurz vor Ashs Adresse an der Kintore Road; genauer gesagt vor der schilderschwingenden Meute, die vom Bürgersteig auf Ashs Straßenseite bis auf die Straße quoll und von zwei Kollegen in Uniform zurückgehalten wurde. Angelique sah Mellis vom CID außerhalb des Halbkreises von Gehirnspendern stehen und mit einem Uniformierten reden, den sie nicht erkannte.

»Guck dir die Schweine an. Da ist Mellis; hoffentlich hat er einen Stapel aktuelle Haftbefehle dabei. Auf solchen Versammlungen wimmelt es doch immer von Kleinkriminellen.«

»Interessante Schreibweise von ›Pädophile‹«, beobachtete McIntosh, der sich die Schilder ansah, die gegen Pedofile, Pädoviele und Peedofiele protestierten. Ein anderes forderte: »Kinderschender aufhengen«, und ein weiteres: »Alle Perwärsen kastrieren«.

»Dabei ist es noch nicht mal neun. Faszinierend, wofür die Leute so den Arsch hochkriegen, wenn sie sonst nichts vorhaben.«

Sie gingen zu Mellis, der sie mit einem leichten Stirnrunzeln im Irrenhaus willkommen hieß.

»Sergeant McIntosh, Special Agent X«, sagte Mellis laut, um das wütende Gezeter fünf Meter weiter zu übertönen. »Was bringt Sie beide heute Morgen auf den Rummelplatz?«

»Wir möchten mit einem Zeugen sprechen, der hier wohnt, Raymond Ash.«

»Sind Sie DI de Xavia?«, fragte der Uniformträger, ein Sergeant, wie sie jetzt sehen konnte. Er hörte sich überrascht an. Das kam oft vor.

»Höchstpersönlich«, sagte Mellis, bevor Angelique selbst antworten konnte. »Ist ihr Ruf ihr vorausgeeilt?«

»Sparen Sie sich das für die Loge, Inspector!«, rügte sie Mellis und wandte sich dem Sergeant zu. »Und sagen Sie nichts – Sie hatten gedacht, ich wäre größer.«

»Ich ... äh ... ich bin Sergeant Glenn. Wir haben gestern telefoniert, wegen ...«

»Ach ja, der explodierende Wellensittich, genau.«

»Bitte?«, fragte Mellis.

»Was ist hier eigentlich los? Hat hier irgendwo eine Pädiatrie aufgemacht?«

»Sie lesen einfach nicht genug Regenbogenpresse, Angel«, sagte Mellis, drückte ihr einen *Daily Recorder* in die Hand und zeigte ihr die zweite Story auf der Titelseite.

Angelique las den Text schnell durch. »Oh, Scheiße!«

»Und Riesenpimmel auch, sagen die Kinder. Und denen verdanken wir auch diese Bekundung bürgerlicher Besorgtheit.«

»Wie sind die eigentlich alle hergekommen? Haben die Shuttlebusse eingerichtet?«

»Sieht so aus, was? Ich würde sagen, die Hälfte kommt aus Burnbrae, die andere Hälfte hier aus dem Stadtteil. Und es werden immer noch mehr.«

»Ich war gestern schon mal hier«, sagte Angelique ungläubig. »Ashs Frau meinte, wenn ich nicht warten will, soll ich gleich morgens wiederkommen, weil sie wegen dem Kleinen sowieso früh auf sind.«

»Ich dachte, gestern waren Sie bei der Schule«, hakte Glenn nach.

»Nein. Ich habe da angerufen und wollte mich ankündigen, aber die haben gesagt, er sei abgehauen. Deshalb habe ich es hier versucht. Ich hatte mir gedacht, er hat gesagt, ›Scheiß drauf‹, und ist nach Hause gegangen oder in den Pub. Ich weiß ja selbst nicht, ob ich einen Arbeitstag durchhalten würde, wenn am Abend vorher einer auf mich geschossen hätte.«

»*Wenn* denn wirklich einer auf ihn geschossen hat«, erwiderte Glenn spitz.

»Sie haben doch gesagt ...«

»Der Wellensittich, ja, aber ...«

»Was ist denn nun mit dem verdammten Wellensittich los?«, fragte Mellis.

»Wie ich es Ihnen schon erklärt habe, Inspector«, kam Glenn Angelique zuvor. »Ash hat behauptet, jemand hätte auf ihn geschossen. Ich habe ihn abgewimmelt, aber schließlich gab es doch gewisse Indizien, dass möglicherweise ein Schuss gefallen war. Im Einzelnen: ein paar kaputte Fensterscheiben und ein toter Wellensittich.«

»Gewisse Indizien?«, erwiderte Angelique. »Ich habe heute Morgen mit der Forensik gesprochen. Die haben in der Wand hinter dem Wellensittichkäfig eine Neun-Millimeter-Kugel gefunden, und die Federn sammeln sie immer noch ein.«

»Aye, aber in Anbetracht der weiteren Entwicklungen würde ich fast sagen, der Kerl hat die selber abgefeuert, um auf sich aufmerksam zu machen. Den Eindruck hatte ich von Anfang an, und so langsam passen die Fakten dazu. Neuer Job, neues Baby. Er weiß nicht weiter und will, dass es jemand merkt.«

»Ein Hilferuf?«, sinnierte Mellis. »Schon möglich. Soweit ich gehört habe, passt Ash in das Profil von einem, der kurz vor dem Zusammenbruch steht.«

»Wer weiß schon, was dem durch den Kopf gegangen ist?«, fuhr Glenn fort. »Kranker Kerl, wenn Sie mich fragen. Haben Sie gehört, was er gestern gemacht hat, bevor er aus der Schule abgehauen ist? Hat seine Schüler Pimmel malen lassen!«

»Oh nein, Hilfe!«, sagte Angelique. »Das muss man sich mal vorstellen! Kinder, die Schwänze malen! Das gab es ja noch nie!«

»Aber doch nicht auf Aufforderung des Lehrers«, erwiderte Glenn. »Ich kann mir vorstellen, dass der Kerl ernsthaft ausgeflippt ist.«

»Und was sagen Sie?«, fragte sie Mellis.

»Ich weiß noch nicht genug, um das einzuschätzen. Zwei Jungen sind verschwunden, das ist gerade meine oberste Priorität. Ich kann nichts ausschließen. Vielleicht kommen die beiden gerade in diesem Augenblick zu ihren Mamas nach Hause. Auch Ash könnte hier jeden Moment voller Knutschflecken und mit einem Mordskater auftauchen.«

»Wehe!«, sagte Angelique. »Gibt es denn außer dem Timing noch irgendwelche Hinweise, die Ash mit den Jungen in Verbindung setzen?«

»Nein. Keinen einzigen. Das wollen wir der kleinen Versammlung hier ja die ganze Zeit erklären.«

»Alter Spielverderber.«

»Ach, keine Sorge, die lassen sich von ein paar Fakten schon nicht den Aufstand verderben. Was wollen Sie denn eigentlich von Ash?«

»Das wollen Sie gar nicht wissen«, warf McIntosh ein, wofür Angelique dankbar war. Ob Mellis es nun wissen wollte oder nicht – sie hätte es wirklich nicht erklären wollen.

»Sie sagen, Sie waren nicht bei Ashs Schule?«, hakte Mellis nach.

»Nein. Warum?«

»Ich habe gestern Abend mit denen gesprochen. Die Sekretärin meinte, die Polizei sei da gewesen, hätte ihn aber nicht mehr erwischt. Ich hatte mich gefragt, wer von uns das war und ob Ash schon wegen anderer Sachen Ärger mit uns hatte. Das würde sein Verschwinden erklären, und ich könnte meine Ermittlungen darauf konzentrieren. Dann hat Sergeant Glenn mir von seinem Gespräch mit Ihnen erzählt, und wir sind beide davon ausgegangen, dass wohl jemand von Ihnen bei der Special Branch da war.«

»Wir sind unschuldig.«

»Ey, macht ihr faulen Säcke hier jetzt endlich mal was dagegen?«

Als Angelique sich umdrehte, sah sie eine überwältigende Fleisch- und Nikotinmasse nachdrücklich McIntoshs Schulter antippen, deren andere Hand ein »Pedoviele raus!«-Schild hielt. Das Geschlecht der Person war nur an einem »Beste Mama«-Anhänger festzustellen, der schwer vor einem Hals von der Breite der Kingston Bridge prangte und aussah, als wäre er aus einem Schlachtschiffanker geschmiedet worden, dessen Kette nur schnell umlackiert worden war.

»Wogegen, bitte?«, fragte Mellis höflich.

»Gegen den Scheißperversen, ey! Ihr steht hier rum wie die Arschgeigen, und das Schwein von Ash hat sich mit zwei Kindern verpisst. Hättet ma hören sollen, was der sich gestern bei meiner Nichte in Englisch geleistet hat. Das alte Dreckschwein! Was macht ihr n jetzt gegen den?«

Die hinteren Ränge der Menge bemerkten den Beginn des Streitgesprächs und drehten sich danach um.

»Wir gehen derzeit verschiedenen Spuren nach«, erklärte Mellis. »Im Moment gibt es keine Hinweise, die Mr. Ash mit dem Verschwinden der beiden Jungen in Verbindung setzen.«

»Tja, *dagegen* spricht aber wohl auch nix, nä? Deshalb steht ihr ja auch alle hier bei ihm vorm Haus rum, weil er n Scheiß damit zu tun hat, wa? Ihr meint wohl, wir sind alle den Clyde mit nem Bananendampfer hochgekommen!«

Mittlerweile schaute der Großteil der Menschenmenge in ihre Richtung, sodass der Halbkreis nicht mehr konvex, sondern konkav war und das Lächeln vor dem Haus die Mundwinkel runtergezogen hatte. »Bester Papa« trat aus dem Mob hervor und seinem Schatz an die Seite. Er war ebenso umfangreich, wirkte aber alles in allem etwas solider und bedrohlicher. Angelique erkannte gleich, dass er Familienangelegenheiten sehr ernst nahm, wie nicht nur sein Halskettchen, sondern auch sein Unterhemd zeigte, das unter vielen Tattoos auch ein sehr persönliches zeigte: »In Gedenken an mein lieben Vater.«

»Gibt's ein Problem, Kleines?«, fragte er Beste Mama, starrte dabei aber die Polizisten an.

»Die Drecksbullen lungern hier nur blöd rum und kraulen sich die Eier, statt den Scheißkinderficker zu jagen!«

»Ich glaub, ihr müsst mal eure Proritäten überdenken! Is ja wohl nich verboten, dass einem seine Kinder wichtig sind, oder?«

»Da haben Sie ganz und gar recht, Sir«, sagte Mellis. »Aber ich bin mir sicher, dass auch Mrs. Ash ihr Kind sehr wichtig ist, und dieser Auflauf vor ihrer Haustür kann für die beiden nicht allzu angenehm sein, also wenn Sie vielleicht …«

»Seine Frau und sein Kind sind noch da drinnen?«, fragte Angelique schockiert. »Mit den Granaten vor der Tür?«

»Wir haben eine Kollegin drinnen«, versicherte Glenn ihr. »Jane Beckett. Seit gestern Abend.«

»Trotzdem«, sagte Angelique und knöpfte sich die Besten Eltern vor. »Wie würde Ihnen denn so ein Auflauf vor dem Haus passen, wenn Sie ein drei Monate altes Baby zu Hause haben?«

Beste Mama starrte sie an, als hätte sie sie gerade unter der Schuhsohle gefunden. »Habt ihr die hinter den sieben Bergen gefunden oder was?«, grunzte sie und wandte den Blick wieder von Angelique ab. »Wachtmeister Zwergentussi, Mann ey!«

McIntosh legte Angelique eine Hand auf den Arm. »Angelique, bitte«, bettelte er.

»*Ich* bin ganz ruhig«, versicherte sie ihm. Glenn hatte das Hin und Her neugierig beobachtet. Mellis grinste ihn an, weil er mehr wusste als der Uniformträger. Alter Kindskopf!

Angelique wandte sich noch einmal den beiden Besuchern zu. »Ich würde sagen, Sie haben Ihren Standpunkt mit diesem Protest zur Geltung gebracht, aber da Mr. Ash nicht zu Hause ist, wüsste ich nicht, aus welchem Grund Sie seine Familie noch weiter einschüchtern sollten, also wie wär's, wenn Sie Ihre Zelte hier langsam abbrächen?«

»Hömma, Schokodrops!«, knurrte Beste Mama und watete unbewusst in den Piranhateich. »Du kannst uns hier nich wegschicken. Wir ham unsere Rechte!«

»Angelique«, wiederholte McIntosh und hörte sich ein bisschen nervöser an.

»Ich bin immer noch ruhig.«

»Okay, Sie haben die Kollegin gehört«, sagte Mellis. »Mrs. Ash hat ein Anrecht auf ihre Ruhe.«

»Und wir ham ein Anrecht, unsre Kinder vor so Schweinen wie ihrem Mann zu schützen!«, konterte Beste Mama, deren Gesicht mit jedem Wort röter wurde.

»Tja, vielleicht könnten Sie das besser tun, wenn Sie bei ihnen wären, anstatt hier herumzustehen.«

Falsche Antwort.

Der Kopf von Beste Mama bebte sichtlich, dann packte sie ihr Schild mit beiden Händen und schwang es nach Mellis, der zurücksprang und Glenn mit zu Boden riss. Angelique duckte sich und fegte der Frau die fetten Beine weg, drückte ihr ein Knie in den Rücken und zückte die Handschellen. Sie hatte kaum eine Hand zu fassen gekriegt, als Bester Papa zur Gefangenenbefreiung ansetzte. Er erwischte den unvorbereiteten McIntosh mit einem Ellenbogen im Gesicht und stürzte sich auf Angelique. Sie sprang auf, wich seinem weiten rechten Haken aus und wehrte ihn zu seiner großen Überraschung mit links ab. Danach waren sie nur noch Zentimeter auseinander, starrten sich in die Augen, sodass besonders klar zu sehen war, was als Nächstes kam. Er stieß mit der Stirn nach ihr und rammte sich prompt zwei gespreizte Finger ihrer rechten Hand in die Augen.

Bester Papa jaulte, riss die Hände vors Gesicht und taumelte zurück, aber schon nach kurzer Pause trieben ihn Wut und (gähn) Stolz voran, und er schlug blind um sich. Angelique hatte damit gerechnet, und als er wieder losstürzte, kam sie schon zum beidfüßigen Tritt angeflogen, der ihn ausschaltete, bevor er auf dem Boden aufschlug.

»So«, wandte sie sich an die staunende Menge, »wie gesagt möchte ich Sie alle bitten, Mrs. Ashs Privatsphäre zu respektieren und diesen Ort zu verlassen. Oder muss ich erst böse werden?«

Musste sie nicht.

»Alles klar bei dir?«, fragte sie McIntosh, der gerade Bester Mama die Handschellen anlegte. Er blutete ein bisschen aus dem Mund, sah aber vor allem sauer aus.

»Das ist Polizeigewalt, du schwarze Schlampe!«

Angelique hockte sich neben die Festgenommene. »Nein, aber wenn du mich noch mal so nennst, zeige ich dir gerne Polizeigewalt. Okay, Mopsi?«

»Boah, leck mich«, war Sergeant Glenns Beitrag, nachdem er und Mellis sich aus ihrem peinlich hilflosen Knäuel am Boden entwirrt hatten.

»Secret Agent X bei der Arbeit, Sergeant Glenn. Sie trägt den schwarzen Gürtel in drei verschiedenen Kampfkünsten. Es hätten vier werden sollen, aber dann hat sie als Braungurt beim

Training ihren Kempolehrer getötet, und das war der einzige in ganz Schottland.«

»Hören Sie nicht auf den«, bat sie Glenn. »Der erzählt Märchen.«

Der Sergeant nickte.

»Ich habe ihn nicht getötet, sondern ihm nur das Schlüsselbein gebrochen. Und es *sind* vier.«

Angelique klingelte an der Tür und wartete, dass PC Beckett sie hereinließ. McIntosh, Mellis und Glenn stellten sich hinter ihr auf dem Gartenweg an.

»DS Mellis, könnten Sie mal eben Verstärkung anfordern?«

»Äh, klar, aber warum denn?«

»Na ja, ich glaube nicht, dass wir mit fünf Kollegen die Maximalkapazität von Mrs. Ashs Wohnzimmer ausgereizt haben.«

»Verstanden. Okay, Sergeant, wir warten, bis wir dran sind. Ach, und Angel, denken Sie daran: Ash hat ihr nichts von den Schüssen oder irgendeinem Toten am Flughafen erzählt. Er hat gesagt, er wäre bei einem versuchten Überfall in den Fluss gestürzt. Wollte ihr keine Angst machen.«

»Okay, danke.«

PC Beckett ließ sie und McIntosh herein. Als sie die Tür schloss, klingelte das Telefon. Alle sahen sich gegenseitig an. Mrs. Ash kam in einem kotzfleckigen Sweatshirt und einer Jogginghose und mit dem Baby auf dem Arm aus dem Wohnzimmer und sah aus, als hätte sie seit den Neunzigern nicht mehr geschlafen.

Angelique nahm das Schnurlostelefon im Flur von der Ladestation, reichte es der Hausherrin und bot ihr an, das Baby zu übernehmen.

»Geht schon«, erwiderte sie. »Man schafft irgendwann so einiges, obwohl man das kleine Bündel auf dem Arm hat.«

Mrs. Ash hielt den Kleinen in der rechten Armbeuge, hob das Telefon mit der Linken ans Gesicht und zog sich wieder ins Wohnzimmer zurück. Die drei Polizisten bekamen kein Zeichen dafür oder dagegen, also folgten sie ihr. Sie setzte sich, bevor sie das Gespräch annahm, und bedeutete ihnen mit einem Nicken, es sich auf dem Sofa bequem zu machen.

»Hallo? Raymond! Oh, Gott sei Dank! Wo bist du? Alles okay?«

Sie warf Angelique einen abwehrenden Blick zu, die aufgesprungen war, als sie den Namen gehört hatte.

»Ja. Die Polizei ist seit gestern Abend hier. Was ist denn passiert?«

Angelique setzte sich wieder, wartete ab und versuchte, aus Mrs. Ashs Hälfte des Gesprächs schlau zu werden, die bei Weitem die kleinere war.

»Oh Gott. Ja, seit heute Morgen steht hier ein Lynchmob vor der Tür. Ich weiß nicht, was die Polizei glaubt. Nein. Aber ... aber kannst du nicht ... oh nein. Okay. Okay. Ich weiß. Oh Gott, Raymond. Nein, dem geht's gut. Ich weiß. Nur ein paar Bäuerchen. Hat fast vier Stunden geschlafen. Okay.« Und so weiter. Dann schließlich unter Tränen: »Ich dich auch. Okay.« Sie hielt das Telefon hoch. »Er sagt, er will mit jemandem von Ihnen sprechen.«

Angelique übernahm das Telefon.

»Hallo, hier spricht DI de Xavia.«

»Hallo. Raymond Ash.«

»Wo sind Sie, Mr. Ash?«

»Sie verstehen sicher, wenn ich das nicht einfach so sagen möchte.«

»Trotzdem wäre es für alle am besten, wenn Sie nach Hause kämen, damit wir die ganze Sache aufklären können.«

»Sie haben doch keine Ahnung, was hier alles aufgeklärt werden muss. Ich weiß nichts von den Jungs. Habe eben erst in der Zeitung von denen gelesen.«

»Ich doch auch, Mr. Ash. Wir haben eine Menge zu besprechen, und ich muss Ihnen sicher nicht sagen, dass Ihre Frau sich große Sorgen macht.«

»Ich mir auch. Okay, mein Geld ist gleich durch, also lassen

Sie die Spielchen und hören Sie mir zu. Ich bin gestern von zwei Männern aus der Schule entführt worden, die sich als Polizisten ausgegeben haben. Sie haben mich und mein Auto in einem Lastwagen eingeschlossen und zu einer verlassenen Farm gefahren. Eine exakte Position habe ich nicht, aber sie ist irgendwo ein Stück ab von der Straße zwischen Kincregie und ... keine Ahnung, irgendwo da oben eben. Die hatten alle Waffen, und es wurde viel hin- und hergeräumt, als ob sie irgendetwas vorbereiten. Ich weiß nicht, was sie mit mir vorhatten, aber ich glaube nicht, dass ich die Hauptattraktion war. Deshalb konnte ich wohl auch entkommen. Ich habe eins von ihren Autos geklaut. Meins ist noch da. Schwarzer Polo. Finden Sie die Farm und die Typen, *dann* stelle ich mich vielleicht.«

»Wenn Sie sich stellen, können wir Sie vor denen beschützen.«

»Und wer beschützt mich vor Ihnen?«

»Mr. Ash, Sie sind in der Sache der verschwundenen Jungen kein Verdächtiger.«

»Erklären Sie das mal der selbst ernannten Bürgerwehr.«

Damit legte er auf.

»Machst du Mrs. Ash mal einen Kaffee, Tosh?«

»Ich geh schon«, bot Beckett an.

»Tosh kann Ihnen ja helfen«, beharrte Angelique. McIntosh nickte. Die beiden verließen das Zimmer, woraufhin Mrs. Ash das Sweatshirt hob und den Kleinen andockte.

»Können Sie Gedanken lesen?«

»Das kenne ich von meiner Schwägerin. Mittlerweile kann ich Hunger-Weinen von allgemeinem Gequengel unterscheiden. Und natürlich hat er Ihnen schon fast den Pullover durchgekaut. Soll ich auch rausgehen?«

»Nein, ist schon in Ordnung.«

Sie saßen eine Weile still da, und Angelique wartete, bis der Kleine zufrieden trank, bevor sie wieder eine Frage stellte. Von James' Frau wusste sie auch noch, dass man erst mit der vollen

Aufmerksamkeit der Mutter rechnen konnten, wenn die kleine menschliche Pumpe ein wenig Druck in der Brust abgebaut hatte. Aus der Küche hörte sie, wie McIntosh per Funk die spärliche Ortsangabe der Farm durchgab. Die Gegend war eine gute Stunde nördlich von Glasgow. Sie würden sich von der örtlichen Polizei mögliche Kandidaten geben lassen und sie dann mit der Unterstützung bewaffneter Einheiten überprüfen.

»Mrs. Ash?«

»Kate.«

»Was hat er Ihnen gesagt?«

»Das Gleiche wie Ihnen. Dass er entführt wurde, aber fliehen konnte. Oh Gott, ich wüsste so gerne, wo er ist. Jetzt geht es ihm ja gut, aber ...« Sie seufzte ängstlich. »Das ergibt doch keinen Sinn. Warum sollte irgendwer Ray entführen? Aber ausgedacht hat er es sich nicht. Er hat wirklich Angst. So habe ich ihn noch nie gehört.«

»Er ist nicht in irgendetwas ... Problematisches verwickelt? Soweit Sie wissen?«

»Ray? Soll das ein Witz sein? In der letzten Zeit sind wir froh, wenn wir vielleicht mal Zeit für eine Tasse Tee haben. Und wenn er doch mal ein paar Minuten hat, klebt er vor dem Computer.«

»Was macht er da?«

»Spiele. So Ballersachen. Das hat er mal beruflich gemacht. Er hatte ein PC-Spiele-Café an der Allison Street – The Dark Zone –, bevor er Lehrer geworden ist.«

»Und Sie? Was machen Sie beruflich?«

»Ich bin in einer Marketing- und PR-Firma. Ich habe gerade sechs Monate Elternzeit.«

»Also haben die ihn wahrscheinlich auch nicht entführt, um an Sie heranzukommen.«

»Unwahrscheinlich.«

Ihr Gesichtsausdruck änderte sich, als ihr wohl etwas klar

wurde, während sie über diese offensichtlich absurde Vorstellung nachdachte.

»Sie sind gar nicht wegen der Jungs hier, oder?«, fragte Kate. »Ihnen geht es um etwas anderes. Wissen Sie denn von irgendetwas, worin Ray verwickelt ist?«

»Ich habe gestern zum ersten Mal seinen Namen gehört. Aber Sie haben recht, mit der Ermittlung zum Verschwinden der Jungen habe ich nichts zu tun. Hätten Sie etwas dagegen, wenn ich mir mal Rays Computer anschaue?«

»Nein. Moment, Martin ist gleich fertig. Dann zeige ich ihn Ihnen.«

McIntosh kam Beckett zuvor und durfte den Kleinen halten, wofür er mit einer Schulter voll Kotze belohnt wurde. Kate führte Angelique die Treppe hoch in einen kleinen, vollgestellten Raum, der von einem beeindruckenden Computersystem dominiert wurde. Die Wände hingen voller selbst gezeichneter Comics. Auf dem Ehrenplatz direkt über dem Monitor hing ein Bild von einem kleinen Cowboy mit Bart bis zum Bauch, durch den ein Sheriffstern schimmerte. Kate bemerkte Angeliques Interesse.

»Ray hat früher für ein paar Lokalzeitungen Comics gezeichnet. Das macht er schon, seit er klein ist. Vor ein paar Jahren hatte er einen in *The List*, in dem es meistens um Musik ging.«

»Sind die hier alle von ihm?«

»Nein, viele sind Nachzeichnungen von Bud Neill. Der ist Rays großes Vorbild. So hat er damals angefangen. Sein Vater hatte eine Sammlung von Bud-Neill-Comics, und Ray hat sie als Kind immer abgezeichnet.« Sie zeigte auf den Cowboy. »Den nimmt er im Internet sogar als Spielernamen: Lobey Dosser.«

Der Name sagte Angelique nichts, aber sie erkannte einen der Comics, den sie gerahmt an der Polizeischule in Tulliallan gesehen hatte. Darauf waren zwei Betrunkene bei einer Prügelei abgebildet, von denen einer auf dem anderen herumsprang, rundherum lagen Flaschen, und im Vordergrund standen zwei Polizisten in Uniform. Die Bildunterschrift lautete: »So, mein junger Kollege, der erfahrene Polizist geht jetzt noch eine Runde um den Block, bis einer die Sache meldet.«

»Sie haben gesagt, er spielt hier vor allem«, sagte Angelique, als sie den PC hochfuhr. »Wo ist denn der Joystick?«

»Nur Lamer spielen mit Joystick.«

»Bitte?«

»Sagt Ray immer. Das ist das einzige Gebiet, wo er den Macho raushängen lässt. Bei seinen Spielen nimmt man die Maus. Joystick ginge theoretisch auch, aber dann wäre man nichts als Frag-Futter.«

»Frag-Futter?«

»Tut mir leid. Ich höre eigentlich nicht so genau hin, wenn er loslegt, aber ein bisschen was von der Sprache schnappt man doch immer auf.«

Angelique durchstöberte schnell die üblichen Ecken des Systems: den jüngeren Browserverlauf, verschiedene Temp-Ordner, gelöschte Mails. Bis auf ein paar Gruß- und Glückwunschmails hatte Kate recht: Alles drehte sich um Spiele, selbst die Technikseiten, wie man Prozessor- und Grafikleistung verbessern konnte. Sie ließ eine Suche nach Bilddateien laufen. Passionierte Cyberperverse hatten ihre Sammlung meistens irgendwo versteckt, und wenn man plötzlich auf einen Haufen .gifs oder .jpgs in einem Ordner stieß, war das immer ein guter Hinweis. Bei Ash lagen aber alle Bilddateien im Internetcache und gehörten zu den bereits genannten Spieleseiten. Hätte er einen Hang zum Entführen kleiner Jungs gehabt, hätte sie irgendetwas Verdächtigeres erwartet als die Savage UK CTF Matchliste, was auch immer die sein sollte.

Es war das typische Hobbyzimmer eines großen Kindes, eine Regressionshöhle, in die er sich hin und wieder zu seinem Spielzeug und seiner Nostalgie zurückziehen konnte. Außerhalb davon befanden sich offensichtlich eine stabile Ehe und das Kind, für dessen Sicherheit er Lehrer geworden war. Es gab keinerlei Hinweise, warum er die Aufmerksamkeit des Black Spirit oder irgendeines anderen bewaffneten Bösewichts auf sich gezogen haben sollte. Genauso wenig fand sie Indizien für Glenns Theorie, Ash wäre ein Wichtigtuer mit blühender Fantasie oder stünde einem Nervenzusammenbruch näher als die meisten jungen Väter, wenn sie verstanden haben, dass das Baby dauerhaft dableibt. Auffällig war eigentlich nur, dass er seiner Frau nicht die Wahrheit über sein abendliches Flussbad erzählt hatte, aber da hatte er sie wohl einfach nicht beunruhigen wollen. Genauso war es bei der Sache mit dem Toten am Flughafen gewesen. Ein junger Elternteil wollte dem anderen nicht den Eindruck vermitteln, er verliere den Verstand.

Angelique bedankte sich und ging nach draußen, wo McIntosh den anderen schon von Ashs Anruf berichtet hatte. Sie hielt Mellis auf, bevor er hineinging.

»Hat dieser Ash eigentlich eine Akte? Ist er mal wegen irgendetwas aufgefallen?«

Mellis nickte. »Na ja, mehr oder weniger. Einbruch. Ist aber schon ewig her. Seitdem nichts mehr.«

»Haben Sie die Akte?«

»Die ist bei DI Carmack in Burnbrae.«

»Das hilft mir jetzt nicht unbedingt weiter.«

»Ach, am besten reden Sie da sowieso mit Angus McPhail in Partick. Kennen Sie ihn?«

»Ja. Dachte, der wäre schon pensioniert.«

»Bis Weihnachten hat er noch. Er hat Ash damals festgenommen.«

Sie setzte McIntosh beim Hauptquartier ab und fuhr weiter ins West End, ihr altes Studentenviertel. Die Wache in Partick bekam alles mögliche Seltsame zu sehen, weil sie auch für die Unigegend zuständig war, weshalb auch Raymond Ash in seinem letzten Studienjahr dorthin geschleift worden war.

»Es war nur so ein Studentenstreich, der ein bisschen aus dem Ruder gelaufen ist«, erklärte Gus McPhail ihr, der noch mal in den Aufzeichnungen der Wache nachgeschlagen hatte. Angelique saß ihm gegenüber und hatte eine Hand auf ihrem eigenen Ordner mit Unterlagen und Neuigkeiten zum Black Spirit liegen. »Sind ins Uni-Museum eingebrochen. Haben nichts geklaut, sondern nur ein paar Ausstellungsstücke, äh, neu angeordnet.« Er grinste. Die Erinnerung fiel ihm nicht schwer.

»Moment, jetzt fällt es mir wieder ein. Da war ich auch gerade an der Uni. Ich war noch im ersten Jahr, aber der ganze Campus hat darüber geredet. War das nicht irgend so ein Protest?«

»Tja, das ist doch immer die Ausrede, wenn Studenten irgendwelchen Mist bauen, oder? Ich glaube, es war halb Protest, halb Gelegenheit. Die Uni hatte gerade für teuer Geld ein neues Sicherheitssystem für das Museum angeschafft.«

»Und die Studenten fanden, dass das Geld anderswo dringender gebraucht worden wäre, genau. Ich glaube, ich war damals auf einer Sitzung zu dem Thema. Im ersten Jahr geht man so ziemlich zu allem hin.«

»Die beiden sind dann eingebrochen, weil sie zeigen wollten, dass das neue System auch bloß Mist war.«

»Wie haben sie es geschafft?«

»Computer-Hackerei, Ablenkungsmanöver und so weiter. Sie waren ziemlich schlau, aber ... *so* schlau mussten sie eigentlich auch wieder nicht sein. Darum ging es ja. Sie haben nicht nur gezeigt, dass das Sicherheitssystem Mist war, sondern vor allem, dass es schon lange passiert wäre, wenn jemand ins Museum hätte einbrechen wollen. Das hätte jeder gekonnt – sie haben sich nur als Erste die Mühe gemacht.«

»Und wie haben sie sich erwischen lassen?«

»Haben sie nicht. Keiner wusste, wer es war.«

»Wie habt ihr sie denn dann erwischt?«

»Es gab einen anonymen Tipp. Na ja, Möchtegern-Anonym. Einen Anruf aus dem Haus der Eltern, und es war die Stimme von nem jungen Kerl, und er hatte keine Brüder. Hat sich selbst verraten.«

»Ash?«

»Nee, der andere. Simon Darcourt hieß der.«

Der Name kam ihr bekannt vor, aber sie wusste nicht, woher. Vielleicht noch aus ihrer Unizeit, aber eigentlich wirkte die Erinnerung frischer.

»Warum hat er das gemacht?«

»Das hast du doch selbst eben schon gesagt. Das war *das* Campusgespräch. Alle waren begeistert, wie schlau und mutig die Typen waren, und wenn du mich fragst, hat es ihn verrückt gemacht, dass keiner wusste, dass er es war.«

»Wär nicht das erste Mal, dass wir so zu einer Festnahme gekommen sind.«

»Aye. Das hört man doch immer über Serienmörder, dass sie eigentlich geschnappt und aufgehalten werden wollen. Ich glaube, viele wollen geschnappt werden, damit sie endlich ihren Ruhm bekommen.«

Das Gespräch endete langsam, Angelique bat um eine Kopie der Fallakte, fragte sich immer noch, woher sie den Namen kannte und welches Szenario es wohl geben konnte, das einen Studentenstreich mit einer Entführung zehn Jahre später in Verbindung setzte.

Gus gab ihr die Blätter, und sie schlug ihren Ordner auf, um sie abzuheften. Sie sah, wie er das Deckblatt anstarrte, auf dem die Figur von der Visitenkarte des Black Spirit abgebildet war.

»Den kenn ich doch«, sagte er.

Ihr fiel ein, dass das Bild Verschlusssache war und er es eigentlich nicht erkennen dürfte. »Hast du das schon mal gesehen? Wann?«

»Heute Morgen. Ist auf einem zweibeinigen Pferd die Woodlands Road langgeritten.«

»Verarsch mich nicht!«

»Ich mein's ernst.«

»Und ich muss los.«

Das Problem hatte nicht nur die Glasgower Polizei, sondern die ganze Stadt: Jeder hielt sich für einen großen Komiker.

Angelique fuhr die Gibson Street entlang und musste an das Unisportzentrum oben auf dem Hügel und das harte Training dort denken, dessen Erfolge allzu oft von spätabendlichen Fressorgien weiter unten zunichtegemacht worden waren. Sie schaute auf die Tankanzeige. Wie üblich so gut wie leer. Wenn sie noch nach Crieff hochwollte, musste sie dringend tanken. Die nächste Tankstelle war nicht weit weg; ein paar Hundert Meter entfernt – und zufälligerweise an der Woodlands Road.

Sie fuhr durch den Kreisel und blinkte, als sie die Tankstelle links vor sich sah. Aber kurz vorher warf sie einen Blick nach rechts und wäre vor Schreck fast in den Gegenverkehr gerauscht.

»Leck mich!«

Angelique steuerte gegen und hielt schnell am Straßenrand, sprang raus und rannte bei laufendem Motor auf die andere Seite. Sie war schon hundert, bestimmt tausend Mal daran vorbeigefahren; hatte schon ein Dutzend Mal dort getankt, und auch wenn sie die schwarze Statue am Fuß des Hügels grundsätzlich wahrgenommen hatte, hatte sie sie sich noch nie richtig angeschaut.

Dafür jetzt umso genauer.

Es war ein zweibeiniges Pferd, was ja allein schon auffällig genug war, aber beim Anblick der Reiter hätte sie fast eine Karambolage verursacht. Vorne saß Ashs bärtiger Cowboy mit dem glänzenden Sheriffstern und dahinter kein anderer als der grinsende Geist, das lachende Gespenst, der verdammte Black Spirit persönlich. Bei der Version auf der Visitenkarte fehlte die Hutkrempe, sodass die Figur formloser war, aber es war eindeutig die gleiche: eine schwarze Riesengestalt mit zwei Ovalen als Augen und einem bedrohlichen Zahnmaul darunter.

Vor der Statue stand ein Sockel mit einer Plakette. Angelique hielt den Atem an und las:

Mithilfe privater Spenden
errichtet am 1. Mai 1992
zum Gedenken an

BUD NEILL
1911–1970

Comiczeichner & Dichter
Schöpfer von Lobey Dosser, Sheriff von
Calton Creek, seinem treuen Ross El Fideldo,
dem örtlichen Bösewicht Rank Bajin
und vielen anderen Figuren.

Deshalb hatte Gus das Bild in ihrem Ordner erkannt.

Rank Bajin. Örtlicher Bösewicht.

Oh Gott.

»Sie waren ziemlich schlau, aber ... so schlau mussten sie eigentlich auch wieder nicht sein. ... Das hätte jeder gekonnt – sie haben sich nur als Erste die Mühe gemacht.«

Das war haargenau die Vorgehensweise des Black Spirit.

»Ich glaube, viele wollen geschnappt werden, damit sie endlich ihren Ruhm bekommen.«

Sie hatte keine Zeit, für den Anruf zurück ins Büro zu fahren. Stattdessen rief sie mit dem Handy Rowan an und ließ sich von ihm Enriques Nummer geben. Der ging erst nach unerträglich langem Klingeln ran.

»Enrique, hier ist Angelique. Eine wichtige Frage: Sagt dir der Name Simon Darcourt etwas?«

Kurzes, ewiges Schweigen.

»Simon Darcourt«, wiederholte er nachdenklich. »Simon Darcourt. Ja. Ist auf Flug 941 ab Stavanger umgekommen.«

»Weißt du etwa von allen Opfern des Unglücks die Namen auswendig?«

»Nein, nur von Simon Darcourt, Jesper Karlsen, Jostein Groen und Marta Nillis.«

»Warum von denen?«

»Weil ihre Leichen nie gefunden wurden.«

HOLZSCHUHE IN DEN WEBSTUHL SCHMEISSEN

Lexy drehte sich noch mal um und zog die Decke hoch, weil es noch dunkel war und sein Wecker noch lange nicht klingeln würde. Er schaute nach der roten LED-Anzeige auf dem Nachttisch. Dann fiel ihm ein, dass er keine Ahnung hatte, wie weit weg von seinem Bett, Tisch und Wecker er eigentlich war.

Er lag im Laster auf dem Boden in eine Packdecke gewickelt; kratzig, aber warm.

»Scheiße.«

Er tastete nach der Taschenlampe aus einer der Kisten, die Wee Murph ihm gegeben hatte, fand sie aber nicht. Murph schlief noch, sein Atem war in der Nähe zu hören. Lexy wusste nur noch, dass er vom Geschaukel der Fahrt und der Wärme hinter den Decken schläfrig geworden war. Sie waren wohl eingepennt, und er war schlimmerweise auch noch im Schlaf auf der Suche nach einer bequemeren Position aus dem Versteck gerobbt.

»Murph.«

»Mmm-waah.«

»Murph.«

»Noch fünf Minuten, Mama.«

»Murph, wach auf!«

»Mmm-waah-mmm ... Ach, Scheiße.«

»Murph, wo ist deine Lampe?«

»Ach, Scheiße, Mann. Hab grad so schön geträumt.«

»Ich auch. War zu Hause im Bett, bin dann aber blöderweise hier aufgewacht. Ich kann meine Taschenlampe nicht finden.«

»Dann mach das Licht an.«

»Total witzig, Alter.«

»Sorry, Mann, bin noch nicht ganz wach.«

Lexy hörte Murph unter den Decken kramen, dann kam mit einem Klicken der Lichtstrahl. Lexys eigene Lampe lag nur ein paar Handbreit neben seinem Knie.

»Mann«, sagte Murph und gähnte. »Warum hast du mich aufgeweckt? Hab gerade von Linda Dixon geträumt. Hat mich an ihre Hupen rangelassen und alles.«

»Mehr als Träumen ist da wohl nicht drin.«

»Tja, sie überhaupt noch mal sehen, würd mir reichen, weil wir dann wieder zu Hause wären.«

»Hast ja recht«, sagte Lexy, verschwieg aber klugerweise die ganze Wahrheit, dass er nämlich seine Mama wollte.

»Hey, wir fahren ja gar nicht mehr.«

»Deshalb hab ich dich ja aufgeweckt.«

»Wie spät ist es denn?«

Lexy leuchtete seine Armbanduhr an. »Halb zwölf.«

»Scheiße, Mann. Wir haben ja Stunden gepennt. Wo wir wohl sind?«

»Keine Ahnung, aber sie haben ihr Zeugs noch nicht rausgeholt, sonst wären wir am Arsch. Ich hab eben noch hier draußen in voller Sicht gelegen.«

»Warum das denn?«

»Ich wollte wohl weg von deinen Furzen.«

»Kann nix dafür, das sind die Bohnen.«

Wee Murph hatte nichts von den Taschenlampen gesagt,

bevor der Laster am Abend wieder losgefahren war. Stattdessen hatte er abgewartet, bis sie einige Zeit unterwegs waren und Lexy einen Heidenschreck eingejagt, als er sich eine unters Kinn gehalten, plötzlich angeschaltet und »Muahahahaha« gemacht hatte.

Als Lexy sich von der Decke gekratzt und nach einigem guten Zureden wieder den Schmollmodus verlassen hatte, nutzten sie die neuen Lichtquellen für eine weitere Durchsuchung der Kisten, da sie während der Fahrt nicht damit rechnen mussten, entdeckt zu werden. Die Suche wurde urplötzlich unterbrochen, als sie die Verpflegungskiste der Ganoven fanden, in der mehrere ganze Brote, drei Sixpacks Brause, zahlreiche Dosen und zum Glück auch ein Öffner lagen. Da sie beide keine große Lust auf kalte Pilzcremesuppe hatten, entschieden sie sich jeder für eine Dose Bohneneintopf mit Schweinefleisch und ein paar Scheiben trockenes Brot. Nach diesem Bankett siegte schließlich die Müdigkeit über das Adrenalin, wobei es an ein Wunder grenzte, dass Wee Murph nicht schon vor dem Einschlafen alle Decken im hohen Bogen weggefurzt hatte.

»Halb zwölf, Alter«, sagte Murph. »Freitagmittag. Meine Eltern drehen garantiert schon durch.«

»Bestimmt sucht die Polizei schon nach uns.«

»Mann, wir müssen hier raus.«

Murph stand auf und suchte sich mit der Taschenlampe den Weg zum Heck.

»Wo willst du hin?«

»Hinten im Rolltor ist ein kleines Loch. Ich will mal kurz rausgucken.«

»So hoch kriegst du den Arsch doch nie.«

»Gucken hab ich gesagt, nicht kacken.«

»Ich weiß.«

Lexy folgte Murphs Lichtstrahl. Sie hatten beschlossen, nie beide Lampen gleichzeitig zu benutzen, um die Batterien zu schonen. Murph drückte das Gesicht ans Rolltor, wo sich tatsächlich ein kleiner Spalt zwischen den Stäben befand, der vielleicht durch Rost entstanden war.

»Lass mich auch mal!«

Murph trat zur Seite und ließ Lexy ran. Er schloss ein Auge und spähte durch den Spalt: Er sah Bäume und Büsche, und zwischen den Blättern schimmerte es stahlgrau hindurch.

»Keine Ahnung«, sagte Murph. »Soweit ich seh, könnten wir auch wieder hinter der Schule stehen.«

»Moment, ich glaub, das ist Wasser.«

»Wasser? Wo?«

»Hinter den Bäumen. Ich glaub, da ist ein See oder so.«

»Lass mich noch mal.«

Murph schaute wieder nach draußen. »Weißnich, Alter, das könnt auch die Mauer von nem Lagerhaus sein. Oder ne große Pfütze.«

»Ist ja auch eigentlich egal, solange wir hier drinnen festsitzen.«

»Aber kein Zeichen von den Kerlen. Ich glaub, die haben uns irgendwo stehen lassen.«

»Die lassen doch nicht einfach den Laster irgendwo zurück, wenn da ihr ganzes Zeugs drinnen ist.«

»Ich sag ja nich, dass sie nich wiederkommen. Sind nur jetzt gerade nicht da. Mal gucken, ob wir das Teil nicht irgendwie aufkriegen.«

»Alles klar. Wir brauchen irgendwas, womit wir das Tor aufhebeln können.«

Murph ließ den Lichtstrahl über die Wände und Kisten wandern.

»Die Bohrer«, fiel es Lexy wieder ein.

Sie schlugen die Decke zurück und begutachteten eine der Maschinen.

»Können wir uns hier rausbohren?«

»Klar, wenn wir durch ein faustgroßes Loch kriechen können.«

»Jaja, ich frag ja nur. Und das Schloss aufbohren?«

»Das ist unten am Boden. So tief kommen die Teile nicht runter. Wir brauchen irgendwas als Brechstange.«

»Hier sind doch noch so Ersatzteile«, sagte Murph. »Kuck mal.«

Murph leuchtete das Gehäuse der Bohrvorrichtung an, wo drei kleinere Bohrer verschiedener Längen und Dicken hingen. Anders als die furchteinflößenden Stahlkugeln voller Rasierklingen, die gerade an den Maschinen befestigt waren, liefen diese spitzer zu und waren wohl für feinere Arbeiten gedacht.

Sie nahmen sich jeder einen und gingen zurück zum Tor, wo sie ein paar verschwitzte, frustrierende Minuten lang versuchten, die spitz zulaufenden Enden zwischen Boden und Stäbe zu zwängen.

»Moment, gib mir den da auch mal«, sagte Lexy.

»Wieso?«

»Zeig ich dir.«

Lexy nahm den kleineren Behelfsmeißel, legte ihn mit der Spitze an die richtige Stelle und schlug mit dem Schaft des anderen auf das Ende. Die Spitze des kleinen grub eine Furche in den Holzboden und rutschte unter die Stäbe, aber als Lexy dann hebeln wollte, flutschte er doch nur wieder unter Splittern und Staub heraus.

»Scheiße!«

»Versuch's noch mal, das wird was.«

»Okay.«

Lexy ließ sich noch ein paar Minuten von Wee Murph anfeuern und gab schließlich auf, solange er noch zehn Finger hatte.

»Keine Chance, das sitzt fest.«

Wee Murph probierte es selber noch ein paarmal, bevor er zu demselben deprimierenden Schluss kam.

»So fest zu wie ein Kamelarsch im Sandsturm«, sagte Murph, und Lexy kicherte zum ersten Mal seit Ewigkeiten.

»Ist ja auch logisch«, überlegte Lexy. »Wenn die ihre ganze Ausrüstung irgendwo in nem Laster liegen lassen, passen sie natürlich auf, dass alles sicher verschlossen ist.«

»Das Vorhängeschloss ist wahrscheinlich so groß wie ein Mülltonnendeckel.«

»Scheiße, Mann, was machen wir denn?«

»Was ist denn mit den Wummen?«, fragte Murph. »Sind die noch da?«

»Glaub ich nicht. Gestern haben die ziemlich viel hin- und hergeschleppt.«

»Ja, aber eigentlich haben sie nur ein- und nicht ausgeladen. Komm.«

Murph ging auf das andere Ende des Containers zu und leuchtete die Decken an, die vor dem Holzrahmen hingen. Er steckte den Kopf dahinter, und Lexy sah nur noch den Lichtpunkt der Lampe dahinter tanzen.

»Sind die beiden Teile noch da?«

»Ja, waren aber anscheinend ein Zuchtpaar.«

Lexy kam näher, und als Murph die Decke zurückschlug, war im Taschenlampenlicht mehr Metall zu sehen als in Margaret Gebbies Lächeln.

»Krass!«

Dort hingen jetzt sechs Maschinengewehre und sechs Schrotflinten säuberlich mit Klettbändern an den Rahmen befestigt.

»Wollen wir gucken, ob wir das Schloss abschießen können?«, fragte Murph begeistert.

»Nee. Das funktioniert nur im Film. Wenn man so auf massiven Stahl schießt, gibt das Querschläger, die können dir den Kopf wegblasen. Wenn sie nicht vorher den Sprengstoff hochjagen.«

Zu Lexys überraschter Erleichterung nahm Murph das widerstandslos hin.

»Hier läuft was richtig Schlimmes, oder, Lexy?«

»Ja.«

»Wer die wohl sind. IRA oder so. Oder UHF, irgendwer von denen.«

»Haben sich jetzt nicht so irisch angehört.«

»Vielleicht sind's auch welche von den islamistigen Terroristen, von denen man immer hört.«

»Kann sein«, erwiderte Lexy. »Wir haben sie ja nicht richtig gesehen. Haben sich aber alle englisch angehört.«

»Hat n das damit zu tun? Auf der Southside ist doch jeder zweite Moslem.«

»Fiese Typen auf jeden Fall. Die ganzen Wummen, das ganze Zeug.« Lexy seufzte, als ihm die Bedeutung klar wurde, die auch eine gewisse Verantwortung mit sich brachte: »Wir müssen was machen.«

»Was?«

»Die Typen aufhalten. Bei dem, was die vorhaben, gehen Leute drauf, da bin ich mir todsicher.«

»Was sollen wir denn machen? Wir sitzen doch hier drinnen fest.«

»Schon, aber wir sitzen hier mit dem ganzen Zeug, das die brauchen. Ich find, wir machen jetzt mal unserem Ruf als Jugendliche alle Ehre.«

Wee Murph grinste. »Wir hauen alles kaputt, meinst du?«

Sie beschlossen, dass es für ihre bleifreie Zukunft am besten war, wenn sie sich auf unauffällige Schäden beschränkten. Mit den Sprengsätzen wollten sie lieber nicht hantieren, und selbst wenn sie sich mit deren Entschärfung ausgekannt hätten, schwamm die Hälfte davon in Pisse. Also knöpften sie sich lieber die Bohrmaschinen vor. Die Geräte selbst wirkten superstabil, aber Murph identifizierte die Bedientafel als schwächstes Glied. Lexy legte seine Taschenlampe auf eine Strebe des Holzrahmens an der Wand, während Murph mit einem kleinen Schraubenzieher, den sie in derselben Kiste wie die Taschenlampen gefunden hatten, die Blende entfernte. Er riss alle Kabel raus, rammte ein paar Löcher in die Platine und schraubte die Blende wieder davor.

»Voll im Arsch«, verkündete er, bevor er die Prozedur bei der nächsten Maschine wiederholte. In der Zwischenzeit schlug Lexy die Decke von einem dritten Gerät zurück, das sie für eine dritte Bohrmaschine gehalten hatten, sich aber als Generator entpuppte, der für die beiden Strom erzeugen sollte.

»Sei bloß vorsichtig mit dem Teil«, warnte Lexy.

»Ach, Blödsinn!«, widersprach Murph, klappte die Abdeckung hoch und ging mit einer der Bohrstangen ans Werk. »Gib mir mal das andere Bohrteil«, forderte er. Lexy gehorchte. Murph beugte sich noch einmal über den Generator. Keiner der beiden Bohrer kam wieder zurück, aber dafür zog Murph einen Keilriemen und eine Handvoll Kleinteile heraus, die er in die Holzkiste vorne warf, in die er als erste gepinkelt hatte.

Dann stapfte er auf das Waffenarsenal zu, nahm sich ein Maschinengewehr vom Rahmen und hielt es auf Hüfthöhe.

»Was machst du denn da?«

»Kuck mal, Alter. ›Kennt ihr schon meinen kleinen Freund?‹ Verstehste?«

»Meine Fresse, mach keinen Scheiß mit den Teilen!«

»Ist okay, die sind nicht geladen. Die ganze Munition ist in den Kisten. Hey, kuck mal: Daow naow naow naow.«

Murph spielte jetzt mit dem Gewehr Luftgitarre und sang einen Song über Bikinimädchen mit Maschinengewehren.

»Du bist doch bescheuert!«

»Ha, stell dir mal ne Gitarre aus nem Maschinengewehr vor. Das wär doch geil!«

»Nicht breit genug.«

»Ne elektrische, die braucht keinen Schallkörper.«

»Der Hals muss aber breit genug für sechs Saiten sein.«

»Würd aber cool aussehen, oder?«

»Geht so. Mein Papa hört immer so Gitarrenbands. Manic Street Preachers und so Opazeug. Absolute Strickjackenmucke, Mann!«

»Aye. Hab gehört, zur letzten CD von denen gab's kostenlos

ne Pfeife und Pantoffeln dazu. Mein Alter ist noch schlimmer. Der hört so ne Band, die heißt The Clash und ist hundert Jahre alt. Tooooommy Guuuun«, sang er. »Das ist n Song von denen. Verstehste? Tommy Gun.«

»Wo wir gerade dabei sind ...«, sagte Lexy und nickte in Richtung des Arsenals an der Wand.

»Wasn?«

»Wo ist noch mal die Munition?«

»In der Kiste da vorne oder der daneben«, erklärte Murph.

»Gut.«

»Was denn?«

»Ich hab ne Idee, wie wir hier rauskommen.«

Lexy nahm sich ein Magazin aus der Munitionskiste, gab auch Murph eins und nahm sich ein Gewehr von der Wand. Murph rammte bei seinem das Magazin in den Schacht, wie er es in Filmen gesehen hatte, und musste sich dann bücken, als es wieder rausfiel.

»Falsch rum, Murph. Die Kugeln kommen mit dem spitzen Ende nach vorne raus.«

»Total witzig. Ist eben dunkel hier drinnen. Was ist der Plan?«

»Pack mal mit an, dann zeig ich's dir.«

Sie steckten sich jeder noch ein Magazin in die Tasche, schoben wieder den Deckel auf die Munitionskiste – die erste Stelle, an der die fiesen Typen nachschauen würden – und räumten dann den Inhalt von zwei Sprengstoffkisten an ihren alten Zufluchtsort unter den Laken. Vielleicht kein großartiges Versteck, das wusste Lexy, aber es würde Verwirrung stiften und ihnen Zeit verschaffen – der Plan lautete Flucht, nicht Kampf.

»Und wo sollen wir uns verstecken, wenn sie wiederkommen?«, protestierte Murph.

»Kennst du die Geschichte vom Trojanischen Pferd?«

»Nee.«

»Dann die vom *kleinen Hobbit*?«, fragte Lexy und dachte an

Bilbos heimliche Flucht im Fass. Das Buch hatten sie beide im ersten Highschool-Jahr in Englisch gelesen.

»Nee.«

Lexy seufzte. »Vergiss es. Wenn du jemanden kommen hörst, spring einfach in eine Kiste, okay?«

»Klar.«

»Und bis dahin ...«

ÜBERLEBENDEN-SELBSTHILFEGRUPPE

Ray sah sich noch mal im Spiegel der Sonnenblende an. Er hätte mal duschen oder sich rasieren können, sah aber immerhin nicht mehr aus wie ein Penner. Ob sich das auf seine Fluchtchancen auswirkte, würde sich zeigen, da die Polizei wahrscheinlich keine Großfahndung nach einem zugepissten Mülltaucher eingeleitet hatte.

Auf jeden Fall ging es ihm schon mal besser. Er hatte sich das Gesicht gründlich waschen und sich die Erde größtenteils aus den Haaren schütteln können, hätte aber wirklich gerne etwas gegen den Dreitagebart unternommen. Wenn im Fernsehen jemand hochgenommen wurde, hatte der immer einen, also kam Ray sich zur Festnahme prädestiniert vor. Unschuldige und unverdächtige Bürger waren immer glatt rasiert mit blütenweißem Kragen, und genau so hätte er jetzt gerne ausgesehen.

Andererseits war das Auto schon mal ein Pluspunkt. Wenn man mit Jeans, T-Shirt und Dreitagebart aus so einer Nobelkarosse stieg, sah man aus wie ein Popstar oder Internetmillionär. Der gleiche Aufzug in einem gammeligen schwarzen Polo zum Beispiel, und man sah sofort aus wie die Art Sonderling, die wahrscheinlich auch dreizehnjährige Schuljungs entführte.

Aber eigentlich wusste er, dass er eher nicht erkannt werden würde. Ob er nun gewaschen oder versifft, rasiert oder strubbelig war – er sah ganz und gar nicht aus wie der auf dem Zeitungsfoto, und selbst wenn, wem würde er schon auffallen? Er hatte schon Hunderte von Fahndungsfotos und Phantombildern gesehen und sie jedes Mal sofort wieder vergessen, wenn er umgeblättert und irgendeine Schauspielerin gesehen hatte, die auf einer Filmpremiere aus ihrem Kleid fiel. Aktiv hinter ihm her waren nur die Bullen, die bewaffneten Psychos und die Bekloppten, die vor seinem Haus aufgelaufen waren. Letztere würden es nicht hier hoch schaffen und saßen mittlerweile bestimmt schon gemütlich beim dritten Frühstücksbier, und die Bullen würden ihn in einem großen, schicken Auto, das jemand anderem gehörte, nicht erkennen. Andererseits konnte er sich nicht ewig auf einem Supermarktparkplatz verstecken, zumal die bewaffneten Psychos sehr wohl wussten, nach welchem Nummernschild sie Ausschau halten mussten.

Kate war stark geblieben, immerhin etwas, wofür er in den letzten achtundvierzig Stunden dankbar sein konnte. Wenn sie losgeheult hätte, hätte er wohl sofort mitgemacht. Er wusste, dass der kleinste Funke Selbstmitleid ihm sofort vor Augen führen würde, dass er nichts als ein Durchschnittstyp mit Job, Hauskredit, Frau und Kind war, der nie im Leben mit so einer Situation fertigwerden konnte.

Am liebsten wäre er einfach nach Hause gefahren. Dann hätte er sich zwar der Polizei und den Bekloppten stellen müssen, aber mit beiden würde er sicher klarkommen, wenn er noch einmal Kate und Martin in den Arm nehmen durfte. Allerdings wussten seine Entführer, wo er wohnte, und er wollte sie auf gar keinen Fall dorthin zurückführen. Vielleicht lauerten sie dort sowieso schon, aber das hatten sie im Moment mit den Bullen gemeinsam, also waren Kate und Martin sicher, solange er auf der Flucht war.

Um seine Familie zu schützen, musste er sich von ihr fernhalten – das war nur die letzte Absurdität in der verkehrten Welt, in die er geworfen worden war. Er war beschossen, entführt, scheinhingerichtet, verhört und eingesperrt worden, und als er schließlich geflohen war, hatte er erfahren, dass man ihn der Entführung von zwei Jugendlichen verdächtigte. Als er den Schock dieser letzten Neuigkeit verdaut hatte, fand er, dass einem so ein Zufall auch nur passieren konnte, wenn man mit dem Glück sowieso schon in den Miesen stand. Zwei Jungs von seiner Schule waren verschwunden, und er auch. Das war die einzige Verbindung. Eigentlich hatte er ein verdammt gutes Alibi, aber die Zeugen würden sich nicht unbedingt freiwillig melden, und er hatte auch keine große Lust, sie zu fragen.

Während er im Rover saß und sich erfolglos fragte, was er als Nächstes tun solle, fand er noch ein paar letzte Funken an Logik im verwirrten Gehirn, die infrage stellten, ob es bei all den wahnsinnigen Ereignissen wirklich keinen Zusammenhang gab. Wäre er von der Arbeit verschwunden, ohne irgendwem Bescheid zu sagen – vielleicht, weil Martin etwas hatte und sie nachts ins Krankenhaus mussten –, und am gleichen Tag wären zwei Jungs von der Schule verschwunden, *dann* hätte es vielleicht ein Zufall sein können. Wenn er aber von der Arbeit verschwand, ohne irgendwem Bescheid zu sagen, weil zwei Arschlöcher ihm eine Pistole an den Kopf hielten und über Nacht in einer verlassenen Farm einsperrten, und am gleichen Tag zwei Jungs von der Schule verschwanden, war ein Zufall schon sehr unwahrscheinlich.

Das Verschwinden der Jungs musste etwas mit seinem zu tun haben, wie es auch etwas mit den beiden Kerlen zu tun hatte, die an der Brücke über den Cart auf ihn geschossen hatten. Und wenn die Regeln der Wahrscheinlichkeit besagten, dass diese verqueren Ereignisse nicht unabhängig voneinander sein konnten, was hieß das dann für das allerverquerste von allen, zumal es das erste der Reihe gewesen war? Es war absurd, aber wahr, dass zwei Fremde mit Pistole und Schalldämpfer auf ihn geschossen hatten, als er bloß Chicken Passanda und Lamm Jalfrezi hatte holen wollen. Es war absurd, aber wahr, dass zwei andere Typen ihn mitten in der Doppelstunde Englisch seiner Second-Year-Klasse entführt und ihn und sein Auto in einen Lastwagen gepfercht hatten. Es war absurd, aber wahr, dass jetzt Leute vor seinem Haus protestierten und ihn als Pädophilen und potentiellen Kindermörder hinstellten.

Er hatte Simon Darcourt am Glasgow Airport aus der Ankunftshalle kommen sehen. Das war auch absurd.

Aber …

Er brauchte drei Stunden von Crieff dort hoch und hielt sich die ganze Zeit an die Geschwindigkeitsbegrenzung, weil er an diesem Tag nun wirklich nicht von den Jungs in Blau angehalten werden wollte. Kurz vor Aberdeen musste er tanken, was auch noch ein paar Minuten aufschlug. Da er sein Bargeld größtenteils im Supermarkt ausgegeben hatte, musste er entweder am Automaten neues abheben oder gleich mit Karte zahlen, und bei beidem würden Ort und Zeitpunkt aufgezeichnet werden. Wenn die Bullen andererseits tatsächlich solchen Aufwand betrieben, um ihn zu finden, würden sie ihn früher oder später sowieso kriegen, und wenn er kein Benzin mehr hatte, standen seine Chancen noch schlechter.

Ein Gutes hatte der Halt aber: Er fand heraus, dass seine Story nicht in der Nordausgabe des *Recorder* stand. Das war eigentlich keine große Überraschung, da die Lokalzeitung dieser Stadt ihren Artikel über die Titanic-Katastrophe damals legendärerweise mit der Schlagzeile »Nordostschotte auf See verschollen« eingeleitet hatte, aber erleichtert war Ray trotzdem.

Gegen vier kam er in dem Wohngebiet an. Es konnte gut sein, dass sie nicht mehr hier wohnte, aber vielleicht hatte sie dann ja ihre neue Adresse hinterlassen. Viele andere Optionen hatte er sowieso nicht.

Er erkannte das Haus vom Leichenschmaus wieder und wusste noch, dass er vom Friedhof dorthin durch mehrere Kreisel und an Supermärkten vorbei gefahren war. Er wusste weder die Hausnummer noch den Straßennamen, dafür aber, dass das Haus gegenüber einer Einmündung stand und seine Backsteine einen dunkleren Rotton hatten als die der Nachbarhäuser. Damals war Ray aufgefallen, wie wenig es zu Simon passte, und er hatte sich gefragt, wie er sich dort jemals hatte einfügen können. Sein Snobismus musste dort doppelt schwierig gewesen sein, da die Siedlung zum einen ganz und gar nicht nach Rock 'n' Roll aussah und sich unverzeihlich seriös gab und Simon zum anderen in einer viktorianischen Sandsteinvilla in Giffnock aufgewachsen war und oft davon gesprochen hatte, wie wichtig es war, dass man an einem Ort mit einer gewissen Individualität wohnte. Er dürfte das Haus also gleichzeitig vulgär *und* bourgeois gefunden haben.

In einer Hinsicht war es wiederum die perfekte Wohngegend für den Dark Man gewesen, denn Ray hatte immer vermutet, seine größte Angst müsse die sein, dass er eines Tages ankam, wo er hingehörte, und dort niemanden mehr fand, der anders oder schlechter als er war.

Damals hatte das Haus Ray selbst auch nicht besonders gefallen, aber jetzt war er nicht mehr so streng. Selbst wenn er nicht gefeuert wurde oder im Knast landete, würde er niemals die entlegene Villa mit dem Tonstudio im Keller und dem Sechser-Whirlpool im En-Suite-Bad haben, also war eine hübsche, saubere und ruhige Vorortgegend mit schöner Landschaft in der Nähe sicher nicht schlecht, erst recht nicht mit einem Kleinen im Haus. Auf dem Bürgersteig spielten überall Kinder, Fahrräder standen unabgeschlossen vor der Haustür, Garagentore standen einladend offen und zeigten Spielsachen, Gartenschaukeln und Waschtrockner. Natürlich war der Gedanke irgendwo spießig und überheblich, aber ganz offensichtlich herrschten hier nicht gerade Verbrechen und Angst auf den Straßen.

Ray parkte vor dem Haus, atmete tief durch und überlegte sich, wie er es angehen sollte, falls sie wirklich da war. Einfach mit der Tür ins Haus fallen und fragen, ob ihr verstorbener Freund womöglich doch noch lebte und mit irgendwelchen Gangstern unterwegs war, bot sich nicht unbedingt an. Er würde sie in ein Gespräch verwickeln müssen und schauen, was dabei herauskam. Nach der Beerdigung waren sie noch mit ein paar Leuten zu ihr gefahren, und damals hatten sie beide sich ein paar Minuten in der Küche unterhalten, nachdem Ray das Plastikgeschirr im Wohnzimmer eingesammelt hatte, um sich nützlich zu machen. Nicht nur wegen seiner Geschichte mit dem Verstorbenen war er ein bisschen verlegen gewesen, denn der Leichenschmaus war »für Freunde und Familie, die noch mitkommen möchten« angekündigt worden, und obwohl er sich eigentlich zu beiden nicht zählen konnte, war er mitgefahren, weil er dringend auf Klo musste. Da konnte er ja wenigstens ein bisschen beim Aufräumen des Sausage-Rolls-Schlachtfelds helfen, nachdem er sich den Toilettengang und ein Glas Irn-Bru erschlichen hatte. Sie unterhielten sich nicht lange, verstanden sich aber gut, und Ray hatte das Gefühl, dass sie sich unter anderen Umständen noch viel mehr zu erzählen gehabt hätten. Oder Alison konnte einfach gut mit Menschen reden und zuhören. In der Beziehung mit Simon war Letzteres sicher sehr wichtig gewesen.

Ray stieg aus und ging zur Auffahrt, wo er zum dritten Mal in drei Tagen in den Lauf einer Waffe schaute. Diesmal verfehlte der Schütze ihn aber nicht.

Ray sank auf die Knie und hielt sich die Brust, wo die Feuchtigkeit schon durchs T-Shirt drang.

»Du hast mich erwischt«, sagte er und sah hoch, als die Waffe gerade zum Gnadenschuss angelegt wurde.

»Connor«, rief eine Frauenstimme. »Nein.«

Aber es war zu spät. Der Abzug würde gedrückt, und Ray wurde unter frechem Lachen nass gespritzt.

»Connor!«

Ray wischte sich die Augen trocken und sah sich den Schützen gut an. An jedem anderen Tag hätte er einen Schreck bekommen, aber heute passte es einfach: Er hatte einen Mini-Simon-Darcourt vor sich. Der Kerl war nicht tot, sondern einfach nur geschrumpft.

»Hahaha – ganz nass!«, rief Mini-Simon und grinste.

Ray war dankbar für die Dusche, weil sie der klassischen Ohrfeige gleichkam, nach der er sich sicher sein konnte, dass er sich den Anblick nicht einbildete.

»Oh Gott, das tut mir schrecklich leid.«

Er drehte den Kopf und sah Alison McRae, Simons einstmalige Freundin, über den Rasen auf sich zulaufen. Sie sah besser aus, als er sie in Erinnerung hatte, und auch damals hatte sie gut ausgesehen; mindestens so gut wie eine Witwe beim Leichenschmaus eben aussehen kann. Sie war knapp eins achtzig groß, hatte langes, mandelblondes Haar, ein Gesicht, das kühl und perfekt modelliert wirkte, bis sie lächelte und es voller Wärme erstrahlte. Ihre Augen hatten ein lebhaftes Schimmern, das damals verständlicherweise gefehlt hatte. Ray hätte am liebsten ein Foto gemacht, um es Kate mitzubringen und ihr zu beweisen, dass es das viel beschworene mütterliche Leuchten wirklich gab, wenn die schlaflosen Nächte und anderen Qualen ausgestanden waren.

»Kein Problem«, sagte Ray. »Der Junge kann eben schießen.«

»Nur nicht hören, was, du kleiner Schlingel?«, sagte sie und hob den Jungen hoch. Eine liebevolle Schutzgeste: Ray war vielleicht nass und hatte eine Entschuldigung bekommen, aber er war immer noch ein Unbekannter. Ray stand auf und hoffte, dass sie das teure Auto sah und es vom Gammlereffekt des Dreitagebarts und der Billigklamotten abzog.

»Kann ich Ihnen helfen?«, fragte sie. Bei vielen hörte sich die Frage schnell wie »Verpiss dich!« an, aber bei ihr zum Glück nicht.

»Ich weiß nicht, ob Sie sich an mich erinnern. Ich bin …«

»Raymond. Tut mir leid, ich habe dich erst gar nicht erkannt. Du warst bei der Beerdigung.«

»Genau. Äh … du hattest gesagt, ich solle ruhig reinschauen, wenn ich mal in der Gegend bin. Ich weiß, es ist jetzt schon eine Weile her, aber ich war gerade in der Stadt, also … Störe ich?«

»Ja. Äh, nein. Also, ja, das habe ich gesagt, und nein, du störst nicht. Komm, als Erstes brauchst du mal ein Handtuch.«

»Mann ganz nass!«

»Ja, Connor, und wer ist daran schuld?«

»Ich!«, antwortete er glücklich.

»Komm rein!«

Ray bückte sich nach der Wasserpistole.

»Nein, lass die einfach liegen. Die gehört Wendy von nebenan. Ich glaube, die ist gerade zum Tee nach Hause gegangen.«

Alison führte ihn ins Wohnzimmer und bedeutete ihm, Platz zu nehmen. »Was führt dich in die Gegend?«

»Ich habe einen Freund besucht«, log er. »Ein paar Computersachen vorbeigebracht.«

»Ach. Bist du immer noch in der Branche?«

»Äh, so unglaublich sich das vielleicht anhört, ich bin jetzt Englischlehrer.«

»Hattest du heute keine Schule?«

Ray stockte der Atem, als er sich fragte, ob das Misstrauen oder nur Smalltalk war.

»Beweglicher Ferientag in Glasgow. Langes Wochenende.«

»Vermisst du es?«

»Oh ja. Ich lebe für den Job.«

Zu seiner Erleichterung lächelte sie. »Dann hole ich dir mal ein Handtuch.«

Connor deutete ihre Abwesenheit als Zeichen, Ray seine Spielsachen zu bringen, eins nach dem anderen. Ray sollte sie wohl einfach nur annehmen, aber wenn er sie aufs Sofa legte, war das geschummelt, und er bekam sie noch mal in die Hand gedrückt. Ray hielt den Berg auf dem Schoß, so gut es ging, und staunte immer noch über die Ähnlichkeit des Jungen mit seinem vermutlichen Vater. In der Hinsicht war er wie George W. Bush – er sah mehr wie sein Vater aus als sein Vater selbst. Rays Gedanken rasten. Vielleicht holte Alison gar kein Handtuch, sondern eine Pistole und würde ihn gleich erschießen, um das Geheimnis zu schützen, über das er gestolpert war. Aber in dieser Umgebung wirkte das unwahrscheinlich.

»Oh, das macht er bei allen«, sagte Alison, als sie mit dem Handtuch wiederkam. »Normalerweise wartet er aber, bis man eine Tasse Tee in der Hand hat. Möchtest du eine?«

»Ich habe mich noch nie mehr nach einer gesehnt«, erwiderte er ehrlich.

Sie setzten sich in die Küche, während Connor nebenan fernsah. Das hielt aber keine neunzig Sekunden, bis er hinterherkam und Ray wieder mit Spielzeug überhäufte. Alison erteilte ihm einen Platzverweis und schickte ihn nach draußen, wo die bereits erwähnte Wendy sich wieder lauthals ins Getümmel stürzte.

Alison seufzte erleichtert, als er losraste, und verzog nur kurz das Gesicht, als die Tür hinter ihm laut zuknallte.

»Hast du Kinder, Raymond?«

»Eins. Martin. Drei Monate alt.«

»Du armes Schwein. Es wird leichter.«

»Das höre ich immer wieder.«

»Es stimmt aber. Wenn sie laufen und reden können, sind sie toll. Sobald sie kapieren, wer hier der Stärkere ist, wird alles viel einfacher.«

»Ich darf mich ja nicht beschweren. Du musst das Ganze ja alleine schaffen.«

»Ja«, sagte sie nachdenklich. »Aber ich bekomme viel Hilfe. Die Nachbarinnen auf beiden Seiten haben auch Kinder.«

Ray hielt es nicht mehr aus. »Ich will eigentlich nicht so neugierig sein, aber ich muss fragen. Ist er ... er kommt mir so bekannt vor.«

»Er ist seinem Vater aus dem Gesicht geschnitten, ich weiß.«

»Wie alt ist er denn?«

»Zweieinhalb. Nachrechnen kannst du ja selber. Simons kleines Erbe.«

Ray nickte und verdrängte die Vorstellung, der Dark Man könnte jeden Moment zur Tür reinkommen und rufen: »Papa ist zu Hause!«

»Wusstest du es damals, also, als ...?«

Alison reichte ihm einen Becher schwarzen Tee und stellte Milch und Zucker in passenden Keramikschälchen auf den Tisch.

»Ich hatte keinen Schimmer. Oh Gott, als ich es erfahren habe ... Was für eine Ironie! Simon wollte natürlich keine Kinder. Ich schon, aber von ihm hatte ich nie eins erwartet. Ehrlich gesagt hatte ich nicht geglaubt, dass wir noch lange zusammen sein würden. Und da hatte ich dann ja auch recht.«

Ray schenkte sich etwas Milch ein und rührte um. »Keiner kann so gut Chaos anrichten wie das Schicksal«, sagte er im Bewusstsein, dass er da Erfahrung hatte.

»Kein Witz. Connor wurde in der Nacht vor Simons Tod gezeugt. Das weiß ich, weil es unser erster Sex seit Monaten war.«

Ray schaffte es gerade so, nicht seinen Tee auszuspucken, aber seine weit aufgerissenen Augen verrieten seine Reaktion auf ihre Offenheit. Alison schaute ernst; nicht defensiv, sondern so, als stünde jetzt ein wichtiges Gespräch zwischen Erwachsenen an. Sie saßen zwar immer noch freundlich beim Tee in der Küche, würden jetzt aber nicht mehr über das Wetter oder ihre Kinder reden. Alison starrte kurz verlegen auf den Boden.

»Als du das letzte Mal hier warst, war alles zu hektisch, als dass wir uns richtig hätten unterhalten können«, sagte sie, als sie wieder hochschaute. »Aber du hast damals gesagt, wenn ich mal mit jemandem über Simon sprechen möchte …«

Ray nickte, als er sich daran erinnerte. In dem Moment hatte er damals das Gefühl bekommen, dass sie eine Verbindung hergestellt hatten.

»Damals habe ich mir nicht viel daraus gemacht. Beerdigungen sind ein toller Zeitpunkt für Plattitüden; ich habe eine ganz anständige Sammlung zusammenbekommen. Emotional und, wie sich dann ja herausstellte, auch hormonell war ich völlig durch den Wind, und ich dachte, du wolltest einfach nur nett sein. Aber als sich der Staub gelegt hatte, habe ich so langsam verstanden, was du meintest. Wahrscheinlich hätte ich dich auch angerufen, aber als ich dann herausgefunden habe, dass ich schwanger bin, hatte ich erst mal andere, schönere Prioritäten.« Sie lächelte ein wenig, dann wurde sie wieder ernster. »Simon war kein besonders netter Mensch, oder?«

Ray schwieg.

»Keine Angst, du musst nicht um den heißen Brei herumreden. Das hattest du doch gemeint, oder?«

Er nickte und wollte eher ernst als enthusiastisch wirken.

»Du hast doch selbst mal eine Zeit lang mit ihm zusammengewohnt. Also kanntest du ihn gut.«

»Als wir jünger waren.«

»Aber so hattest du es gemeint.«

»Du hast bei der Beerdigung nichts Bestimmtes gesagt, aber ich hatte einfach so den Eindruck. Ich konnte mir nicht vorstellen, dass du dich mit seinem Bild in den Armen in den Schlaf weinst. Ich habe mir nur gedacht … vielleicht willst du dich irgendwann mal über ihn aussprechen, im Guten wie im Schlechten.«

»Er war ein Drecksack«, erwiderte sie trocken. »Dazu hätte

ich Gesprächsbedarf gehabt, wenn ich nicht plötzlich abgelenkt worden wäre. Ich wusste, was du meintest, weil ich mich so gewundert habe, als du mir deinen Namen gesagt hast. Du warst der Letzte, mit dem ich bei der Beerdigung gerechnet hätte.«

»Dann war er wohl kein großer Fan von mir.«

»Sagen wir mal, ich habe viel von dir gehört. Aber wenig Gutes.«

»Kann ich mir vorstellen.«

»Aber du bist trotzdem gekommen.«

»Ich habe ihn nicht gehasst. Das war alles, als wir zu jung und dumm waren, um es besser zu wissen. Deshalb wollte ich seinen Tod aber nicht ignorieren.«

»Ich habe ihn gehasst. Ich hasse ihn. Mit jedem Tag mehr.«

Alison stand auf. Das hielt Ray für ein Zeichen, dass das Gespräch sich gefährlich entwickelt hatte, aber es kündigte nicht wie befürchtet das Ende an. Sie entschuldigte sich und verschwand ein paar Minuten. Als sie zurückkam, erklärte sie, sie habe Wendys Mutter gebeten, sich eine Weile um Connor zu kümmern. Sie nahmen ihren Tee mit ins Wohnzimmer und setzten sich jeder an ein Ende des Sofas. Der Fernseher lief noch ohne Ton: *Neighbours* gab es nach all den Jahren anscheinend immer noch. Das war in seiner Studentenzeit die große Kultserie gewesen, als sie nach vielleicht zwei Folgen schon postmodernen Ironiekitsch-Status errungen hatte.

Alison schob ein paar Spielsachen beiseite und stellte ihren Becher auf den Teppich.

»Nach Simons Tod hatte ich erst mal eine Weile die übliche rosarote Erinnerungsbrille auf. Wenn einem alle ihr Beileid bekunden und erzählen, wie toll er war, geht das kaum anders. Selbst als ich daran dachte, wie unglücklich ich immer gewesen war, konzentrierte ich mich lieber auf unsere gemeinsamen guten Zeiten. Aber langsam wurde mein Blick dann objektiver, und ich verstand, dass es einfach nur gute Zeiten waren, bei denen wir beide anwesend waren. Gemeinsam hatten wir sie nicht verbracht. Bei Simon gab es keine Gemeinsamkeit. Wenn er etwas Tolles erlebte, konnte man dabei sein und es selbst auch erleben, aber ... ach, ich weiß nicht.«

»Doch, ich weiß«, versicherte Ray ihr.

»Ein paar Wochen nach seinem Tod habe ich mich gefragt, ob er jemals etwas für mich getan hatte, irgendeinen Aufwand betrieben oder seine eigenen Bedürfnisse hintangestellt hatte. Mir fiel nichts ein.«

Ray lief es kalt den Rücken runter. Div hatte ein paar Monate vorher fast das Gleiche gesagt, als sie sich über die alten Zeiten unterhalten hatten und er genug davon hatte, dass Ray Simon immer in Schutz nahm. »Kannst du mir auch nur ein einziges Mal sagen, als der Drecksack jemals etwas für jemand anderen gemacht oder selber zurückgesteckt hat?«

Konnte Ray nicht. Erst wollte er Div daran erinnern, dass Simon Ross mal zwanzig Pfund geliehen hatte, weil es ein Problem mit dessen Stipendium gegeben hatte, aber dann fiel ihm wieder ein, wie das ausgegangen war. Als Ross sein Geld endlich hatte, hatten er und Simon sich ein paar Tage lang immer verpasst, also wurden die Schulden nicht sofort beglichen. Simon, der seine Freunde gerne immer und immer wieder daran erinnerte, wie Freunde sich zu benehmen hatten, fand das offensichtlich unerträglich und schickte Ross eine Rechnung per Post, wodurch er aus einer harmlosen Sache eine ziemlich hässliche machte. Dass Simon Ross das halbe vorangegangene Trimester fast fünfzig Pfund geschuldet hatte, war »anders«, wie Simon sich allzu oft gerechtfertigt hatte.

»Er war ja noch ein Kind«, sagte Ray neutral. »Und er hatte ein kleines Problem mit der Erdumlaufbahn.«

»Du meinst, er glaubte nicht an die Theorie, dass sie um die Sonne kreist?«

»Genau.«

»Und wir haben es ihm immer wieder durchgehen lassen.«

»Das war am einfachsten. Es wurde schnell zur Gewohnheit.«

»Das habe ich mich immer gefragt, nach ... du weißt schon. Warum habe ich ihm immer wieder vergeben, wo er mich doch nur wieder wie Dreck behandeln würde? Aber es war immer ganz leicht. Er hatte unendlichen Charme, und es war immer zu verlockend, abzuhaken, was er gerade getan hatte, weil seine gute Seite so aufregend war. Bei ihm auf der Arbeit lief es genauso. Jeder andere wäre für sein Verhalten ruckzuck gefeuert worden. Simon eckte zwar überall an, flog aber trotzdem nicht raus. So ist er auch in der Marketingabteilung gelandet.«

»Er war im Marketing? Das wusste ich gar nicht.«

»Ja. Er hat sich immer beschwert, wie schlecht die Marketingabteilung wäre, und einmal hat es wohl der Falsche mitgehört. Statt sich entschuldigen zu müssen, wurde er vierzehn Tage ins Marketing abgeordnet, damit er am eigenen Leib spüren konnte, wie schwierig der Job war. Aber als er dann da war ...«

»Wollte jeder sein Freund sein.«

»Genau. Aber es kommt noch besser: Er hatte recht. Also, die Abteilung war nicht unbedingt schlecht, aber er konnte den Job besser als viele der Alteingesessenen, obwohl er gerade erst anfing.«

»Image war ihm schon immer unheimlich wichtig.«

»Er sah verdammt gut aus und wusste es auch, falls du das meinst. Er war in jeder Hinsicht attraktiv. Das war Teil des Problems. Wir lassen schönen Menschen alles Mögliche durchgehen, weil wir sie so gerne um uns haben. Mit ihnen strahlt alles und ist aufregend.«

»Herzen bekommt nicht geschenkt, Herzen muss verdienen, wer nicht vollkomm'ne Schönheit ist«, zitierte Ray.

»Woher kommt das?«

»Yeats. ›Ein Gebet für meine Tochter‹. Da sagt er ja genau das

Gleiche. Die schönen Menschen bekommen alles etwas zu leicht und können deshalb ein bisschen kühl werden. Anwesende ausgenommen.«

Alison lächelte zurückhaltend, weil ihr der Kommentar wohl etwas unangenehm war. Er hoffte inständig, dass sie ihn nicht als Anmache deutete.

»Das Kompliment nehme ich gerne an, aber ich würde mich nie zu den schönen Menschen zählen. Klar bin ich keine eins fünfzig mit Buckel, aber ... du weißt schon. Das Streben danach, das Bewusstsein macht den Unterschied. Simon achtete eigentlich jede Sekunde darauf, wie er wahrgenommen wurde – ironischerweise fehlte ihm dabei jede Selbsterkenntnis.«

»Der perfekte Marketingmensch also.«

Alison lachte, aber nicht ohne eine gewisse Traurigkeit. Eigentlich wirkte alles, was sie sagte, so, als kratzte sie nur an der Oberfläche einer viel tieferen Verbitterung, zu deren Offenbarung sie noch nicht bereit war. Ray nahm an, dass Simon sie viel stärker verletzt hatte, als jeden von denen, die sich in ihren kleinlichen, selbstversonnenen Jugendtagen die Finger an ihm verbrannt hatten. Für Ray, Div, Ross und alle anderen damals hatte er vielleicht gigantisch gewirkt, war aber genau genommen doch nicht mehr als eine Nervensäge mit kolossalem Ego gewesen.

Ray schaute wieder zum Fernseher rüber. Jetzt liefen die Nachrichten, die Ray sonst nie schaute. Der Dark Man war wohl der am wenigsten militante Student der ganzen Uni gewesen, Politik hatte ihn nicht im Geringsten interessiert, als wäre sie nicht bloß irrelevant, sondern in seinem Fall einfach nicht anwendbar. Er machte sich böse über Ray und Ross lustig, wenn sie zu Demos gingen, ob sie nun gegen Thatchers Kopfsteuer waren, gegen Stipendienkürzungen, die Apartheid oder was auch immer, und er wechselte bei der ersten Gelegenheit das Thema, wenn über so etwas gesprochen wurde. Das stellte er gerne als Beweis seiner weisen Erkenntnis über die Aussichtslosigkeit ihres Strebens dar, aber Ray nahm an, dass es eigentlich darum ging, dass Simon ganz ehrlich alles scheißegal war, was ihm nicht gerade direkt im Weg stand.

Sie unterhielten sich weiter, und Ray erzählte Alison aus der Studentenzeit, wobei er die traurige Geschichte des DeBacchels erwähnte. Alison berichtete ihm Simons Version desselben Ereignisses, die ein Talent zur Geschichtsklitterung unter Beweis stellte, mit dem er sich bei der *Prawda* hätte bewerben können.

»Hat Simon hier oben auch ein bisschen in der Musikszene mitgemischt?«, fragte Ray.

»Ja, so haben wir uns kennengelernt. Ich habe ihn in einem Club namens The Sheiling spielen sehen. Das war damals ein beliebter Treffpunkt für Studenten und frische Absolventen, wenn du weißt, was ich meine.«

»Ja.«

»Ich weiß nicht mal mehr, wie seine Band hieß. In den Laden konnte man einfach kommen und sich anhören, wer eben gerade spielte, und danach wurde bis in die frühen Morgenstunden Alternative gespielt. Ach, jetzt hab ich's: Book of Dreams, so hießen sie. Post-Goth, Pre-Nine-Inch-Nails, so was eben. Waren ziemlich gut, fand ich. So habe ich ihn dann auch an der Bar angesprochen. Und dann nahm das Unglück seinen Lauf.«

»Wie lief es mit der Band?«

»Wie immer bei ihm. Künstlerische Differenzen. Er hat sich immer wieder mit den anderen Bandmitgliedern überworfen, vor allem mit Angus, dem Sänger. Simon hatte bei ihnen vorgespielt, weil sie schon einen gewissen Namen hatten. Der alte Leadgitarrist hatte einen Job in Texas bekommen.«

»In der Band?«

»Nein, im Staat. Aberdeen ist doch die große Ölstadt. Aber Simon war nun mal Simon und wollte in der Band mehr zu sagen haben.«

»Lass mich raten: Er hatte auch einen besseren Bandnamen. Irgendetwas von Euripides.«

»Genau. Irgendwann hatten sie genug von ihm und warfen ihn raus. Eigentlich schade. Musikalisch hatten sie gut zusammengepasst. Sie haben verdammt gut geklungen, und das war auch sein Verdienst, aber *auch* reichte ihm nicht, er wollte alles sein. Witzigerweise wechselte die Band bald danach dann doch den Namen, weil sie Book of Dreams nicht düster und gruselig genug fanden. Sie hießen dann Chambers of Torment.«

»Nein! Also ... Angus war also Angus McGheoch?«

»Höchstpersönlich.«

»Mann. Die habe ich vor zwei Jahren im Barrowlands gesehen. Die ganze Tour war ausverkauft. Ich nehme mal an, Simon konnte sich nicht unbedingt über den späteren Erfolg der Band freuen.«

»Was? Bloß weil er vom Schnellzug Richtung Erfolg, Ruhm und Rockerleben geworfen worden war? Nein, nein, das hat ihm überhaupt nichts ausgemacht.«

»Hat er die Sache danach hingeschmissen?«

»Praktisch ja, aber im Geiste nicht. Er hat immer noch von seinen Plänen gesprochen, und ein paarmal meinte er, er hätte einigermaßen gleichgesinnte Rekruten gefunden, aber ...«

»Sie haben ihn enttäuscht.«

»Ja. Na ja, manchmal. Das Hauptproblem war eigentlich, dass er lieber bei einem Bier darüber schwadroniert hat, als die Sache wirklich anzupacken.«

»Das hat er mit Millionen von enttäuschten Träumern gemeinsam. Dann muss man das Unausweichliche nicht sofort akzeptieren.«

»Dummerweise wird dann aus dem enttäuschten Träumer ein alter Nörgelsack, der vor dem Fernseher sitzt und *Top of the Pops* anpöbelt. Irgendwann hat er den Unterschied zwischen Ikonoklasmus und Freudlosigkeit vergessen.«

»Dass er hier draußen gelebt hat, hat es wohl auch nicht besser gemacht«, sagte Ray.

»Meinst du die Vorstadt oder Aberdeen? Ist wohl egal – beides hat er gehasst. Aber vor allem Aberdeen. Leidenschaftlich.«

»Ich kann mir seine Tiraden bildlich vorstellen. Die waren meistens zum Wegschmeißen. Wenn einem sein Opfer nicht gerade am Herzen lag.«

»Ja, eine Zeit lang waren sie ganz witzig. Ich bin aus Edinburgh, und ich wohne hier oben, seit ich Studentin war, also bin ich die Letzte, der man Aberdeens Schwächen erklären müsste. Wir sind hier nicht in der wärmsten oder hübschesten Stadt der Welt, ich weiß. Die Alteingesessenen sind ein bisschen reservierter als anderswo, aber daran gewöhnt man sich, und die sind eigentlich auch nicht das Problem. Viel schlimmer ist doch, dass die Hälfte der Bevölkerung eigentlich nicht hier sein will. Guck dir doch nur unsere Straße an: Jedes vierte Haus ist zu verkaufen. Die Leute kommen wegen der Ölbranche her, aber Aberdeen ist nicht gerade Manhattan, und es ist wahrscheinlich ein paar Hundert Kilometer von ihren Wurzeln, Freunden und Familien entfernt. Wer woanders einen Job findet, ist schnell wieder weg, also entsteht nie ein richtiges Gemeinschaftsgefühl.«

»Aber dir gefällt es hier trotzdem, oder?«

»Connor ist hier auf die Welt gekommen, und die Gegend ist sehr kinderfreundlich. Wenig Verbrechen, schöne Landschaft, *schrecklicher* Akzent, aber dagegen kann ich nichts machen.« Sie lächelte. »Mir geht es gut. Ich mag meinen Job, ich mag mein Haus, und ich habe viele Freunde hier. Außerdem bin ich überzeugt, dass man an einem Ort hauptsächlich findet, was man selbst mitbringt. Wenn die Leute sowieso sauer sind, dass sie aus ihrem vertrauten Umfeld gerissen wurden, fühlen sie sich hier natürlich nicht wohl. Simon hatte alle möglichen Arten von Verbitterung mitgebracht, und er schob gerne alles auf Aberdeen, was ihm an seinem Leben nicht passte.«

»Soweit ich mich erinnere, war eine Karriere im Ölgeschäft nie sein großer Traum.«

»Nein. Besonders schlimm war für ihn, dass es keine freiwillige Entscheidung war. Du weißt wahrscheinlich, dass sein Vater kurz vor Simons Abschlussprüfungen gestorben ist.«

»Ja. Das war traurig. Ich habe ihn ein paarmal getroffen. Unheimlich netter Kerl, die Mutter auch. Sie haben Simon auf Händen getragen.«

»Sie haben ihn nach Strich und Faden verzogen, würde ich sagen. Seine Mutter hat mir erzählt, dass sie vor ihm vier Fehlgeburten hatte, und dann war sie Ende dreißig, also war er ein kostbares Geschenk für sie. Ich glaube, Simon hat nie so recht verstanden, dass dieser hochprivilegierte Status für ihn außerhalb der Familie nicht galt.«

»Das kannst du laut sagen«, erwiderte Ray und dachte an die WG-Zeiten. Jeder konnte ein schwieriger Mitbewohner sein, vor allem unter dem zusätzlichen Druck des Studentenlebens, aber Simon führte sich im Haus teilweise krankhaft auf. Mal abgesehen von seiner hartnäckigen Weigerung, auch nur einmal ein Küchenhandtuch anzurühren oder einen Liter Milch zu bezahlen, tat er manchmal so, als würden seine Mitbewohner nicht existieren oder zumindest nicht zählen. Wenn er aus dem Bad stieg, dienten ihm zum Beispiel grundsätzlich die Handtücher der anderen als Fußmatte. Wenn er ein Mädchen abschleppte und seine eigene Bettwäsche nicht mehr ganz taufrisch fand, ging er einfach mit ihr in ein anderes Zimmer, wenn es dort sauberer und der Mitbewohner gerade nicht zu Hause war. Und die absolute Todsünde in einem Jungmännerhaushalt: Wenn er keine Leerkassetten mehr hatte, überspielte er einfach das Mixtape, das gerade im Gemeinschaftsghettoblaster in der Küche steckte. Ihn nach einer Erklärung oder Rechtfertigung zu fragen war eine Übung in beckettesker Vergeblichkeit.

»Warum hast du mit meinem Handtuch den Boden gewischt?«

»Weil er nass war.«

»Warum bist du mit dem Mädchen in mein Bett gegangen?«

»Du hast es gerade nicht benutzt.«

Da suchte man sich lieber eine schön solide Wand und schlug den Kopf dagegen.

»Als sein Vater starb, hinterließ er große Schulden«, fuhr Alison fort. »Und Simon musste den erstbesten Job annehmen, um die Sache zu retten.«

»Dann waren ihm ja doch andere Menschen wichtig.«

»Seine Mutter, ja. Das war eine der wenigen psychologischen Waffen, mit denen ich jemals die Oberhand gewinnen konnte: Er hasste die Vorstellung, sie könnte ihm böse sein, also habe ich gedroht, es ihr zu sagen, wenn er mal wieder besonders schlimm war.«

»Alte Petze!«

»Ich rede hier nicht davon, dass er den Toilettensitz oben gelassen hätte.«

»Kann ich mir vorstellen.«

»Ach ja?« Ihr Ton war kritisch und empört geworden. Tu nicht so, als würdest du das verstehen, meinte sie.

»Tut mir leid, ich wollte nicht …«

»Nein, ich auch nicht. Es ist nur so, dass ich über viele von diesen Sachen noch nie mit jemandem gesprochen habe. Mit niemandem, der sie verstehen könnte. Ich kenne dich zwar kaum, aber du weißt wohl noch am ehesten, wovon ich rede. Andere wollen mich dann oft dazu bringen, Simon in Schutz zu nehmen, selbst Freunde von mir, die ihn gehasst haben. Sie wollten wohl Respekt vor den Toten zeigen und mich als Hinterbliebene nicht bestärken, ihm aufs Grab zu pissen.«

Alison lachte hohl. »Ich sage Hinterbliebene, weil ich für meinen Zustand keinen Ausdruck kenne. Gibt es ein Wort für die Witwe einer wilden Ehe?«

»Ich hatte mich ehrlich gesagt überhaupt gewundert, dass Simon sich so lange niedergelassen hatte.«

»Ich glaube, das war vor allem Bequemlichkeit. Ausziehen wäre zu aufwendig gewesen. Außerdem wusste Simon, dass er mit mir machen konnte, was er wollte. Bei mir hatte er alle Vorzüge eines Zuhauses ohne die Einschränkungen der Monogamie. Ich weiß nicht, ob er glaubte, ich würde es nicht kapieren, oder ob er sich einfach darauf verließ, dass ich doch immer wieder so blöd sein würde, ihm zu vergeben. Auf jeden Fall hat er sich durch die Weltgeschichte gevögelt. Meistens, wenn er sich dem Selbstmitleid hingab, als wäre die Welt ihm einen Fick als Entschädigung für alles schuldig, was sie ihm seiner Meinung nach vorenthielt.«

»Hört sich nach einer verfrühten Midlife Crisis an. Hatte ich auch ein bisschen, seit der Kleine auf der Welt ist. Hat sich bei mir natürlich nicht auf die gleiche Art und Weise gezeigt. Dafür hätte ich auch niemals die Energie gehabt.«

»Du bist verheiratet, oder?«

»Ja. Meine Frau heißt Kate.« Ray hatte Angst, er müsste bei ihrem Namen allein losheulen.

»Simon hätte mich nie geheiratet. Nicht, dass ich das gegen Ende noch als Verlust gesehen hätte, aber es gab mal eine Zeit, als ich dachte ... wie blöd! Ich dachte, mit mir könnte er milder werden oder mit der Zeit würde er es schon von selbst, wenn ich lange genug durchhielt. Irgendwann habe ich verstanden, dass Simon niemanden heiraten würde. Ehe ist doch was für Spießer, Rock 'n' Roll! Wir haben zusammengelebt, aber nur aus Gewohnheit. Es gab keinerlei Anzeichen von Verbindlichkeit, und ich war entweder zu blind oder zu verzweifelt, um das zu sehen. Wir hatten das Haus hier schon drei Jahre gemietet, als Simon starb. Wenn er eins gekauft hätte, wäre das wohl seine Kapitulation gewesen.«

»Hast du es dann gekauft?«

»Ja. Die Besitzer waren Ölmenschen, die rüber in den Nahen Osten mussten. Sie hatten uns gesagt, dass sie auch verkaufen würden, aber dann sind die Preise in den Keller gegangen, und sie haben es gerne vermietet, um es abzubezahlen, bis die Lage sich wieder besserte. Ich habe es dann von der Entschädigung gekauft. Die hatten nach dem Unglück einen Topf eingerichtet; Hauptspender waren die Fluggesellschaft und die norwegische Regierung, glaube ich.«

»Und Simon hatte keine fette Lebensversicherung abgeschlossen?«

Alison lachte. »Ja, das hätte natürlich total zu ihm gepasst. Aber wer weiß, vielleicht sucht immer noch irgendwo ein verwirrter Versicherungsheini nach einer Begünstigten namens *Morag*.« Sie sprach den Namen spöttisch aus und starrte Ray in die Augen, ob er es verstand.

»Morag also? Ich hatte schon fragen wollen. Ich war Larry.«

»Jede Nachfrage war sinnlos.«

»Absolut.«

Alison schüttelte den Kopf, und sie lachten beide. Sie meinten Simons anfangs nervige und mit der Zeit richtig verstörende Angewohnheit, andere nicht mit ihren Namen anzusprechen, sondern mit neuen, die er ihnen gegeben hatte. Spitznamen waren es nicht, denn die haben üblicherweise einen der jeweiligen Gruppe bekannten Bezug. Manche von Ross' Freunden nannten ihn zum Beispiel Sneckie, weil er aus Inverness kam, und Div nannte Ray manchmal Apollo, weil er immer Houston anrief. Bei Simons Namen gab es so einen Anlass nicht. Er fing einfach eines Tages an, Ray Larry zu nennen und Ross Hamish. Div benannte er nicht neu, was wohl ein früher Hinweis war, dass er als Erster von ihnen zur Unperson erklärt wurde.

Ray ignorierte es nach Kräften und wollte nicht darauf reagieren, aber Simon blieb hartnäckig, und jeder Widerspruch stieß auf taube Ohren, als könnte er einfach nicht verstehen, was Rays (beziehungsweise Larrys) Problem war. Er stellte Ray sogar anderen als Larry vor, und wenn er protestierte, erklärte Simon nur: »Du bist eben Larry – verstehst du das nicht?«

»Scheiße, Mann, jetzt meint er noch, er ist Jesus«, hatte Div einmal gesagt. »Tauft einfach alle um. ›Simon, ich sage dir, du bist Petrus.‹«

Im Nachhinein interpretierte Ray es so, dass Simon die Menschen in seinem Umfeld neu definierte und ihnen dabei eine ihm untergeordnete Rolle zuwies. Es war, als würde Simon andere nicht als autonome Wesen sehen, sondern als reine Funktionsträger, die nur im Kontext seiner Betrachtung existierten.

»Hattet ihr auch einen Spitznamen für ihn?«, fragte Alison.

»Klar, ein paar«, erwiderte Ray mit verschwörerischem Grinsen. »Die meisten kamen von Div. Durchgesetzt hat sich dann einer, den Simon selbst gerne mochte: Dark Man. Der war natürlich einfach von Darcourt abgeleitet, und ihm gefiel der mysteriöse, düstere Klang, aber wir anderen bezogen ihn eher auf Simons allgemeinen Gemütszustand. Er ist ja nicht gerade mit einem fröhlichen Lied auf den Lippen durchs Leben getänzelt.«

»Nein. Und du hast ihn ja noch in den sorglosen Jugendjahren gesehen. Als seine Mutter gestorben war ...« Alison seufzte. »... kam es mir vor, als würde ich mit dem fleischgewordenen Zeitgeist zusammenleben.«

»Wann war das?«

»Vor bald fünf Jahren. Zwei Jahre vor Simon. Bauchspeicheldrüsenkrebs, die Arme.«

»Das hat ihn bestimmt schwer mitgenommen.«

»Ja. Er war ganz am Ende bei ihr, und ...«

»Was?«

»Ich weiß nicht. Da war etwas, worüber er nicht reden wollte. Er war weniger deprimiert als vielmehr von einer düsteren, köchelnden Wut verzehrt.«

»Wäre ich wahrscheinlich auch, wenn ich beide Eltern verloren hätte.«

»Ach, klar. Aber es gab da noch mehr, da war ich mir ganz sicher. Und was auch immer es war, es hat ihn so beschäftigt, dass er kaum von seiner Mutter gesprochen hat, bis es sich gelegt hatte.«

»Oh. Wie lange hat es denn gedauert?«

»Ein paar Monate. Dann war es plötzlich vorbei, als hätte jemand einfach mit den Fingern geschnippt. Ich habe damals vermutet, er hätte eine Affäre angefangen. Er war ein paar Tage beruflich unterwegs und kam mit einem Lächeln im Gesicht wieder. Danach kamen noch eine Menge Geschäftsreisen, meistens übers Wochenende, was für mich ein klares Zeichen war. Dass Simon seine Wochenenden zum Wohle von Sintek Energy aufgegeben hätte, passte einfach nicht. Aber genauso wenig passte, dass er von diesen Reisen immer spitz wie ein Rettich wiederkam. Nicht, dass ich oft Lust gehabt hätte, aber Fremdgänger wollen doch üblicherweise nichts mehr von ihrer Partnerin, oder?«

»Habe ich auch so gehört.«

»Deshalb konnte ich mir nie sicher sein. Außerdem war eine Affäre nicht unbedingt Simons Stil. Affären erfordern einigen Aufwand, vor allem logistischen. Keine Ahnung, ich versuche schon lange nicht mehr, ihn zu verstehen. Die letzten paar Wochen vor seinem Tod war er voller Energie, überhaupt nicht mehr so existenzialistisch trübsinnig, und ich dachte schon, vielleicht wird jetzt alles besser. Aber es gab keine Sicherheit, dass er gegen Monatsende nicht wieder das in die Ecke getriebene Raubtier spielt.«

»Hast du bei der Beerdigung jemanden gesehen, der infrage käme?«

»Als geheime Liebhaberin? Ich wüsste nicht, dass irgendwer allzu bestürzt über seinen Tod gewirkt hätte, ich selbst ja auch nicht. Ohne den ganzen Staatsakt wäre es wohl eine traurige kleine Sache geworden. Ein Haufen Leute von Sintek war da, und viele meiner Freunde, die mich moralisch unterstützen wollten, aber es hat jetzt nicht gerade einer nach dem anderen herzerwärmende Anekdoten über ihn erzählt. Bis auf ein paar entfernte Verwandte väterlicherseits in Frankreich war ich das letzte bisschen Familie, was er noch hatte. Deshalb war die Beerdigung auch hier oben in Aberdeen.«

»Auf ewig in Aberdeen gefangen. Das hätte ihm wohl nicht so gefallen.«

»Er würde sich im Grab umdrehen, wenn ... wenn er denn drin liegen würde. Die Beerdigung und der Grabstein waren nur Zeremonie. Simons Leiche ist nach dem Absturz nie gefunden worden.«

Ray musste schlucken, als er das hörte. Sein gesunder Menschenverstand rief seine Fantasie zur Ordnung, aber da Ersterer gerade sowieso keine gute Woche hatte, zeigte Letztere ihm den Mittelfinger. Er hoffte, dass seine Reaktion nicht allzu offensichtlich war, und tat so, als hätte er sich vom Fernsehen ablenken lassen, damit sie nicht nachhakte. Gerade liefen die schottischen Nachrichten, Bilder einer Streikpostenkette und dann wieder die Sprecherin im Studio.

»Was sagst du dem Kleinen über ihn?«, fragte Ray, damit sie weitererzählte, während er seine rasenden Gedanken wieder beruhigte.

»Er ist noch zu jung, um viel zu fragen. Er weiß, dass er keinen Papa hat wie die anderen, aber er ist nicht allzu neugierig. *Noch nicht.* Wenn es so weit ist, werde ich wohl Simons guten Ruf wiederherstellen müssen.«

»Ja. Da hat er eigentlich Glück gehabt. Meiner wird live miterleben, was für ein Wrack sein Alter ist. Na ja, immerhin kann ich ihm von meinem kleinen Platz im großen Rock 'n' Roll ...« Ein weiterer Blick Richtung Fernseher ließ Ray stocken. Dort war ein Reporter vor der Burnbrae Academy zu sehen. Der Ton war abgeschaltet, also konnte Alison seinen Namen nicht hören, aber Ray vermutete, dass jeden Augenblick sein Gesicht eingeblendet werden würde.

»Ach, tut mir leid, meinst du, wir könnten den Fernseher abschalten? Ich gucke dauernd hin und komme mir so unhöflich vor.«

»Kein Problem«, erwiderte Alison. Sie tastete auf dem Sofa nach der Fernbedienung. »Tut mir leid, keine Ahnung, wohin Connor das Ding schon wieder verschleppt hat.«

Ray suchte den Boden ab, wo unter dem ganzen Spielzeug kaum Teppich zu sehen war. Auf dem Bildschirm wurde jetzt eine Polizei-Pressekonferenz gezeigt, auf der zwei aufgelöste Elternpaare hinter einem Wald aus Mikrofonen und Tonaufnahmegeräten saßen.

Ray stand auf, um das Gerät per Hand abzuschalten, aber als er den Knopf drückte, tat sich nichts.

»Deshalb brauche ich die Fernbedienung. Connor hat den Knopf kaputt gespielt. Er hat es immer toll gefunden, wenn das kleine Licht von rot auf grün wechselt, also hat er ihn tausendmal gedrückt, bis er nicht mehr ging.«

Nun füllten die Fotos der beiden Jungs den Bildschirm, die er auch schon in der Zeitung gesehen hatte. Jeden Moment würde seins kommen. Er starrte verzweifelt auf den Plastikhaufen zu seinen Füßen, als er von der Türklingel gerettet wurde.

»Da kommt wohl Connor wieder, oder vielleicht will Lindsey kurz mit mir sprechen. Bin gleich wieder da.«

Als Alison sich gerade umgedreht hatte und losgegangen war, erstreckte sich plötzlich Rays Gesicht über den Bildschirm. Es war die gleiche beschissene Aufnahme wie in der Zeitung, aber wenn Alison ihn direkt daneben vor Augen gehabt hätte, wäre ihr die Ähnlichkeit wohl doch aufgefallen. Dann wurde wieder der Reporter vor der Schule gezeigt, wo er tonlos noch einmal die Lage zusammenfasste.

Danach ging es zurück ins Studio und zum Sport. Ray atmete aus und ließ sich wieder auf seinen Platz sinken, während er Alison an der Tür dumpf mit jemandem sprechen hörte. So langsam sollte er wohl wieder los, aber da er nicht wusste, wohin genau, kam ihm das Sofa umso bequemer vor. Aber während Alison sich nun so bereitwillig bei ihm ausgesprochen hatte, musste er wohl damit rechnen, dass sie so langsam auch selbst mal ein paar Fragen stellte.

Er hörte Schritte von zwei Personen. Wenn die Nachbarin zu Besuch kam, war das ein guter Zeitpunkt, sich zu verabschieden. Ich will mich nicht aufdrängen und mache mich jetzt mal vom Acker. So die Richtung.

Die Wohnzimmertür öffnete sich, und Alison führte eine kleine südasiatische Frau mit sehr strengem Blick ins Zimmer.

»Mr. Ash«, sagte sie. »Ich habe mir doch gedacht, dass ich Sie hier finde. Angelique de Xavia. Wir haben heute Morgen telefoniert. Ich glaube, wir sollten uns mal über Ihre Begegnung am Flughafen unterhalten.«

ZIEL ERFASST

Angelique glaubte schon nicht mehr an irgendwelche Gottheiten, seit sie als Kind in der Nachmittagsvorstellung *Kampf der Titanen* gesehen hatte und aus dem Film schwerwiegende Schlüsse über den verhältnismäßigen Wert eines angestaubten Bronzezeit-Mythos gegenüber einem anderen gezogen hatte. Aber sie verstand doch gut, was die Frömmler meinten, wenn sie sagten: Der HERR hat's gegeben, der HERR hat's genommen.

Sie stand auf dem Flur vor dem Vernehmungsraum im Grampian Police HQ, und ihr Handy war noch warm vom Gespräch mit McIntosh und hinterher Chief Murray. Es waren gute Neuigkeiten gewesen, großartige. Sie hatte recht gehabt, ihre Arbeit hatte sich bezahlt gemacht, das war doch toll. Warum hätte sie dann am liebsten das Handy gegen die Wand geschmissen und jede Scheibe des Gebäudes zerschlagen?

Er hat's gegeben: Dank ihrer Hartnäckigkeit, ihres Fleißes, ihrer Folgerungen und ihres Einfallsreichtums hatten sie den Black Spirit jetzt bei den Eiern, wie es sich anhörte.

Er hat's genommen: Und nach alldem würde nicht ihre Hand zudrücken dürfen.

Während sie hoch nach Aberdeen gefahren war, hatten die Kollegen die verlassene Farm gefunden und sie mit bis an die Zähne bewaffneter ARU-Verstärkung gestürmt, als leider nicht nur die Show vorbei war, sondern der Zirkus schon seine Sachen gepackt und die Stadt verlassen hatte. Es gab aber noch zahlreiche Beweise dafür, was dort vor sich gegangen war. Sie fanden den Stuhl, an den Ash gefesselt gewesen war, inklusive der Pisspfütze darunter, wie auch die Speisekammer mit dem unterirdischen Fluchtweg. Draußen waren Reifenspuren mehrerer Fahrzeuge zu sehen und Lebensmittelabfälle, die nahelegten, dass sie hier mehrere Tage ihr Lager aufgeschlagen hatten; oder irgendwer hatte ein sehr großes Picknick veranstaltet. Ashs schwarzer Polo wurde einen guten Kilometer von der Farm ausgebrannt aufgefunden, nachdem wohl jemand mit dem Feuer etwaige Spuren hatte verwischen wollen. Der Wagen, mit dem Ash geflohen war, war über einen Monat vorher gestohlen und mit falschen Kennzeichen versehen worden. Die gefälschten Kennzeichen trugen als für den Black Spirit typischen extravaganten Touch eine Nummer, unter der einmal der Wagen eines gewissen Doctor Harold Shipman registriert war, der aktuell einen britischen Rekord hielt, den Simon Darcourt wohl gerne brechen wollte.

Die Terroristen hatten eilig die Zelte abgebrochen, wahrscheinlich direkt nachdem sie die Flucht ihres Gefangenen bemerkt hatten, durch die ihr Aufenthaltsort aufgeflogen war. Sie hatten sich in Schadensbegrenzung versucht und waren möglichst schnell abgehauen; so schnell, dass sie nicht ihr ganzes Hab und Gut mitgenommen hatten, was ihnen zum Verhängnis werden sollte.

»Die haben einen ordentlichen Bock geschossen«, drückte der Chief es aus. »Sie haben in einer Schublade unter dem Küchentisch Kopien zurückgelassen. Detaillierte Planzeichnungen. Wir wissen, wo er zuschlagen wird, und diesmal sind wir dem Drecksack einen Schritt voraus. Aber ich muss schon sagen, das Schwein traut sich was.«

»Warum? Was ist denn das Ziel?«

Sie musste sich fast hinsetzen, als er es ihr sagte.

»Das Stadium of Light.«

»Ist das nicht in Lissabon?«, fragte Angelique. Sie wusste sehr wohl, wo es war, brauchte aber einen Augenblick, um den Schwindel zu überwinden. Anscheinend würden Maclaren und Wallace ihren Whisky nicht bekommen.

»In Sunderland!«

»Da fragt man sich doch, was sie dann hier oben bei Crieff wollten.«

»Abwarten, ohne Aufsehen zu erregen, würde ich sagen. Wenn man so etwas plant, treibt man sich doch lieber in ein paar Fahrstunden Entfernung von den zuständigen Polizeieinheiten herum, meinen Sie nicht auch?«

»Wenn man was plant?«

»Mir graut es vor dem Gedanken«, sagte Murray, der es offensichtlich nicht wusste. »Aber das Wo und das Wann stehen außer Zweifel.«

Angelique schluckte. »Ist da morgen ein Spiel?«, fragte sie und fürchtete schon, dass die Antwort nur Ja lauten konnte.

»Länderspiel. Ausverkauft. Freundschaftsspiel England gegen Dänemark. Während Wembley umgebaut wird, spielen sie ja überall im Land. Und einer der örtlichen Parlamentsabgeordneten wird natürlich auch im Stadion sitzen, wo es doch so nah bei seinem Wahlbezirk steht.«

»Einer der ... Der Premierminister!«

»Der Premierminister Großbritanniens am sonzolanischen Unabhängigkeitstag. Anstoß um drei.«

»Oh Gott«, keuchte sie, als ihr erst richtig bewusst wurde, was das bedeutete. Der Premierminister war auch nur ein Mensch; aber ein Fußballstadion mit Zehntausenden von Menschen kam dem ultimativen Terroralbtraumszenario schon sehr nah, wenn man mal Atomwaffen außer Acht ließ.

»Stil und Größenordnung passen auf jeden Fall zum Black

Spirit«, stimmte sie zu. »Aber versucht er es trotzdem, nachdem …?«

»Wenn er es nicht versucht, zählt das auch als Erfolg für uns. Kann sein, dass ihnen die kopierten Pläne irgendwann einfallen, vielleicht aber auch nicht oder erst zu spät. Vielleicht riskieren sie es auch trotzdem, weil sie ja nicht wissen, ob wir die Pläne in der Farm gefunden haben. Was auch geschieht, unsere Leute sind bereit. Unauffällig, aber bereit. Und dank Ihnen haben sie alle endlich ein Bild von dem Mann, nach dem sie Ausschau halten müssen.«

»Sie? Unsere Leute? Was ist denn mit uns?«

»Tut mir leid, Angelique. Lexington hat die Sache übernommen. Sie wissen doch, wie das läuft. Das ist eine Riesensache, größer geht es gar nicht, da hat er das Sagen. Das regeln jetzt London und die Geordies zusammen.«

»Mackems«, korrigierte sie, als sie Millburns Stimme im Kopf hatte.

»Was?«

»Geordies sind die Leute in Newcastle, Mackems die in Sunderland. Und keiner von denen hat einen Finger gerührt, um dem Drecksack auf die Spur zu kommen, und jetzt sollen die einfach reingehen und den Kerl abführen?«

»Wir sind alle im selben Team, Angelique. Außerdem sind Sie da oben im Schafland, und es ist schon dunkel.«

»Ich kann in sechs Stunden in Sunderland sein. Fünf.«

»Die sind da unten schon beim Briefing. Hören Sie, Sie haben großartige Arbeit geleistet. Lexington hat mich gebeten …«

Angelique hörte nicht mehr zu, als er in den Herablassungsmodus ging, und würgte ihn so schnell ab wie möglich. In solchen Momenten hasste sie Handys. Da konnte man am Ende nur auf einen winzigen Plastikknopf drücken, wenn man viel lieber einen uralten Bakelit-Hörer auf die Messinggabel geprügelt hätte, dass das Haus wackelte.

»Alles klar?«, fragte ein junger Polizist im Vorbeigehen.

»Schnauze!«

»Ooh, da hat aber jemand seine Tage.«

»Hör zu, du Schafficker, wenn ich meine Tage hätte, würdest du gerade deinen Sack mit nem Spachtel von der Decke kratzen, okay?«

Er sagte lieber nichts mehr und huschte weiter.

Angelique ging zur Toilette, um sich ein bisschen abzuregen. Sie spritzte sich kaltes Wasser ins Gesicht, bevor sie wieder in den Vernehmungsraum ging, wo sie Ash zurückgelassen hatte, der diese Woche weit mehr Scheiße hatte durchmachen müssen als sie. Bei dem Gedanken ging sie noch mal beim Getränkeautomaten vorbei und brachte zwei Dosen mit. Der Kerl hatte ausgesehen, als könnte er auch etwas Stärkeres vertragen, aber das hier war immer noch besser als ein Tritt in die Eier, wie Maclaren gesagt hätte.

»Danke«, sagte Ash mit echter Wärme. Nach einer Scheinhinrichtung war man wohl wieder besonders dankbar für die kleinen Freuden des Lebens, dachte sie. »Wie ist die Lage?«

»Ach, so ein Alltagsdrama aus Politik, Egos und Dünnschiss«, erwiderte sie.

»Bitte?«

»Egal, ich schwelge bloß gerade in Selbstmitleid. Erbärmlich. Sie hatten recht, das ist die Lage. Die Kollegen haben auf der Farm sehr wertvolle Informationen gefunden und Beweise für Ihre Story.«

»Was ist mit den Jungs?«

»Nichts. Andere Baustelle, würde ich sagen.«

»Könnten Sie das vielleicht der Presse ausrichten? Ich würde gerne nach Hause können, ohne auf offener Straße kastriert zu werden.«

»Wir arbeiten dran.«

»Aber diese Typen sind immer noch da draußen?«

»Dank Ihnen nicht mehr lange.«

»Das heißt?«

»Geheim, tut mir leid.«

Er seufzte. »Könnten Sie mich denn wenigstens aufklären, was das Ganze mit Simon Darcourt zu tun hat? Ich würde mich nämlich über jeden kleinen Hinweis freuen, was zum Teufel hier eigentlich die ganze Zeit los ist.«

»Das ist natürlich auch geheim«, informierte sie ihn. »Aber ehrlich gesagt habe ich gerade keine große Lust auf Loyalität und Dienstgehorsam.«

Man erfährt nicht jeden Tag, dass der Ex-Mitbewohner einer der meistgesuchten Terroristen der Welt und verantwortlich für den Tod von Hunderten von Menschen ist. Ash hatte schon ein paar Tage darüber nachgegrübelt, ob Darcourt vielleicht doch nicht so tot war, wie zum Beispiel seine Beerdigung es nahelegte, also hatte er sich vielleicht einfach schon ausgestaunt. Übermüdet war er auch, was wohl jede theatralische Anwandlung im Keim erstickte, aber auf jeden Fall nahm er es ziemlich locker, was Angelique kommentierte.

»Mich schockiert gar nichts mehr. Und ich bin todmüde«, erklärte er und bestätigte ihre selten angezweifelte Eignung für diesen Beruf.

Als Erstes hatte sie ihm die Visitenkarte auf den Tisch gelegt. »Ich weiß, dass Sie mit dieser Person vertraut sind«, hatte sie gesagt.

»Rank Bajin«, hatte er ihn identifiziert. »Ruchloser Bösewicht und Vorzeigevater vierer Söhne. Schwäche für geschwollene Reden und überbackenen Käse. Ist er der aktuelle Verdächtige im Fall der entführten Schuljungs?«, fragte er mit müdem Sarkasmus. »Denn ehrlich gesagt ist das nicht so sein Stil. Soweit ich weiß, hat er sogar bei der Rettung von Fairy Nuffs Kindern geholfen, die Big Chief Toffee Teeth entführt hatte.«

»Ich finde, Sie könnten die Sache ruhig etwas ernster nehmen«, erwiderte Angelique.

»Sie zeigen mir Comicbildchen und sagen, *ich* soll keinen Quatsch machen?«

»Touché! Kommen wir zur Sache: War Simon Darcourt Ihres Wissens mit diesem Bild vertraut?«

»Klar. Ich habe es ihm mal an die Zimmertür gehängt, als wir zusammengewohnt haben. Sein Spitzname war Dark Man. Sie wissen schon, Darcourt, Dark Man. Das passte irgendwie. Fand er selber auch. Warum?«

Und dann erzählte sie ihm die ganze verdammte Geschichte. Er saß da, hörte ruhig zu und nickte gelegentlich, als wäre nichts davon eine große Offenbarung. Einmal traten ihm die Tränen in die Augen, aber es gab keinen Widerspruch, keine Ungläubigkeit.

»In jeder anderen Woche hätte mich das umgehauen«, sagte er. »Ich glaube, nach einer Dusche, einem warmen Abendessen und einer Mütze voll Schlaf würde ich wohl am Morgen aufwachen und deswegen durchdrehen. Aber im Moment ist das Gruselige eigentlich, dass alles perfekt zusammenpasst. Also auf seine eigene, kranke, widerliche Art und Weise.«

»Das heißt?«

»Simon hat jetzt, was er immer wollte. Berühmtheit, Macht, Geld, Prestige ...«

»Prestige?«, hakte Angelique offen angewidert nach.

»Wir leben in einer Post-Rock-'n'-Roll-Welt, Detective Inspector. Es gibt keine Punkte fürs Bravsein, wenn alle *böse* sein wollen. Und viel böser als Massenmord geht es ja wohl nicht, vor allem, wenn man ihn mit dem gewissen extravaganten Touch begeht. Er ist weltberühmt. Nein, mehr als das: Er ist weltberüchtigt. Garth Brooks ist weltberühmt, aber wer will schon Garth Brooks sein, wenn man auch Iggy Pop, Lou Reed und Marilyn Manson in einem sein kann?«

»Wohl eher Charles Manson.«

»Ganz genau. Charles Manson, David Koresh wäre auch noch ein gutes Beispiel. Typen, die die Macht, die Bewunderung, den Ikonenstatus von Rockstars wollten, das alles aber nicht auf dem gleichen Weg bekommen konnten wie ihre Idole. Dann haben sie es sich eben anders geholt. Genau wie Simon. Auf der einen Seite des Gesetzes gefürchtet, auf der anderen respektiert. Untergebene springen auf seinen Befehl, die Frauen fliegen garantiert auch auf ihn, Geld, ein Leben im internationalen Jetset, und die Macht über Leben und Tod in seinen Händen. Im Vergleich zu uns Normalsterblichen ist er ein Gigant. Und das ergibt deshalb Sinn, weil er es eigentlich immer schon war.«

»Was soll das heißen?«, fragte Angelique.

Also erzählte Ash ihr alles, was er über Darcourt wusste, von ihrem ersten Treffen als Studenten bis zu dem, was er früher am Abend von Alison McRae erfahren hatte. Hätte es noch irgendwelche letzten Zweifel gegeben, ob Darcourt ihr Mann war, hatte Ashs Geschichte sie fortgeblasen. So ungern sie es zugab, passte die beschriebene Person auch noch perfekt auf das ungeliebte psychologische Profil.

»Seine Komplizen sieht er nur als kleine Nebenrollen im großen Drama seines Lebens ...«

Alles war da. Die ausufernde Egomanie, der soziopathische Mangel jeglicher Empathie, eine vormals achtbare Person ohne kriminellen Hintergrund (von dem Studentenstreich mal abgesehen, und auch der betonte nur sein Verlangen nach Berühmtheit um jeden Preis). *»Seine Sünde ist nicht der Jähzorn, sondern der Hochmut ...«*

Sogar der Tod eines Mentors/einer Autoritätsperson war da; in diesem Fall waren es zwei Personen gewesen, wobei erst der Tod der zweiten die volle Wirkung zeigte und wohl entfesselte, was Darcourt seit dem Tod der ersten unterdrückt hatte.

»Ich habe mal von einem psychischen Zustand namens Alexithymie gehört«, sagte Ash nach einer längeren Stille, während der sie über ihre beiden Geschichten nachsannen, die sich so beunruhigend perfekt ergänzten. »Er betrifft Menschen – oft Mörder –, die schreckliche Dinge tun, immer weitermachen, anscheinend nie genug haben. Aber aus welchem Grund sie auch angefangen haben, machen sie weiter, weil sie sich allem stellen müssten, was hinter ihnen liegt, sobald sie aufhören. Sie morden weiter, weil sie nur so dem Schrecken ihrer vergangenen Taten entfliehen können.«

Angelique nickte, denn sie verstand, worauf er hinauswollte. Er suchte irgendwelche mildernden Umstände, wahrscheinlich, weil er sich irgendwie mitschuldig fühlte.

»Ich folge der Spur der Vernichtung des Black Spirit nun schon seit Jahren«, sagte sie, »und mit der Zeit habe ich selbst eine kleine psychologische Theorie entwickelt. Möchten Sie sie hören?«

Ash nickte. Er wirkte mittlerweile ziemlich erschlagen. Eine kalte Logik – wenn auch eine ziemlich kranke, wie er es ausdrückte – hatte ihn die fürchterliche Wahrheit des Abends einfach hinnehmen lassen, aber erst jetzt taute die blutige Bedeutung des Ganzen auf und sickerte ihm ins Gewissen.

»Er ist ein Wichser«, erklärte sie ihm. »Das ist meine Theorie.«

Ash lächelte verlegen. »Da haben Sie wohl recht.«

»Das ist doch der Kern der Sache. Alles andere ist doch bloß Haarspalterei, was genau für ein Wichser er ist. Und auch da habe ich eine Theorie. Wollen Sie mal raten?«

»Ein dummer Wichser?«

»Nah dran. Die präzise Antwort war: ›ein dreckiger Wichser‹. Und deshalb hat er auch Scheiße gebaut. Wichser ändern sich nie. Wissen Sie, wie die Polizei in Partick herausgefunden hat, wer ins Uni-Museum eingebrochen war?«

»Ja. Das Schwein hat es ihnen selber gesagt.«

»Woher wissen Sie das?«

»Auch von ihm. Das war aus offensichtlichen Gründen so ziemlich mein letztes Gespräch mit ihm.«

»Er konnte es einfach nicht ertragen, dass keiner wusste, dass *er* die Sache hingekriegt hatte.«

»Hauptsächlich war ich das eigentlich, aber klar, Sie haben recht.«

»Und jetzt spulen wir vor, und er ist der gerissene, kühne Terrorist. Er hinterlässt Rank-Bajin-Visitenkarten als Teil seines Egotrips, damit die Behörden auch ja wissen, wer die Schuld trägt; oder wem der Ruhm gebührt, wenn man es aus seiner Sicht betrachtet. Bei der Polizei im Ausland erkennt natürlich keiner einen Glasgower Zeitungscomic aus den Fünfzigern, also verrät er sich nicht ganz, aber einen Tipp hinterlassen will er doch.«

»Immerhin ruft er nicht mehr einfach selbst bei der Polizei an.«

»Aber es muss ihm doch zu schaffen machen, dass wieder keiner weiß, dass er es war, genau wie nach dem Museum.«

»Was nützt einem der Ruhm, wenn man keine Identität mehr hat?«

»Genau, und als er wieder nach Hause kommt, ist es noch viel schlimmer, weil er hier einfach nur ein Niemand war. Dann sieht er Sie zufällig am Flughafen. Er merkt also, dass das Land klein ist, dass hier noch manche sein Gesicht kennen, ob sie nun glauben, dass er tot ist, oder nicht. Aber er ist ein Wichser, also kann er der Versuchung einfach nicht widerstehen, Sie zu entführen, weil Sie wissen sollen, wer er jetzt ist, er will, dass Sie vor ihm auf die Knie sinken.«

»Bevor er mir eine Kugel durch den Kopf jagt, wenn er seinen Spaß gehabt hat.«

»Ja, das kommt wohl hin. Er ist ein Wichser, kein Idiot. Aber er ist ein unnötiges Risiko eingegangen, nur damit er mit Ihnen seine Psychospielchen spielen konnte. Das ist ordentlich nach hinten losgegangen, weil Sie fliehen konnten und uns direkt zu seinem temporären Hauptquartier geführt haben.«

»Und wenn Sie jetzt die Handschellen zuschnappen lassen, kann *jeder* erfahren, wer er ist. Da tun Sie ihm wahrscheinlich den größten Gefallen seines Lebens.«

»Nicht ich persönlich, aber ich weiß, was Sie meinen.«

»Nicht Sie persönlich?«

Angelique hielt inne, als die Wut wieder hochkochte. Murray hatte natürlich recht. Sie waren alle im selben Team. Es kam ihr nur so vor, als hätte sie gerade vier Verteidiger plus Torwart ausgespielt und den Ball vors Tor geschoben, damit ihn irgendwer anders abstauben konnte.

»Ich habe damit jetzt nichts mehr zu tun«, sagte sie. »Die großen Jungs haben die Sache übernommen, also soll ich jetzt ein braves Mädchen sein und wieder mit meinen Puppen spielen gehen. Außerdem liegt es außerhalb meines Zuständigkeitsbereichs und ist auch sonst ziemlich weit weg, während ich hier oben in der Tundra sitze.«

»Dann fahren Sie nach Hause?«

»Soll ich Sie mitnehmen?«

»Tja, das schicke Auto haben Sie ja einkassiert, und meins steht noch in Perthshire.«

»Was davon übrig ist. Die haben es angezündet.«

»Dann hat die Sache ja doch noch ihr Gutes.«

»Nicht so ihr ganzer Stolz?«

»Eher nicht.«

»Ja, ich kann Sie mitnehmen, will aber eigentlich erst am Morgen fahren. Es ist schon nach zwölf, und es war ein langer Tag. Ich wollte mich erst ein paar Stunden aufs Ohr hauen.«

»Hört sich gut an. Kann ich mal eben meine Frau anrufen?«

»Klar. Nehmen Sie mein Handy. Ich organisiere uns dann eben zwei Zimmer im Polizeigästehaus.«

»Wenn keine frei sind, könnte ich im Moment auch in einer Zelle schlafen.«

»Von denen ist freitagabends garantiert keine frei. Im Gästehaus dürfte es auch minimal freundlicher sein. Und Sie können duschen, bloß aus dem warmen Abendessen wird wohl nichts.«

»Macht nichts. Essen kann ich jederzeit. Schlafen dagegen ...«

AUS KLEINEN WICHSERN WERDEN GROSSE

Um genau 20:30 Uhr checkte Simon nach einem leichten Essen und einer heißen Dusche aus seinem Hotel in Glasgow aus. Manche verfochten für solche Zeiten möglichst spartanisch-asketische Lebensumstände, damit man schlank und wach blieb, aber Simon fand es psychologisch wichtig, mit allen Dingen vertraut zu bleiben, die ihm fehlen würden, wenn er oder einer seiner Untergebenen Mist baute.

Taylor holte ihn in einem der Espaces ab. Den anderen hatte May, der ihn auch in der Nacht dort abgesetzt hatte. Als sie an der Brücke fertig gewesen waren, hatten sie in Glen Crom auf Lydon und Matlock gewartet, die den Tour Truck dort parkten, und die beiden dann mitgenommen. Als er endlich ins Bett kam, war es fast sechs, was aber dem Zeitplan entsprach: Wenn er tagsüber schlief, war er fit für die lange Nachtschicht. Er wusste aber, dass Zimmermädchen auf der ganzen Welt den Satz »Bitte nicht stören« eher als Herausforderung verstanden, also verriegelte Simon die Tür und schob sicherheitshalber noch die Kommode davor.

Taylor und er waren die Vorhut eines kleinen Konvois, der immer länger wurde, je näher sie Dubh Ardrain kamen, als die anderen Fahrzeuge nach dem Lichthupensignal von ihren Rastplätzen fuhren und sich hinter ihnen einordneten. Als Erster kam May, dann Simonon und Deacon, die jeder ein Schnellboot zogen, und schließlich Headon und Cook mit den Lieferwagen. Alle bis auf den Espace an der Spitze bogen in die kleine Straße hoch zum Stausee ein, wo einen knappen Kilometer hinter dem präparierten Brückenpfeiler der Tour Truck versteckt war. Dort würden sie sich ihre Ausrüstung schnappen und auf das Zeichen warten.

Auf Simons Anweisung hin hielt Taylor auf dem letzten Parkplatz vor der Einfahrt zum Komplex, und sie schauten zu, wie ein Arbeiter nach dem anderen mit dem Auto hineinfuhr. Simon schaute auf die Uhr. Es war fast Mitternacht, fast Zeit zum Schichtwechsel. Er würde abwarten, bis alle abgelösten Arbeiter auf dem Heimweg waren, bevor er ans Werk ging. Um acht war der nächste Schichtwechsel, aber von dem würde niemand nach Hause fahren. Kurz danach würden die besseren Hälften der betroffenen Arbeiter einen Anruf bekommen, dass es ihnen leidtue, ihre Partner aber eine Doppelschicht einlegen müssten, um ein größeres technisches Problem in den Griff zu bekommen, womit sie wertvolle Überstunden ansammeln würden. Und um die ging es denen allen doch nur.

Taylor schaute nach vorne auf das Stahltor und das hässliche Sechzigerjahre-Bürogebäude dahinter und dann rüber auf das Kiefernholzbesucherzentrum ein paar Hundert Meter weiter auf der anderen Straßenseite am Wasser. Simon wusste, was er dachte.

»Nicht gerade hübsch, was, Roger?«

»Ach, ich weiß nicht. Ich sehe vor allem die Dollarzeichen, die gefallen mir immer ganz gut.«

»Eine Mine ist nur ein Loch im Boden, bevor man nicht mit dem Gold rauskommt. Vergiss das nicht.«

»Roger.«

Simon verdrehte die Augen. Sie lachten.

Dubh Ardrain. Gälisch für Schwarzer Kamm, Schwarzer Felsvorsprung, Schwarzer Tafelberg, so was in der Richtung. Und von der Straße aus war wirklich nicht viel zu sehen. Man konnte es im Vorbeifahren einfach übersehen. Selbst das Besucherzentrum und mehrere große Schilder reichten wohl nicht, um vielen Touristen zu verraten, was dort verborgen lag. Sie konnten das Kiefernholzgebäude auch für irgendeinen Naturinformationspunkt am Loch halten, einen von vielen kleinen Halten mit Scones und Souvenirs an der Straße durch die Glens.

Dabei war es in Wirklichkeit der Empfangsbereich einer der größten ingenieurstechnischen Meisterleistungen Schottlands. Dreihunderttausend Tonnen Beton oben in der Staumauer, unten eine Viertelmillion Kubikmeter Fels aus dem Berg gehauen. Dreißig Kilometer Tunnel und Rohrleitungen. Meilenweit waren die Straßen verbreitert und verstärkt worden, nur damit sie den Baumaschinen und den Transportern mit den gigantischen internen Komponenten standhielten. Eine menschengeschaffene Höhle, in der man Hampden Park unterbringen könnte, mit zwanzig Meter hohen Turbinen, die mithilfe von Wasser und Schwerkraft sechshundert Megawatt leisteten.

Es hatte keinen internationalen Wiedererkennungswert wie die Forth Rail Bridge, weil von Kraftwerken wohl nicht viele Postkarten verkauft wurden; nicht mal in Schottland selbst war es allzu bekannt. Aber wenn Simon damit fertig war, würde der Name auf allen Fernsehkanälen, Radiosendern und in allen Zeitungen des Planeten genannt werden.

Nach etwa zehn Minuten fuhren die Wagen der abgelösten Schicht langsam ab. Es würden insgesamt acht sein. Simon zählte sie ab und griff sich sein Funkgerät.

»May, hier ist Mercury. Bitte melden.«

»Mercury, May hört.«

»Okay, sie sind alle raus. Zwei kommen an euch vorbei Richtung Crianfada; die anderen fahren nach Cromlarig. Ein Ford Mondeo und ein Honda Accord. Wenn die vorbei sind, leg los. Alle anderen: Das ist auch euer Zeichen. Mercury Ende.«

Simon schraubte den Schalldämpfer auf und beobachtete das Wachhäuschen. Nach ein paar Augenblicken kam ein dicker alter Mann heraus und schlurfte auf das Tor zu.

»Rock 'n' Roll«, verkündete Simon.

Taylor legte den Gang ein und fuhr die letzten hundert Meter zum Tor, woraufhin der Sicherheitsmann innehielt, als er das Tor gerade halb zugeschoben hatte. Simon stieg aus, ging auf ihn zu und winkte.

»Kann ich Ihnen helfen?«

»Ja, könnten Sie die beiden hier mal eben für mich halten«, sagte Simon, zog die Waffe hinter dem Rücken hervor und schoss ihm zweimal in den Kopf. »Danke.«

Der Mann war kaum auf dem Boden aufgeschlagen, als Taylor schon aus dem Espace gesprungen war und die Plastikplane vom Rücksitz gezogen hatte. Simon schob das Tor wieder auf und sammelte die Patronenhülsen ein, während Taylor die Leiche auf die Plane rollte. Dann hob er sie in den Wagen, und zurück blieben nur ein paar Tropfen Blut auf dem Asphalt. Jeder griff sich eine Handvoll Erde vom Blumenbeet neben dem Wachhäuschen und streute sie auf den Boden, um die Feuchtigkeit aufzusaugen und den Fleck zu verdecken.

Mord, Verstecken der Leiche und Entfernung der Beweise: Es war alles in unter einer Minute fertig, präzise und emotionslos ausgeführt. Simon spürte nichts, nicht mal Aufregung. Na ja, einen leichten Schauer vielleicht schon, aber das war noch nichts im Vergleich zu dem, was noch bevorstand. Wenn man wusste, dass man gleich einem Mädchen das Hirn rausvögeln würde, bekam man eben beim ersten Tittengrabschen noch kein Herzklopfen.

Nicht wie damals, als man noch nicht mehr kannte. Nicht wie beim ersten Mal.

* * *

Rache serviert man am besten kalt, heißt es immer. Dem musste Simon zustimmen, nachdem sein erster Versuch viel zu heiß gekocht, aber trotzdem nur halb gar gewesen war und er sich den Mund verbrannt hatte. Das Rezept war mit Galle angerührt und in Gift mariniert, der naive Versuch, einen Hunger zu sättigen, den man auch tausend Jahre hätte füttern können. Wenn man so eine Wut mit einem einzigen Tod eindämmen wollte, konnte man auch versuchen, den Ozean mit einem Schwamm aufzusaugen.

Welche Entschädigung konnte jemals dem Tod seines Vaters gerecht werden, als er die hässliche Wahrheit dahinter kannte?

Simon hatte immer schon den Zusammenhang zwischen dem gleichzeitigen Niedergang der Gesundheit und des Unternehmens seines Vaters verstanden; den Teufelskreis aus Schulden, Stress, Krankheit, Abwesenheit und noch mehr Schulden. Aber erst am Sterbebett seiner Mutter erfuhr er, dass all das von einem parasitischen kleinen Ganoven in Gang gesetzt worden war, der Darcourt's Brasserie gnadenlos durch Schutzgelderpressung ausbluten lassen hatte.

Sein Vater hatte nicht gewollt, dass Simon es jemals erfuhr, weil er sich für seinen Tod in Scheitern und Schmach schämte und so eine psychologische Last nicht an seinen Sohn weitergeben wollte. Simons Mutter dagegen erzählte ihm von ihren Schuldgefühlen, weil Simon so früh seine Träume habe aufgeben müssen, um ihr auszuhelfen, und sie wisse, wie sehr ihm das Leben in Aberdeen zu schaffen mache. Sie hatte Angst, dass er das Vermächtnis des Scheiterns, vor dem sein Vater ihn hatte bewahren wollen, gerade deshalb erbte, weil er die Einzelheiten *nicht* kannte.

»Ich will nicht, dass du wegen dem, was deinem Vater passiert ist, glaubst, deine Träume könnten nur zu Misserfolgen führen«, erklärte sie, bevor sie ihm die Wahrheit sagte.

Frank Morris hieß das Schwein und war damals nur einer der erbärmlichen Möchtegerngangster, mit denen Glasgow sich herumschlagen musste; Typen, die in einer echten Unterwelt keinen Tag überleben würden und deren Weitblick kaum über ihren Postbezirk hinausreichte. Er erpresste Schutzgeld von der Hälfte aller Restaurants der Stadt (genauer gesagt von der Hälfte der nichtchinesischen Restaurants, die ja ihre eigenen Blutsauger hatten) und nahm sich Darcourt's vor, nachdem Simons Vater vom ersten Standort an der Victoria Road in einen größeren in bester Lage an der Sauchiehall Street umgezogen war.

Simons Vater war in den Fünfzigern mit nichts als den Schuhen an den Füßen und dem Versprechen einer Stelle als Koch im Central Hotel aus Frankreich herübergekommen. Er arbeitete sich den Arsch ab und sparte jeden Penny, bis er selbst ein Restaurant eröffnen konnte, das er aus dem Nichts aufbaute und über dreißig Jahre führte. Frank Morris brauchte keine achtzehn Monate, um es zu ruinieren.

Die Schutzgeldzahlungen fingen riesig an und wuchsen weiter. Sein Vater arbeitete noch härter, um mitzuhalten, aber entsprechend der ersten Regel der Schutzgelderpressung nahm Morris desto mehr Geld, je mehr er verdiente. Um sich über Wasser zu halten, hob Simons Vater die Preise an, womit er Gäste vergraulte; er kündigte seinen Mitarbeitern, sodass der Service litt; und er musste in der Küche sparen, womit er schnell den unbezahlbaren Ruf des Restaurants zerstörte. Dreißig Jahre Exzellenz, dreißig Jahre Können und Fleiß wurden im Handumdrehen von diesem Sozialwohnungsabschaum und seiner Truppe dumpfer Schlägertypen aufgefressen.

Wegen Frank Morris starb sein Vater als armer, gebrochener Mann. Wegen Frank Morris musste seine Mutter sich dem Krebs ohne den Partner stellen, den sie gebraucht hätte. Und wegen Frank Morris hing Simon in Aberdreckloch fest und prostituierte sich für Sintek Energy, statt in einer Hotelsuite in LA zu liegen und sich nach einem ausverkauften Konzert im Hollywood Bowl von irgendeinem blonden Groupie Koks von der Eichel lecken zu lassen.

Nach dem Tod seiner Mutter verfiel Simon in die tiefste

Depression seines Lebens, simmerte in seiner frustrierten Wut, die hochkochte, als er erfuhr, wie viel freundlicher das Schicksal in der Zwischenzeit Frank Morris behandelt hatte. Da er den Unterhaltungssektor der Stadtmitte fest in der Hand hielt, hatte er die besten Voraussetzungen, als der Drogenhandel im Laufe der Neunziger von den Sozialbausiedlungen in die Nachtclubs zog. Es hieß, er sehe einen Anteil von jeder vierten Ecstasy-Pille, die in der Region Strathclyde geschmissen wurde; andere Quellen behaupteten, von jeder zweiten. Und all das koordinierte er aus dem »Schloss«, einer Sandsteinvilla am Rand der Siedlung Marylea, wo er aufgewachsen war.

Natürlich hatte Simon Rachefantasien, aber die verstärkten nur das Gefühl der Hilflosigkeit, das auch Teil der Erniedrigung seines Vaters gewesen sein musste. Er war ein Öl-Marketing-Manager. Was konnte er denn schon gegen einen Drogenbaron ausrichten, selbst wenn er nur ein besserer Glasgower Straßenproll höheren Alters war?

Seine Mutter hatte ihn vor der Vorstellung retten wollen, das Scheitern seines Vaters sei seine eigene Schuld gewesen. Sein Vater hatte ihn vor dem Wissen schützen wollen, dass er von dieser kleinen Ratte in die Knie gezwungen worden war, gegen die er sich nicht hatte wehren können. Beide hatten ihm ein psychologisches Hindernis beim Streben nach seinen Träumen ersparen wollen, aber es war schon zu spät. Die Schulden seines Vaters hatten ihn ins nördliche Ödland verbannt, und als er schließlich nicht mehr für seine Mutter sorgen musste, war der Schaden schon lange angerichtet. Er hing in einem Arbeitssklavenjob fest, sah sein Leben dahinrinnen, und er konnte gegen den Verantwortlichen nicht die Hand erheben, weil er wie sein Vater vor ihm zu eingeschüchtert war. Er hatte sein Erbe voll und ganz angetreten.

Die größte Schmach, die seinen Vater sicher bis ins Grab geschmerzt hatte, war die, dass ihm all das von einem Stück Dreck angetan worden war, das es nicht wert war, ihm die Füße zu küssen. Frank Morris war ein Nichts, ein kleines Würstchen, das seine Kettenraucher-Alki-Nutte von einer Mutter ausgeschissen und mit Pommesfett und Dosenbier in irgendeinem Sozialbau-Gulag großgezogen hatte. Jeder kann den Harten spielen, wenn er mit einer Horde Kumpels auf einem Einzelnen herumhackt. Simons Vater war Morris in jeder Hinsicht tausendfach überlegen, und das wollte Simon beweisen.

So sehr, dass er irgendwann kaum noch an etwas anderes denken konnte, bis er eines Abends im lebensverzehrenden Stau stand und sich fragte, was ihn eigentlich aufhielt? Die Antwort lag schlussendlich allein in zwei Ängsten: Tod und Gefängnis.

Oh nein, was für eine Bedrohung: Er könnte alles verlieren, was er hatte. Wäre Morris' Tod denn wirklich das Opfer dieser idyllischen Existenz wert?

Es war ein Augenblick absoluter Befreiung, als er den wahren Wert der Wahl verstand, die vor ihm lag; als ihm vielleicht zum ersten Mal überhaupt klar wurde, dass er die Wahl hatte. Selbst vor Trauer und Wut verzehrt hatte er hinnehmen wollen, dass er nichts unternehmen konnte, dass niemand in diesem Schlips-und-Kragen-Vorstadtleben etwas unternehmen konnte, weil Leute wie Morris in einer anderen Welt jenseits der Familienkarren und Ligusterhecken-Strafkolonien wohnte.

Dabei konnte er sehr wohl etwas unternehmen. Er konnte das Schwein umlegen. Wenn er es wirklich wollte, konnte er es einfach tun. Wenn er besser war als Morris, und daran hatte er keinen Zweifel, konnte er eine Möglichkeit finden, was auch immer der Kerl für einen Ruf hatte und wie viele Neandertalerproleten er auch befehligte.

Simons Depression war urplötzlich verflogen, und in seinem Kopf sah es aus wie der strahlend blaue Tagesanbruch nach einem Monat voller Stürme. Wenn er nun morgens aufwachte, sprang er voller Energie aus dem Bett, weil er nach all den Jahren als Schlafwandler endlich wieder ein Ziel hatte. Leider musste er trotzdem noch zur Arbeit, aber selbst die erledigte sich schneller, wenn es danach eine Aussicht auf mehr gab als die langsame Heimfahrt, ein Mikrowellenessen und ein paar Stunden hirnloses Fernsehen vor dem Schlafengehen. Außerdem erwies sich seine Arbeit als wertvolle Ressource für die Umsetzung seines Plans, den er nach wochenlanger Recherche und einigen Wochenend-Erkundungsfahrten nach Marylea entwickelte.

Als verwundbarster Punkt stellte sich bald »das Schloss« heraus, Morris' Sandsteinselbstgefälligkeitsbauwerk. Das stolze, alte Gebäude stand schon seit Jahrzehnten dort, bevor die Stadtplaner beschlossen, die Umgebung mit dem durch die Innenstadtslumabrisse der Sechziger verdrängten Ungeziefer zu verseuchen, und die Rattenbrutstätte namens Marylea immer näher heranrückte. Morris war dort aufgewachsen, und er und alle anderen kleinen Gassenkinder hatten das Haus als Nonplusultra der Erhabenheit betrachtet, ohne zu kapieren, dass ihre bloße Anwesenheit seinen Wert herunterzog wie den Höhenmesser eines Düsenjägers im Sturzflug.

Als Morris dann sein schmutziges, kleines Vermögen anhäufte, verpisste er sich nicht nach Milngavie oder Eastwood wie die anderen neureichen Proleten, sondern kaufte das Haus seiner erbärmlich beschränkten Träume (nachdem er die Vorbesitzer mithilfe von Vandalismus und Einschüchterung zu einem kurzfristigen Umzug hatte bewegen können). Er brauchte nicht die vornehme Gegend und die ehrbare Fassade des örtlichen Golfclubs. Er war und blieb ein Straßenproll und wollte in der »dicken Villa« mit Blick über die Siedlung Marylea leben, sodass der Abschaum, aus dem er emporgestiegen war, zu ihm als Schlossherrn aufschauen konnte.

Hinten grenzte das Grundstück an einen Wald, der etwas Privatsphäre bot, ganz im Gegensatz zu vorne, wo über die Marylea Road die nächsten Rattenkäfige freien Einblick hatten. Hinten im Garten entspannte Morris sich bei seinen Tauben, die entlang der beinahe vollen Länge des hinteren Zauns ihren Schlag hatten. Für Uneingeweihte wirkt eigentlich jeder Sport albern, aber dieser musste einer der dämlichsten sein. Die Viecher flogen ja nicht mal Rennen. Der sogenannte »Sport« bestand darin, dass die eigenen Vögel Artgenossen anderer Besitzer mit in ihren Schlag lockten, woraufhin sie in den eigenen Besitz übergingen, bis eine andere verflohte Luftratte ihnen den treulosen Kopf verdrehte.

Morris war angeblich jeden Abend dort draußen und putzte seine Lieblinge oder sprach mit ihnen. Das bestätigte sich bei Simons Erkundungstouren in den Wald hinter dem Schloss, als er Morris jedes Mal am Schlag sah, wo er seltsamerweise eine Taube nach der anderen in die Hände nahm, sie sich mit dem Schnabel an den Mund führte und blies, bis sie sich wie ein gefiederter Luftballon aufplusterte. Morris war ein drahtiger, verlotterter kleiner Mann und trug eine hässliche, abgewetzte alte Flanelljacke, die wohl eine gewisse Wirkung auf die Vögel hatte, da niemand außer dem letzten Abschaum das Ding mit der Zange angepackt hätte. Morris wirkte irgendwie zu klein, um all das zu sein, was er für Simon war, aber das unterstrich nur noch einmal die Schmach, die ausgeglichen werden musste. Das kleine Arschloch sah aus, als müsste er sich das Geld für eine Dose Special Brew am George Square noch zusammenschnorren, und doch hatte er Simons Familie ruiniert.

Ein Gewehr wäre am einfachsten gewesen, aber nicht ideal, da solche Waffen schwer zu bekommen und leicht zurückzuverfolgen waren. Außerdem laut, wenn er nicht gerade einen Schalldämpfer auftreiben konnte, wozu er sich auf einen anderen Ganoven würde verlassen müssen, der sein Wissen dann den Bullen oder Gangstern weitergeben konnte (wen er eben gerade bei Laune halten musste).

Er erinnerte sich daran, dass der Little Drummer Boy damals zu Unizeiten in einem Bogenschießverein gewesen war. Simons Einwand, solche Waffen seien überholt, hatte eine Diskussion über den Faktor Lautlosigkeit und eine mögliche Verwendung bei einem perfekten Verbrechen losgetreten. Der LDB hatte als perfekte Mordwaffe einen Armbrustbolzen aus Eis vorgeschlagen, der durchs Auge ins Gehirn geschossen wurde, da der Schuss geräuschlos wäre und etwaiges Beweismaterial einfach schmelzen würde.

Simon hatte den Haken aber darin erkannt, dass der Schuss perfekt sein musste, da das Eis zebrechen würde, wenn es auf einigermaßen festen Widerstand traf. Außerdem hatte er mal von einem Jäger in den USA gehört, der einen echten Bolzen mit Stahlspitze ins Auge bekommen und überlebt hatte, weil das Projektil gerade im richtigen Teil des Gehirns stecken geblieben war. Simon wusste, dass er nur eine Chance hatte, also konnte er sich so einen Risikofaktor nicht leisten. Die Methode an sich hatte aber durchaus ihre Vorzüge: Eine Armbrust war nicht ganz so schwer aufzutreiben, und während auch deren Kauf theoretisch zurückverfolgt werden konnte, müsste die Polizei erst mal ahnen, worum es sich bei der Mordwaffe gehandelt hatte.

Simons Lösung war eine Variante einer Technik, die Heckenschützen in aller Welt schon wohlbekannt war. Während Teilmantelgeschosse schon seit ihrer Erfindung in Dum Dum, Indien, eine spektakuläre Wirkung zeigten, konnte man den Effekt noch maximieren, wenn man den Hohlraum mit Quecksilber füllte. Dann wurde beim Aufschlag der Projektilmantel scharf abgebremst, während das Quecksilber mit verheerender Kraft trichterförmig nach vorne geschleudert wurde. Ein in Eis eingelassener Quecksilberschaft würde die gleiche Wirkung auf Morris' Gehirn haben wie ein Küchenmixer, konnte außerdem lautlos abgefeuert werden und würde keinen Hinweis hinterlassen, wie das Metall dorthin gekommen war.

Für die Konstruktion einer Anzahl dieser kleinen Todeszapfen heuerte er das Sintek-Labor als unwissenden Komplizen unter dem Vorwand an, er organisiere ein Fotoshooting für eine zukünftige Werbekampagne. Stahlsäulen in Eis als Metapher für das im Nordseeboden eingeschlossene Öl oder so ähnlich. Kein Problem, hieß es sofort. Sie hatten einen Gefrierschrank für Temperaturen bis minus fünfzig Grad, sodass sie ihm nicht nur die verlangten Bolzen herstellen, sondern auch dafür sorgen konnten, dass sie den heißen Studioscheinwerfern einige Zeit standhielten, bevor sie schmolzen. Auch eine Kryogenflasche zum Transport, in der sie in Flüssigstickstoff eingelegt waren, war nicht zu viel verlangt.

Um sich abzusichern, organisierte Simon das Fotoshooting tatsächlich und fand es witzig, dass Sintek das Bild heute noch für Werbematerial nutzte. »Unlock the power«, lautete der Slogan.

Genau das machte Simon schließlich in der Abenddämmerung eines lauen Sonntagabends im Spätsommer. Wie bei seinen Erkundungstouren parkte er den Mietwagen am anderen Ende des Waldes nahe der M8-Auffahrt Richtung Osten und ging zu Fuß zu der ausgewählten Stelle mit Blick auf den Taubenschlag. Die Armbrust war passenderweise eine französische Eigle-Hawk, die den Bolzen mit über dreihundert Fuß pro Sekunde abfeuerte und mit einem Zielfernrohr ausgestattet war, durch das Simon Frank Morris' letzte Augenblicke beobachtete. Der Drecksack kam wie gewohnt mit der widerwärtigen Flanelljacke aus dem Haus und zeigte seine wahre Klasse, als er seine Zigarette ausdrückte und sich in die Tasche steckte, bevor er zu den Vögeln ging. Der Kerl war Millionär, hob sich aber den Rest der Kippe für später auf.

Simon zog einen der Todeszapfen mit einer kleinen Plastikzange aus dem Behälter und legte ihn in die Schiene ein. Er hatte den Schuss wochenlang aus verschiedenen Distanzen und Winkeln geübt und auf unter fünfunddreißig Meter eine hundertprozentige Trefferquote erreicht. Seine aktuelle Entfernung schätzte er auf knapp dreißig. Allerdings hatte er beim Training keine schweißnassen Hände gehabt, und sein Herz hatte nicht gewummert wie ein Lambeg Drummer vor einer katholischen Kapelle. Er spürte keine Angst, sondern nur Anspannung. Mit Morris' Kopf im Fadenkreuz hatte er keine ethischen Bedenken, keine Zweifel an dem Weg, den sein Leben womöglich einschlagen würde. Seine einzige Sorge war die, ob er treffen würde.

Simon sah, wie er einen Vogel in beide Hände nahm und ihn sich behutsam ans Gesicht hob. Morris atmete tief ein, und Simon tat es ihm gleich.

Morris setzte den Mund an den Schnabel des Tiers und blies, blieb dabei ruhig und mit geschlossenen Augen stehen, als wäre es ein zarter Kuss zwischen Verliebten. In dem Augenblick verlangsamte sich Simons Puls plötzlich, und die Hände wurden ruhig.

Sein Schicksalsmoment war gekommen.

Simon drückte den Abzug, und Morris war tot, bevor er ausgeatmet hatte. Sein Kopf ruckte kurz, seine Arme zuckten wie bei einer Marionette, dann kippte er nach hinten, und die Taube flog weg.

Simon beobachtete ihn noch ein paar Sekunden, wie er lang auf dem Rücken im ungepflegten Gras lag. Bis auf das Blutrinnsal unter seiner Augenhöhle und die krampfenden Füße sah es aus, als würde er jeden Moment wieder aufstehen.

Simon hatte es getan. Es war vorbei. Und er fühlte … er fühlte …

»Haben Sie sich schon jemals betrogen gefühlt?«

War es das?

Keine brandenden Gefühle, kein kathartischer Rausch, keine Euphorie, keine Reue, kein Ekel. Nur ein Toter auf dem Rasen, den noch niemand bemerkt hatte, und im Abendzwielicht unter den Bäumen zwitscherten die Vögel weiter wie vorher.

Das war doch nicht richtig. Er war wirklich betrogen worden, und vor allem hatte er es sich selbst angetan. Morris war tot, aber das war auch schon alles. Er hatte nicht erfahren, warum und wer, und hatte nicht mal gelitten. Diesen kurzen, klinischen, stillen Tod hatte er nicht verdient; Simon hätte direkt vor ihm stehen und ihm das noch lebendige Hirn mit einer Häkelnadel durch die Augenhöhle ziehen sollen, während er ihm ins andere Auge starrte und dafür sorgte, dass er als Letztes in seinem Leben den Namen François Darcourt hörte.

Aber auch danach hätte Simon sich genauso gefühlt, wie er später verstand. Das war nur einer der vielen Aspekte, in denen Mord wie Sex war. All der Aufwand, all die Planung, all der Stil in der Durchführung, dabei arbeitet man doch nur auf den einen letzten Augenblick hin, nach dem nichts als ein hohles Gefühl bleibt. Einen gewissen Trost können dann die Vorsichtsmaßnahmen spenden, weil so zur antiklimaktischen Enttäuschung nicht auch noch ungewollte Konsequenzen kommen.

Da es sein erstes Mal gewesen war, war Simon natürlich paranoid, welche Spuren er möglicherweise hinterlassen, welche Anfängerfehler er sich geleistet hatte; und diese Sorgen multiplizierten sich am Montag noch, als sein Chef anordnete, dass die Fotos seiner Mordwaffe in Postergröße an ihrem Stand der OilExpo im Aberdeen Exhibition Centre hängen sollten. Aber die Konsequenzen blieben aus, zumindest die juristischen. Schließlich blieben nur noch die Leere und erste Anzeichen, dass seine Depression wiederkehrte, nachdem das energiespendende Projekt nicht das gebracht hatte, was er erwartet hatte.

Bald verstand er, dass dazu nichts imstande gewesen wäre, da seine Erwartungen unrealistisch gewesen waren. Fruchtbarer war die präzise Evaluation, was der Mord an Morris ihm tatsächlich gegeben hatte, nämlich die besten Wochen seines Lebens. Ganz praktisch sah er sich aber bald mit der Frechheit konfrontiert, dass jemand anders die Verantwortung – und nicht nur die – für die Tat übernommen hatte, wie er aus der Zeitung erfuhr.

»Die Polizei geht davon aus, dass der Mord an der Glasgower Unterweltgröße Frank Morris von einem Rivalen im Drogengeschäft in Auftrag gegeben wurde. Quellen der Polizei berichten, auf Morris' Kopf hätten 30 000 Pfund Belohnung gestanden, die dem Täter bereits ausgezahlt worden seien.«

Nicht zu fassen. Hätte Simon noch ein paar Wochen gewartet, wäre ihm jemand zuvorgekommen und hätte ihm den ganzen Aufwand erspart. Das sagte auch einiges über den Westentaschengangster Morris aus. Glasgow war eine kleine Stadt, die Unterwelt noch kleiner. Morris hatte zweifellos gewusst, dass ein Kopfgeld auf ihn ausgesetzt war; und doch hatte Simon ihn in seinem eigenen Garten überraschen können. Typische, engstirnige Proletenselbstgefälligkeit. In seinem Schloss war er sicher, denn davor lag *seine* Siedlung, sein Revier, und kein Feind würde sich dort jemals mit ihm anlegen.

Aber was für eine Frechheit! All der Aufwand, all die Planung, und dann kam irgend so ein Dahergelaufener und sagte: »Aye, Boss, das war ich. Dreißigtausend, bitte, wenn's keine Umstände macht.« Aber Simon hatte eben *nicht* ein paar Wochen gewartet und sich den Aufwand erspart. Er hatte es selbst getan, und ein anderer hatte dafür abkassiert. Wieder genau wie bei den Arguments und den Chambers of Torment, verdammte Scheiße! Bei beiden hatte er die Ideen gehabt, die Vision, und auch noch die ganze Arbeit getan: Er hatte einen Haufen Stümper genommen und aus ihnen etwas gemacht, was sie niemals ohne ihn hätten werden können. Und dann hatten sie den ganzen Erfolg und Ruhm an sich gerissen, als er abserviert worden war.

Ein drittes Mal würde er es nicht geschehen lassen. Das war eine Frage der Ehre und des Prinzips. Außerdem war es natürlich eine Frage von dreißig Riesen, die ihm gehörten und die sich ganz bestimmt nicht irgendein Kleinganove ungestraft in die Kappa-Jogginghose stecken durfte.

Die Wortkombination »ein Rivale im Drogengeschäft« bedeutete für jeden, der in den letzten zehn Jahren eine schottische Zeitung gelesen hatte, Bud Hannigan: auch ein Emporkömmling aus den Sozialbausiedlungen, aber einer mit genug im Kopf, dass er eine weit größere Nummer geworden war, als Morris es sich jemals hätte erträumen können. Wenn das Kopfgeld tatsächlich ausbezahlt worden war, bestand keine Frage, dass es aus seiner Tasche gekommen war.

Simon beschloss, sich wieder ein Auto zu mieten und sich mit Hannigan in seinem Snookerclub zu treffen, wo er in der Regel abends Hof hielt. Simon erzählte dem Gorilla an der Tür, er habe Hinweise, dass jemand seinen Boss abzockte, die er aber in Einzelheiten nur ihm persönlich sagen würde. Er wurde nach Aufnahmegeräten und Waffen abgeklopft, hatte aber nichts als die Kryoflasche und die Plastikzange dabei. Wahrscheinlich verschaffte ihm nur Hannigans Neugier diese eine Audienz, da der Boss viel zu wichtig war, um sich mit jeder Sackratte abzugeben, die mit angeblichen Hinweisen angeschissen kam. Andere bekamen wahrscheinlich von seinen Untergebenen ein paar Scheine, wenn die Tipps etwas taugten, und ein paar Schläge, wenn nicht.

Hannigan empfing ihn hinter einem wuchtigen Mahagonischreibtisch in seinem Büro, das lächerlicherweise eichenvertäfelt war, obwohl es sich in einem zweigeschossigen Beton-und-Sperrholz-Klotz aus den Siebzigern befand. Es war wie das Schloss in einer Eigentumswohnung in dem Steve-Martin-Film, bloß dass hier kein Mittelalter-Gruselstil, sondern ein Dreißigerjahre-Gangster-Motiv affektiert wurde.

»Mr. Smith«, sagte Hannigan, ohne aufzustehen. »Häufiger Name in meiner Branche. Was haben Sie für mich?«

Simon öffnete die Kryoflasche, und ein angemessen mysteriöser Nebel wurde freigesetzt, als der Stickstoff verdampfte. Simon holte die verbleibenden vier Bolzen heraus und reihte sie auf dem Tisch auf.

»Was haben wir denn hier?«

»Die Frage lautet weniger ›was‹ als: ›Wo ist der fünfte?‹«

»Sagen Sie es mir«, erwiderte Hannigan ungeduldig.

»Tja, das Eis ist längst nicht mehr zu finden, aber das Quecksilber darin wird gerade in der Leichenhalle der Royal Infirmary aus Frank Morris' Schädel gekratzt.«

»Und wie kommen Sie darauf, dass Frank Morris' Schädel etwas mit mir zu tun hat?«, fragte Hannigan, der ewig misstrauische Gangster.

»Da würden mir schon so dreißigtausend Gründe einfallen.«

»Tut mir leid, ich weiß nicht, wovon Sie reden«, sagte er mit dem gleichen arroganten Grinsen, das er wohl auch den Bullen zeigte, wenn sie Fragen stellten, auf die beide Seiten schon die Antwort wussten.

»Dann tut es mir leid, wenn ich Ihre Zeit verschwendet habe«, erwiderte Simon und steckte die Bolzen wieder in die Flasche. »Ich dachte nur, Sie hätten es vielleicht wissen wollen, wenn Sie betrogen worden sind.«

»Ich habe bekommen, was ich wollte, Mr. Smith. Für mich sieht es so aus, als wären eher *Sie* betrogen worden.«

»Mag sein, aber ich habe keinen Ruf zu verlieren. Doch selbst mir würde es ganz und gar nicht gefallen, wenn es in dieser Stadt Leute gäbe, die glauben, dass sie mich ungestraft verarschen könnten.«

Hannigan stand auf.

»Was wollen Sie?«

»Mein Geld.«

»Dann reden Sie mit dem Falschen.«

»Wer ist denn bitte der Richtige?«

Hannigan seufzte und dachte nach. Er bemühte sich um die selbstbewusst gleichgültige Ausstrahlung von vorher, aber es war deutlich zu sehen, dass die Frechheit und die von Simon angedeuteten Folgen ihn zum Kochen brachten. Hannigan warf dem Gorilla an der Tür einen Blick zu und nickte.

»Mitkommen«, sagte der, nahm Simon am Arm und führte ihn raus auf den Flur.

»Hier warten«, befahl er und verschwand wieder in Hannigans absurdem Eichenallerheiligsten. Nach ein paar Minuten kam er wieder heraus.

»Mickey Fagan«, sagte er. »War früher ein hohes Tier in Morris' Crew. Wurde dann gefeuert, weil er noch mehr in die eigene Tasche gewirtschaftet hat als die anderen kleinen Wichser da. Uns hat er erzählt, es war Rache, aber anscheinend brauchte das fette Schwein bloß Geld.«

»Ich will hier ja keinen Streit anfangen, aber welche Beweise hat der Kerl euch denn gezeigt, bevor ihr ihm die dreißigtausend gegeben habt?«

»Er hat es uns als Erster gesagt. Wir wussten es vor der Polizei. Mickey hat erzählt, er hätte ihn hinten bei den Tauben ins Auge gestochen. Er hat immer noch Freunde in Morris' Crew.«

»Wo wohnt er?«

»Foxhill Avenue, Nettleston. Nummer achtundneunzig.«

»Allein?«

»Meinst du, mit dem hässlichen Fettsack hält es irgendeine aus?«

»Was weiß ich.«

»Wenn der wo rüberrutschen darf, hat er vorher bezahlt. Willst du mal bei ihm reingucken?«

»Kurz, ja.«

»Bud sagt, dein Geld ist schon lange weg. Ist ja schon eine Woche her. Fagan hat bei allen möglichen Leuten Schulden, und nicht nur bei netten.«

»Genau. Bei mir zum Beispiel. Aber mir geht es nicht nur ums Geld.«

»Hätte ich auch nicht gedacht.«

»Fettes Schwein, ja?«, hakte Simon nach und beschloss schon, wie dieser Mann, den er noch nie gesehen hatte, in ein paar Stunden sterben würde.

»Aye. Nicht nur gierig nach Geld. Warum?«

»Ich brauche Heroin. Gut drei Gramm. Reines, nicht die Scheiße von der Straße.«

»Reines ist teuer. Drei Gramm reines sind *sehr* teuer.«

»Ich ziehe es von euren Schulden ab.«

Der Gorilla grinste düster. »Komm in einer Stunde wieder. Und gib mir deine Handynummer.«

Simon lief immer noch auf Adrenalin und Dreistigkeit und wollte sie gerade runterrasseln, als ihm wieder einfiel, dass er bloß ein Marketingmanager war, der Auftragskiller spielte, und dass auf den Handyrechnungen Name und Adresse besagten Marketingmanagers standen.

»Ich hole das H in einer Stunde ab. Wie ihr mich erreicht, sage ich euch, wenn die Rechnung mit Mr. Fagan beglichen ist.«

Simon fand, der Bluff hörte sich einigermaßen selbstbewusst an, hatte aber immer noch Angst, der Kerl würde in Gelächter ausbrechen, sobald er ihm den Rücken zudrehte.

»Ich muss schon sagen, du siehst eigentlich gar nicht danach aus«, erwiderte der Gorilla stattdessen. »Also nach deiner Branche.«

Simon wandte sich noch einmal um. »Und wie lange würde ich überleben, wenn es anders wäre?«

Der Gorilla gab ihm tatsächlich das Heroin, das Simon mit einer Flasche Mineralwasser auf Verunreinigungen prüfte. Reines löste sich rückstandslos auf und schmeckte in kaltem Wasser nach nichts; der ganze Scheiß mit den Feuerzeugen und Teelöffeln war nur nötig, weil es auf der Straße mit allem möglichen Dreck gestreckt wurde. Das Wasser wurde etwas trüb, aber das Heroin war wohl so ziemlich das reinste, was man in der Stadt kriegen konnte.

Er fuhr an Fagans Haus vorbei und schaute nach dem Licht des Fernsehers auf den Vorhängen der trostlosen kleinen Doppelhaushälfte in einer Siedlung genauso trostloser kleiner Straßen. Als er sich versichert hatte, dass der diebische Drecksack da war, fuhr Simon eine Runde zu einer Tankstelle und kaufte sich eine billige Baseballcap (die obligatorische Essensfahrer-Uniform) und dann zum nächsten Inder, wo er ein Essen holte. Als er damit wieder im Auto war, öffnete er die Alupackung auf dem

Armaturenbrett, rührte das Heroin in die dickflüssige Masala-Sauce, schob den Pappdeckel wieder drauf und das Ganze in die Plastiktüte.

Simon musste dreimal klingeln, bevor Fagan sich von *Wer wird Millionär* wegreißen konnte und an die Tür kam.

»Chicken Tikka Masala, Pilau-Reis, Keema Naan, Bombay Potatoes«, sagte Simon und hielt ihm die Tüte hin.

»Watt? Das hab ich nicht bestellt.«

»Ich weiß. Aber Mr. Khan sagt, das geht aufs Haus als kleine Wiedergutmachung für die Verwechslung gestern Abend. Moment, Sie sind doch Mr. McGraw, ja? Foxhill Avenue neunundneunzig?«

»Was? Ach, aye. Genau, McGraw. Aufs Haus, sagen Sie?«

»Aye.«

»Wunderbar.«

»Dann guten Appetit!«

»Danke.«

Mickey Fagan, Sie *hatten* dreißigtausend Pfund, jetzt haben Sie genug Heroin, um Keith Richards umzubringen. Danke fürs Mitspielen.

Sein Aufstieg vom Rächer zum Profikiller war so ungeplant wie spontan und war wohl nur eine Frage der Zeit gewesen. Bald war eindeutig, dass das Morden und er füreinander bestimmt waren und sich nur hatten finden müssen.

Simon hatte Fagans unlösbaren Mord im Handumdrehen improvisiert und ihn innerhalb von Stunden mühelos vom Konzept zur Durchführung gebracht. Ihn überraschte aber vor allem, dass er einen größeren Rausch beim Mord Fagans verspürte, den er zum ersten Mal gesehen hatte, als er ihm sein tödliches Geschenk überbrachte, als bei Morris, mit dem er über Jahrzehnte angesammelte Rechnungen zu begleichen gehabt hatte. Bei Letzterem hatten sich ihm die Eingeweide verknotet; bei Ersterem war nichts als die reine Macht durch seinen Körper pulsiert, hatte ihn aufgeladen und ihm den Eindruck vermittelt, er könnte alles tun – und jeden töten. So eine Energie, so ein Prickeln, so ein Leben hatte er noch nie gespürt, und er wusste sofort, dass er mehr wollte.

Außerdem hörte sich »Profikiller« einfach viel cooler an als »Marketingmanager«.

Er fuhr noch ein letztes Mal beim Snookerclub vorbei und hinterließ Anweisungen, wie er zu erreichen war. Die Hotmail-Adresse, die er angab, existierte noch nicht, aber er war ziemlich zuversichtlich, dass sie ihm noch niemand weggeschnappt hatte. Wenn seine Dienste gefragt waren, sollte Hannigan ihm schreiben: Die Nachricht selbst sollte bedeutungslos sein, aber die Buchstabenanzahl jedes Wortes die Nummer einer frisch gekauften Prepaid-Handykarte aus dem Supermarkt ergeben, die Simon sofort anrufen würde, wenn er kurz zum Supermarkt gefahren war und sich eine eigene Karte gekauft hatte. Dann konnten die Einzelheiten durchgegeben werden: Name, Ort, Motiv, Geld.

Eine ganze Weile passierte erst mal gar nichts; lang genug, dass ihm das Ganze manchmal wie eine Wahnvorstellung vorkam, und in rationaleren Augenblicken, als ob sie ihn nicht ernst genommen hatten und ihn womöglich an die Bullen verraten würden, wenn sie daraus irgendeinen Vorteil ziehen konnten. Dagegen sprach natürlich, dass sie ihn mit drei Gramm reinem Heroin entschädigt hatten, aber Simon tat sich schwer, den eiskalten Killer, der den Deal ausgehandelt hatte, mit dem gefrusteten Anzugträger übereinzubringen, der jeden Morgen im Stau vor der Persley Bridge festhing.

Dann rief er eines Mittwochabends seine E-Mails ab, und sein Körper wurde plötzlich von frischer Energie durchströmt, als eine neue Nachricht von der eingerichteten Adresse thebacchae@hotmail.com hereinkam. Noch nie hatten die Worte »Abrufen: Nachricht 1 von 1« so eine lebensverändernde

Bedeutung gehabt, und als Simon sie las, wusste er, dass nichts mehr wie vorher sein würde.

Als er anrief, ging nicht etwa Hannigan dran, und auch keiner seiner Untergebenen. Die Stimme war akzentfrei, englische Mittelklasse, neutral wie ein Nachrichtensprecher.

»Ich habe Ihre Kontaktdaten von Bud«, stellte die Stimme sich vor und rasselte dann ohne viele Formalitäten die Einzelheiten runter. »Paul Noblet. Sechsundvierzig. Stadtplanungsbeamter, Teasford County Council, Yorkshire. Der Interessent glaubt, Noblets Nachfolger würde seinen Eingaben aufgeschlossener gegenüberstehen. Unfall oder kein Honorar. Fünfzehn geboten, minus zwanzig Prozent Kommission. Interessiert?«

Simon tat sich schwerer mit der Einrichtung eines Postfachs unter falschem Namen für die gebrauchten Scheine als mit dem Mord am unglücklichen Mr. Noblet. Das Schicksal des Profikillers war weit weniger hart, als er gedacht hatte. Keine Aktentaschen, keine Dossiers, kein hastiges Zusammensetzen und Zerlegen von Scharfschützengewehren hinter Wohnblockfenstern und nicht mal eine verpflichtende Regel, sich schwarz zu kleiden.

Die Ziele waren keine schwer bewachten Staatsmänner oder Unterweltgrößen, sondern ganz normale Männer (gelegentlich auch Frauen, aber die bekamen eher die Rechnung), derer sich jemand entledigen wollte: Ehemänner, Liebhaber, Bürokraten, Rivalen, Bosse, Gläubiger, und keiner ahnte, was kam. Für Simon war das ein Zeichen des steigenden westlichen Lebensstandards, eine vieler Waren und Dienstleistungen, die nicht mehr nur den Reichen vorbehalten war: In den Sechzigern war es der Fernseher gewesen, in den Siebzigern der Auslandsurlaub, und heute eben der Auftragsmord.

Aus Berufsstolz und Sicherheitsbedenken nutzte er niemals dieselbe Methode und machte es sich sogar zum Prinzip, keine Feuerwaffen zu benutzen, wie Queen für die ersten zehn Alben auch den allgegenwärtigen Synthesizer verschmäht hatte. So hielt er seine Fantasie auf Trab und hatte jedes Mal eine neue Perspektive auf das Entdeckungsrisiko; eine einfache Kugel in den Kopf hätte Gewohnheit und Schlamperei begünstigt. Wie Queen aber auch irgendwann *The Game* aufnahm, brauchte er eines Tages doch eine Pistole, aber da hatte er schon verstanden, dass die Methode eigentlich keine Rolle spielte: Wenn man den Willen hatte, war alles andere nur Kleinkram. Wenn nicht, spielte es auch keine Rolle, welche Waffe man in der Hand hatte. Für diesen Willen zahlten die Leute – und natürlich für die mehreren verborgenen Entfernungsgrade zu dem Mann, der ihn hatte.

Was sie davon halten würden, dass besagter Mann immer noch seinen Bürojob bei Sintek Energy hatte, stellte er sich ungern vor. Gleitzeitregelungen erlaubten auch ein paar Einsätze unter der Woche, aber er musste immer an Billy Connollys Song über die Territorial Army denken: *»And we'll have the revolution on a Saturday, 'cause I've got to work through the week.«*

Zumindest bis Marseille. Er wusste von Anfang an, dass etwas anders war. Er ließ eine Traceroute der empfangenen E-Mail laufen, um ihren Ursprung zu erfahren: Die Adresse wechselte, aber der Relay Server des englischen Mittelsmanns war immer der gleiche. Diesmal war die Mail aber über einen französischen Anbieter verschickt worden, was sich auch durch den Akzent der Person am Telefon bestätigte.

Man weiß, dass man es geschafft hat, wenn man seine erste Europatour antritt.

Das Ziel war ein Pariser Geschäftsmann namens Jean-Pierre Lacroux, der nach dem Dafürhalten seiner Frau eine Sekretärin oder Hure zu viel gevögelt hatte, und jetzt hätte sie gerne als Wiedergutmachung seine Lebensversicherung. Simon bekam die Route seiner bevorstehenden Geschäftsreise nach Marseille samt Flugzeiten und Hoteldaten. Hotelzimmer hatten sich bisher als gutes Jagdrevier erwiesen.

Simon kam einen Tag vor Lacroux an und checkte im selben Hotel ein. Er mietete ein Auto, tätigte die nötigen Einkäufe, aß ein exzellentes Dinner und haute sich aufs Ohr, da Schlaf immer das beste Gegenmittel gegen dumme Fehler war.

Er wurde von einem Sonnenstrahl durch einen Spalt zwischen den Vorhängen geweckt, was seltsam war, da er am Abend als Letztes die Jalousien geschlossen hatte. Das Zimmer war geschrumpft, das Bett auch, und zwei der Türen waren nicht mehr da. Und vor allem waren seine Reisetasche und alle Möbel verschwunden, und ein Blick durch das Fenster, das sich als Bullauge herausstellte, zeigte, dass das auch auf die ganze Stadt und das Land zutraf.

Die Kabinentür öffnete sich, und zwei Männer duckten sich hindurch.

»Jemand möchte mit Ihnen reden, Mr. Darcourt«, sagte einer von ihnen, dessen Stimme auch die falschen Angaben zu Monsieur Lacroux durchgegeben hatte.

Simon folgte den beiden durch mehrere Gänge und eine stahlfunkelnde Kombüse auf das sonnenstrahlende Deck einer Luxusjacht (aus der Kategorie zehn Millionen und aufwärts; er verstand jetzt, dass das Wort ansonsten allzu liberal angewendet wurde). Sein Ortsgefühl vermutete, dass er sich irgendwo auf dem Mittelmeer befand, aber achtern war ein Wasserflugzeug vertäut, und schwummrig, wie ihm war, hatte er keine Ahnung, wie lange er bewusstlos gewesen war, also konnte er sich nicht sicher sein. Er wurde zu einem Baldachin geführt, wo auf einem Tisch eine Champagnerflasche in einem Kühler neben zwei Kelchen stand. Seitlich standen ein Fernseher und Videorekorder vor zwei bugwärts ausgerichteten Sonnenliegen mit dem Rücken zu Simon.

»Marcel, schenk Mr. Darcourt doch bitte ein, ja?«, sagte eine Stimme von einer der Liegen.

Simon ging um den Tisch, während einer der Muskelberge die Getränke einschenkte, in dessen Hand die Flasche aussah wie ein Piccolo. Ein kleiner, dicker Mann mit Glatze saß dort und wartete mit einem Laptop auf dem Schoß und einem Telefon auf einem Holzbeistelltischchen neben sich auf ihn. Er hatte europäische Gesichtszüge, aber keine helle Haut, und Simon wusste nicht, ob die Farbe auf die Sonne oder seine Ethnizität zurückging. Der Mann lächelte und bedeutete Simon, sich zu setzen. Es beruhigte Simon, der nichts als Boxershorts und T-Shirt trug, ein winziges bisschen, dass der Mann selbst nur mit einer extrem unvorteilhaften G-String-Badehose dasaß. Simon verstand sofort, dass dieser Mann viel zu mächtig war, als dass irgendwer jemals wagen würde, ihm eine konstruktive Stilkritik angedeihen zu lassen.

»Ich habe Sie schon eine Weile im Auge.« Sein Akzent war so schwer einzuordnen wie seine Herkunft. »Und ich glaube, wir könnten ins Geschäft kommen.«

Marcel, der Muskelprotz, reichte erst dem Glatzkopf einen Champagner und dann Simon.

»Tut mir leid, ich komme nicht ganz mit«, sagte Simon. »Ich glaube nicht, dass ich schon mal das Vergnügen hatte.«

»Hatten Sie nicht. Und wenn Sie einen Namen verlangen, werden Sie es auch nicht. Aber für unseren zukünftigen Nachrichtenaustausch bin ich Shaloub N'gurath. An einem schönen Sonnentag wie heute dürfen Sie mich aber Shub nennen. Prost.«

Sie unterhielten sich stundenlang; oder eher, Shub erzählte stundenlang mit einer Geschwätzigkeit, die nahelegte, dass er zu lange auf dem offenen Meer gewesen war, wohin Besucher nur betäubt und nachts per Wasserflugzeug kamen. Trotz seiner Redseligkeit vermied er sehr diszipliniert jegliche handfeste Informationen, es gab keine Namen, Ortsangaben oder Ähnliches. Wäre Simon auf dem Festland in die erstbeste Polizeiwache marschiert und hätte dort von diesem einzigartig gefährlichen Blofeld-Kollegen erzählt, wäre er sicher hochkant rausgeworfen worden. »Nein, ich weiß nicht, wer. Nein, ich weiß nicht, wo. Nein, ich weiß nicht, wie. Aber da war so ein Kerl auf dem Boot. Nein, ich weiß nicht, wo das war. Nein, ich weiß nicht, wie es hieß.« Raus! Und danach würden Shubs Leute ihn finden und ... nein, er würde einfach nicht zur Polizei gehen, das war sicher.

»Verbrecher reden irgendwann«, erklärte er Simon. »Deshalb arbeite ich auch nicht mit Verbrechern zusammen. Ich arbeite mit Profis, und Profis reden nicht. Sie reden nicht miteinander, sie reden nicht übereinander. In dieser Welt ist der selig, der nicht den Namen seines Nächsten kennt, denn er muss sich nicht sorgen, dass der ihm des Nachts vielleicht die Kehle durchschlitzt. Aber vor allem reden Profis nicht mit den Behörden. Wissen Sie auch, warum?«

Das wirkte wie eine rhetorische Frage, aber Shub starrte ihn bohrend an, als verlangte er eine Antwort. Simon wusste nicht, wie er etwas so enorm Offensichtliches ausdrücken sollte, ohne auf Plattitüden zurückzugreifen, bei denen er sich wie ein Schuljunge anhören würde. Dann wurde ihm klar, dass es eine Fangfrage war.

»Weil Profis sich nicht erwischen lassen«, antwortete er.

»Sehr gut«, sagte Shub. »Profis lassen sich nicht erwischen. Ich habe allerdings die Erfahrung gemacht, dass niemand perfekt ist. Unfälle kommen mal vor. Wie drückt es noch Ihr Nationaldichter aus, Mr. Darcourt? *Von Mann und Maus die besten Pläne ...*«

»Gehn gerne schief.«

»In der Tat. Der Profi weiß, ob eine Lage zu retten ist oder nicht. Wenn nicht, weiß er, wann er abbricht, und natürlich räumt er sorgfältig auf. Wenn Sie auffliegen, bringen Sie auch mich in Gefahr. Denken Sie daran, bevor Sie ein Risiko eingehen. Wenn Sie eine Kontamination befürchten, ist es Ihre Pflicht, zu amputieren und die Wunde auszubrennen, bevor die Infektion sich ausbreitet. Bringen Sie sich in die Lage, fliehen zu müssen? Fliehen Sie nicht zu mir. Wenn möglich, tauchen Sie unter, aber denken Sie daran, dass auch meine Männer Sie suchen. Und wenn sie Sie finden, passiert das hier. Marcel.«

Marcel ließ die Sonnenliegen herumfahren, sodass sie unter den Baldachin schauten, wo er eine Kassette in den Videorekorder einlegte und den Fernseher einschaltete. Das Bild zeigte ein schweißgebadetes, verzerrtes Männergesicht, das hyperventilierte.

»Ton, bitte!«, sagte Shub, und Marcel drückte auf die Fernbedienung. Simon hörte jetzt panisches Keuchen und ein leiseres Wimmern.

Die Kamera fuhr zurück und zeigte, dass der Mann nackt auf den Stahltisch der Jachtkombüse gefesselt war, der aufrecht an einer Wand mit Bullauge lehnte. Zu beiden Seiten stand einer der Muskelberge von Kopf bis Fuß in weiße Plastikoveralls gehüllt und hielt eine Bohrmaschine mit beiden Händen.

Marcel stellte die Champagnerflasche auf den Tisch, kippte das Eis aus dem Kühler über Bord und reichte ihn Simon, der nach wenigen Sekunden reinkotzte. Das war seiner Meinung nach Beweis genug, dass Shub seinen Standpunkt klargemacht hatte, aber da lag er falsch. Shub schlürfte seinen Champagner und starrte die nächsten zehn Minuten mit steinerner Miene den Bildschirm an.

»Wenn die Polizei Sie vor uns erreicht, erreichen wir Sie, wo Sie auch festgehalten werden«, sagte er und streckte die Hand aus, in die Marcel die Fernbedienung legte. »Wenn nötig befreien wir Sie, um herauszufinden, was Sie erzählt haben. Den jungen Mann hier haben wir auch befreit. Ist das nicht möglich, erreichen unsere Leute Sie auch drinnen. Auch dort haben wir so unsere Möglichkeiten, aber idealerweise bringen wir Sie aufs Boot. Der Film dauert übrigens drei Stunden.« Shub drehte den Ton auf, bis die Schreie und Bohrmaschinen ohrenbetäubend waren, drehte sich zu Simon um und musterte ihn in seiner Qual. »Eine Kugel in den Kopf wäre da natürlich viel schneller, da sind Sie sicher meiner Meinung«, brüllte er gegen den Lärm an. Und damit schaltete er den Fernseher plötzlich ab, die Schreie, das Heulen der Maschinen und das Mahlen der Knochen verstummten, und nur noch die Wellen und Möwen waren zu hören.

»Profis lassen sich nicht erwischen.«

Simon hörte das Grollen des Lastwagenmotors und das Zischen der Druckluftbremsen, bevor er in den Rückspiegel schaute und Mays Espace als Führungswagen des Konvois um die Kurve kommen sah.

»Showtime«, sagte er zu Taylor, der Gas gab und den Konvoi in den Tunnel führte.

Simon holte die beiden SPAS-12-Schrotflinten hinter dem Sitz hervor und schob je eine Gaskartusche in den Granatwerfer.

»Jetzt ganz ruhig, Freddie«, sagte Taylor. »Denk an die *Twilight Queen*.« Der freche Drecksack bezog sich auf ihre erste, abgebrochene Ansteuerung der *Twilight Queen*, eines Schwarzmeer-Kreuzfahrtschiffs. Vier von ihnen hatten von ihrem Speedboat hechten müssen, weil Simon versehentlich eine Tränengasgranate abfeuerte, als sie über eine unerwartet hohe Welle rasten. Zum Glück hatte der Wind von ihrem Ziel weggeweht, und sie konnten nach ein paar Minuten wieder reinklettern und ihren Angriff fortsetzen.

»Konzentrier du dich aufs Fahren und heiz nicht über die Temposchwellen wie über die Scheißwelle damals.«

»Roger.«

Simon schaute in den Seitenspiegel. Der Lastwagen folgte ihnen hinter den Lieferwagen und einem der Mondeos, die die Schnellboote zogen. Das Schutztor würde erst mal offen bleiben, mindestens bis um acht Uhr morgens die Vormittagsschicht kam.

Er ließ Taylor gut zehn Meter vor der »Kreuzung« halten, wie die Arbeiter sie nannten, wo der Einfahrtsstollen auf einen zweiten Schacht traf, der auf der einen Seite zum Abflusskanal führte und auf der anderen in eine Rampe zur Beobachtungsplattform überging, wo Touristen sich die Maschinenhalle aus mittlerer Entfernung anschauen konnten. Der Einfahrtsstollen war zweispurig, sodass der Lastwagen hinter der Kreuzung mit dem Hecktor auf Kreuzungshöhe anhalten konnte.

Alle Motoren wurden abgeschaltet, und niemand sagte etwas, als sie sich hinter dem Lastwagen versammelten. Das Dröhnen der Generatoren verschlang jedes Geräusch, das sie machten, aber in dieser Phase musste sowieso niemandem erklärt werden, was er zu tun hatte. Sie bildeten ihre Grüppchen, prüften ihre Waffen und zogen die Filtermasken auf.

Simon schaute auf die Uhr. Die neue Schicht befand sich jetzt im Kontrollraum zur Übergabe, bei der theoretisch die alte Schicht einen detaillierten Bericht des aktuellen Funktionsstatus abgeben sollte, praktisch aber alle gemütlich Kaffee tranken und sich darüber austauschten, wer morgen beim Fußball gewinnen würde. Simons Erfahrung nach waren Terroristen wohl die einzige Berufsgruppe, die einfach antrat und frisch ans Werk schritt, statt sich erst mal ausgiebig die Eier zu kraulen und eine halbe Stunde Zeitung zu lesen, bevor sie auch nur daran dachte, einen Finger zu rühren.

Er und Taylor führten im lockeren Laufschritt den Stoßtrupp in die Hauptkaverne an, während Cook, Deacon, Steve Jones und May (sobald er aufholte) den Lastwagen ausluden. Auf der Hauptebene der Maschinenhalle teilten sie sich in drei Teams auf. Simon führte Matlock und Lydon die Treppe hoch, während Taylor, Headon und Strummer schnell und leise unter dem Sichtfenster des Kontrollraums vorbeischlichen. Simonon und Mick Jones begaben sich auf die unteren Zugangsebenen, falls dort schon jemand an die Arbeit gegangen war und einen auf Bruce Willis machen wollte.

Simon führte sein Team lautlos den oberen Korridor entlang und war schon fast am Leitstand, als Taylor und seine Männer aus der anderen Richtung ins Blickfeld kamen. Vor der Tür nahmen er und Taylor die Waffen in den Anschlag, während Strummer die Hand auf die Klinke legte und die anderen sich links und rechts positionierten.

Simon und Taylor bestätigten mit einem Nicken, dass sie bereit waren, und Strummer zählte mit den Fingern von drei runter. Auf Los riss er die Tür gerade so lange auf, dass die beiden jeder eine Gasgranate reinfeuern konnten, und schlug sie wieder zu. Dann stemmten die drei sich dagegen, als wie erwartet die verzweifelten Befreiungsversuche anfingen.

Wenn drinnen jemand einen kühlen Kopf behielt, griff er vielleicht zum Telefon, um Hilfe zu rufen, statt sich ins Getümmel an der Tür zu stürzen, aber bis die Vermittlung sich gemeldet und gefragt hatte, ob Feuerwehr, Polizei oder Rettungsdienst gewünscht wurde, war er schon so bewusstlos wie seine Kollegen.

Sie warteten, bis das Trommeln aufhörte – eine Frage von Sekunden –, und öffneten die Tür. Simon stieg über das Knäuel aus Bewusstlosen, während die anderen sie jeweils zu zweit in den Lagerraum trugen, wo sie gefesselt und geknebelt und hinter einer Stahltür eingeschlossen wurden. Matlock hatte gefragt, warum sie denn unbedingt ein nichttödliches Gas nehmen mussten, statt gleich kurzen Prozess zu machen, und genau deshalb würde er wohl nie in den inneren Kreis aufgenommen werden. Egal, wie detailliert man so eine Operation durchgeplant hatte, konnte es nie schaden, für den Notfall ein Druckmittel in der Hinterhand zu haben – erst recht, wenn man sich gerade in einem großen Loch im Berg verschanzt hat.

Der Hörer war tatsächlich von der Gabel genommen worden und baumelte vom Tisch. Simon hielt ihn sich ans Ohr.

»... wiederhole, mit wem soll ich Sie verbinden, Sir?«, fragte eine ungeduldige Frauenstimme. »Hat bestimmt wieder ein Kleinkind mit dem Telefon gespielt«, sagte sie leiser zu ihrer Nachbarin in der Vermittlung. Simon hob sich die Filtermaske vom Mund. Er roch das Gas sofort, aber es verflüchtigte sich schnell, seit sie die Tür geöffnet hatten.

»Hallo? Tut mir leid. Hier Leitstand Dubh Ardrain, ja. Der Kollege dachte, wir hätten ein Feuer. Nein, alles in Ordnung. Bitte entschuldigen Sie die Störung. Okay, tschüssi!«

Simon drückte auf die Gabel, um das Gespräch zu beenden, und merkte sich die Nummer, die mit Beschriftungsband auf den Hörer geklebt war. Er zückte sein Funkgerät und gab sie an May weiter. Innerhalb der Hauptkaverne funktionierten die Funkgeräte, aber wenn später ein Trupp oben arbeitete, würde er fünfhundert Meter Fels zwischen sich und den Kameraden haben, sodass die einzige Kommunikationsmöglichkeit ein Handyanruf beim Leitstand war.

Er ging zu dem halbkreisförmigen, verglasten Überhang und schaute hinaus über die gigantische Einrichtung, über die er jetzt die volle Kontrolle hatte. Sechs drei Meter hohe, gelbwandige Zylinder erhoben sich massiv aus dem Boden der Maschinenhalle, dabei waren sie nichts als die Spitzen des Eisbergs. Darunter reichten die Turbinen noch siebzehn Meter tiefer, die über vier weitere Ebenen zugänglich waren. Über ihm wölbte sich die Kaverne zu einer Höhe von zwanzig Metern, flankiert von Gerüsten. Bei Bedarf war jeder Winkel über eine bewegliche Plattform zu erreichen, die über der Mitte hing. Beleuchtet wurde das Ganze von einer gigantischen Scheinwerferanlage, die sich oben mit Dutzenden kurzer Gliedmaßen in den nackten Fels krallte.

Am Einfahrtstunnel sah er May und Cook den ersten Bohrer zur nächsten Wartungstür der Rohrleitung schieben. Die Leitung war nur eine von dreien, die durch fünfhundert Meter Ben Larig hoch zum riesigen Stausee auf dem Berg liefen. Ursprünglich war dort nur ein Karsee gewesen, der sich in einem natürlichen Kessel auf dem breiten Bergrücken Dubh Ardrain angesammelt hatte; das Wasser war ein weiteres Überbleibsel des Gletschers, der hier eine Furche durch die Bergkette gegraben und weiter unten die verschlungene Narbe von Loch Fada und Glen Crom hinterlassen hatte. Weitere Tunnel und Rohrleitungen waren in die steinernen Schultern des Bergs gegraben worden, um die Bäche der Umgebung in den Kessel umzuleiten, der so auf eine Fläche von fast fünfzig Quadratkilometern angeschwollen war. Und die Milliarden von Litern wurden dort oben von einer vierhundert Meter langen und fünfzig Meter hohen Betongewichtsstaumauer gehalten.

Dubh Ardrain war ein Pumpspeicherkraftwerk, das in Zeiten geringer Stromnachfrage Wasser aus Loch Fada wieder hoch in den Stausee pumpen konnte. Als Bau des Kalten Krieges war ein Aspekt seiner Bestimmung aber auch die fortgesetzte Stromproduktion im Fall eines Atomangriffs; aufgrund des übergroßen Stausees war der Betrieb auch mittelfristig gesichert, ohne dass die Flussrichtung jemals umgekehrt wurde. Die Bedrohung atomarer Vernichtung war seitdem zwar weniger präsent geworden, aber besonders in den trockeneren Sommermonaten hatte man die Vorsichtsmaßnahme beibehalten, den Stausee stets gut gefüllt zu halten.

Derzeit pumpten alle sechs Turbinen den Verbrauch des Tages wieder den Berg hoch, aber ihre Kapazität würde bald um ein Drittel verringert werden, wenn Simon Rohrleitung drei absperrte. In jedem dieser Tunnel befand sich eine mobile Wartungsplattform, mit der sie die Ausrüstung an die Oberfläche transportieren würden, aber das funktionierte natürlich besser, wenn nicht gerade Abertausende Liter Wasser daran vorbeirauschten. Für Notfälle war auf der einen Seite eine Treppe in den Boden der Rohrleitung gefräst, aber die war nicht so attraktiv, wenn man zentnerweise Bohrmaschinen samt Generator dabeihatte.

Deacon und Steve Jones kamen mit der zweiten Bohrmaschine, als May und Cook zurückliefen, um den Generator zu holen. Es hatte fast unverschämt ironisch gewirkt, dass sie hierhin eine eigene Stromversorgung mitbringen mussten, aber die rücksichtslosen Schweine, die das Kraftwerk damals gebaut hatten, hatten oben auf der Staumauer einfach keine frei zugängliche Steckdose angebracht.

Headon und Mick Jones kamen zurück, um die letzten bewusstlosen Geiseln abzutransportieren, und Taylor machte ihnen vor der Tür Platz.

»Damit sind die acht voll«, sagte er. »Alle anwesend. Keine Streuner.«

»Gut. Ich fahre jetzt Rohrleitung drei runter.«

»Gibt's ein Signal oder so, wenn wir reinkönnen? Hattest du, glaub ich, noch nicht gesagt.«

»Ja. Die Tür wird entriegelt, und du kannst sie verdammt noch mal aufmachen. Alles klar?«

»Ja.«

Taylor ging und verfluchte ihn sicher halblaut. Simon wandte sich dem Bedienpult zu und deaktivierte Pumpen fünf und sechs. Es würde ein paar Minuten dauern, bis sie ganz zum Stillstand gekommen waren, und dann noch mal fünf, bis das Restwasser aus der Rohrleitung abgeflossen war. Simon trat wieder ans Fenster, schaute runter und horchte, wie der Klang der beiden Turbinen immer tiefer wurde, als sie langsam ausliefen. Er lächelte zufrieden. In einem anderen Leben war er schon mal hier gewesen, einer von vielen ahnungslosen Geographiestudenten auf Exkursion, und hatte gestaunt, als stünde er auf der Brücke der Enterprise. Und jetzt saß er selbst im Kapitänsdrehstuhl.

Er schaute zu, wie May und Cook den Generator weiter in Richtung der vakuumversiegelten Tür zur frisch entwässerten Rohrleitung schoben. Deacon und Steve Jones standen mit der ersten Bohrmaschine dahinter und mussten warten, bis die Plattform wieder runtergeschickt worden war. Mit der zweiten Fuhre würden auch Strummer und Matlock hochfahren, später gefolgt von Lydon und Simonon mit den Sprengladungen und Detonatoren.

Simon genoss in Ruhe den Augenblick.

Robert Burns hatte die Sache falsch verstanden. Die Pläne, die »schiefgehn«, sind eben nicht die besten, deshalb gehn sie ja schief, verdammt noch mal! Das hier, dieses werdende Werk, dieser Plan in der Umsetzung, war der Grund, dass der Black Spirit der meistgesuchte Mann des internationalen Terrorismus war: Ob sie seine Dienste wollten oder seinen Kopf auf einem Spieß, sie alle wussten, dass er in der Branche der Beste war. Besser als sein Plan würden nur die Schenkel der Mademoiselle aufgehen, die in weniger als vierundzwanzig Stunden in Monte Carlo das Glück hatte, seinen Blick auf sich zu ziehen.

Das Leitstand-Telefon klingelte und riss ihn aus seiner Träumerei: May wollte Bescheid geben, dass er oben angekommen war.

»Leitstand«, meldete sich Simon.

»May hier«, bestätigte die Stimme. »Wir haben ein Problem.«

»Was?«

»Der Generator ist im Arsch. Schlimmer, er ist sabotiert worden. Bohrer reingerammt, Kabel ausgerissen ... Der macht keinen Mucks mehr.«

»Sabo...« In Simons Kopf rotierte es, aber jetzt war keine Zeit für Spekulationen. Gerade spielte nur eine Frage eine Rolle: »Ist der Schaden behebbar?«

»Das wird dauern, und Ersatzteile brauchen wir auch.«

»Tja, ob wir mitten in einem Kraftwerk wohl Elektrobauteile finden? Bring ihn wieder runter. Deacon kümmert sich drum.«

»Roger.«

»Nein, Deacon. Taylor kennt sich nen Scheiß mit ...«

»Ich meinte doch ›Roger‹ im Sinne von ›verstanden‹.«

»Komm einfach hier runter.«

»Roger.«

Simon rammte den Hörer auf die Gabel, und die Möglichkeiten schwirrten ihm durch den Kopf, obwohl er sich um keinen

Preis ablenken lassen wollte. Sein erster Verdächtiger war May selbst, denn der Drecksack war schon seit der Farm schreckhaft gewesen wie ein Arachnophobiker in einem Zimmer voller Taranteln. Dass er den Schaden selbst »entdeckt« hatte, war ein klassischer Doppel-Bluff, und außerdem hatte er die goldene Regel gebrochen und nach Simons Identität geschnüffelt. Hatte er die Seiten gewechselt? War das Schwein womöglich verkabelt? Warteten draußen vielleicht schon hundert Bullen, um sie alle hochzunehmen? Oder glaubte er immer noch, Simon wolle ihn umlegen, und hatte deshalb quergeschossen, damit er im Durcheinander abhauen konnte?

Andererseits minimierte diese frühestmögliche Entdeckung des Schadens dessen Wirkung, weil sie jetzt noch genug Zeit hatten, ihn zu beheben. Und wenn May sich wirklich verpissen wollte, war oben am Stausee nicht die beste Gelegenheit. Selbst wenn er dort irgendwo ein Motorrad gebunkert hatte, musste er erst fünf Kilometer verschlungene Bergstraße runter zur Landstraße fahren, wo die Brücke nach Westen gesprengt war und ihn die einzige andere Route wieder am Kraftwerk vorbeiführte. Andererseits waren es von der Maschinenhalle zum Haupttor ein paar Hundert Meter, und wenn sie blöd herumstanden und warteten, dass er mit der Plattform runterkam, hatte er ein paar Minuten Vorsprung.

Simon rannte aus dem Leitstand und die Treppe runter, ging den Rest des Weges zu Rohrleitung drei aber zügigen Schrittes, damit er nicht aufgescheucht wirkte.

»Alles klar, Boss?«, fragte Deacon, als Simon sich an ihm vorbei und durch die Vakuumtür drängelte. Drinnen hörte er sofort die Antriebsmechanik. Als er entlang der versiegelten Beleuchtungstafeln hochspähte, sah er nur die Unterseite der Wartungsplattform.

Er griff nach seinem Funkgerät. »May, hier spricht Mercury, kommen!«

Er hörte von oben gerade so das verrauschte Echo seines

Funkspruchs über dem stetigen Surren des Antriebs, sodass Mays Antwort eigentlich nicht mehr nötig war.

»Ich höre. Worum geht's?«

»Vergiss es. Mercury Ende.«

Simon verließ die Rohrleitung wieder und riss die Decke von der nächsten Bohrmaschine. Auf den ersten Blick war kein Schaden zu sehen, aber wenn sie einen Saboteur unter sich hatten, hatte der wahrscheinlich nicht nach dem Generator Schluss gemacht.

»Die hier müssen überprüft werden, bevor ihr sie abtransportiert«, sagte er zu Deacon. »Irgendwer hat am Generator rumgepfuscht. May bringt ihn gerade wieder runter.«

»Rumgepfuscht? Absichtlich?«

»Sieht so aus.«

Deacon wirkte besorgt, als läge ihm noch etwas auf der Seele.

»Was?«

»Aus dem Lastwagen fehlten auch ein paar Sachen, als wir uns unsere Ausrüstung gegriffen haben.«

»Was für Sachen?«

»Funkgeräte. Also, jeder von uns hat eins, aber ich hätte schwören können, dass wir noch zwei als Ersatz hatten, die auf die Frequenzen voreingestellt sind. Vielleicht sind sie auch nur in einer anderen Kiste gelandet, aber jetzt, wo du ...«

»Mann! Okay, ich kümmer mich drum. Regel du das mit den Bohrmaschinen.«

»Ich brauche Strom, bevor ich ...«

»Ich weiß. Im Lastwagen liegt ein Adapterkabel für die Steckdose.«

»Ich hol's«, meldete Steve Jones sich mit einem Eifer freiwillig, der normalerweise Pluspunkte gegeben hätte, ihn heute aber zum Spitzenreiter der Verdächtigenliste kürte.

»Ich gehe selbst«, erwiderte Simon. »Ich muss da hinten noch etwas anderes prüfen.«

Er stapfte los zum Einfahrtsstollen, wo der Lastwagen stand.

Lydon und Simonon saßen auf den Kisten, die auf der Kreuzung ausgelegt waren, und tranken Saftdosen.

»Ein kleines Päuschen, was, Jungs?«

»Wir sind die Dritten beim Aufzug«, entschuldigte Simonon sich mit dem halbherzigen Akzent, der seine europäischen Wurzeln verschleiern sollte. Simon vermutete das gute, alte, öde Belgien, weshalb er ihm auch den Namen verpasst hatte. Dummerweise hieß der Typ von The Clash mit Vornamen Paul, aber Simon nannte ihn immer George.

»Und wenn ihr die Dritten bei der Thronfolge seid! An die Arbeit, die Gremlins sind unterwegs! Fehlt etwas? Wo sind die Sprengladungen?«

»In den blauen Kisten. Wir sitzen drauf.«

»Ich brauche die Kabeladapter für die Bohrmaschinen. Schnell.«

Simonon sprang sofort auf und lief zu einer der gelben Kisten mit diverser Ausrüstung. Lydon folgte ihm nach einem letzten Schluck aus seiner Dose, der den Unterschied zwischen sklavischem Gehorsam und lässiger Kooperation ausmachte.

»Scheiße«, sagte Lydon, als er sich in die Kiste beugte.

»Was?«

»Die Uniformen. Alle nass. Und riechen nach Pisse.«

»Die Magazine waren auch feucht«, sagte Simonon. »Ich dachte, das war nur Schwitzwasser.«

Simon schaute hinten in den Lastwagen. Die Kisten hatten dunkle Schleifspuren hinterlassen und die Bohrmaschinen deutliche Reifenabdrücke, die alle auf eine Flüssigkeit zurückzuführen waren. Er stieg die Rampe hoch und stapfte auf das Handfeuerwaffenlager an der rechten Wand zu. Etwas besorgt zog er die Decke beiseite und war erleichtert, als dort immer noch ein kleines Arsenal an der Holzrahmenkonstruktion hing, aber dann fiel ihm ein, dass er gar nicht wusste, wie viele es eigentlich sein sollten.

»Deacon, hier ist Mercury, kommen.«

»Deacon hört.«

»John, wie viele Ersatzwaffen sollten wir haben?«

»Sechs von jeder.«

»Ah, dann ist ja gut.«

»Ja?«

»Ja. Das heißt, uns fehlen nur zwei verdammte Sturmgewehre.«

Simon trat wütend gegen eine der Holzkisten, die am vorderen Ende des Lastwagens standen. Der Deckel sprang hoch und fiel auf den Boden, sodass drinnen ein Keilriemen, mehrere leere Dosen und eine vollgepisste graue Decke vom Haufen in der Ecke zu sehen waren.

»Was ist das denn hier, eine verdammte Pennerhöhle?«, zischte er. Dann wurde ihm langsam klar, was das bedeuten konnte. »Scheiße. Lydon, Simonon, zu mir«, befahl er und nahm seine Schrotflinte in den Anschlag.

Als die beiden links und rechts neben ihm standen, nickte er in Richtung des Deckenhaufens. Lydon zog seine Pistole, während Simonon vortrat. Der Belgier zählte mit den Fingern von drei runter und schleuderte den Haufen von der Wand weg.

Zum Glück schoss niemand.

Hinter den Decken war die gute Hälfte ihres Vorrats an Sprengladungen aufgestapelt.

»Der Sprengstoff«, beobachtete George überflüssigerweise. Lydon beschränkte sich auf eine Mischung aus Husten und Seufzen der Erleichterung, dass sein Abzugsfinger nicht gezuckt und sie alle ins Nirvana gebombt hatte.

»Da stellt sich doch die Frage, worauf ihr beiden Scherzkekse da eben gesessen habt.«

Alle Augen richteten sich auf die Kreuzung. Simon lud seine Schrotflinte fertig und ging langsam auf die blauen Kisten unten auf dem Asphalt zu. Er blieb bei der ersten stehen, während Lydon und der Belgier sich mit gezogenen Pistolen postierten. Simon warf den Deckel runter, und zum Vorschein kam ein

Stapel feuchter, papierumwickelter Sprengladungen. Bei den nächsten drei Kisten ergab sich das gleiche Bild. Er schaute sich wieder den Stapel an der Vorderwand des Lastwagens an. Er umfasste wohl doch nicht ganz die Hälfte ihres Vorrats, aber bestimmt ein Drittel. Jetzt blieben nur noch zwei blaue Kisten. Simon stellte sich an die rechte, Lydon und der Belgier an die andere.

Diesmal zählte Simon mit den Fingern seiner linken Hand runter, die sich einer nach dem anderen wieder um den Lauf der SPAS-12 legten. Bei null feuerten sie: Simon jagte vier Schuss in seine Kiste, Lydon und Simonon zusammen zwölf in ihre.

Bei dem Geräusch kam die Verstärkung aus der Maschinenhalle angerannt, während Simon den durchlöcherten Deckel runtertrat.

Die Kiste war leer, und die andere auch.

Sie standen wortlos da und starrten in die Kisten, während ihre herbeigelockten Kameraden einen Halbkreis am Ende des Einfahrtsstollens bildeten. Simon schaute auf die Uhr. Der Zeitplan für den Samstag hatte einen über dreistündigen Puffer eingebaut. Noch gab es keinen Grund zur Panik. Aber auf einmal hatten sie einen Haufen Arbeit vor sich, angefangen bei einer bösen Ungezieferplage.

Schließlich brach Simons Funkgerät mit einer Nachricht von Deacon die Stille.

»Ich hab mir eben mal die Steuereinheiten der Bohrmaschinen angesehen. Die Kabel sind abgerissen und die Platinen sehen aus wie Schweizer Käse.«

Simon atmete ganz langsam aus und nutzte all seine Erfahrung, um ruhig und konzentriert zu bleiben.

»Kriegst du sie wieder zum Laufen?«, fragte er und konnte seine Stimme gerade so unter Kontrolle behalten.

»Eine von ihnen, würde ich sagen. *Irgendwie* krieg ich sie schon verkabelt. Ist dann wohl nicht programmierbar, aber …«

»Kann man damit dann *irgendwie* ein Loch bohren?«

»Ja. Mehr aber auch nicht. Wir müssen mit mindestens doppelter Bohrzeit rechnen.«

»Warum redest du dann überhaupt noch mit mir? An die Arbeit!«

»Roger. Deacon Ende.«

Simon stellte jeden, der mehr als einen Stecker verkabeln konnte, Deacon bei der Reparatur zur Seite und teilte alle anderen als Such- und Vernichtungstrupps zur Jagd auf die ungebetenen Gäste ein. Sie räumten alle Ersatzwaffen und die Munition aus dem Wagen, da sie es jetzt anscheinend nicht mehr nur mit arglosen Elektrotechnikern zu tun hatten; Simon ergänzte seine SPAS-12 und seine Pistole noch mit einem Sturmgewehr.

Er sah zu, wie die Suchtrupps in verschiedene Richtungen lostrabten, nahm sich eine Dose aus der Versorgungskiste, lehnte sich an den Lastwagen und trank sie langsam aus. Sein Magen hatte sich zusammengezogen, woran auch das lauwarme Irn-Bru nichts ändern konnte.

Im Kopf hörte er Bohrmaschinen, aber andere als die, an denen Deacon gerade arbeitete.

EMBER SAMSTAG, SECHSTE
, SECHSTER SEPTEMBER SA
ER SEPTEMBER SAMSTAG, S
EMBER SAMSTAG, SECHSTE
, SECHSTER SEPTEMBER SA
ER SEPTEMBER SAMSTAG, S
EMBER SAMSTAG, SECHSTE
, SECHSTER SEPTEMBER SA
ER SEPTEMBER SAMSTAG, S
EMBER **SAMSTAG,** SECHSTE
, **SECHSTER SEPTEMBER** SA
ER SEPTEMBER SAMSTAG, S
EMBER SAMSTAG, SECHSTE
, SECHSTER SEPTEMBER SA
ER SEPTEMBER SAMSTAG, S
EMBER SAMSTAG, SECHSTE
SECHSTER SEPTEMBER SA
ER SEPTEMBER SAMSTAG, S
EMBER SAMSTAG, SECHSTE
SECHSTER SEPTEMBER SA
ER SEPTEMBER SAMSTAG, S
EMBER SAMSTAG, SECHSTE
SECHSTER SEPTEMBER SA

OPPOSING FORCE

Ray befand sich in einer Gefängniszelle ohne Gitterstäbe, und nur das gebrochene Licht aus dem Korridor verriet, dass ihn ein Kraftfeld an der Flucht hinderte. Er träumte wieder und spielte im Schlaf, weil er heutzutage sonst nicht mehr dazu kam. Diesmal den Jailbreak-Mod, bei dem man in den Zellenblock der Gegenseite gesperrt wurde, wenn man getötet wurde, und warten musste, bis ein Teamkamerad einen befreite. Die Rettung nahte: Direkt hinter dem Kraftfeld stand die Frau, die ihn gestern aufgetaut hatte: Spielermodell »Athena«, die Haare zum Pferdeschwanz gebunden, aber mit dem Gesicht von Angelique de Xavia.

»Jetzt wollen wir Sie hier mal rausholen«, sagte sie.

Ray öffnete die Augen. Angelique stand im Türrahmen des Zimmers im Polizeigästehaus und hielt einen dampfenden Becher Kaffee und ein großzügig mit Bacon belegtes Brötchen in der Hand.

»Aufstehen, Schlafmütze! Hier ist schon mal die warme Mahlzeit, aber drehen Sie bitte nicht durch, bevor Sie nicht den Kaffee ausgetrunken haben.«

Ray blinzelte ein paarmal und fühlte sich noch extrem neben der Spur.

»Ich lasse Ihnen die Sachen mal hier und bin in fünf Minuten wieder da«, sagte sie, stellte beides auf den Nachttisch und ging.

Ray setzte sich mühevoll auf, weil er sonst sofort wieder weitergeschlafen hätte. Seiner zuversichtlichen Vorhersage zum Trotz hatte er nicht ohne Weiteres einschlafen können, weil ihm einfach zu viel durch den Kopf ging, und er hatte auch keine Dusche und eine warme Mahlzeit gebraucht, um durchzudrehen. Es hieß immer, man solle seinem Magen vor dem Schlafengehen nicht zu viel zu verdauen geben, aber das galt für den Kopf doppelt, und Ray hatte gerade ein mentales Fünf-Gänge-Gelage hinter sich. Außerdem gab es da noch etwas anderes, ein unbestimmtes, nagendes Unsicherheitsgefühl, das sich immer dann meldete, wenn er sich fast mit Angeliques erschütternder Enthüllung abgefunden hatte. Die vergeblichen Versuche, dieses Ungreifbare festzuhalten, hielten ihn genauso wach wie die Angst.

Irgendwann hatte ihn wohl die schiere Erschöpfung übermannt, aber gefühlt erst vor einer halben Stunde. Er schlürfte den Kaffee, der ziemlich gut war, und biss in das Brötchen, das wie der Himmel auf Erden schmeckte. Cholesterintherapie. Bevor er an der Burnbrae Academy angefangen hatte, hatten Kate und er mithilfe von Würstchen und Bacon jeden Morgen überstanden. Kate hatte mit einer Hand gegessen und mit der anderen Martin an ihre Brust gehalten. Das wirkte auf einmal unheimlich lange her und weit weg. Er vermisste sie beide so sehr. Jetzt, als er sich nicht mehr mit unmittelbarer Lebensgefahr oder wiederauferstandenen Psychopathen herumschlagen musste, erwischte die Sehnsucht ihn mit voller Wucht.

Angelique kehrte mit weiteren Geschenken zurück: zwei Handtüchern und der Wegbeschreibung zur Dusche.

»Sie sind ein Engel.«

»Angel X.«

Rays Unbehagen verschwand auch nicht, als sie unterwegs waren, obwohl Angelique ihn nach Hause fuhr; vielleicht sogar genau deswegen. Endphasenpanik: Je näher man dem Ende seines Einsatzes kommt, desto nervöser wird man. Die Stille machte es auch nicht besser. Verlegen war er nicht, aber bis auf die paar Minuten Smalltalk hin und wieder lenkte ihn nichts von seinen Sorgen ab.

»Können wir vielleicht das Radio anschalten?«, fragte er. »Mir kommt es vor, als wäre ich einen Monat lang weg gewesen, und ich würde mich gerne wieder ein bisschen einhören.«

»Klar«, sagte sie und drehte den Knopf. Der abartige *Ibiza Devil Groove* von EGF, den Ray zu seiner Freude bestimmt drei Jahre nicht mehr gehört hatte, wummerte aus den Boxen.

»Mit einem kleinen Gruß von den Balearen, ha ha ha, aus der Krypta von Silver City FM«, näselte der DJ.

»Hätten sie niemals ausbuddeln dürfen«, brummte Ray.

»Was soll denn daran so schlimm sein?«

»Wenn ich das erklären soll, sitzen wir den ganzen Tag hier.«

»Ist gut zum Tanzen.«

»Ich will hier raus!«

Angelique lachte. »Was habt ihr Jungs immer mit eurer Musik? Muss da wirklich alles so bierernst sein? Ist das für euch wie ein Krieg oder so?«

»Ja. Ein Krieg gegen die Scheiße!«

»Geschmackssache. Ist doch alles nur Musik, oder?«

»Wenn du gleich noch die Spice Girls und All Saints verteidigst, steige ich wirklich aus. Egal, wie schnell wir fahren.«

»Und wenn du dann stirbst, ist das eben natürliche Auslese. Für euch Dinosaurier haben wir hier in der Zukunft keinen Platz.«

»Das ist jetzt aber ein bisschen hart.«

»Du hast doch gesagt, dass es ein Krieg wäre.«

Der Song verklang gnädigerweise und die halbstündigen Nachrichten begannen mit einem Beitrag über Fischfangquoten.

»Zwei vermisste Glasgower Schuljungs interessieren hier oben wohl niemanden«, bemerkte Ray. »Hast du sonst noch etwas gehört?«

»Leider nicht.«

Sie hörten sich die restlichen Nachrichten an. Wie gestern bei den Zeitungen im Supermarkt kam es ihm vor, als würde das Weltgeschehen weit langsamer voranschreiten als sein Leben. Die einzige echte Neuigkeit war der Einsturz einer Straßenbrücke in der Nähe von Crianfada, über den Angelique schnaufte.

»Was denn?«, hakte Ray nach.

»Den hab ich auf dem Schreibtisch liegen, wenn ich wieder ins Büro komme. Während der Gefährdungslage durch den Black Spirit sollen verdächtige Ereignisse jeglicher Art bei mir gemeldet werden. Hättest mal sehen sollen, was für Scheiße ich da reingekriegt habe. Die Drecksäcke, die ihn jetzt festnehmen dürfen, haben bestimmt keinen Düngerdiebstählen nachgehen müssen.«

»Bist du immer noch sauer, dass du nur die Brautjungfer geworden bist?«

»Traditionellerweise wird aber nicht die Brautjungfer gefickt.«

»Du weißt schon, was ich meine«, beharrte Ray.

»Ja, klar. Bin ich auch. Aber ich sollte das Ganze wohl aus der richtigen Perspektive sehen. Die fahren da heute eine der größten Polizeioperationen der britischen Geschichte. Ich weiß nicht, was ich mir da unter Tausenden von Bullen für Chancen auf eine Starrolle ausgerechnet habe.«

»Darfst du mir denn nun endlich von dem großen Anschlagsplan erzählen?«

»Nein.«

»Wem soll ich es denn weitersagen?«

»Nimm's nicht persönlich, aber wenn das rauskommt, gibt es eine Massenpanik, und alles bricht zusammen.«

»Massenpanik?«

»Es geht um eine große öffentliche Veranstaltung. Menschenmengen und Hysterie passen nicht gut zusammen.«

»Warum wird die Veranstaltung dann nicht abgesagt, wenn ihr wisst, dass es einen Anschlag geben soll?«

»Weil wir so eine Chance vielleicht nie wieder kriegen. Wenn wir absagen, ist die Sache für ihn gelaufen, und er taucht wieder ab.«

»Ordentliches Risiko bei seiner Geschichte.«

»Nicht, wenn wir vorher Bescheid wissen. Er rechnet damit, unerwartet und unsichtbar zu sein – auch das gehört zu seiner Geschichte. Diesmal wissen wir, wann und wo er zuschlagen will. Und dank dir wissen wir nun endlich auch, wie er aussieht – was er natürlich selbst auch weiß, also hat er wahrscheinlich schon einen Termin beim plastischen Chirurgen ausgemacht, wenn die Sache gelaufen ist. Er macht nicht viele Fehler, also müssen wir die Chance nutzen, weil es bis zum nächsten eine Weile dauern kann.«

»Nein, er weiß es nicht«, widersprach Ray, als er sich an die ganze Geschichte mit der Kapuze in der Farm erinnerte.

»Was?«

»Dass ihr wisst, wie er aussieht. Er weiß, dass ich geflohen bin, und er weiß, dass ich der Polizei erzähle, was ich gesehen habe, aber *ihn* habe ich ja nicht gesehen. Da hat er aufgepasst. Woher soll er wissen, dass ich kapiert habe, dass er noch lebt?«

»Noch besser. Dann tarnt er sich heute wahrscheinlich nicht mal.«

Aber bei Ray kehrte das Unsicherheitsgefühl zurück, und aus dem leisen Nagen wurde ein Tritt mit Anlauf in die Nieren. Die ganze Zeit hatte es immer noch etwas gegeben, was nicht so ganz passte, und als es sich jetzt klarer abzeichnete, verstand er auch, warum er immer noch Angst hatte.

»Wenn ihm die Psychospielchen mit mir so wichtig waren, warum hat er sich mir in der Farm nicht gezeigt? Wäre das nicht sein großer Moment gewesen? Wenn er mich sowieso töten wollte – da waren wir uns ja einig –, warum sollte er sich dann sein allergrößtes Wichservergnügen einfach versagen?«

»Vielleicht hat er es sich noch aufgespart. Er konnte ja nicht ahnen, dass du einfach mitten in der Nacht abhaust, oder?«

Sie schauten einander an.

»Oh, Scheiße«, sagten sie gleichzeitig.

»Klar hat er es gewusst«, bestätigte Ray. »Ich *sollte* abhauen. Mann, warum haben wir das nicht gleich kapiert? Er ist ein Meister der Planung, deckt alle Eventualitäten ab, zieht all die hochkomplexen Operationen durch, aber mich sperrt er in der klapprigen Speisekammer mit losen Dielen ein, unter denen es zufällig einen direkten Weg aus dem Haus gibt? Und, Scheiße noch mal, am Abend vorher sind zwei Profikiller hinter mir her, die mich aus fünf Metern nicht treffen können? Den Schuss hätte nicht mal ein Noob auf AOL mit dreihunderter Ping verfehlt. Das war alles nur Show. Die beiden haben absichtlich danebengeschossen – sie sollten mir Angst einjagen, damit ich der Polizei erzähle, dass Profikiller hinter mir her sind.«

»Damit die Polizei dir dann zuhört, wenn du ein paar Tage später wieder auftauchst und erzählst, dass du entführt worden bist.«

»Genau. Das Gehampel auf der Brücke war bloß das Vorgeplänkel für später, als sie mich nur verschleppt haben, damit ich fliehen und die Bullen zur Farm führen kann.«

»Wo sie zufällig einen Haufen kopierter Pläne finden und schnurstracks nach Sunderland rasen.«

»Sunderland? Das Länderspiel?«

»Spielt ja jetzt keine Rolle mehr. Es geht ja eben *nicht* um Sunderland. Verdammte Pest!«

Angelique schwenkte auf einen Parkplatz und hielt an. Ray wusste, dass es jetzt nicht mehr nach Hause ging.

»Das war doch von Anfang an sein Plan«, sagte er. »Er brauchte einen Lockvogel. Hätte er mich nicht im Flughafen gesehen und sich diesen besonderen Spaß gegönnt, hätte er einfach irgendeinen anderen Trottel für meine Rolle entführt.«

»Sicherer wäre auf jeden Fall jemand anders gewesen. Also ist er immer noch nichts als ein Wichser.«

»Aber ein schlauer Wichser. Er hat alle Bullen zum Stadium of Light gejagt, damit er ganz woanders in Ruhe seinen fiesen, kleinen Plan durchführen kann.«

»Und damit wären wir wieder ganz am Anfang«, sagte Angelique finster.

»Oder auch nicht. Wie viele Straßenbrücken stürzen hier denn sonst so am Wochenende ein?«

»Stimmt. Wo war das noch gleich, hatten die gesagt?«

Ray wusste es nicht mehr, weil er in dem Moment von Angeliques Schnaufen abgelenkt war. »Gleich kommt es noch mal bei den Verkehrsmeldungen«, sagte er und drehte am Radio den Ton lauter, wo sich der Sportreport mit dem Rugby dem Ende zuneigte. Sie ertrugen mit zusammengebissenen Zähnen den nervig-fröhlichen Wetterbericht und bekamen schließlich die ersehnte Brückengeschichte als erste Verkehrsmeldung.

»Crianfada ist weiterhin erreichbar, aber die Straße nach Cromlarig ist gesperrt und wird es Polizeiangaben zufolge auch mehrere Tage bleiben, bis eine Behelfsbrücke errichtet werden kann. Die einzige andere Route nach Cromlarig geht derzeit über Strathairlie, aber die Automobile Association gibt zu bedenken, dass diese für Reisende aus Richtung Süden einen dreistündigen Umweg bedeutet, wer also heute noch zu den Highland Games will, muss langsam in die Puschen kommen. Auf der A9 sorgt ein langsames, überbreites Fahrzeug mit Polizeieskorte derzeit für Staus von bis zu …«

Crianfada. Cromlarig.

»Hast du eine Straßenkarte da?«, fragte Ray.

»Im Handschuhfach. Wo ist Cromlarig überhaupt?«

»West Highlands. Gut drei Stunden nördlich von Glasgow,

von uns aus direkt Richtung Westen, vielleicht nicht ganz so lang, aber natürlich nur, wenn die Brücke noch stehen würde.«

Ray öffnete die Fiberglasklappe, fischte den abgegriffenen Straßenatlas heraus und blätterte ungeduldig von der Übersicht auf die richtige Seite. Er legte den aufgeschlagenen Atlas aufs Armaturenbrett, damit sie beide schauen konnten, aber viel zu sehen war dort nicht.

»Vielleicht ist die eingestürzte Brücke doch nur ein Zufall«, sagte Angelique, als sie eine Weile über der Karte gebrütet hatte. »Mann, was soll es da in den Highlands überhaupt für ihn geben? Da gibt's doch kaum Leute, die er umbringen könnte.«

»Was gibt es da in der Nähe?«, fragte Ray. »Irgendwelche Airforce- oder Army-Standorte, die vielleicht nicht eingezeichnet sind?«

»Doch, die wären alle zu sehen – nur eben keine auf den Seiten hier um Cromlarig. Das ist Touristengebiet. Lochs und Berge und Tartan-Muster und Shortbread.«

»Gibt es da oben nicht auch irgendwo einen Atom-U-Boot-Stützpunkt?«

»Der nächste wäre am Holy Loch, das sind gut achtzig Kilometer von Loch Fada und außerdem an einer anderen Straße durch die Täler.«

»Gibt es vielleicht noch einen, den die Regierung geheim hält?«

»Nein«, erwiderte Angelique und zeigte auf die Seite. »Auf jeden Fall nicht hier: Loch Fada hat keinen Zugang zum Meer.«

»Gut. Ist doch schon mal schön, wenn wir Atomwaffen ausschließen können, oder?«

»Und was ist mit Atomkraft?«

Ray schaute wieder auf die Karte. »Nein. Das nächste Kernkraftwerk müsste Dounreay sein. Hier in der Gegend gibt es nur ... oh, Scheiße!«

»Was?«

Es hatte ihn die ganze Zeit angestarrt und darauf gewartet, dass er die Verbindung zog.

»Dubh Ardrain«, sagte er und tippte auf eine Stelle zwischen dem Dorf Crianfada und dem Städtchen Cromlarig. Ein gelbes T-Symbol (touristische Sehenswürdigkeit) stand neben dem verschlungenen Blau von Loch Fada in der Gegend, wo die Brücke eingestürzt war.

»Was ist das?«

»Eins der größten Kraftwerke des Landes.«

»Aber keine Atomkraft?«

»Nein. Wasser.«

»Warum sollte er sich dafür interessieren?«

»Warum heute, weiß ich nicht, aber spannend fand er es schon immer.«

»Schon immer?«

»Seit wir als Studenten auf einer Geographie-Exkursion da waren.«

»Ich dachte, du hast Englisch studiert.«

»Geographie auch, im ersten Jahr. Da habe ich Simon kennengelernt. Dubh Ardrain hat ihn schwer beeindruckt, und das hat bei Simon eigentlich selten etwas geschafft, was weder ein Indie-Label noch einen BH hatte. Ich weiß noch, dass er meinte, wie gerne er da im ausgehöhlten Berg mal ein Video drehen würde.«

»Aber was kann er da anrichten? Selbst wenn er das Ding hochjagt, bringt er dabei nur die Belegschaft um, und er verlangt eigentlich höhere Opferzahlen für seinen Aufwand. Scheiße, Moment – hier ist es als touristische Sehenswürdigkeit aufgeführt.«

»Heute nicht. Die Straße ist ja gesperrt. Die Touristen kommen nicht hin, aber sonst auch niemand – wie zum Beispiel die Polizei, Feuerwehr oder Rettungsdienste, bis auf die aus Cromlarig oder von weiter oben in Strathairlie.«

»Also vielleicht gerade mal Hamish Macbeth, eine Gemeindeschwester und ein Kübel Wasser anstelle einer Feuerwehr. Das schaue ich mir mal an.«

»Wir.«

»Wir? Du hast doch Frau und Baby zu Hause.«

»Ja, und ich kann sie beide weitaus besser schützen, wenn ich mich um ihn kümmere, bevor er sich um mich kümmern kann.«

»Er hatte seinen Spaß mit dir, Ray. Jetzt hat er größere Pläne.«

»Ja? Ich kann vier seiner Männer identifizieren – das wissen sie auf jeden Fall. Wenn meine Flucht zum Plan gehört hat, dann räumen sie auch hinterher auf. Und Simon und sein Spaß sind noch nicht ausgestanden. Er hat immer noch eine Rechnung zu begleichen.«

»Ich dachte, er hat *dich* reingeritten.«

»Hat er auch, aber ...« Ray seufzte. »Simon hatte – *hat* – eine sehr simonzentrische Weltsicht, also hat er das nie eingesehen. Außerdem war da noch ... ach, lange Geschichte.«

»Und wir haben eine lange Fahrt vor uns. Inklusive dreistündigem Umweg.«

»In Crianfada gibt es ein Wassersportzentrum. Das letzte Stück könnten wir übers Wasser fahren.«

»Gute Idee. Also drei Stunden gespart, aber ganz so lang wird die Geschichte schon nicht sein. Raus damit!«

Ray erzählte ihr natürlich nicht alles. Nur die wichtigen Teile, die sie größtenteils schon aus der Akte und von ihrem Gespräch mit dem Polizisten kannte, der sie damals hochgenommen hatte. Es war das zweite Trimester im Abschlussjahr gewesen, in dem wohl jeder durchs Fegefeuer ging: Die Abschlussprüfungen waren so nah, dass man sich andauernd Sorgen machte, aber immer noch viel zu weit weg, während man doch eigentlich nur noch alles hinter sich haben wollte. Das zweite Trimester fing nach Weihnachten an, also war es sowieso jedes Jahr das trostloseste, kälteste und graueste, und im Abschlussjahr natürlich umso mehr. Entsprechend wirkten die QM-Bar und das Grosvenor Café besonders einladend, was die Wahrscheinlichkeit erhöhte, dem Dark Man wieder über den Weg zu laufen.

Da sie immer noch größtenteils denselben Freundeskreis hatten, war das eigentlich auch unausweichlich. Außerdem gefiel es Ray nicht, wie die Sache auseinandergegangen war, und er fand es von beiden feige, wenn sie sich ewig auswichen, anstatt sich mal bei einem Bier oder wenigstens einem Kaffee auszusprechen. Er suchte nicht gezielt nach Simon, machte nun aber auch nicht mehr sofort kehrt, wenn er schon in der Bar saß.

Diese Einstellung erleichterten ihm zahlreiche Berichte gemeinsamer Freunde, Simon sei »viel ruhiger geworden«, was hauptsächlich an seiner neuen Freundin liege. Manche vermuteten auch, es sei ganz allgemein darauf zurückzuführen, dass er sich mal länger mit einer eingelassen habe als bis zum nächsten Wochenende, an dem er eine Neue abschleppen konnte.

Zum unausweichlichen Wiedersehen kam es eines Dienstagabends in der QM-Bar, als Ray schon zwischen den anderen hinten mit Blick über die Disco eingepfercht war und keinen Fluchtweg hatte, als Simon mit seiner beruhigenden Begleiterin zu ihnen an den Tisch kam. Selbst die Optionen ignorieren oder kurz nicken wurden ihm genommen, als die beiden Mädchen links neben Ray zu einem Film im Salon aufbrachen und den beiden Neuankömmlingen ihre Plätze anboten.

Im Nachhinein und besonders vor dem Hintergrund seiner aktuellen, informierten Perspektive konnte Ray sagen, dass Simon einer der wenigen Menschen auf dem Planeten war, der selbst Großmut protzig wirken lassen konnte. Jeder an dem niedrigen Wackeltisch wusste, was zwischen ihnen vorgefallen war, garantiert auch die neue Freundin, aber statt eines vorsichtigen »Hallo« beugte Simon sich zu ihm runter, schüttelte ihm herzlich die Hand und stellte ihm »Felicia« vor, als wäre er sein Bruder. Simon nannte ihn sogar Ray und nicht Larry. Im Nachhinein stellte Ray ihn sich als Ralph Fiennes in *Schindlers Liste* vor, der sich im Spiegel anstarrte und »Ich vergebe dir« ausprobierte. Damals war Ray aber sofort wieder von Simons Charme verzaubert. Ihm war, als wäre ihm vergeben worden, wobei er nicht weiter beurteilte, wer denn überhaupt gesündigt haben sollte. Und doch fühlte er sich gleich doppelt so groß, weil er wieder an Simons Hof durfte.

Des Königs neue Gefährtin saß zwischen ihnen, und es war gleich zu sehen, warum sie nicht so schnell abgeschossen worden war wie ihre Vorgängerinnen. Zum einen konnte sie lächeln und war nicht für eine Beerdigung angezogen wie die Reihe sich selbst hassender, verschrobener Gothettes, die Simons Arm jeweils kurz geziert hatten. Ihre Persönlichkeit war auch ganz anders – sie hatte nämlich eine. Der immer noch jungfräulich frustrierte Ray hatte sich oft gefragt, ob Simons bisherige Eroberungen wegen ihrer unerträglichen Fadheit leichter abzuschleppen gewesen waren; aber garantiert hatte sie die Trennung erleichtert. Rina, wie jeder sie nannte (Felicia war ihr Simon-Name, den sie etwas naiv als Zeichen der Zuneigung deutete), hatte zu allem etwas zu sagen, strotzte vor Humor und Energie und war erfrischend respektlos ihrem Herzallerliebsten gegenüber. Ray war es gewohnt, dass Simon in den meisten Angelegenheiten das letzte Wort hatte, vor allem musikalischen, aber Rina konnte nicht nur seine Ansichten geistreich durch den Kakao ziehen, sondern auch die vorgebliche Bedeutsamkeit des Themas überhaupt. Deshalb musste Ray grinsen, als Angelique sich genauso über ihn lustig machte.

Als Ray sich die beiden an dem Abend anschaute, nahm er an, dass die relative Langlebigkeit ihrer Beziehung (sechs Wochen und kein Ende in Sicht) daran lag, dass Simon endlich eine ebenbürtige Partnerin gefunden habe und ihm das gefalle. Aber mit den Wochen oder eigentlich schon Tagen erfuhr Ray, dass er mit beiden Vermutungen falschlag. Sie war Simon mehr als ebenbürtig, und das gefiel ihm ganz und gar nicht.

Der Beziehung von Simon und Ray dagegen ging es vielleicht besser als je zuvor. Es fühlte sich unheimlich erwachsen an, wie sie ihre Meinungsverschiedenheiten, ihren Ärger und, mal ganz ehrlich, ihre peinlichen Jugendsünden hinter sich ließen; und daraus ergab sich das Gefühl, dass sie nach alldem noch viel bessere Freunde waren als vorher. Sie unterhielten sich ewig, so wie früher, brachten einander zum Lachen, tauschten Gedanken und Ideen aus. Seltsam war nur, dass sie den Themen The Bacchae und The Arguments großzügig auswichen. Gelegentlich kam Ray ihnen etwas näher, aber dann bekam er unmissverständliche Rückmeldungen, dass Simon noch nicht bereit war, darüber zu lachen.

Auch Rina lernte Ray näher kennen, anfangs durch Simon, aber mit der Zeit immer öfter durch Simons Abwesenheit. Er war vielleicht »viel ruhiger geworden«, aber er hatte sich nicht verändert: Er kam immer zu spät, wenn er sich mit ihnen beiden verabredet hatte, oder auch gar nicht. Das war der Nachteil an Simons ansonsten charmanter Gabe, manche Leute (kurzzeitig) faszinierend zu finden: Er ließ sich sehr leicht ablenken, und oft sah man ihn dann später zufällig mit einem anderen Grüppchen feiern. Wenn man ihn fragte, warum er nicht zum verabredeten Treffen gekommen sei, sagte er einem, weil er die anderen getroffen habe, und die Antwort sollte man logisch und ausreichend finden.

Und selbst wenn er auftauchte, blieb er vielleicht den ersten Drink über bei Rina und gesellte sich dann zu einem anderen Gespräch in einer anderen Ecke des Zimmers, der Bar oder Party und ließ seine Freundin in der Obhut seiner inoffiziellen Nummer Zwei. Darüber wollte Ray sich aber nicht beschweren, weil er und Rina sich sonst wohl nirgends getroffen hätten, und seine einzige Sorge war, für sie könnte der Tausch unfair sein. Wenn Ray Simons erlauchte Gesellschaft spannend bis manchmal schwindelerregend fand, dann war ihm in Rinas Nähe, als würde er mit einem Kettenkarussell um die Spitze des CN Tower fliegen.

Sie war ein Jahr jünger als er, gehörte aber zu der Art Mädchen, bei der er sich vorkam, als wäre er ein Jugendlicher in Gesellschaft einer weltgewandten Erwachsenen. Zugegeben konnten viele bei Ray diesen Eindruck erwecken, wahrscheinlich weil er im Februar Geburtstag hatte und deshalb von der Grundschule an immer der Jüngste in der Klasse gewesen war. Aber Rina spielte bei dieser Dynamik nie mit und bot ihm etwa an, mit ihm zu McDonald's zu gehen, wenn er ein braver Junge war. Als Ray mit der Zeit aufhörte, immer nur zu ihrer Belustigung den kleinen Trottel zu spielen, wurden sie sogar ziemlich gute Freunde.

Gleichzeitig schwand Rinas Geduld mit Simon immer mehr. Ray erkannte die Symptome von sich selbst wieder. Die Entfremdung vollzog sich schrittweise, bei Rina aber in beschleunigter Form. Als Erstes kam die Faszination, die Simon häufig und mit wechselnden Partnern durchmachte, die sein Auge auf sich zogen. Dann kam der Charme, als er einem zu verstehen gab, dass sein Interesse an einem beständiger war als an den anderen, weil man mehr war als sie: ein Partner, der so viel gab, wie er nahm; der so viel zu sagen (und dabei so viel Witz) hatte wie er. Die Probleme kamen in der dritten Phase, als Simon sich irgendwann bedroht fühlte. Er wollte, dass man weiterhin eine interessante, geistreiche Persönlichkeit war, aber nach seinen Regeln, ein Vasall, kein Gleichberechtigter. Dann gab er einem auch einen Namen, um klarzustellen: »*Der* bist du und kein anderer.«

Rina hatte sich an der Umbenennung weniger gestört als Ray, dafür umso mehr an Simons Versuchen, sie zu kontrollieren. Deshalb verpisste er sich auch immer und ging mit anderen reden. Er wollte das Beste beider Welten: Rina im Arm (und Bett), ohne dass sie ihn überragen und Aufmerksamkeit von ihm ablenken konnte.

»Ich glaube, ein Teil von ihm will zurück zu den dummen Hühnern, die ihn bedingungslos anbeten, aber ein anderer Teil weiß, dass ich mehr bin als die, und will mich deshalb nicht aufgeben«, sagte sie einmal.

Obwohl sie immer bessere Freunde wurden, musste Ray zugeben, dass er selbst einen Teil von Simons Aufmerksamkeit von Rina ablenkte, weil er nun seinen Status als »interessanter Mensch« wiederhatte, der sich noch deutlich verstärkte, als sie ein neues Gemeinschaftsprojekt anfingen. Später schob Ray die Museumssache auf einen aus der allgemeinen Studienendphasenpsychose hervorgegangenen Nihilismus, aber in Wahrheit war es nur wieder eine nächtliche Schnapsidee, die ihnen auch das kühle Morgenlicht nicht austreiben konnte.

Der entschlossen apolitische Simon war der Letzte, der an einem »Statement« interessiert war, und sah das geplante Ergebnis eher als eine Art situationistisches Kunstwerk. Ray dagegen war zwar ernsthaft sauer über den Beschluss der Uni, Tausende für ein neues Sicherheitssystem für ein Museum auszugeben, in das sowieso noch nie jemand hatte einbrechen wollen, wurde aber hauptsächlich vom »Weil es da ist«-Faktor angetrieben, als sich die Idee erst in seinem Kopf eingenistet hatte. Dazu kam natürlich noch der »Warum leckt ein Hund sich die Eier«-Faktor: Als ihm erst klar geworden war, dass er es konnte, sah er kaum noch einen Grund, es nicht zu tun. Konsequenzen spielten keine Rolle. Er musste schon mal seine Abschlussprüfungen nicht schreiben, wenn er im Knast saß, aber selbst der Gedanke kam ihm nur kurz. Konsequenzen betrafen nur Leute, die sich schnappen ließen, was er, wie jeder andere Verbrecher der Weltgeschichte, nicht vorhatte.

Sie erzählten niemandem davon, weil sie wussten, dass ein spannender Gesprächsfetzen in der U-Bahn-Station Kelvingrove es schneller über den Campus Hillhead schaffen konnte als sie. Der Plan oder überhaupt erst der Gedanke entstand aus einer beiläufigen Bemerkung Rays, als er mit Simon über die neueste Verschwendung der Uni sprach. Im vorherigen Trimester war schon eine sechsstellige Auslage dafür bekannt gegeben worden, dass das Hauptgebäude mit seinem weithin sichtbaren Turm (dem Turm des Gewissens, wie die Studenten ihn nannten, vor allem, wenn sie einen Essay abzugeben hatten) wieder zum ursprünglichen Weiß gesandstrahlt werden sollte. Diese Verschwendung war sogar noch schlimmer, wenn man wusste, dass der Architekt es so vorgesehen hatte, dass der Stein mit der Zeit verrußte und sein Werk schwarz werden ließ. Und jetzt wollten sie sich trotz leerer Regale in Teilen der Bibliothek ein Computersicherheitssystem leisten, das, wie Ray es schicksalhaft ausdrückte, »ich mit nem Commodore Amiga plus Neunhundert-Baud-Modem stillegen könnte.«

Anders als in der allgemeinen Vorstellung, bedurften viele Computer-Hacks keiner besonderen technischen Sachkundigkeit oder Vertrautheit mit obskuren Code-Abschnitten (wobei natürlich beide halfen), sondern beruhte einfach nur auf dem Erraten eines Passworts, wonach man sich frei im System bewegen konnte. Mädchenname der Mutter, Geburtsdatum, Geburtstag des Kindes ... Die meisten sind entweder zu faul, sich etwas absonderlich Sicheres einfallen zu lassen, oder haben einfach zu viel Angst, es zu vergessen; und das heute, wo die Welt sich um Computer dreht. Im Glasgow der späten Achtziger war es ein Kinderspiel.

Das schwächste Glied war in diesem Fall Wullie Ferguson, der dumpfe, griesgrämige Nachtwächter der Uni, denn jedes Sicherheitssystem – ob computerisiert oder nicht – ist immer nur so wirksam, wie es der dümmste Mitarbeiter bedient. Wullie kannte jeder Student, der jemals in einem Kilometer Umkreis des Museums nach Mitternacht mit mehr als Zimmerlautstärke gesprochen hatte, woraufhin der Alte wie eine rotgesichtige Kanonenkugel aus seinem Büro geschossen kam und gern und ausgiebig mit der Zwangsexmatrikulation drohte, als wäre er der direkte Stellvertreter des Unipräsidenten. Fröhlich wirkte er eigentlich nur nach Rangers-Siegen, und er erzählte einem gern unaufgefordert von seiner Ibrox-Dauerkarte. Mit dem erwähnten Amiga und dem primitiven Modem – an das man noch den Telefonhörer klemmen musste – erlangte Ray schon beim ersten Testlauf die volle Zugriffsberechtigung, als der Server zwar »Rangers«, »Loyal« und »1690« ablehnte, für »Souness« aber Tür und Tor öffnete.

Ins Museum selbst kamen sie dann mit der weniger technischen Methode, einen Müllcontainer in der Nähe in Brand zu setzen und abzuwarten, dass Wullie Feuerwehrmann spielte, sodass sie durch sein Büro ins Gebäude gelangten.

Es ging das Gerücht, dass Wullie den größten Teil der Nacht schlief, wenn die Studentenbars geschlossen hatten und er keine besoffenen Studienanfänger mehr zusammenfalten konnte, weil er aus jahrzehntelanger Erfahrung wusste, dass das der angemessene Wachsamkeitsgrad für einen Ort war, aus dem noch nie jemand etwas hatte klauen wollen. Also warteten Ray und Simon in der Nähe seiner Tür, bis sie ihn schnarchen hörten, und machten sich dann ans Werk. Um die fehlgeleiteten finanziellen Prioritäten der Uni auf angemessene, treffende und konstruktive Weise bloßzustellen, ordneten sie alle ausgestopften Tiere so an, dass sie einander vögelten, nahmen vorsichtig mehrere Gemälde von den Wänden und hängten stattdessen Fotokopien des Posters von der einen Tennisspielerin auf, die sich am Arsch kratzt.

Vorsicht: Meisterverbrecher am Werk!

Die stille Post schuf die Legende. Ende der Woche vögelten schon die ägyptischen Mumien, und die Einbrecher hatten aus den Walknochen einen Käfig gebaut, in dem gefesselt und mit verbundenen Augen Wullie Ferguson saß.

Der Adrenalinschub während der Tat war noch größer als auf der Bühne mit den Arguments, das musste Ray zugeben, aber die Zeit danach war weit weniger angenehm. Nach einem Konzert war er noch tagelang begeistert gewesen, hatte immer wieder seine Lieblingsmomente Revue passieren lassen und sich gewünscht, er könnte sich an jede Sekunde erinnern. Nach dem

Museum dagegen hielt die Angst tagelang, und während er über die Tat nachdachte, wünschte er, er könnte sich genauer erinnern, wo sie womöglich Spuren hinterlassen hatten.

Hatten sie aber nicht. Auf jeden Fall keine, die die Unibelegschaft oder die Stadtteilpolizei lesen konnte. Empfindliche Strafen wurden angekündigt, als würden sie sich deshalb freiwillig stellen, aber je mehr die Uni-Obrigkeiten mit den Füßen stampften, desto dämlicher sahen sie aus und desto schlauer die Einbrecher. Schließlich forschten sie nicht weiter nach, als sie wohl kapierten, dass sie die Sache am besten ignorierten, abschrieben – Studenten sind eben Studenten – und hofften, dass Gras über die Sache wuchs. Tatsächlich sprach kaum noch jemand darüber, als die Polizei dann schließlich doch bei Ray vor der Tür stand und ihn hochnahm; zu dem Zeitpunkt glaubte er schon so fest daran, ungeschoren davongekommen zu sein, dass er im ersten Moment dachte, seinen Eltern wäre etwas zugestoßen.

Man musste der Polizei zugutehalten, dass sie die Bälle etwas flacher hielt als die Uni in Person des Vizepräsidenten, der auf der Wache in Partick fast in den Empfangstisch biss. Die Bullen wussten, was sie vor sich hatten: einen Studentenstreich. Keinen Diebstahl, keine Zerstörung, keinen Vandalismus, und Schaden genommen hatten nur einige Egos. Vorher hatten sie Simon und Ray natürlich eine Heidenangst eingejagt, als sie sie knallhart ins Verhör genommen, sie in den Zellen übernachten lassen und sie ganz allgemein so behandelt hatten, als wären sie Staatsfeinde Nummer eins und zwei.

Der Präsident der Studentenvertretung – zufällig ein Fan der Arguments – schritt ein, um die Reaktion der Uni abzumildern, und drohte mit Demos, sollten die beiden zwangsexmatrikuliert werden. Der Vizepräsident wurde zur Einsicht gebracht, dass er sich nur wieder in die vorherige Sackgasse zurückmanövrieren würde, wenn er die beiden so kurz vor ihrem Examen opferte, aber er bestand trotzdem auf einer Anzeige, sodass Ray und Simon ihren Tag vor Gericht bekamen, ihre strenge Ermahnung und ihre Namen in den Akten.

Sie mussten zusammen auf der Anklagebank sitzen und sprachen danach nie wieder miteinander. Die Verhandlung war erst während der Osterferien, als ihre Beziehung schon von Worten und Taten vergiftet worden war, die sie nicht zurücknehmen konnten.

Bis auf ihre bereitwilligen Geständnisse hatte die Polizei keine Beweise, also konnten sie nur aufgeflogen sein, weil jemand sie verpfiffen hatte. Wenn Simon irgendwem davon erzählt hatte, dann wohl Rina, aber sie schwor hoch und heilig, dass sie es erst erfahren hatte, als sie festgenommen worden waren. Damit blieb nur ein möglicher Übeltäter, der Ray so schamlos alles erzählte wie vorher schon den Bullen.

»Ach komm, irgendwann hätten die es sowieso herausgefunden.«

»Nein, eindeutig nicht.«

»Die Spannung hat dich doch umgebracht, Larry. Gib es zu. Ich hab uns beiden einen Gefallen getan und einen Schlussstrich unter die Sache gezogen. Wir müssen uns aufs Examen konzentrieren, da konnten wir uns doch nicht die ganze Zeit Sorgen machen, weil die Sache wie ein Damoklesschwert über uns hängt.«

»Genau, jetzt muss ich mir bloß noch Sorgen machen, weil ich mit Vorstrafe im Lebenslauf auf den Arbeitsmarkt komme.«

»Stell dich doch nicht so an. War doch nur ein Scherz. Die werden uns schon nicht zu sonst was verurteilen.«

»Die hätten uns zu gar nichts verurteilen können, als sie nicht wussten, wer es war, Scheiße noch mal!«

»Meine Fresse, Mann, jetzt mal langsam. So können wir drüber lachen. Jetzt können wir allen die Story erzählen.«

»Deshalb hast du uns verpfiffen? Weil du den großen Macker markieren wolltest?«

»Ach komm, du hast es doch auch nicht mehr ausgehalten.«

»Ach, verpiss dich, du Arschloch!«

»Mann, Larry, jetzt sei doch nicht gleich beleidigt!«

»Ja, danke für den Tipp, Simon. Ich hab auch einen für dich: Wenn du irgendwann mal Verbrecher wirst, lern vorher, die Klappe zu halten, okay?«

Ray brauchte eine Schulter zum Ausweinen – oder wenigstens Ausnörgeln – und war freudig überrascht, als Rina ihn am selben Abend anrief und vorschlug, dass sie sich auf einen Drink trafen. Das war weniger eine freundliche Solidaritätsbekundung als vielmehr Ausdruck eines Bedürfnisses nach gegenseitiger Unterstützung. Auch sie und Simon hatten einen Riesenstreit gehabt: Das Thema war dasselbe gewesen, weil sie aus zahlreichen Gründen verachtete, was er getan hatte, aber dann waren noch massenhaft andere Ärgernisse zur Sprache gekommen, die sich angestaut hatten.

Sie trafen sich in einem Pub bei ihr in der Nähe, einem schäbigen Laden, den Simon niemals betreten hätte, weil es dort niemanden zu beeindrucken gab. Anfangs drehte sich das Gespräch natürlich um ihn, aber nach dem ersten Pint sprachen sie schließlich von sich selbst und dann voneinander. Es war gut, *richtig* gut, die Art Nähe, die einem das Gefühl gibt, das Fundament für eine ganz besondere Freundschaft zu legen. Ray rechnete fest damit, dass der Abend bis zur Sperrstunde gehen würde, und war also etwas enttäuscht, als Rina nach dem zweiten Drink plötzlich nach ihrer Tasche griff, obwohl sie gar nicht mit der Runde dran war.

»Ich hab noch eine gute Flasche Wein zu Hause. Kommst du mit?«

»Ja, klar«, sagte er erleichtert und froh, dass der Abend noch nicht vorbei war. Und in dem Moment war er noch so dumm, dass er glaubte, es ginge wirklich nur um den Wein.

Ray war an einem Punkt angekommen, an dem er seine sture, anhaltende Jungfräulichkeit als eine Art Teufelspakt sah. Hätte ihm an dem grauen ersten Montag seiner Einschreibung jemand gesagt, dass er in der Mitte seines vierten Jahres immer noch keinen Sex gehabt haben würde, dafür aber eine Indie-Chart-Single, hätte er den Deal wahrscheinlich angenommen. Sex hatte doch so ziemlich jeder irgendwann, selbst Leute wie Norman Tebbit. Dafür hatte der Mensch doch den Alkohol erfunden. Aber nicht jeder wurde Mitglied einer Indie-Rockband, wenn auch nur für ein paar Monate. Dummerweise waren die Monate jetzt vorbei, und auch in dieser Zeit hatte Ray feststellen müssen, dass die eine Seite des Deals keine zwingende Auswirkung auf die andere hatte. Er war in einer Rockband gewesen, verdammte Scheiße! Leute in Rockbands hatten Sex. Sie konnten gar nicht anders. Alle Mädchen in ihrem Umfeld hätten sich sofort in mondäne Frauen mit komplexfreien Gelüsten verwandeln sollen.

Vielleicht war das bei manchen auch passiert, aber keine von ihnen hatte sich jemals mit Ray vergnügt. Er hatte immer die gefunden, die sein eigenes unreifes Selbstbild teilten, denen ihre in der Entwicklung begriffene Sexualität zutiefst suspekt war, während Ray ganz und gar nicht der selbstbewusst-erfahrene Typ war, der sie beruhigen und es sich mit ihnen vor dem Kamin gemütlich machen konnte, Baby. Und nicht nur die physische Seite seiner Beziehungen war unbefriedigend gewesen. Er hatte sich nämlich mit einer Reihe von Freundinnen zusammengetan, die ihm allzu ähnlich waren, sodass sich ihre gemeinsamen Probleme und Ängste nur verstärkten, statt sich aufzuheben. Also dauerte es nie lange, bis sie ineinander vor allem die Dinge sahen, die sie an sich selbst am meisten hassten, und das war's dann.

Da Ray in der Schule immer der Jüngste gewesen war, war er nie bei den Coolen dabei gewesen, und während er so unabhängig war, dass er sich niemals erniedrigt hätte, um dazuzugehören, trug sein Selbstwertgefühl aus dieser Zeit doch noch einige Narben. Das war wohl einer der großen Gründe, warum er

Simon so viel durchgehen ließ. Nirgends war es so cool wie in Simons Hofstaat, und Ray war ein wichtiger Teil davon geworden. Bei Rina hatte er aber endlich so langsam verstanden, wie er durch die Augen eines anderen Menschen aussah, nämlich nicht wie ein treudoofer, übereifriger einundzwanzigjähriger Teenager, sondern wie jemand, mit dem sie sich unterhalten wollte. Mit dem sie Zeit verbringen wollte.

Mit dem sie die Nacht verbringen wollte.

Ray hatte schon alle möglichen blöden Floskeln gehört, und ganz an der Spitze, noch vor »mitfühlender Konservatismus«, überragte alle anderen: »besser als Sex«. Wer auch immer behauptete, etwas sei besser als Sex, machte etwas falsch. In der Nacht beschloss er, dass nichts auf der Welt besser als Sex war, und hatte seitdem keine überzeugenden Gegenargumente gefunden.

Als Rina ihn bei der Hand nahm und in ihr Schlafzimmer führte und sie noch überhaupt nichts getan hatten, war es schon aufregender als ein Konzert vor ausverkaufter Halle, spannender als der Einbruch ins Museum. Die Vorfreude war so enorm, weil er wusste, dass sie etwas tun würden. Heute spielte er mit einem von den großen Mädchen und war jetzt auch ein großer Junge. Oder würde es wenigstens sehr bald sein.

Ray konnte an seiner Jungfräulichkeit nichts ansatzweise Attraktives oder Charmantes finden, weshalb er nicht vorhatte, der Frau, die ihm die unvergleichliche Ehre erwies, sie ihm zu nehmen, die Bedeutsamkeit des Moments unter die Nase zu reiben. Außerdem wollte er seine Unerfahrenheit nicht an die große Glocke hängen, denn ein technisch inkompetenter Partner war garantiert nicht sexy oder charmant, so viel Blödsinn die Beratungsseiten auch darüber verbreiteten, dass am wichtigsten der Eifer sei. An dem fehlte es Ray nicht, außerdem hatte er sich mit jahrelangen Tagträumereien vorbereitet, aber eine noch wertvollere Ressource war der Eckladen zu Hause in Ayrshire gewesen, wo man die ganzen frühen Achtziger hindurch hochlehrreiches skandinavisches Anschauungsmaterial, sogar in Betamax, bekam, wenn man nach »etwas von unter der Theke« fragte.

Es war ohne Frage die großartigste Erfahrung seines bisherigen Lebens. Jeder Kuss, jede Berührung, jede Liebkosung, jede Wahrnehmung überstieg selbst seine fieberhaftesten Frühteenager-Fantasien, und das Größte war, dass es auch Rina anscheinend nicht nur ein kleines bisschen gefiel. Durch irgendein Wunder kam er nicht sofort, als er sie nackt sah oder an irgendeinem anderen absurd überstimulierenden Punkt; die traditionelle männliche Ablenkungstechnik rettete ihn in Rinas lauteren Momenten. Die meisten Typen sortierten dann im Kopf Albumtracks in die richtige Reihenfolge oder ordneten die Kader von Fußballmannschaften alphabetisch; Ray war wahrscheinlich der Erste, der seine sexuelle Ausdauer verlängerte, indem er versuchte, die Namen aller zwanzig Level von *Manic Miner* in die richtige Reihenfolge zu bringen.

Er wusste, dass es funktioniert hatte, als Rina, wohl postorgasmisch, seinen Kopf nah an ihren zog und ihm ins Ohr flüsterte: »Mach ruhig. Ich will dich kommen spüren.«

Konnte es schönere Worte geben?

Bei allem Bisherigen hatte er sich vielleicht durchgewurschtelt, geblufft und improvisiert, aber jetzt wusste er genau, was zu tun war, auch wegen dieser ach so verschrienen Pornos. Als er den wunderbar unausweichlichen Moment nahen spürte, stieg er schnell von ihr runter, zog das Kondom ab (das aus dem ewigen Schlaf in seinem Portemonnaie gerissen worden war), stellte sich über Rinas Oberkörper und ejakulierte ihr ins Gesicht.

Schon bevor der erste warme Spritzer in der Luft war, wusste Ray, dass er eine Katastrophe verursacht hatte. Rina hatte schon etwas verwirrt geschaut, als er ihn rausgezogen und die Lümmeltüte abgenommen hatte, aber es war alles zu schnell gegangen, um den Start noch abzubrechen.

»Iiih! Was machst du denn da?«

Und aus dem schönsten Augenblick von Rays Leben wurde sofort der schlimmste, als er diese pornobasierte Illusion plötzlich als solche erkannte. Er erinnerte sich an Dennis Potters Anekdote über einen Hollywoodproduzenten, der erzählt habe: »Kennst du das, wenn du gerade einer ins Gesicht kommen willst, und dann klingelt das Telefon?«, und verstand erst jetzt, dass Potter die ganze Situation grotesk gefunden hatte, nicht nur die Tatsache, dass der Produzent ans Telefon ging.

Die Zeit blieb stehen, umso besser, denn auch Rays Herz hatte aufgehört zu schlagen.

Dann brach Rina in Gelächter aus: hilfloses, kreischendes Gewieher, das das Bett zum Wackeln brachte.

Sie zog ein Taschentuch aus der Packung auf dem Nachttisch. Erleichtert fühlte Ray sich immer noch nicht. Er wusste, dass sexuelle Diskretion unter Studenten nicht immer großgeschrieben wurde, vor allem nicht bei enttäuschten Mädchen, also ging er schon davon aus, dass Ende der Woche der ganze Campus die Story kannte.

»Es tut mir wirklich leid, ich ...«

»Warst du schon oft mit Mädchen zusammen, die darauf stehen?«

»Nein.«

»Wie bist du dann darauf gekommen, dass ich es mag?«

Ray ließ den Kopf hängen und hatte jetzt nichts mehr, wofür es sich zu lügen lohnte. Als er runterschaute, sah er Rinas Brüste, also war der Moment vielleicht doch nicht so schlimm, wie er befürchtet hatte.

»Du bist meine Erste.« Er spürte, wie ihm Tränen in die Augen traten, wischte sie aber nicht weg, um nicht unnötig auf sie aufmerksam zu machen.

»Nee, oder?«, sagte sie und lachte immer noch. »Das war doch nie im Leben dein erstes Mal.« Dann sah sie die Tränen, die ihm über die Wangen liefen. »Oh Gott, das war kein Witz?«

Ray schüttelte den Kopf.

»Ach komm, jetzt tu mal nicht so traurig, so schlecht war ich doch nicht, oder?«

Er lächelte sie verlegen an.

»Komm her«, sagte sie und zog seinen Kopf auf ihre Brust.

»Es tut mir leid, Rina, wirklich, ich ...«

»Ist schon gut. Mach's nur nicht wieder. Außer ich bitte dich darum.«

Darüber mussten sie beide lachen, und Ray wusste, dass alles gut werden würde.

Das bestätigte sich, als sie es (aber natürlich nicht alles) nach ein paar Minuten Gekicher und Geschmuse wieder taten, diesmal zur unwahrscheinlichen musikalischen Begleitung von Adam and the Ants aus Rinas Tapedeck. Das war ein lange gehegter Wunsch von ihr, wie sie erklärte, da Marco, Merrick, Terry Lee, Gary Tibbs und natürlich Adam während Rinas Pubertät in den frühen Achtzigern der Gipfel der stilisierten Sexualität gewesen waren und sie sich damals immer schon vorgestellt hatte, dass deren Musik laufen würde, wenn sie alt genug war, es selbst zu tun. Rinas vorheriger Partner, dessen Namen sie nicht über die Lippen brachte, war von diesem Vorschlag lautstark entsetzt gewesen. Den Grund dieser Überreaktion vermutete sie in einem Plattenstapel, den sie in seinem alten Kinderzimmer entdeckt hatte.

(Rays eigener Fantasiesoundtrack fürs erste Mal war *Be My Baby* mit dem Herzklopfen-Sound der Ronettes gewesen. Er hätte gerne behauptet, die Vorstellung habe er aus *Hexenkessel*, aber in Wahrheit hatte er den Film da noch nicht gesehen, und ihn hatte *Das Model und der Schnüffler* auf die Idee gebracht, genauer die Folge, in der Maddie und David es endlich trieben.)

»Also warst du auch irgendwie mein Erster«, hauchte Rina.

»Das gefällt mir«, erwiderte er und streichelte ihr über die Haare. »Da bin ich doch dankbar, dass der alte Adam heutzutage bei den Männern nicht gut ankommt.«

»Er kam nur bei einem schlecht an«, sagte sie und biss sich über diese indirekte Offenheit verlegen auf die Lippe.

Ray drückte sie noch ein bisschen fester an sich. Er wusste nicht so recht, was er aus der Enthüllung lesen sollte, außer dass sie sie ihm anvertraut hatte, und das allein war doch schon das Schönste.

»Das hättest du mir nicht sagen müssen, Rina. Das geht mich nichts an.«

»Ich wollte aber, dass du es weißt, weil ich es lieber hätte, wenn du mein Erster gewesen wärst.«

»Trotz der ganzen Ins-Gesicht-Kommen-Sache?«

»Tja, da warst du auf jeden Fall der Erste.«

Sie lachten beide.

»Okay, sind wir dann jetzt Freund und Freundin?«, fragte sie.

»Will ich doch hoffen.«

»Dann darfst du mich aber nicht mehr Rina nennen. Das ist so ein doofer Spielplatzname, den ich nie losgeworden bin. Ich heiße Katrina.«

»Katrina«, wiederholte Ray.

»Aber nenn mich doch lieber Kate.«

Angelique rief über die Freisprechanlage ihren Chef an und informierte ihn, wohin sie fuhr und warum. Verständlicherweise ließ er die Operation in Sunderland nicht aufgrund des Verdachts abbrechen, dass Ray zu dämlich war, um ohne Hilfe aus der Farm zu fliehen. Eine deutliche Spur führte nach Sunderland, und der mussten sie folgen, zumal sie an einem Fußballstadion mit dreißigtausend potentiellen Opfern endete. Die Zahlen hätten selbst Pinochet erblassen lassen.

Crianfada war ein winziges Dörfchen, wenn man beim Durchfahren blinzelte, hatte man es schon übersehen: ein paar Häuser, ein Postkiosk und ein Pub. Das Wassersportzentrum in der Nähe war der einzige Grund, aus dem viele den Namen überhaupt wahrnahmen, aber selbst die Segler, Windsurfer und

Taucher übernachteten meistens lieber ein paar Kilometer weiter im größeren Touristenziel Cromlarig. Ray vermutete, Angelique hätte vielleicht wirklich geblinzelt und es schon übersehen, als sie zügig hindurchrauschte, als hätte sie vergessen, dass danach jeden Moment die Straße endete.

»Eins nach dem anderen«, sagte sie. »Bevor wir irgendetwas anderes machen, will ich mir diese Brücke ansehen.«

Sie hielten vor einer Reihe Verkehrshütchen, hinter der noch zwei grell gestreifte Barrieren aufgestellt waren, falls irgendwer glaubte, das Schild mit der Aufschrift »STRASSE GESPERRT« hundert Meter vorher beziehe sich auf irgendeine andere Route. Drei Kerle mit gelben Reflektorjacken und dicken, schwarzen Gummistiefeln standen neben den Barrieren, und als sie ausstiegen, stapfte sofort einer von ihnen mit einem forschen Blick auf sie zu, der nahelegte, dass sie nicht die Ersten waren, die eine individuelle Bestätigung brauchten, dass die Lage tatsächlich den Schildern entsprach.

Angelique hielt ihren Dienstausweis hoch, um sich seine Ansprache zu ersparen.

»Wer hat hier das Sagen?«, fragte sie.

»Douglas ist der Ingenieur«, erwiderte er. »Kommen Sie mit, ich hole ihn. Ist gerade unten im Wasser. Und aufpassen, wo Sie hintreten, sonst sind Sie da auch gleich.«

Sie wurden durch die Barrieren geführt, hinter denen die Straße nach ein paar Metern einfach verschwand, als hätte jemand ein Stück rausgebissen und schiefe Zahnabdrücke hinterlassen. Hinter dem Loch lief die zweispurige Asphaltdecke mit der gelassenen Unschuld eines Ladendiebs beim Rückzug weiter Richtung Dubh Ardrain und Cromlarig.

Der Ingenieur stieg von unten hoch, und einer von der Gummistiefelbruderschaft half ihm das letzte Stück von der Leiter. Angelique stellte sich vor, während Ray so wenig blöd dastand, wie er konnte.

»Im Moment bin ich wirklich ratlos«, hörte er den Ingenieur

zu Angelique sagen. »Hätte die Substanz an allgemeiner Materialermüdung gelitten, hätte ich mit einem Einsturz gerechnet, wenn ein schweres Fahrzeug darüberfährt, vielleicht ein Tanklastwagen. War aber weit und breit keiner in der Nähe. Außerdem ist die Brücke vor einem Jahr anstandslos geprüft worden, und jetzt ist sie scheinbar spontan eingestürzt.«

»Was könnte das verursacht haben?«

»Schwer zu sagen. Ich weiß mehr, wenn ich etwas vom Material analysiert bekomme. Leider ist eine Menge vom Schutt schon weiter raus ins Loch gespült worden.«

»Ist Sabotage eine Möglichkeit?«

»Bevor ich Genaueres weiß, ist alles möglich. Sabotage, klar, kann sein. Aber wäre das denn plausibel? Wer will denn bitte die Straße nach Cromlarig sabotieren?«

»Was ist mit der Shinty-Mannschaft von Blairlethen?«, fragte einer der Gebrüder Gummistiefel. »Die werden immer ordentlich versohlt, wenn sie nach Cromlarig fahren.«

Angelique bedankte sich, und sie gingen wieder zum Wagen.

»Meinst du, das sieht nach Simons Werk aus?«, fragte Ray, als sie wieder losfuhren.

»Ein natürliches Absacken war es ja nun nicht gerade.«

»Eher als hätte Godzilla gerade ein bisschen Hunger gehabt.«

»Eben. Bist du seefest?«

»Mit nem Tretboot komme ich klar. Vielleicht noch mit den Ruderbooten im Rouken Glen Park.«

»Ach, das wird schon. Wir müssen uns die Sache mal genauer ansehen.«

»Und nur mal so aus Interesse, was genau hast du vor, wenn wir uns die Sache genauer ansehen und wirklich etwas finden?«

»Kommt darauf an, was. Im Zweifel die Kavallerie rufen und abwarten.«

»Und wie soll die Kavallerie herkommen?«

»*Die* Brücke überqueren wir, wenn es so weit ist.«

»Es gibt aber keine Brücke mehr, das ist doch das Problem.«

Das Wassersportzentrum lag noch vor Crianfada, ein flacher Holzbau mit großem Parkplatz und betonierter Slipanlage. Ein halbes Dutzend Segeljollen stand am Ufer aufgereiht neben vier Jet-Skis und einem Gestell mit Surfbrettern. Ray sah ein paar Windsurfer draußen auf dem Wasser hinter den beiden geankerten Motorbooten, die am Rande des Lochs vor dem Gebäude dümpelten. Angelique schaute sich eins der Motorboote beunruhigend lange an und ging dann an den Empfang, wo eine sandblonde Jugendliche sie beide von hinter ihrem Tresen anlächelte.

Ray blieb zurück, während Angelique redete, und spazierte um das Kernstück des Empfangsbereichs: ein dreidimensionales Modell von Loch Fada und Glen Crom, von Blairlethen auf der einen Seite bis Cromlarig auf der anderen. Das Kraftwerk Dubh Ardrain war auf dem Glas der Vitrine vermerkt, aber auf dem Modell selbst war natürlich nicht viel davon zu sehen, wenn man nicht sowieso schon die Bedeutung des Karsees und des Damms kannte, der ihn zurückhielt.

Neben einer Bank am Fenster stand ein Aufsteller mit Touristenbroschüren, die die üblichen Sehenswürdigkeiten der Highlands und Inseln bewarben, darunter eine Besichtigungstour von Dubh Ardrain. Am Ende der Bank lag ein Stapel Ausgaben der Lokalzeitung, eines dünnen, kostenlosen Blättchens, das einen Umkreis von fast zweihundert Kilometern abdeckte, aber nur eine Bevölkerung von ein paar Tausend. Nachdem er gestern voller Befremden die irrelevanten Schlagzeilen der Landespresse angestarrt hatte, erwartete er sich auch hier nichts von Relevanz für seine aktuelle Lage.

Aber da lag er durch und durch falsch.

»HIGHLAND GAMES: HEIMKEHR FÜR FIRST MINISTER«, lautete die Schlagzeile auf der Titelseite.

»DER neue First Minister Andrew MacDonald hat ein Heimspiel als Ehrengast bei den diesjährigen Cromlarig Highland Games. In vierundzwanzig Jahren als unser Abgeordneter des Londoner und in jüngerer Vergangenheit des Edinburgher Parlaments hat Andrew keine einzigen Highland Games in seiner Heimat verpasst, aber dieses Jahr ist er zum ersten Mal seit seiner Wahl zum First Minister im März dabei, und der rote Teppich wird für ihn ausgerollt werden. Zu den Vorzügen seines neuen Amtes gehört, dass Andrew per Helikopter aus Edinburgh anreist, ganz und gar nicht wie damals in den Siebzigern, als er jeden Tag mit seinem Hillman Hunter auf den Straßen der Glens unterwegs war ...«

Ray schaute nach dem Datum der Zeitung, das aber nur mit »September« angegeben war. In Rays Kopf hallten die Verkehrsmeldungen nach.

»Wer also heute noch zu den Highland Games will, muss langsam in die Puschen kommen.«

»Angelique«, rief er und breitete die Zeitung auf der Vitrine aus. »Guck dir das mal an.« Angelique entschuldigte sich und wandte sich von der Rezeptionistin ab. »Der Anführer unserer Nation kommt heute Nachmittag nach Cromlarig zu den Highland Games. Noch so ein Riesenzufall, was?«

Angelique starrte die Titelseite mit offenem Mund an. »Der Anführer unserer ... Der First Minister.«

»Nicht ganz so schick wie der Prime Minister aus London zu Besuch bei einem Fußball-Länderspiel, aber du hast doch gesagt, dass er gerne auf die weniger offensichtlichen Ziele geht.«

»Absolut. Zwar kein Staatsoberhaupt, aber das Nächstbeste, was Schottland vorzuweisen hat. Dein Kumpel Simon hat wirklich einen Sinn für Ironie.«

»Inwiefern?«

»General Mopoza hat einen Angriff auf ›den britischen Staat‹ angedroht, und wenn du recht hast, will unser Mann anscheinend ein zentrales Symbol seines langsamen Zerfalls ausschalten.«

»Falsch«, hielt Ray dagegen. »In drei Punkten: Erstens: Das Arschloch ist nicht mein Freund. Zweitens: Man braucht eine gewisse Selbsterkenntnis, bevor man einen Sinn für Ironie entwickeln kann; und drittens: An Andrew MacDonald als Ziel ist nichts ironisch gemeint.«

»Warum nicht?«

»Weil er während des Sonzola-Konflikts Verteidigungsminister in Westminster war.«

Angelique riss die Augen weit auf. »Natürlich! Und er fährt doch jedes Jahr zu den verdammten Highland Games in seinem Wahlkreis, oder? Das bringen die doch jedes Mal wieder, um zu zeigen, wie bodenständig er geblieben ist und so weiter. Ich weiß noch, dass die Regenbogenpresse ihn deshalb während des Krieges runtergeputzt hat. Geht gemütlich Whisky trinken, während ›unseren Jungs‹ die Kugeln um die Ohren fliegen, all so was.«

»Also hätte Simon eine Menge Zeit gehabt, um den Plan auszuarbeiten.«

»Wenn es denn sein Plan war«, wandte Angelique ein. »Die Idee hätte auch von Mopoza sein können.«

»Keine Chance. Ein Attentat auf Schottlands Nummer Eins wäre so eine Freude für Schottlands größtes Ego, dass die Idee nur von ihm selbst stammen kann. Und dazu noch Dubh Ardrain: wahrscheinlich die größte Ingenieursleistung Schottlands, also wer sonst sollte sie zerstören.«

»Wir wissen aber immer noch nicht mit Sicherheit, dass Dubh Ardrain wirklich zum Plan gehört. Wenn MacDonald wirklich das Ziel ist, dann könnte Darcourt etwas auf den Highland Games planen. Die Sicherheitsvorkehrungen dürften eher locker sein, genau wie er sie mag.«

»Dubh Ardrain *ist* der Plan«, beharrte Ray und zog die Zeitung weg, um den Blick auf das Modell freizugeben. »Warum hätte er sonst die Straße sabotiert, bevor sie zum Kraftwerk kommt? Es wäre doch viel einfacher gewesen, die Route näher bei Cromlarig zu blockieren. Südlich des Kraftwerks wurden die Straße und die Brücken verbreitert und verstärkt, damit all die Schwertransporte für den Bau durchkonnten. Simon will, dass niemand aus der Richtung nach Dubh Ardrain kommt, weil aus der Richtung die Kavallerie anrücken würde.«

»Und die Krankenwagen«, ergänzte Angelique düster. »Aber was kann er denn in Dubh Ardrain anstellen, das MacDonald in Cromlarig gefährlich werden kann?«

Ray starrte das Modell an und ließ den Blick zwischen den zwei Orten hin- und herwandern, von denen Angelique sprach. Sie lagen sieben, acht Kilometer auseinander in dem engen, verschlungenen Gletschertal. Das Kraftwerk war unter den Bergen verborgen, und das Postkartenstädtchen befand sich am Nordwestufer, wo das lange, schmale Loch endete. In diesem Maßstab sah die Landschaft aus wie bei *Civilization* oder *Populous*, den Strategiespielen für Nachwuchsgrößenwahnsinnige.

»Keine Explosion im Kraftwerk könnte so groß sein, dass sie bei den Games mehr als ein paar Sporrans zum Wackeln bringt«, sagte Angelique und sprach genau Rays Gedanken aus, bis auf das mit den Sporrans. »Und ich wüsste auch nicht, was er mit der Elektrizität anstellen könnte, aber was bleibt dann noch?«

Nur eins, folgerte Ray. Wäre das hier *Populous*, hätte man als Götterrivale ein ganzes Arsenal an Naturkatastrophen, mit denen man die Stadt überziehen konnte, die sich den eigenen Zorn eingehandelt hatte. Simon dagegen hatte nur eine, und es war die tödlichste des ganzen Spiels.

»Wasser.«

»Wasser? Wie?«

Ray sah sich das Modell noch einmal an. Er wusste schon, was er sagen würde, aber er wollte den Wahnsinn noch etwas gären lassen, bevor er ihn herumreichte.

»Wie Anne Elk habe ich eine Theorie. Aber sie wird dir nicht gefallen.«

»Raus damit. Und wer bitte ist Anne Elk?«

»Egal. Ich glaube, er will den Damm in die Luft jagen.«

»Was würde das bewirken?«, fragte Angelique und sah sich dann noch einmal die geschrumpfte Landschaft an. »Oh, Scheiße!«

»Jupp!«, bestätigte Ray. »All die Millionen oder Milliarden Liter Wasser aus dem Stausee würden den Hang runter ins Loch Fada rauschen, aufs andere Ufer treffen, wo das Tal sich verengt und die Massen zwischen den Bergen durchzwängt wie ein Kanal.«

»Würde es nicht einfach nur den Wasserspiegel ein bisschen anheben? Loch Fada ist ziemlich lang, es müsste doch wohl …«

»Mit der Zeit schon, aber vorher dürfte es eine gewaltige Flutwelle geben. Und die wird noch größer, weil Loch Fada an dieser Stelle unnatürlich flach ist.«

»Unnatürlich?«

»Sie haben beim Bau des Kraftwerks den Berg ausgehöhlt. Irgendwo mussten sie mit dem ganzen Gestein ja hin.«

Angelique biss sich auf die Lippe. »Du hattest recht«, sagte sie. »Deine Theorie gefällt mir nicht. Mir wäre nur lieber, wenn sie mir nicht passen würde, weil sie einen großen Haken hat.«

»Mir auch.«

»Moment, ich hab einen. Wenn sie Cromlarig überfluten und die Straße nach Süden abgeschnitten haben, wie sollen Simon und seine Kumpels dann abhauen?«

»Mit Booten«, erinnerte Ray sich. »Sie hatten an der Farm zwei Rennboote auf Anhängern. Sind wir jetzt schon bei der sprichwörtlichen Brücke angekommen, die wir überqueren müssen?«

Angelique zog ihr Handy aus der Tasche. »Sieht so aus. Dann rufe ich mal die Kavallerie. Und bevor du etwas sagst, Düsenjäger brauchen keine Brücken. Mal sehen, wie ihm ein anständiger Luftschlag passt!«

»Gegen den wird er nichts haben. Er sitzt in einem Berg, und der Einfahrtsstollen hat ein Schutztor, das einem Atomkrieg standhalten soll.«

Angelique drückte die Wähltaste. »So langsam wünsche ich mir, ich hätte dich nicht mitgenommen«, sagte sie.

»Ich auch.«

Ray schaute hinterher, wie sie für etwas Privatsphäre – der Geheimhaltungsstufe entsprechend – nach draußen ging, und wandte sich wieder dem Modell zu. Am Tresen tippte die Rezeptionistin fröhlich etwas in ihren Computer ein und hatte keinen Schimmer, was sich ihren beiden Besuchern gerade offenbart hatte.

Schon bevor Angelique zurückkehrte, wusste Ray, was kommen würde. Der First Minister eröffnete die Spiele feierlich um drei, und auf Rays Uhr war es fünf nach zwölf. Die nächste nennenswerte Polizei- oder Militärpräsenz war mindestens zwei Stunden entfernt auf der falschen Seite einer großen Lücke in der einzigen Straße von Süden nach Dubh Ardrain, und die Alternativroute dauerte drei Stunden länger.

»Wir *sind* die Kavallerie, oder?«, fragte er, als Angelique wieder hereinkam.

Ihr Gesichtsausdruck bestätigte es. »Ich wollte gerade sagen, *ich* bin es, aber danke, dass du dich freiwillig meldest.«

»Evakuieren sie wenigstens die Stadt?«

»Noch nicht.«

»*Noch* nicht? Was, ist denen der Cliffhanger noch nicht spannend genug?«

»Sie haben zwei gute Gründe, Ray. Zum einen ist deine Theorie bisher nur das, bevor wir nicht etwas Handfestes beobachten, womit wir sie untermauern können. Zum anderen wäre er nicht der Black Spirit, wenn er darauf nicht vorbereitet wäre. Er hat Sicherheitsvorkehrungen getroffen, damit niemand ihm und seinen Freunden bei der Arbeit in die Quere kommt; damit wir nicht herausfinden, wo er ist. Dann können wir auch davon ausgehen, dass er vorgesorgt hat, damit wir nicht herausfinden, was er gerade macht. Vielleicht hat er eine Überwachungskamera aufgestellt oder auch nur einen Kerl mit Fernglas irgendwo auf nem Hügel postiert, und wenn wir jetzt evakuieren, jagt er den Damm womöglich frühzeitig hoch. Dann kriegt er vielleicht nicht den First Minister, dafür aber zwei-, dreitausend andere.«

»Ich vermute, unser VIP ist nicht dem gleichen unbewussten Risiko ausgesetzt wie seine Wähler?«

»Er weiß Bescheid, aber er kommt trotzdem. Er reist mit dem Helikopter an, also können sie ihn jederzeit kurzfristig da rausholen.«

»Was für ein Glückspilz.«

»Es ist doch nur sinnvoll. Wenn Darcourt glaubt, dass alles in Butter ist, dann haben wir …«

»Keine drei Stunden«, stellte Ray fest. »Keine drei Stunden haben wir zwei Unbewaffneten dann, um in eine schwer bewachte Untergrundfestung zu kommen und einen der gefährlichsten Terroristen der Welt auszuschalten.«

»Und doch meldest du dich freiwillig.«

»Genau wie du habe ich zwei gute Gründe. Zum einen würden sie mich sowieso aufspüren und umbringen. Kate auch, das Motiv dürfte nun klar sein, und Martin wohl gleich mit, einfach dafür, wofür er steht. Simon vergisst vielleicht, aber er vergibt niemals, und als er mich am Flughafen gesehen hat, hat ihn das sicher an eine große unbeglichene Rechnung erinnert.«

»Und der andere Grund?«

»Mir gefallen unsere Chancen.«

»Ja?«

»Ja. Du trittst vielleicht gegen den Black Spirit an, Angelique, aber ich nur gegen meinen Wichser von einem Mitbewohner. Vielleicht ist er heutzutage ein weltberüchtigter Terrorist, aber er ist garantiert immer noch das gleiche Arschloch.«

DIE BESTEN PLÄNE

Simon sah auf die Uhr und wusste, dass die Geste womöglich zur Dauerzuckung werden könnte, wenn er mit der gleichen Regelmäßigkeit weitermachte. Leider hatte er keine andere Beschäftigung, als der Zeit beim Verrinnen zuzuschauen, während nicht die Staumauer, sondern der Zeitpuffer stetig ausgehöhlt wurde. Er hob sein Funkgerät vom Bedienpult der Leitzentrale und rief May.

»Wie ist die Lage? Irgendwelche Fortschritte?«

»Ja. Wir sind circa zehn Minuten weiter als bei deiner letzten Nachfrage vor zehn Minuten.«

»Spar dir die Scheißsprüche, okay? Kann Deacon mir irgendetwas sagen, wann er fertig ist?«

»Nein. Deacon hat mit der Reparatur genug zu tun. Denk dir doch einfach selber irgendeine Zeit aus und zähl die Dauer deiner Anrufe dazu. Dann weißt du genauso viel wie er.«

»Ich hätte dich erschießen sollen, als ich die Gelegenheit dazu hatte, wenn du hier doch nichts zur Sache beitragen willst.«

»Erschieß lieber die Schweine, die an unserer Ausrüstung rumgepfuscht haben.«

»Das mache ich auch, das verspreche ich dir, wenn wir sie irgendwann finden. Hier unten gibt's über dreißig Kilometer Tunnel plus Zugangsschächte, Wetterschächte, Wasserschlösser. Versteckenspielen bringt hier keinen Spaß, wenn man mit Suchen dran ist.«

»Vielleicht sind sie auch gar nicht mehr hier. Wenn sie aus den Kisten gestiegen sind, während wir den Leitstand eingenommen haben, hätten sie einfach wieder den Einfahrtsstollen rauslaufen können.«

May hatte recht. Sie hatten niemanden vorne am Tor postiert, weil die nächste Schicht erst gegen acht ankommen würde und sie jeden Mann woanders brauchten. Die Eindringlinge konnten schon lange rausgeschlichen sein und das nächstbeste Auto angehalten haben. Schlimmer noch, der Brückeneinsturz war mittlerweile sicher bemerkt worden, also konnte es gut sein, dass sie als Erstes ein Polizeiauto auf dem Weg zu oder von der Unfallstelle angetroffen hatten.

»Das ist jetzt zwei Stunden her«, dachte Simon laut nach. »Wenn sie Alarm geschlagen hätten, wüssten wir mittlerweile davon.«

»Da wäre ich mir nicht so sicher. Diese Hinterwäldlerbullen kommen sicher nicht auf gut Glück hier angerast, wenn ihnen gesagt wurde, dass wir schwer bewaffnet sind.«

»Stimmt«, gab er zu. »Wir sollten oben einen Beobachtungsposten aufstellen und das Schutztor schließen, bis die Morgenschicht kommt.«

Als hätte er nicht schon genug um die Ohren, klingelte das Telefon am Bedienpult. Wenn es jemand von der Netzbetreiberfirma war, musste er den Verantwortlichen von den Geiseln holen. Das hatte er natürlich eingeplant, aber eigentlich erst tagsüber erwartet, da das Kraftwerk über Nacht keinen Strom ins Netz einspeiste.

»Funkstille«, sagte er zu May und nahm den Hörer ab. »Leitstand Dubh Ardrain«, meldete Simon sich.

»Vielleicht sollten wir über einen Abbruch nachdenken, solange die Chancen noch gut stehen.«

Simon ging ans Fenster und schaute über die Maschinenhalle zur sabotierten Ausrüstung auf der anderen Seite. May starrte zu ihm hoch und hielt den Hörer eines Wandtelefons in der Hand. May hatte nicht gewollt, dass das Gespräch auf jedem Funkgerät des Teams mitzuhören war, aber das Schwein hatte trotzdem nicht den Arsch in der Hose, es ihm Mann zu Mann zu sagen.

»Dazu ist es doch wohl noch ein bisschen zu früh, *Brian*. Wir haben ein paar Probleme zu lösen, aber verzweifelt ist die Lage noch lange nicht. Da sollten wir noch nicht den Schleudersitz auslösen.«

»Zum Abbrechen ist es nie zu früh, *Freddie*, aber zu spät kann es schon sein. Und du weißt, was das bedeutet. Ich gehe mal davon aus, dass du auch zu Gast auf dem stolzen Schiff Black and Decker warst.«

Simon atmete durch. Im inneren Kreis wurde vorausgesetzt (wenn auch selten thematisiert), dass sie alle für Shub arbeiteten, aber niemand wusste, wie nah irgendwer anders dem Mann in der Mitte war. Manche hatten ihn vielleicht noch nicht persönlich kennengelernt; andere, vor allem weiter unten auf der Leiter, wussten vielleicht noch nicht mal, dass sie ihm die Teilnahme an einer bestimmten Operation verdankten. May hatte gerade als Erster überhaupt direkt auf Shub angespielt, was wohl auch erklärte, warum ihn der Verdacht so aufgescheucht hatte, Simon könnte Ash kennen.

»Das habe ich nicht gehört, und du hast es nie gesagt«, erwiderte Simon. »Einen größeren Gefallen kann ich keinem von uns beiden gerade tun, okay?«

»Okay.«

»Wenn wir abbrechen, sind wir erledigt, selbst wenn wir sauber davonkommen. Ein guter Ruf hält nicht vor. Man ist immer nur so gut wie die letzte Operation, also streicht einem ein Scheitern dieser Größenordnung alles andere vom Lebenslauf.

Bei unserem Spiel gibt es keine Altherrenmannschaft. Wenn man Mist baut, verschwindet man für immer; und wenn man Glück hat, bringt man den Zaubertrick selbst über die Bühne.«

»Wir haben doch alle vorgesorgt«, erwiderte May.

»Willst du dann irgendwo am Strand rumliegen und von deinem Ersparten leben? Leck mich, da würdest du doch durchdrehen!«

»Ja, all die Cocktails und Blowjobs würden mir schon schwer zu schaffen machen.«

»Mach dir doch nichts vor, Brian. Ich weiß, auf welche Art Blowjob du stehst, und so einen bereiten wir hier doch gerade für dich vor.«

»Sie ziert sich gerade nur ziemlich. Und ihr großer Bruder mit dem Beschützerkomplex kann jeden Augenblick vor der Tür stehen.«

»Deshalb achte ich ja immer darauf, dass wir Optionen haben. MacDonald ist bis mindestens fünf da, das sind also zwei Stunden extra, um unser Hauptziel zu treffen, wenn wir sie brauchen. Wie ich dich kenne, ist dein Sprengplan doch wieder doppelt und dreifach abgesichert, also können wir die Bohrungen doch sicher etwas weiter auseinander setzen und dafür in jede ein bisschen mehr Sprengstoff schieben.«

»Wenn du schon improvisieren willst, würde ich sagen, wir konzentrieren uns mit den Sprengladungen auf den mittleren Strebepfeiler. Wenn wir den einreißen, müsste das Wasser den Rest erledigen.«

»Na wunderbar! Positiv denken, Brian! Wenn du jetzt noch bei der Arbeit ein fröhliches Liedchen pfeifst, kann doch nichts mehr schiefgehen.«

»Leck mich. Und was, wenn die Bullen draußen aufkreuzen?«

»Wir haben acht Geiseln, in ein paar Stunden noch gut zwanzig mehr, und sitzen in einem Berg mit einem Atomschutztor davor. Selbst wenn draußen die halbe britische Armee aufläuft, kann die auch nicht mehr als verhandeln, was uns nur recht ist.

Wir verlangen einen Helikopter. Wir setzen eine Frist. Die Verhandlungsführer halten uns hin, was uns genau in den Kram passt, weil wir selbst nichts als Zeit brauchen.«

»Wofür?«

»Schlimmstenfalls verpassen wir MacDonald eben, aber irgendwann kriegen wir den Damm schon klein. Ob drei Uhr nachmittags, während keiner weiß, dass wir hier sind, oder drei Uhr morgens mit einer ganzen Panzerabteilung vor der Tür, früher oder später sprengen wir das Ding. Und wer dann gerade draußen auf uns wartet, surft mit Mann und Maus bis raus nach Cromlarig.«

»*Wenn* Deacon denn die Ausrüstung hinkriegt«, erinnerte May ihn.

Simon hätte ihn am liebsten erschossen, wusste aber, dass er recht hatte. Deshalb saß er ja auf glühenden Kohlen und fragte alle zehn Minuten nach Fortschrittsberichten. In der Planungsphase versuchte er immer, jedes einzelne Element zu isolieren, von dem die Operation abhing, da das Versagen eines Einzigen schlimme Folgen haben konnte. Deshalb hatten sie überzählige Sprengladungen mitgebracht, überzählige Munition, überzählige Waffen, überzählige Dubh-Ardrain-Uniformen. Sie hatten sogar zwei Bohrer mitgebracht, verdammte Scheiße, und genug Zeit eingeplant, falls sie aus irgendeinem Grund nur einen nutzen konnten. Simon hatte vorgesorgt, falls die Polizei informiert wurde, und sogar für eine Belagerung. Er hatte sogar eingeplant, dass der Plan auffliegen und Cromlarig evakuiert werden könnte. Aber seine Reaktion darauf verließ sich auf die frühe (beide Bohrmaschinen) – oder wenigstens pünktliche (eine Bohrmaschine) – Vollendung des Bohrens; während seine Reaktion auf alles andere sich darauf verließ, dass überhaupt jemals gebohrt wurde.

Keine Maus und kein Mensch planten Sabotage ein. Vielleicht hatte der notgeile, versoffene Drecksack von Nationaldichter das gemeint. Schließlich hatte er es ja aus Schuldgefühlen geschrieben, nachdem er ein Nest kaputt gepflügt hatte. Wer auch immer Simon das hier angetan hatte, würde kein Gedicht darüber schreiben, aber leidtun würde es ihm gewaltig.

Er hob das Funkgerät.

»Alle Mann zuhören! Wir gehen auf Def-Con Two. Ich schließe das Schutztor. Simonon, schnapp dir dein Fernglas und ab nach oben. Dein Beobachtungsdienst fängt früher an. Ein Auge auf die Straße und das andere auf Cromlarig. May und Steve Jones, ihr geht mit Simonon nach oben. May, du verminst die Straße hoch zum Stausee; Fernzünder. Jones, du sitzt am Zünder, nach eigenem Ermessen. Die Bullen fahren wahrscheinlich nicht im Traktor vor, und der Bauer stellt keine Gefahr dar. Alle anderen, wenn Deacon euch nicht braucht, schließt euch der Suche an. Ich fahre jetzt beide Turbinen runter, damit wir hier endlich mal Ruhe haben. Das bedeutet auch Funkstille. Wenn es nicht gerade ein Notfall ist, will ich erst wieder etwas hören, wenn ihr die Schweine habt. Mercury Ende.«

»Ich kack mir in die Hose, Alter«, flüsterte Murph.

»Psst«, machte Lexy; das Beben in seinem Atem bestätigte, dass er genauso viel Angst hatte. Obwohl er fror, schwitzten seine Finger, wo sie das Maschinengewehr umklammerten, dessen Stahl warm von seiner Berührung war. Wee Murph hatte seins anfangs gehalten wie eine Gitarre, jetzt umklammerten sie sie beide wie Teddybären, die sie in der Dunkelheit der langen Nacht trösten sollten, in der die einzigen Erwachsenen weit und breit sie nicht zudecken und ihnen sagen würden, dass alles wieder gut werden würde. Lexy wünschte so langsam, sie hätten die Dinger gar nicht mitgenommen. Keiner von ihnen wusste, wie man damit umging, und er hatte eine Heidenangst, eins könnte aus Versehen losgehen, was bestenfalls ihre Position verraten und den fiesen Typen schlimmstenfalls die Drecksarbeit ersparen würde.

Er fing an zu zittern, wusste aber nicht, inwieweit das an der Kälte oder der Angst lag. Sie hatten ewig in dem feuchten, dunklen, engen Entwässerungskanal gehockt und panische Angst gehabt, sie könnten jeden Augenblick entdeckt werden, sich aber nicht weitergetraut, damit sie den Gangstern nicht direkt in die Arme liefen.

Anfangs war es okay gewesen, wie sie dort im Licht von Murphs Taschenlampe dagesessen hatten, das Blut ihm in den Ohren gerauscht und das Herz in der Brust gewummert hatte, sie hatten sogar nervös gekichert, weil sie es überhaupt so weit geschafft und dieses einigermaßen brauchbare Versteck gefunden hatten. Auch wenn es viel länger gewirkt hatte, waren sie wohl schon nach Minuten hier gewesen, nachdem sie aus den Kisten geklettert waren, und Lexy hatte gefühlt die ganze Zeit die Luft angehalten.

Es war ihm wie ein Wunder vorgekommen, dass sie in der Kiste nicht sein Herz hatten pochen hören, als sie sie aus dem Laster gehoben hatten, aber ein tiefes, lautes Geräusch hatte alles andere übertönt. Als er auf dem Boden abgestellt worden war, hatte er aufgeregt auf seine Chance gewartet, aber immer Stimmen oder Schritte auf Beton gehört, sobald er losrennen wollte. Nach einer Weile war er überzeugt, dass er sich die Geräusche nur noch einbildete, und wollte gerade los, als sich eindeutig jemand an seiner Kiste zu schaffen machte. Er hatte sich ganz klein zusammengekugelt, und als er auf die Idee kam, seine Waffe in die Hand zu nehmen, war der Deckel schon runter und Murph stand über ihm.

»Scheiße, Mann, bist du eingepennt? Los jetzt!«

Er hatte kaum Zeit, sich umzuschauen, und sah nur, dass sie in einer Art Höhle waren, bevor sie auf die erstbeste Tür zurannten, aus der Licht in den schummrigen, kleineren Tunnel schien, der den Haupttunnel hier kreuzte. Hinter der Tür ging es ein Stück geradeaus, dann links und in einen anderen Tunnel, der auf der einen Seite eine Betonwand hatte und auf der anderen blanken Fels und parallel zu dem verlief, in dem der Laster geparkt war. Über ihnen leuchteten Neonröhren, und Lexy fragte sich, was für eine Höhle wohl so eine großzügige Stromversorgung hatte. An der Kreuzung vorbei lief der Tunnel mit leichter Linkskrümmung außer Sichtweite, aber in der anderen Richtung ging er nicht auf den Eingang, sondern abwärts auf eine andere Tür zu, die aber geschlossen war.

»Die fiesen Typen sind da lang, in die große Höhle«, sagte Murph und gestikulierte.

»Okay«, erwiderte Lexy und folgte ihm in die andere Richtung. Die Tür öffnete sich mit einem schweren Quietschen und führte auf eine Stahlplattform in einem anderen Tunnel, der sogar noch größer war als der allererste, an dessen Boden aber Wasser lief. Es war dunkel, und nur das Licht aus dem vorherigen Gang schimmerte herein. Hier war es noch lauter, als würde dieser Tunnel direkt zum Ursprung des Geräusches führen.

»Ein unterirdischer Fluss«, verkündete Murph, woran Lexy zweifelte. Der Tunnel war pfeilgerade, und das vielleicht knietiefe Wasser lief in der Mitte des Bodens in einer Betonrinne mit Halbkreisprofil. Es sah wie ein Abwasserkanal oder ein Abfluss aus, der eindeutig für größere Wassermassen angelegt war als das derzeitige Rinnsal.

Lexy las das Schild auf der Tür, durch die sie gerade gekommen waren. »Abflusskanal Zugang 4« stand dort, und darüber die Worte »Highland Hydro« und ein Logo aus zwei Hs, einem als stilisiertem Berg mit blauem Wasser unter dem Gipfel und dem anderen als Strommast.

»Das ist ein Wasserkraftwerk. Hatten wir doch in Erdkunde.«

»*Du* vielleicht! Wir haben Miss Galloway in Erdkunde, da passt man auf nichts auf als ihre Titten. Kommen wir hier lang raus?«

»Nee. Da müsste es in ein Loch oder einen Fluss gehen oder so. Hier ist es noch flach, aber gegen Ende ist das Rohr eine ganze

Zeit unter Wasser. Und ich glaub, die haben ein Gitter davor, damit keine Fische hochkommen.«

»Was isn am andern Ende?«

»Die Turbinen. Daher kommt der ganze Lärm.«

»Wo sollen wir denn dann hin?«

Lexy schaute die Plattform entlang. Sie führte nirgendwohin und wurde wohl nur für Inspektionen genutzt. Andererseits hatte auf dem Schild »Zugang« gestanden. Genauer, »Zugang 4«, also musste es noch mindestens drei andere geben. Er lehnte sich übers Geländer und sah, dass am Ende des Stahlgitters eine Leiter angebaut war, mit der die Arbeiter runter ins Wasser konnten.

»Hier runter und dann weiter. Komm!«

»Wohin?«

»Zur nächsten Tür.«

»Und wo geht die hin?«

»Scheiße, Mann, keine Ahnung! Hast du ne bessere Idee?«

Murphs Stille beantwortete die Frage. Lexy stieg runter, ließ sich das letzte Stück fallen, und als er unten aufkam, lief es ihm kalt den Rücken runter vor Angst, vom Aufprall könnten sich Schüsse lösen. Als er hochschaute, kam Murph runtergerutscht, als wäre die Leiter eine Stange am Klettergerüst auf dem Spielplatz.

»Vorsicht. Pass auf, dass das Teil nicht losgeht!«

»Wenn du so nen Schiss hast, nimm doch die Kugeln raus.«

»Klar, und wenn wir die fiesen Typen treffen, sag ich, sie sollen kurz ein bisschen warten, bis ich sie wieder drin hab.«

Lexy zog seine Lampe aus der Tasche und schaltete sie an, und Murph machte es ihm nach ein paar Sekunden nach.

»Nicht beide gleichzeitig«, sagte Lexy. »Die Batterien!«

»Meine Fresse, du bist ja schlimmer als meine Alte!«

»Psst!«

»Genau, das auch.«

Sie gingen die Steigung hinauf, und das Wasser wurde merklich breiter, als sie vorankamen. Eine Weile liefen sie ganz am Rand, aber bald bekamen sie nasse Füße.

»Scheiße, ist das kalt, Mann!«

»Ja.« Lexy leuchtete mit der Lampe nach oben. »Wir sind schon fast an der nächsten Leiter.«

»Warte, ich kapier das hier nicht.«

»Was?«

»Wieso wird n das Wasser tiefer, obwohl wir den Berg hochgehen? Sind wir hier am Electric Brae oder was?«

»Es wird tiefer, weil jetzt mehr kommt. Hast du das nicht gehört? Die lassen wohl irgendwas ab. Vielleicht aus einer von den großen Röhren vom Damm. Aber Strom erzeugen sie nicht, das ist klar.«

»Wieso, was würd n dann passieren?«

»Dann würden wir hier von Tausenden von Litern runtergespült werden.«

»Scheiße, Mann, sag doch so was nicht!«

»Dann mal schnell die Leiter hoch!«

Die ersten paar Sprossen mussten sie Klimmzüge machen, der Rest des Aufstiegs ging dann aber schneller. Als Lexy sich auf die Plattform hochzog, schlug sein Gewehr gegen den Stahl, und er bekam noch mal einen halben Herzinfarkt. Er half Murph das letzte Stück hoch und ging zur Tür am Ende, die sich als verschlossen herausstellte.

»Ach, Scheiße, nee«, sagte Lexy und leuchtete am verschlossenen Ausgang hoch und runter.

»Was isn mit dem kleinen Tunnel?«, fragte Murph.

»Welcher kleine Tunnel?«

»Da unten eben.« Murph leuchtete runter an den Rand der Rinne, aus der sie gerade gekommen waren. Ungefähr auf Hüfthöhe gab es eine kleine Öffnung, die Lexy nicht gesehen hatte, weil er den Strahl der Lampe und den Blick nur hoch auf die Plattform gerichtet hatte. Manchmal musste er dankbar dafür sein, dass Murph die Aufmerksamkeitsspanne eines Zweijährigen hatte und immer nach neuen Ablenkungen suchte. Natürlich hatte die sie überhaupt in diese ganze Scheiße gestürzt, aber es brachte wohl nichts mehr, sich jetzt noch darüber Gedanken zu machen.

Sie kletterten wieder runter und leuchteten in den kleineren Tunnel. Sie konnten auf allen vieren reinkrabbeln, aber auf Kosten nasser Hosenbeine, da auch hier über den Betonboden Wasser floss.

»Ich glaub, das ist ein Abfluss«, sagte Lexy.

»Echt jetzt?«, erwiderte Murph, was die Standardbeleidigung als Reaktion auf eine allzu offensichtliche Aussage war.

»Ich sag ja nur, wenn es ein Abfluss ist, muss es auch irgendwo einen Einfluss geben.«

»Sieht zu klein für nen Erwachsenen aus«, sagte Murph.

»Könnte vielleicht gerade so reinkriechen, wäre aber langsamer als wir. Ich glaub, das ist unsere beste Chance.«

Lexy krabbelte voran durch das kalte Wasser, und das Dröhnen der Turbinen übertönte immer noch alles andere. Nach einer Weile bestätigte der Lichtschein von Murphs Lampe, dass der Einstieg hinter ihnen aufgrund der Biegung des Tunnels nicht mehr zu sehen war, aber sie arbeiteten sich weiter vor, bis Lexy vorne Licht von oben sah. Er stellte seine Lampe aus und ließ Murph es auch tun, bevor er so nah herankrabbelte, dass er hochschauen konnte. Er sah ein Gitter, das sich wohl im Boden eines hell erleuchteten Raumes befand, von wo aus der Turbinenlärm lauter als je zuvor kam. Ein Stück weiter knickte der Tunnel scharf nach links ab und führte zu anderen Abflüssen und anderen Räumen.

»Zurück«, flüsterte Lexy.

»Wieso?«

»Wenn wir ungefähr auf der Mitte hocken, haben wir zwei Fluchtwege. Wenn von einer Seite jemand reinkriecht, rasen wir in die andere Richtung. Und bis dahin bleiben wir hier.«

Also warteten sie im Dunkeln, die Lampen größtenteils aus,

und mit der Zeit froren sie immer mehr und wurden immer nervöser. Rennen, klettern und krabbeln war viel einfacher gewesen als warten, aber sie wussten beide, dass es die weniger riskante Option war, vor allem nachdem Murph sein geklautes Funkgerät einschaltete und sie die Reaktion der fiesen Typen auf ihr Handwerk hörten.

»Erschieß lieber die Schweine, die an unserer Ausrüstung rumgepfuscht haben.«

»Das mache ich auch, das verspreche ich dir, wenn wir sie irgendwann finden.«

Und das war nicht mal der schlimmste Augenblick. Der kam, als die Turbinen abgeschaltet wurden, und jeder, der folgte, war ihm ebenbürtig. In der ganzen Anlage wurde es so still, dass sie sogar das Wasser im großen Abflusskanal von vorher plätschern hören konnten. Ihr Atem hallte scheinbar von den Wänden wider, und man konnte sich gut vorstellen, dass ihr kleiner Entwässerungskanal das Geräusch direkt zu den Männern trug, die sie jagten. Deshalb war Murphs »Ich kack mir in die Hose« so gefährlich wie überflüssig. Lexy hätte gut Lust gehabt, den »Echt jetzt?«-Spruch zu erwidern, aber die potentiellen Folgen schreckten ihn ab.

Die Anspannung verstärkte sich mit jeder stillen Sekunde, bis Lexy fast schon hoffte, sie würden entdeckt, damit die Ungewissheit aufhörte. Dann endete sie schließlich mit einem schwachen Schimmer in der Dunkelheit hinter Murph tatsächlich.

»Oh, Scheiße«, keuchte er unwillkürlich.

Auch Murph drehte sich um. Mittlerweile spielten Licht und Schatten an der gebogenen Tunnelwand, und das Schleifen von Klamotten auf Beton war zu hören. Sie erstarrten beide, bis Murphs Funkgerät laut aufrauschte. Lexy hatte ihm immer wieder gesagt, er solle es ausschalten. Wenn ihr Verfolger sie bisher noch nicht gehört hatte, dann jetzt; vielleicht war das sogar seine Absicht gewesen.

»Alle Einheiten, hier spricht Strummer. Sie sind vor mir in einem Entwässerungskanal Richtung Turbinenbereich, niedrigste Ebene.«

Lexy schob sich das Gewehr am Tragegurt auf den Rücken und krabbelte los, verlor vor Panik den Halt und klatschte mit dem Gesicht auf den nassen Boden.

»Scheiße, Mann, mach hin!«, zischte Murph, der von hinten fast auf ihn draufstolperte.

Eile mit Weile hallte Lexy in der Stimme seines alten Grundschullehrers durch den Kopf. Er drückte sich wieder hoch, arbeitete sich stetiger vor und rief sich in Erinnerung, dass sie in dem engen Tunnel sowieso schneller vorankamen als ein Erwachsener, und verdrängte die Frage, wann ihr Verfolger eine freie Schusslinie haben würde.

Lexy kam ans Gitter, hockte sich hin und drückte mit den Händen nach oben. Nichts tat sich.

»Scheiße.«

»Nimm die Wumme, Mann«, drängte Murph. »Voll druff!«

Lexy nahm die Waffe fest in beide Hände, richtete die Mündung von sich selbst weg und rammte sie mit jedem bisschen Kraft multipliziert mit der Angst nach oben. Das Gitter klappte ein Stück hoch und aus eigenem Gewicht wieder runter. Lexy versuchte es noch einmal, schob diesmal mit dem Kolben nach und hebelte es dann ganz auf, bevor er sich hochzog. Er trat einen Schritt zur Seite und beugte sich runter, um Murph zu helfen, aber der kleine Mann kam schon hochgeschossen, als hätte er da unten ein Trampolin versteckt.

Lexy schlug das Gitter wieder zu und schaute nach etwas, was man drüberschieben konnte. Sie standen in einer kurzen, gebogenen Sackgasse mit einer Anzeigentafel an einer Wand und mehreren großen Chemiefässern an der anderen.

»Komm«, sagte Lexy, rannte zu einem der Fässer und schob. Murph zerrte von der anderen Seite, und gemeinsam bekamen sie das wuchtige Alufass auf den Abfluss manövriert.

Lexy keuchte und hatte gerade wieder seine Waffe in die Hand genommen, als ein Mann mit khakifarbener Kampfhose und passender Jacke vor ihnen um die Ecke kam. Er sah aus wie ein Überbleibsel aus den Neunzigern, aber Lexy konnte sich nicht erinnern, dass The Gap jemals Maschinengewehre als Accessoires verkauft hatte.

Die Reflexe übernahmen das Ruder; mussten sie auch, weil Lexys Gehirn keine Ahnung hatte, was es tun sollte. Er ging neben der Tonne in die Knie, zielte und drückte ab.

Der Abzug regte sich nicht. Murph, der noch stand, hatte denselben Erfolg.

Das Gap-Model legte sein Gewehr an. »Hundert mal abschreiben, Jungs: Ich soll die Waffe nicht gesichert lassen. Und jetzt weg damit!«

Sie gehorchten beide sofort, warfen die Waffen auf den Boden und hoben unaufgefordert die Hände.

»Oh Gott«, sagte Wee Murph, und seine Stimme versagte.

Lexy hatte zu viel Angst zum Weinen. Sein Herz wummerte wie ein Trance-Mix, und er atmete bestimmt zweimal pro Sekunde ein und aus.

»Mercury, hier spricht Mick Jones«, sagte der Gap-Man, dessen Stimme gleichzeitig aus seinem Mund und Murphs Funkgerät kam. »Ich habe sie.«

Sein Akzent passte genauso wenig zu seinem Namen wie sein dunkles, braun gebranntes Gesicht. Wee Murph hätte wohl gesagt, er sehe türkisch aus, aber das sagte er über jeden Ausländer, weil er außer in der Türkei noch in keinem anderen fremden Land gewesen war.

»Mercury hier. Die Waffen?«

»Die auch. Kaum zu glauben. Es sind zwei Kinder.«

»Zwei Kleinkriminelle wohl eher.«

»Soll ich sie dir bringen?«

»Nein. Die beiden kleinen Ratten haben das Pech, dass wir schon mehr als genug Geiseln haben. Und mir gefällt es gar nicht, wenn man sich an meinem Eigentum vergreift. Erschieß sie und geh nach oben. Du verstärkst den Beobachtungsposten. Kannst dir einen Aufzug aussuchen, die Rohrleitungen sind jetzt alle trocken. Mercury Ende.«

In Lexys Rumpf fühlte es sich an, als wären Herz und Lunge kollabiert. Er schaute in den Lauf des Maschinengewehrs und dann in die Augen des Mannes, wo er keine Skrupel und keine Zweifel sah.

Keine Gnade.

»Du warst ein guter Kumpel, Murph«, flüsterte er mit bebender Stimme, während die Tränen ihm die Sicht verschleierten.

»Du auch, Lexy.«

»Ist nicht persönlich gemeint«, sagte ihr Scharfrichter und drückte den Abzug, bevor Lexy die Augen schließen konnte.

Simon hörte zwei Feuerstöße von unten durch die Hauptkaverne hallen und spürte sich gleich etwas ruhiger werden. Dass auch nur eins der Probleme endlich gelöst worden war, reichte schon, um seine Perspektive grundlegend zu verändern: wenn an allen Fronten alles stillsteht, macht sich notgedrungen irgendwann Hoffnungslosigkeit breit; aber schon wenn sich nur ein Element klärte, kehrten Selbstbewusstsein und Optimismus zurück. Er hatte jetzt nicht nur eine Sorge weniger, sondern war wieder einmal daran erinnert worden, dass solche Beunruhigungen zum Job gehörten. Ganz wie damals mit dem falschen Pass für Flug 941 gab es immer einen Faktor, der sich erst regelte, wenn der Vorhang schon fast hochging. Diesmal würde es ein verdammt großer Faktor sein, der aber schließlich gelöst werden würde, weil er sich genug Sorgen darum gemacht hatte.

Die wortwörtliche Eliminierung der unvorhergesehenen Fremdkörper markierte einen Wendepunkt; die Eindringlinge waren die Ursache aller Probleme gewesen, also hatte es doch etwas Poetisches, dass ihr Tod auch den Beginn ihrer Lösungen ankündigte. Simon musste schon zugeben, dass ihm zwischen dem Befehl und der Ausführung das Herz bis zum Hals geschlagen hatte. Der Wendepunkt hätte sie schließlich in beide Richtungen führen können. Hätte Jones in diesem höchst unpassenden Augenblick plötzlich sein Gewissen wiederentdeckt, wäre das ein deutliches Anzeichen gewesen, dass die Mission zum Scheitern verurteilt war.

Jones hatte ihn dann zwar nicht hängen lassen, aber bei Kindern konnte man sich nie ganz sicher sein. Da wurden viele so absurd sentimental, vor allem von Angesicht zu Angesicht. Gott wusste, wie viele Kinder sterben würden, wenn die Fluten über Cromlarig brandeten, und keiner hatte ein Problem mit der Mission, aber wenn man ihnen ein einziges direkt vorsetzte, wurde ihnen das Gehirn womöglich spontan zu Brei. Das war nicht nur absurd, sondern in seiner Verlogenheit richtig widerwärtig. Die Leute machten immer so ein Riesentheater wegen Kindern unter den Opfern, und scheiß auf den Rest. Wo war eigentlich die Grenze, ab der man kein besonderes Mitgefühl mehr verdiente? Bei der Pubertät? Mit achtzehn? Oder wurde die Trauer über ihren Tod gestaffelt: volle Punktzahl für Babys und Kleinkinder, aber nur ein Minimum in den mittleren Teenagerjahren, wenn sie launisch und unangenehm sind, betrauert, aber nicht vermisst werden?

Diese beiden waren auf jeden Fall kein großer Verlust fürs Universum. Zwei Plattenverkäufe weniger für Limp Bizkit: Scheiße, was ne Tragödie!

Er befahl Lydon und Matlock, die Leichen später zu entsorgen; ihre erste Lektion war, dass sie den Lastwagen verschlossen und die Augen offen halten sollten. Und wenn sie nicht angemessen zerknirscht waren, war die zweite Lektion je eine Kugel in den Hinterkopf. Monate der Planung und Erkundung, jede Komponente doppelt geprüft, jede Spur verwischt, jede Vorkehrung getroffen, und doch hatten nur zwei neugierige kleine Scheißer an Bord schleichen müssen, um die ganze Mission zu gefährden. Gefährden, aber nicht vereiteln, was zum Glück als Einziges zählte. Der Wendepunkt war gekommen. Den Rest würden Zeit und Expertise ganz alleine erledigen.

Und so war es auch.

Die nächsten paar Stunden schnappte ein Element nach dem anderen an seinen Platz wie bei einem Gewehr, das zusammengesetzt wird. Die Fertigung in Deacons improvisierter Elektrikerwerkstatt kam gegen vier ins Rollen, als Erstes war eine Bohrmaschine einsatzbereit und kurz darauf auch der Generator. Um vier Uhr vierzig konnte oben mit dem Bohren begonnen werden, und eine gute Stunde später kam auch noch die zweite Bohrmaschine dazu, da Deacons anfänglicher Pessimismus sich als überzogen herausstellte.

Das Telefon im Leitstand fing kurz vor sechs an zu klingeln, als der erste Mitarbeiter der Tagesschicht, der südlich des Brückeneinsturzes wohnte, Nachrichten gehört hatte und sich verständlicherweise entschuldigte. Simon ließ den leitenden Ingenieur, einen gewissen Michael Livingston, bei vorgehaltener Waffe nach oben führen, um den Anruf anzunehmen und noch eine Menge mehr zu erledigen. Livingston musste den Mitarbeitern des Besucherzentrums Bescheid sagen, dass sie heute geschlossen blieben und freihatten, und die besseren Hälften der Nachtschichtarbeiter über die obligatorischen Überstunden informieren. Er würde auch die unausweichlichen Anrufe des Netzbetreibers wegen des zwischenzeitlichen Kapazitätsausfalls annehmen und seinem Gegenüber versichern, dass das Wasser gegen drei Uhr nachmittags wieder mit voller Kraft fließen werde.

Simon erklärte ihm, dass er wusste, dass ihm all das die Möglichkeit gab, insgeheim Alarm zu schlagen, indem er vielleicht jemanden beim falschen Namen nannte oder irgendeinen vorgefertigten Satz sagte, der einem SOS gleichkam.

»Also möchte ich dir vorher sagen, dass wenn die Polizei auftaucht, ob deinetwegen oder nicht, ich dir zuallererst in die Eier schieße. Dann schieße ich dir in die Knie und dann in die Fußsohlen. Und ich verspreche dir, dass ich dich erst erlöse, wenn ich wirklich losmuss, und das kann in einer Geiselsituation dauern. Die Alternative sieht so aus, dass du ein braver Junge bist, dein Sprüchlein aufsagst, wir unsere Arbeit erledigen können und ihr dann alle wieder nach Hause zu euren Lieben könnt. Dann könnt ihr natürlich auch alle Aussagen und Täterbeschreibungen bei den Bullen abgeben, aber da sind wir schon über alle Berge und nehmen es euch nicht mehr übel. Du hast mein Wort.«

»Was wollt ihr hier überhaupt?«, fragte Livingston, als die Neugier kurz stärker war als die Angst.

»Je weniger du weißt, desto weniger Gründe habe ich, dich umzulegen. Einverstanden?«

»Einverstanden.«

Simon hatte mal gehört, dass manche Schauspieler ihre größten Darbietungen zeigten, wenn sie am aufgeregtesten waren. Livingston konnte sich jetzt zu ihnen zählen. Seine Stimme bebte die ganze Zeit kaum, und es war unwahrscheinlich, dass er sich irgendeinen Plan ausdenken konnte, während sich seine Gedanken um seine Familienjuwelen drehten.

Ohne Neuigkeiten bezüglich etwaiger Polizeiaktivitäten von Simonon draußen auf dem Berg wurde das Schutztor um sieben Uhr fünfundvierzig rechtzeitig wieder geöffnet, um die Mitarbeiter der Tagesschicht hereinzulassen, die das Glück (ha!) hatten, am richtigen Ende des Lochs zu wohnen. Um acht Uhr dreißig wurde abgezählt und das gestrandete Kontingent aus Richtung Crianfada abgezogen. Da alle Mitarbeiter anwesend oder abgemeldet waren, wurde das Schutztor wieder geschlossen und die frisch gefesselte Tagesschicht zu den restlichen Geiseln in den mittlerweise ziemlich übel riechenden Lagerraum gestopft. (Toilettengänge für Geiseln fielen für Simon unter »Leichtsinn«. Und zu dem unmittelbaren Sicherheitsrisiko kam noch, dass Menschen allgemein weniger aufsässig sind, wenn sie in einer vollgepissten Hose dahocken.)

Gegen Mittag waren die Bohrungen fast fertig, und May schätzte, dass sie gegen halb zwei endgültig ready to rock 'n' roll waren.

Simon widerstand der Verlockung, ihm seinen Pessimismus vorzuhalten. Auch wenn das nur irrationaler Aberglaube war, wollte er das Schicksal nicht herausfordern. Alle Einzelteile waren an Ort und Stelle. Das Gewehr war vollständig zusammengesetzt und würde bald auch fertig geladen sein. Danach brauchte er nur noch den Abzug zu drücken.

Jetzt konnte nichts mehr schiefgehen.

TEAM DEATHMATCH: Leet Good Guys [LGG] vs Terrorist Llamas [TL]

Am Anfang war *Doom*.

Na ja, genau genommen war am Anfang *Castle Wolfenstein 3D*, und wenn man richtig archäologisch werden wollte, war am Anfang *3D Monster Maze* für den Sinclair ZX81, das das optionale 16k-RAM-Pack brauchte, dessen enormes Eigengewicht es oft aus der Schnittstelle zog und den Rechner abstürzen ließ.

Wenn man sagte, dass es nicht nach viel aussah, war das eine unverdiente Nettigkeit, die weiterhin wohlwollend verschwieg, dass das Spiel außerdem keinerlei Sound hatte. Dafür hatte es eine dreidimensionale Egoperspektive; andererseits aber nur eine dreidimensionale Egoperspektive auf ein formloses schwarzes Etwas, das man eigentlich nur als Dinosaurier erkannte, wenn man sich vorher die Kassettenhülle angesehen hatte und unter halluzinogenem Schlafentzug litt, weil man mit dem Versuch, den Mist zum Laufen zu bringen, die halbe Nacht zugebracht hatte. Das Spiel war trotzdem ernsthaft gruselig, wozu die Tonlosigkeit möglicherweise sogar beitrug: Wenn man *weiß*, dass ein unverwundbarer Feind hinter einem her ist, man aber nichts hören und nur den langen Korridor vor sich sehen kann, sorgt das für eine absurd spannende Atmosphäre. Kommt dann noch die Dauerangst dazu, der ZX81 könnte jeden Moment abstürzen, hat man das ursprüngliche 3D-Gaming-Adrenalin-erlebnis, auf das jede Geschichte des Egoshooter-Genres irgend-wann zurückführt.

Die Technologie hatte sich im Laufe von Rays Leben exponentiell weiterentwickelt und damit auch die Grenzen der Fantasie der Entwickler verschoben. Neue Genres, überhaupt ganz neue Konzepte kamen auf, während der ZX Spectrum dem Amiga wich, der Amiga dem PC, der 486er dem Pentium und die CPU der GPU. *Doom* sah heute so primitiv aus, wie es damals seinen schwarz-weißen Ahnen hatte wirken lassen, aber als es '94 erschien, bot es eine weitaus gruseligere und zehnmal packendere Erfahrung als jeder Horrorfilm; und eine ganz besondere Freude bereitete es denen, die vorher schon mit Gänsehaut die schwarz-weißen Korridore erkundet und versucht hatten, dem ASCII-gerenderten Tod zu entrinnen.

Über zwanzig Jahre streifte Ray schon in den computergenerierten Labyrinthen umher, die ihm heute als Erwachsenem genauso viel gaben wie damals als jugendlichem Geek. Das lag aber nicht daran, dass er etwa nicht erwachsen geworden sei, das ließ er nicht auf sich sitzen; das war er sehr wohl und konnte es mit Frau, Kind, Job und Hauskredit auch beweisen. Es lag vielmehr daran, dass die Spiele mit ihm groß geworden waren. Hätte er immer noch die pixelig-antiquierte Kost seiner Jugend wie *Jet Set Willy* oder *Skool Daze* gespielt, hätte er sich wohl tatsächlich einen Therapieplatz gesucht (gelegentliche nächtlich-betrunkene Zugriffe auf einen ZX-Spectrum-Emulator zu nostalgischen Zwecken zählten nicht), aber aus den Spielen war viel mehr geworden. Die virtuellen Umgebungen in den Spielen selbst und die gesellschaftliche Subkultur um sie herum hatten gemeinsam etwas von einer völlig neuen Welt. Manchmal zog Ray sich natürlich in diese Welt zurück, aber hauptsächlich wertete sie seine normale Lebenswelt auf, wenn er sich dort mit alten und neuen Freunden treffen und Spaß haben konnte. Nicht umsonst hieß seine Lieblings-Newsgroup *games.pub*.

»Aber machen solche Spiele einen nicht gewalttätig?«, wurde er immer wieder von Leuten gefragt, die nie welche gespielt hatten; genauso wie Leute, die noch nie einen Horrorfilm geschaut hatten, sie Anfang der Achtziger hatten verbieten wollen. Das sah Ray als so eine offenherzige Dummheitsbekundung des Fragestellers, dass er jede Antwort als nutzlos erachtete.

Seine Lieblingsmaps in frühen *Quake*-Tagen waren *The Abandoned Base (DM3)* und *The Cistern (DM5)* gewesen, weil beide eine witzige Kombination aus der Lightning Gun, dem Pentagram of Protection und rauen Mengen H_2O aufwiesen. Der schönste und befriedigendste Trick des Spiels bestand darin, sich die Lightning Gun und das Unverwundbarkeits-Power-up zu schnappen, in die Suppe zu springen und abzudrücken, woraufhin alle anderen gegrillt wurden, die auch darin schwammen. Ziemlich bald interpretierten alle den eindeutigen Sound des Pentagramms als »Alle Mann raus aus dem Wasser«-Kommando, aber ab und zu erwischte man doch noch ein paar Noobs oder andere, die es einfach nicht rechtzeitig rausgeschafft hatten.

Das brachte Ray zum Lachen, brachte Spaß und viele Kills. Es regte ihn aber nicht dazu an, mit einem Heizstrahler zum Schwimmbad in Pollokshaws loszuziehen und ihn reinzuschmeißen, um alle Schwimmer zu killen.

Horrorfilme machten einen zum Massenmörder, Pornovideos zum Vergewaltiger und Onlinespiele zum Psychopathen. Da sollte noch einer sagen, *Ray* lebte in einer stark vereinfachten Fantasiewelt.

»Aber machen solche Spiele einen nicht gewalttätig?«

Wenn er in der Vergangenheit zu einer Antwort genötigt worden war, hatte er immer darauf hingewiesen, dass er sich seit einer kleinen Grundschulprügelei keine Gewalttat mehr zuschulden hatte kommen lassen. Hätte man ihn dort auf Loch Fada gefragt, hätte er geantwortet: »Das will ich doch verdammt hoffen!«

Angelique stellte den Motor ab und ließ das Boot an einem stumpfen Bergsporn vorbeigleiten, hinter dem oben am Berg der Staudamm in den Blick kam. Sie trugen beide Tauchanzüge, hatten Tauchmasken um den Hals hängen, und auf dem Bootsboden lagen die Druckluftflaschen neben einem Fernglas, einer Taschenlampe, einer Brechstange und zwei Harpunen, die die einzigen verfügbaren Waffen gewesen waren. Sie seien nicht zu verleihen, hatte die Rezeptionistin Angelique nervös erklärt, sie dann aber doch rausgerückt; sie gehörten einem der Tauchlehrer, der sie sich aus der Karibik mitgebracht habe. Ray hatte sie in den Unterwasserbereichen von *Sin* sehr praktisch gefunden, aber allgemein nicht so effektiv wie einen Raketenwerfer oder eine Schrotflinte.

Er war schon einmal tauchen gewesen, vor zwei Jahren im Urlaub. Angelique versicherte ihm, das sei genau wie Fahrradfahren, aber Ray war sich allzu bewusst, dass man eher selten ertrank oder sich mit Sauerstoffmangel herumschlagen musste, wenn man vom Fahrrad fiel. Da sein Urlaub an einem weitaus wärmeren Ort gewesen war als den Highlands im September, trug Ray gerade zum ersten Mal überhaupt einen Tauchanzug. Und eine Kevlarweste. Angelique hatte zwei Stück im Kofferraum gehabt, weil sie eigentlich mit einem Kollegen zur Farm hatte fahren sollen. Ihr Zusammentreffen mit dem Sheriff von Calton Creek hatte zu einer Planänderung geführt, die Ray nun ernsthaft bereute, aber nicht so sehr wie seinen eigenen Selbstfindungstrip zum Flughafen am Mittwoch. Ohne den hätte er von der ganzen Sache erst aus dem Fernsehen erfahren. Was hätte er dann wohl getan, um zu helfen? Vielleicht nach der Katastrophe die Benefiz-CD gekauft?

Immerhin wirkte Angelique, als wüsste sie, was sie da tat,

wobei sie natürlich nicht ahnen konnte, wie sehr es Ray beruhigt hatte, dass sie sich einen Pferdeschwanz gebunden hatte, mit dem sie dem Athena-Spielermodel noch ähnlicher sah, das ihn wieder und wieder rettete. Von Kopf bis Fuß in schwarzes Neopren eingepackt und mit ihrem schmalen, drahtigen Körper hatte sie außerdem etwas von den Black-Ops-Assassins aus *Half-Life*, die so erfrischend schwer zu erledigen waren.

Sie setzte das Fernglas an und schaute zum Damm hoch. Dann reichte sie es Ray, der sich selbst versichern sollte, wie deprimierend korrekt seine Hypothese gewesen war. Vor einem der Strebepfeiler hing auf halber Höhe eine Arbeitsplattform, auf der je zwei Männer neben zwei wuchtigen Maschinen standen, von denen Staubwolken aufstiegen.

»Sie bohren«, sagte er.

»Sieht so aus«, erwiderte Angelique. »Die Strebepfeiler würden die Explosion wahrscheinlich ablenken, wenn sie die Bombe einfach vor die Staumauer legen würden. Wenn man sie wirklich einreißen will, muss man die Sprengladungen tief in den Beton schieben. Das Schutztor ist auch zu.«

»Bist du dir auch ganz sicher, dass sie nicht einfach nur die Wände reinigen? Vielleicht mit einem Sandstrahlgebläse?«

Angelique griff nach ihrem Handy und lächelte Ray mit sarkastischem Bedauern zu.

Das Telefongespräch hörte sich wie eine Wiederholung ihres letzten mit ihrem Chef an, bloß diesmal mit viel weniger »vielleicht«. Eine Evakuation musste – wenn überhaupt – sofort stattfinden, weil sie keine Ahnung hatten, wie nah die Terroristen der Vollendung ihrer Vorbereitungen waren; aber es war gut möglich, dass alle aus Cromlarig dann eben im Stau ertranken statt zu Hause oder bei den Highland Games. Massive Verstärkung jeder erdenklichen Art war auf dem Weg, aber die Uhr spielte gegen sie. Sie konnten einen Helikopter voller Elitesoldaten in fünfundvierzig Minuten vor Ort haben, aber dessen Anflug wäre kilometerweit sichtbar, vor allem vom Berg aus, was jedes Überraschungsmoment zunichtemachen würde und wahrscheinlich die gleichen Folgen hätte wie ein Evakuierungsversuch. Alternativ konnten sie auch im Nachbartal landen, was ihre Anreisezeit aber deutlich verlängern würde, sodass sie nicht mal mehr eine Stunde für alles hatten, was sie sich so zutrauten.

Diese Alternative wurde immerhin für besser als nichts empfunden (auf jeden Fall besser als eine Option, die die Katastrophe entfesselte), also wurde der entsprechende Befehl gegeben, und Angelique wurde versichert, die Spezialeinheit werde innerhalb von Minuten in der Luft sein. Die nächsten zwei Stunden würden Angelique und Ray aber auf sich gestellt sein.

»Hast du irgendwelche Erfahrung mit so was?«, fragte Angelique.

»Womit? Durch Höhlen und Gänge rennen und bis an die Zähne bewaffnete Bekloppte fraggen? Klar, das ist mein liebstes Hobby!«

»Fragg... Ach so, klar, Computerspiele. *Tomb Raider* und das ganze Zeug.«

Ray verkniff sich einen Spruch. Wenn *Quake* der neue Punk war, war *Tomb Raider* Mariah Carey.

»Hier kannst du aber nicht einfach wieder von vorne anfangen, wenn du erschossen wirst«, erklärte Angelique ihm zuvorkommend.

»Stimmt, das darf ich nicht vergessen.«

Es war Team Deathmatch, dachte Ray, Rocket-Arena-Regeln: keine Health Packs, keine neue Armour, keine Respawns; wenn man stirbt, bleibt man tot, das erste Team, das komplett ausgelöscht wird, hat verloren.

Nur so konnte er die Sache durchstehen, statt vor Todesangst zu erstarren: wenn er sich das Ganze als Spiel vorstellte und es mit allem Können, aller Taktik und Gerissenheit und allem Verstand anging, die er vom ersten ZX 81 bis zum letzten Quake-3-Liga-Match angesammelt hatte. Er musste dieses begrenzte Wissen nutzen, denn in diesem Kontext hatte er kein anderes. In den USA waren einmal Marines mit einer modifizierten Version von *Doom* ausgebildet worden, und wenn selbst knallharte Soldaten etwas vom virtuellen Fraggen lernen konnten, dann Ray doch sicher auch. Er wünschte nur, er hätte den Antiterror-Mod *Counterstrike* öfter gespielt.

»Wie lautet der Plan?«, fragte er. »Reinschleichen, alle Terroristen mit unseren mächtigen Harpunen umlegen und dann in Cromlarig Baumstammwerfen gucken?«

»Das mit dem Schleichen ist schon mal gut. Aber in Anbetracht der ungleichen Zahlen und Bewaffnung müssen wir wohl hauptsächlich damit arbeiten, dass sie nicht wissen, dass wir da sind.«

»Hört sich gut an«, sagte Ray. Ihm fiel *Thief* ein, wo das Agieren im Schatten immer besser war als ein direkter Kampf. Wenn man da einen Feind tötete, kamen dessen Kumpels angerannt; sie waren stärker, besser bewaffnet und zahlreicher als man selbst. Reinschleichen, leise sein, versteckt bleiben, am Leben bleiben.

Angelique griff sich eine der Dubh-Ardrain-Broschüren, die sie sich im Wassersportzentrum mitgenommen hatten und in denen es eine hilfreiche Schemazeichnung der Anlage gab, mit der Ray seine vagen Erinnerungen auffrischen konnte. Sie gingen durch den Abflusskanal rein, das war beschlossene Sache, aber auch nur das.

»Einen direkten Kampf mit denen können wir nicht gewinnen«, sagte Angelique. »Das wäre nicht nur Selbstmord, sondern wir würden Cromlarig gleich mit in den Tod reißen. Unsere beste Chance ist wohl, sie einfach machen zu lassen, uns möglichst unsichtbar zum Staudamm hochzuarbeiten und die Sprengladungen zu entfernen, bevor sie detonieren können.«

»Kannst du denn eine Bombe entschärfen?«

»Muss ich hoffentlich nicht. Es geht hier ja nicht um irgendeine ausgeklügelte Gerätschaft, mit der ein öffentliches Gebäude in die Luft gejagt werden soll. Das hier ist nichts als ein Abrissprojekt. Sie verkabeln die Sprengsätze für die Detonation und stopfen sie in die Bohrlöcher. Das Ganze wird dann per Fernzünder ausgelöst, weil ich nicht glaube, dass sie einen Freiwilligen haben, der oben bleibt und den Hebel drückt.«

»Das müsste schon ein Surfweltmeister sein.«

»Wenn wir es also nach oben schaffen, müssen wir nur noch die vorbereiteten Sprengladungen aus den Löchern ziehen und sie so weit wie möglich den Berg runterwerfen. Wenn die Terroristen dann aufs Knöpfchen drücken, reißt die Explosion zwar einen ordentlichen Brocken aus dem Berg, aber der Damm selbst müsste intakt bleiben.«

»Müssten die nicht irgendwen oben haben, der auf ihr Werk aufpasst?«

»Klar, aber nicht bis zum großen Moment selbst, würde ich sagen. Wenn Darcourt sagt, dass es losgeht, ziehen sie sich alle in den Berg zurück, wo sie wahrscheinlich die große Flut aussitzen wollen, bis sie mit ihren Schnellbooten abhauen. Also haben wir ein Zeitfenster.«

»Und einen Sitz in der ersten Reihe. Wir können ja nicht wissen, wie groß das Zeitfenster ist. Die Sprengladungen könnten losgehen, während wir gerade mit ihnen Frisbee spielen.«

»Dann beeilen wir uns doch lieber.«

Angelique schob ihr Handy und die Broschüre in eine wasserdichte Tasche an ihrer Taille, klemmte die Lampe an ihren Gürtel, legte sich die Druckluftflasche an und zog sich die Maske über die Augen. Sie gab Ray einen kleinen Auffrischungskurs in den Grundprinzipien der Tauchausrüstung – einatmen, ausatmen, wiederholen –, hängte sich eine der Harpunen über die Schulter und gab ihm die andere. »Vergiss nicht die Brechstange«, sagte sie, bevor sie auf ihr Mundstück biss und sich rückwärts vom Boot fallen ließ.

Ray beobachtete die Wellen, in die sie eingetaucht war; sein Magen zog sich zusammen und sein Puls beschleunigte sich. Das Gerede, die Theorie war vorbei, und jetzt musste er sich kopfüber in die Gefahr stürzen.

Stopp, sagte er sich. Du lässt die Sache gerade auf der Real Life™ Engine laufen, das macht dein System noch nicht mit.

Er schaute an sich runter, und sein Blick wurde vom Glas der Maske leicht gebrochen. Am Oberkörper trug er eine unversehrte Kevlarweste. Auf der Haut einen von einem vollen Tank O_2 gespeisten Schutzanzug. Und er hatte sogar schon zwei Waffen im Inventar: eine Harpune und eine Brechstange.

Das Spiel konnte losgehen.

```
LADE MAP: KRAFTWERK DUBH ARDRAIN
  [dubh1.bsp]
LADE MEDIEN: INDUSTRIEBOHRMASCHINEN
LADE MEDIEN: SPRENGLADUNGEN
LADE POWER-UP: KUGELSICHERE WESTE
LADE POWER-UP: TAUCHANZUG
Angel_X[LGG] HAT DEN SERVER BETRETEN
Lobey_Dosser[LGG] HAT DEN SERVER
  BETRETEN
WARTE AUF SERVER . . .
```

Es war die klassische Infiltrationstechnik der Spielewelt: ein Loch ins Gitter vor einem Unterwassertunnel schießen und sich klammheimlich in die feindliche Basis vorarbeiten, um die Gegner unvorbereitet zu erwischen. In diesem Fall war das Gitter nur eins aus Draht, damit keine Lachse in den Abflusskanal schwammen, also reichte die geräuschlose Brechstange; und anders als in den meisten Spieleszenarien wurden sie bei der Arbeit nicht von irgendwelchen Mutantenhaien belästigt, nicht mal von Mutantenlachsen.

Als sie in den Tunnel schwammen, war vom Tageslicht schnell nichts mehr zu sehen. Während sie noch Blickkontakt hatten, gestikulierte Angelique, dass Ray ihr hoch zur Decke folgen solle, an der sie sich beide mit der Hand orientierten, während sie blind weiter in die Dunkelheit schwammen. Ray hörte nur seinen eigenen Atem und das von Angelique aufgewirbelte Wasser, sein einziges Zeichen, dass sie noch da war.

Plötzlich war Rays Hand in der Luft, und ein paar Meter weiter tauchte auch sein Kopf auf. Der leichte Anstieg hatte sie wieder auf Höhe des Wasserspiegels von Loch Fada geführt. Vor Ray leuchtete es auf, als Angelique ihre Taschenlampe einschaltete, deren Licht nun nicht mehr sofort verschlungen wurde.

Als das Wasser nur noch hüfthoch war, ließen sie Brechstange, Masken und Druckluftflaschen zurück. Sie bunkerten das Ganze unter Wasser, um kein Zeichen ihres Eindringens zu hinterlassen. Theoretisch hätten sie die Ausrüstung dort wieder abholen können, aber für Ray verdeutlichte es, dass ihre Mission nur in eine Richtung geplant war. Wenn sie hier überhaupt wieder rauskamen, dann nicht auf diesem Weg, und auf allen anderen drohten Feindkontakte.

Der Abflusskanal führte zu den Turbinen unter der Hauptkaverne, und hinter denen lagen die Rohrleitungen, die hoch zum Damm führten. All diese Bereiche würden bewacht sein, also setzten sie ihre Hoffnungen in den Kabel- und Entlüftungsschacht, den sie der Broschüre zufolge nach dem Wasserschloss erreichen würden, aber vor allem vor der Maschinenhalle. Der Schacht führte senkrecht hoch bis auf den Gipfel, wo er ein paar Hundert Meter vor dem Damm herauskam. Das war der Vorteil. Der Nachteil war, dass sie eine Leiter hochsteigen mussten und dabei die ganze Zeit ein wehrloses Ziel waren, wie er seit *Quake 2* wusste. Außerdem waren die Leitern im Spiel selten über zehn Meter lang. Der Entlüftungsschacht mehr als dreihundert.

Im Tunnel war es verstörend leise, und ihre nassen Schritte wirkten verstärkt und hallten nach. Zum Glück waren sie von dichtem Gestein umgeben, sodass sie wohl nur jemand hätte hören können, der selbst im Tunnel war. Der Strahl von Angeliques Lampe tanzte über die Wände, hauptsächlich über die rechte, wo der Hauptstollen war, weshalb sich dort in regelmäßigen Abständen Zugangstüren und Beobachtungsplattformen befanden. Ray wollte sich jedes Mal umschauen, wenn sie an so einer vorbeikamen, weil er einen Überraschungsangriff von hinten befürchtete. In Egoshootern waren solche Plattformen meistens mit Gegnern bevölkert, und wenn nicht, löste das eigene Vorbeigehen aus, dass sie plötzlich auftauchten.

Angelique blieb unvermittelt stehen und hielt eine Hand hoch.

»Was?«, flüsterte Ray.

Sie zeigte mit der Taschenlampe auf einen kleineren Tunnel in der Wand des Abflusskanals. So einen hatten sie auch schon unter der letzten Plattform gesehen, also wusste er nicht, was an diesem so besonders war. Als er zu Angelique aufschloss, sah er seine Antwort in Blut geschrieben: Unter der Öffnung war der Beton dunkel verschmiert, wo etwas in den Kanal abgeflossen und weggespült worden war. Angelique beugte sich runter und legte die Hand in den Tunnel. Als sie sie wieder herauszog, waren ihre Finger rot und klebrig.

»Nur noch Rückstände«, sagte sie. »Das meiste ist abgeflossen, aber es ist noch ziemlich frisch. Vielleicht ein paar Stunden alt. Ich geh mal nachsehen.«

»Lieber du als ich«, flüsterte Ray, bevor ihm klar wurde, dass die passive Rolle auch keinen großen Spaß brachte, wenn Angelique mit der einzigen Lichtquelle in den kleinen Tunnel kroch.

Wieder im Dunkeln, hockte Ray sich neben die Öffnung und umklammerte die Harpune als einzige Verteidigung gegen unsichtbare Feinde. Nach einer Weile hörte er es scheuern und keuchen, als Angelique langsam zurückkehrte. Er verzog das Gesicht, als er verstand, dass sie etwas mitschleifte, und war ihr spontan etwas weniger dankbar für das Frühstück. Mit den Füßen zuerst kam sie heraus und schüttelte sich, als sie wieder aufrecht stand.

»Ich glaube ja nicht, dass du das sehen willst, aber da drinnen konnte ich ihn mir nicht in Ruhe anschauen.«

Angelique griff mit beiden Händen in den kleinen Tunnel, stützte sich mit einem Fuß an der Wand ab, zerrte eine Leiche mit den Armen zuerst heraus und legte sie sanft auf den feuchten Boden des Abflusskanals. Dabei klapperte es ein bisschen, und Ray sah den Kolben eines Gewehrs, das der Tote um die Schulter gehängt hatte.

»Oh Gott«, keuchte er, als Angelique den Lichtstrahl an dem blutigen Körper auf und ab wandern ließ. Im unteren Brustkorb klaffte ein großes Loch, in dem zwischen Fleischfetzen einzelne Rippen zu sehen waren, das Ganze von schwarzen Brandspuren umrandet. Weiter oben verlief eine Spur aus Einschusslöchern von unter der linken Schulter diagonal hoch bis zu den Überresten des Gesichts; der halbe Unterkiefer und ein Großteil der rechten Wange fehlten.

Angelique beugte sich runter und zog das Sturmgewehr von der Leiche weg, das offenbar genauso einen guten Tag gehabt hatte wie sein Besitzer.

»Seine Waffe ist explodiert«, sagte sie. »Anscheinend wollte er gerade auf jemanden schießen und hat eine böse Überraschung erlebt, als er den Abzug gedrückt hat. Und der andere hat ihn dann höchst unsportlich erledigt.«

Ein Punkt Abzug, für Selbst- oder Teamkill, dachte Ray.

```
[LGG]0 [TL]-1
```

»Und warum?«, fragte er.

»Sabotage. Einzige Erklärung. Womit das Gesamtbild auf einmal um einiges spannender wird. Man muss schon ziemlich nah dran sein, um so was abzuziehen. War wohl ein Insider.«

»Ist da jemand eingeschleust worden? Ein Undercover-Agent?«

»Nein. Hätte man bei denen jemanden einschleusen können, hätten wir dich nicht gebraucht, um auf den Plan zu kommen, und gestern Abend hätten hier hunderttausend Bullen auf sie gewartet. Anscheinend ist bei unseren Terroristen nicht alles Friede, Freude, Eierkuchen.«

»Ein Verräter?«

»Schwierige Zeiten. Wenn man heutzutage nicht mal mehr einem Massenmörder-Söldnerterroristen vertrauen kann, wem dann?«

Angelique nahm der Leiche ein Funkgerät vom Gürtel, schaltete es ein und klemmte es an ihren eigenen.

»Wir hören jetzt *Radio Wichser*. Das ganze Gestein hilft sicher nicht gerade, aber vielleicht bekommen wir ja ab und zu mal einen Fetzen mit.«

Ray sah sich noch einmal das Gesicht der Leiche an. Jetzt, wo er sich daran gewöhnt hatte, was alles fehlte, erkannte er, was übrig war.

»Das ist einer von den Kerlen auf der Brücke.«

»Die Wellensittich-Mörder. Immerhin schon mal ein Fall gelöst.«

»Was?«

»Ach, nichts. Hilf mal, ihn wieder in den Tunnel stopfen. Irgendwer hat all den Aufwand betrieben, um ihn zu verstecken, damit seine Kumpel nicht kapieren, dass sie einen Feind in ihrer Mitte haben. Das soll uns ganz recht sein.«

Das Funkgerät gab Lebenszeichen von sich. Als sie der Maschinenhalle langsam näher kamen, waren erst ein gelegentliches Rauschen und halb verständliche Gesprächsfetzen zu hören, bis sie schließlich vollständige Funksprüche empfingen. Wer auch immer gesagt hatte, beim Lauschen erfahre man nur selten etwas Nützliches, belauschte eindeutig die falschen Gespräche und hatte offensichtlich keine Geheimdiensterfahrung. Präziser wäre vielleicht: Beim Lauschen erfährt man selten etwas Beruhigendes.

»Mercury, hier spricht Matlock. Ich bin an Turbine fünf, Grundebene. Hier ist alles voller Blut, aber keine Leichen.«

»Ich fass es nicht! Wo zum Teufel ist Jones?«

»Oben.«

»Nein, der andere.«

»Ich dachte, den hast du auch hochgeschickt.«

»Ich habe gerade mit May gesprochen. Bei der Bohrcrew ist Jones nicht.«

»Welcher?«

»Der, nach dem ich suche, verdammte Scheiße! Mick! Und keiner von euch Vollpfosten hat auch nur ein Wort gesagt, weil ihr alle gemeint habt, er ist bei jemand anderem. Strummer, ich dachte, du warst bei ihm.«

»Strummer hört. Ich hatte die beiden in einem kleinen Entwässerungskanal gefunden, konnte aber nicht mithalten. Als ich gehört habe, dass Jones sie in die Ecke getrieben hatte, bin ich wieder rausgekrochen.«

»Kann mir denn jetzt *bitte* einer von euch sagen, dass Jones es nicht verbockt hat, zwei Schuljungs aus nächster Nähe zu erledigen?«

»So langsam sieht es danach aus.«

»Meine Fresse! Wenn die beiden noch am Leben sind, haben sie auch noch Funkgeräte, also nicht vergessen: Achtloses Gerede rettet Leben. Findet sie. Mercury Ende.«

Sie standen still da, atmeten kaum und hatten die Lautstärke so weit runtergedreht, dass sie gerade noch etwas hören konnten, ohne dass die Geräusche ihre Position verrieten. Ray bekam eine Gänsehaut, als er nach all den Jahren zum ersten Mal wieder Simons Stimme hörte. Der Akzent war abgeschwächt und die Aussprache klarer, als würde er mit Ausländern reden, aber er war es ganz eindeutig. Der Klang der anderen Stimmen bestätigte, dass er tatsächlich mit Ausländern redete; aber wie schon die Killer auf der Brücke verrieten sie sich eher durch den neutralen Akzent als durch besonders ungeschicktes Englisch.

»Schuljungs«, flüsterte Angelique bedeutungsschwer.

»Habe ich auch eben dran gedacht. Der Lastwagen stand vor der Burnbrae Academy, während sie reingegangen sind und mich abgeholt haben. Schuljungs sind neugierig.«

»Anscheinend auch gerissen. Wahrscheinlich haben sie die Waffe sabotiert. Und wenn sie eine sabotiert haben ...«

»Das hört sich nach einer gefährlichen Annahme an«, warnte Ray.

»Stimmt. Ich denke nur laut. *Hoffe*. Bleiben wir bei dem, was wir mit Sicherheit wissen. Personal: Da hätten wir Darcourt, der sich Mercury nennt. Jones ist der Tote, aber es gibt noch einen zweiten. Außerdem Strummer, May und Matlock. Also mindestens fünf.«

»Zwölf. Minus die Leiche.«

»Zwölf?«

»Die Codenamen: Mercury, May, Strummer, Matlock, zweimal Jones: Queen, die Sex Pistols und The Clash. Rockbands, je vier Mann.«

»Klar, da kommen die Namen her, aber das heißt doch nicht ...«

»Es würde keine zwei Jones geben, wenn sie nicht alle zwölf Namen gebraucht hätten. Wir haben noch elf Mann da draußen. Die fünf plus Taylor und Deacon, Simonon und Headon, Lydon und Cook.«

»Und was ist mit Vicious?«

»Sid Vicious fand Simon immer zu theatralisch.«

»Aber gegen Freddie Mercury hatte er nichts?«

»Du würdest dich wundern.«

»Okay. Also elf Mann da draußen, die jetzt aktiv nach Eindringlingen suchen. Immerhin kennen wir die Verhältnisse. Komm.«

Angelique legte einen Zahn zu und hielt erst am Wasserschloss wieder an. Sie ließ den Taschenlampenstrahl wandern, der zu beiden Seiten eine Plattform zeigte, wo aus dem Tunnel ein breites Sechseck wurde, dessen Wände oben in der Dunkelheit verschwanden. Wo der Abflusskanal auf das Wasserschloss traf, gab es eine hohe Schwelle, sodass sich dort eine gewisse Wassermenge ansammeln musste, bevor sie über- und runter ins Loch ablief. Dahinter stand das Wasser im Sechseck knapp einen Meter tief, was der Broschüre zufolge daran lag, dass der Tunnel vor dem Wasserschloss eine Delle nach unten beschrieb, sodass das Wasser nach den Turbinen scharf gebremst wurde. Die hohen Wände im Wasserschloss nahmen noch einmal einen Anteil der Geschwindigkeit heraus, sodass es hinterher kontrolliert den Abflusskanal hinablaufen konnte.

Sie stiegen die Leiter zur linken Plattform hoch, wo Angelique einen Lichtschalter fand und die Kammer mit versenkten Lichttafeln erleuchtete. Jetzt waren auf gegenüberliegenden Seiten des Beckens zwei Türen zu sehen. Auf der rechten stand »Maschinenhalle«, auf der anderen »Trafokammern«.

»Da wollen wir hin«, sagte Angelique und zeigte nach links. »Der Kabelschacht führt von den Trafos hoch zu den Strommasten auf dem Berg.«

Über dem Zugang zum Abflusskanal konnte Ray nun auch ein Stellrad für ein Absperrventil sehen. Daneben warnte ein Schild: »Nur für die Wartung. Automatische Überbrückung während der Generation. Manuelle Überbrückung im Leitstand.«

Er schaute runter zur Schwelle, wo eine mit Gummi ausgekleidete Vertiefung über die Breite des Tunnels verlief.

»Was ist denn da?«, fragte Angelique, die schon durch die Tür gegangen war und sich jetzt nach ihm umsah.

»Ein Absperrventil. Ich glaube, damit kann man den Tunnel versiegeln.«

»Warum das denn?«

»Zur Wartung, steht hier. Und natürlich, falls bewaffnete Typen hier runterkommen und nach dem verstorbenen Mick Jones suchen.«

»Gute Idee. Zu damit. Eine Richtung weniger, aus der sie uns angreifen können.«

»Im Kabelschacht dagegen gibt es nur noch zwei: oben und unten.«

»Mach einfach.«

Das Rad bewegte sich so zäh, dass er fast Schwielen an den Händen bekam. Anfangs hoffte er, dass nur ein hartnäckiges erstes Stück überwunden werden musste wie beim Marmeladenglas, aber es wurde nicht besser und ging genauso schwer weiter, bis das Tor endlich verschlossen war. Zum Glück ging das Ganze bis auf einiges Knarzen in Rays Knochen recht geräuschlos vonstatten. Dann lockerte er sich kurz die schmerzenden Schultern und folgte Angelique durch die Tür in einen dunklen, schmalen Gang, der nur duch die angrenzenden Räume beleuchtet wurde.

Nach der Dunkelheit des Abflusskanals und dem schwachen Neonröhrengeflacker des Wasserschlosses kam Ray sich in der Trafokammer plötzlich vor wie ein Grubenpony, das ins grelle Tageslicht stolpert. Dort standen drei wuchtige Maschinen, die Wände waren aus kahlem Fels und die Decke mit Aluwellblech isoliert, das das helle Licht reflektierte, das sowieso schon den Eindruck erweckte, hier würde die gesamte Leistung des Kraftwerks verbraucht.

Die Trafos standen rechts an einer der Felswände und wurden von grauen Stahlrohren gefüttert, als wären sie gigantische Eiserne Lungen und die Patienten darin hätten für die Ausrüstung mit Kensitas-Zigarettencoupons bezahlt. Große rote Zapfen, doppelt so groß wie er, ragten aus jedem davon hervor wie die Verteidigungsstacheln eines Metalldinosauriers, und rund um Ray summte es elektrisch, dass ihm scheinbar die Knochen mitvibrierten.

Er konnte Angelique nicht sehen und wollte gerade schon nach ihr rufen, als ihm einfiel, wie selbstmörderisch dumm das hätte sein können. Als er hochschaute, sah er neun dicke, schwarze Kabel, drei von jedem Trafo, die durch Stahlringe geführt wurden, bevor sie durch ein Loch in der Decke verschwanden. Im Schacht nach oben verliefen an drei Wänden je drei Kabel und an der vierten die Leiter, aber keine Angelique weit und breit. Irgendwo musste es eine Treppe geben, die ans untere Ende des Schachts führte, und da war sie wohl.

Eine Tür kam in Sicht, als Ray am ersten Trafo vorbeiging, und sie öffnete sich gerade nach außen. Gott sei Dank, dachte er, nachdem er kurz eine Unsicherheit gespürt hatte, die ihn daran erinnerte, wie er sich einmal im Supermarkt umgedreht und gemerkt hatte, dass seine Mama weit und breit nirgends zu sehen war. Er musste an *Lost in the Supermarket* denken, auch keine allzu tröstliche Erinnerung in Anbetracht der unsterblichen Interpretation durch The Bacchae.

»Zugang Maschinenhalle« stand dort in fetten, schwarzen Buchstaben, wie Ray jetzt lesen konnte, als er den Trafo umrundet hatte und die Tür nicht mehr in so einem stumpfen Winkel stand. Dahinter befand sich im Neunzig-Grad-Winkel zur ersten eine zweite Tür mit der Aufschrift »Zugang Kabelschacht«, worüber er sich gerade freuen wollte, als ihn eine Kugel in die Brust traf.

Ray stürzte nach hinten und ächzte vor Schmerz. Ihm fiel ein, dass er eine Kevlarweste trug, deren Nützlichkeit seine Nervenenden gerade lautstark bestritten. Zwei Männer waren aus dem Gang gekommen, und der erste hatte reflexartig seine Pistole gezogen und einen Einzelschuss abgefeuert. Als Ray die Augen wieder öffnete, stand der Mann schon breitbeinig über ihm und zielte auf seinen Kopf. Er hatte die Augen zusammengekniffen und den Finger am Abzug. Seine Waffe hatte niemand sabotiert, das war schon mal klar.

»Sprich dein letztes Gebet, Arschloch«, sagte er, bevor er plötzlich verwirrt die Augen aufriss. »Ash?«, fragte er ungläubig, und der immer noch vor Schmerzen gekrümmte Ray erkannte ihn als einen der Gangster, die ihn entführt und später scheinhingerichtet hatten. Boyle hatte er sich damals genannt; welchen Rockstarnamen er jetzt wohl trug?

»Howdy«, keuchte Ray. Der zweite Mann stellte sich neben ihn und zielte mit seinem Sturmgewehr auf Ray. Ihn erkannte er nicht.

»Was zum Teufel machst du hier?«

»Ich hab euch vermisst«, erwiderte er. Er hielt den Blick fest auf Boyle gerichtet, denn wenn er ihn schweifen ließ, würde er irgendwann auch hochschauen, und dann waren sie beide in den Arsch gekniffen. Beide? Alle!

»Wer ist das Arschloch?«, fragte der zweite Schütze. »Ist der ein Bulle oder was? May hat doch gemeint, an dem wäre irgendwas komisch, Mercury würde uns nicht alles sagen.«

Boyle nickte nachdenklich. »Ich glaube, wir sollten die beiden mal zueinanderführen und ein paar Fragen stellen, nicht wahr, Mr. Matlock? Hoch mit ihm!«

Der zweite Schütze riss Ray hoch, nahm ihm die Harpune vom Rücken und warf sie auf den Boden. Boyle schaute sie abschätzig an.

»Wen wolltest du damit denn umlegen? Die kleine Meerjungfrau?«

Boyle machte kehrt und ging voran, Matlock stieß Ray zwischen die Schultern, als wüsste er nicht, wo vorne war. Ray hörte ein Wummern, als hätte jemand einen großen Kohlkopf fallen lassen, und spürte, wie ihm etwas auf die Schulter des Tauchanzugs spritzte. Er und Boyle drehten sich gleichzeitig um und sahen Matlock mit verwirrtem Blick wacklig aufstehen. Aus seinem Hals ragte steil abwärtsgerichtet ein Speer, von dem Blut floss wie aus einem geplatzten Rohr. Seine rechte Hand tastete danach, als hätte sich eine Fliege auf seinen Hals gesetzt, bevor er zusammenbrach wie eine Marionette, der man die Fäden durchtrennt hatte.

Boyle schaute hoch nach dem Ursprung des Speers, der in genau dem Moment wie ein schwarzer Blitz hinter ihn sprang. Boyle fuhr mit gezogener Pistole herum, aber schon kam ein Fuß angerast und traf ihn am Handgelenk. Ray hörte Knochen knacken, als die Waffe aus der Hand flog und über den Betonboden rutschte. Dann musste er zur Seite hechten, als Boyles Kopf zurückruckte und sein Körper von der Kraft des nächsten Tritts rückwärtsgeworfen wurde. Boyle suchte mit den Hacken nach Halt, hielt dadurch aber nur den Schwung einen Meter weiter aufrecht, bis er mit dem Hinterkopf feucht gegen einen der Trafos schlug. Er rutschte daran runter und blieb eher zufällig sitzen. Sein Kopf kippte mit offenen Augen zur Seite, und aus der Nase strömte ihm so viel Blut in den offenen Mund, dass er wohl daran ersticken würde, falls er nicht ohnehin schon tot war.

[LGG]2 [TL]-1

Boyle war nicht der Einzige, dem der Kiefer runtergeklappt war. Ray schaute völlig durcheinander zwischen den beiden Terroristen und ihrer einsamen Angreiferin hin und her.

Angelique seufzte ausgiebig und kommentierte ihr Werk mit einem fast traurigen Blick.

»Man legt sich eben nicht mit der Glasgower Polizei an«, sagte sie leise und zuckte die Schultern.

»Jetzt ist wohl auch ein guter Zeitpunkt, mich für jeden auch nur ansatzweise respektlosen Spruch zu entschuldigen, der mir in den letzten vierundzwanzig Stunden über die Lippen gekommen sein könnte«, sagte Ray. »Außerdem möchte ich mich natürlich bedanken.«

»Keine Ursache. Nimm die Pistole mit und vergiss deine Harpune nicht, falls wir doch noch die kleine Meerjungfrau finden. Und dann weg mit den beiden Drecksäcken. Wenn die jemand findet, dann bitte nicht direkt unter dem Kabelschacht.«

»Alles klar.«

Sie schleiften die Leichen in den Gang zwischen der Trafokammer und dem Wasserschloss. Ray nahm sich eins der Funkgeräte und warf das andere ins Wasser.

»Die Waffen auch«, sagte Angelique. »Wir nehmen nur die Pistole mit, die er abgefeuert hat. Bei der wissen wir, dass sie funktioniert.«

»Nur zu gut.«

»Dem Rest können wir nicht vertrauen.«

Sie warfen die anderen drei Waffen ins sechseckige Becken, dann führte Angelique sie zum Zugang des Entlüftungsschachts.

»Ich gehe voran«, sagte sie, als sie bei der Leiter waren. »Kletter einfach so schnell du kannst und schau auf gar keinen Fall runter. Wenn uns in dem Schacht jemand sieht, sind wir sowieso tot, ob du es kommen siehst oder nicht. Wie spät ist es?«

Ray schaute auf die Uhr. »Zehn vor zwei.«

»Okay. Denk einfach an das, was du um diese Uhrzeit an einem Samstagnachmittag sonst am liebsten machen würdest.«

Das tat Ray, und vor allem fiel ihm ein, dass er sonst lieber Leitern vermieden hätte, wenn womöglich jemand auf ihn schießen wollte.

Nachdem das Summen der Trafos schon den Schuss übertönt hatte, verschlang es auch ihre metallischen Schritte auf der Leiter. Rays Angst vor einem Sturz wurde von den Schutzringen um die Leiter etwas abgemildert, während die Angst vor Verfolgern von unten mit jeder Sprosse der vor ihrer Arbeit oben auf dem

Berg wich. Möglichst viele Sprengladungen wegschmeißen, bevor der Gegner einen erwischt und den Rest hochjagt, hörte sich nach einer beschissenen Idee für einen Teamplay-Mod an, aber er verband sich schon mit dem Server, und es war zu spät, um noch ESC zu drücken.

»War aber auch langsam mal Zeit«, zischte Simon vor sich hin und ging durch die Maschinenhalle auf May zu, der gerade fast eine Dreiviertelstunde nach dem Rest der Bohrcrew aus Rohrleitung eins gestiegen war. Die letzte halbe Stunde über war Simon regelmäßig versucht gewesen, selbst nach oben zu fahren, um nachzusehen, was da so lange dauerte. Er hatte sich aber zurückhalten können, weil er aus Erfahrung wusste, dass der Drecksack noch langsamer arbeitete, wenn man ihm über die Schulter schaute.

Die Beobachtungsposten waren abgezogen worden, da weder Anzeichen einer Evakuation von Cromlarig noch eines Anrückens der Bullen zu vermelden gewesen waren. Jetzt mussten sie sich nur noch Gedanken darüber machen, was aus Jones und den beiden Zielscheiben geworden war, die er aus nächster Nähe hatte treffen sollen.

Taylor und Matlock waren dieser Frage als Erste nachgegangen, später verstärkt von der gerade wieder freien Bohrcrew. Bisher gab es keine Meldungen, aber bei all den Tunneln und dem ganzen Strom, der hier überall floss, hatten sie ihre Antworten vielleicht schon gefunden, sie nur noch nicht durchgeben können. Wenn sich herausstellte, dass die jugendlichen Saboteure doch noch lebten (und Jones nicht bloß durchgedreht war und es sich in irgendeiner dunklen Ecke mit ihren Leichen gemütlich gemacht hatte), war das auch wieder nicht die größte mögliche Sorge in dieser Phase.

Simon begrüßte May mit einem warmen Lächeln. Es war nie eine gute Idee, dem launischen Drecksack den Eindruck zu vermitteln, dass man nicht schwer begeistert von seiner Arbeit war.

»Alles bereit für den großen Auftritt?«, fragte er.

May nickte zufrieden. »Die Diva macht gerade noch ein paar Stimmübungen. Sie hat es uns nicht leicht gemacht, aber sie verspricht, dass sie um drei auf der Bühne steht.«

»Tja, sie hat ja auch einen ausgezeichneten Manager. Wie sieht es mit dem Muster aus?«

»Ich habe mit dem alternativen angefangen, der konzentrierten Konfiguration am zentralen Strebepfeiler, aber als Deacon uns die zweite Bohrmaschine fertig gemacht hat, habe ich kalkuliert, dass wir doch noch zum ursprünglichen zurückkehren konnten. Das hat sich als richtig herausgestellt.«

»Was auch immer ich dir zahle, erinner mich daran, dass es nächstes Mal das Doppelte ist.«

»Von wegen.«

»Du musstest nichts abkürzen?«

»Nur in einem Detail. Wir haben die Ladungen nicht einzementiert.«

»Hat das Auswirkungen auf die Sprengung?«

»Nein, das war nur eine Sicherheitsmaßnahme, damit keiner daran herumpfuschen kann. Aber weil wir so spät dran waren, wäre das Ganze sowieso nicht rechtzeitig trocken geworden.«

»Oh nein. Das heißt, wir sind völlig hilflos, wenn jemand in der nächsten halben Stunde unseren Plan herausfindet, in den Berg einbricht und alle unsere Verteidigungen überrennt.«

May erwiderte Simons Grinsen. »Völlig hilflos, genau. Wie sieht es hier unten aus? Wie ich höre, gibt es ein Problem mit Jones?«

»Der war wohl eine Nummer zu groß für den Job.«

»Was?«

»Kein Grund zur Sorge. Er hat unsere Saboteure gefunden: zwei kleine Jungs. Er sollte sie umlegen und dann zu euch hochkommen, aber er ist verschwunden. Und die beiden auch.«

»Das hört sich aber nicht wie kein Grund zur Sorge an.«

»Wenn sie noch am Leben sind, dürfte ihr Hauptanliegen sein, dass sie es auch bleiben. Die machen uns keinen Ärger mehr.«

»Wir wissen aber nicht, was – und wen – sie gesehen haben. Wir dürfen keine Zeugen hinterlassen.«

»Werden wir auch nicht.«

»Aber ...«

»Werden wir nicht, okay? Wenn wir den Staudamm hochgejagt haben, gibt es noch keinen Anlass für eine schnelle Flucht. Das Chaos wird so lange anhalten, dass wir sie und Jones in Ruhe aufspüren können, tot oder lebendig. Bleib du mit den Gedanken beim Hauptereignis. Ist alles einsatzbereit? Keine bösen Überraschungen mehr?«

»Meine Ausrüstung habe ich nie aus den Augen gelassen. Ich hatte nur die Sprengladungen im Lastwagen. Alles ist überprüft und bereit. Wir brauchen aber ein Festnetztelefon.«

»Im Leitstand ist eins. Warum?«

»Die Sprengladungen in den Bohrlöchern sind mit einzelnen Funkdetonatoren verkabelt. Ich habe da oben einen Transmitter an ein Handy angeschlossen. Aber hier unter dem ganzen Fels funktionieren Handys natürlich nicht. Wenn es so weit ist, wähl einfach diese Nummer. Beim dritten Klingeln geht es dran, also kannst du es auch testen, wenn du vorher auflegst.«

»Das machen wir doch am besten sofort. Wie lautet die Nummer?«

»Oh Gott!«

»Was?«

Simon drehte sich um und sah nach, was May auf einmal anstarrte. Es brauchte eine ganze Menge, um May sein hartnäckiges Pokerface auszutreiben, und noch viel mehr, um ihn abzulenken, wenn er von seinen Spielsachen redete. Aber der Anblick hier reichte wohl. Matlock stolperte von der Tür zu den Trafokammern auf sie zu. Er war vom Hals bis auf die Oberschenkel blutüberströmt, und eine Art Pfeil ragte nach unten gerichtet aus seinem Hals.

»Scheiße! Hilft dem vielleicht mal jemand?«

Matlock brach zusammen, bevor ihn jemand erreichen konnte. Er sank erst auf die Knie und fiel dann auf die Seite. Ein Arm stützte den Kopf, damit der Pfeil nicht auf den Boden drückte. May und Simon waren als Erste bei ihm, dann kamen auch Deacon und Cook dazu.

Simon kniete sich neben seinen aufgespießten Kameraden. Der atmete gerade noch so.

»Kannst du sprechen? Was ist passiert?«

Matlock bekam kaum genug Luft für ein Flüstern zusammen. Er hörte sich wie ein Fisch an, der die letzten Male nach Luft schnappte, das Schmatzen war lauter als die Worte. Andererseits hingen Hörbarkeit und Verständlichkeit nicht immer voneinander ab. Auch wenn sie ihn nicht so recht hörten, verstanden sie doch laut und deutlich, was Sache war.

»Ash«, hauchte er. Eine halbe Sekunde lang hörte es sich für die anderen vielleicht wie nichts als ein weiteres Keuchen an, aber Simon gefror sofort das Blut. »Ein ... Bull ... en ... weib. Enscha ... en ... scha.«

»Wo ist Taylor?«, fragte May unruhig.

Matlock schüttelte den Kopf, so gut er konnte. »Weib.«

»Die hat ihn umgebracht?«

Matlock nickte.

»Und sie ist ein Bulle?«, fragte Simon.

Wieder ein Nicken.

»Wo sind sie hin?«

Matlock schluckte und nahm wohl all seine Kraft zusammen, um es ihnen zu sagen, aber als er den Mund öffnete, gurgelte nur noch dickes Arterienblut hervor, gefolgt von einem kläglichen letzten Ausatmen.

Simon brummte der Schädel, er überlegte sich, was das bedeutete, aber es war wie eine mathematische Gleichung, bei der die Zahlen und Variablen sich andauernd änderten. Gleichzeitig sprachen seine Männer die Fragen aus seinem Kopf auch aus, sodass unendlich viele Stimmen gleichzeitig nach Antworten verlangten.

»Wie kann Ash hier sein?«

»Woher konnte er es wissen?«

»Wie ist er reingekommen?«

»Was ist mit der falschen Fährte?«

»Wenn die Bullen sie nicht gefressen haben, warum ist dann nur eine von ihnen hier und nicht tausend?«

»Hat er gesagt, Ash ist ein Bulle?«

»Nein, das Weib ist ein Bulle. Was hat er gesagt, wie sie heißt? Enscha?«

»Ich glaub, der meinte: ›Das Ende ist nah.‹«

Und in all dem Wirbel sagte May kein Wort. Stattdessen starrte er Simon mit einem Blick an, der ihn nicht bloß anklagte, sondern verhandelte, verurteilte und hinrichtete. Dann stellte er seine eine, durchdringend bedeutende Frage.

»Wenn er wusste, dass wir hier sind, was weiß er dann noch?«

Die Frage übersetzte Matlocks Geflüster.

»Entlüftungsschacht«, sagte Simon, dem klar wurde, was das hieß, als er das Wort aussprach. »Er kam aus der Trafokammer. Da fängt der Kabelschacht an.«

»Wo geht er hin?«

»Nach oben, verdammte Scheiße!«, fluchte May. »Die wollen zum Staudamm.«

Blicke wurden ausgetauscht: Verdachte, Unsicherheiten, die ersten Anzeichen einer Panik.

»Okay, zuhören!«, sagte Simon mit fester Stimme, aber ohne zu schreien. Er musste zeigen, dass er die Sache im Griff hatte, sonst würde sie ihm entgleiten. »Deacon und Cook, ihr nehmt den Aufzug und überprüft die Lage. Headon, du bleibst unten in der Rohrleitung, damit die Scheißfunkgeräte mal funktionieren. May, Leitstand, sofort.«

»Ja, *Sir*«, erwiderte May mit einem arroganten Sarkasmus, der an Meuterei grenzte.

Angelique wischte sich gerade den Schweiß aus den Augen, als sie durch die Tür in der Mitte kamen. Der Himmel hatte aufgeklart, und es wurde ein wunderschöner Spätsommertag; bis auf die Terroristen, die Leichen, den Sprengstoff, den geplanten Massenmord und die Aussicht, in Stücke gerissen zu werden. Während sie die Sprengladungen von der Plattform warf, war ihr immer wieder der Ausblick aufgefallen: Loch Fada schimmerte silberblau zwischen den Bergen, Windsurfer tanzten auf der Oberfläche. An so eine Stelle hätte man bereitwillig bei einer dreistündigen Wanderung den Picknickkorb mitgeschleppt, nur damit man sich hier ins Gras setzen, ein Bier schlürfen und sich vor den Wespen wegducken konnte, während die Sonne einem die Schultern küsste und vielleicht irgendein freundlicher junger Mann den Hals.

Das hier hatte natürlich Elemente davon, musste sie zugeben, aber auch wieder nicht so viele, dass es wirklich entspannend gewesen wäre. Sie sollte aber wohl über die kleinen Dinge froh sein: Sie hatte einen freundlichen jungen Mann dabei, der Dienste leistete, die gerade noch weitaus erfreulicher waren als Rumgeknutsche, selbst wenn er ihr Typ gewesen wäre. Angelique war ihm für vieles dankbar, aber noch vor den Informationen und Anstößen, die er gegeben hatte, war am allerwichtigsten, dass er cool geblieben war. Wahrscheinlich zeigte er nur eine einigermaßen überzeugende Fassade der Ruhe vor einem bisher nie da gewesenen Grad des Schreckens, aber da war er nicht alleine. Wenn er die Fassung verlöre, wäre es bei ihr mit der Maske, der »erfahrenen Fachfrau«, auch ganz schnell vorbei.

Sie hatten in der Mitte angefangen und arbeiteten sich nach außen vor, weil sie davon ausgingen, dass der Damm zwei kleineren Explosionen besser standhalten würde als einer konzentrierten in der Mitte. Die Sprengladungen in jedem Bohrloch waren wie eine Perlenkette aufgefädelt, und außen an der Öffnung hing immer ein Auslösemechanismus. Ihr kam der Gedanke, dass der Bombenleger unter diesen Umständen vielleicht nicht die Standard-Sicherheitsmaßnahmen gegen Eingriffe vorgenommen hatte, aber sie wollte es nicht drauf ankommen lassen und einfach den Detonator abklemmen. Außerdem hatten die Terroristen dann die Möglichkeit, alles schnell zu reparieren, wenn sie auf den Knopf drückten und nichts passierte.

Sie hatten knapp über die Hälfte der Bohrlöcher geleert, als sie hörte, wie die Tür aufging. Angelique hielt gerade eine Sprengsatzkette in der Hand und wischte sich die Augen, bevor sie das Ganze beidhändig wegschleudern wollte. Sie drehte sich um, zog die Pistole und ließ den Sprengstoff fallen, aber der erste Kerl an der Tür eröffnete mit seinem Sturmgewehr schon das Feuer, bevor sie zielen konnte. Statt eines Feuerstoßes kam aber nur ein einzelner Knall, als die Waffe ihm in den Händen explodierte und eine davon abriss. Er sank auf die Knie und stürzte auf sein abgetrenntes Körperteil, als hinter ihm ein zweiter Schütze auftauchte. Diesmal hatte Angelique genug Zeit zum Zielen, aber er duckte sich hinter seinen verwundeten Kameraden. Sie feuerte zwei Schuss ab, die beide in den Oberkörper des improvisierten menschlichen Schutzschilds einschlugen, während sein wenig selbstloser Kollege sich wieder in den Damm zurückzog.

»Ray, wir müssen hier runter!«, rief sie. »In die Rohrleitung, das ist unsere einzige Chance!«

Ash warf noch eine letzte Sprengstoffkette von der Plattform und rannte zur Eingangstür auf der anderen Seite. Angelique hob die Sprengladungen zu ihren Füßen auf und wollte es ihm gleichtun, als sie eine andere Idee hatte. Mit gezogener Waffe und die Sprengladungen über die Schulter geschlungen rannte sie zu der Tür, aus der der Schütze gekommen war. Dahinter befand sich eine kurze Treppe in der Wand, die zum luftdichten Zugang der Rohrleitung führte.

Angelique raste die Treppe runter und riss die Sicherheitstür auf. Unter ihr fuhr der Schütze auf einer Automatikplattform abwärts und sprach hektisch in sein Funkgerät. Sie nahm die

Sprengladungen mit beiden Händen und schleuderte sie runter in den Tunnel, wo sie am Kopf des Terroristen vorbeiflogen, sodass er hochschaute. Angelique duckte sich weg und erwartete Schüsse, die aber nicht kamen. Dann rannte sie wieder nach draußen auf das Gerüst, und Herz und Lunge pumpten auf Hochtouren, als sie auf die zweite Rohrleitung zulief.

»Hier spricht Deacon. Sie reißen die Sprengladungen raus und werfen sie nach unten. Cook ist tot. Seine Waffe ist explodiert. Die Scheißkinder schon wieder!«

Die Scheißkinder, genau! Die kleinen, fiesen Ratten. »Haben das alle gehört?«, gab Simon weiter. »Werft alle Waffen aus dem Lastwagen weg. Sofort.«

Er wandte sich May zu. »Zünden. Jetzt.«

»Deacon ist noch nicht in Sicherheit.«

»Scheiß auf Deacon! Jag den Damm hoch!«

»Warum legen wir die Schweine nicht einfach um und verlegen die Sprengladungen neu?«

»Wer soll das denn bitte machen? Die sind da oben und wissen, dass wir kommen. Die könnten uns einen nach dem anderen umlegen.«

»Die sind doch nur zu zweit. Wir können …«

Simon zog seine Pistole und zielte beidhändig genau zwischen Mays Augen. »Jag den Scheißdamm hoch!«

May schüttelte den Kopf und starrte ihn nicht mehr nur unverschämt, sondern spöttisch an. »Du hast wohl die Frage vergessen, die du mir an der Brücke gestellt hast. Du schaffst das ohne mich nicht.«

»Ich muss doch nur eine Nummer anrufen.«

»Ja, aber welche, *Freddie*?«

Simon schoss ihm zweimal in den Kopf und nahm ihm das Handy vom Gürtel. Als hätte der berechenbare Idiot nicht den Empfänger getestet, als er noch oben war.

»Die letzte in deiner Anrufliste, *Brian*.«

Lexy spürte, dass er wieder losweinte. Er wollte es zurückhalten, gleichzeitig aber doch alles rauslassen. Das Ergebnis war ein ersticktes Schniefen, bei dem er fest die Augen zukniff und Tränen herauspresste.

»Wasn los, Lexy?«

»Sorry, Murph. Der Typ. Ich komm damit einfach nicht klar. Ich hab wen umgebracht, Murph.«

»Ach, Quatsch, Mann! Du bist verdammt noch mal n Held! Meinste, der würde auch traurig rumsitzen, wenn er uns umgelegt hätte? Von wegen!«

»Ich weiß, aber es war so schrecklich.«

»Wahrscheinlich wär er auch so gestorben, auch wenn du nich geschossen hättest. Haste gesehen, was seine Wumme mit ihm gemacht hat? Vielleicht war das ja eine, in die ich was reingestopft hab, dann war's Teamarbeit. Aber du hast unsere Chance genutzt. Du hast ihn erledigt, bevor er irgendwas anderes machen konnte. Du hast echt nen Arsch in der Hose, Alter!«

»Weiß ja selber nicht, wie. Ich war komplett gelähmt. Ich dachte, das war's, als er abgedrückt hat. Wir wussten ja nicht, ob es eins von den Gewehren war, in die wir was reingestopft haben, und was das gebracht hat.«

»Tja, besser wird's davon wohl nicht, oder? Ich mein, da steht bestimmt nicht im Handbuch: Um die optimale Leistung aus Ihrer Waffe herauszuholen, stopfen Sie bitte einen fetten Batzen Stahl von vorne in den Lauf.« Murph sprach mit einem vornehmen englischen Akzent, und Lexy musste lachen.

»Danke, Murph«, sagte er.

»Wofür?«

»Dass du uns hier durchbringst.«

»*Ich* bring uns hier durch? Du bist doch der Schlaue!«

»Blödsinn!« Lexy musste aufpassen. Selbst nach allem, was sie in den letzten Tagen durchgemacht hatten, gab es nichts Schlimmeres als die Anschuldigung, man sei schlau. Wenn sie überlebten und wieder zur Schule kamen, musste er womöglich hoffen, Gap Man hätte ihn umgelegt.

»Ach, klar bist du das. Ist aber okay, ich sag's nicht weiter.«

Sie hatten sich in einem anderen Tunnel versteckt, diesmal aber einem trockenen. Als sie die Leiche versteckt hatten, waren sie wieder in den kleinen Entwässerungskanal geklettert und in die andere Richtung weitergekrabbelt, unter die Zugangsebenen der Turbinen. Der Abfluss endete – oder begann – bei Turbine eins, der hintersten, und weil sie über die Funkgeräte nichts hörten, ließen sie es drauf ankommen und stiegen hoch. Dort, auf der untersten Turbinenebene, fanden sie eine kniehohe Klappe, hinter der sie einen kurzen Kriechtunnel und dann das obere Ende einer Leiter entdeckten. Selbst sie mussten rückwärts reinrutschen, um auf die Leiter zu kommen, die zwei Meter runter in einen anderen Tunnel mit riesigen Kabeln an beiden Wänden führte.

»Wie spät ist es?«, fragte Lexy.

Murphs Lampe ging an. »Kurz vor …« Plötzlich bebte der ganze Tunnel, Kabelschellen sprangen aus den Wänden wie Reißzwecken, und es gab ein rumpelndes Krachen, das sie gleichzeitig spüren und hören konnten.

»Scheiße, was war das?«, fragten sie gleichzeitig.

Es bebte noch ein paar Sekunden weiter, und sie krümmten sich beide auf dem Boden zusammen, als noch mehr Kabelschellen fielen und die losen Kabel die Wände peitschten.

»Erdbeben«, vermutete Wee Murph.

»Bombe wohl eher. Der ganze Sprengstoff.«

»Ach, Scheiße, klar!«

Das Rütteln und Rumpeln ließ endlich nach, aber es lag noch ein anderes, dauerhaftes Geräusch in der Luft. Vielleicht kam es ihm auch nur in den Ohren so vor, wie wenn man zu laut über Kopfhörer Musik gehört hatte. Sie blieben eine Weile still hocken und wagten nicht zu hoffen, dass es das gewesen war.

Nichts kam, aber das andere Geräusch wurde lauter, und er bildete es sich ganz bestimmt nicht bloß ein.

»Komm, wir hauen ab«, sagte Murph.

»Aber die Typen …«

»Denk doch mal nach, Lexy. Das war die Bombe, hast du doch selber gesagt. Die haben erledigt, wozu sie hier waren. Also packen sie jetzt ihre Sachen. Wahrscheinlich sind sie schon weg.«

»Lass uns noch ein bisschen warten. Falls noch ne Explosion kommt.«

»Noch zwei Minuten, okay?«

»Okay.«

Lexy zählte im Kopf die Sekunden, damit Murph nicht bescheißen konnte. Er war bei dreiunddreißig, als sie nasse Füße kriegten.

»Oh, Scheiße!«

»Ich kenn mich ja nich so mit Wasserkraftwerken aus, Lexy, aber ich bin mir ziemlich sicher, dass in nem Tunnel voller Kabel kein Wasser sein sollte.«

»Ist okay, die sind isoliert.«

»Aye, also verlassen wir uns auf ein paar Millimeter Gummi, damit wir nich gegrillt werden. Komm, wir verpissen uns hier!«

Lexy widersprach nicht. Das Wasser war ihm innerhalb von Sekunden bis zu den Knien gestiegen, und die Geschwindigkeit nahm anscheinend noch weiter zu. Als sie beide die Leiter hoch und aus dem Schacht gekrochen waren, quoll es bereits hinter ihnen aus der Klappe. Der Boden draußen war auch schon nass vom Wasser aus dem Abflussschacht, durch den sie vorher geflohen waren.

»Zum Glück sind wir da unten nicht sitzen geblieben«, sagte Murph.

»Ich will gar nicht dran denken.«

Sie stiegen zügig die verschiedenen Turbinenzugangsebenen nach oben und prüften nur kurz jede Treppe und jeden Gang, da die unmittelbare Gefahr eher hinter als vor ihnen lag. Auf der zweitniedrigsten Ebene kamen sie über den ersten von zwei offenen Balkonen – der andere direkt darüber –, von wo aus sie in die Maschinenhalle hoch- und an den anderen Turbinen entlangschauen konnten. Die beiden in der Mitte, drei und vier, sahen aus wie Coladosen, die jemand zusammengetreten hatte, und ihre Balkone waren ein verkrüppeltes Wirrwarr aus Beton und Stahl. Über ihnen waren die Geländer der Hauptebene verbogen, und Metallsplitter hatten sich gegenüber in den Fels gebohrt. Wasser sprühte aus Rissen und Löchern in beiden Turbinen, aber von anderswo musste es auch kommen, da sich unter den Balkonen die ganze Kaverne füllte. Leise sein brachte jetzt auch nichts mehr, da man sich nur mit lauter Stimme über dem Lärm der Flut verständigen konnte.

»Die Bude ist im Arsch, Alter«, sagte Wee Murph.

Jetzt war Lexy an der Reihe: »Echt jetzt?«

Als sie auf die Hauptebene kamen, war es ein bisschen ruhiger, weil sie weiter von den Turbinen weg waren, aber das Rauschen und Gluckern hallte von allen Wänden wider. Sie warteten ein paar Stufen vor dem Ende der Treppe und suchten die Halle nach den fiesen Typen ab. Halblinks gab es noch eine Treppe, die dem Schild zufolge zum Leitstand führte. Der befand sich in einem Gebäude, das aussah wie zwei Lego-Klötze auf dreien und die ganze Länge der Maschinenhalle einnahm. In der Mitte war so ein ausgebeultes Beobachtungsfenster und links daneben eine offene Plattform. Lexy glaubte erst, er könnte dort jemanden sehen, aber als er wieder hinschaute, war doch niemand da.

Rechts neben der Treppe führte eine Rampe runter hinter ein Geländer in einen Bereich, der noch weiter in den Fels gehauen war als das Ende der Turbinengrube; oder des Turbinenbeckens, wie es jetzt eher aussah. Ganz links hinter den Spitzen der Turbinen und einem gefährlichen Stück offener Kaverne lag der Einfahrtsstollen.

»Scheiße«, sagte Lexy. »Kann keinen sehen.«

»Ist doch gut, oder?«

»Nee. Ich seh noch zwei Autos und zwei Motorboote. Die sind noch nicht weg, glaub ich.«

»Psst«, warnte Murph.

»Was?«

»Hörst du's nich?«

Lexy horchte, wusste aber nicht, wonach. Er hörte nur das Wasser.

»Ich hör nichts.«

»Da isses wieder. Psst.«

Diesmal hörte er es auch: ein tiefes, dichtes Wummern mit metallischem Unterton.

»Das kommt da hinten von der Rampe«, sagte Murph. »Da ist irgendwer, hängt vielleicht fest.«

»Vielleicht die Leute, die hier arbeiten. Von denen haben wir noch keinen gesehen.«

»Stimmt, vielleicht sind die eingesperrt. Komm, wir gehen mal gucken.«

»Könnten aber auch die fiesen Typen sein.«

»Tja, wenn die festhängen, sind sie leichter zu treffen«, urteilte Murph.

»Red du mal. Du hast ja noch keinen erschossen. Das ist überhaupt nicht leicht.«

»Du weißt schon, was ich mein. Komm!«

Sie liefen gebückt über das offene Stück Maschinenhalle zur Rampe und sprinteten dann mit Vollgas runter. Dann merkte Lexy erst, dass sie in eine Sackgasse rasten. Am Ende der Rampe links war eine schwere Stahltür mit einer Art Zahnrad statt einer Klinke. Das Wummern fing wieder an, und es kam eindeutig von drinnen.

»Wer ist da?«, fragte Murph. Es gab keine Antwort, sondern nur noch mehr Gewummer.

»Wer ist da?«, wiederholte er und bekam die gleiche Reaktion plus eine gedämpfte Stimme zu hören.

»Mach einfach auf, Murph«, sagte Lexy und nahm sein Gewehr in den Anschlag. »Ich bin bereit.«

Murph schaute Lexy an und nickte. »Okay, auf drei.« Er nahm den Griff in die Hand. »Eins ... oh, Scheiße!«

Murph riss die Tür auf und hechtete sofort nach drinnen. Als Lexy sich umsah, stand oben an der Rampe ein Mann mit Maschinengewehr. Lexy hechtete Murph hinterher, der die Tür zuschlug, bevor Sekundenbruchteile später Kugeln im Stahl einschlugen und beulenartige Dellen hinterließen.

Lexy lag auf dem Bauch zwischen zwei Männern, die geknebelt und mit verbundenen Füßen und Händen auf dem Rücken lagen. Überall im Raum lagen wohl noch dreißig von ihnen, aber diese beiden waren zur Tür gerobbt und hatten dagegengetreten, um Aufmerksamkeit zu erregen, was allein der penetrante Pissegestank eigentlich schon hätte schaffen müssen.

Murph stand mit dem Gewehr im Anschlag und dem Finger am Abzug vor der Tür. »Wenn du hier reinkommst, schießen wir dich in Fetzen, du Arschloch«, schrie er, aber seine Stimme war vielleicht ein bisschen zu quietschig, um dem Terroristen Angst einzujagen.

Auf jeden Fall ließ er es nicht drauf ankommen, sondern schloss die Tür nur von außen ab und ging wieder.

Lexy zog der nächsten Geisel das Klebeband vom Mund und löste dann die Fesseln.

»Die Polizisten werden auch immer jünger«, sagte der Mann.

»Wir sind keine Polizisten.«

»Ich weiß. Wir haben die Explosion gehört und dachten, die haben ihre Sache erledigt und sind abgehauen. Deshalb haben wir gegen die Tür getreten.«

»Dachten wir auch. Pech gehabt. Einen anderen Ausgang gibt's hier wahrscheinlich nicht?«

»Verdammter Lagerraum. Stahlsicherheitstür, eins der vielen Überbleibsel aus der glorreichen Zeit des Kalten Krieges hier drinnen.«

»Also nein?«, fragte Murph und löste die Fesseln einer anderen Geisel.

»Doch«, sagte der frisch entknebelte Typ. »Hier hinten ist ein Entwässerungsschacht. Wir konnten bloß nicht rein, weil wir alle gefesselt waren.«

»Großartig«, sagte Murph müde. »Noch ein Abfluss. Wo denn?«

Zwei andere Geiseln robbten in der Mitte des Raums zur Seite, sodass ein Gitter zum Vorschein kam.

»Okay«, sagte Lexy. »Dann mal runter mit den Fesseln. Ich bewache die Tür. Murph, du gehst voran. Jetzt bist du bestimmt froh, dass wir uns die Taschenlampenbatterien eingeteilt haben.«

Murph stellte sich über das Gitter, schaute runter und verzog das Gesicht. »Nee, nicht unbedingt. Kuck mal.«

Lexy ging an den Geiseln vorbei, die ihm die Sicht versperrt hatten. Wasser sprudelte durch das Gitter und floss über den Boden des Raumes.

»Ach, Scheiße!«

Ray rannte gerade durch die Rohrleitung nach unten, als die Sprengladungen gezündet wurden. Die Explosion schüttelte den Tunnel durch und warf ihn von der eingelassenen Treppe in der Mitte, sodass er auf einmal auf das Wasserbecken am Boden zurutschte und -rollte und hoffte, dass es mindestens ein paar Meter tief war. Die Neonleuchten rasten in allen möglichen Winkeln an ihm vorbei, während er stürzte, was etwas von der Wasserrutsche hatte, auf der er mal an der Costa del Sol gewesen war. Diese steile, schnelle und unerbärmlich gerade Schussfahrt war aber eher wie die Kamikazerutsche, die es in allen solchen Wasserparks gab und den Besucher fünf Sekunden nackte Angst erleben ließ, bevor ihm die Badehose in den Arsch gerissen und die Eier erdrosselt wurden.

Bei dem Gedanken fiel ihm auch die empfohlene Überlebenstechnik für solche Rutschen wieder ein, die lautete, sich zurückzulehnen und einen Fuß über den anderen zu kreuzen. Das tat Ray auch und glitt bald über den feuchten Tunnelboden, der ihm dank Tauchanzug nicht bei lebendigem Leib die Haut abzog. Unten tauchte er über drei Meter tief ins Wasser ein und befand sich wohl nur noch Zentimeter vom doppelten Turbineneinlass am Ende des Schachts. Wären sie eingeschaltet gewesen, wäre er verhackstückt worden; andererseits wäre er dann auch gar nicht erst in die Rohrleitung reingekommen.

Er tauchte mit einem Keuchen auf und suchte über sich nach einer Tür. Von der Schemazeichnung in der Touristenbroschüre wusste er, dass die Rohrleitungen jeweils Zugänge von der Maschinenhalle aus, von den unteren Turbinenebenen und von oben am Staudamm hatten. Gut drei Meter über der Wasseroberfläche war eine Tür zu sehen. Dummerweise rauschten von weiter oben auch gerade schaumweiße Wassermassen zu ihm herab.

Der erste Aufprall des Wassers drückte ihn wieder runter und ließ ihn nicht hochkommen, bis der Druck etwas nachließ und näher an der Wand sogar eine leichte Aufwärtsströmung zu finden war. Ray tauchte wieder auf, spuckte einen Mundvoll Wasser aus und schüttelte sich die Haare aus den Augen. Der steigende Wasserstand hob ihn näher an die Tür, die er aber vorher erreichen musste, weil sie sich sonst automatisch versiegeln würde.

Ray tastete sich an der Wand entlang, bis er die Treppe fand, auf der er es erst nach mehreren Versuchen über den Wasserspiegel hinaus schaffte, weil immer noch Hunderte von Litern pro Sekunde von oben nachrauschten. Nachdem ihm ein paarmal beim Ausrutschen das Herz stehen geblieben und er fast wieder abgestürzt war, erreichte er die Tür und krabbelte auf allen vieren durch. Er kniete in einer Luftschleuse mit einer zweiten Tür, die er sofort aufstieß, bevor er daran dachte, dass er die andere vielleicht erst hätte schließen sollen. Das Wasser rauschte durch die Schleuse und in den schmalen Gang, dessen Boden es bald bedeckte und die Wände hochstieg.

Die Strömung schob ihn bäuchlings vor sich her, bis er an eine Treppe gespült wurde, auf die er sich dankbar rettete und dabei eine gefühlte Lungenfüllung Wasser ausspuckte. Er hatte keine Zeit, sich zu sammeln, sich benebelt oder ängstlich zu fühlen oder womöglich seine Chancen abzuwägen, wer wohl auf ihn lauerte. Das Wasser stieg, also musste er es auch. Er holte tief Luft, stand auf und lief die Treppe hoch, an deren Ende er einen weiteren gebogenen Gang fand. Er wusste, dass es nichts brachte, sich umzuschauen, tat es aber trotzdem. Das Wasser stieg die Treppe fast so schnell hoch wie er und war wenige Schritte hinter ihm. Aber er war vorne, nichts anderes zählte. Zumindest, bis er sich wieder umdrehte und sah, dass nun auch Wasser von vorne die nächste Treppe runterlief.

»Ach, Scheiße, nee!«

Ray zog sich am Geländer vorwärts, und das Gummi um seine Füße fand einigermaßen Halt auf dem Betonwasserfall. Das Rauschen und Krachen wurde am Ende der Treppe lauter, wo ein Balkongang anfing, von dem aus er seitlich auf die geflutete Kaverne hinausschauen konnte. Der Wasserspiegel war schon höher als der Balkonboden, floss knöcheltief unter der untersten Stange des Sicherheitsgeländers hindurch und ergoss sich ins Turbinengehäuse, wo es die Massen traf, vor denen er eben geflohen war.

Die nächsten beiden Turbinen waren vollkommen zerstört, ihre Wartungsplattformen verbogen und zusammengebrochen, aber die Wucht der Explosion hatte auch seinen eigenen Standort schwer mitgenommen. Ein Stück weiter war das Geländer weggeknickt und der Boden fast auf ganzer Breite hochgebeult, wo von unten etwas dagegengeschlagen war. Die Spitze dieser Schwelle stand als Einziges noch nicht unter Wasser.

Ray watete vorsichtig bis zu dieser Stelle, von wo aus er sah, dass der Boden sich auf der anderen Seite nicht wieder senkte, weil es dort nämlich gar keinen Boden mehr gab. Die Stahlverstärkungen im Beton waren durchtrennt worden, und der restliche Balkonboden war vor die nächste Treppe geklappt, wo er den Weg nach oben versperrte.

War es das?, fragte er sich unwillkürlich. Keine plötzliche Explosion, während er Sprengladungen vom Damm warf, keine Kugel und kein Messer, sondern ein nasses Grab hier in den Eingeweiden der von Menschen gegrabenen Kaverne? Er dachte an Kate und die erste Nacht, in der sie sich geliebt hatten. Adam and the Ants. Keine Kugel und kein Messer. Er dachte an Martin, an all seine Hoffnungen, an die Songs, die er ihm hatte vorspielen wollen, die Bücher, die er ihm hatte ans Herz legen wollen.

Was würde er mal werden, wenn er groß war?

Ray atmete ein. Rund um ihn roch es nach feuchtem Stein: seltsam warm, unerklärlich behaglich.

»Wir spielen, durch die Höhlen geht ein Fluss, und wir waten durch, bis es zu tief wird, und dann müssen wir tauchen und die Luft anhalten und durchs Dunkle schwimmen, und dann tauchen wir auf und sind plötzlich in nem großen See, aber immer noch in ner Höhle, okay?«

Ray schaute über das verbogene und fast schon überflutete Geländer ins steigende, blubbernde Wasser und wusste, dass er noch eine Chance hatte. Er erinnerte sich an den Level mit der versunkenen Stadt bei *Duke Nukem* und ignorierte die Tatsache, dass er bei den ersten beiden Versuchen draufgegangen war, aus dem überfluteten Wolkenkratzer zu entkommen. Es waren ja nur ein paar Meter, und hier gab die Real Life™ Engine einem ausnahmsweise eine bessere Chance als die Ballerspiele; denn Letztere ließen einen meistens nur zehn Sekunden lang die Luft anhalten, bevor man langsam ertrank.

Ray hechtete übers Geländer, schwamm um die Turbine und hielt auf die nächste Plattform zu, die vor der Explosion geschützt gewesen sein müsste. Er wusste, dass das Wasser über der Balkonebene stehen würde, bis er da war, wollte aber lieber nicht abwarten, bis es ihn ganz auf die Hauptebene der Maschinenhalle hob. Das einzige leichtere Ziel als ein Spieler auf einer Leiter war einer, der unter einem in einem großen, offenen Wasserbecken herumplanschte.

Als er sich dem Turbinengehäuse näherte, holte er tief Luft und tauchte unter. Unter der Wasserlinie waren alle Lampen ausgefallen, aber die gigantische Beleuchtungsanlage an der Höhlendecke zeigte ihm den Weg zum Balkon. Unter Wasser schob er sich im Bruststil vorwärts und suchte nach dem Licht, das die nächste Treppe herunterschien, an deren Ende die Leuchtstoffröhren wohl noch funktionierten. Er schwamm über das Geländer und folgte der Korridordecke, an deren Ende es tatsächlich leuchtete.

Seine Brust zog sich zusammen, als er die Treppe hochschwamm und sich am Ende zu seiner Verzweiflung immer noch unter Wasser befand, aber auf dieser Ebene fing hinter der ersten gleich eine zweite Treppe an, also hangelte er sich herum, stieß sich mit beiden Füßen ab und atmete schon einen Strom von Blasen aus, bevor er fünf Stufen unterhalb der trockenen nächsten Ebene an die Oberfläche kam und laut nach Luft schnappte.

Simon stand vor dem Überwachungsmonitor, der das Bild vom Sicherheitsposten am Haupteingang zeigte. Er starrte ihn nun schon seit ein paar Minuten gebannt an, auch wenn die Aussicht ihn mit ihrer Ruhe verspottete. Dort waren verschlossene Stahltore zu sehen, die Anfahrtsstraße und die Blumenbeete, aber er sah nur Erniedrigung, Scheitern und Versagen. Nicht zu sehen war nämlich eine alles verschlingende Flutwelle, die über Loch Fada hinwegrauschte, um am Talschluss Cromlarig auszulöschen. Der Damm war nicht zerstört worden, dafür aber anscheinend sonst so ziemlich alles.

Er dachte an Shub und seine Bohrmaschinen und sah sich die Glock in seiner Hand an.

Nein. Wenigstens nicht, bevor er nicht seine Rache hatte.

Simon wandte sich dem Fenster zu und schaute raus in die Maschinenhalle, wo das Wasser bald die verkrüppelten Turbinen vollends verschlingen und den ausgehöhlten Berg auffüllen würde, aber nicht seine Schande fortwaschen konnte. Andererseits war es ironisch, dass er solche enorme Zerstörung ohne Stolz betrachten konnte. Es war doch ein Riesenchaos, das musste er zugeben; bei dem Gedanken sah er ein, dass das Wasser vielleicht nicht seine Fehler fortspülen, aber sie doch verdecken konnte. Scheitern hatte auch seine Abstufungen.

Im Terrorismus ging es wie in der Politik um die Wahrnehmung. Die Außenwelt hatte ja keine Ahnung, was hatte passieren sollen. Sie wusste nur, was sie schließlich vorfand: Das mächtige Kraftwerk Dubh Ardrain war zerstört und gut dreißig Mitarbeiter in den Fluten ertrunken, die sie sonst kontrollierten. Mopoza konnte die beleidigte Leberwurst spielen, wenn er wollte, und wahrscheinlich die Zahlung verweigern, aber wenn er nicht ganz dämlich war, würde er so tun, als wäre genau das das gewünschte Ergebnis gewesen. Es war ja auch so ein schallender Schlag gegen die Feinde des Generals. Und das im Herzen der Heimat des Mannes, der die Regimenter befehligt hatte, die ihn gestürzt hatten.

Aber so schön er hier auch Scheiße zu Gold reden konnte, war es doch nur ein Bruchteil dessen, was hätte sein sollen. Dafür wollte Simon Antworten, und zwar in Blut. Er nahm sein Funkgerät in die Hand.

»Wenn irgendwer von euch Wichsern noch lebt, sofort zum Leitstand!«

Er beobachtete vom Fenster, wie ein paar Minuten später der traurige Rest seiner einzelnen Wege durch die Maschinenhalle kam und sich am Fuß der Treppe sammelte: Jones, Lydon, Simonon und schließlich Strummer.

»Sind das alle?«, fragte er, als er ihnen im Flur entgegentrat.

»Ja«, sagte Jones. »Deacon und Headon hat die Explosion erwischt. Was mit May ist, weiß ich nicht. Ich dachte, der wäre bei dir.«

»War er«, erwiderte Simon und hielt die Tür zum Leitstand auf.

»Und wo ist er jetzt?«

»Hier.«

»Oh, Scheiße!«

Die vier versammelten sich um Mays Leiche, als Simon die Tür schloss.

»Was ist mit ihm passiert?«, fragte Strummer.

»Wonach sieht's denn aus? Ich hab ihn erschossen.«

»Warum?«

»Er hat mich enttäuscht.«

»Enttäu… Du verdammter …«

»Ach, Schnauze jetzt!«, befahl Simon. »Du musst nämlich wissen, Joe, dass Mr. May ein höchst ungesundes Interesse an meinem persönlichen Hintergrund gehegt hat, und wer sagt, dass er es bei euch allen anders gehalten hat?«

Strummers Augen wurden schmaler. »Ich glaube, er war einfach genauso daran interessiert wie wir, wer zum Teufel dieser Ash ist und was er hier will.«

»Das sind wir wohl alle«, stimmte Simon ihm zu. »Also würde ich sagen, wir schnappen ihn uns, dann können wir alles ans Tageslicht bringen. Die Bullensau auch. Wir müssen herausfinden, was die Behörden wissen und woher. Ich will die beiden lebendig.«

»Hier steht bald alles unter Wasser.«

»Dann beeilt euch lieber mal ein bisschen.«

»Selbst wenn sie noch leben, können sie sonst wo sein.«

»Sie könnten tatsächlich überall sein, aber wichtig ist, wohin sie wollen. Und diese selbstgerechten Gutmenschentrottel sind nichts, wenn nicht berechenbar.«

Ray rannte die nächste Treppe auf den Fußballen hoch. Das Rauschen übertönte alles, aber natürlich auch die Geräusche aller anderen, weshalb er sich oben an die Wand duckte. Nach diesem Gang würde er die letzte Treppe erreichen, die zur Maschinenhalle führte, wo Tod oder Rettung warteten, je nachdem, wie gut die Terroristen die Explosion überstanden hatten. Er nahm sich die Harpune von der Schulter und in beide Hände und sprintete den Gang entlang. Er schaffte es vielleicht zwei Schritte, bevor er von einem schwarzen Blitz von den Beinen gefegt wurde.

Als er auf dem Boden lag und sich umsah, schaute er in den Lauf einer Pistole. Zum Glück war Angeliques Finger am Abzug.

»Gott sei Dank lebst du noch!«, sagte sie und half ihm auf. Sie nahmen sich in den Arm und lachten vor Erleichterung.

»Wie geht's dir so?«, fragte Ray.

»Noch intakt.«

»Kann man von der ganzen Anlage nicht unbedingt behaupten. Was ist denn passiert?«

Angelique wirkte etwas verlegen. »Oops, my bad, wie die Amis sagen. Ich habe eine Kette Sprengladungen die Rohrleitung runtergeworfen. Kam mir in dem Moment wie eine gute Idee vor. Hat wahrscheinlich ein paar von denen ausgeschaltet, aber ...« Sie zuckte die Schultern wie über einen Lackschaden auf dem Supermarktparkplatz.

»Was passiert ist, ist passiert, oder?«

»Und ich bin ja auch nicht an allem schuld. Ich hab schon mal nicht den Abflusskanal abgesperrt.«

»Oh, Scheiße!«, sagte Ray, als es ihm wieder einfiel. Der Kanal war dazu angelegt, das Wasser aller drei Rohrleitungen gleichzeitig abzuführen, und hätte die Anlage im Nu trockengelegt, wenn Ray ihn nicht zugedreht hätte. Das wäre immer noch eine Möglichkeit, wenn sie den Kanal aufbekommen konnten.

»Aus dem Leitstand kann man das Tor öffnen«, sagte er.

»Okay, dann wollen wir da hin.«

»Was ist mit den Terroristen?«

»Die hauen ab. Anscheinend ziehen die nicht gerne den Kürzeren.«

»Ziehen vor nem fairen Kampf sofort den Schwanz ein, die Scheißlamas!«

Angelique starrte ihn entgeistert an. »Was zum Teufel soll bitte ein Lama sein, wenn nicht ein südamerikanischer Paarhufer mit langem Hals?«

»Gamer-Slang. Ein Lamer ist einer, der einfach nur schlecht ist, aber ein Lama ist einer, der lame oder auch noch so leet sein kann, aber immer ein kleiner Wichser bleibt.«

»Hört sich nach unseren Jungs an. Die ziehen gerade beleidigt ab.«

»Woher weißt du das?«

Angelique hielt ihr Funkgerät hoch.

»Meins liegt unten in der Rohrleitung«, sagte Ray.

»Ja, tut mir leid. Du hast dir die falsche ausgesucht – über deiner steckten noch zu viele Sprengladungen.«

»Immerhin war es die Expressroute.«

»Die Wichser geben dir auf jeden Fall keine guten Chancen. Sie haben uns beide als tot abgeschrieben und verpissen sich, um in Ruhe ihre Wunden zu lecken.«

»Großartig. Dann planschen wir hier einfach so lange weiter, bis sie weg sind?«

»Nicht ganz.«

»Woher wusste ich, dass es nicht so einfach sein würde?«

»Im Lagerraum am Ende der Kaverne sind Geiseln eingeschlossen. Einer von den Wichsern hat Darcourt gefragt, ob er sie vor dem Abhauen noch voll Blei pumpen soll. Seine genaue Antwort war: ›Spar dir die Kugeln – in zehn Minuten sind die sowieso alle ersoffen.‹«

»Scheiße.«

»Der Lagerraum ist die Rampe runter am ...«

»Ja, ich weiß.«

»Ein paar Minuten haben wir noch, aber wenn bis dahin oben die Luft noch nicht rein ist, müssen wir es drauf ankommen lassen. Wer weiß, wie viele sie da eingesperrt haben.«

»Nennen wir es eine Bonusmission. Also los!«

Sie trabten locker los, bevor sie die letzte Treppe hochstiegen, von der ihnen unerklärlicherweise Wasser entgegenfloss.

»Wie kann ...?«, fragte Angelique.

»Hier drinnen ist es wie in einem Terry-Gilliam-Cartoon. Überall Rohre, Kanäle und Schläuche. Und wer daran wohl schuld ist, Bombergirl?«

Sie kamen hinter der Turbinenspitze auf die Hauptebene der Maschinenhalle und sahen sich geduckt um. Auch hier gab es noch starke Schäden, wo Trümmer unterhalb der Außenplattform des Leitstandes im Kontrollgebäude eingeschlagen waren. Zwischen Stahl- und Betonresten lagen zerschmetterte Ziegelsteine auf dem Boden. Isolierplatten waren von den Wänden gerissen worden, wo jetzt schwere Kabel nackt vor dem Fels hingen, die vom Boden zur Beleuchtungsanlage an der Decke führten.

Bei Ray und Angelique war das Wasser knöcheltief, bevor es in die Turbinengrube stürzte, wo der Spiegel immer höher stieg und sich nur noch wenige Meter unter dem Boden der Maschinenhalle befand. Zu ihrer Rechten rauschte es die Rampe runter zum Lagerraum, und zu ihrer Linken floss es schon in den Einfahrtsstollen, wo jetzt keine Fahrzeuge mehr standen.

»Okay«, sagte Angelique. »Los geht's! Du holst die Geiseln raus, ich öffne den Abflusskanal.«

Simon hörte die leisen Schritte auf dem Gang und hielt den Atem an. Sie klangen schnell, wendig und leicht; eine Frau, die Bullensau. Er drückte sich hinter der offenen Tür an die Wand, die linke Hand am Lauf der SPAS-12, die rechte am Abzug.

Die Tür bewegte sich etwas, als die Frau hereinkam und direkt Mays Leiche vor sich hatte, die Simon zu diesem Zweck mit dem Gesicht nach oben in die Mitte des Raumes geschleift hatte. Die

Leiche zog ihre Aufmerksamkeit gerade so lange auf sich, dass Simon hinter der Tür hervortreten und »Psst« sagen konnte.

Er zielte auf ihren kevlargeschützten Oberkörper und feuerte, als sie sich umdrehte. Der Treffer aus nächster Nähe warf sie rückwärts durch die Luft und über die Bedienkonsole. Ihre Pistole – auch eine Glock, wahrscheinlich die von Taylor – knallte gegen das Fenster und fiel neben ihr auf den Boden. Simon sprang rüber und trat die Pistole von ihr weg – nicht, dass sie dazu imstande gewesen wäre, sie zu nehmen. Sie hatte die Augen zusammengekniffen, keuchte und stöhnte, da die Schrotladung ihr durch die Weste wohl ein paar Rippen gebrochen hatte. Simon drückte ihr den Kolben auf die Kehle, sodass sie sich reflexhaft an den Hals griff und sich zur Seite rollte. Bei all dem Schmerz hatte sie ein hübsches Gesicht. Er musste sie mal aus dem Tauchanzug rausholen. Das würde beim Verhör hilfreich sein, und nach all dem Ärger hatte er sich eine Nummer wohl mehr als verdient.

Später, dachte er. Bis dahin waren andere fleischliche Begierden zu befriedigen. Er trat die Tür zur Beobachtungsplattform auf und schleifte die Kleine am Pferdeschwanz nach draußen. Sie versuchte mitzulaufen, um ihr Gewicht von den Haaren zu nehmen. Unten sah er Lydon, der ihm den Daumen hoch zeigte.

»Bringt ihn her«, befahl Simon und zeigte unter die Plattform.

Ray ging mit erhobenen Händen, zwei Terroristen hinter sich, einer davor plus noch einer am Kopf der Rampe. Er blutete aus dem Mund, wo sie ihn mit dem Gewehrkolben erwischt hatten, aber er konnte sich sicher sein, dass sie noch viel Schlimmeres mit ihm vorhatten. Das Bild war klar. Als sie ihn nicht sofort erschossen, wusste er, dass sie ihn vor ihren König bringen würden, damit Simon seinen großen, stolzen Wichsmoment haben konnte, bevor er schließlich höchstpersönlich abdrückte.

Ray hatte einen Schuss gehört, also stand Angelique wohl nicht die gleiche Behandlung bevor. Natürlich konnte es auch sein, dass sie ihn abgefeuert hatte, aber insgeheim wusste er, dass es nicht so gewesen war – wenn sie ihm aufgelauert hatten, dann hatten sie sicher auch auf sie gewartet.

Er watete durchs Wasser, das ihm jetzt schon bis zu den Schienbeinen ging, und gelegentlich drängten sie ihn mit dem Gewehrlauf vorwärts. Hinter sich hörte er immer noch das Klopfen und dumpfe Schreien aus dem Lagerraum. Darunter waren auch Kinderstimmen gewesen, die die wenige Luft nutzten, die sie noch hatten.

Ray sah hoch, als sie unter dem Leitstandfenster vorbeikamen. Auf der Außenplattform sah er Angelique auf dem Rücken liegen, und über ihr zielte eine Gestalt mit der Schrotflinte auf sie, das Gesicht abgewandt, aber trotzdem unverkennbar: Simon.

Derselbe narzisstische Wichser wie immer. Er posierte, blieb in der genau geplanten Haltung stehen, bis er sich schließlich umdrehen und sich Ray offenbaren würde, der dann wahrscheinlich beeindruckt/sprachlos sein/vor purer Bewunderung anfangen zu wichsen sollte/oder was weiß ich.

»Auf die Knie«, befahl Simon, ohne sich umzudrehen. Ray wurde brutal zwischen die Schulterblätter gestoßen und klatschte mit dem Gesicht zuerst ins Wasser. Eine Hand packte den Tragegurt der Harpune und zerrte ihn daran auf die Knie, bevor der Terrorist ihm die Waffe abnahm und sie abschätzig vor sich ins Wasser warf.

»Wen wolltest du damit denn umlegen? Aquaman?«

Ray sagte nichts und schaute hoch. Jetzt mach schon, verdammte Scheiße! Nicht mal Bruce Springsteen macht vorher so ein Trara!

Simon drehte sich endlich um, ein gelassenes Lächeln im Gesicht.

»Hallo, Larry«, sagte er.

Ray spuckte als Antwort eine Ladung Blut ins Wasser. Das ignorierte Simon, der sich lieber verwirrt gab.

»Erkennst du mich denn gar nicht?«

»Nenn mich Raymond, du Wichser, sonst reagiere ich nicht. Hast du das immer noch nicht verstanden? Und das ganze Theater kannst du dir sparen! Ooh, du bist der große Terrorist. Der Black Spirit. Rank Bajin. Wow. Da bin ich wirklich schwer beeindruckt, ehrlich, und wenn das nicht so rüberkommt, liegt es vielleicht daran, dass ich einen ziemlich harten Tag hinter mir habe. Wie war deiner denn so?«

Simon zuckte die Schultern und überspielte, dass er innerlich kochte.

»Enttäuschend.«

»Halt die Ohren steif, Alter! Du hattest nun wirklich schon schlimmere Samstage. Zum Beispiel damals in der QM-Bar, als du gleichzeitig singen und Gitarre spielen wolltest und dich doch nur zum Deppen gemacht hast.«

Simon hob mit der rechten Hand eine Pistole, während er mit der linken weiter die Schrotflinte auf Angeliques Kopf zielte. Die Pistole hielt er horizontal, was auch wieder perfekt zu ihm passte: Es hatte keinen einzigen Vorteil, außer dass es cool aussah.

»Die Zeit, von der du redest, war doch der Höhepunkt deines Lebens, *Raymond*. Immerhin hat einer von uns es noch weiter geschafft. Wie es auch einer von uns hier rausschaffen wird.«

»Ich seh da ehrlich gesagt keinen Fortschritt. Dass du dich zum Deppen machst, ist doch anscheinend so ein wiederkehrendes Thema bei dir. Damals war es dein musikalisches Unvermögen, heute hast du eben das Instrument gewechselt.«

»Dieses hier beherrsche ich ziemlich gut, wie du gleich erfahren wirst, Larry.«

»Aber erst, wenn du dir in Ruhe einen darauf runtergeholt hast, was?«

Simon lachte über Rays Renitenz.

»Und worauf kannst *du* dir denn schon einen runterholen in deinem gewöhnlichen, anonymen kleinen Leben?«, fragte er. »Kannst du mir das sagen? Was hast du bitte erreicht? Lehrer bist du geworden. Frau, Hauskredit und jetzt auch noch ein

Kind, wie ich höre. Da stichst du ja mal richtig aus der breiten Masse hervor, Ray.«

»Ja, vielleicht hätte ich mir mehr Mühe geben sollen. Wahrscheinlich hätte ich auch mal ein paar Hundert Leute ermorden sollen, um mein Leben ein bisschen aufzupeppen. Aber nein, ich musste mich ja mit einer Handvoll Leute abgeben, die mich wirklich mögen. Mit Freunden. Schon mal gehört? Und noch ein spannendes Konzept: ›ein Gewissen‹. Sagt dir das irgendwas?«

»Gewissen. Was für ein Dünnschiss! Was ist ein Gewissen denn bitte, wenn nicht ein Mittel zur Verteidigung des eigenen Status in der Stammeshierarchie, der Investitionen in den eigenen Ruf? Nur noch eine Kette, die dich von dem Leben fernhält, das du wirklich willst. Solche Ketten trage ich nicht, Ray. Die Welt ist um einiges spannender, wenn man sich nicht von einer Identität fesseln lässt.«

Jetzt war Ray mit Lachen dran.

»Habt ihr das gehört, Jungs?«, fragte er und sah sich um. Die Terroristen regten keine Miene, aber er sah, dass sich hinter ihren Augen einiges tat. »Keine Identität, Simon? Red doch keine Scheiße! Dir geht es doch *nur* darum, dass alle wissen, wer du bist. Deshalb hast du doch die ganze Woche irgendwelche Spielchen mit mir gespielt. Du konntest dir nie meinen Rat zu Herzen nehmen und einfach mal die Klappe halten, oder? Hast du deinen Kumpels hier mal erzählt, wie gerne du der Polizei dein Herz ausschüttest?«

Ray schaute sich nach seinen Bewachern um, die sich aber nichts anmerken ließen; unsympathisch diszipliniert. Jegliche Probleme, die sie mit dem Dark Man hatten, würden wohl behandelt werden, wenn alle anderen Angelegenheiten abgeschlossen waren. Simon erkannte, dass Ray das eingesehen hatte, und strahlte vor Arroganz. Dieses Grinsen nach so einem monumentalen Scheitern bestätigte alles, was Ray und Angelique vermutet hatten. Dass er Ray jetzt auf Knien vor sich hatte, bedeutete dem Wichser mehr als alles andere an diesem Tag.

»Darum geht es doch, Raymond«, sagte er. »Den Menschen habe ich zurückgelassen – ich bin jetzt jemand anders. Ich kann so viele Spielchen mit dir spielen, wie ich will, weil Simon Darcourt nicht mehr existiert.«

»Ach, klar, das hatte ich fast vergessen. Ist ja nicht das erste Mal, dass du die Vergangenheit auslöschst und dich neu erfindest. Ich hab die ganzen Queen-Alben in deinem Schrank gesehen, Alter. Du bist ein Heuchler. Wenn Simon Darcourt nicht mehr existiert, dann nur, weil du nie gewusst hast, wer du wirklich warst. Ich weiß, wer Raymond Ash ist.«

»Nein«, sagte Simon und spannte seine Pistole. »Du weißt, wer Raymond Ash *war*. Aber, bevor wir hier fertig sind: Gibt es noch etwas, was ich Felicia ausrichten soll, wenn ich sie nachher besuchen gehe?«

Ray schluckte. Alle Wut, aller Widerstand hatten ihn verlassen, sowenig sie ihm vorher auch gebracht hatten. Der Gedanke an Kate führte ihm das Ausmaß des Verlusts und von Simons Triumph vor Augen. Es hätte ihn trösten sollen, dass er als seine letzte Tat auf Erden so viele Menschenleben gerettet hatte, aber in dem Moment hätte er sie alle bereitwillig für sein eigenes und die von Kate und Martin eingetauscht.

Er ließ den Kopf sinken und schaute runter ins trübe Wasser, damit Simon seine vollständige Unterwerfung nicht sehen konnte. Er kniete bis zum Schoß im Wasser zwischen den vier Terroristen, zwei vor, zwei hinter sich. Die Harpune lag Zentimeter vor seinen Knien und zeigte nach vorne. Dort verliefen an der Wand die Stromkabel für die Beleuchtungsanlage an der Decke. Und was die wohl für Mengen an Saft brauchte!

»Nein«, antwortete er schließlich, schaute hoch und bewegte seine rechte Hand unter Wasser langsam vorwärts. »Aber eine letzte Frage habe ich noch.«

»Schieß los!«

Rays Finger fanden den Schaft der Harpune und zogen ihn langsam heran, bis das Griffstück unter seiner Handfläche lag.

»Hat einer von euch schon mal The Cistern oder The Abandoned Base gespielt?«

»Wovon zum Teufel redest du?«

»Hätte ich auch nicht gedacht. Zu schade.«

Ray drückte den Abzug, und der Speer raste ungesehen und ungehört unter Wasser los. Ray zog gleich wieder die Hand aus dem Wasser, während der Speer eins der Kabel aufriss, das sofort genug Strom abgab, alle vier seiner Bewacher mit einem Blitz, einem Zischen und einem ziemlich ekligen Geruch zu töten. Ray in seinem Tauchanzug vom Hals bis zu den Zehen trug das Pentagram of Protection.

[LGG]9 [TL]-2

Oben sah er noch kurz ein paar schwarz gekleidete Gliedmaßen herumwirbeln, bevor der Beleuchtungsstromkreis kurzschloss und die Kaverne in vollständige Dunkelheit tauchte. Ein paar Sekunden später setzte die Notbeleuchtung ein, und ein paar Wandtafeln verbreiteten ein schwaches Schimmern. Vielleicht waren sie auch vorher schon an gewesen, ohne unter der grellen Deckenbeleuchtung weiter aufzufallen, und hatten automatisch auf einen Notstromkreis umgeschaltet, als der Hauptkreis durch die vier Terroristen tödlich umgeleitet worden war.

Er sah, wie Angelique im Leitstand verschwand, während er selbst aufstand und sich einen Überblick über die grausame Szene verschaffte. Simon war nicht zu sehen, aber Ray rechnete ihm keine guten Chancen aus, wenn eine wütende Angel X hinter ihm her war, zumal sie jetzt seine Schrotflinte hatte. Die vier Leichen lagen um Ray herum wie Blütenblätter um den Stempel. Als er sich hinhockte, um einem seine Waffe abzunehmen, merkte er, dass sie quasi an die Hand geschweißt worden war. Er setzte der Leiche einen Fuß auf die Brust, packte das Sturmgewehr mit beiden Händen und wollte gerade ordentlich zerren, als er hinter sich das Wasser aufspritzen hörte.

Ray drehte sich um, und Simon hechtete mit der Pistole in der Hand aus dem knietiefen Wasser auf ihn zu. Er rammte Ray wie ein American-Football-Quarterback, riss ihn von den Beinen, und sie rutschten beide weiter, bis sie gegen das verbogene Geländer vor der Turbinengrube krachten. Ray lag unter Simon, die Füße in der Luft, den Oberkörper über der Kante. Er konnte sich nicht aufrichten und drückte mit aller Kraft Simons Pistolenhand von sich weg. Simon schlug ihm mit der freien Linken ins Gesicht und stemmte sich mit den Füßen gegen den Boden, um Ray weiter über den Abgrund zu drücken. Das Rauschen des Wassers war ohrenbetäubend, aber vielleicht war es auch nur das Blut in Rays Kopf, als er sich verzweifelt an Simons Handgelenk festkrallte.

Simon schlug ihm nun in die Rippen, und Ray riss reflexhaft das Knie hoch. Diese Gewichtsverlagerung reichte, um das lädierte Geländer abzuknicken und die beiden über die Kante zu schleudern. Ray konnte gerade noch eine Handvoll Stahl packen, aber Simon wurde mit dem Kopf voran zwei Meter tiefer ins Wasser geschleudert.

Ray hörte es knarzen und rumpeln, als er an den Geländerresten hing und das Wasser von oben über ihn rauschte. Seine Füße baumelten über der dunklen Oberfläche, die sich jetzt anscheinend im Uhrzeigersinn drehte. Das Geräusch vibrierte durch den Betonboden, dass es Ray vorkam, als würde er jeden Moment aufbrechen.

Er hatte aber auch noch ein unmittelbareres Problem. Er drehte sich um und konnte Simon auf einen Vorsprung der zerstörten Turbine zuschwimmen sehen. Simon schlang einen Arm um das Stahlteil, hielt sich mit der einen Hand daran fest und zielte mit der anderen, während der immer stärkere Strudel an seinem Körper zerrte.

»Jetzt habe ich noch eine letzte Frage an *dich*, Larry«, schrie er mit dem Finger am Abzug. »Was ist das für ein Gefühl, wenn man weiß, dass man seinen Sohn nicht aufwachsen sehen wird?«

Ray starrte ihm noch ein letztes Mal ins Gesicht.

»Sag du es mir, Simon!«

Selbst über das schäumende, rauschende Wasser konnte Ray die Zweifel sehen, die Verwirrung und die Fragen, die Simon im Gesicht standen, die er aber nicht mehr stellen konnte. Ein zweites, kräftigeres Rumpeln bebte durch die Kaverne, Simon verlor den Halt und wurde in den immer schnelleren Strudel gezogen. Er feuerte zwei Schüsse ab, die Ray aber um über neunzig Grad verfehlten, weil Simon so wild herumgewirbelt wurde. Dann ließ er die Waffe los, weil er mit beiden Händen gegen den Sog ankämpfen musste, aber selbst die reichten nicht aus, und er verschwand unter der Oberfläche.

Ray schaute runter auf seine Füße, die jetzt mindestens einen Meter mehr Abstand zum Wasser hatten als direkt nach dem Sturz. Das Rumpeln war vom Öffnen des Abflusskanals gekommen, das auf allen überfluteten Ebenen auf einmal die Druckverhältnisse änderte, als sich der ausgehöhlte Berg plötzlich entwässerte. Ray ließ den Blick über den Strudel schweifen, sah aber kein Lebenszeichen. Dann tauchte der ehemalige Simon Darcourt noch ein letztes Mal auf, bevor er weggespült wurde wie das Stück Scheiße, das er war.

[LGG]10 [TL]-2

»Schluck, du Sau!«, war Rays Abschiedsgruß.

»Redest du mit mir?«

Als Ray hochschaute, stand Angelique über ihm und packte ihn mit beiden Händen am Handgelenk.

»Du hast dir aber auch Zeit gelassen«, beschwerte er sich vorsichtshalber erst, als sie ihm über die Kante geholfen hatte.

»Ich habe ihn verloren, als das Licht ausgegangen ist. Ich dachte, er wäre in den Leitstand gelaufen.«

»Ich hätte deine leet Skillz gebrauchen können.«

»Gegen dich bin ich doch gar nichts. Vier mit einem Schuss. Anscheinend habe ich meine ganze Jugend verplempert.«

»Nein. Um solche Tricks zu lernen, muss man außer der Jugend auch noch weite Teile seines Erwachsenenlebens verplempern.«

»Komm, wir gehen die Geiseln befreien. Und nimm dir eine Waffe mit; wir wollen keine Überraschungen in letzter Sekunde mehr.«

Ray riss einem der Elektroschockopfer das Gewehr aus der Hand, was sich weitaus schwieriger als im Spiel gestaltete, wo man einfach nur drüberlaufen oder schlimmstenfalls »Benutzen« hätte drücken müssen. Er prüfte, dass die Waffe entsichert war, und nahm sie in den Anschlag – das erste Mal, dass er ein echtes Gewehr hielt. Es war kalt und schwer, ein Werkzeug hässlicher Brutalität. Er erinnerte sich daran, wie nach dem Amoklauf von Columbine Teile der amerikanischen Medien *Quake* und Marilyn Manson die Schuld hatten zuschieben wollen. Computerspielen und Rock ’n’ Roll.

Ja, klar.

Sie liefen wortlos die Rampe runter und tauschten besorgte Blicke aus, weil von hinter der Stahltür nichts mehr zu hören war. Dann hörten sie ein deutliches Klopfen, einen abgeschwächten Schlag von Metall auf Metall.

»Schnell«, sagte Angelique, sprintete den Rest des Wegs und hechtete auf den Türgriff zu.

»Stopp«, rief Ray. »Vielleicht müssen wir erst ...«

Aber es war zu spät. Angelique drehte schon am Griff, die Tür schlug auf und warf sie zurück, als Tausende von Litern Wasser und mindestens zwei Dutzend zappelnde Körper herausgespült wurden. Das Wasser schwappte bis an Rays Füße, wo er vorausschauend ein paar Meter die Rampe hoch gewartet hatte. Er grinste Angelique an, wofür er mit einem einzelnen Finger belohnt wurde, und watete zur Hilfe.

Ray half gerade der nächsten keuchenden Geisel auf, als er es aus dem Augenwinkel metallisch aufblitzen sah. »Waffe«, brüllte er Angelique zu, und sie zielten beide auf die Rücken von zwei durchnässten Gestalten, die gerade aufstehen wollten und denen je ein Sturmgewehr am Gurt von der Schulter hing.

»Runter damit«, befahl Angelique. »Und langsam umdrehen.«

Sie gehorchten ohne Widerworte, als Ray sah, dass die beiden tatsächlich schon aufrecht standen, bloß einen guten halben Meter kleiner waren als alle anderen. Die Jungs schauten zwischen Ray und Angelique hin und her.

»Keine Angst, wir sind die Guten«, versicherte Angelique ihnen.

»Was isn mit den Terroristen?«

»Die haben wir fertiggemacht«, sagte Ray und grinste.

Plötzlich klappte einem der Jungs der Kiefer runter.

»Mr. *Ash*?«, fragte er ungläubig.

»Scheiße, Lexy, das isser«, bestätigte der andere.

»Was machen Sie denn hier? Ich mein …«

»Wir haben an der Burnbrae Academy jetzt ein neues Null-Toleranz-Programm für Schulschwänzer. Ihr beiden habt euch eine Menge Ärger eingehandelt.«

»Nee«, sagte ›Lexy‹, also wohl Alex Sinclair, was bedeutete, dass der andere Jason Murphy war.

»Quatsch! Der is n Undercover-Agent, sind Sie doch, oder?«, fragte Murphy. »Sie warn doch bloß wegen ner Operation an der Schule oder um die Typen hier zu schnappen? Nehmen Sie's mir nich übel, aber wir wussten doch die ganze Zeit, dass Sie kein echter Lehrer sind.«

ZUHAUSE

Kurz nach zehn bog der Wagen in die Kintore Road ein. Ray saß mit Angelique hinten, am Steuer war eine Fahrerin von der Polizei. Keiner von beiden hatte während der Fahrt viel geredet, aber er war trotzdem dankbar für ihre Gesellschaft. Nach so einem Erlebnis wäre die Nähe irgendeines anderen Menschen schwierig gewesen, und das sah sie wahrscheinlich auch so.

Ray sagte der Fahrerin gerade rechtzeitig Bescheid, dass sie bei ihm vor dem Haus halten konnte. Die Wohnzimmervorhänge waren zugezogen, und ein schwaches Licht schimmerte hindurch. Die Fahrerin öffnete ihre Tür und wollte Ray wohl zum Haus begleiten, aber er winkte ab und dankte ihr für die Fahrt. Als er ausstieg, folgte Angelique ihm. Sie keuchte beim Aufstehen und hielt sich den Brustkorb.

»Noch eins, bevor du gehst«, sagte sie und schlug die Tür zu.

Ray tat es ihr gleich und wandte sich ihr über das Dach des Rovers zu.

»Schlaf dich gut aus«, sagte sie. »Ob Baby oder nicht, du musst wahrscheinlich eine Woche lang Aussagen machen.«

»Ich werd's versuchen.«

»Und, äh … Ist natürlich deine Sache, und ich würde dich natürlich niemals zu irgendeiner Art von Falschaussage anstiften wollen, aber wenn du vielleicht …«

»… nicht erwähnen könntest, dass du ein paar Millionen Pfund an Kraftwerk in die Luft gejagt hast?«

»Äh, genau, ja.«

»Es ging alles so schnell, Officer. An vieles kann ich mich einfach nicht mehr erinnern.«

Angelique grinste. »Schlaf gut, Ray.«

Sie stieg wieder ein, der Wagen fuhr ab und ließ ihn vor dem Gartenweg zu seinem kleinen, nicht abbezahlten Haus, seiner lieben Frau und seinem kleinen Sohn stehen. Seinem »gewöhnlichen, anonymen kleinen Leben«, wie Simon es genannt hatte.

Ray nannte es Zuhause.

Er schob den Schlüssel ins Schloss und lächelte.

BURNBRAE ACADEMY: DIE WEISHEIT DES WEE MURPH

»Ich hab gehört, der is der letzte Lappen! Den mach ich fertig!«

»Nee, Ger, lass das! Scheißegal, wie hart du dir vorkommst oder wie lange du suspendiert warst: Leg dich bitte, bitte, bitte *nicht* mit dem neuen Englischlehrer an!«

NOCH EIN LETZTER SONG: SYNCHRONICITY II

»Großartiger Einsatz, de Xavia! Leider keine Festnahmen, wie ich sehe.«

»Wollen Sie mich verarschen?«

»Das macht sich in den Akten eben besser.«

»Sie wollen mich wirklich verarschen!«

»So machen sie wohl weniger Ärger. Klagen wird es schon mal nicht geben.«

»Wie viele Leichen sind denn gefunden worden?«

»Zehn mit dem Sicherheitsmann. Sechs in der Maschinenhalle, einer – na ja, Stücke von einem – am Staudamm, und die Taucher haben noch zwei gefunden, die raus ins Loch gespült wurden.«

»Wir waren von zwölf in ihrem Team ausgegangen. Vom Rest war nach der Explosion wohl nicht mehr viel übrig. Moment, haben Sie gesagt, nur zwei im Loch?«

»Richtig. Einem fehlte der halbe Brustkorb, der andere hatte einen Genickbruch.«

»Aber keiner mit einem Speer durch den Hals? Den habe ich auch im Abflusskanal gelassen.«

»Der wurde meinen Informationen nach in der Maschinenhalle gefunden.«

»Und Darcourt?«

»Bisher nicht. Die Entwässerung hat sicher eine gewaltige Strömung verursacht. Die Taucher suchen noch, aber es heißt, möglicherweise wird seine Leiche nie gefunden.«

»Wo habe ich das bloß schon mal gehört?«